鳳翥

巾帼晋商马太夫人

杨永红 著

山西出版传媒集团

山西人民出版社

图书在版编目（CIP）数据

凤翥：巾帼晋商马太夫人．/杨永红著．—太原：
山西人民出版社，2024.2
ISBN 978-7-203-13143-4

Ⅰ．①凤… Ⅱ．①杨… Ⅲ．①传记小说—中国
—当代 Ⅳ．① I247.5

中国国家版本馆 CIP 数据核字 (2023) 第 243892 号

凤翥：巾帼晋商马太夫人

著　　者：杨永红
责任编辑：贾　娟
复　　审：崔人杰
终　　审：梁晋华
装帧设计：陈　婷

出 版 者：山西出版传媒集团·山西人民出版社
地　　址：太原市建设南路 21 号
邮　　编：030012
发行营销：0351 - 4922220　4955996　4956039　4922127（传真）
天猫官网：https://sxrmcbs.tmall.com　电话：0351 - 4922159
E—mail：sxskcb@163.com　发行部
　　　　　sxskcb@126.com　总编室
网　　址：www.sxskcb.com

经 销 者：山西出版传媒集团·山西人民出版社
承 印 厂：山西出版传媒集团·山西新华印业有限公司

开　　本：720mm×1020mm　　1/16
印　　张：33.25
字　　数：480 千字
版　　次：2024 年 2 月　第 1 版
印　　次：2024 年 2 月　第 1 次印刷
书　　号：ISBN 978-7-203-13143-4
定　　价：88.00 元

如有印装质量问题请与本社联系调换

目 录 Contents

引　子

以太原为中心，从山西北面杀虎口到南面风陵渡，约六百公里，从西面碛口古渡到东面娘子关，约四百公里。其间太行山、吕梁山、恒山、云中山、五台山、系舟山、太岳山、中条山、王屋山等主要山脉在黄土高原上巍然耸立，并将这片黄土高原挤压出六大盆地。六大盆地又串起桑干河谷、滹沱河谷、汾河河谷，使得三晋大地之上高山大河盘亘交错，易守难攻。蜀道难，晋路险，晋商硬是跋山涉川、餐风啮雪开辟出了一条东方华尔街。介休就在晋商云集的晋中盆地、太岳山北侧、汾河南畔。

《说文解字》讲，"晋"，长进，太阳出来普照大地、万物生长发展的意思。晋商大院的大门多开在东南方以纳祥，称为"抢阳"，意为要让早晨的第一缕阳光照耀在自家的门窗之上，晋商冀家"五信堂"的院门也如此。

介休晋商冀家后人望着野草丛生的"有容堂"、即将倾颓的"敦信堂"以及湮灭于历史的"悦信堂""立信堂""笃信堂"时，萌发了修整大院、编撰冀家经商书稿的念头。其间，他们埋头于文史典籍，辗转于行商故地，一个偶然的机会在张兰古玩市场淘得《退密斋时文》和王庆云致徐继畬手札，资料文集中多次提到马太夫人，她便是冀家第十七世冀国定的妻子马瑛仙、"有容堂"的主人马太夫人，乳名唤作瑛姑。

又几年，有人在张兰古玩市场发现一柄掌长的翡翠如意，上刻"风
翥"二字，周边缀以灵芝纹，经考证为"凤翥"，为避"凤"字，故
意少写一笔，此物系马太夫人之物。

第一章　溯源

瑛姑在冀国定去世的时候数过冀家邬城祖茔的坟头，总共一千零一十二座，冀国定这支仅有九座。

第一座冀忠，冀氏第十世。冀忠孤身从外地迁到介休邬城时，靠做些小买卖糊口。最值钱的家当是那头和他相依为命的小毛驴。每天他都会赶着毛驴吆喝"食油嘞！"，"啪"打一声竹板，"蜂蜜嘞！"，"啪"再打一声竹板。日复一日，年复一年，这一声一韵，一人一驴，便被大街小巷的人熟知了。

有一天，冀忠早早将货物兜售一空，回家的时候路过一个村庄，村庄有条河，河边有棵大槐树，树下围坐了一群人在听一个老者说铁木真。冀忠一边饮驴一边听，老者说也速该为了能生出强壮且有智慧的后代，常跑到遥远的部落抢女人，老天不负苦心人，也速该在遥远部落抢来的女人为他生下了铁木真。村民七嘴八舌讨论铁木真成为盖世英雄的原因，老者说他们说得都对，也都不对，还有一件最为重要：黍稷非馨，明德惟馨。冀忠问他这句话是什么意思，老者之乎者也和他讲述一通。冀忠在回去的路上不停地和毛驴念叨这句话，回到家后望着简陋的房屋说："从此以后，这就是'德馨堂'，'德馨堂'就是我族的堂号。"他还有句话没说出来，他要效仿也速该，为了后代健康聪慧，要娶个出了晋省的婆娘。

他喜欢在耳朵上别个玩意儿，一朵小花，一枚叶子，一片羽毛，不拘于什么，得什么别什么，渐渐地人送绰号"美髯郎"。到了十九岁时他决定娶妻，于是南下往秦岭走。还没出泽州，遇上洪水，被困在一个村庄，同时被困的还有一对父女。父女系关中人，到山西投靠亲人，但亲人已不知去向，无奈只得回返。冀忠心中大喜，直呼阿弥陀佛，认为是天赐良缘，于是将父女二人接回山西。

冀忠吃苦耐劳，日子虽不算富裕，却与女子恩爱有加。第二年女人为他生下一子，取名冀文林。冀文林五岁时，冀忠贩货从崖上摔下来，下半身废了。

第二座冀文林，冀氏第十一世。冀文林从有记忆，他爹冀忠就没下过炕。他从没见过冀忠的腿，冀忠到死也没让冀文林看过他的腿。冀文林一生最害怕的是腿不能动，并且他不喜欢睡觉。每天醒来的第一件事就是伸腿，确定腿没问题就立刻起床，一生没睡过午觉。人人以为他精力充沛，只有他自己知道这其中的秘密。

冀文林做什么事都有他的小九九。他盘算过，单凭努力，至少要经过三四代人的努力才能勉强脱胎换骨，他想依靠有些故旧之谊的盐商雷家。雷家大富大贵，他名不见经传，于是想到了雷姑娘。雷姑娘是大脚，性子像个爷们儿，常抛头露面不说，还敢与男人骂街动手。差的人家雷家看不上，相当的人家看不上她，一年又一年，把她拖成了老姑娘。女人嘛，都一样，娶回家都是那档子事，冀文林打起了她的主意。

还别说，一来二去的，雷姑娘果真对冀文林动了心。冀文林见好就收，演起了欲擒故纵的把戏，雷姑娘多日见不到他，急得不思饮食。有一回雷姑娘在半路截住他问："你傻呀还是茶呀？"冀文林说他不傻也不茶。"那你总躲着我干甚？"冀文林低头不语。雷姑娘又问他，"你是不喜欢我躲着我，还是觉得你配不上我躲着我？"冀文林差点笑出来，最后他说不想雷姑娘跟着他吃苦。雷姑娘对冀文林又多了一层好感，突然羞涩起来，转而又直言相告，他若娶，她就嫁。让冀文林没想到的是，他不只娶到了雷姑娘的人，还娶到了她的生意经。三年后，简陋的房屋翻盖成四合院，雷氏懂他的心思，悄悄做了"德馨堂"的匾额，匾额挂上门楣的那天，冀文林百感交集，他发誓要将"德馨堂"的名号做大。

冀文林渐渐发现，雷氏是个宝，真心爱上了她。可惜情深不寿，次年雷氏难产，生下一男婴后撒手人寰。冀文林痛不欲生，早知道生产会要雷氏的命，他宁可不要孩子。但怎么可能呢？冀文林也知道不可能，可他就是那么想的。冀文林为男婴取名冀良亨。

第三座冀良亨，冀氏第十二世传人。如果说冀文林一生最怕的是躺在炕上不能动，冀良亨最怕提到雷氏。他觉得是他克死了母亲雷氏，他对不起父亲冀文林，唯有光耀祖宗，才能减轻心中愧疚。他将所有的热忱投入到经商中。冀良亨做了两件对冀家影响重大的决定，一件是牵头在介休种植白棉，另一件是创立冀家总商号"复盛"。"德馨堂"从四合院变为两进院落。虽然冀家日渐富裕，但他最负盛名的不是他会做生意，而是他拥有他也说不清的预言本事。

冀良亨本来寡言，但若有人问其事由，只要开口必应验。比如女人生产时，问他是男是女，他踱出门左右看看，脱口而出"女"，果然得女，有人问怎么算出是女，他说他出门第一眼看到了一只刚生完崽的母羊，人们一哄而笑。又有人问他，今年种高粱好还是玉米好，他说白棉，听他种了白棉的，都发了财。有人问，大清能坐拥江山多少年，他说不会超过三百年，这根本是没影的事，因为没人能知道他这话是对是错。于是人们改口问，你们家三世单传，什么时候能人丁兴旺？他伸出五根手指煞有介事地掐了掐，说到第十七世，他们家将成为这方圆百里最大、最富的家族，说完嘿嘿直笑。有人调侃他，你能为他人断事，断断你自己是怎么个死法？冀良亨想不出来，回那人一句，之前的事也不是断的，不过都是顺嘴溜出来的，莫名其妙就想那么胡说八道而已。到了夜里，冀良亨做了一个梦，梦到不知道是哪一世的他，身负一蛇，蛇眼通红，蛇身透明，蛇身所过之处，又痛又痒，蛇越缠越紧，眼见缠到脖子将窒息，一道白光突然闪现，他的魂便飘在了屋顶。他看着自己的肉身，呼不得叫不得，直到婆娘进来连推带搡唤他，他这才"啊"地长出一口气睁开眼。几天后，冀良亨对村民说一百五十年后的他将死于蛇缠身。村民听他说得玄之又玄，嘲笑他无法预知这辈子的死，于是拿一百五十年后的他说事，他只是讪笑，并不解释。冀良亨育有两子，长子冀光德，次子冀光厚。

第四座冀光德、第五座冀光厚，冀氏第十三世。此时正逢清兵入关，随便一粒尘埃砸到个人头上都是一场巨大的灾难，冀家也在劫难逃，之前所有的努力都化为乌有。冀光德遇难，冀光厚孤零零跪在废墟，抱着残垣断壁中"复盛"的招牌，叫天天不应叫地地不灵，家中仅剩十两存银。冀光厚有股韧劲，凭着经验与友人相助，历经三十三年，直到康熙十八年，才将家业恢复到崇祯初年的水平。

冀光厚年过不惑，膝下仍无子嗣，想了许多办法也不见效。有一天遇到个化缘的老和尚，让他往东找一只黑色大公鸡，拔其尾巴上的三根羽毛，偷偷放到婆娘枕下便能心想事成。冀光厚不信老和尚的话，给了一个馍将他打发走，渐渐将这事忘了。有一天冀光厚到村东头办事，刚出了村子，看到一只玄色的大公鸡英武地在柴火垛上打鸣。冀光厚纳闷它是谁家的，毕竟乡里乡亲的，谁家有点稀罕事都知道。他确定不是北辛武村的，又想起老和尚的话，心想不试怎么知道灵不灵验，于是捕捉，一人一鸡，几番擒拿，冀光厚终于抓它入怀。他左手抱着大公鸡、右手不停抚摸，只觉羽毛光滑如绸，毛色在微光中黑里透红，他安抚它几句，便从尾巴拔下三根羽毛，将大公鸡放回柴禾垛上。回家后，冀光厚偷偷将羽毛放在婆娘枕下，没多久，婆娘果然有了身孕，次年生下一子，名叫冀州升。

冀光厚后来再说起这只黑色大公鸡时，村民说别说北辛武村，就是邻近几个村子也没见谁家有黑公鸡，说他是为证明他儿子来历不凡，编了个神奇的故事赚些噱头。一传十十传百，到最后，冀光厚也说不清那只黑色的大公鸡是在梦里见过，还是现实中见过。

第六座冀州升，冀氏第十四世。瑛姑最感兴趣的是冀州升不仅开创了"巨盛川"茶业生意，还第一次把冀家推进了富商行列。

雍正元年，冀州升第一次见到泾阳茯砖茶时就想，陕西泾阳一带本不植茶，茯砖茶的原料大都来自湖南安化，毛茶采摘下来以后运到泾阳，然后进行压制加工，为何不能将不同产茶区的毛茶收集于汉口，聘请师傅进行分类压制加工，再销往北方？他越加觉得这是一条可行的贩茶大策。冀州升一刻都不能等，雍正二年春，立即动身前往湖南安化考察茶业生意，结识了当地茶农李茂元，签订了茶业合同。雍正三年，他高薪在泾阳挖到制茶师傅，"川"字号黑茶在羊楼峒试制成功，"巨盛川"是第一批在羊楼峒加工黑茶的字号。雍正五年，冀州升遇到常出入清廷皇宫的法国人巴多明，与他闲聊中得知朝廷要与沙俄签订《恰克图条约》，他立刻在热河厅、张家口、库仑、归化和盛京设立"巨盛川"茶庄分号。雍正六年，冀家一条销往恰克图的茶道布局完成。同时，冀州升要求灵活销售，砖茶不局限于换取白银，还可换取卢布、皮货、毛呢和人参。"巨盛川"一夜之间成了家喻户晓的"川"字茶。冀州升后来被称"冀巨盛"。他育有两子，长子冀之琮，次子冀之瑜。

第七座冀之琮，第八座冀之瑜，冀氏第十五世。冀之琮年仅十五岁便进入京城国子监，可惜天妒英才，早早去世。冀之瑜一手促成了冀国定与瑛姑的婚姻，他是瑛姑嫁入冀家后最为依赖和倚靠的人，瑛姑一直不明白的是冀之瑜为什么那么信任她，为什么坚信她今后会是冀国定如意的妻子与帮手。

第九座冀映汉，冀氏第十六世。瑛姑知道这世上有种病叫"砍头疮"，是她将出阁时，母亲杨氏和她说起冀国定的父亲——冀映汉就因为得了这种病而早逝。

十三岁的冀国定从"紫阳书院"回来时，冀映汉已被这病折磨得形销骨立。冀国定不知从哪得到一个偏方，把带毛的黑狗头在瓦上焙干，研成面，用香油调匀抹在患处，或者将黑狗头脑盖骨焙干，研成细面撒在患处可治此病。冀国定为此跑遍了诊所，都没有黑狗头，于是决定弄条黑狗。邻村李四小养着一条黑狗，跑去找他买，谁承想冀国定说破了天他也不卖，冀国定无奈，又救父心切，趁夜黑风高掳走了黑狗。第二天李四小就找来，发现黑狗已一命呜呼。冀之瑜好一阵调和，最后赔了高价的银子才了了此事。当冀国定满心欢喜将细面敷在冀映汉身上的疱疹上时，一点起色也没有。他又听说，黑花蛇焙焦研细，用香油调匀抹在患处或有奇效，他便一连好几天钻进密林里找蛇窝、挖蛇洞，想尽了一个少年能想到的一切办法。冀之瑜明知冀映汉的病已无力回天，他不想浇灭冀国定的希望，托人弄来一条黑花蛇。冀国定给冀映汉敷药前的那晚，对着月亮求菩萨保佑冀映汉好起来，但仍然没有丝毫效果。

冀映汉于乾隆五十四年八月初三卯时去世。"砍头疮"又叫"蛇缠腰"，在冀良亨去世的一百五十年后，他的预言再次被印证。

冀映汉的脚下应是冀氏第十七世——冀国定的墓，但冀国定没葬在这里，他葬在冀家另一块坟茔——大甫新坟。

冀之瑜说他百年之后依旧安葬在祖坟，不然冀映汉的墓上无父下无子，担心他孤苦伶仃，而让冀国定百年之后不要进邬城祖坟。那密密麻麻的墓碑看得人透不过气，旁支繁茂，这支七世单传不说，到了冀国定连半个子息也看不到，于是让冀国定在大甫另置了一块风水宝地。而今冀国定就躺在大甫新坟的那片黄土中。

瑛姑还想过与冀国定几次阴差阳错的相遇，但细细想来，她格外怀念的是和马銮宇站在京城"宏盛"门前的那一刻，就是那一刻，拉开了她起伏跌宕的一生。

"宏盛"大掌柜张长海告病离开的时候，曾说起这一幕：那日雨后初晴，他从"宏盛"出来，一眼看到当街立着两位翩翩公子，两人年岁相仿，其中一个眉清目秀，着一件青色琵琶襟马褂，一袭燕尾青长袍，腰束泥金腰带，上系一个玉佩。另一个秀气活泼，穿件葱蓝色斜大襟马甲，内衬月白色长袍，系秋瑰色长腰带，腰带上并未挂缀任何物件。两人虽然没有贵胄人家的富贵气，立在当街却分外不俗，所以不由得朝他们多望了几眼。之所以记得那么清楚，因为那天恰好是嘉庆帝东巡出宫的日子，也是张长海开始受人要挟的日子。

第二章　祸起

嘉庆十年七月十七日，因下了一夜的雨，空气中溢满水汽，到了卯时，雨停了。朝阳透过厚厚的云层倾泻下来，浓密的绿荫泛出清凉，池塘倒映着镂窗隔栅、酒幌檐牙，偶尔有雨珠从兽纹滴水瓦滴落，"叮"的一声，水面荡漾，池塘中光影碎成光斑，京城便醒了过来。但今天不似往常热闹，大街之上纤尘不染，寂静无声，因为嘉庆皇帝今日要东巡，人们早已奉命回避，掩门不出。

瑛姑昨晚无意中听到父亲马培和与杨管家的对话。父亲在她年幼时与王家定了亲，都以为是桩好姻缘，谁承想王家这些年受人提携入了仕，日渐风光，而马家家境日渐堪忧，王家对马培和渐渐变得冷淡敷衍。马培和此次来京本想会会进京述职的王家，看能不能帮忙推掉东洋购洋铜一事，但王家总是不予相见。马培和清楚看到与王家不是桩好姻缘，不停唉声叹气。杨管家说马家好歹也是书香世家，也赐了官爵，他凭甚狗眼看人低？马培和心中明白，那不过是有名无实且品级不高的虚官。他本想为瑛姑攀一门好人家，却没想到挑来挑去这么不趁心意。

"与其等她嫁入王家受人白眼，不如我撕破老脸解除婚约！"

"只是王家正沐皇恩，老爷此时解除婚约，会不会使马家雪上加霜？"二人沉默。

"啪！——啪！——啪！"静鞭山响，鸣赞官开始静街。

瑛姑坐在房中琢磨，如果马培和出面解除婚约，定会牵一发而动全身，倘若她来解除婚约，无非被说成任性，不懂事，最坏落个家教不严，至少能使马家少受牵连。这些年，瑛姑常随马培和出门，虽说未读破万卷书，行万里路总是有了，所以大事小情她都有些主意。

待至巳时，全城解禁，京城热闹起来。酒榭歌楼欢呼酣饮，长街短巷攘往熙来。瑛姑身着男装拉起马銮宇跑出驿站，说她有好办法帮马培和解决难题，只是要面见王公子。

马銮宇按照瑛姑的交代，手持"烦请转王公子"的信件叩响了王公子的门。信件递呈得顺利，马銮宇按瑛姑的要求，不多说一句，不多问一句，将信件交上便兴冲冲跑出来问："瑛妹妹，这下可以告诉我，你替叔父想出了甚好办法了吧？"

"找间茶馆和你细说。"

两人路过"宏盛"钱庄，瑛姑在它门前站住。青砖灰瓦，飞檐翘角，阳光将黑底烫金的匾额照耀得熠熠生辉，两侧刻着藏头联，上联：宏图在望，金赤银足铺大地，下联：盛景有期，禄光福气耀长天。横批：义重于金。钱庄人进人出，有绫罗绸缎的，也有粗衣蔽履的，不见伙计分别对待。马銮宇告诉她这就是冀家在京城新开张的钱庄。方圆百里都说冀国定生而颖异，才识绝伦。人发迹了，容易被渲染得无所不能，虽为同乡，瑛姑对他却不甚了解，也许名过其实也说不定，但还是对"宏盛"有了一丝好感。一群白鸽飞过，空中划过清脆的哨音，瑛姑手搭凉棚，目光追随着群鸽。

马銮宇常说他到了冀国定这个年龄不知能不能有所建树，瑛姑则肯定地说他将来定是鸿儒硕学，冀国定不过会算些小账而已。马銮宇不同意瑛姑的说法，瑛姑还要说什么，从"宏盛"钱庄走出两个人吸引了她。前面的人身穿绫罗，腰系玉带，一袭长袍，阔步迈出"宏盛"的门槛，再抖开长袍，藏青色的暗花缎光斑粼粼，团寿的图案便忽隐忽现了，他背手站在"宏盛"门前自负地望向长街。后面的人满脸堆笑，半躬着身，一边伸手相让，一边应承着什么。前面那人向后一挥手，快步走下台阶。突然从一旁冲过来两人，一男一女，破衣烂衫，蓬头垢面，托着破碗朝前面那人讨要。那人摸了下脑顶，笑眯眯摸出几粒铜板扔给他们，娘里娘腔地问小叫花子打哪儿来，小叫花子说打襄阳来，那人又说小叫花子运气好，逢他今日高兴，说完背着手迈着方步走了。一个小叫花子问："姐，他会不会就是冀财东？"另一个叫花子一脸茫然说："不知道。"

瑛姑推了推马銮宇："瞧那人，一直盯着我们看。"

"他呀，他是张长海，这儿的大掌柜。"

"刚才那人就是冀国定？"

"瑛妹妹，又要下雨了，走吧。"

瑛姑心里嘀咕，虽说人不可貌相，但貌由心生，怎么瞧那个冀国定也不像是个面善之人，瞬间对"宏盛"没了兴趣。快到茶馆时，路中央围了一群人，闹哄哄不知发生了什么，瑛姑钻进人群，看到一位长者和一个少年一前一后走着。长者清癯爽利，中等身量，腰身溜直，三绺山羊胡，一身粗布衣衫。少年跟在他后面模仿他走路，少年虽然不是绫罗绸缎，但也非寻常百姓。看模样比马銮宇略长，目露精光，透着几分倜傥不羁。

"徐松龛，这位是谁？"有人问。

叫徐松龛的少年并不应答，头也不回，冲着人群高高举起右手，只伸出小拇指对着前面的长者连指三下。众人不解其意，又有人问："他是不是徐中书苦觅八荒新找来降服你的人？"长者不见徐松龛应答，停下来回头看，正见徐松龛用小拇指指着他，且神情无比傲慢自负，愠容渐起。

徐松龛立刻将右手藏在身后。长者瞪着徐松龛，大有说不清这其中缘由便要当众惩戒。徐松龛两只眼珠只朝天上瞅，拒绝解释。焦灼不堪的时候，瑛姑走上前对长者说："这位先生，徐公子已经回答了！"马銮宇担心她生事，要阻止，瑛姑反劝他说："不是甚要紧的事，堂兄别急。"转而冲徐松尧眨眨眼，对众人说："如果我没猜错，这位是他的先生——周五先生。"

众人疑惑她所言，一齐望向长者。长者虽心下骇异却佯装恼怒："哪里来的野小子，不知天高地厚！"瑛姑不服气，拉起徐松尧的手伸出他的小拇指："《百家姓》'周'可是位五？小手指本行五；天、地、君、亲、师，'师'也位五，他连指三下就是在回答：前面这位是周五师。"徐松尧开心极了，揽住瑛姑的肩道："知我者，你也！我叫徐松尧，他的确是我的先生，你叫甚？"马銮宇推开他将瑛姑护在身后："我叫马銮宇。"徐松尧反将马銮宇推开说："我又没问你！"瑛姑红了脸说："我叫，叫——马瑛。""听你口音，咱们是山西老乡！我是山西五台的，你哪里的？""办正事！"周五板着脸目不斜视往前走。徐松尧跺脚嘟囔："爹非弄个夫子整天跟着我不是研学就是背书，我与你投缘，你只管打听徐中书徐府就能找到我。"而后飞快从腰上解下一块玉佩塞给瑛姑："凭这个可进府寻我！"随后风一样去追赶周五。瑛姑手托玉佩有些不知所措，看了眼马銮宇把玉佩塞给他："给你！""我不要，又不是给我的！"马銮宇又塞给瑛姑。

两人到了茶馆，马銮宇又问瑛姑："你私自为叔叔的事情做主，叔叔知道了，会不会雷霆万钧？"瑛姑歪着头斜睨了一眼马銮宇："我自有定见。"马銮宇突然捂着肚子站起来："你看看想喝甚？在这儿等我，哪也别去。"说罢跑开。

瑛姑打量起这家茶馆。茶馆人不多，跑堂的伙计眉眼机敏，熟客常客刚落座，他们惯喝的茶也随之斟满，生客稀客，伙计便如数家珍报上茶名。

"来一壶你们家上好的碧螺春！"有人突然在瑛姑对面坐下。伙计将毛巾搭在肩上，满面笑容应和："得嘞，一壶上好的碧螺春！"

便往后堂去了。瑛姑一眼认出他是周五,纳闷极了,他刚才还是个先生,现在怎么变成了测卦的,因为此时他手里持着一竿长幡,幡上挑着一个"占"字。周五捻了捻胡须,微笑道:"马公子觉得哪里不妥吗?"瑛姑讪笑:"我以为您是周五先生的孪生兄弟。"周五脸上绽成一朵花:"莫说孪生兄弟,便是同胞兄弟也没有。天地苍茫,我惯了独来独往,如今遇到我那徒儿,哦,还有你,估计要重操旧业,在这人世间骨碌几个来回了。"瑛姑见周五言谈举止另类,凭他现在这副模样,无论如何也不敢相信,他是徐中书为徐松龛苦觅八荒的先生。她被卦幡上的"占"字吸引,她看到"占"字的口里多了一点,不似笔误,更似有意为之,瑛姑一时不得要领说:"这卦幡与众不同。"周五会心颔首:"那请马公子说说,这卦幡怎么个与众不同?""'占'虽书写有误,但人们仍然念它'占'。想来定有不少人疑惑,一位能知古测今的先生,缘何举着一枚白字卦幡招揽生意?""你既然这么感兴趣,这幡送给你回去研究!"周五将幡递到瑛姑面前,唬得瑛姑连连摆手。

碧螺春上来,伙计为周五斟了一盏刚要走,周五指指瑛姑,伙计明了,又为瑛姑斟满这才离去。

"先生果真会占卜?"

周五将幡立在墙根,拍打了一下长衫,"我很少为人测卦,活到这岁数,估计只为三人测,一个是我那学生松龛,另一个是松龛的结义王姓兄弟,再一个——便是你了。"

瑛姑一愣:"给我测卦?我可没说要测卦,测了也没银子。"周五并不接言,将右手摊开掐算了一番,又望了望天色,嘴里嘟嘟囔囔一阵:"今日奇了,必得给马公子占一卦,敢问马公子生辰?"瑛姑只笑不语,周五也不再问,随后从口袋摸出三枚铜钱,团在手里晃荡一阵撒在桌子上,如此这般六回,点头道:"果然不出我所料。"

"先生测出甚了?"

"天机不可泄露。"

瑛姑一脸不屑。周五说："我瞧你似乎不信我，我今天就送你几句话，日后你看灵验不灵验。话说……你注定不凡，可惜你是个男儿身，白白占了坤位，如若是位女娇娥，不只可以旺夫齐家，还可匡民济世。"说毕啧啧赞叹。瑛姑扑哧一笑："修身齐家的还分男女不成？"周五爽朗答道："马公子风流倜傥，将来会有诸多红颜知己，到时候，你再回头想想老夫今天说过的话！""不过，听先生所言，我明白了另一件事。"周五胸有成竹地指着卦幡问："可是它？"瑛姑有些佩服他了。周五似乎在盘算什么，又问："公子喜欢读谁的书？""王阳明，就差顶礼膜拜了。"周五对瑛姑更感兴趣了，嘴上却故意说："明日起，你便开始膜拜老夫了！"瑛姑见他有些狂妄，不再接话。周五看出她的心思，将铜钱收入掌中，用手指沾了茶水在桌上一笔一画写下"占"字，"烦请马公子说来听听，那幡上的'占'字写法，取意为何？"瑛姑因他猜中了心思，勾起年少好强之心，于是解释说："'占'字得一点，要么是'点到为止'之意，要么是'得占天机'之意，无论是'点到为止'还是'得占天机'，都与卦主身份相符，意虽含蓄，却彰显先生自信。先生不只传道授业独具一格，就连测字卜卦也别出心裁。"

徐松龛虽是人中龙凤，但周五觉得与眼前这位马公子似乎更投脾气，陡然生了要收她为徒的心思，"马公子不知师承何……"

"堂兄！"

周五心想，这人与人果然各有因缘际会，我正想收徒，却横空杀出个人来阻隔，我与他恐无师徒缘分，也罢，世事都有定数，不如随缘，于是扯起卦幡要走。"周先生？就您一人？您那学生呢？"马銮宇问。周五眉毛一拧："那小子啊……要犯错了，我准备让他闭门思过。""要犯错？意思还没犯？"周五起身唱道："城西有木，木挂灯笼。筋骨其内，琼浆其中。馋涎点点，窃意隆隆。小子爬树，气煞老翁。一尺在手，罚他跪公。"他展展衣襟又说："你们兄弟聊，我去城西。马公子回见！"说罢抖了一抖幡，斗大的"占"字忽隐忽现，腰板溜直地走出了茶馆。

马銮宇看着周五的背影说："神神叨叨一个人。我问他徐松鲚，他何以念一堆乱七八糟的东西？"忽然想起什么："周五先生怎么会在此？他改行做相士了？"瑛姑未及解释，突然听到外面喧嚷，紧接着从街头跑出许多执刀的兵，铠甲森严，押着几辆囚车徐徐前行。有人将烂菜馊水扔向囚车，骂他们贪腐，吞占赈灾款，唾骂声此起彼伏。一共七辆囚车，有须发花白的，也有正当年的，不知他们是各有其罪，还是同一宗罪。这么大的阵仗实不多见，定是震惊朝野的大案要案。

"当年寒窗苦读，今时阶下之囚，辜负志向，可叹。"瑛姑不停地叹息。马銮宇望着瑛姑产生一种错觉："瑛妹妹，你该是个男儿身！"瑛姑突然笑了："周五先生刚刚说，可惜我是个男儿身，不然，可了不得呢！"马銮宇也笑："听他胡诌，见你是男子，便说是女子好，若知你是女子，定又改说是男子好！"马銮宇正要问瑛姑替马培和想出了什么法子，杨管家"咚咚咚"跑上楼："快回去，老爷发怒了！"

瑛姑和马銮宇刚进门，马培和便劈头怒道："跪下！纵容你淘气，没纵容你丢马家门风！"这声怒吓吓到了瑛姑。从小到大，这是她第一次见马培和发怒，心中虽忐忑，但仗着马培和平时疼爱，两手抓着衣襟的两侧，嘬着嘴，半娇嗔半讨好嗲嚅了一声"爹……"，但马培和丝毫不为所动。跪在当地的马銮宇示意她赶紧跪下，瑛姑仿佛听不见，马銮宇两眼一立："你不是常说好汉不吃眼前亏，先止了叔叔的怒气再做打算！"

瑛姑此刻看到马培和脸色苍白，胡须颤抖，眉间挤成个川字，心中已猜到原因，正准备解释，突然听到马培和气愤却又极为克制地对她说："你，明天收拾了东西立刻回山西，别再在这里给我惹是生非！"她一激灵，激灵过后是委屈，瑛姑哪里受过这样的训斥，眼里涌出泪来。马銮宇见状立刻说："叔叔，是侄儿没照顾好瑛妹妹，都是侄儿的错。"马培和将目光移向马銮宇："你习惯替她兜揽大大小小的错，但也要有个轻重才好！且不说你带着她擅自去见王公子，竟还代她递呈婚约解除信，言行负佳，无脑者也！"马銮宇几乎瘫坐在地上，惊恐地望着瑛姑："瑛妹妹，你只说那信是为叔叔争取筹运军粮一事，如何变成了婚约解除信？"瑛姑这才跪下："爹爹，王家如今春风得意，拜高踩低，我知道爹爹有诸多难处，所以女儿擅作主张解除婚约，纵有千错万错，女儿一人承担，绝不连累爹爹。"马培和愤然作色，拍得桌上杯盘茶盏乱颤："教女无方，辱没先人，我马培和乃不肖子孙啊……"杨管家慌忙进来，见状一惊，却也顾不得那么多，对马培和耳语了几句。马培和先是惊诧，而后变得沉郁，神情渐渐萎靡下来，未再言语，换了衣裳，急匆匆出了门。

马培和一直自恃清高，如今不得已依附别人做些买卖。只是比起富贾巨商，他那点盈利还不够办一场奢靡的事筵，可马家依旧在重捐之列，再加上退婚一事必定会使王家恼羞成怒，马家一定凶多吉少。马銮宇与瑛姑跪在当地不敢动，杨管家劝他们先起来，等马培和回来再商议。

"爹爹筹运军粮抵捐银的事不成了吗？"

"刚到京城那晚，有人暗示老爷不可动筹运军粮的主意。"

马培和很晚才回来。瑛姑内心不安，刚听到门声响动，立刻跑出门去相迎。马培和已不见先前怒色，却是一脸倦容，杨管家紧紧跟在一旁，他不知道马培和此行带回来的又是什么样的消息。瑛姑愧疚，马培和后悔对瑛姑过于严厉了，柔声说："无妨，余下的事爹来处理，你去安歇，爹和杨管家议些事。"

马培和呷了一口茶："事情麻烦了，确定让去东洋购洋铜。"

"东洋铜斤价格暴涨，朝廷依旧按旧例结算，购得越多，赔得越多，范家就因此导致家业衰败，这是何人出的馊主意？"马培和焦虑万分，不停用手揉搓着脸。

"难道是……王大人开始为难老爷了？"

"人心隔肚皮，事情接二连三，我来京城许多天，一直与他不得相见。按理说不该枉揣人意，如今看来，也由不得我多想。马家如今外强中干，若过不了这个坎儿便岌岌可危了！"瑛姑偷偷听到这些话心下大震。

回山西这一路，马培和铁青个脸，瑛姑也敛起顽皮，快进介休城时，马銮宇先行一步给家里报信。他们则在坑坑洼洼的官道上慢慢行驶。下了前面的缓坡，涉过龙凤河就进了介休城，再往北斜插过一片坡地，远远就是一片极为开阔的平原，张良村就到了。从来好事不出门，坏事扬千里，他们刚进了村，便有人围上来问长问短，问得最多的是瑛姑的事，马培和一一敷衍，虽然装作淡定，脸上却挂着难堪。瑛姑听出三个意思，退婚的事是真的还是假的？以后她怎么做人啊？以后怎么嫁人啊？好不容易摆脱了乡里乡亲之间的"关爱"，马轿子还没走远，瑛姑便听到他们说她不识礼分，常常女扮男装出入市井，一个女孩子上树上房，摘果子偷柿子，有失家教，怪不得王家退婚。还有人说她读了不少书识了不少字，没见读出温柔贤淑，竟读得被王家退了婚，马培和的老脸都被她丢尽了。一时间，瑛姑沦为笑柄。

瑛姑有个习惯，每次出门都会带些土物回来与远亲近邻的姐妹们分享，有时候是笔墨纸砚、花笺、香囊、扇坠、胭脂，有时候是果脯、桂花糕、茯苓饼，有时候是泥人张、珠花、绢帕，还会将听来的逸闻趣事讲给她们听。村中女人知道她见多识广，遇到难事时，常来找她商议，但在退婚这件事面前，这些常日的好都消形遁迹了。

马培和更愁了。

瑛姑被禁足在家，马培和又是心疼又是悔恨，让杨氏继续给瑛姑裹脚。杨氏责怪裹也是他，不裹也是他，都十三四岁了，哪能再裹！瑛姑这些天并没为她自己担忧，她在担忧马培和。屋漏偏逢连夜雨，她的一封信几乎将马家推进火坑。虽然马培和最后说即使没有退婚一事，这些事也还是会照常发生，瑛姑心中依旧无法安宁，尤其看到马培和花白的胡须和鬓角，常恨不是男儿身。

这天，马培和伏在案上习字，狼毫饱蘸墨汁，一口气写下"斗斤不换南山判"，他良久盯着这几个字，只觉满目生凉。马培和一直纠结摸爬滚打于官非官、商非商之间，可是圣人有言：善行，无辙迹；善言，无瑕谪；善数，不用筹策。他行为磊落，何错之有？也许柳暗花明也说不准，于是决定明日去省城再走动走动。

一大早，还没见到吴媒婆人就先听到她的声。吴媒婆从大门一直笑到二门不算，还摇头晃脑拉着杨氏的手，嫂子长嫂子短地说三姑娘的喜事到了，她觉得甚是般配！直到走进厅堂，她邀功似的拍着大腿说渴了，丫头笑着给她递了茶，耳边才少了聒噪。说来也奇怪，人们得知瑛姑退婚后，隔三岔五就有媒婆上门来说媒，起初马培和与杨氏高兴，后来渐渐发现，这些媒婆给瑛姑说的不是老翁就是聋人，不是病恹恹的瘾君子就是破落户。吴媒婆走后，杨氏偷偷流泪，瑛姑更加惭愧，决定偷偷去庙里为马家烧香祈福。

瑛姑与丫头梓芸一大早乔装打扮从后门悄悄溜了出去。梓芸担心被马培和知道了瑛姑又要受罚，又一想，瑛姑自从京城回来后就没笑过，于是也顾不了那么多，只要瑛姑高兴，她就高兴。

最灵验的庙在北辛武村边上，路上瑛姑看到许多乞讨的人。进了庙，香火不似原来旺，瑛姑拈了三炷香，虔诚地祈求菩萨保佑马家平安，梓芸无比虔诚地祈求菩萨保佑瑛姑开心。从庙里出来后，瑛姑发现难民更多了，于是跟着他们来到一处粥棚。

瑛姑只觉满目凄惶。驿站旁、城墙根、桥下、破庙里尽是难民。他们满眼迷茫，手心朝上手背向下，不绝于耳的呻吟声此起彼伏。他们挣扎在死亡边缘，听着今天谁家的老娘没了，后儿谁家的娃儿没了，悲伤摞着悲伤，叹息叠着叹息，生如草芥、命如蝼蚁的无助漾在难民之间。眼见入冬，绵绵秋雨没完没了地下，在饥寒交迫的裹挟下，常人度日维艰，瑛姑不敢想象这些难民如何越冬。一对母女满眼乞怜与无助望着瑛姑，她没多想，摸出铜板放到她们手中。有人晃着碗也过来讨要，渐渐围了一圈人，瑛姑又要摸铜板时，梓芸小声说："姑娘正处在是非浪尖，别再无端惹人耳目惹太太伤心，别被人认出来，赶紧回去是正经。"无奈她们已被围在中央，甚至有个无赖要去抢刚才那对母女手中的铜板，推推搡搡间，引来更多围观的人。正在这时，一辆马轿子缓缓行来，车内有人一声闷喝："这是干甚？以众欺少吗？"

　　难民迅速让开一条道，马轿子滚过街道，卷起路上的泥水。有人说那不是冀财东的马轿子么？这粥棚就是他家的。一群衣衫褴褛的孩子一边追着马轿子跑一边唱："北辛武，冀财东，身七尺，财八丰，遇大旱，忧心忡，施万石，救灾凶。"

　　"冀国定？"瑛姑脑海浮现出京城"宏盛"门前的那个人。

　　"姑娘，这歌谣极尽溢美，看来他不只家大业大，还是个慈悲之人。"

　　"事发于心与事发于目的不同，我瞧他极具功利心。"

　　"姑娘的意思，他是故意做出来给人瞧的？"

　　"明儿再来瞧瞧，去'了茶楼'看看今天有没有新鲜事！"

第三章　相遇

"了茶楼"原本叫"茗香楼"，之前生意一直不温不火，后来不知在哪请到一位说书先生，不只书说得与众不同，还借由说书为他人排忧解难。谁人有难事，放酬银于桌上，说书的说清缘由，众茶客纷纷献策，谁解决了银子归谁。许多疑难杂事，陈年老案，一经他的演绎都有了了断。说书的也因人而异，有收重金的，也有一纹不要的，"茗香楼"因此名气日盛，门前既有高骡大马，也有渔樵耕读，掌柜的干脆将"茗香楼"改名"了茶楼。"

瑛姑见"了茶楼"门庭若市，决定一听究竟。她要了雅间，点了茶点，茶倌麻利地端上端下，瑛姑还没来得及喝口茶，说书人已端坐。他的桌上摆着醒木、茶水、小食、折扇，最为醒目的是一块崭新的红绸之上，放着两枚银锭。

"来得早不如来得巧！今日当真有人托事。"瑛姑话音刚落，雅间的帘子被撩开，进来两个陌生男子，一个精瘦，一个挺拔，双方都一怔，继而对方一脸歉意："多有打扰，走错了。"说毕出去，没一刻工夫两人又返回来，精瘦的说："不知二位是否走错了？这间是额们预定下的。"掌柜的已经慌忙跑过来作揖赔礼，说伙计一时迷糊，安排错了，请瑛姑移步隔壁，并给补些茶水吃食。瑛姑正要拉着梓芸往外走，挺拔的那人说："不如这样，二位安坐，茶倌也是无心之失，这盘盘盏盏端来端去甚是麻烦，不如我们去隔壁。"说毕往外走，瑛姑道谢，抬目而望时正逢他也望向瑛姑，四目一撞，瑛姑只觉得与他似曾相识，一不留神碰翻了茶盏。重新落座后的瑛姑神思游离，直到说书人拍响醒木才回过神来。

茶馆渐渐安静。说书人"刷！"一声将折扇打开，明亮的眼睛扫视一圈，开嗓道："所谓天地万物皆有灵性，四野六合俱是传奇，各人凭各人本事吃饭，我，就凭着这张嘴！道德三皇五帝，功名夏后商周。英雄五霸闹春秋，秦汉兴亡——"他把折扇合起来指向众茶客，"过手！"茶客的情绪已然被调动起来。说书人用扇骨敲了敲左手手掌，凝神片刻，慢悠悠道："老规矩，今儿有桩棘手的陈年官司，谁有锦囊妙计，可去后堂献计献策，主家认可，这就归您！话说有兄弟俩，从小相依为命，他们有个舅舅，无子嗣，家业无人继承，于是哥哥过继给舅舅为嗣。这哥哥老实厚道，心无旁骛孝顺了他许多年。可叹世人难抵黑白二常，舅舅临去世时，将家业传给了哥哥，怎奈舅舅家族的人不同意，不但将哥哥逐出家门，还四处散播流言，说这哥哥图谋他家家业，哥哥一气之下，卧病在床。弟弟倾尽家财打了一年多的官司，官府说'无律可依'，官司一直拖到现在，哥哥如今奄奄一息，想在离世前，求得清白！"说书的将醒木又一拍，嗓音略带沙哑道："言归正传。话说这才消停了几日，朝廷边关又传来告急的消息。韩世忠道：梁姑娘，你如何知道粮草会被贼人劫走？梁红玉只低头把弄腕上那只翡翠玉镯愣神。韩世忠咳嗽一声又道：梁姑娘，我问你话呢……"

"姑娘？姑娘我问你话呢。"梓芸轻轻推瑛姑。瑛姑如梦方醒，意识到失了神，再没心思听说书。离开时经过隔壁茶间发现已人去楼空。出了门，眼前晃过一个挺拔的身影，青灰色棉袍，玄色滚边，靛色坎肩。瑛姑紧走几步，尾随绕至茶馆后院，又一转弯，不见了身影。面前是一间屋子，里面围坐了不少人。有人说无律可依也不能不断呀。有人说，这种事不多见，与其将银子花在这上面，不如托关系打点。

有人反驳，不是没关系么，不然哪会行此之策，再者，论家世财业，小哥能熬到今日已属不易！众说纷纭之下，没人提出可以采纳的建议，瑛姑自告奋勇："在下有一想法，不知当讲不当讲。"众人见她年少，以为是哪家少爷公子百无聊赖而来此闲逛，所以无人接她话茬。瑛姑淡淡一笑："《北溪字义》说，亲重同宗，同姓不同宗，既与异姓无殊，再者哥哥以过继之子服侍舅舅，更无疑问。另外还有一个依据，乾隆爷年间，有过一桩类似的案子，具是依此而判。"

小哥激动地说："当真可行？若公子所言能救我兄长，我必报答于你！"

瑛姑心中得意，出来后又看见茶间那两个人。只听那个挺拔的人说："不过上个后楼的功夫，我的想法就被他抢先说了！哎呀，可惜了那银子，够吃好几顿烧卖的。我瞧着那位小哥不赖，你不是缺个帮手吗？"精瘦的说："赈灾施粥的事，差不多就可以了！咱们家的稻谷也不是大风刮来的。"两人渐渐走远，瑛姑对那个身着青灰色棉袍、玄色滚边、外罩靛色坎肩的人好奇起来。

天光刚泛出鱼肚白，城里城外突然多了许多乌鸦，它们由北而南压着地平线"扑棱棱"飞过来，那阵势，不比欲破城门的剑戟势弱。寻常夜半的叫声都觉得异常瘆人，而此时，大片的乌鸦有似屠城，空气凝滞成黑色，羽翼之下仿佛箍满了密不透风的噩耗，让人不寒而栗。上了年纪的老人手托粗陶大碗，瘪着腮帮子说："冬雷滚，黄土堆，乌鸦成群尸成堆。"将至午时，粥棚前蜂拥了许多人，烧灶架锅，难民急不可耐，锅里刚舀了水，粥棚突然被挤塌了。瑛姑左右瞧瞧，拉着梓芸往木材铺走去。

一辆马轿子在蜿蜒的巷道上缓缓而来，家仆冀福忠驱车，李管家坐在外面，轿内坐着当地巨贾冀国定。他听完京城钱庄大掌柜张长海汇报了"宏盛"事宜，便来看施粥的情况。

钱庄去年在京城创办，一处总号，两处分号，银号共投入白银十四万两。此时，他闭目端坐于轿中，琢磨张长海的话："半年前，有个自称姓包的，说是庆郡王的人。"张长海压低声音，同时顿了顿，意在捕捉冀国定的反应，冀国定没有搭腔的意思。"他听说咱们'宏盛'实力强大，想要入股，但，是二成五的干股……"张长海又停顿一下，眼睛瞟了一下他的东家。冀国定微微蹙眉，抿了一口茶，示意他接着说。"包掌柜说，别管什么途径，他总能保证有固定的白银入柜，最关键的是，能签到军机处和户部一些大的采办项目，这样下来，除了能填平那二成五的干股，还会有不小的盈余。"马轿子突然碾过一个水坑，冀国定睁开眼，听车轱辘"吱吱咯咯"的声音，听马蹄踏在水里"啪啪"的声响。雨珠打在轿顶，外面嘈杂一片。

也是这些天，急坏了县令王守业。

朝廷早已收到他呈报的灾情，就是迟迟不见下拨的赈灾款项和物资。库里存粮早已捉襟见肘，情势越来越紧急。他思来想去，看来只能动用那条不得已的办法了。于是，连夜写下十几份请束。就在王守业拟好请束命人分发时，衙役来报难民不计其数，冀家粥棚几次三番被挤塌。王守业立刻拨人马维持秩序，怎奈难民饥肠辘辘，与衙役发生抵抗，一时场面混乱。

冀国定下了马轿子，站在一旁观看已然乱作一团的粥棚，妇人挤不过男子，老人孩子挤不过成人，有病的挤不过身强力壮的，粥棚外围总是弱者。虽然冀家一再保证每个人都会有粥喝，但被饥饿危逼着生命的难民没人听得进去，实实在在的食物进肚，比任何的承诺都来得踏实。李管家双手插在袖管，望着乱糟糟的人群说："额日他祖宗，好像发生冲撞了！"冀国定仿佛自言自语，又仿佛回答李管家："今日冲撞的是衙役，若再无力安抚，明日冲撞的就是城门，后儿便是宫门了！"福忠安顿好马轿子，也将双手插进袖筒："老爷，玉章的嗓子都喊破音了。"李管家说不破音才怪！他以为难民会规规矩矩排着队等他一碗一碗施粥？谁都担心轮到自己，锅里没货了。冀国定直叹气。"额过去眊一眊！"李管家一甩胳膊朝粥棚走去。

冀国定突然听到有人叫他："这么巧，正甫兄也在这里！"王守业带着一位少年大步流星朝他走过来。

"王大人，失礼失礼！"

"正甫兄有礼，这是犬侄。庆云，见过冀财东。"少年拜过冀国定，知趣地往粥棚去。王守业将冀国定让到路旁一脸正色说："巧妇难为无米之炊，正甫兄危难之时伸出援救之手，王某替这一方百姓感谢你！"说罢要行礼，唬得冀国定一边还礼，一边连说惭愧。王守业极为诚恳地说："我虽是这地方的父母官，面对灾情却无力可施、无财可济，兄之慈悲，实在是这一方百姓的造化，兄当受此拜！"福忠赶忙深躬了身子说："我们老爷常说，王大人清廉爱民，日理万机，真正有造化的是我们！"二人相视一笑，这才免了礼数上的繁冗。

冀国定虽然与王守业没有过多交往，但早听说为了百姓，他第一时间打开常平仓赈灾放粮，眼见仓内将空，急得他三天两头写奏折，只是总不见朝廷拨款，冀国定对他心生敬佩，决定在多处重要路口搭建粥棚义赈施粥，正解了王守业的燃眉之急。两人相互钦敬，只恨未有机缘秉烛畅谈，此次赈灾相遇，生出相见恨晚之意。

"想来正甫兄听说了最近朝堂上的一件奇案吧？"

"王大人是指山阳知县王伸汉贪污救灾款，杀人灭迹一案？"

王守业点头："为任一方，损公肥私，不顾百姓于死活，为掩罪行，不择手段，欲用重金收买李毓昌，偏这李毓昌是个骨骼清流之辈，王伸汉便下黑手，贿赂李毓昌长随家仆将其毒害而亡！"

"可叹人心！只这李毓昌铮铮傲骨，可惜了。"

"一介穷酸的新科进士，无人脉，无财帛，又急于建功立业，偏遇小人，想两全就太难了。他哪里有我这么幸运，我也一介穷酸，却幸遇兄台仁义，幸遇百姓淳厚，感谢上天眷顾！"言罢，转身对着苍穹抱拳。

"王大人过谦了！却不知定了性的案子是如何翻案的？"

"李毓昌暴毙的死讯上达后，朝廷命淮安府知府王毂查验，王毂眼看着李毓昌口鼻流血，却依旧凭借脖子上一条绳痕断其自缢，草草了结此案。李毓昌家叔一路喊冤至京城都察院。皇上圣明，令山东巡抚吉念查办此事，他将李毓昌的灵柩提调到济宁进行检验，真相才大白于天下。"

"王毂真该千刀万剐！"

"王伸汉冒赈银二万三千余两，其中入己银数高达一万三千余两之多。皇上知道后赫然震怒，判长随凌迟处死，王伸汉枭首示众，王毂斩决，其余清查赈灾救济情况，徇情隐匿的同知、教官，全都连坐，分别进行定罪。"说罢，王守业出了长长一口气。冀国定望了一眼神坚意定的王守业，面对这场灾难，再连同山阳县令贪污引发的命案，他知道王守业肩负着更重的责任和担当。官场从来险恶，远不如凭借财帛的软实力舒展抱负来得自由，不由得让他回想起祖父冀之瑜带着父亲冀映汉和六岁的他，跪在冀氏神主楼前发誓：冀家后人誓不为官的情形。

粥棚前不知发生了什么，引起轻微骚乱。只见一少仆对玉章大喊："小掌柜，我家少爷有一妙计，能解你三番五次倒塌的粥棚。"正说着，突然钻出一人正撞到玉章手里的水瓢，被淋成了落汤鸡。"做甚了！"李管家瞪眼问玉章。"唉哟，我的李管家，这可是你自己往水瓢上撞的！那些米都沾着泥，不能吃了。""甚不是泥里长出来的？"说罢将米扔进口袋。玉章嬉皮笑脸将他拉在少主面前："二位公子，有甚妙计只管和他说！"李管家看到瑛姑一拍额头："额说怎的这来眼熟，原来是南宋抗金女英雄梁红玉！这样，和他说就成，额这水淋淋的没样子。"转身走开。

"梁红玉？"玉章不解其意，少主与少仆相视一笑。少仆顺势将两块木牌塞给玉章，玉章端详着颜色不同的木牌，"男……女……"寻思了一回，将胳膊搭在少仆的肩上晃着头说："还别说，小兄弟的办法好像有点小道理。""谁是你小兄弟？别没个眉眼高低！"扭身甩脱玉章，满脸不高兴。玉章被少仆怼得莫名其妙，将木牌扔在一边不再搭理他们。王庆云见状拿起木牌对难民说："各位瞧清了，这个长形木牌上的字念男，男的到左边。这个方形木牌上的字念女，女的去右边，老的，弱的，病的，残的，到后面。"人群自动按牌子站成队列，玉章见状补了一嗓子："谁要不守规矩，就不给谁粥！"

少主朝王庆云抱拳以示谢意，突然飞奔过来一群小叫花子，几个扑在少主身上，几个扑在王庆云身上，众人滚做一团，只听有人喊："得了！"小叫花子齐刷刷松了手，站起来便跑，其中一个小叫花子瞥见冀国定，转了下眼珠子，径直往他身上撞，大声喊肚子痛并不停在他怀里扑腾，冀国定将叫花子扶向李管家，李管家还没反应过来，小叫花子像条滑溜溜的鱼，早跑得没了踪影。

少主少仆与王庆云分外狼狈。王守业和冀国定等人愣在原地，王庆云面露窘色："叔父，他们是……是女的！"急忙松开少主的手，莫名脸颊绯红。少主和少仆的衣衫被扯得歪七扭八，帽子早不知滚落何处，两人一头乌黑的秀发散落下来，只听少仆说："这下可好了，昭昭于人前，老爷和太太一会儿肯定就知道了，我这身皮不知还能不能再赊了。"

王庆云一眼看到帽子，拾起来递给瑛姑，她接过后客气笑道："谢啦！"扭身要走，又转过来一字一句道："'叔父！他们是女的'，这话不该说出来，这叫——处变不惊。"说完慧黠一笑，从衣服上抹下一块脏泥抹到他衣襟上："这算是惩罚。"说完一边倒退着走，一边笑嘻嘻看他的窘态。

有人认出她们："这不是马家三姑娘吗？"

"有失体统！"

这时跑来一群孩子围着她们起哄："马姑娘，著男裳。能爬树，会上房。偷人果，敲人窗。王家怒，退红妆。无人要，哭断肠！"梓芸气得要追打，瑛姑拉住她："好汉不吃眼前亏，三十六计走为上。"说罢拉着梓芸飞奔而去。

"原来是马家三姑娘，早有耳闻，果然与众不同！"冀国定哈哈大笑。

"正甫兄可知退红妆是怎么个渊源？"

"愿听王大人道来。"

"她不同意家里定的婚事，擅自退了婚，听说因此事马家倍受刁难。"

正在这时李管家突然大叫："哎哟！"紧接着又一声："坏毯了！"冀国定看着他，猛然意识到什么，一摸自己的袖管："坏了！"

再说当地富商豪绅接到王守业的请柬后，心中虽有不快，却也不敢怠慢，各人揣着各自的心思聚集在县署议事厅。王守业将一纸文书放在当堂，迅速扫了眼众人："外面那些衣衫褴褛的，没准儿谁就是在座五百年前的血脉亲人，救人就是渡己，是不是各位？"堂内静悄悄的，王守业见众人皆不表态，压着一股火耐心劝导："想来众位都拜过菩萨，菩萨即使背靠大雄宝殿，也得众人供香火、贴金，才能普度众生不是？"齐主东双目微闭，面露冷笑。众人见他不表态，不敢妄动。

王守业见软的不行便来硬的，拉下脸道："以上数目，捐借各半，如若达不到，外面的百姓受饿一日，你们便在这里陪我饿一日，他们饿两日，你们便陪我两日，饿三日，陪三日，三日若还不行，去长街和难民们一道受饿，什么时候齐全了，什么时候各安其位！"有人怯怯说他们刚交过朝廷募集的银子，一众人连声附和。王守业一拍桌子，唬得他们一抖。他慢悠悠站起来，环顾一周在座的人："各位都是贵人，健忘是常有的事，如果你们忘了，不如我来提醒一下各位，我可是听说，你们不少人为了这顶戴花翎，捐了这上面成倍的银子，要不这样吧，你们把捐官的银子给我，我面奏朝廷，将我这身官服给你们，如何？"王守业双眉倒立瞄着众人，众人依旧不吱声，他缓和了一下气氛又说："再说，我不是说了嘛，等朝廷的物资款项一到，灾情解除，我会按照比例偿还各位的嘛！"那对眉毛也随之变得平缓。"听说冀财东与大人情义不薄，怎么不请他来捐？他拔根毫毛够我们好几年的吃穿用度。""他今日有事。再者，长街之上的粥棚，想必各位都看到了，"他索性将一只脚踩在椅子上，一条胳膊撑在腿上半弓着身子："尔等还好意思相攀？"此言一出众人虽不再言语，但仍旧无人表态。

正在这时，刘师爷满面笑容带着冀国定进来。王守业看到救星一般，让座，奉茶。冀国定见所请之人皆是名门望族，有几位还是至熟的相与。他不知道王守业筹款受挫，按照常理，无论多少，于公于私，都会给衙门些面子，故而生怕晚来晚捐而受人揣度，于是向众人抱拳说："冀某承蒙家乡父老乡亲抬爱，自我祖上始，冀家根脉深植于此，没有这方水土，就没有冀家。国定谨记冀家祖训，恪守仁孝，财帛取之于民，再将其用之于民才符天道。国定不才，不敢违背祖宗教诲，故冀家义捐粮四千五百石，另将本村人口署名造册，每人给予稻粮一石。"此言一出有人点头称赞，有人暗地竖起大拇指，但奇怪的是，依旧没人响应。冀国定望了望几位老相熟，发现他们的目光躲躲闪闪。齐主东依旧闭着双目，面无表情，冀国定有些尴尬。他心下纳罕，齐家财力不薄，在众商贾中也是个有威望的，他之前处处都要与人一争高下，今天怎么如此怠慢公堂，并且众人也与他如出一辙，死活不表态。

王守业看出些端倪，不信这个邪，清了清嗓子道："嘉庆七年，万岁爷写下一首怒骂廷臣的律诗，刘师爷，给诸位财神爷辟出几间房，恭请皇上圣作！"齐主东眯眼望着他二人，脸上挂着冷笑，丝毫没有畏惧的意思，众人只得跟着他随刘师爷去往后院。

王守业挠了挠头皮对冀国定说："王某敬兄台，大恩不言谢，日后定肝胆相照！来晋任前，有人和我说老西儿抠门儿，怎么也没想到，这帮老醋西子，竟抠门儿到这么不近人情与道义！"

"大人，事情蹊跷。凭我们乡里乡亲这么多年，有些人的确是铁公鸡一毛不拔，但多数人分得清是非曲直，今天他们众口一词，其中定有原委，望大人明察。再者山西人的抠，多数是对自家抠，待人还是爽朗厚道的。"王守业猜想事情不简单，又说："还有一事，不知兄台是否还记得那群小叫花子？"冀国定下意识摸了摸袖管，"当然记得，我和李管家的钱袋都被摸了去。"王守业笑道："所失银两，我已如数为您找到。"冀国定也笑："小叫花子行窃手法极为利落。""小叫花子的故事，那才叫离奇。"冀国定顿时起了好奇心。"小叫花子说，他从襄阳一路流浪至此，说是为找一位从商的冀姓恩人。我寻思着，兄台在那一带生意昌隆，也许了解一些情况。"说毕，拍了一拍手，少顷，一个侍女模样的姑娘进来立在一旁。

王守业将女子引到他身旁："正甫兄可眼熟？"冀国定疑惑地看了一眼王守业，又仔细瞅了一会儿这个侍女，摇头表示不认得。王守业一撩衣襟坐下神秘道："她正是兄所言手法极为利索的小叫花子！"冀国定一脸惊诧："怎么也是个女子？""是啊，那一主一仆连同这个小叫花子都是女扮男装。如今贼已捉到，银两追回，小叫花子说有事情想向您请教。"王守业说完知趣地退至后室。

冀国定一边抿茶，一边暗暗观察这个曾经的小叫花子。她看上去十五六岁，因营养不良，面泛菜色，温婉的外表之下透着一股执拗，这是她给冀国定的第一印象，但怎么也和前些日子那个蓬头垢面的叫花子形象联系不到一起。从商的冀姓人多了，只北辛武村有一半的人都姓冀，所以，她或者在撒谎，或者在试探什么，于是拿定主意不先开口，看她如何说。而后端然坐在那里，只喝茶，不看她，不说话，也不动地方。

谁想小叫花子竟也耐得住性子，见冀国定不发问，便咬着嘴唇立在他跟前也一动不动。她在想，想来王大人已将她苦寻冀姓恩人、不远万里从襄阳流落到此的事告诉了他。巧的是，偷了他的钱袋，他正好姓冀，找人是假，但愿别追究行窃捉她入监是真。她一转眼睛，偷偷瞟了眼冀国定：这人长得挺周正，看王大人对他的态度，是个有声望之人，假如他发发慈悲，或者可逃此难，若真能帮着寻到一些蛛丝马迹……又想，事关重大，不能轻举妄动，不如等对方开口发问，再做打算。

　　两个人各揣心思，谁都不说话。

　　一盏茶过去。屋子里静得只剩冀国定啜茶的声音。第二盏茶的时候，冀国定站起来拂了拂长衫，目不斜视做出离开的架势，小叫花子终于耐不住，"扑通"给冀国定跪下："冀老爷！冀财东！冀善人！我不懂规矩，扰了您的平安，请您高抬贵手，饶我这次！"冀国定压着嗓音说："那是王大人的职责，我只关心我的银子，既然银子追回来了，我也不会追责你甚，你好自为之。"说完拂袖要走。"您请留步！"小叫花子看他挺和善，索性壮了胆子问："我想向您打听一个人，这人于我有恩。我流落此地就是为寻他，只是我人卑言微，找了许久也找不到。"冀国定扭头看她："你所行是不义之举，你有此劫也是应该，而我为甚要帮一个行为不端的人呢？除非你能给我一个理由，否则，我绝对不会插手你的任何事。"小叫花子脸突然一红，显然被冀国定这几句话呛到了，更觉无地自容，事已至此，她干脆横下心："冀老爷，都说您是大善人，您发发善心帮帮我。我实在没办法从这么多冀姓的人中找出哪一位是我的恩人，我知道您威望高，心肠好，倘若您肯帮忙，小女子若有来日，定当牛做马报答您的恩情！"冀国定望着她憋红的脸和认真的模样，心软下来："你既是来报人家恩的，怎可给我当牛做马？"小叫花子咬了一下嘴唇说："如果能找到那位恩人，现世当牛做马先报他的恩，来世再报您的恩。"说毕垂下头。冀国定突然对她有了一丝好感，于是坐下来："那你说说，我看如何帮你。"小叫花子吭哧道："只是，我什么也不知道。"冀国定诧异："笑话！那我如何帮你？"小叫花子犹豫片刻："我这里有一张字据，您帮忙看看……"她小心翼翼从怀中取出，又犹豫了一会儿，才递到冀国定手上。

冀国定打量了一眼异常紧张的小叫花子，这才接过字据，看到上面写着：白银万两，稻米四千石。落款：王耳，齐鹿。冀国定"腾"地从椅子上站起来，脸色发白，额头冒出一层冷汗！他紧紧攥着字据，两眼直直盯着小叫花子："你多大了？"他压低声音厉声问。

"十八。"

冀国定出来的时候，王守业在阅宗卷，冀国定虽然极力装作平静，但还是逃不过王守业的双眼。"王大人，这个小叫花子是我一位故人的女儿，她所犯罪责依律处罚，待责罚过后，还烦请王大人告知冀某，我派人来接她，"迟疑了一下又问："她所犯，不知要如何处置？"王守业沉吟道："她所犯不过市井之罪，所失也如数追回，如果兄台不加追究，关几天教训一下便可放了。"冀国定没再说什么，王守业看出他有言外之意。"如果正甫兄……"王守业刚要说什么，冀国定已会意："王大人尽管依律例处置，她性情太野，多关她些时日让她长长记性也好，等时日到了，我自会来接她。""正甫兄所言，守业记下了。"

冀国定回到家中，捋了一遍前前后后与小叫花子相关的细节，越觉兹事体大，不可掉以轻心，于是和李管家商量，又如此叮嘱一番，第二日，李管家便匆匆赶往襄阳。

第四章　暗渡

王守业日日眺望京城的方向，仍旧没能盼来一丝半毫消息。他担心风平浪静之下，保不齐哪天变从中起而引发骚乱，于是披衣伏案，捻亮烛台，再次奏请朝廷，开军粮仓来解燃眉之急。笔墨行过纸张，声如夜行禁军，写至一半时，"咣当！"一声，窗户被大风吹开，烛台吹倒，纸张吹飞。王守业顶着风关上窗，待重新点燃油灯，已无半点研墨心绪。

"大人，徐大人的，密件。"刘师爷手拈信件急匆匆进来。王守业凑近油灯将信展开，刘师爷见他眉头越来越紧："大人，可是与灾情相关？"王守业将信递给他："我本将心向明月，奈何明月照沟渠！徐大人不日来汾州府。"刘师爷迅速浏览毕，就着火烛将信点燃，"灾情这么重，他们不言如何安抚民意，却借机打压忠良。"王守业冷笑："他们参我好大喜功，参我面对灾情不及时上报，参我不畏天不敬朝廷。"刘师爷忧心忡忡："徐大人说此人阴险，他这是要拿整个介邑百姓的性命来说事，倘若赈灾不利，足以将您削职问罪！"王守业不屑一笑，剑眉紧蹙："我上对得起天，下对得起黎民百姓，区区削职，王某人还真没放在眼里！"

王守业清楚其中的暗流涌动。他只是想一门心思为老百姓做些事，但一旦攀扯上人，就变得难了。在弹劾和珅时，满朝文武皆措辞犀利，称他罪大恶极，应立正典刑，独两广总督吉庆不偏不倚，得罪了一众人，于是有人借机打压。王守业是吉庆的得意门生，故而很正常的赈灾也变得扑朔迷离起来。赈灾之事牵五挂四，罪名说有便有，说无便无，历朝历代不乏党争，但历朝历代也都有踏实做事的人。王守业谨遵教诲，为任要鞠躬尽瘁死而后已，如果死能明志，则死不足惜。

外面依然风声大作，王守业干脆将窗打开，淡看妖风四起，他坚信待天朗气清，自然乾坤有序，万物循章。刘师爷敬佩王守业一身傲骨，又担心他过刚易折，好在终于盼到好消息，朝廷下旨，不日拨银资物。这夜，喜得王守业拉着刘师爷下了数盘棋，皆赢。刘师爷捻着胡须说："果真人逢喜事精神爽，大人因灾情久未摸子，此已三更，大人思路仍旧清晰。寻常趁您打盹之际，勉强能赢个一目半目，此时砸破脑袋我也难赢！"说罢弃掉手中棋子中盘认输。王守业露出久未见的笑容，也将手中棋子扔进棋盒："还多亏你的妙计，将齐主东单独安置在上房。众人以为他出尔反尔，个个解囊捐资，齐主东哑巴吃黄连，也只得认捐，赈灾才得以维持到现在。"刘师爷想起了什么："那日齐主东补捐时说他有他的难处，望大人莫要记恨。如果我没记错，早年闹灾，他常常与冀国定攀比实力。"王守业越加觉得事情不简单。

又过几日，快马来报，朝廷疑王守业谎报数量，为核实，粮款预计延期，气得王守业掀翻棋盘："头戴花翎，不能解百姓倒悬之苦，身穿补服，不能救苍生水火之灾，岂不枉读圣贤！"王守业索性将个人荣辱富贵抛在脑后，决定开仓放粮。刘师爷劝他谨慎，擅自开仓放军粮是重罪，何况还得知会李同知。

"李同知非但不同意，还会从中作梗。一人做事一人当。"

"大人若主意已定，我倒有个好主意。"

李同知接到王守业的生日请柬时，怀疑王守业在暗中要花招，因为王守业从不过生辰，但王守业究竟想干什么，他一时猜不透。到的时候，已有五六人围桌而坐，只是不见王守业，只有刘师爷一人忙前忙后，众人问为何不见寿星，刘师爷笑答王大人为大家准备了一个惊喜，请少安勿躁。

再说王守业一身粗布衣衫，带着侍卫立在长街，长街之上摆放一张条案，条案上放着顶戴花翎，一件鹨鹩补服，一枚官印。"今见哀鸿遍野，守业却无力施救，倍感痛心。背靠庙堂，面向苍生，我愧对父老乡亲，愧对恩师教诲。今日开仓放粮，有什么罪责王某一人担当，今以顶戴、花翎、官服、官印为证，王某绝不连累他人。"众随从心生敬佩，无人懈怠，放粮紧张而有序，百姓高呼王青天。

李同知左等右等不见王守业，吃了顿没有寿星的寿宴后才知道王守业在长街公然开仓放粮。他气急败坏赶到长街，抓起王守业的顶戴花翎道："王大人，无旨动用军粮是要掉脑袋的，你这玩笑开得太大了！"王守业满脸不在乎："皇上有旨，款粮不日抵晋，只是这几日实在没有多余的粮食可供灾民糊口，总归都是官中粮食，待筹措的粮食一到，立刻补上，你看如何？"李同知扔下顶戴花翎："都说你喜欢剑走偏锋，若不是今天看到你唱的这出大戏，我还有几分疑惑。你我虽为同僚却道不相同。李某虽不至于死守教条冥顽不化，却也不喜欢标新立异，王大人，我要上本参你刚愎自用，你好自为之吧！"说罢一甩袖子离去。

王守业无旨开仓放粮一夜传遍三晋大地，李同知、汾州府知府、山西巡抚联名参奏，他已做好被革职的准备。让王守业没想到的是，介邑百姓听说他因开仓放粮遭到弹劾，纷纷凑钱买米买麦弥补国库，多的一、二斗，少的一、二升，几天工夫竟将粮仓补平了。又没过几天，赈灾物资抵达。王守业望着姗姗而到的赈灾物资百感交集。他摸了摸额顶，倘若像王伸汉一样贪腐，是杀头之罪；倘若抗灾不利，致使百姓暴乱，是杀头之罪；倘若擅动军粮被定罪，轻者流放，重者杀头之罪。不作为定罪，作为也定罪，王守业笑了——这千丝万缕的人与事，这万象千层的官场又让他摸了摸脖子，虽然觉得脖颈处生出霜样的冷意，但还是长舒一口气，赈灾的事，终于可以交代得了百姓、交代得了他自己了。他收拾好行囊，封存了官印，只等降罪的圣旨，让王守业再次没想到的是，朝廷非但没治他罪，反要调他任汾州府知府。他升迁了。

此时案上放着两封信，一封是徐润第徐大人的。徐大人中庸笃实，前些年其母身体欠佳，遂请命回晋服侍，与冀国定创办了潜研书院，后被朝廷补了中书之缺。另一封是冀国定的。他猜想冀国定的书信与徐大人有关，于是拆阅，果不其然，冀国定邀请他与徐大人共叙情谊。

自从冀国定的父亲冀映汉去世后，冀之瑜与国定爷孙两相依为命，一晃过了十八载。这十八年来，这一老一少，在风雨里若无其事地和人说庄稼，说张家口那场空前绝后的大雪，说戈壁滩上寂寥的驼峰和鬼见愁深谷中串串的脚印。同时，他们默默收获晨露收获月光，收获荆棘收获风雨，渐渐地，冀之瑜眼见冀国定可以挑起冀氏的大梁，便在一个月色如水的晚上，跑到祠堂痛痛快快哭了个够。那是怎样一个夜色啊……冀之瑜每每想起来，还是会心潮澎湃，他觉得冥冥之中，先人们在默默守护他们祖孙二人扛着这份家业砥砺前行。

冀国定推开房门，冀之瑜神态安详地靠着被垛盘腿而坐，手里照旧拨弄着那把祖传的花梨木老算盘。

"孙儿来啦，各柜上可好？"冀国定一抬腿坐在炕沿："祖父您就放心吧。"说罢拿起那把老算盘拨弄了一串数字，然后将冀之瑜的手放在上面。冀之瑜一个数字一个数字摸过去，脸上绽出笑容，"孙儿果然不负所望，可以告慰祖宗了！"冀国定心里一酸，倘若冀之瑜能够亲眼目睹这一切该多好。

"昨儿做了一个梦，"冀之瑜咳了几下，"这个梦有些说道，而且，"冀之瑜嘿嘿笑了几声："和你有关。"冀之瑜捻着胡须像是在整理梦境："我梦到一位鹤发童颜的老人，他说要我转交你两样东西。你猜是甚？一头小牛犊和一个花篮。"说完嘿嘿乐起来，胡子随着脸上的肌肉抖动，但那双眼是空洞的。冀之瑜因为无意目睹了一场秘事，为自证日后守口如瓶而自毁双目才得保全生命，但他对外人说是得了眼疾，因为医治不及时导致失明。冀国定曾问过冀之瑜原因，冀之瑜说这是第一次问也希望是最后一次，牢记知多惹祸。声音虽轻，却透着十足的震慑之威，冀国定便再没问过。

"孙儿，扶我到院子走走。"一阵秋风拂面，冀之瑜听到树叶沙沙作响。"现在是一地枯叶，满廊落辉了吧？原来这棵树上曾筑过鹊窝，算来，一窝窝的雏鹊已经有好几代了。"冀国定感觉冀之瑜紧紧握了握他的手，他知道接下来的话题又会说到子孙上。

"你与菁仪情深，她也处处妥帖，可这子孙之事……这偌大的家业不能后继无人。"冀之瑜语气比寻常沉重。冀国定面带惭色："菁仪也多次催我再娶，不拘任何形式，纳妾也好，侧房也可，她未有不满之意，是孙儿觉得菁仪还有生养的机会。""你应该知道无后对整个家族意味着甚！"冀国定略微一怔："这些年，祖父于孙儿似父又似母，孙儿一刻不敢懈怠，唯恐辱没了祖宗，只是这子孙之事……"他咽了口唾液："孙儿也是万般无奈。"随即垂下头。"子孙之事是强求不得……"冀之瑜面色暗淡下来，"明崇祯十年到顺治五年，这十年，家里遭遇了灭族之灾，死了那么多的人啊，全族男子，只剩下两人……"冀之瑜颤巍巍伸出两根手指接着说："只剩下了两个堂兄弟，其中一个还下落不明。我们这支到你是七脉单传，如今你还是形单单，影迢迢。我的时日不多了，一想到子息，我怎么能不着急，不能后继无人呐，祖父心里甚急！"

冀国定内心更是五味杂陈。"孙儿蒙祖父教诲，才不至于蒙昧无知。我还记得祖父七岁让我拜在薛登伍的门下，在西河书院一学四年，然后送孙儿到襄阳当铺学徒打杂，后又转到江苏紫阳书院随钱大昕大师学习，因我爹染了砍头疮，生命垂危才命孙儿辍学。有那些年的积淀才有今天的冀家，孙儿不敢辱没祖宗！""孙儿记得就好。"冀之瑜走到树下，拍了拍树干："吾家高树待凤栖。有些凉了，回屋吧。"
冀国定不想再提子息的事，转移了话题："徐大人不日来介，我已安排妥当。""徐大人是朝廷栋梁，晋省的名望才俊，又与咱们家交情甚厚，你要多多与徐大人搓研。听说他有一子，异常淘气，请了许多先生均无果，后来经人推荐一奇人异士名周五，雅号栖鹤，这才将其子降住。周五放言，其子之才在他父亲之上，假如真如他所言，徐氏一门，三代大异之才啊……"

冀之瑜的这番话引得冀国定神思游离。曾几何时，他跑到山顶面向朝阳，吐露心声，要苦读寒窗步入仕途成就功业。又曾几何时，为遵祖训，他跑到山顶面对夕阳，痛哭流涕，放弃科考拨弄算盘在商海里浮浮沉沉。起初他心中失落，随着阅历的增长，他悟到经商与做官，尽管道路不同，但做人的道理是一样的。善于经商的人，身处财货之场，修有德之行方能图利而不污；善于做官的人，遵先哲之训，绝货利之欲，才能以名求成。利以义制，名以清修，各守其业，自然身安而家裕。只是这子息，冀之瑜借梦说事其实意有所指，他相中了马培和之女马瑛仙。再有几日，是马培和之父寿诞，冀之瑜几次催问寿礼的筹办情况，冀国定不敢懈怠，亲自过问不说，还亲自撰写了祝寿文。家业虽然如日中天，可身后无以为继，这中间的惶恐与无奈远比生意事务的烦冗令人心焦。

冀国定回到房中不停踱步，妻子王氏菁仪不知什么时候轻轻走过来："老爷，遇上甚棘手的事了？"冀国定转过头目不转睛地盯着她看。她是他如意的妻子，她貌美，她温柔，她体贴，她知书达礼，他不信和她生不出孩子。王菁仪被盯得浑身不自在，红了脸颊，低下头羞涩道："老爷怎么了？瞧得我心慌！"冀国定觉得裹了千万匹烈马，原始悸动变成了预谋，他抱起王菁仪便往里屋去，王菁仪搂着他的脖子将头埋在冀国定胸前羞答答说："这是做甚？让人瞧见了乱嚼舌头。"冀国定伏在她身上，闻着她身上那股熟悉的寒香味道："菁仪，我们生个儿子吧……"

皑皑的白雪让山川河流消形遁迹。饥饿和寒冷因仁义之士的善举暂时缓解，唯有寒冬窗前夜夜不肯将熄的灯火，一遍遍让人审视生死、一遍遍未雨绸缪。朝廷的赈灾款项和物资已如数拨至各处，王守业虽然精打细算，仍然没有多少剩余。无论是捐，还是借，这些银两被实实在在用在了灾民身上，所以并无人寻衅滋事。

赈灾的事曾像座大山，压得王守业喘不过气，百姓捧出粮食将他擅自开仓放粮的窟窿堵上又像条涓涓细流，撑起了他这一叶浮萍小舟。徐润第来介休，王守业的眉宇终于透出舒展。阳光大好，无风，白雪格外晃眼，四野清朗，山川俱白，偶有灰喜鹊惊落一树雪。王守业带着王庆云早在路旁相迎，四人相见分外喜悦。

行至县衙，王守业与徐润第拾级而入，王庆云则带徐松龛去张兰村游玩，并兴致勃勃为徐松龛介绍："徐兄，你不知这张兰啊……""张兰城，俯状如雄牛卧地，头踞西门，尾在东门，四门呈'卍'形，据说与开封府相似，四合院的民宅锯齿獠牙又大有京城风骨。"王庆云疑惑地问："你不是没来过吗？""我常听我爹说起，他除了在潜研书院讲学，还在张兰讲过学。"王庆云有些失望："这么说，不如带你去义安品黄酒。""非也，我还是最想去张兰看看。"

两人进了张兰村行至一处街头，看见两个女人吵嚷不休，没过一刻过来一位少年公子与小厮，三言两语便为她们解决了问题。徐松龛一眼认出，疾步过去："马兄？果然是马兄，这么巧？京城一别，没想到这里又得相遇。"瑛姑认出是徐松龛，只是他身边不是周五，而是给她捡帽子的人。"咦？京城一别，松龛兄也来介休了？怎么不见周先生？"说罢捂嘴笑。徐松龛有些难为情，打岔道："庆云，我来给你引荐，这位便是我和你说的马兄，我与他甚是投缘。"他往四周一瞧，看到关帝庙，心生欢喜，"走走走，难得我们兄弟聚齐，我们去关帝庙桃园三结义！"说罢拉着王庆云和瑛姑就往关帝庙走。王庆云别别扭扭不答应，徐松凫主意已定，王庆云只觉箍在他手腕上的不是手，是铁环，越挣扎越紧。瑛姑生出豪气，左一个兄长右一个兄弟地叫。平时小来小去梓芸都听她，但见瑛姑真要去关帝庙结拜，觉得不合适，要拉她往回走，瑛姑全然不理会。

　　三人进了关帝庙，徐松凫问过他二人生辰，瑛姑报属牛，他一拍胸脯："我是大哥，马瑛行二，庆云行三！"徐松凫取了九炷香，各人得三炷，他攒眉又说："我们没香案也无供品酒水，不过，上有天，下有地，中间还有过往的神灵给我们做证，只要心诚，不必拘泥形式，二位贤弟看如何？"瑛姑不置可否，王庆云不停给徐松凫使眼色，徐松凫已开始盟誓："君子重然诺，意气遥相托。今，五台籍徐松凫，汾州籍马瑛，福建籍王庆云义结金兰，生死贵贱，肝胆相照！"说罢将香插进香炉。瑛姑学着他的模样，虔诚地将三炷香高举过头："苟富贵，勿相忘。"也将香插进香炉。王庆云支支吾吾，捏着三炷香，既无誓言，也不燃香。

　　"你今日怎么娘娘唧唧的？快许誓，燃起香烛！"

　　"我觉得……结拜一事，还需从长计议。"

　　"英雄不问出处！既是彼此性情相投，还需计议甚？你我结拜时，难道也从长计议过？还是你信不过为兄？"徐松凫不由他分说，替他燃起香，替他说了誓词，将香插进香炉，带头跪在蒲团之上系袍子。王庆云不肯与瑛姑系，瑛姑满不在乎，一把扯过他长袍，又扯过她自己的，王庆云无奈，看着他二人表情凝重，不好扰了他们的兴致，只好双手合十。三人未来得及叩头，跑进一小厮，让徐松凫与王庆云速速回转。王庆云松口气，从蒲团上站起来，紧接着一个趔趄，几人笑成一团。瑛姑急忙解开袍扣。

　　"偏偏这个时候来催！"徐松凫大为扫兴。

　　"定是有重要的事，事不宜迟。"王庆云说。

虽说是大冷的天，瑛姑却看到王庆云鼻尖浸出一层细汗。他二人跑出关公庙，徐松龛一边跑一边回头对瑛姑说："为兄先行一步！"王庆云向瑛姑抱拳施礼，意味深长一笑，什么都没说，与徐松龛一溜烟跑远。

"姑娘今天这事有些过了，好在王公子给足了咱们面子。再者，也不怕关老爷动怒。"瑛姑回眸一笑："我报的是马瑛这个假名，花名册里查无此人，所以无需担忧！"说罢整理衣衫，转身一本正经对着关公三拜："关老爷，当时情境容不得小女子说明真相，还望关老爷宽恕。"而后虔诚地伏在地上又拜了三拜，拜完后望着关公神像发呆。

这天夜里冀家热闹非凡。徐润弟携其子徐松龛及他的授业恩师周五，王守业携其侄王庆云齐聚冀家"德馨堂"。冀之瑜与徐润弟抵掌而谈，冀国定与王守业促膝长谈，徐松龛、王庆云则围坐在周五身旁。众人言四海八荒，言国事家事，言上古言当下，推杯换盏好不热闹。酒过半巡，冀之瑜因失明不便，离了席回房休息。周五当间内急，从后楼出来行至院中时，发现头顶上空星河灿烂，想起前几日夜观星相，在胃昴偏北出现一颗明亮的星，这颗星平时晦暗，那日却有了耀眼之势，今日又比前日明亮许多。他此行目的是带徐松龛去五台山研学，来介休的路上他听说了一些关于冀家的传闻，今天得见冀之瑜与冀国定不似寻常商人，于是以冀宅为据起卦，一掐算不要紧，竟把周五唬一跳！这颗星竟暗合着冀家的兴衰。关键这颗星又与北辰星隐隐相望，这就不得了。再要推演时，福忠过来请："周先生，我们老东家想请您过他那里一叙，不知先生可否方便？"

周五虽与冀家未有深交，但三晋大地，大人物不外乎大富大贵、大忠大奸、大善大恶者，冀之瑜贵为大富，岂能没有耳闻，再加上刚才随手一卦，欣然前往。进得房中，周五自报家门："在下野老村夫，承蒙老东家抬爱！"冀之瑜连忙起身相迎，周五急忙搀扶，冀之瑜一把抓住他:"栖鹤先生,你是我们冀家的贵人啊!"此言一出把周五说一愣怔。"先生名望,老朽早有耳闻,只因我这眼疾,又这一把年岁,不然我定要亲自登门拜访。"周五望着眼前这位饱经风霜的大财东,他虽双目失明,却不觉得他有碍于看不到的困惑。于是恭谨问他:"不知老东家叫我过来所为何事?""老夫有桩心腹事,搅得我日夜心神不宁,我知道先生有诸葛卧龙之才,明人不说暗话,我想得到您的指点。我冀家七世单传,虽说人丁不旺,但好歹有子孙可以传承,可如今眼见我孙儿……他已至而立,膝下仍无一子半女,我心中甚急!"

周五明白了。他在刚进入介邑时便听闻冀家虽然家大业大,却苦于人丁不旺。他想起刚才在院中看到的天象,心内已然明了,于是对冀之瑜说:"说来甚是奇巧,这几日我夜观天象,发现胃昴星宿之北有一颗神秘之星。前几日我还不得要领,今夜于院中仔细观看,发现此星正对应着贵宅,此星是吉星,所以您尽管放心,冀家日后富贵无虞!"冀之瑜皱着眉头半信半疑,他觉得周五的说法有搪塞之嫌。周五看出他心中疑惑,坦然一笑:"我从不打诳语,我瞧见老东家似乎不信我刚才所言,也是我这乡野之人与您该有的风云际会,这么说吧,如今冀家这棵梧桐树已遮天蔽日,至于人丁不旺,皆因雏凤未成,所以栖枝不得。不如这样,你按我所说,往北三十里之内,未出汾阳府,便是那只凤凰的栖息处,冀家注定会出鹏飞凤骞之人。"他掐了掐手指又道:"少东家红鸾星已动,不出三个月,最晚不会拖至明年二月,冀家有桩天作之合的喜事,只是,中间会有些波折,但不碍事,您就且等好消息吧!"

当夜,冀之瑜独自摸索着出了门,站在院中央凭着记忆中的方位,双手合十,面朝北喃喃自语:"苍天在上,过往的神灵在上,祖宗在上,愿我孙儿如栖鹤先生所言,觅得佳偶,旺我冀家人丁,扬我冀家祖业。"这晚,冀之瑜琢磨了一夜周五的话,又将近些年听到的传闻想了个遍,第二天天刚亮,便让人悄悄将当地有名的王媒婆请来。

到底是有名的王媒婆，她说媒自然与别人不同。首先她要掂量两家家境相不相当，相当还不行，还要看两家大人声名是否匹配，是重名还是重利，再看两人是否合适。通常情况下，女方可以稍逊，如若女方强势而男方显弱，一家重名一家重利，王媒婆就比较谨慎了。所以，凡经她说媒而成的都不错。王媒婆认为冀家与马家是门好姻缘，虽然冀国定比瑛姑大了十七岁，又有妻室，但瑛姑行为遭人诟病，可以抵消。王媒婆觉得这是件积德的好事，一大早特意换了件衣服，早早来到马家说媒。她既不过分渲染冀家，也不直指瑛姑退婚之事，而是很公正地将她考虑到的各种有利的、不利的都告诉了马培和。

　　梓芸兴冲冲将这个消息告诉了瑛姑，又兴冲冲下了绣楼去打探消息。绣阁笼着炭火，门窗紧闭，笔架倒挂着尚在滴水的狼毫，水洗里残留着未及倒掉的水墨，一笺蝇头小楷的字迹反着光，凝练而清逸。王媒婆的到来，瑛姑心又乱了。之前每次媒婆来，杨氏都会流泪，马培和的气色会变差。瑛姑不想给马家添忧愁，但她现在成了马家最大的忧愁。当梓芸满面笑容回来说王媒婆说的是冀国定，并且马培和这次脸上露出了笑容，瑛姑瞬时想起"宏盛"门前见到的那张脸，"不行不行，我宁可不嫁也不能嫁他！"

　　"姑娘，我听那王婆子说，'姑娘……姑娘行为举止豪爽，方圆百里怕是没人敢下聘，冀家大富不说，还是个知书识礼的，如果错过了这桩好姻缘，怕是再无相当的人家提亲。'"瑛姑没等梓芸说完，提了裙角要下绣楼。"姑娘！"梓芸拉住她："好我的姑娘，老爷从京城回来就不好，这几日好不容易心下略宽些，你不是火上浇油吗？"瑛姑顾不得那么多，刚行至厅堂门前，听到杨氏嘤嘤道："冀国定有妻室不说，还比瑛姑大了足足十七岁，俗话说得好，老夫少妻不到头，你忍心看着瑛姑日后……""冀家门风清朗，他家允诺，瑛姑嫁过去会以妻相待，虽然不合规矩，却也是不得已而为之。如今已不是我们家能够挑挑拣拣了，事事不能万全，我只怕这桩婚事不成，以后更是差强人意。"

"爹爹，女儿不想嫁他家！"瑛姑推门而入。

马培和拉下脸："男大当婚，女大当嫁，父母之命，媒妁之言，天经地义的事，岂是你说不嫁就能不嫁？"

"爹娘若逼女儿，女儿只能……"

"只能怎样？"马培和的目光立时变得冰冷："果然是女大不由娘，枉费我这些年在你身上的用心！你给我听好了，从今日今时起，不准踏出这院子半步，你若再冥顽不化，别怪，别怪为父到时候无情！"说罢推门而去。瑛姑望着步履蹒跚的马培和，又焦急又无奈，只得求杨氏，杨氏摇头，抹着眼泪走了。

冬月二十八这天，马家宾客盈门，热闹非凡。冀国定奉冀之瑜之命，早早来马家拜寿。冀国定避开众人，独自在厅外琢磨一副楹联，却听到有人在说话。

"瑛姐姐，过几天庙会，你说我这三只蟋蟀如何能赢了他？"

"第一回，你用这只最弱的去斗他的蝈蝈王。"

"这是甚主意？明摆着让我输嘛！"

"然后再用你的蝈蝈王去斗他的左将军，最后用你的左将军去斗他的右将军。"

冀国定听得有正趣儿，冷不防有人蹿到他面前，定睛一看，竟是身着女装的马家三姑娘。天青色棉氅，白色底裙，头上独插银簪一枝，双瞳剪水，婉约动人，周身透出大家闺秀的气派，冀国定只觉惊鸿一瞥，整个人陷进瑛姑的气韵里。瑛姑见到他心中欢喜，自"了茶楼"之后，瑛姑曾几次再去"了茶楼"，但都没能遇见他。瑛姑瞧他发愣，用绢帕捂嘴笑着问他："怎么，还沉浸在梁红玉的故事里？茶间的事很抱歉。"见没回应，又问："几次相遇，尚不知您贵姓，请问……"冀国定毕竟城府深厚，故意问她："听说姑娘已许配了人家？"瑛姑顿时羞红了脸，以为嫌她轻浮了，只得悻悻道："告辞。"冀国定叫住她：

"马姑娘，恭喜你不日成为冀家少奶奶。"瑛姑带了些愠怒："甚少奶奶不少奶奶的，不过是无法顺应本心的事，如果能够自己主宰命运，我才不会嫁进他家！"瑛姑碍于男女授受不亲，不好再逗留，失望地离开，冀国定被噎得立在原地。他琢磨瑛姑那句话苦笑着说："你以为，只有你无法顺应本心？世人何尝不是？"

瑛姑拜过寿，悄悄央求杨氏要去东院书塾看书。杨氏心疼瑛姑被关多日，于是趁机求情，马培和颜色郑重吩咐她："看书可以，只是不许踏出这院子，如果还敢忤逆……"瑛姑不由得打了一个冷战。

马家学养在当地声名远播，尤其是东院那三孔大窑洞，它们一不藏金，二不纳银，收藏的是满满三窑洞书籍与字画。窑洞旁边是马家私塾，瑛姑就是在这里读了书识了字。因左邻右坊的女人们多不识字，便常常让她帮着识文断字，时间一长，人们发现瑛姑不只能识文断字，还能断乡里乡亲之间的纷争与矛盾。

瑛姑最喜欢在第一孔窑里看书，除了诗词歌赋，她最喜欢读王阳明。起初马培和以为瑛姑不过是看个热闹，随着年岁的增长，他发现瑛姑读书有着极强的思辨力。有一回他偷偷听瑛姑给邻里的女孩们讲"人不学，不知义"。她说，三晋大地上的商人最为推崇的品质是"诚信"，而"诚信"必须要以"义"为前提，而什么是真正的"义"，只有博览古今才明白"义"的要义所在。有女子问，"义"不就是义气么？为朋友两肋插刀。瑛姑笑答非也，"义"本指公正、合理，你说的是狭隘的"义"。女子又问什么是狭隘？瑛姑想了想，随手攥了一个空心的拳头，放在女子眼前让她看天空，而后又将拳头移开让她看天空。女子不解其意，瑛姑提示她，从拳眼里看天空就是狭隘的。

马培和细究，瑛姑所言竟不无道理，她对于圣贤之言总会有她自己独到的见解，更加感叹瑛姑应该托生个男儿身。瑛姑为女孩们授课的事，一传十，十传百，有人称道，有人暗讽，马培和全然不放在心上。直到有一天，一个恶女人拉着她的童养媳妇来到马家指责瑛姑，说瑛姑教唆她的儿媳妇顶撞公婆，导致儿媳妇不尽女人本分。再后来，有个女孩不同意家里为她订的亲事，并效仿瑛姑要退婚，被父母责骂了很久，并且，她父母只要责骂，就会迁怒连带将瑛姑一起骂，一直骂到女孩出嫁。又有和瑛姑一起长大的邻家女孩，受瑛姑影响，喜舞文弄墨，被家里大人说成不务正业。更有一些女孩，她们虽然和瑛姑同龄，却嘲笑瑛姑另类，说瑛姑所为不贤不淑，马培和这才迫不得已，命瑛姑不许再将各色女人拉到家里为她们讲书。

马培和比较开明，对瑛姑说读书未必能改变什么，但不读书一定什么也改变不了，读书这回事也讲个缘分。有一次，瑛姑问马培和为什么女子无才便是德？马培和一时不知道该怎样回答这个问题，虽然他让瑛姑读书，但这并不代表让天下女子读书是他赞成的，又或者说，他可以容忍瑛姑与他辩驳，却绝对不允许妻子杨氏与他辩论。瑛姑若是个男儿该多好啊……马培和一时出神，瑛姑拉拉他的衣襟："爹爹，您还没回答女儿呢。"

"怎么说呢？常言道，男子是天，女子为地，在天成象，在地成形，男子读书可应天之万象，女子读书——便地动山摇，那伦理纲常岂不乱套了嘛！"瑛姑一噘嘴："怎么就乱套了？如果把女子比成土地，那读书识礼的，种出丰饶粮食的机会岂不是更多？不读书识礼的，说不定肥美的良田也会变成不毛之地。"马培和听罢哈哈大笑："那瑛姑和为父说说，你甚喜读书，是为的甚？"瑛姑歪着脑袋想了想："我读书也不是要为甚，若非要说出个子丑寅卯，除非爹答应不告诉娘和姐姐。"

"为父不说。"马培和假装严肃，立直了身板。

"将来，我不要做和母亲、姐姐一样的母亲。"她双手托腮，用一双明亮的眼睛望着马培和，并无一丝羞怯。马培和捋着胡须哈哈大笑："你母亲可是有名的德高贤淑之人。为父倒很好奇，你想做个怎样的母亲？"瑛姑天真烂漫道："我要做能为我的孩子解疑释惑的母亲。若说志向，女儿想办女子书院。"说完调皮地央求马培和："要不爹爹办吧？"马培和心里生出无限感慨，有诗道：人生识字忧患始，姓名粗记可以休。不知道瑛姑的这番理论于她今后是福是祸。

瑛姑来到东院，照旧在第一孔窑里看书，书刚翻开就听到院内有人说话。"齐少爷，寻常时候，三姑娘喜欢在这孔窑里读书。"瑛姑纳闷齐恒怎么过来了。

齐家是皇商，齐恒是独子，穿金戴银，拈花折柳，遛鸟斗蟋蟀，听曲赌博，被惯得不成样子。他不喜欢读书，却偏偏喜欢与读书的马銮宇交往。马銮宇先前瞧不上他，后来与齐恒共过几回事，没想到他虽纨绔，却是个极仗义的，便渐渐与他多了交往。他人大心大，竟看上了瑛姑，每每对瑛姑纠缠不休。

瑛姑放下书气哼哼立在门口瞪着凤目看齐恒。齐恒没想到瑛姑出来了，一时喜上眉梢，满脸堆笑，连连作揖讨好。瑛姑怒责下人擅自将外人带进书院，齐恒连连摆手："瑛妹妹错怪他了，我请示了马伯父，马伯父同意我才敢过来，今日给马老太爷拜寿，才得见瑛妹妹！"瑛姑冷脸说："这里可没有想见你的人。既然你得了请示，齐公子请便！"说罢转身回去，齐恒伸手将她拦住急道："瑛妹妹，我刚来你便走，你不知我这心里头……日夜想的都是你！"下人听闻此言吓得缩肩吐舌头。瑛姑立时变了颜色："相鼠有体，人而无礼，胡不遄死？"齐恒依旧死皮赖脸拦着她："我虽然不知道瑛妹妹说的甚，就算是在骂我，我听着也极好听！只要瑛妹妹肯和我说话，无论好赖我都喜欢，求妹妹看我一眼吧。"瑛姑更觉厌恶："倘若有一天你能如我堂兄一半，我或者可以正目看你一眼。""瑛妹妹此话当真？我若如銮宇一半，你便同意做我老婆？"瑛姑见他愈加放肆，顿时恼怒，正逢马銮宇过来，冲着齐恒的脸就是一拳！

齐恒龇牙咧嘴，一抹嘴角见了血，怒从中起，与马銮宇扭打起来。瑛姑在一旁挥手让马銮宇狠狠打他。两人难分胜负，扭打之下，衣袍襟祆被撕烂，瑛姑看到马銮宇要吃亏，刚要上前帮忙，听到一声闷喝，马銮宇与齐恒这才住了手。

马培和与齐主东还有齐恒的堂弟齐彪到了。马培和怒斥马銮宇与瑛姑，齐彪拉着齐恒左看右看有没有受伤。齐主东嘲讽说："外面传言马家世代书香，儒雅倜傥，以今日之事看，不过如此！"说毕拉起齐恒要走。马培和自觉愧疚，盘问马銮宇与瑛姑："为何打架斗殴？还不快给齐主东赔礼！"瑛姑扭头不赔，马銮宇整整衣衫，本不想赔礼，又担心马培和恼怒，只得双手一拱，正要赔礼，齐恒突然开了口："爹，是儿子要与马銮宇比试摔跤，我们并不是在打架。"说毕冲马銮宇与瑛姑使眼色，又用肩膀碰了碰马銮宇的肩膀。马銮宇趁机应和，这才免了一场是非。齐主东不好再追究，马培和松一口气对齐主东说："后生之间免不了磕磕碰碰。我藏着一坛上好的烧酒，不知齐主东肯赏光品尝？"齐主东用手点点齐恒佯装恼怒："出门在外，不可造次，不然回去打折你的腿！还不赶紧离开？"马銮宇与齐恒乖乖离开。出了东院马銮宇问他："你究竟安的甚心？"齐恒趴在他的肩头挤眉弄眼道："能有甚心，小爷我就是看上了瑛妹妹，我要将她娶进我齐家给我做老婆！"马銮宇又变了脸色，不再搭理他。

拜寿结束后，齐彪苦口婆心劝齐恒说瑛姑是个野女子，配不上齐恒。齐恒不高兴，警告他不许再说瑛姑的坏话，齐彪不服气仍然劝说，齐恒一把推开齐彪说："我的事用不着你管！"说完跑了。齐彪冲着他的背影大喊："马瑛仙她就是个野女子！她是个野女子！"他的话刚好被路过的王庆云听到，王庆云只觉血往头上涌，二话不说，冲到齐彪跟前与他厮打。徐松龛不知道王庆云为什么打架，但义气使然，一撸袖子，二话不说，和王庆云把齐彪结结实实揍了一顿。

瑛姑一句玩笑话齐恒竟当了真，回到家便让齐主东请先生，喜得齐家上下直拜观音菩萨。但好景不长，没几日齐恒就把先生气跑了。

原来，那些圣贤之言，齐恒味同嚼蜡，每每先生刚翻开书，他就开始哈欠连天。

有一日，先生讲授"吾未见好德如好色者"齐恒来了精神，但夫子又讲，此句是感叹人们"好德"不能如"好色"一般发乎本性。所谓本性正如告子所言，"性犹湍水也，决诸东方则东流，决诸西方则西流"，故而君子须修身明德，见贤思齐，人性方能臻于至善。齐恒反驳："无趣无趣！都是违背人性的胡说八道。一部《论语》就这句最老实，既然好色是人的本性，为何要改变它？这样的修身有甚意思？我不信先生不爱美色，也不信先生熟读了《论语》就能坐怀不乱。"先生被噎得说不出话。又一回，先生问他如何理解"君子依乎中庸，遁世不见知而不悔。"齐恒说，纯属发迹不了，只好自己对自己意淫一番。先生半天憋出一句话："老夫无能，教不了你！"扔下银子离开齐家。齐主东无奈，只得再请，短短一月内，换了五六位先生。换到最后一位先生时，齐恒有了经验，他与先生约法三章，他想听什么便教什么，他打瞌睡时，先生就小寐，总之做个样子给齐主东看，造个声势让瑛姑知道，如先生能依此，就算完成了授学之责，一文钱都不会少，先生当然乐得自在。

谁知没过多久，齐恒借读书又提了个要求，他要母亲去马家提亲。这可把齐主东难坏了，因为齐家已与王家定了亲，再者，冀家刚去马家提了亲，齐家再去，又有落他人后的感觉，好像冀家干什么，他就学着干什么。让齐主东恼火的是齐恒退婚的理由，他说瑛姑一弱女子尚且敢退婚，他堂堂七尺男儿却不能娶喜爱之人为妻，枉为男儿！齐主东被激怒了，抄了家法要打，被恒母拉住。

恒母哭哭啼啼，说她只有齐恒一个儿子，又不是让他摘月亮揽星星，说齐主东还好几房妻妾呢，凭甚恒儿不能再娶马姑娘。齐主东软言软语劝慰她："他糊涂，你也糊涂？恒儿不是不可以收马姑娘在房里，你想想，马家能让她做小吗？"夫妻两人正吵嚷，齐恒进来不由分说："爹，我要娶马姑娘为妻，不是做小！儿不喜欢王姑娘，王姑娘贤淑是爹娘喜欢的贤淑，儿不喜欢，我要退婚！"齐主东怒不可遏："小畜生！婚姻大事岂由你说甚是甚？王家姑娘也不是一般人家可以迎娶的！""我不管，我就是喜欢马瑛仙！爹不退，我自己去退！""你以为娶亲似你买东西？喜欢就买回来，不喜欢就随便扔了？"恒母见齐主东真动了怒，收敛了姿态，给齐恒使眼色，齐恒无奈，只得退去。

恒母是齐主东最宠爱的小妾，因颇通些文墨，弹得一手好琵琶，又生得婉转风流，本就把齐主东拿捏得服服帖帖的，偏偏肚子还争气，刚进家门便为齐家生下齐恒。齐恒生下没多久，他的两位兄长突遭横祸，如今剩下齐恒一根独苗，恒母腰杆自然又硬许多，久而久之，齐主东的结发妻子也只能忍气吞声，齐主东睁一眼闭一眼，只装瞧不见。恒母看明着不行，便背着齐主东重金请了媒婆子，自作主张替齐恒张罗这桩亲事，媒婆收了重金，必要尽心竭力促成这桩亲事。

到了马家，媒婆按照齐母之言，以齐家家大业大，愿意帮马培和重振家业为由，让瑛姑嫁给齐恒做小。杨氏黑了脸说这十里八乡的，谁人不知齐恒游手好闲，他齐家以为他家大业大便可以如此羞辱人吗？便是正室也不会将瑛姑嫁与他家为妇。媒婆满以为是件水到渠成的事，怎么也没想到会被马家哄出门，臊得脸上无光，生了嗔恨，在恒母面前添油加醋，说了许多无中生有的话。恒母学给齐主东时，又平添了许多油盐，齐主东更生气了："我还没嫌弃马家那些流言蜚语，他倒嫌弃我们家。不过藏了三窑洞破书便自视清高，既然你翻着眼珠子不给我留情面，也休怪我不义了！"

齐恒听说提亲被拒，日日在家里吵闹，隔三岔五跑到马家偷偷托人给瑛姑送信。没几日，坊间又流传出瑛姑与齐恒说不清道不明的关系，更有居心叵测的人捏造他二人风流韵事。瑛姑被各种流言裹挟，马培和病倒了。

这天齐恒又来找马銮宇，马銮宇怒气冲冲告诫他，再这样下去，势必会毁了瑛姑的声名，坏了马家清白，又告诉他马培和已答应了冀家的亲事，望他自重，若再胡闹便宰了他。齐恒冷笑并不妥协："除非瑛妹妹嫁人了，否则我会天天来！"齐主东的儿女亲家王家也听说了一些风言风语，齐主东几次解释是误会，王家才没再追究，齐恒却埋怨齐主东对王家低声下气，齐主东忍无可忍，终于杖责了齐恒。齐恒哪受过这等委屈，大病一场，几乎送了性命，再加上恒母与齐主东寻死觅活，齐家被搅得乱絮一团，于是对马家生出恨意，着人备了一份厚礼，前往县衙去找李同知。没过几日，马培和又受命东渡日本购洋铜，马家顿时如临深渊。马培和本来以为典卖家资缴清捐输，便可不再过问商海事，只是有时候你不理事，事找你。万一这坎过不去，马培和想至此，便和王媒婆说马家最近事情多，他身体也不爽利，恐生意外，委婉让冀家尽早迎娶。

冀家大门"吱呀"一声，在日初时刻照常打开，扫雪的扫雪，烧火的烧火，众人忙碌地穿梭在房前屋后。冀之瑜站在树下听灰喜鹊飞来飞去，他嘟嘟囔囔，什么都齐全，什么都好，唯独缺了孩子，院子太空了。冀之瑜是个有心人，马培和迫于生计不得已在官商之间行走，无论多艰难，却绝不允许马家子女从商，马家书院终日书声琅琅，那才是马家家风所在。如今肯屈就女儿嫁与商贾，并同意做侧室，是有无法为外人道的难处。当然，冀之瑜也有他的算盘。周五那番话，还有他的那个梦，他隐隐觉得马瑛仙就是那只待飞的凤凰，冥冥之中，她与冀家一定有着某种神秘的联系。这话他从未对外人讲，他绝不允许冀家错失这只凤凰而让她飞落旁家。所以王媒婆来过后，他便立刻筹备彩礼。

冀国定看到冀之瑜，高兴地叫了声祖父，冀之瑜听到他的声音里充满了喜悦："喜鹊登枝喳喳叫，我孙儿喜事登门喽！"说完连连咳嗽。冀国定担心他受寒，要挽他回房，冀之瑜摆手："风停了，雪住了，每天窝在炕上，越来越不得精神，陪我走走。"冀国定搀扶着冀之瑜穿过厅堂，穿过厢房，来到一处避风的暖阁。冀之瑜问冀国定："冀家几世赈灾都有例封，你如今也得到了赏赐与例封，你还记不记得冀家不做官的祖训？""孙儿怎敢忘却。因祖上曾涉足官场，卷进一场是非官司而入狱，狱中一关就是六年，险些丧了性命。几经周折，搭进许多家业才保了性命出来，自此立了家规，冀氏子孙以后只商耕不做官。"冀之瑜点点头又问："那你如何看待今天朝廷对冀家的例封？"冀国定自信地笑了，一转腔唱起来："三尺龙泉万卷书，皇天生我意如何？山东宰相山西将，彼丈夫兮我丈夫。"

夜半时，冀国定被冀之瑜连续的咳嗽惊醒，披衣举灯小心侍奉。也许是咳嗽太久太用力，冀之瑜上气不接下气地喘。冀国定请了郎中，诊过脉，开过药，喝了水，王菁仪等人一阵忙碌，天快破晓时，冀之瑜的喘才慢慢平息下来。冀国定不敢离开，和衣偎在冀之瑜身旁打盹。冀之瑜睡意全无："孙儿，这几日不知怎么的，梦多，不是梦见你祖母，就是梦见你父亲，要不就是梦见惠栋先生拿戒尺抽打我的手心，他们总是在梦里笑着朝我招手。最累的是梦见乾隆初年那年涝灾，连续的暴雨啊，房屋倒塌，家畜伤亡，站在雨里急得我呀……"冀国定安慰他："常言说日有所思夜有所梦，祖父平日思虑多，又加上今年旱灾，您就挂心了。""我估计，估计要去找你父亲他们去了。""祖父……"冀国定立时语噎。"有个事，不能、也不敢再等了，"冀国定坐正了认真聆听，冀之瑜抖着双唇说："趁我还算不糊涂，选个最近的好日子，迎马姑娘过门，我也就能心安去见祖宗了。"

冀国定不敢再违背冀之瑜，第三天便往马家送了一份厚重的彩礼，礼单密密麻麻，附在后面还有一张银票。冀家看重瑛姑，马培和十分欣慰。婚期当即敲定，瑛姑老是想起"宏盛"门前那张令人生厌的脸，趁家里忙乱，一个人偷偷溜出了家门。

齐主东听说马家因东渡东洋购铜乱了方寸，心中略微宽慰，结果没高兴几天，他就收到冀家迎娶瑛姑的请柬，并且他还听说冀家给了极为丰厚的彩礼，齐主东又郁闷了。管家说他们是各取所需，冀家为繁衍香火，马家贪图他财力不薄。说完意识到话说得有些不合适，又补充说，虽说齐冀两家不分伯仲，马姑娘嫁到冀家未必如意，前几房都生不出孩子，偏她能生出来？再加上她举止异类，只管坐等着看好戏。齐主东这才面露笑容说："这个马培和真是不知好歹。冀国定每每与我过不去，看来，不是冤家不聚头啊！"

齐恒拗得过父母却拗不过命，一想到瑛姑要成为别人的女人，心里就生出疼。他怎么也咽不下这口气，脑子一热，又嚷着与王家退婚。一石激起千层浪，王家气愤地退了婚，齐主东骂他："你有能耐，好，现在就滚出这个大门！你要是能挨过三五日没被饿死，算我白养了你！"齐恒一溜烟跑出家门。齐主东以为，他和原来一样玩儿几天就回来了，结果再无齐恒消息。恒母日日哭天抢地，齐主东满腔愤怒，他将这一切都怪怨在马家与冀家头上。

第五章　出嫁

王菁仪捧着绣花绷呆呆出神。对于马瑛仙她早有耳闻，坊间传言颇多，各种说辞不一。再过几天，冀国定身旁会多一个女人，他与她那些私密的温存，也会如数给马瑛仙，那些不可言说的水乳交融，以后会有另外一个女人与她分享，好似朦胧之夜暴露于天光。她摸了摸小腹，这么多年一点动静都没有，纵然千百万个不情愿，却不能表现出来，一想到这里，便异常失落。

"菁仪。"王菁仪听到冀国定的声音心一慌，针扎到了手指。冀国定的心柔软成一团泥，将她搂在怀里："菁仪，我说过，你是我此生唯一如意的妻子，卿心我心，定不相负，你只管安心。"王菁仪立刻捂住他的嘴："老爷，我知道你的心。只是这么多年，我没能为冀家生儿育女，这是大不孝，我再不懂事，也不能拿子息开玩笑，如若因我断送了冀家香火，你我百年之后，有何颜面去见祖宗。""我不信我们不会有孩子，也许机缘未到，我去求祖父，再给我们三五年时间！"说罢转身要走。"老爷！"王菁仪拉住他："你若再去强求，祖父会认为你不顾及祖宗家业，认为我不识大体！"说罢已是泪眼婆娑。"你放心，我去去就回。"

冀国定推开冀之瑜的房门，看到冀之瑜神态安详地又在摩挲那把黄花梨老算盘，喷涌在嘴边的话咽了回去。他唤了声祖父，一撩下摆坐在炕沿。冀之瑜并未言语，将算盘在空中一抖，搁在小炕桌上，珠子悉数归位，快速盲打起九九归一。算盘噼里啪啦作响，冀之瑜虽然看不到，但手上的功夫一点不减，沉稳有力，节奏适宜，像一本厚厚的账簿被翻得哗哗作响，又像冀家宅院的大门开开合合，冀国定静静听着，人也渐渐平静下来。油灯"滋啦"一声，爆出几粒火星，冀之瑜正好打完。冀国定瞧了一眼算盘上的数字，丝毫不差，冀之瑜一个数字一个数字摸过后问："心里可安定了？"冀国定抹了把脸："道理孙儿都明白，可世人从来难得两全法，谁都有不得已。""孙儿只得其一，未得其二，也难怪，俗话说，当局者迷，旁观者清。你与菁仪两情相悦，想必她知道其中轻重，孙儿与马姑娘的婚事，无需再犹豫。"

这一夜王菁仪失眠了，当她听到冀国定均匀而深长的呼吸后悄悄起来，将衣服团起来放于小衣之内，瞧着隆起的假腹，瞬间，莫大的委屈袭来。冀国定隐约听到滋泣，一翻身看到王菁仪正抱着假肚子流泪，下了床从后面抱住她。王菁仪哽咽道："我日日盼，夜夜盼，它怎么就不行，它怎么就不行啊！"冀国定耐心地安抚她说："万事万物都讲个缘分，说不定就有了。"

第二天傍晚时分，杨管家突然来访。冀国定不想见，又担心冀之瑜责备他礼数不周，问福忠："祖父知不知道杨管家来？""不知道。"冀国定"嗯"了一声："我去办点事，你客气些。"

杨管家焦急万分，见到福忠只说造访唐突，将一包茶递给福忠说让老东家尝尝。福忠瞧他送茶是假，有事是真。杨管家不知怎么开口，福忠看着着急："杨管家，您有甚事不妨直说。"杨管家这才问："少东家近两日可收到，甚特殊的信件，或者口信？"福忠不解："莫说特殊信件，便是正常信件近两日也没有，也没人捎甚口信，不知杨管家所言何意？"杨管家突然笑了，"如此甚好！甚好！多有打扰，告辞了。"

马培和悬着的心放下了。杨管家抱起水壶咕嘟咕嘟喝了个饱,几滴水珠挂在胡茬上摇摇欲坠。"老爷莫急,三姑娘心中自有丘壑,京城之举,也是她听到老爷有言在先。"但瑛姑究竟去哪儿了又不好大张旗鼓地找。常管家看到梓芸和他使眼色,悄悄出了门。眼见日头西坠,梓芸沉不住气了,虽然她也不知道瑛姑到底去了哪,但也不敢再瞒这两日的事,于是将瑛姑与徐松凫、王庆云结拜的事告诉了杨管家。

"竟与这两位小爷结拜,姑娘这阵仗当真了不得!你的意思是……"梓芸皱着眉头说:"徐少爷已随周先生去五台山研学,我不知该不该问问王公子。"

"天黑之前寻不到,怕是要满城风雨了,去问问。"

当王庆云知道瑛姑因不满婚事逃出家门,又想到她之前擅闯驿馆,擅退婚约,不禁为她捏把汗。杨管家见他也不知瑛姑去向,面露失望,王庆云突然一拍额头说:"在那里也说不定,跟我走!"梓芸恍然大悟:"关帝庙!"

关帝庙内有棵千年古槐,枝虬叶翠,苍凛的枝干摇动着云天,最奇的是古槐的主干里长出一棵椿树,椿树婆娑,与古槐相偎相依,当地人称它"槐抱椿"。院内寂静无声,再往殿里看,香炉燃着三炷香。

"姑娘,老爷太太都急疯了!"瑛姑看到杨管家和梓芸满脸急容,心生愧意,又一眼瞧见王庆云说:"怎么好叫外人知道?"瑛姑低声责备梓芸。

"好我的姑娘,这会儿又是外人了,你竟忘了你们又是系袍又是结拜吗?幸好是王公子猜到你在这里!"说罢转身极为夸张地给王庆云施礼拜谢。瑛姑低着头说:"我本来正要回去的,没想到你们就来了。"

"马姑娘!"王庆云莫名窘迫,脸红到脖子根儿。梓芸知趣,将老管家拉至一旁。王庆云见机道:"你若信得过我,我是说,我是说,我一定会考取功名,等我……等我那个……"瑛姑笑他话说得语无伦次，问他："你敢带我远走高飞吗？"王庆云想也没想到瑛姑会问这样的话，一时不知该如何回答。瑛姑笑起来："好兄弟，我开玩笑的。不过，我们义结金兰，有着过命的交情，对不对？所以，怎么就不能一起远走高飞？"王庆云木然地点头。瑛姑学着男儿模样冲他抱拳说："你我兄弟，来日方长。"说罢大步流星离开关帝庙。王庆云愣在原地。

回去的路上又遇齐恒拦路，杨管家质问他为何挡道，齐恒依旧吊儿郎当。"杨管家，我念你年岁已高，不想和你发生冲突。我只问瑛妹妹两句话，问完就走，还请老管家行个方便。"杨管家还要说什么，瑛姑已站在齐恒面前："杨管家，无妨，他不敢怎么样。"齐恒则对着杨管家施礼："有劳杨管家。"杨管家一甩手，与梓芸站在一旁。"问！"瑛姑盘着胳膊。齐恒走近一步，瑛姑后退一步。齐恒笑了，"我想告诉瑛妹妹，我也退婚了。"瑛姑放下双臂，虽然惊诧，但还是轻描淡写道："与我何干？""听说你不想嫁给冀国定，不如我们……"瑛姑两眼一瞪，"我嫁不嫁他，与你毫无关系，请让开，我要回家了！""瑛妹妹！"齐恒叫住她。有那么一瞬，瑛姑好像发现齐恒的脸上没了玩世不恭的模样，还好像看到他神情里闪过一丝忧伤。"瑛妹妹，我是认真的！""我也没和你开玩笑！"瑛姑头也不回从齐恒身边走过。

瑛姑以为踏进家门定会迎来父母的滔天怒火，心下拿定主意，横竖一辈子不嫁人，再不济出家当姑子，这么一想，心里就多了几分坦然。等了一刻，未见父母来，杨管家和梓芸也不知去向。

瑛姑独自站在厅堂，这是她最熟悉不过的地方，厅堂迎面墙壁设了屏门，上方正中挂着一幅山水卷轴，上题"云壑松风图"，朱红色的落款是金文阳刻的"念伽山叟"印章，古朴而清隽。两侧悬一副典雅庄重的汉隶字体对联，联曰："云卷千峰集，风驰万壑开。"正好迎合了山水画的意趣。马培和曾评价这幅山水生意远出，神气内涵，万点当虚，千层叠起，浑厚中自露秀色。当时不觉，此时却品出其中意韵。画的下方是一条翘头条案，上置一对喜上梅梢哥釉青花瓶，一个白玉石板插屏，天然的纹理似大江滔滔。条案下是一方八仙桌，两边各置圈椅一把。厅的两边放置两个花几，两盆墨兰曳曳生姿。当瑛姑的目光落到太师椅上，仿佛看到神色威严的马培和，先前的几分坦然顿时消逝得无影无踪。这时杨氏抹着眼泪进来，不过一个白天未见，杨氏神色异常憔悴，瑛姑的心瞬间软下来。

　　"人皆有命。谁人婚姻不是媒妁之言，父母之命？倒是有几个私订终身的，轰轰烈烈一场，有几个好结果？"瑛姑羞红了脸："娘，女儿没有私订终身之念，只是这婚姻之事，不论贫穷贵贱，人品习性最为重要！""你爹最宠你，怎么会不打听对方家世人品就将你糊涂嫁了？你京城一闹，谁还敢下聘？你虽以侧室之名嫁入冀家，但若一年半载得个一男半女，情形自然不同。冀老东家十分看重这门亲事，娘担心你若因此再闹，不只耽误了你一世姻缘，还会让马家雪上加霜。""娘，他的声名都是假象！""砰！"门被推开，马培和脸色蜡黄，微佝着身子，一脸失望。"这几年带你走南闯北，教你熟读经史，你没懂得尊儒敬道，反倒冥顽愚痴到不知好歹！话已至此，无甚好商量，冀家已择了正月二十三迎娶，嫁也得嫁，不嫁也得嫁！"瑛姑挺着腰身跪在当堂声泪俱下："父母在上，恕女儿不孝！"杨氏一听，号啕大哭，一口气没上来，昏厥于堂上。

　　嘉庆十一年正月二十三，冀家大宅喜气洋洋。人们津津乐道财名俱盛的冀国定将迎娶他的第四个女人——马瑛仙。人们挤在庭院与长街前来道贺。

　　寻常正月，寒气凛冽，而今天却艳阳高照。瑛姑坐在镜前，任由两个姐姐梳妆打扮。二姐体贴，只字不提那些不愉快，只把瑛姑新人模样夸了又夸。大姐动之以情晓之以理，用杨氏病倒、马培和力不从心、家业危急等劝慰瑛姑。瑛姑一句话不说，大姐有些恼："爹娘华发，不可再任性妄为！不为人妻，不知任重，不为人母，不知心苦。你若心有不甘，也可日后有所作为。今天你如果不能顺顺当当出嫁，爹娘万一有个三长两短，你将成为罪人！"

梓芸听这话重了，谎称杨氏找她们姐妹，绣楼只剩瑛姑与梓芸。梓芸拿起一只金钗："姑娘，这么多天，你一句话都不说，你不会……""担心我想不开？"梓芸手一抖，金钗差点掉落。"好姑娘，你终于肯开口了，你再不开口，憋坏的人不是你，而是我。"说罢眼圈红了。"我一想到那人，心里就横生着千万个不甘心。母亲已然丢了精神，父亲的病越见沉重，我不能再固执己见，如今，只能硬着头皮往前走。"梓芸悬着的心放下来，"我知道姑娘有姑娘的道理，从今往后，你走到哪里，我就跟到哪里，你哭我跟着哭，你笑我跟着笑，我总不离姑娘左右。"说罢头一歪，调皮地望着瑛姑。瑛姑勉强挤出笑容："只怕以后的日子，再没有从前那样无忧无虑了。"梓芸想起什么，打开衣橱，"有它，我们就可以无忧无虑！"梓芸将瑛姑常穿的男子常服比在身上："把它们带上。姑娘，人人夸赞姑爷，你为甚对他那么大的成见？"

门被推开，杨氏与瑛姑的两位姐姐进来。杨氏强打精神，眼睑肿胀，脸色暗黄，瑛姑心疼杨氏，拿起绢帕缓缓跪下："母亲在上，小女今日将为人妇，以后不能侍奉您身侧，心中甚是怅然。娘多多保重，请受女儿一拜。"说毕伏地而拜。杨氏见瑛姑这样一本正经，又流下泪来。瑛姑本想让杨氏安心，没想到惹她更加伤心，一边给母亲拭泪，一边说她自己不懂事，又惹娘亲生气。二姐道："傻妹妹，娘哪里是生气，娘是舍不得你。"瑛姑突然泪目，扑在母亲怀里哭泣："女儿遗憾再不能替爹分担忧愁，再不能为娘解心宽。""冀老东家身上不好，也许就是这一两月间的事。冀家家大业大，你若是个有心的，姑爷若能抬举你，你操心的日子多得是。到了冀家不比在自家，万事不可任性刁钻。娘知道你主意多，但一定要记得，会说的不如会听的，你切记要谨言慎行。"瑛姑含泪点头答应。杨氏又道："最要紧的是他屋里那房王氏。这么些年，冀老财东因她未能给冀家生育一男半女，着实没少着急上火，但姑爷一直不肯再娶，可想他二人感情甚笃。你此去要尊她敬她让她，安分守己，万不可凭你是新人，在姑爷耳旁指摘她的不是。"

马培和不知什么时候悄悄进来了，他扶起跪在地上的瑛姑："爹知道你现在不想嫁人，但女儿早晚要嫁人。爹不能为你寻得你中意的佳偶，心中难受。冀少财东为人仁义，又兼才学，大约配得上你。爹相信，你会是个贤妻良母。"

耳听外面锣鼓喧天，街巷、庭院人声沸腾，噼里啪啦的鞭炮声掩盖了马培和的未尽之言。两位喜娘进来，瑛姑被搀着坐在喜神的位置。在喜娘的引导下，对红烛，更新衣，吃入口糕，喝红糖水。接着，为新娘上头。瑛姑乌黑的发辫被盘成和姐姐一样的发髻，从前的日子彻底结束了。

喜娘道："一梳天，二梳地，三梳梳得通通地，四梳梳得事事如意。"接着又为瑛姑开脸，一根细细的棉线紧贴着瑛姑的面颊在喜娘的手指间上下翻飞，瑛姑觉出汗毛被拔出的轻微疼痛。描了眉，点过唇，匀了胭脂，剪齐鬓角，当她重新坐在镜前时，看到里面美好而干净的脸。只是这张脸再美，面对的却是那样一个人，瑛姑心下又黯然起来。仪式行过后，瑛姑盖上红盖头，她突然想起什么，趁人不备在袖中藏了把剪刀。

在喜娘的搀扶下，瑛姑走出她生活了十几年的地方。耳听外面热闹非凡，自家姐妹的、邻家姑嫂的、锣鼓唢呐的、司仪的、孩子们的、灰喜鹊的等等各种声音糅杂在一处。她想摒弃这些声音，极力捕捉父母的声音，可是他们出奇地安静，静得让她在盖头下突然辨不清这熟悉的院子的方位和朝向。她想象父母站在厅门前，眼巴巴看着她被一个男人接走，一如两个姐姐被接走的那天，父亲的身影显出落寞，母亲的双眼哭得红肿。

"老爷，三丫头此去，能应对得了吗？"杨氏擦拭着双目问。

"这孩子，女儿之身男子胸怀，以后，再没人给咱们惹祸了。"

彼时，花轿起，唢呐吹得热热烈烈，轿子颠得颤颤巍巍。齐恒眼睁睁看着瑛姑上了花轿，感觉宝贝被人抢走了。

第六章　初涉

王守业这些天有些郁闷。朝廷原本擢升他为汾州知府，却不知什么原因，一直不见颁任圣旨，又没过几天，擢升汾州知府变成任内加议叙一次。刘师爷发开牢骚：赈灾银款的拨放当时就是三天两头的变，现在提拔大人又是朝令夕改，朝廷心中到底有没有数？王守业虽然觉得在哪任职都一样，但每每被人问起来，还是会觉得有些尴尬。他看了看时辰，该去参加冀国定的婚宴了，于是换了常服乘一顶软轿直奔冀宅。

王庆云不知该去哪，坐不是站不是，耳旁仿佛回荡着喇叭唢呐声，想象着喜轿停在冀家门前，她穿着喜服不知是喜是忧。他懊恼，无助。他恨自己畏首畏尾，压抑的情感似要冲破胸膛。那些圣贤之言在此刻看来，句句挑战着他的意念，他为无从排解这种情绪而异常烦躁，索性将书扔回书箧，拿过纸笔，给徐松凫写信。无非是一些无关痛痒的小事，末尾他停顿了一下，缓缓写下："松凫兄，'马兄弟'今日嫁给冀财东了"。

王守业的轿子刚落，刘师爷已追到跟前，"大人，刚得到一个噩耗！"刘师爷将他拉到一处僻静之隅，匀了口气："吉庆大人无法忍受瑚图礼羞辱，当堂抽掉侍卫的刀欲自刎，谁料被人前后抱住，情急之下，抓到一个鼻烟壶塞入口内，狠力吞下，立致壅堵气绝，逾时而

062

亡！""什么！"王守业只觉得两眼一黑，踉跄后退，靠在墙上。"大人！"刘师爷扶住他："吉庆大人自戕，令朝廷众说纷纭，皇上十分恼怒，大人的同窗李赓芸李大人因此事受到牵连，或调任福建任布政使，而福建巡抚汪志伊早年是瑚图礼的门客，李大人此去，定凶多吉少，大人也要小心了。"王守业与刘师爷目光碰撞的刹那，王守业什么都明白了，汪志伊在山西为任时，李同知曾是他的幕僚。王守业冷笑一声："原来如此，这便是赈灾为什么连连受阻的原因吧？"

他进了冀家大院，便有人引他往里间走，推门而入，刚才的喧闹立刻变得鸦雀无声。李同知缓慢站起来冲他抱拳，众人这才跟着寒暄。没一刻，冀国定披红挂绿前来敬酒，有人撇开斯文与冀国定说笑，有人斟酒，有人唱和，更有人直言要去闹新房，极为热闹了一回。

婚宴结束后，冀国定没去新房，而是在树下站立许久，他扯掉身上的红绸缎，去看冀之瑜。冀国定没听到冀之瑜将那把黄花梨算盘打得噼啪作响，也没看到他靠在被垛上等他，冀之瑜蜷在被子里，昏昏沉沉睡着，乍一眼看去，连人带被子那么小，哪里是那个曾经叱咤商海的人。他坐在冀之瑜身边静静看他。冀之瑜突然咳嗽起来，一阵强似一阵的咳嗽将冀之瑜的脸憋得通红，冀国定将他搀扶起来，一边轻抚后背，一边将茶碗端过来。

"等你竟睡着了。"冀国定鼻子一酸，差点掉下泪来。"客人都走了？"冀国定点头。"你没少喝吧？与马姑娘饮过合卺酒了？"冀国定不说话，冀之瑜一急，又是一阵强咳，咳得满身是汗。冀国定慌了，要叫郎中，冀之瑜摆手磕磕巴巴道："请甚郎中！你……知道我为甚……咳成这样！"冀之瑜一手撑在炕上，一手往外搡他，冀国定只得下了炕，还没走出房门，冀之瑜问："不会再拐个弯吧？"冀国定连说不敢，转身掩好房门，大步流星往新房去。

站在新房门外，他想起瑛姑那句"于姻缘上无法顺应本心"的话。她于他明显没有爱意，而他明明爱着王菁仪却要去揭她的盖头，停在门上的手收回来，又隐隐听到冀之瑜咳嗽，只得推门而入。

房内一片红色。红色的帐幔，红色的桌布，红色的椅榻，红色的窗花，红色的蜡烛，还有一个穿着喜服的新人盖着红盖头，安静地坐在床边。他揣测不到盖头之下那张脸是怎样的一种神态。旁边立着她的陪嫁丫头，他认出她是"少仆"，她的名字叫梓芸。梓芸大大方方行了礼，开心叫了声："老爷！"便知趣站在喜娘身旁。正是良辰，喜娘将秤杆递与冀国定。冀国定拿在手中并不急着去挑盖头，而是将秤杆放在桌上，一撩长襟，在瑛姑对面的圆桌旁坐下，一边吃点心，一边看蜡烛，无视瑛姑，喜娘几次催促他都似听不见。

梓芸一脸疑惑，想起瑛姑对他的质疑，心道，姑娘看人果然从不出错，脸上流露出不满，用眼睛翻了一眼冀国定，又想，你只管自己吃饱了喝足了，姑娘一天都没吃东西，也拿了一块点心，放在瑛姑的手里。冀国定本来有些醉意，梓芸如此一来，竟有些愠气冲上头，喜娘瞧出形势不好，满脸堆笑催促揭盖头。冀国定摆手对她二人说："你们出去。"瑛姑内心一颤，有些慌，摸了摸袖里的剪刀。梓芸不知如何是好，一边唤姑娘，一边被喜娘拉了出去。瑛姑听门被关上，冀国定缓缓走到对面，她的心狂跳不止。之前想过许多种可能，并已想好如何面对这些可能，可真的面对了，还是无比紧张。冀国定转身拿起秤杆，轻轻挑住盖头的一角。虽说这不是他头一遭入洞房，如今面对眼前这位马姑娘，竟莫名生了些说不清的情绪，毕竟他从未遭人拒绝过。从来只有他嫌弃别人，如今他却被眼前这个红盖头下、这个纹丝不动的马姑娘嫌弃了，想到这里又不痛快起来，他挑着盖头的一角一动不动。时间仿佛凝固，他看到瑛姑渐渐发抖的身体，手上使了些力，突然"当"的一声，一把剪刀滚落出来。盖头挑了一半，冀国定被跌落的剪刀吓了一跳，他盯着地上的剪刀看了半响，又看看瑛姑，扔下秤杆，推门离去。

瑛姑吓坏了。她原本是想借剪刀在合卺时壮胆，却没料到它在挑盖头的时候不小心脱出袖口。梓芸慌忙进来叫了声姑娘。瑛姑松了口气，将盖头揭下，手抚胸口。梓芸拾起剪刀问："姑娘，你用它……与老爷相向了？"瑛姑没解释，梓芸急得原地转圈："这可如何是好？"

冀国定胸口团着郁闷之气，气冲冲来找王菁仪。王菁仪见冀国定身穿喜服，神情沮丧，鼻子一酸扑到他怀中哽咽，冀国定紧紧抱着王菁仪，内心不是滋味。"老爷，虽然我心里苦，可是这大喜之夜，你不该让新人独守空房。"冀国定酒意涌上来："都说'由来只有新人笑，有谁听到旧人哭'，我心里只有你，我只想与你生儿子！"王菁仪整个人都柔软下来，她恨不能用她所有的柔情，将眼前这个深爱的男人包裹起来，给他温柔，给他深情，给他她所能给的一切。

冀国定的喜服与王菁仪的衣服团在一起散落在各处，王菁仪听得见冀国定的喘息声，也能听到她自己的心跳，她不想再装出大度的模样，越加搂紧冀国定。冀国定迷恋她的身体，依恋她的似水柔情，这些年的恩爱天地可鉴，美中不足的是总不见子息。王菁仪不知烧了多少香，磕了多少头，吃了多少药，流了多少泪，眼见风华渐逝，依然不见丝毫动静。渐渐地，她被肚子搅扰了心绪，当冀之瑜决定为冀国定另娶他人时，她变得患得患失。不孝有三，无后为大，深陷在爱情里面的女人，为爱是不可理喻的，恰如此刻，她明知冀国定应该睡在瑛姑身旁，却更紧地用身体缠绕他，用柔情淹没他。

三更时，王菁仪想到冀之瑜，瞬间脊背发凉。倘若一直没有子息，日后还会有李姑娘张姑娘王姑娘无数个姑娘嫁进来，她觉出事情的严重，连忙催冀国定过去。冀国定眯着眼吐出两句："不去，从今往后，我只要你。明天我去回祖父，我要休了她。""甚？"王菁仪吓一跳，"你胡说甚？刚拜了天地入了洞房，浑说甚？"冀国定不再吱声。

王菁仪细思极恐，"你是担心我容不下她还是担心我心里难过？老爷大可不必这样，只要老爷心中有我，死而无憾了。听说她出嫁之前已是满城的流言蜚语，你若休了她，可不是将她往死路上逼？再者，我也会被人误会成是个醋缸，叫我以后如何做人？"王菁仪半晌没听到冀国定说话，低头一看，他已沉沉睡去，她轻轻抚摸他的脸庞，忽而哭，忽而笑。

洞房花烛夜，瑛姑与梓芸和衣而卧。梓芸虽然不知道瑛姑为什么执意用剪刀把冀国定逼走，但她这么做自有她的道理，是福还是祸，她无从忖度，她不停告诫自己，就是拼了命也要保护好瑛姑。

第二天，冀国定早早起来要去省城，王菁仪将布巾在温水里摆好拧干递给冀国定，他抹了把脸说："祖父这些日子嗜睡，你要留心侍奉。"

"老爷……"王菁仪低下头。

"怎么了？"

王菁仪朝门外努了努嘴："你就这样走了？她呢？"冀国定一拍脑门："瞧我这记性，竟将她忘了，"他眨了眨眼睛："将福妈叫来，让她带着去拜见祖父，你给她讲讲家里的规矩。"说完取过棉氅，一边穿一边往外走，"不在家吃早饭，这就走。"王菁仪看他身披朝阳走出家门，内心欢喜。都说男人喜新不厌旧便是女人的造化，而冀国定却将一整颗心都扑在她身上，任是这世间男儿再多，也难找到这样情深义重之人。王菁仪慨叹幸运的同时，又心生难过。世事总难尽人意，冀国定这一腔真情，若是能用一子半女回报，也算是报答了他这一番情意，偏偏肚子不争气。早年虽然怀过一胎，却在三个多月时开始见红，想尽了千万种办法也没能保住，从那以后，王菁仪再没有怀孕，这事横在整个冀家，日日啃噬着王菁仪的心。

王菁仪将冀国定的意思交代给福妈，她看到福妈眼神里闪过的诧异，王菁仪并不回避福妈的目光，她清凌凌的眸子，倒使福妈不好意思起来。福妈深知王菁仪的禀性，除了对冀国定，她对谁都寡淡，虽说王菁仪不是是非多的人，但伺候起来也还是要十二分小心。福妈极有分寸，不多说一句话，不多行一件事，极得冀之瑜与冀国定的信任，她的儿子福忠在冀家自然也比旁人不同些。眼见内宅矛盾已起，却不知这房新奶奶是个怎样心性的人，福妈随即一笑，自言自语道："做好分内事，余者皆不见。"便往瑛姑房里去。

　　瑛姑已洗漱完毕，换了一身素净的衣裙。梓芸嫌太素，说不像个新人。瑛姑不在意，说恐怕只有昨日勉强还算新人，今后，可能连旧人都不如。福妈在外面唤了声二奶奶，进得屋中，只觉眼前一亮。瑛姑上身着一件月蓝翠烟衫，下身一件散花乳白百褶裙，秀雅绝俗，含辞未吐，美目顾盼，周身透着一股轻灵之气。再瞧她身边的丫头，神态天真，容色清丽，竟有三分王菁仪的影子。福妈心想，若单论风韵，瑛姑逊王菁仪几分，若单论轻灵，王菁仪便输尽了。

　　梓芸不知她来何意，瑛姑猜到二三，将正要施礼的福妈挽住："这位妈妈，我初来乍到，不懂规矩，请您多多提点。"说罢反向福妈施礼。福妈何等聪明，急忙左一个万福，右一个万福。梓芸也明白过来："虽说我们姑娘初来乍到，然而她是个特别好相处的，日子长了，妈妈自然就知道了。我叫梓芸，往后还指望妈妈多多照顾我！"转身取出一个镯子塞在福妈手里。福妈谦让，梓芸诚恳道："按道理，您为长，我为幼，论时间，您先我后，我理应孝顺您！"福妈见主仆两人意诚，只得作罢，"也好，我先替梓芸姑娘收着。少东家一早有急务，嘱咐我带二奶奶去见老东家和大奶奶。"

　　瑛姑早听说冀之瑜以勤劳节俭、沉毅果决著称，洞房之事令她有些忐忑，如果冀之瑜追究起来，该如何解释？她心中有些打鼓。好在未出阁时念过一些书，再加上马培和带她走南闯北，练就了些处变不惊的定力。心里拿定主意，决定走一步看一步。冀之瑜早早让人翻出新衣服穿上，头发胡须精心收拾，温水洗了脸，看上去容光焕发，又命人仔细打扫房间，专等冀国定与瑛姑来拜，当听到福妈的声音，他心里一咯噔，笑容凝滞在脸上。

　　福妈进来并未拜冀之瑜，而是熟练地取了靠枕放在冀之瑜背后，又将他身旁的算盘放在一旁，换了茶，替他整理了衣衫，一切都安顿妥了，才让瑛姑拜。按照习俗，瑛姑三叩三拜之后，将准备好的礼物送给冀之瑜，冀之瑜高兴收下，瑛姑这才落座。冀之瑜担心瑛姑被冀国定冷落心中委屈，于是在炕上摸来摸去找东西。福妈又上前，将他身旁的一柄掌长玉如意放他手里。冀之瑜咧嘴笑了，"是它是它！这是一块上好的帝王绿，朝廷赐的，送给你！"

瑛姑站起来惶恐道："祖父厚爱，孙媳惴惴不安，孙媳初为人妇，何德何能，不敢受此！"冀之瑜示意瑛姑坐下，捋着胡须道："按理说，它该由孙儿把持，但祖父交由你总有交由你的道理。"瑛姑只得接住，只见上面刻着"凤翥"二字，"凤"实为避"鳳"，周边雕刻着灵芝纹。温润微凉的触感，近乎妖冶的绿色，精雕细琢的工艺，都让她感到一份信任，瑛姑觉得还是不妥，将玉如意放置原处："祖父心意，孙媳心领，只是孙媳年纪轻，又不懂规矩，不敢接受这么贵重的东西。"冀之瑜示意福妈，福妈笑着又将玉如意重新放在她手里。

冀之瑜意味深长道："'凤翥'二字是我专门找匠人为你雕刻在这柄如意上的。我自知时日无多，这深宅大院，只有你能与我孙儿挑起这大梁。孙儿谦恭，待人笃实，他若待你有不周的地方，祖父会说他，我向你保证，日后他定会待你与他人不同！"瑛姑不解冀之瑜为什么这么信任她，但若再推辞便显得不近人情，只得道："祖父在上，孙媳不才，早听说祖父德厚量雅，学识卓越。今日以后，孙媳会侍奉您左右，望祖父不嫌孙媳愚钝。"说毕又实实在在地磕了三个头，喜得冀之瑜连连点头，连连说好。

梓芸在一旁喜上眉梢。昨晚发生的事如一团阴云笼罩着梓芸，今日得见老东家这么器重瑛姑，替瑛姑万般欢喜，福妈倒显出些诧异。冀之瑜是冀家的主心骨，便是王菁仪也没得到他这么青睐。她瞟了一眼瑛姑，小小年纪，行事得体大方，冀之瑜器重的人，她自然不敢怠慢，于是对瑛姑更加另眼相看。

出了冀之瑜的房，福妈带瑛姑去见王菁仪。三人来到王菁仪门前，发现房门大开，福妈朝里张望，并无人，而后带着瑛姑进去。屋子有刚刚打扫过的痕迹，两三缕朝阳从窗而入，浮埃在光线里飞舞。衣柜旁观音瓶内斜插着鸡毛掸子，正中一方圆桌，圆桌上放着针线笸箩，笸箩里是一双正在缝制的男式鞋子，旁边有几本账簿。想来平常时候，冀国定坐在这里看账簿，王菁仪在一旁做针线。

“姑娘，这是给老爷做的吧？”瑛姑没回答。

瑛姑环顾了一圈，帐幔是湖蓝色的，床上整齐叠着铺盖，一对鸳鸯枕并排码在被垛旁，一种难以言说的隐秘氛围袭来，瑛姑抵触这种感觉。炕桌上是一套月白色茶盏，显然刚刚喝过，余下的半盏茶还氤氲着淡淡的茶香，炕桌两侧摆着两个半旧的石青色坐垫，想来一个是她常坐的，另一个是冀国定常坐的。另有一张梳妆台，放置着梳头匣子，除此之外再无其他。屋内摆设极简，尘埃不染。

“姑娘，怎么有种拒人千里之外的感觉？还有股说不来的香气。”瑛姑也一愣，梓芸的感觉正是她的感觉。“大奶奶常喝草药，是草药香也说不定。”福妈刚说罢，转身对着门外说：“大奶奶回来啦，我带二奶奶过来给您问安。”一个低而温婉的声音传过来：“呦，妹妹这么早就过来了，我以为还要一时三刻的。”瑛姑赶忙对她施了一礼：“大奶奶好，妹妹看过祖父就赶过来看望大奶奶，妹妹不懂规矩，见房门开着就进来了，望大奶奶不要怪罪。”“这门就是为你而开。”她脸上虽挂着淡淡的笑容，却自带疏离。

“多谢大奶奶不怪妹妹鲁莽。”

梓芸看到王菁仪身后跟着一位颇有姿色的丫头，那丫头看到梓芸后，眼里似流出忌妒，再后来就没正眼瞧过梓芸，一副高高在上的样子。梓芸也做出清傲姿态不去瞅她。

王菁仪已面带微笑端然坐好，福妈提醒瑛姑行礼，瑛姑落落大方行礼道：“介休张兰村马瑛仙见过大奶奶。”王菁仪受过礼，端详了一回瑛姑，慢悠悠道："年轻就是不一样。"这才拉她入座。瑛姑真真切切闻到王菁仪周身透着一股寒香之气，极淡的笑容，极淡的香味，再加上极淡的语气，都让瑛姑觉得她似块初春时候的冰，冷是冷，却也还洋溢着一汪春意。

"妹妹初来，不知道大奶奶喜欢甚不喜欢甚，妹妹有一副翡翠玉镯，送给大奶奶做见面礼，大奶奶如若不弃，小妹便觉心中欢喜了。"梓芸将玉镯递上，王菁仪说："以后是一家人，还是叫我姐姐吧。"而后叫了一声谷穗，她身后的丫头将玉镯收起，紧接着从妆奁匣里取出一支累丝嵌宝衔珠金凤簪，又取出一串蜜蜡项链，递给王菁仪。

王菁仪将项链为瑛姑戴上，连连说与瑛姑最配不过，而后双手托着累丝嵌宝衔珠金凤簪说："这是冀家世世代代传下来的，最初是范氏姐姐，然后是张氏姐姐，如今到了我手里，只是我未能为冀家生下一男半女，愧对冀家祖先，故而无颜面再将它留在身边，今日妹妹进门，想来冀家人丁有望，我也正好卸下一肩重担，自此吃斋念佛，享几日清闲。"

瑛姑明白了这支金簪的来历，"姐姐岂不是要折煞妹妹？我再年轻不懂事，也不敢做逾矩之事，姐姐先我一天嫁入冀家，我就得守着敬姐姐这一天的规矩。至于姐姐说的人丁之事，妹妹实在不敢就此信誓旦旦承诺什么，倘或妹妹不知好歹，不仅辜负了姐姐的一番心意，也轻薄了这支传家的金簪。我今见这偌大家业，处处井然有序，可见姐姐不是平常家妇，妹妹还要和姐姐学习，姐姐怎能在妹妹初来就将巨任让妹妹承担，妹妹实在惶恐！"王菁仪内心一惊：好一个厉害的女子！不过用一支金簪试探她的深浅，她竟反质疑我不够顾全大局。王菁仪不敢再小瞧她，用手帕掩着嘴改了腔调："妹妹有所不知，我自嫁到冀家，无一日敢懈怠，只是人的命运也是奇怪，即使再周详，也难逃命数的安排，姐姐便是最好的例子。""承蒙姐姐不嫌弃妹妹愚笨，日后少不得和姐姐学规矩。""早晚都会知道，不急于这一时，我们说说体己话。"两人说了一阵衣衫花色、雨雪草木，瑛姑见王菁仪欠了欠身子，知趣地起身告辞。

出了王菁仪的房，梓芸拉住福妈说："辛苦了福妈妈，改日我请妈妈吃酒。"福妈一笑："坊里坊间早听说过姑娘芳名，今日得见果然不同凡响。我是个粗笨之人，倘若以后有甚可以使唤的，二奶奶尽管吩咐。"说罢略停顿一下又道："大奶奶喜清静，极得少东家之心。如果二奶奶没什么吩咐，我就去忙了。"

福妈离开后，梓芸这才将心中疑惑和盘托出："姑娘，你这唱的是哪一出？昨儿用剪刀将老爷逼走，今儿却这样隆重去见老东家和大奶奶，为甚？"瑛姑望着天空："不过是从马家的院子迁到冀家的院子，总得活下去，还要好好活下去，我只是还没准备好如何和他共处一室。"梓芸还是不太明白，"姑娘，我有一事想不通，我瞧见老爷样貌行为堪称一流，你为甚形容他猥琐？""一流？因为他昨儿是新郎。我在京城见识过他的本色，实在令人失望。"梓芸不太赞同瑛姑所言，但又相信瑛姑的判断，又问："大奶奶为甚将金簪给你？""她是个聪明人，想以此试探我的深浅，二来，想必也是故意做了这一出，在人前表一表她的谦恭之心。"

突然一个身影晃过，瑛姑想起杨氏所言，将食指竖在唇边，示意梓芸不要再议论。

第七章　结怨

冀国定不在家的日子，瑛姑反觉得自在。她把更多的时间用来熟悉冀家的一切，当然冀家的人也在默默观望她。

前些天冀之瑜精神颓靡，今日瞧上去容色大好，话也多起来，他给瑛姑讲祖上创业的故事，讲令他费尽心神的汇票密押，讲冀家汇票水印被仿被盗险致银资损失，给她讲得最多的是冀国定。冀国定乳名"成钉"，坊间讲，男子乳名越丑越好养，这叫宁叫讨人嫌，不叫可人怜。冀家几代单传，冀之瑜希望冀国定像铁一样结实，他想了许多乳名，铁蛋，铁疙瘩，铁柱，铁娃，都不合意，最后想到成吉思汗的乳名叫"铁头"，冀之瑜便用汉人的习惯，取了成吉思汗的"成"字，为冀国定取乳名"成钉"。

瑛姑最感兴趣的是冀国定得遇名师的经历。他小时候在汾河南岸玩耍，当时正值汛期，浊浪滚滚，一百多米宽的汾水由东向西奔泻而下。他看到远处河面漂来一棵树，一男子死死抱着树顺流而下，男子见到冀国定高声呼救，小小的冀国定奋不顾身跳入河水，一手拽树枝，一手向岸边拼命划水，最后终于靠在汾河北岸。被救之人正是薛登伍之子。薛登伍千恩万谢之余，惊佩总角之年的冀国定有如此胆气和侠义，破格将他收至门下。

瑛姑说："薛先生奉命课皇子读书，归隐之后在西河书院讲学。

薛先生深谙《兰亭》笔法，我父亲藏有他的墨宝，常常赞叹先生书法至真至纯，天然茂朴，三晋之内，无出其右。"冀之瑜点头，又想到周五的话，说不定瑛姑果然如他所言是只待飞的凤，不禁心下暗喜。而瑛姑却有些纳闷，冀之瑜像一方秤砣，沉稳智慧，冀国定是他一手抚养成人，并授业于名师，缘何生就一副骄横之态、戾气之神？是人不可貌相还是看错了人？而此时冀国定已回来，未及歇息便来看望冀之瑜，却意外在门外听到他们的谈话。他没进去，转去看王菁仪。

将至午时，梓芸兴冲冲说："姑娘，老爷回来了！"瑛姑的心莫名乱跳。餐食备好，三五人鱼贯而入，为首的青灰色长袍，玄色绲边，靛色坎肩，兼一双威严的眼，身后紧跟着王菁仪，粉面含春，风韵袅娜，她后面跟着谷穗。福妈在张罗盘盏碗筷。他怎么来了？瑛姑疑惑不解，这时听到梓芸说："老爷好，大奶奶好。"瑛姑无比惊讶。

冀国定与王菁仪落座，瑛姑依旧站着，茫然望着冀国定，又望了望王菁仪。福妈以为她见到新婚的夫君紧张而导致失态，善意提醒："二奶奶，您坐，准备布菜了。"瑛姑这才慢慢坐下。

这太出乎瑛姑的意料了！冀国定不是京城"宏盛"门前的那张脸？那副炫耀，那种颐指气使，那种男人女态，怎么变成茶馆里令她神思恍惚的那个人？福妈轻轻碰了碰她，又轻咳了一声。瑛姑只觉脸颊发热，她偷偷瞄了一眼冀国定，他正满眼怜爱地为王菁仪夹菜，王菁仪抬头与瑛姑四目相视，她朝瑛姑淡淡一笑，轻声慢语张罗瑛姑动筷子，而后眼皮一垂用饭。桌上格外安静，瑛姑食不知味，胡乱将饭菜往嘴里塞，突然"砰"的一声，她碰掉了汤匙，碎成几段。梓芸讶异瑛姑失常的表现，急忙收拾碎瓷，冀国定露出不悦，王菁仪瞟了一眼瑛姑，又瞟了一眼冀国定。冀国定放下筷子，已有丫头递过布巾，"你们吃，我去忙些事。"说罢擦了嘴将布巾扔给丫头，先行离去。王菁仪也放下筷子，"我也吃好了，妹妹你慢用。"说完依旧淡淡一笑，留下一股暗香，袅娜地离开。谷穗白了一眼梓芸，跟着离去。

"姑娘，你怎么了？"福妈一边收拾一边说："新婚小别，乍一见紧张也是有的，日子长着呢，二奶奶拿稳了心性，不然不好立足。"瑛姑摇摇头，抓了梓芸的手，"梓芸，我们回去。"梓芸感到她的手冰凉，凭她原来的淘气，就是见了达官贵人也镇定自若，今日怎么被冀国定吓成这样？回到房中，她愣愣坐着，把梓芸急坏了，左问右问问不出所以然，要去禀告冀之瑜。瑛姑突然笑了，用手帕将脸蒙住躺下："很好，很好，再没有比这更好的了。"

"完了完了！刚才是傻，现在是茶了！这可如何是好，我回咱们家禀告老爷太太去！"

"梓芸。"瑛姑坐起来。梓芸疑惑地端详她，瑛姑也笑眯眯地端详她。梓芸伸手探她额头，"不烧啊……怎么就不明白了？"

瑛姑拨开她的手："浑说甚呢。"瑛姑起来坐在圆桌旁。

梓芸跟过去，"姑娘，你清醒了？"

"我从未糊涂。"

"那你吓我作甚？"

瑛姑这才慢悠悠道："梓芸，我这心里……阿弥陀佛，幸亏不是他，菩萨保佑，幸好是他！"

梓芸听不懂，要疯了，急得眼中泛泪。瑛姑看把梓芸吓到了，这才将其中原委说了出来。刚才是瑛姑拜了阿弥陀佛拜菩萨，现在变成梓芸拜，梓芸合十双手转着圈地拜："感恩阿弥陀佛，感恩四大菩萨，感恩玉皇大帝，感恩王母娘娘，感恩十八罗汉，感恩过往的神灵，感恩祖宗保佑……"瑛姑握着梓芸的手："感恩我的梓芸。"

从吃过午饭，瑛姑再没离开房间，直到月上中空。眼见夜深，瑛姑依旧不肯睡，披件单衣拿本书偎在油灯下，却只字不能入心。梓芸不胜欢喜，只道瑛姑的好日子不远了。都说小别胜新婚，但夜里冀国定仍旧留在了王菁仪的房中。瑛姑心中有数，正所谓一念开明，反身而诚。自己种下的因，必得相应的果，总得了了这段阴差阳错才能拨云见日。梓芸嘴上虽不说，心里却嫌冀国定又冷又倔，洞房花烛夜一别三个月，好不容易盼回来了，门都不登一下，联想到剪刀之事，心中又惆怅起来，"姑娘，既是误会，找个机会和老爷解释清楚岂不更好？""你觉得此时此刻，我和他说这一切是误会，他会信么？他非但不会信，还会认为我轻浮。他是聪明人，我相信他有一天会明白。"眼见时辰不早，瑛姑将书合上，打了一个哈欠，心想，也好，可以有很长一段清静的时光，是福不是祸，是祸躲不过，不如早点歇着。而后宽衣解带，掩帘熄灯，耳听得梓芸将门掩好，屋里安静下来。

瑛姑并无睡意，将一双眼睛睁得老大。她在回忆与马銮宇站在冀家"宏盛"门前时，被她误认为是冀国定的那个人，眉头一皱，怪她自己愚痴至不辨真假。叹口气，翻个身，又想起与冀国定几番相遇，细算下来，竟多达三四次，每次都未能识其庐山真面目，又是一声长叹，再翻个身细忖，从说媒到下聘，冀国定应该早就知道这一切，为什么他看破不说破？尤其是将出阁时，与他有过一次短暂邂逅，一想到这儿，瑛姑更加懊悔，就这样辗转反侧一夜，直至天将破晓才迷迷糊糊睡去。

瑛姑渐渐适应了冀家的一切，同时也承受着冀国定对她的冷漠，王菁仪淡然微笑之下的疏离，还有因冀国定对她的冷淡而引发的众人对她的各种揣摩。瑛姑并不懊恼，相反的，内心充满了喜悦。所有的困难都可以为他去隐忍，那些冷漠和阻碍反倒激励着她逆流而上。

爱慕的人近在咫尺，瑛姑开始关注与冀国定相关的一切。冀家家大业大，先前在娘家的那些小伎俩，在冀家简直不值一提。冀家经营着当铺、粮油、杂货、银号、茶庄、烟丝庄、棉丝庄、账局、布庄、铁货铺、钱庄等等，几乎涵盖了日常生活的方方面面。这些天，她或眼见、或耳闻冀国定调度有法，拈重放轻，最关键的是，冀国定处理问题总能另辟蹊径，即便有些问题没有转圜的余地，他也要让损失尽量降至最低，这点让瑛姑几乎对他膜拜。但婚前的误会不除，还是要谨言慎行方可护她与梓芸万全。王菁仪挂着淡淡的笑容独享着冀国定的恩宠，瑛姑从不因此事纠缠，一家上下倒也相安无事。

冀国定发现冀之瑜自他成婚后精神好很多，也发现他偏袒瑛姑，常有意无意夸奖瑛姑，尤其夸她善于处理复杂的人和事。最令冀国定想不到的是冀之瑜对他的态度，他用不容置辩的语气命他善待瑛姑，冀国定每每转移话题，都被冀之瑜训斥，他只得闷声答应。冀之瑜见他不甚在乎，加重了语气："瑛姑不仅关系着冀家子息，还关系到冀家商业，说不定还影响到晋省。"冀国定"扑哧"一声，差点笑出眼泪，他觉得冀之瑜可能是老糊涂了，所以不把他的话当回事，谁料冀之瑜早猜透他的心思。"成钉，"冀之瑜放缓语气："想你我祖孙二人，栉风沐雨，九死一生，我在，你能触摸到冀家的渊源，我能看到归处。我走了，你既失了来处，又看不到归处，祖父一想到这……"冀之瑜哽咽难言，冀国定也潸然泪下。"冀家虽然蒸蒸日上，但没子息，甚都是空话！这砖啊瓦啊，门风啊，家训啊，乃至金银，都是荒草，都是坟茔之上的荒草。菁仪固然不错，但若是个通情达理的，就不该日日夜夜恃宠生娇。你若不明就里，是祖父教养失败，她若不懂利害，便是冀家不幸，你，跪下！"

冀国定极不情愿地跪在地上。"我万事都能依你，只你与瑛姑的婚事，我强行为你做主总有我的道理。明日你又要出门，出门前，我要你发个誓，日后要善待瑛姑！"冀国定一时哑然，呆呆望着冀之瑜。这誓言发得太没来由，想争辩，又无法争辩，心里十万个不情愿。冀之瑜生气了，将算盘重重顿在炕桌上，冀国定没辙，缓缓道："马氏乃我妻，我听从祖父安排，会善待她，请祖父放心。""不行！对天发誓，有她有你，没她便没你！"冀之瑜嘴角抖动，冀国定不敢再任性，依照冀之瑜的意思，一字不落重复了誓言。这番话被前来送药的王菁仪意外听到，忽生悲凉，人生行至此处，尴尬而无奈，只可恨无福为人母，想到此处，失魂落魄、跌跌撞撞回到房中暗自垂泪。

冀之瑜黯然神伤。一番肺腑之言耗去他许多精神，格外疲惫，只想睡，他料到大限就在这几日，只是还有些身后事放不下，命人将福妈唤来，片刻后，福妈擦着眼泪出来，又去唤瑛姑，瑛姑刚进了门，冀之瑜脱口道："孩子……"便老泪横流。

再说王菁仪回去后倍觉委屈。嫁到冀家这些年，除了未能生育子女，其余皆尽心竭力，没有功劳也有苦劳，冀之瑜说的恃宠而骄，言下之意是她阻碍了冀家子息，越觉得这罪名不轻，心里更觉不安，决定去找冀之瑜说明心意。

王菁仪的袅娜，倒不是她故作，自是先天自带的风流宛转，说话平和，待人若即若离，在冀家大宅，除了冀国定，还有她身边的谷穗，她和谁都不那么亲厚，但也不树敌，家里上下，人人对她敬而远之。此刻她走得急，自觉两颊生风，发丝翩跹。到了冀之瑜门前刚要敲门，又听到瑛姑在里面说："孙媳年纪轻，尚不通人事，怎可担此大任？"

王菁仪凑前仔细听。"好孩子，祖父八十有四，自知时日无多，成钉让你受委屈了。有道是天降大任，必要磨砺心智筋骨，无论发生甚，你答应祖父与成钉不离不弃，有他自然有你，无你便无他！"紧接着一阵强咳。"祖父……"瑛姑不敢答应。"只有你能帮他挑起大梁！这是冀家总印，你好生保管，非常时刻有用。""孙媳不敢受此！"冀之瑜突然剧烈咳嗽，好一阵才平息下来，"唯你能受。你放妥，我这心里就妥了。"说完闭眼喘着粗气。瑛姑故意岔开话题说："祖父，银票密押，孙媳有个想法。"冀之瑜嘿嘿笑道："且不说法子好坏，单是这份心就够了。""孙媳思来想去，可以用汉字代替银票上的数字，比如一联诗，一句俗语，我给它取了名字叫障眼法。孙媳为您先去取药。"王菁仪慌忙顺着甬道折返而回。

冀之瑜叫住瑛姑："人之将死，不能带着秘密走，关于我的眼疾，乾隆五十八年，我无意撞见两个刺客要对两江总督福崧行刺。他们本想杀我灭口，因其中一人突发善心，但要我自证能守口如瓶，便放我一条生路。"

"于是您——自毁双目？"瑛姑惊骇不已。

冀之瑜点头，"没过多久，福崧在押解回京的京郊被害。外面传言，他因怕面对朝堂而饮鸩自尽。成钉好学善学，每每于科举跃跃欲试，我为此犹豫不决，后因此事，毅然断了他的念头。仕途之险，一言难尽。你起个誓，掌好冀家，无论冀家发生甚，你要在成钉身边不离不弃，并告诫后世子孙远离仕途。"瑛姑只觉惶恐："孙媳一介女流，何德何能敢承此大任？孙媳不敢僭越人之伦常，祖父在一日，可祖护孙媳一日，若祖父离去，孙媳自立尚难，何来掌家？孙媳不敢答应。"冀之瑜一口气雍堵，半天没上来气，吓坏了瑛姑，正要喊人，冀之瑜瞪着一双什么也看不到的眼说："好孩子，别怕，你答应祖父，你答应……"瑛姑又急又怕，一边轻抚他，一边点头："祖父放心，只要他不离不弃，孙媳定会不离不弃。"

"好孩子，祖父可以安心了。"

第三天夜里，眼见冀之瑜呼吸越来越细，似乎陷入昏迷，瑛姑担心冀之瑜过不了今夜，于是匆匆叩响王菁仪的房门。片刻，房里亮起灯，谷穗开门，见是瑛姑，浅浅叫了声二奶奶，王菁仪披了衣服出来不冷不热淡淡地说："妹妹到底年轻，祖父常有这样的情形，毕竟年岁大了。今儿傍晚祖父还与我说了一阵子话。"王菁仪将滑下肩头的衣服拉了拉，往上空瞧了瞧："再有几个时辰就破晓了，李管家去襄阳至今未还，老爷与福忠大后儿回来，玉章他们几个忙了一天，三更半夜将他们唤醒，穿衣套车忙活下来也就天明了，不如再小心伺候几个时辰，一早再给老爷捎信。"瑛姑还想说什么，王菁仪抱着双臂哆嗦了一下，谷穗在一旁连连打哈欠，瑛姑只得回去，刚转身，听到身后的门"吱呀"一声，掩上了。

瑛姑又照看一刻，觉得冀之瑜情况越发不好，慌了起来。她害怕，万一挨不到天明如何向冀国定交代，于是又去叩王菁仪的门。无丝毫动静，又叫了两声，也听不到答应，她呆立在门前。这样挨了一夜，第二天白天，冀之瑜竟缓了过来，瑛姑后悔自己的确鲁莽了。谁知到了晚上，冀之瑜似乎只有出气没有进气，情况比昨晚更坏，瑛姑硬着头皮又去找王菁仪，王菁仪嫌她沉不住气，扰得家里不安生，若冀国定知道了哪能在外面安心做事？瑛姑无法，一咬牙拿了主意，让梓芸去找福妈。福妈见冀之瑜情况的确不好，让梓芸叫玉章连夜套车往平遥给冀国定送信。

玉章半眯着眼问："大奶奶知道吗？"梓芸点头。玉章又问："这是大奶奶的意思？"梓芸摇头。玉章"哦"了一声："大半夜套车外出，要么有老爷吩咐，要么有大奶奶吩咐。"梓芸着急和他呛呛了几句，玉章索性关了门不再搭理她。梓芸没办法，只得跑回去。福妈扯了扯衣襟便往外走，瑛姑示意梓芸跟着。到了玉章住处，福妈大力叩门，玉章老大不乐意起来，福妈一把揪住他的耳朵："小兔崽子，奶奶们的意思你都要揣摩揣摩，猴崽子眼里有没有规矩了？"玉章直求饶："干娘，手轻点轻点，再揪，你就穿不上你干儿子孝顺你的装老衣了！"福妈这才松手，"傻小子，老东家的事你也掂不出轻重了？回话的时候不会只说是奶奶的口信？老东家的事，少东家会责怪？盐都吃狗肚子里了！"

冀国定披星戴月往回赶还是没能看到冀之瑜最后一面。冀宅处处挽着白布，大红灯笼变成白灯笼，家人披麻戴孝，哭声不断，他跪着爬向冀之瑜的灵堂，扶着棺木哭得像个孩子，长一声、短一声唤祖父，任是谁也拉不起来。

一场又一场倒春寒把人们挤在冬春之间，棉衣穿也不是，脱也不是，但残冬已是强弩之末，早有春意冲破三冬盎然于枝头树梢、灿然于田间地头。偶有风旋过门窗，再不见它火急火燎气急败坏地喘着粗气怒吼，此时它更像一位故人，揣着满怀的消息欣欣然立在窗外。

冀国定每晚都要去冀之瑜的屋子，靠在他每天靠的被垛独坐片刻，而后拿起算盘，闭着眼盲打百子，打完后再学着冀之瑜的口吻说："伍仟伍十，孙儿，你瞧，祖父手上的功夫还可以吧？"

王菁仪照旧恪守一个妻子的责任与本分，倦了提醒他眠，饿了提醒他吃。冀国定在书房临窗而立，久久未动。夜深风寒，王菁仪担心他思重伤身，提醒他回房安卧养神。冀国定答应，但坐在桌旁又拿着一张银票盯看。王菁仪不再催促，在一旁默默添茶。她轻手轻脚，耳朵格外机警，冀国定的丝毫动静都会让她心有余悸。冀之瑜之前的确有过好几次昏迷不省人事，但每次都化险为安。她凭借过来人的身份和经验，轻视瑛姑的反应，当瑛姑第二次敲她的房门，谷穗问开不开，她躺在床上一动不动，谷穗明白，退出里间。王菁仪在想，等冀之瑜恢复如初，她该会觉得她有多沉不住气，有多莽撞。这家里上上下下，角角落落，谁能比她王菁仪更清楚。

"菁仪，别忙了，过来说说话。"王菁仪打了个激灵。

她挨着冀国定坐下，冀国定望着这个和他相濡以沫的妻子，心内生起一丝疼惜。她勤勉持家，尊夫睦邻，性情沉稳，为着一男半女，在暗处不知使了多少劲，喝了多少药，但终究拗不过命，如今也认了命。

"辛苦你了菁仪。"冀国定拉过王菁仪的手。

"都是为妻的本分。只是见你郁郁寡欢，我这心里，疼得慌……"说罢红了眼圈，冀国定为她擦去泪，她快速转了话题问："你盯看了好几日银票，有甚问题吗？"

"祖父生前多次和我说如今密押不密，遗憾没能在他走之前，想出更好的办法。"

"要不，为保险起见，在更好的密押想出来之前，先停了银票业务？"

冀国定将王菁仪的双手放在他的脸颊之上："你说怪不怪？"王

菁仪蹙眉微笑问："甚怪不怪？""瞧了十几年，还是瞧不够。"王菁仪抽出双手嗔他："又浑说，这要被人听到了，以为是我不让你去她那，我满身是嘴也说不清。"又觉内心酸楚，扭过身抹起眼泪。

"傻！别人不知我，你如何也不知我？"

冀国定与王菁仪卿卿我我时，瑛姑在想办法化解冀国定对她的冷漠。不作为肯定不行，但过于刻意了，又担心落他耻笑，只得想办法先在夹缝中求得立足。瑛姑在意眼前这个男人，因为在意，故而在乎。所以，瑛姑带着梓芸叩响了冀国定的书房，两盅热汤，一碟牛肉，一碟点心，梓芸刚将它们摆在桌子上，王菁仪顿时拉了脸："不知规矩！夜不进食，这是家训，该跪！"王菁仪声音虽不高，却字字架着祖宗规矩，唬得梓芸跪下不敢言语。真真是因情而疏忽了规矩，瑛姑内心也生了怯意。她本想趁冀国定和王菁仪都在书房缓和与他们的隔阂，却没想到适得其反，王菁仪结结实实地训斥了梓芸。瑛姑本想反驳，一想确实是坏了家里规矩，一面让梓芸收拾，一面道歉。

冀国定任由王菁仪训斥，但王菁仪是个有分寸的，点到为止。但并未让梓芸起身，也没让瑛姑坐，她冰雪聪明，知道哪些是她该说的，哪些是留给冀国定处理的。冀国定见到瑛姑，想起了冀之瑜。自她嫁进冀家，冀之瑜常夸她这也好，那也好，到底有没有冀之瑜说得那么好？冀国定想试探一下。"遇到一桩难事，正和菁仪商量。祖父常夸你，正巧你过来，想听听你的意见。"说罢，用别样的眼神瞟了一眼瑛姑。

"瑛姑不敢，请老爷教训。"

冀国定见她神色自若，有股桀骜不驯被强行压制。她不卑不亢的样子，反倒让冀国定生了驾驭之心。"祖父去世前，因水印之事大伤脑筋，前些日子，有商户因水印被仿而损金折银。为保险起见，在没有成熟的防伪办法前，先暂缓相关业务，你看如何？"王菁仪内心欢喜，以为冀国定接受了她的建议。瑛姑眉头一皱，想要说什么，但又把关于水印的话咽下了。"姐姐教训得对。家人之道，女主内，男主外，然后家道乃立。我初来，规矩礼仪尚未学会，有老爷和姐姐在，冀家定会稳如泰山，余下的不敢妄自揣度。"梓芸膝盖有些疼，悄悄伏下身用手揉了揉，冀国定这才抬手，示意她起来，梓芸没站稳，踉跄了一下，瑛姑扶住她："没事吧？"王菁仪立时道："妹妹，别总站着，坐下说话。"瑛姑这才坐在下首。冀国定起了围猎之心，"权当家常闲话，不论对错。"

瑛姑到底年轻，哪里知道冀国定是在试探她，便将杨氏的话忘到脑后，认准是为冀家商业献计献策，对错不重要，重要的是有那份心，干脆小试牛刀，或可扭转冀国定对她的态度。"既然是家常，老爷和姐姐若允许我放肆，我还真有个想法。"话音刚落，天真烂漫的模样毕现。冀国定充满了好奇，王菁仪冷笑一声，梓芸在一旁暗暗为瑛姑捏把汗。"商家，顾名思义要逐利，为何要弃利而故步自封？水印有问题就解决问题，不能因噎废食，这才是大商家。水印早已不是独门秘籍，所以接下来，谁的防伪做得好，谁的生意就大。"

瑛姑之前与冀之瑜探讨这些时冀之瑜是首肯的，所以瑛姑很自信。但她见冀国定眉头深锁，忽然一抬眼皮，又紧紧盯着她看。瑛姑揣度不出他那眼神是什么意思，直到冀国定将盖碗茶在桌上重重顿了一下，她才意识到有些忘乎所以了。冀国定是商界大亨，这些稚嫩的想法，他如何会想不到，他分明是在试探她是否安分，想到这层，瑛姑心里直呼坏了。王菁仪见冀国定不表态，一直盯着瑛姑看，以她对冀国定的了解，知道他不仅嫌瑛姑话多了，还嫌她有牝鸡司晨之意，于是顺水推舟说："妹妹未出阁时，坊间便传说妹妹点子多，脑子活，胆子大，看来果然名不虚传，姐姐以后要多多向你请教。"梓芸听出话锋不对，急忙搬出冀之瑜："老爷奶奶息怒，这原是老太爷在世时和我们姑娘说的，姑娘年轻不懂事，照葫芦画瓢说出来。"王菁仪脸上一丝笑容也没了，"嫁进冀家就是冀家二奶奶，哪来什么姑娘不姑娘？"梓芸复又跪下为瑛姑求情。瑛姑自知中计，但并不回避冀国定的目光，相反，迎着他的目光慢慢站起来，朝他二人施了一个万福："都道君子无戏言，虽是家常闲话，也是奉了老爷之命才敢漫说，如若因此遭斥，日后再听到老爷和姐姐的吩咐，不知该如何自处！"冀国定哈哈笑了，对梓芸说："起来起来！别动不动就磕头，我们家不过是寻常百姓，又不是天王老子！规矩不懂无妨，就怕有人钻营规矩的空子，你们回去吧，规矩慢慢和菁仪学。"

两人出来，瑛姑心思沉重。梓芸拍着胸脯说王菁仪落井下石。她见瑛姑不搭腔又说："她故意让姑娘难堪。老太爷不行时，姑娘可是以她的名义给老爷送的信。""以后尊称大奶奶，殊不知，麻烦从来不是意外使然，都取决常日习惯。"瑛姑心里虽然不舒服，但她站在王菁仪的立场又想，冀家一应的吃穿用度都经她手，她遵家训，也是遵冀国定的意思。冀家极为节俭，一日三餐均是粗茶淡饭，晨不懒卧，夜不进食，这是知福惜福，所以，她也许并不是故意发难，是她这么多年生活习惯使然。一把剪刀已然成为她与冀国定之间的沟壑，所谓路遥知马力，日久见人心，有些事急不来。

梓芸眼看着瑛姑变了个人。当初嫁到冀家死活不与冀国定相好，如今唯他心心念念，都是一个情字使然，梓芸不好再说什么。

回到房里，瑛姑坐在桌旁拿起书心无旁骛看起来。梓芸只能把怨气发泄在她的衣服上，不是嫌衣袖碍事，就是嫌裙摆碍事。瑛姑看出她依旧被刚才的事左右着情绪，耐心和她解释："角度不同，问题不同。她用过来人的身份和资历来权衡事态很正常，但若以此为制衡，用得好事半功倍，若不当，便会让人生出怨恨，弄不好会两败俱伤。所以，你瞧这句'我闻忠善以损怨'正是目前我所需要做的，它以后也将是我做人做事的准则，我相信时间久了，一切嫌隙都会迎刃而解。""我是担心姑娘心善，反被人欺负。"

六月精阳，无一丝风，草木萎蔫，知了阵阵，冀家大宅寂静无比。

一连数日，瑛姑伏在桌子上不停写画，常常忘了时辰，笔墨纸张横七竖八摆满了桌面。梓芸打趣她像是准备科考，瑛姑说比科考还重要。梓芸笑瑛姑说痴话，这世上哪有比科考还重要的事。梓芸说到这里，想起还真有件比科考还重要的事，便是冀国定对瑛姑的态度。之前瑛姑还努力冰释前嫌，最近她好像忘了有冀国定这个人。梓芸忧心又起，开始劝瑛姑，尽早解决剪刀的事。

　　"人只有做好三四月的事，九十月才会给你答案，正如冬日藏得至深，夏日才能盛得至极，得了一个好法子，眼见有眉目了。"瑛姑极为兴奋。梓芸以为她在说冀国定，喜得放下手中的活计，忙问什么好法子。瑛姑饱蘸墨汁，墨笔一挥，写下许多长短不一的诗句，又另取纸张，写了一堆数字，再将汉字和数字勾勾抹抹。梓芸不明就里，虽然她知道瑛姑满脑子都是千奇百怪的想法，但她看不出这和冀国定有什么关系。最后，瑛姑举张巴掌大的纸神秘兮兮问她："猜，这张纸值多少银子？"梓芸拿过来横瞧了竖瞧，又掂了掂，"这纸自然是不值钱的，姑娘若说值钱，自然是上面这些字。"说罢仔细叠好小心夹在书内，望着狼藉的桌面，一边收拾一边喋喋不休劝瑛姑。瑛姑嫌她唠叨，趁她不注意，将墨点在她脸颊，梓芸剁脚道："姑娘哪像个大户人家的奶奶，你既然不像个奶奶，我也不必像丫头。"说完举起毛笔要往瑛姑脸上画。瑛姑佯装生气："芸丫头，要蹬鼻子上脸么？小心我把你嫁了！"梓芸一听，将笔放到案上翻了白眼不高兴地说："姑娘回回用这招欺负人！"瑛姑哄劝她："我如今泥菩萨过江，自身难保，若再把你嫁了，可不是自断后路？我可舍不得你，除非你自己想嫁了。"梓芸耷拉着脸："姑娘没个姑娘样，不和你玩了！"说罢往外走。忽然一阵风，纸张吹落，梓芸只得折回来，"唉，这可是比状元还值钱的考卷。"瑛姑听她声音发颤，发现梓芸哭了。"哟，我们芸姑娘大了，竟不能和你玩笑了。""姑娘又浑说，我是心里难过。我知道这状元卷是为老爷而忙。姑娘玲珑剔透，老爷却不知珍惜，我在想，刚才和你嬉闹的若是老爷该有多好。"瑛姑不再言语。梓芸后悔图一时嘴快，悄悄退了出去。

梓芸漫无目的在宅院里溜达，天气炎热，耳边尽是知了的聒噪。瑛姑嫁入冀家已半年之久，这当中的酸甜苦辣无法言说，她满以为凭借瑛姑的聪明才智可在冀家立足，却没想到她二人在冀家过着百般委屈的日子。

梓芸想起她的身世。她年幼时学着别人，捡了把稻草插在脑后，人们挑牲口一样，将她挑来挑去，甚至还有人看她的牙口，最后因她瘦小，买了别人。卖自己卖了两天没卖出去，第三天的时候，马培和带着七岁的瑛姑逛街，瑛姑看到她，于是站在她面前上下打量，突然拉住她的手对马培和说这个姐姐她认识。一句"这个姐姐我认识"彻底改变了她的命运。自此认准了瑛姑，暗暗发誓，此生哪都不去，只陪在瑛姑身边，报答她的恩情。两人一起玩耍，一起长大，瑛姑又是个极仁义的主儿，遇到瑛姑真是幸运。可是如今，眼见她身处艰难之境，却无法帮她，梓芸心里干着急，一边走，一边唉声叹气。不知不觉走到冀国定的书房，正逢福忠路过，她有了个主意。

她站在路边呜呜咽咽哭起来。倒不全是假哭，确实心中替瑛姑委屈。福忠拐过来问："这不是梓芸姑娘么？为甚在这里哭？"梓芸忙擦去眼泪，见福忠捧着账簿，心想，他此刻该是去见冀国定。"福忠，我受了姑娘的委屈，你给我评评理！"福忠憨厚一笑："受主子气再正常不过，我还有事，你快回去吧。"转身要走，梓芸顾不得男女有别，一把拉住他："你若再不听我说，横竖我是活不过今日了！"可巧被送绿豆汤的谷穗看到了。

福忠原本喜爱梓芸天真烂漫，又见梓芸颇有些娇嗔之态，索性放下手头事听她倾诉。"我今儿打扫姑娘房间，见桌上团着些废纸，以为没用就一股脑扔了，结果姑娘斥责我，说我将她秘密给糟蹋了！"福忠来了兴趣问："甚秘密？""姑娘说，那可是她点灯熬油琢磨出来极为妥当的、银票密押的办法。我说，老爷都不来咱们屋，你还有闲心替他研究这个，姑娘就打了我。"说罢假装哭泣。

谷穗心想，阖府都知道老爷只疼爱大奶奶，她不过是娶进来延续香火的，可笑老爷都不往她屋里去，恐怕好日子还在后面呢。她又看了看梓芸，神态果然有几分像王菁仪，心里更不舒服了，于是往他们跟前走。福忠知道谷穗不好惹，提醒梓芸离开，他赔笑和谷穗打招呼："谷穗姑娘，送绿豆汤啊？我送账簿，正好一道进去。"谷穗腰肢一扭："大热的天，大奶奶担心老爷中暑，特意命我煮些绿豆汤。"她半侧着身子对梓芸说："厨房还剩些，不如你盛些给二奶奶，降降她的火气。"梓芸气不过，刚要辩驳，福忠给她使了一个眼色，然后与谷穗一道进了书房。

梓芸站在原地自言自语："但愿如意！"而后急匆匆跑回去。瑛姑见她跑得满头大汗，回来顾不上擦脸便开始收拾房屋，瑛姑跟在她身后不停问发生了什么，梓芸冲她神秘一笑："如果不出所料，咱们屋里该来人了。"瑛姑笑她中魔了，倚在一旁不再搭理她。梓芸则守着门不停张望，眼巴巴等到晚上也没见半个人影，只得失望地掩门说："人算不如天算，唉。"

冀国定忙完，将账簿放在一旁伸了个懒腰，想起李管家。李管家已走大半年，也不知道事情办得怎么样，前几日收到他的信，说这两日抵达介休。要说李管家，哪儿都好，就是太抠门儿，抠得冀国定都不知道该说他什么好。除了置房置地舍得花银子，于吃穿上，那是能省一钱是一钱，甚至因为吃肉还闹过笑话。有一回他扬言给儿子买肉吃，结果在钱袋子里摸来摸去，咬牙割了只够塞牙缝的肉。无论冀国定怎么说他，李管家有他的一套说辞。他说这黄土高坡本不能指望靠天吃饭，靠地穿衣，山西人挣的银子，哪一纹没裹着血汗。出不去的，面朝黄土背朝天，终日在黄土里刨食，还不是今天饿死老的，明天饿死小的，出去的，哪个不是用命闯过杀虎口？哪个不是用命翻过黄花梁？血汗银子花着能不心疼？李管家的话不无道理。其实冀国定也觉得将大把的银子用来满足口腹之欲不值得，这也就不奇怪，冀国定家大业大，一日三餐为什么多是粗茶淡饭。李管家回来得给他好好接风洗尘，于是命福忠明日多割些肉送他家去，并嘱咐福忠和他婆娘说，是李管家买了让捎过去的。福忠嘴一咧："好嘞，老爷放心，我准保做得漂漂亮亮的。对了，"福忠话锋一转："晌午的时候，遇到梓芸姑娘在外面哭。"冀国定没接茬，福忠又说："她说她把二奶奶琢磨出银票密押的办法给扔了，二奶奶斥责了她。"冀国定听到银票二字来了兴趣，"银票密押？""具体我也不甚清楚，她只说二奶奶研磨了多日，还说那方法无人能冒领。"冀国定轻蔑笑了："大言不惭，不过认得些字，就如此狂妄！"福忠不好再往下说，冀国定打了个哈欠："我去看看大奶奶，你将这里收拾收拾歇着去吧。"

冀国定穿过回廊来到院子中，看了一眼院中的老树，又望了望祖父的房间，而后来到王菁仪的门前，灯亮着，准备推门而入时，听到谷穗说："我听见梓芸说，那边琢磨出了新的密押，她因不知其中厉害，团揉了那些纸，被训斥不知轻重。"没听到王菁仪说话。谷穗又说："倘若那边真的研究出来，可为冀家立了汗马功劳。听说她擅长算学，尤其精于通盘筹划，如今合家上下已有不少人暗中称赞她，到时候，"王菁仪开了口："真若研究出来，何止是为冀家立下汗马功劳，那将是整个业界的功劳。只是你想，老爷都琢磨不出来，她便琢磨出来了？不过弄些个噱头引老爷注意才是真。她出身书香门第不假，所以有些个才情也很正常，但若因此卖弄，便浅薄了，老爷也十分讨厌。"

冀国定搓弄了一会儿拇指上的扳指，转身往瑛姑院中去。

瑛姑已褪去外衣，穿件家常短衫伏在桌上又弄那些纸纸笔笔，梓芸在一旁铺被褥，唠叨着："姑娘别弄了，弄出来也没人看，没人心疼你的辛苦。"门开了，冀国定走了进来。瑛姑看到冀国定，倍觉愕然。梓芸则喜出望外，悄悄退出去掩上房门拍手："果然来了！我也不比姑娘差嘛！"说罢守在门外。

冀国定见瑛姑穿着月白色齐肘短衫，月白色常裤，越发衬得皮肤白皙。头发随意散着，满眼露着羞怯，虽然她努力装出镇定，但还是能看出她的慌乱。冀国定一时看得出神。瑛姑站起来，双手背在身后绞着一方手帕。冀国定突然造访，瑛姑有些不知所措，"不知老爷过来……"

冀国定坐下说："我也是临时改道过来，"紧接着问："听说，你研究出了新的密押？"

瑛姑心下顿时明白他此来何意，有些失望，淡淡回他："那日被老爷和姐姐训责，回来掩门思过，胡乱琢磨了个方法，不过是小孩子家的玩意儿，我一介女流，不敢说研究。"冀国定见她没有说的意思，但心中又好奇，故作矜持道："那好，等你研究好了，我再来洗耳恭听。"他见瑛姑依旧没有说的意思，也没有留他的意思，只得转身往外走。梓芸着急了，这叫怎么回事呢？屁股还没坐热就走，这要是再传出去，往后更难在冀家立足了，于是进来满脸堆笑道："老爷，二奶奶的确弄好了，我愚痴看不懂，我拿给您看！"说罢，自做主张从书里将那张纸取出递给他。

冀国定接过那张纸抖开，斜睨了眼瑛姑，重新坐下来。他看到几首唐诗，一首是王维的六字联，一首是杜甫的《望岳》，又有一首张九龄的一句诗，中间勾勾抹抹着数字和汉字，看了一阵，未看出所以然。他重新抖了抖纸，"就这个？"瑛姑依旧低头不语，冀国定将纸扔在桌上，"这些诗句，但凡认得些字的，都会吟诵，果然是小孩家的玩意儿！"说罢起身就走，梓芸拦也拦不住。望着空荡荡的夜色，梓芸失望道："我好不容易将老爷引来，姑娘怎么就这样将他打发走了？姑娘明明属意他，虽然婚前阴差阳错，总得说明缘由，总这么吊着也不是办法。明明研磨出了法子，为甚不和老爷说，让他高兴？""他此次过来，纯粹为银票。我视他为夫，他却从未视我为妻，虽说在家从父，出嫁从夫，他何时将我放在心上，我何时将这法子告诉他。"

梓芸茫然看着瑛姑，彻底不懂了。瑛姑语重心长道："梓芸，虽然我为主，你为仆，但我希望你寻到一位你属意的男子，你敬他，他尊你，你们两情相悦，假如有一天你寻到了，我一定会促成你们的好事。"

"姑娘怎么又说到我身上，我愁姑娘呢！"

"假如我无法遵从本心，不得已嫁给一个不喜欢的男子，我也要尽力在日后使他至少敬我，如果再能两情相悦，便是我上世修来的福分了。"

梓芸一脸忧愁，"姑娘，我担心时间久了，疙瘩越绾越紧。"

第八章　银票

冀家商业年中汇总这天异常热闹。跑堂的伙计忙上忙下，丫头婆子们早将大宅打扫得一尘不染。那些夜以继日的努力，那些汗水，那些曾经的迷茫和纠结，终于化成白银抓进手里，它是对所有付出的回报，是天道酬勤的馈赠。

冀国定忙完手上的事出来转悠，看到谷穗拿着些纸往回走，便慢悠悠跟在谷穗后面。门开着，冀国定撩开帘子："菁仪，在做甚？"王菁仪和谷穗同时回头，一脸的惊慌，王菁仪急忙迎上前，为他掸了掸衣服，谷穗慌忙收拾桌上的纸张。"老爷怎么这时候过来了？"冀国定好奇那些纸，要看，王菁仪打岔："正好我娘家送来些小点，老爷尝尝。""你写的吗菁仪？好端端为甚扔了？我瞧瞧。""谷……谷穗不知从哪弄来的，非让我评议，老爷不要看了，省得弄脏手。"冀国定更好奇了，拿了两张看起来。谷穗紧张地站在一旁，王菁仪示意她出去。冀国定看罢说："很俊的蝇头小楷，彩笔生芳，墨香含素，谷穗没白跟着你，学到了些审美的情致，只是这些东西好像在哪看过？"王菁仪没等冀国定看完，从他手中拿过来："这丫头就有这毛病，时常弄些个东西回来让我瞧。"王菁仪撩了下耳边的头发。谷穗忽生一念，又进来说："老爷有所不知，虽是些废纸，大奶奶见了这些字，突然得了灵感。"王菁仪朝谷穗狠狠瞪了一眼，"多嘴！""甚灵感，菁仪和我还藏着心事？"王菁仪刚要开口，谷穗又抢白："奶奶有了些关于银票密押的灵感！"谷穗满眼含光。"听这乱嚼舌头的丫头胡说！"王菁仪摸了下脸颊，又啐她一口："还不去忙你的！"谷穗笑笑，这才离去。冀国定问："你极少操柜上的心，怎么突然对银票的事有了兴趣？"王菁仪的目光躲躲闪闪，用手帕掩了嘴，羞涩笑道："还不是见老爷为此事夜夜难安。"冀国定更觉王菁仪可疼，"世间只有菁仪懂我、疼我。只是让你跟着为夫悬心，我这心里……"王菁仪动情地说："老爷的事，便是为妻的事，我常恨不能为老爷分担忧愁。"冀国定拉了她的手一同坐下，"说说是怎样的法子？"

王菁仪轻咳了一声，努力回忆瑛姑说过的话，支支吾吾说："或可在票面上做文章，就好比，'障眼法'。"冀国定饶有兴致，"听起来不错，关键是如何障人眼目？"王菁仪皱皱眉头："至于怎么障人眼目，为妻还没想清楚，比如，是不是可以用一联诗代替十二个月。"王菁仪怕说多了露馅，迅速转移了话题："为妻没有瑛妹妹的才思，她自幼耳濡目染经典要义。近日总听人夸她将家里繁杂物品做了合理的归纳，还对一些事务的流程提出了异议并加以整改，为妻实在惭愧。"王菁仪说罢只觉心慌。冀国定冷笑一声："俗话说真人不露相，露相不真人，无人能比上我的菁仪。"谷穗又进来面带喜色道："回老爷，奶奶，李管家回来了，要见老爷！"冀国定异常兴奋地说："盼星星盼月亮，总算把这个老抠门儿给盼回来了！这就去看他。"

冀国定前脚走，王菁仪顿时拉下脸，怒嗔谷穗："你可知道你刚才做了甚？你越发大胆！"谷穗并无惧色，而是讨好笑道："奶奶先别着急动怒，我是为奶奶着想。那边倘若真琢磨出了法子，老爷势必对她另眼相看，不如趁此机会咱们也研磨研磨，如若琢磨出个所以然来最好，琢磨不出，也要让老爷知道奶奶有这份心！""宠不是争来的。老爷若有心，怎样都受宠，老爷若无心，即便她知晓天文地理，四海八荒，也是聒噪。我与老爷情深义重，彼此相知，不必用这些法子，用不好，会适得其反。"

谷穗不同意王菁仪的说法，但也不与她理论，王菁仪也不好再说什么，看着谷穗忙上忙下。谷穗与别的丫头不同，她有主意，还常代冀家的下人写书信，所以她知道冀家许多人不知道的事。再者，她的心思都扑在王菁仪身上，虽说是个丫头，又比王菁仪小，却有着母亲一般的护犊之情，见不得王菁仪受半点委屈，这也是王菁仪特别信任她、依赖她的原因。谷穗长得干净，身段丰腴，同样一件下人的衣服，穿在她身上便显出与众不同，不少人给她说媒，她只说舍不得与王菁仪分开，一概不同意。

李管家一走大半年，这期间除了收到他报的平安信，再无其他，这让冀国定更加证实了一种推测：看来那日在县衙小叫花子所言句句属实。让他不解的是，多年前随手打的字条，怎么落在小叫花子手里，她为什么要寻他，她与他们又是什么关系。

推开门，看到风尘仆仆的李管家，胡子拉碴不说，只身上那件衣服补丁之上又见了新补丁，那些细细的针脚，让冀国定想到他在油灯下穿针引线的模样。李管家眯着眼蹒跚到冀国定跟前："老东家他……"冀国定鼻子一酸。李管家哽咽了："没想到年前一别，竟成诀别。额跟着老东家走南闯北，没有老东家，额早就饿死街头了。"冀国定被他勾起伤心事，坐着一言不发。李管家伤心了半晌才说："一进门，额就听人说二奶奶与众不同，老东家看人，绝对不会错。"

"此去襄阳，可有甚收获？"

"两个消息。一个小叫花子的，另一个是茶叶的。"

当李管家一口气将小叫花子的前因后果讲完，冀国定一时没缓过神来。总以为江湖轶事从来都是别人的，没想到他也成为别人口中津津乐道的轶事，冀国定感慨万千，他越加认定以诚信行走江湖，运气就不会太差。小叫花子名叫郭雯，事情已水落石出，该如何安顿她呢？先把她接回家中，日后再说。

冀国定拿起被李管家包得里三层外三层的茶砖。茶砖外形规整，压制坚实，香气隐隐入鼻，茸毛、条索都接近完美，砖茶的顶端印着一个"川"字，它是茶叶界的招牌。李管家此去襄阳，不仅做了一单大生意，还得到一条重要的商机——俄国需要中国丝织品的时代结束了，棉花也差不多要结束了，剩下的是茶叶，茶叶，还是茶叶！

冀国定对此消息极为感兴趣，他似乎想到了什么，怪不得渠半城渠家比往年加大了对茶叶的经销，看来，他们一定也得知了此消息。朝廷在各方面的压力下，开放通商口岸是早晚的事，所以要早做打算，冀国定道："茶叶之事不能再拖。另外，你尽快去县衙把小叫花子接回来，一晃，她被关在那里大半年了。"

因银票一事，冀国定对瑛姑更加冷淡。瑛姑濒临孤境，原来碍于冀之瑜，冀国定多少会护着大面，如今不同了，只要瑛姑在，冀国定都会找托词离开。王菁仪依旧若即若离，谷穗成了瑛姑和梓芸的梦魇。

这天晚饭，拌汤刚端上桌，谷穗忙不迭为冀国定盛好，喜眉笑眼双手为冀国定端放过去，又为王菁仪盛好，她没把汤勺放回汤盆，而是放在了王菁仪下手。梓芸气不过，要取汤勺，瑛姑拦住不让。她想知道，她的碗一直空着，她一直干坐着，王菁仪会怎样，冀国定会怎样。但王菁仪仿佛没看到，冀国定全然不理会。如果吃到最后，他俩一直装糊涂，此事又会沦为大宅里的笑话。瑛姑望着冀国定冒出一个念头：他既然没有丁点儿情意，不如……转而又劝她自己，既然种下这个因，总得了了这个果才有可能言其它，于是怀揣委屈，再一次选择原谅他。

福妈都看在眼里，双手在围裙上抹了抹笑道："少东家，瞧这层蛋花多好，我给您盛上。"取了汤勺为冀国定添了汤，又为王菁仪添了少许，这才端起瑛姑的碗为她盛。冀国定没有任何表情，王菁仪抿了抿嘴唇，喝掉最后一口汤。

忽来一阵雨，来得快走得也快，雨后一阵风，吹走了燥热。瑛姑一言不发，呆看雨珠从檐牙滴落。梓芸轻手轻脚进来："今儿多亏了福妈，要不我们去福妈那走走？"

福妈在冀家是个比较特殊的人。说她是下人，王菁仪也不敢怠慢，但她为什么有这样的威信，谁也说不清。按理说，这样一个特殊的人，自然在下人中会有一些骄傲，偏偏福妈说话做事从不逾矩，她似乎从不管事，但好像又管着许多事。

冀之瑜在"德馨堂"给她辟了个独立的小院，她与福忠在那里生活。福妈每日不闲着，常给冀之瑜与冀国定做些针线，用饭时张罗一阵，其余的时候很少见她走动。瑛姑与梓芸穿过四重院落，拐到最北端一处小院，小院中有两间房，一间正房，一间偏房，福妈住在偏房。正房常年空着，冀国定几次三番让福妈住到正房里，福妈都不肯。

院子静悄悄的，瑛姑担心突然造访会打扰福妈，正犹豫的时候，梓芸已问道："福妈妈在吗？"福妈从屋里出来，面露惊讶，但也只是惊讶，并没显出局促，她客气地将瑛姑与梓芸让进屋，一个被福妈唤做小池的小丫头为她们上了茶。小丫头年纪甚小，稚气未脱，透着机灵劲儿，她与瑛姑和梓芸笑笑，便垂手立在福妈一旁。

瑛姑没有贸然落座，福妈更不敢坐，一遍又一遍相让，福妈才在瑛姑下首坐下。瑛姑看到慈眉善目的福妈，想到杨氏，鼻子一酸，险些掉下泪来。两人寡坐闲聊了一会儿，瑛姑便表达谢意："今儿用饭，谢谢福妈。""谁都会有难处，这难处有时就是那么几步，迈过去就好了。"此言一出，瑛姑再也崩不住，一边流泪一边佯装笑着道："这是怎么了，福妈妈一句话，让我想起了我娘！"梓芸竟比瑛姑还伤心，干脆抽抽搭搭哭起来。福妈没劝慰，而是将瑛姑引到里间看她正在缝制的棉衣。棉衣大体缝制完，新里新面新棉花，只剩领口与缝缀盘扣，福妈拎起棉衣说："正愁没镜子，可巧二奶奶过来了，我穿上，二奶奶帮瞧瞧哪里不合适？"瑛姑忙阻止："一经撕扯，领口变形就不好缝制了。""无妨，小心些。"说罢已将棉衣穿在身上。棉衣肥大，一看就是男子棉衣。瑛姑摸了摸细密的针脚，"这针线世上无二，福妈给福忠做的吧？""少东家的。"瑛姑的手像被蜜蜂蜇了一下，立刻伸回来。

福妈在瑛姑面前左转右转，"虽说棉衣大体做完了，但少了哪部分都不能成为一件完整的衣服，你瞧这领口外露的棉花，还有这大敞四开的前襟。这万事万物，想要齐整，想要立得住，少不得帮衬与支撑。"瑛姑内心一震。福妈开始脱棉衣，"李管家可不是一般的管家，他与少东家如手足兄弟，还是个有见地的管家。他常说，人呐，开门不一定能见山，对窗不一定见碧水。"瑛姑若有所思，福妈将棉衣放好又说："李管家特别爱吃我做的剔尖儿，明儿二奶奶也过来尝尝，别总捂着银票的事伤脑筋。"这话再明白不过了。

瑛姑夜里睡不着，琢磨福妈的话。终究是年纪轻，只看到爱情，看到冀国定爱着王菁仪的才思，却厌恶她的才思，看到冀国定疼惜王菁仪的眼泪，却看不到她伤心，看到冀国定爱着王菁仪的喜恶，却无视她的存在。瑛姑只觉茫然，又无法参透，但福妈话里话外提点她是明白的。瑛姑除了对福妈充满了感激，还是有些疑惑，福妈既然从不管是非，缘何要提醒她？却也顾不及细思，一个身处逆境的人，丁点儿的温暖都会铭刻在心。第二日傍晚，瑛姑应约，与梓芸刚进了院，就听到李管家与福忠在说笑，她提了裙角，循声而进，发现福妈院子里又多了个面生的丫头。

冀国定本来对捕捉各种信息异常敏锐，因王菁仪一句"用一联诗代替银票上的信息"，让他突发灵感。他试着用诗句解决了日期的问题，又用同样的方法解决了数量的问题，眼见一种新的密押方式即将破茧而出，他异常兴奋，将李管家的门敲得咚咚响，李管家一骨碌爬起来，"谁？大半夜的。"

"我，开门！"

李管家捻亮灯，胡乱穿上衣服打开门，冀国定见到李管家哈哈笑：
"拖个尾巴就是狼了？"李管家下意识一摸，从裤腰里拉出另一件衣服，
他抖着衣服说："这叫居安思危，有备无患！"冀国定兴冲冲递给他
一张纸："我想到了一个极妙的密押，还有多处不够完臻，现在太兴奋，
只想第一时间告诉你。"李管家看过后并没露出高兴的神色，而是问
这方法冀国定是怎么想到的。

"说起来要感谢菁仪，是她启发了我。"

李管家有些疑惑，要么都想不出，要么都想出，还都如出一辙，"大
奶奶也开始关心柜上的事了？""也？她从不关心柜上的事，她见我
为这事伤神，就上了心。不得不说，菁仪是我的福星。"

李管家太了解冀国定了，认准一个人或一桩事，比较执拗，此时
若告诉他瑛姑早在他之前就想到了这个法子，冀国定非但不相信，还
会误会他与瑛姑暗中联络，反倒弄巧成拙，这是冀国定异常厌恶的。
他遭冀国定忖度事小，瑛姑若再遭他误会，可就是雪上加霜了。所以
李管家决定找个机会不着痕迹地告诉他真相，于是从案上也取出一张
纸递给冀国定。冀国定见他模样神秘，展开念道：

天晓明通下

月字联：山下孤烟远村，天边独树高原（12 个月）。

日字联：岱宗夫如何，齐鲁青未了。造化钟神秀，阴阳
割昏晓。荡胸生层云，决眦入归鸟（30 日）。

数字联：海上生明月，天涯共此时（数目）。

数量联：汇通天下（万千百两）。

冀国定沉吟了半晌，激动地抖了抖纸，"七月二十日四千两！对
否？"李管家竖起大拇指。"哎哟我的大管家，我的神管家，你也琢
磨出来了？甚时候的事？为甚不告诉我！""月前的事，此事说来话长，

日后我会细说。"冀国定沉浸在喜悦中，没搭理李管家卖关子，继续说："先从'宏盛'试行，专用票纸，专人保管，专人经取，专人书写。"李管家接道："再加盖抬头章，押数章，落地章，骑缝章，绘以梅兰竹菊，几乎无法冒领。"

眼见银票密押脱胎换骨，冀国定兴奋得没有丝毫睡意。他又对李管家说起茶业生意。祖上凭借"巨盛川"的字号，使得冀家获得茶业生意的半壁江山。茶业生意正红火的时候，朝廷突然中止恰克图贸易，导致"巨盛川"砖茶滞销。资金被压滞，冀之瑜着急，没办法只得在内地赊销或打折促销，虽然打开了京、津两地的销茶市场，到底不如从前，故而压缩了茶叶生意。如今茶业生意又回暖，如何能错失良机？冀国定想到这，热血沸腾，他要效仿冀之瑜，重访下梅村，寻找冀家茶商故交，签订承包茶区，从种植、生产加工、销售要全部自己做。

李管家听他此言，也热情高涨，他建议还要效仿祖上，招募已婚夫妇前往茶区。冀国定补充说："每户补贴适当银两，到了湖北，冀家负责安家。""额看这补贴的银子就算了吧。"冀国定信心十足，"欲做大事，必轻物重人。此次商业商讨结束后便招募，中秋节一过就出发！"

商业商讨结束后，冀国定将新的密押告诉了张长海，张长海颔首称赞。两人又商榷了许多细节，眼见天色暗下来，冀国定伸了个懒腰："累了一天，你明天还要回京，早点歇息。"张长海嘴上答应，却没动地方。"还有事？"张长海这才说："东家还记不记得去年年底，有个包老板，庆郡王的人，他说的那二成五干股的事？我这次回来，他又找我了。""哦……"冀国定沉吟了片刻："这事我合计了一下，不是一桩正常的买卖，有道是不义之财，必招祸至，这种事，于他于我们都不是一件好事。更何况庆郡王不谙政务，整日寻花问柳，听说他屁股后面有一堆亏空。""普天之下，莫非王土？更何况'宏盛'就在天子脚下，朝廷说这银子是朝廷的，那一文都不是我们的，我也头疼了许多日，棘手啊。"张长海愁眉紧锁。"有个规矩不能破，'宏盛'不能接受他二成五干股的要求。""我仔细核算过，假如他真能为我们拿到军机处或者户部的采办项目，倒也不至于亏损，抑或有盈利。""不可，"冀国定坚决否定，"既然有利可图，他为何将那么大的利润拱手相让？此事恐怕没有那么简单。"张长海面露难色，冀国定又说："接了他这单生意，便种下了祸患，只能两害相权取其轻。有时候也要看老天爷的意思，是福不是祸，是祸躲不过。既是如此，不如以不变制万变，我们需要做的就是恪守商者本分，不逾矩，不枉念，不侥幸，余下的就交给老天爷！"

第九章　获罪

　　冀国定考虑再三，决定把郭雯放在瑛姑身边，并交代与梓芸一般对待。这么安排冀国定有他的想法，一来，她二人年岁相当，性情相仿；二来，郭雯雨打风吹，年龄虽不大，却吃尽人生百苦，阅尽人生万象，一定沾染了许多陋习。王菁仪是个极为洁净之人，又喜清静，怕她接受不了郭雯的习气，至于以后再另做打算。

　　半路多了个郭雯，瑛姑有些纳闷。王菁仪才不过两个丫头，冀国定还特意吩咐要与梓芸一样对待，瑛姑捉磨不透冀国定的用意。梓芸眼尖，问瑛姑："姑娘认出她是谁了吗？"瑛姑摇头。"她是那日粥棚前和我们厮打的小叫花子！"瑛姑蓦地想起来了，怪不得觉得与她面善，更加不解冀国定为何收容一个叫花子，还把她放在身边做贴身丫头。"会不会是大奶奶使的手段，安插郭雯做眼线？"瑛姑不同意梓芸的说法，冀家不是王公贵族，没什么权势可争可倚，冀国定对她冷漠全家上下无人不知，王菁仪何来不安心？梓芸则一本正经提醒她害人之心不可有，防人之心不可无。结果相处一年下来，倒是梓芸偶尔挤兑挤兑郭雯，郭雯像个闷嘴的葫芦，喜怒哀乐都装进肚子，从不生事，三个人倒也相安无事。瑛姑见她行事稳重，不喜多言，又有主意，对她反生了几分好感。

　　有一回谷穗与梓芸发生口角，郭雯眼见梓芸吵不过谷穗，横挡在梓芸面前,一手掐腰,一手指着谷穗:"你别太过分!以后二奶奶房里的事你只管冲我来!"谷穗更嚣张了:"哪来的小杂种?老爷看你可怜将你买回来,还真拿自己当人了?"郭雯冷笑:"老爷拿我当人,我自然拿自己当人,不像有的人,我们拿她当人,她自己不当人!"把谷穗怼得够呛,梓芸也一解从前之恨。

夜里放帐子的时候,梓芸又悄悄和瑛姑说:"姑娘,我瞧这架势,大奶奶对郭雯在姑娘房里也不满,我还听说大奶奶因这事,和老爷生过几回闷气。"瑛姑无从判断了,当真是没有目的的安插,还是王菁仪使的苦肉计?但有个明显的变化,梓芸和郭雯常会莫名其妙被王菁仪苛责,虽然她假以规矩之说借机敲打,但话里话外都透露出不满的情绪。而这边王菁仪与谷穗也猜不透冀国定此举是什么意思,王菁仪以为冀国定与瑛姑有了情意,但冀国定照旧对瑛姑不理不睬,倒是谷穗想起了什么:"奶奶,会不会是老爷知道了银票密押的事,对她的奖励?"王菁仪觉得谷穗的猜测是对的,故而把窃听到银票密押据为己有感到不安。她于是试探冀国定,又丝毫看不出冀国定有埋怨她的意思。

这天,梓芸按照瑛姑的吩咐,将娘家送来的土货分出两份,分别送给王菁仪和福妈。王菁仪每次收到瑛姑送的土货都会说她脾胃不和,是个没福的,嘴巴倒很想尝尝,只是肠胃受不住,便让谷穗胡乱收了。梓芸出来后气不过,低声说:"明明是肠胃想吃,偏嘴巴硬!"转身往福妈处去。

福妈出去了,只有福忠在。梓芸将土货放下,转达了瑛姑的意思便走,福忠叫住她:"芸姑娘稍坐,我娘该回来了。"梓芸站定了片刻,想起什么问:"听说镇远镖局押了不少银子到总柜了?"福忠又是让梓芸坐,又是给她沏茶,兴致勃勃说:"对,押的正是'宏盛'今年一年的红利,你知道吗?竟翻了几番,高达十几万两!张掌柜说,银票密押那叫一个绝。东家定会打赏。"梓芸若有所思,难道郭雯是对瑛姑的奖赏？似乎也不对，冀国定对瑛姑的态度并没见有一丝好转。"福忠，我想问你件事。"福忠巴不得梓芸多待一会儿，答道："姑娘请说。""不瞒你说，银票密押有一半是二奶奶的功劳，'宏盛'获利丰厚，为甚老爷对二奶奶连个表示都没有？虽说他们不睦，但此是此，彼是彼，你说是不是？"福忠皱了皱眉："我怎么听老爷说银票密押是大奶奶的功？"梓芸终于理解什么是黑白颠倒了，她不明白明明是瑛姑想出的法子，怎么变成王菁仪想出来的，她一急，便将银票密押的始末告诉了福忠，并恳求他将真相告诉冀国定。福忠看梓芸着急，也跟着着急。他了解冀国定，这事只有让李管家说才行，但他又见不得梓芸着急，一口答应他来想办法。梓芸感激福忠，又想起瑛姑和她这一年多的不容易，流下泪来。福忠见梓芸流泪，心中疼惜，拿了布巾递给梓芸，正逢这当口，福妈回来了。

瑛姑知道这件事后什么都没说，站在院内微微扬起俊俏的脸庞，听风拂过耳畔，听云雀斜擦云霄，她仿佛听到议事堂内喜悦的声音漫过脊瓦，漫过长廊，飘出窗。这是她嫁进冀家最开心的一次。不是因为"宏盛"利润翻番，而是冀国定认可了她的法子。梓芸见瑛姑对这么大的事满不在乎，心中有些不平："我以为老爷用了姑娘的法子，咱们屋子就不会再那么冷，谁知老爷悄眯眯用了不说，连个笑脸也没有。"梓芸本来替瑛郁闷，过两天又听说冀国定为感谢王菁仪，在天津专门为她高价定制了一支金镂空镶珠海棠花的扁方。梓芸越想越来气，心一横，决定去找冀国定说个一二三。

书房门开着，梓芸进去后看到冀国定正与王菁仪把玩那支金钗。梓芸的胸脯一起一伏，面带不屑，说有要事要向冀国定禀告。冀国定晃了晃手中的金钗，几乎没正眼瞅梓芸："什么事，说。"梓芸低了头，又抬起头："此事不宜知道的人太多。"王菁仪面露不悦，冀国定冷笑一声："这里没外人，家中俗务，一向都是大奶奶定夺。"梓芸不再吱声。王菁仪知趣，虽然心中不悦，还是温婉地和冀国定说有些乏了，起身离开。

冀国定这才看了梓芸一眼："什么事，说吧。"

"老爷……"梓芸刚开口，李管家突然进来，他纳闷地瞅了眼梓芸，对冀国定说："院子里聚集了许多报名去汉口的夫妇，已超出十几对，有几对因没领到银子，吵嚷起来了。"冀国定放下金簪便与李管家出了书房。梓芸等了许久也不见冀国定回来，只得闷闷往回走，谁知刚进门，迎面看到王菁仪在屋里端坐，接着谷穗大声说："大奶奶，我只说家贼难防，您还不信！"

天空高远，秋风浓一笔淡一笔，秋雨夜一场昼一场，秋色便粉墨登场了。冀宅幽深，你方唱罢我方登场，东边谢幕西边开锣，纷争便风起云涌了。梓芸拒不承认偷盗金簪被罚跪，瑛姑找王菁仪说理，王菁仪半躺在罗汉床上望向窗外说："我知道对面长廊有上千块脊瓦，院子铺了三十六块半青石，春日时，右边那片青石的角落会有蚁窝先拱出来，水瓮的北面有条裂纹，只是釉质将开，陶体尚好。"她像披了一身的秋霜和瑛姑聊这人间烟火，明明总是在深夜细碎地咳，明明怀抱残缺的月光辗转难眠，但当她转过脸，仍是那张挂着极淡笑容温婉的脸。

"下人不懂事多因主子不懂规矩，不过我知道妹妹是个最懂规矩的人。总这么跪着于谁脸上也不好看，簪子的事，妹妹看着办吧。"王菁仪从罗汉床上下来，从果盘拿了个秋上刚下来的梨子递给瑛姑。"姐姐，莫须有的罪名梓芸担不得，妹妹更惶恐。行窃之说有损声名，还请姐姐查明真相。"瑛姑没接她手中的梨子。"哦？因你我姐妹关系，我才没声张，这话再往透里说就不好听了，妹妹且将梓芸领回去，夜里无事，你仔细盘问。"

"簪子的事我自然会仔细盘问。倘若真如姐姐所言，我会撵她出去，倘若冤枉了她，劳烦姐姐为梓芸澄清事实。事情没查清楚期间，我不会让她迈出院子半步。"王菁仪极淡的笑容隐没了一下，旋即又浮出来："妹妹要与我较真吗？"瑛姑不卑不亢："何来较真之说？妹妹只是就事论事。""看破不说破，是为的彼此颜面。妹妹这般逞强，到时候，可别怪我这做姐姐的没为你兜着。俗话说，男女授受不亲，妹妹也该仔细着自己的体面，万一再有个甚闪失，可不单单是颜面的问题了！"瑛姑只觉气血冲头，"莫须有的行窃都受不得，如何又冠以这种不耻之事？"王菁仪敛起笑容，却依旧楚楚动人，"我本是一番好意，至于你如何理解，那是妹妹的事，我累了。"说罢背朝瑛姑躺下。

瑛姑将梓芸带回来时，梓芸哭成泪人。瑛姑问她从书房出来都遇见过谁，梓芸拼命摇头说在半路上只遇到了徐大厨，谁也没遇到，然后不停说冤枉。

从来好事不出门，坏事扬千里，冀宅上下对瑛姑主仆指指点点。冀国定在事发六七日后让人传话对瑛姑说，因为一支簪子撕开脸面在家里大张旗鼓搜查不成体统，王菁仪不是多事之人，物件儿丢了就丢了，梓芸一日不出门，嫌隙就多一日，这于冀家不好，下不为例，赶紧平了这场风波！瑛姑为此想明白了一件事，冀国定要的是息事宁人，至于她们是不是受了冤屈，与一家上下的融洽清明比起来，根本是微不足道的事。

但这件事于瑛姑和梓芸却是雪上加霜。阖家虽不再明面提这件事，但梓芸终日被人指点手脚不干净不说，还另起流言，说梓芸在瑛姑的授意下勾引福忠，意在通过福忠接近冀国定。梓芸变得神情恍惚，渐渐成疾。有几次瑛姑去找福妈，福妈也似有意避嫌。

郭雯在瑛姑身旁伺候的时间多了起来。有一日瑛姑见郭雯心事重重，欲言又止，问她是不是有什么事。郭雯抿了抿嘴唇说："我没来冀家前就认得徐大厨。"瑛姑立刻警觉地望着她。"徐大厨和'花月楼'的老鸨很熟。"瑛姑一愣："你怎么知道？"郭雯声音很低，几乎嗫嚅着："我常女扮男装在那里乞讨，有钱的大爷吃花酒开心了，会赏些铜钱。有一次，我见老鸨送给他一个药瓶，还说，'徐大爷，您尽管放心，这药，保你哪家的姑娘都怀不上……'再往下的话太难为情了。"

转眼到了中秋，满院的菊花开成凛然和孤绝。有风吹过，草木泛着清寒。冀家后庭花园举行中秋家宴。

福忠悄悄向瑛姑打听梓芸的情况，这时有人提议福忠唱一曲。福忠的上党梆子唱得极好，尤以须生为长，但因惦记梓芸，所以没兴致，只推脱嗓子不舒服。冀国定以为他不好意思，"都是家里人，不要忸怩，唱好了赏！"说着，已拍响桌子给他打响节奏起了过门。过门起了两遍，福忠依旧不开口。李管家打圆场："福忠今天的确不舒服，改天让他补上！"谷穗这时说："老爷，奶奶，我有个好主意。""主意若真的好，让你们家奶奶赏你！"冀国定乐滋滋说。"平时老爷常和大奶奶诗词唱和，二奶奶饱读诗书，李管家也善吟，我们只有羡慕，不如趁今日团圆之夜联诗，好让我们开开眼！"

王菁仪用宠溺的眼神望了一眼谷穗。瑛姑推脱只认些个字，并不通文墨。谷穗不依不饶："阖家上下都知道二奶奶精于算学，还通读王阳明的心学，二奶奶怎么谦虚说不通文墨？"说罢望了眼王菁仪，王菁仪依旧温婉。冀国定眼皮都没抬，接了谷穗的话："算盘打得精，马褂改背心。"瑛姑脸色瞬间难看无比，郭雯在一旁暗暗着急，当场陷入寂静。瑛姑目光泛冷，扫了一眼冀国定与众人幽幽说："既是如此，我就恭敬不如从命。"李管家立刻说："既是谷穗姑娘提的，便由你来拈韵，定规则。"谷穗得意道："多余的规矩我也不懂，就按常日老爷和大奶奶玩联句的方式，限七律一首，每人两句，一炷香时间，具体的大奶奶定。"王菁仪略思索："就以此处景物任一为韵，为显公平，郭雯来拈韵。"

郭雯听见王菁仪叫她的名字吓了一跳，她没见过这阵势，觉得既新鲜又忐忑，不知道什么是拈韵，只得向瑛姑求助。瑛姑说："莫慌，

104

眼前景物，随便说个字就好。"郭雯向四处观望，又望向桌上盘盘盏盏，怯生生说："盘，盘子的盘。"

"平时不言语，一语便惊人，险韵呐。"冀国定望着郭雯说。郭雯不知险韵是什么意思，以为她拈的字不吉祥，又逢中秋，有些沮丧。瑛姑捕捉到冀国定望向郭雯时他眼神里闪过的一种意味深长，最起码与看梓芸的目光不同，也与看谷穗的目光不同。

王菁仪补充说："那么就限韵'十四寒'，老爷与我对前四句，妹妹与李管家对后四句，一人一炷香，谁用时短，句佳意妙为胜，如何？""你觉得可合适？"冀国定破天荒突然问瑛姑。瑛姑没想到冀国定会问她，有些受宠若惊："只恐不才惹人笑话，但更担心坏了大家兴致，勉强凑上两句吧。"

"好！谷穗燃香，玉章取笔墨，那我便不客气了，菁仪你来接。"冀国定身旁的香燃起。他踱步中庭，负手临风，顺口吟出第一句："'一轮初上隔窗看'，菁仪你来。"挥笔将这第一句落墨，王菁仪跟前的香燃起来。她依旧挂着极淡的微笑，手提毫管，蘸了几次墨，喃喃自语了几回，眼见香烟缭绕，远处有管弦匝地，近处有流水潺潺，众人也都围过来你一言我一语。

"有了。"她提笔写下："'半盏微凉凭几弹。忽念苍山飞细雨'，老爷，给。"王菁仪微笑，满目含情将笔重新递给冀国定。"菁仪对得工稳，出句意佳，只是'微凉'和'细雨'略显颓靡，既是'忽念'，那我便对"更兼暮霭散轻寒。""老爷此句让我想到柳永的'暮霭沉沉楚天阔'"，两人相视而笑。不得不说，王菁仪的确才情颇佳，瑛姑心内暗自钦佩，难怪冀国定与她情深。

笔转至瑛姑手中，适逢她做转句。她想，该如何转才使诗句跳脱。谷穗将她身旁的香燃起："二奶奶，该您了。"瞟了瑛姑一眼，面露不易察觉的笑，退到王菁仪身边。瑛姑转念一想，既是中秋吟月，月已出，该有繁星护镜，于是稳稳地在宣纸上写下："繁星不尽岁华杳，"

转手将笔递给李管家。李管家只捋了捋胡须便写下："'新菊无声秋梦残。未肯衰年空负手'，"二奶奶您来结。""好一个'未肯衰年空负手'！"瑛姑赞叹："李管家捷才！此句化用韩愈'一封朝奏九重天，夕贬潮州路八千。欲为圣明除弊事，肯将衰朽惜残年！'典化得极妙！"同时，也勾起她女儿豪情，未加思索便写下结句："长将傲骨伴青鸾。"

谷穗大吃一惊，她以为瑛姑只懂算学不通文墨，本想借此让她难堪，没想到她诗才亦佳。冀国定将纸张一抖朗声念道：

一轮初上隔窗看，半盏微凉凭几弹。

忽念苍山飞细雨，更兼暮霭散轻寒。

繁星不尽岁华杳，新菊无声秋梦残。

未肯衰年空负手，长将傲骨伴青鸾。

经评议，各人有各长，于是举樽共庆。

夜宴散时，郭雯问瑛姑："听梓芸说，福妈不让二奶奶过于出挑。"瑛姑冷笑："我以为，我只要按照他的标准去活，他便会……所以过起了低眉顺目的日子，只是这世间的事，不是委曲求全就可两全的。若喜欢一个人，魔也是好的，若不喜欢一个人，神仙也是不对的。恰似我于他，有法子不对，没法子不对，通文墨不对，不通文墨便成了顶着书香门第光环的笑话。他若惜我懂我，我宁愿折了自己也要为他活一回，不在乎卑微不卑微，名分不名分，可如今……索性都是前路未卜，还是活回我本有的模样吧。"

王菁仪回去后一直板着脸，嫌谷穗擅作主张，谷穗只得赔笑哄她："好我的大奶奶，大小姐！我是不想让她盖过奶奶的风头。联诗对您来说是小事一桩，我是想借机提醒她，奶奶不只是最漂亮的，还是个最有才情的，只有您与老爷才是珠联璧合的一对才子佳人。""你过于争强好胜了。"王菁仪懒得再与她争辩，洗漱了安心等待冀国定。

中秋夜嬉闹了半夜，十六的这天早上，大门突然被敲得"咣咣"作响，家仆慢悠悠划开门闩，还没来得及问怎么回事，便被来人推了一个趔趄，定睛一看，是一群来势汹汹的官兵！家仆见来者不善，一边跑一边喊："出事了，老爷！"一时间，冀家大宅春秋大乱！

执戟的、佩刀的，清一色的官兵呼啦啦立在冀家宅院当中，瞬间，常日空旷的庭院显得逼仄而紧张。冀国定等人已候在庭院，谷穗搀扶着颤抖如筛的王菁仪，瑛姑紧握一方绢帕立在王菁仪身后，郭雯正往房里送茶，见这阵仗急忙跑到瑛姑身边。到底是郭雯自幼经风沐雨，轻轻揽住瑛姑低声说："别怕，有我在。"瑛姑顿觉患难情谊油然而生。

王菁仪慌张万分："老爷，这……这……些官兵……为甚跑家里来了？"

官兵突至，又这样兴师动众，必是天降大祸。冀国定正狐疑的时候，耳听有人喊捉拿冀国定！他高声质问："敢问军爷，不知冀某犯了何罪？"为首的哼一声："经查，介休人氏冀国定，私下勾结白莲教，资银捐物，即日羁押！"刚才还在安抚瑛姑的郭雯，手中茶碗"咣啷"坠地，碎瓷四散，吓得她面色惨白，瞠目结舌，失声喊道："军爷！军爷！不是的，你们一定弄错了！"哭着匍匐到他们脚下抓着为首的衣角不松手，结果被一脚踹翻。

王菁仪瘫软一旁："老天爷啊，我家老爷犯了什么罪，要把他带走……"突然就闭了气。谷穗等人在她身旁乱成一团。冀国定惊魂不定，被捆绑着往外推。瑛姑跑到王守业跟前跪下，"王大人，冀门突临灾祸，拙妇愚钝，我家老爷犯了何罪，还望明示一二。"王守业还没来得及说话，他旁边另一位身着官服的人道："哼！何罪？他本人心里最清楚不过，带走！"说完抬腿往外走。

"老爷!"瑛姑大喊。冀国定被推推搡搡间,瑛姑发现冀国定别有用意地看她,又向王菁仪等人方向给她使眼色。瑛姑瞬间心领神会,"老爷是要我照顾好姐姐?"冀国定眉头紧锁,头摇得像拨浪鼓。未及再说已被乱哄哄押出冀宅。瑛姑瞬间释放出各种信息,冀国定是什么意思?他的意思是……王菁仪无需照顾?他到底想要说什么?

"二奶奶!"王守业突然折回来:"二奶奶借一步说话!"他神色紧张道:"王某敬佩正甫兄,引他为知己。刚才那人是杜震廷杜大人,不知什么原因,省衙调他来此专门审理此案,王某定会尽我所能搭救正甫兄!"说完一抱拳,风一般走出冀家。

王守业给冀国定安排了一间安静的牢房,牢房阴暗潮湿,四壁压抑,望向哪里都是死寂一片。狱卒像行走在人世间的无常,在幽暗的灯火下出出进进,身影如一把锋利的刀,忽而撕裂黑暗,忽而弥合白昼。又像是信使,身载万千消息,无论好的坏的,都让狱中的人有所期待。

冀国定背靠墙壁,对这突如其来的灾祸百思不得其解。一想到白莲教,他还是生出一丝惶恐,假如真获此罪,死罪不说,家人必受株连。虽说他全凭仁义二字行走江湖,并无心参与某种争斗,但若被卷进其中,却也百口莫辩,身家性命全由不得他把控不说,被人用以制衡对手,或者被人用以邀功仕途,哪种都不是好下场。

郭雯的身世只有他和李管家知道,难道是王守业?王守业应该只知道她是汉口故人的孤儿,其余的并不知情。会是谁泄露了郭雯的秘密?冀国定整整一夜都被这个问题困扰着,翻来覆去睡不着。如果罪名被坐实,那祖宗家业必毁于一旦。他又想起今日郭雯的表现,平常慎言谨行的她,怎么突然情绪失控?这不是她一贯的表现。想到这里,冀国定"腾"地坐起来,出了一身冷汗,难道问题出在郭雯本身?临近天明时分,他又想起罪名内容:"私下勾结白莲教,资银捐物。"单从罪名上讲,似乎又和郭雯没有直接瓜葛。他重新捋了一下思路:"资银捐物"一句，应该与乾隆五十九年汉口资助一事相关，难不成今日事发，竟和十几年前的一次报恩之举有关？他陷入回忆……

乾隆五十九年，襄阳一带出现涝情，绑匪四处打劫。由汉口至介休，给冀家运送银两的十一位托客遭贼人绑架。绑匪知道冀家财大气粗，以这十一人为人质敲诈勒索，要出天价银两，掌柜在汉口集结所有人商讨计策，只是现银数额巨大，即便筹措也需要时日，只得一边筹措，一边快马加鞭将消息传给在汉口的冀国定。

第三天的时候，贼人按捺不住，施压性地杀害一人，引起各大掌柜惶恐，只得一边秘密报官，一边答应迅速筹措银两。僵持到了第五天的时候，绑匪扬言又要"试刀"，掌柜只得交付一半现银。绑匪放出最后通牒，再限三天，倘若不能如期交付余下的银两，这些人全部祭山。冀国定火急火燎调现银直奔襄阳。刚进了襄阳，见到成群的灾民无家可归，于心不忍，留下李管家搭建粥棚赈灾，他则和张长海前往官府。

世事总是有无数的巧合，事情常常就是没有逻辑可言，冀国定的善举被当地白莲教教首王聪儿看在眼里，他们半夜召集队伍杀了那群绑匪一个措手不及，并将绑匪所劫银两和人质如数交还。出于恩义，冀国定便将绑匪所劫万两白银、四千多石粮食捐给王聪儿，让他们一部分用来赈灾，一部分留做己用。

王聪儿为人义气，当下立了字据，承诺若他日显达，将加倍偿还，如若落魄江湖，便只能来世报答。为免冀家意外招祸，所以立了一个真姓假名的"王耳、齐鹿"的字据。因冀家有家训，助人不求回报，冀国定没接这张字据，谁承想，郭雯凭借这张字据，流浪千里找到了他。

冀家自然乱成一团。王菁仪情急昏厥，几乎不省人事，一众人忙着请郎中。梓芸本来恍惚，忽见家里变了天地，李管家、福忠、玉章、福妈频繁出入，门可罗雀的院子突然无比热闹，郭雯病倒，瑛姑焦急，梓芸这才放下心中委屈，强打精神帮瑛姑料理上下。

福忠终于得到机会向梓芸倾吐心声，没想到梓芸哭得更凶了，"偷盗一事至今不明不白，你我本是流言，如若流言成真，我还有何脸面再待在冀家？"福忠却说："我对姑娘一往情深，既然祸由我起，我必不会抛下你不顾，你放心，我定会护你周全。"梓芸初尝爱情滋味，整个人精神大好起来，她以此心联想到冀国定对瑛姑，确定冀国定对瑛姑无情无爱，有一天她问瑛姑："自姑娘嫁进冀家，老爷无比冷漠，为何他出事你又这么为他殚精竭虑？"瑛姑悠悠道："巢将倾覆，安得完卵？这是其一；其二，我敬重他。他安好，我可以躲他远远的，他有难，就是拼了性命我也要救他。我不乞求他疼惜我，我希望有朝一日，他能自然而然地喜欢上我，一日不得便两日，两日不得便三日，三日不得便余生，余生如若还不得……便是我们无缘吧。"

出人意料的是郭雯。冀国定出事，她莫名病倒，甚至惊厥，不停说是她害了冀国定，害了冀家。她抓着瑛姑的双臂发誓："老天在上，我从未对别人说过什么，我不知道他们是怎么知道的。"好一阵安抚她才平静下来。瑛姑见她行为不寻常，叮嘱梓芸行事要格外仔细。冀家当下风雨飘摇，梓芸哪敢出差池，于是提起十二分精神，与瑛姑主仆二人共渡难关。

王菁仪醒后，阿弥陀佛不离口。她命人请来一班僧人，要连做七日法事为冀国定消灾。她跪在佛堂，木鱼阵阵，诵经声不绝于耳。李管家与她议事，她总是哭哭啼啼，并拿不出什么意见，不知道如此混乱局面该做什么不该做什么。李管家干着急，他不是冀家主人，有些事不能擅自做主，根本无法施展拳脚，最后一抹额上的汗水，掀起长袍一角去找瑛姑。

瑛姑被眼前情势推到风口浪尖。她深知在这生死攸关的关头，必须有人承担，有人于这滔天巨浪中把稳大舵。她必须放下所有的委屈与矜持，哪怕最终被压成齑粉，也要义无反顾挑起这副重担，为冀国定，为冀家，也为她自己。瑛姑将所有的人集结在议事堂，堂内黑压压站满了人却寂静无声，议事堂显得肃穆而局促，几声受了压制的咳嗽也与此刻的气氛格格不入。

李管家走近瑛姑低声说："按二奶奶的吩咐，所有人都到齐了。"

此时，所有的目光都聚集在瑛姑身上。有鼓励的，有担心的，有忐忑的，更有怀疑的，甚至还有等着看笑话的。瑛姑想起马培和常说慈不带兵，此刻犹如带兵冲锋陷阵，必得恩威并济才行。又想起冀之瑜生前的话："你要与成钉不离不弃，有他便有你，无你便无他！"李管家见瑛姑不发话，提醒她："二奶奶，人都到齐了，我们齐心协力，东家定能挺过此劫！"

瑛姑取出一件用红绸包裹的物件，将红绸层层打开，露出一方玉刻的印章："这是祖父生前托付给我的祖传'冀印'。我自知难负祖父重托，但今日冀家飞来横祸，大奶奶忧思成疾，情不得已，我今日就为冀家做一回主！"所有的目光都聚焦在卧于红绸上的"冀印"，李管家见到总印，叹服冀之瑜英明果决。

"老爷不白之冤，我必会拼死诉辩，一日不还老爷清白，我死也不休！只是非常时期，内外事务当有非常之举。今日情势骤变，须重新厘清各位职责，大家胼手胝足，彼此照应，轻重缓急，处置有序，方能阵脚不乱。"瑛姑望着追随冀之瑜和冀国定多年的股肱之臣——李管家，亮了亮嗓音说："自今日始，各商号事务由李管家全面统揽，日常事务由李管家自行裁决，大事则由大奶奶、本人及李管家相商定夺。"说罢朝李管家深施一礼："李管家，老爷蒙难，商户恐疑虑，担心人心不稳，您多多费心！"李管家连忙回礼："冀家待额恩重如山，今日冀家蒙难，额肝脑涂地也难报万一，请二奶奶放心！"

瑛姑接着说："福忠按照所定事项负责银资调拨及人员调配，玉章按照所定事项负责货物采办调拨，家宅琐碎杂务一应由福妈统揽，谷穗负责吃穿用度，梓芸负责采买经出统计，郭雯负责粗使杂仆，各人按事务之需调配数人，具体人员李管家安排。每日事务由李管家与福妈汇总报与大奶奶和我。"各人领了各命，职责清晰，这样不至于人员杂乱，有人避重就轻，有人两头忙，有人忙中作乱，有人不知该向谁讨要意见，更避免有人趁家宅大乱偷闲、窃取。李管家心中叹服。

瑛姑对众人再深施一礼："冀家虽不幸，所幸还有大家。我不谙世事，处事如有不妥，还望各位多多谕教。今日老爷吉凶未卜，家业成败难料，冀家的命运就托付各位了！"众人纷纷回礼："老爷待我们有如家人，危难时刻，怎敢懈怠？请二奶奶放心！"

李管家将大小事务安排妥当，众人散去，李管家对瑛姑说："眼下第一要紧的事，应去拜见王大人。""我正要与李管家商议此事，劳烦李管家拟个拜帖，明日一早和我去县衙。一来了解案情进展，二来，要设法见老爷一面。"

李管家拟完拜帖，福忠和玉章不知什么时候进来。李管家良久不语，耳听木鱼声声，不由心生感慨：东家偏爱大奶奶多年，遗憾未有一子，如今东家入狱，竟无后人可担家业。如今重担落在了二奶奶这个弱女子身上，她能否担起这千斤重任？然而今日议事堂上，二奶奶事情轻重竟也拿捏到位，于千头万绪中能够举纲张目，干练果决颇有几分老东家的丰姿，令人不能不刮目相看。于是对他二人说："我们三人虽然年岁相差甚多，但人生际遇却是相同，人活一世不过一个'义'字，是我们回报冀家的时候了！"

福忠点头。玉章为调节气氛笑道："老管家这样严肃，我倒不习惯了。见惯了老管家穿补丁摞补丁的衣服，突然穿件没补丁的，别扭嘛！老管家心中有丘壑，您说怎么办我们便怎么办，我们只管跟着您。若东家渡得此劫，我有个请求。"

"补丁摞补丁咋了？东家也不过粗布棉袍，厚德载物懂不懂？你小子整日就想着绫罗绸缎，德行不够，不怕锦衣玉食酥了你的脊梁骨？几日不骂你小子皮子就紧！"说罢又一梗脖子说："若此劫能过，你说甚额都答应！"玉章一抿嘴学着李管家的腔调："额这身皮，老管家一日不骂一日不会做人。您不是常说：遭一蹶者得一便，经一事者长一智，日日有老管家醍醐灌顶，纵使锦衣玉食额脊梁骨也硬着！"

玉章往李管家身旁一凑又说："就一个，额想吃凤临阁的烧卖。"

"额也想吃。"福忠见缝插针也学着李管家的腔调。

李管家摸了摸口袋道："行行行，你俩就惦记额的银子吧。不和你们瞎乎撇了，绷紧了精神各尽其职，如果你俩耽搁了事，额荷上个锄头敲折你们的腿！"说罢又一字一顿道："你俩给额听好了，这个时候，谁都可以逃，唯独额们三人，不能！"

第十章　探监

　　整个冀宅透着无比紧张的气氛。福忠、玉章忙前跑后，谷穗、梓芸忙里忙外。

　　瑛姑不敢有丝毫差池，这偌大的宅院，那么多双眼睛在看着她，此时既藏不得锋也敛不得锷。出于尊重，拜见王守业的事必须要知会王菁仪。谁知瑛姑刚进她院中，看到许多回事的人站在她门外窃窃私语。香烛缭绕，梵音阵阵，一切红尘琐事都被王菁仪挡在门外。众人看见瑛姑，让出一条路，她走到王菁仪的门前叩了两下，木鱼声依旧。这时福忠、玉章、梓芸一起跑来："二奶奶不好了！节前招募的人跑来造谣生事，说老爷在劫难逃，那些典卖了家资的向咱们家讨要赔偿，这可如何是好？"李管家也气喘吁吁跑来："二奶奶怎么在这儿？可叫额好找，乱了乱了，柜上乱了！"

　　"柜上怎么了？"

　　"别家商号在明日张胆挖掌柜伙计，另有一些出了徒的，趁机哄抬涨工钱或抬身价，不然就辞柜！"李管家焦灼不已。

　　瑛姑只觉头皮一紧。因为刚才走得急，头上微微出了汗，有风钻进了汗毛孔，抽得半边头疼起来，她半眯着眼说："姐姐若再不出面，恐怕不能平此局面。"李管家说："即使出面，也未必能平！二奶奶应顾全大局。规矩是死的，人是活的，勿因规矩困住手脚。此时必得

114

冀家主人方能压住局面，二奶奶只管缓住局面，待四下安生了，再从长计议！"

瑛姑等人急匆匆赶往"德馨堂"外院，李管家大声喊："安静了！安静了！这是冀家二奶奶，东家已将此事全权委托她，你们有甚想法，当面说出来！"瑛姑明白再无退路。人群更加亢奋，有大喊赔偿家当的，有叫嚣对簿公堂的，但随波逐流的是多数，闹事的不过那三五人。瑛姑耐心站一旁听这些人吼，众人见她半天不言语，有人挑衅："你能主了冀家这桩事？我们凭甚相信你？"

瑛姑不露惧色，镇定地扫视众人，片刻，人群安静下来。她这才一字一句道："人活一世，谁的怀里不是揣着一颗近善远恶之心……"话没说完，有人嗤之以鼻打断她："别站着说话不腰疼，冀家家大业大，不愁吃喝，可以讲你们富人那套仁义道德，我们有我们的道理，我们的道理就是：吃饱，穿暖！"

"就是！就是！"

李管家道："这位兄弟所言不错！"他待众人安静下来后又道："事出突然，冀东家纯属受人诬陷。冀家曾在危难之时救助过各位乡亲，想必你们会有所感念，还望各位也为自己留余庆。"人群稍微平息，瑛姑说："我在此向各位保证，老爷当时如何定的，日后就如何执行，丝毫不会变。"众人面面相觑："冀财东已入狱，日后何来保障？"李管家转身指着门楣："冀家一向以诚信、仁义为第一，诸位如若信得过冀家头上这块匾——冀家也定会信守承诺。"人们仍旧不信，"这些都是虚的，我们只想要些实实在在的说法！"瑛姑问李管家："契约如何签订的？福忠把契约都拿来。"李管家说："契约写得明明白白，冀家招募二十对夫妻自愿去汉口，决定去的，除发一些补偿，路脚盘缠另算，到了汉口冀家负责安家。如若冀家毁约，补偿与路脚盘缠不要，契约终止。如各位毁约，返还补偿与盘缠，契约终止。"李管家走到闹事的那几人跟前又说："如果额没记错，冀家当时已招募齐了人员，

115

是各位哭着喊着求冀家带你们去汉口，并信誓旦旦发了一通承诺，因此事，你们还与人发生争执。东家考虑乡里乡亲的才破格录用了你们。如今又是你们来煽动闹事！"

福忠将所有的契约递给瑛姑，瑛姑高举契约正色道："我宣布，冀家屏退这几位大哥，以后冀家荣也好，衰也罢，与几位再无往来。"说罢将他们的契约当面撕毁，人群安静下来。瑛姑举着剩余的契约说："想必各位都清楚，冀家祖上曾招募七十对夫妻前往汉口，如今这七十对夫妇已在湘楚两地生根发芽。诸位踊跃报名怎可能是一时脑热？老爷出事，各位有所担心很正常，你们如果后悔了，退了补偿与盘缠即可，冀家不会为难各位。"众人议论纷纷，有人说冀家向来重诺，嘲笑那几人是小人。人群中突然有人大声说："你们想攀附冀家发财，还拆冀家的台，还是不是个人了？散了散了，该做饭做饭，该抱窝抱窝。"那几人被众人指责，灰溜溜离开。

李管家长出一口气喃喃道："阿弥陀佛，冀家有救，额等有救！"

李管家、福忠、玉章都松口气，唯梓芸满脸担心："姑娘，这么大的事，你就这么做了主，万一以后再遭怪怨，可不是像罚我跪那么简单了。"瑛姑冷笑："我心向月，不求有功，但求无过。倘若此事再遭苛责，我便只能选择离开冀家了。"李管家听闻变了颜色。

李管家又道："眼下柜上安稳是关键，二奶奶……"李管家话没说完，瑛姑当即朝他一拜："李管家追随祖父、老爷走南闯北，甚场面、甚危机没经历过？李管家不过是借我这个身份一用，我岂能不知这其中道理。祖父生前常夸赞管家临危不乱，至于柜上，想来李管家心中早有定夺，望你不辞鞍马之劳与心神之累，冀家拜托李管家了！"李管家内心敞亮起来，于是抱拳躬身道："山河不足重，重在危难之时彼此坦诚信任，二奶奶尽管放心！"

闹哄哄了半日，瑛姑还没来得及喘口气，梓芸慌里慌张说郭雯不见了。瑛姑有种不祥的预感，直到天色黑透，收到一封信，郭雯被绑架了。绑匪索要白银千两，如若报官，冀国定勾结白莲教之罪必铁板钉钉。瑛姑只觉一阵眩晕，正没头绪时，郭雯的义弟郭华气喘吁吁跑来，说有个重要线索或者与郭雯被绑有关。

原来当地有个赌徒董希岐，不仅赌光了家财，还欠下巨额债务。董希岐下午曾朝郭华借银子，郭华斥责他是赌鬼，还攘饬他输了老宅输老婆，幸亏老子老了，不然定会卖了老子还赌债。董希岐受辱，骂郭雯不是良家妇女，骂郭华狗仗人势，没有冀家哪有他今日。两人互相揭短，互为骂娘，越骂越难听，一来二去在街头扭打起来，董希岐不是郭华的对手，最后捂着被打破的脑袋威胁他冀国定进了大牢生死未卜，看你还能仗着他蹦跶几天！没过几个时辰，郭雯就被绑架了。郭华断定是董希岐干的。他还说郭雯是冀国定带回冀家的，她的生死冀家不能不管。梓芸嫌他说话不好听，"东家带回来的多了，东家带回来就欠下她甚了？不过和我一样的下人，还拿自己当起了主子不成？救她是冀家有情，不救是本分！"

郭华口出狂言："说不定哪天就是主子了。"

梓芸笑他痴人说梦，替郭雯嫌他丢人。郭华气势汹汹走到梓芸跟前，福忠一把将他推开，挡在梓芸面前："叫嚣个甚！还嫌家里不乱？你这哪里是求人，分明是讹人！"

"我知道她是你相好，暗处拉拉扯扯也就算了，如今明面也勾搭着，不就是怕我姐超过了她，你们故意阻拦。"

"住口！"瑛姑满脸怒色。

福忠拳头一挥，砸在他脸上。梓芸平白无故被臊一顿，掩面哭着跑开，福忠跺脚追过去。瑛姑冷冷下了逐客令，郭华自讨没趣，嘟嘟囔囔离开。果然是福无双至，祸不单行，瑛姑眼见事情越发复杂，刚想到这里，听到有人喊："瑛妹妹！"

马銮宇来得及时，瑛姑喜出望外。

马銮宇分析，冀国定案件与郭雯被绑事件，看似相关，实则无关。

如若真有关联，还轮得上董希岐绑架？但瑛姑隐隐觉得，冀国定的案子与郭雯有微妙的瓜葛，具体什么瓜葛，她也说不清。郭雯被绑不能掉以轻心，瑛姑将郭雯的事托付给马銮宇，她则专心搭救冀国定。

马銮宇还带来一个消息，王庆云本想托他的同窗李赓芸李大人搭救冀国定，因吉庆与糊图礼之事，牵带李赓芸与汪志伊矛盾升级，李赓芸如今处处受挤，自顾不暇。王庆云已致信徐松龛，请他求徐润第出面。

搭救郭雯仍要与王菁仪知会。与其说知会，不如说因为与王菁仪共为冀国定之妇，想倾诉一下压力与烦恼。但香烛缭绕，符咒满堂，王菁仪紧闭的双目和翕动的双唇都拒人千里之外。瑛姑立在院中，感觉庭院空旷，斗栱橡枋，砖瓦石壁都弥散出令人窒息的气氛。常日清静的院子，此时因众僧团坐，各种法器嘤嘤作响，一砖一瓦，一草一木都被梵音笼罩，更觉肃穆，这高宅深院如果没有了冀国定……瑛姑被前所未有的压力包裹着。

也不知他怎样了？未能共罗帐，先要担风雨，瑛姑心下怅然。正寻思间，过来一位慈眉善目的老僧，对瑛姑含笑施礼道："阿弥陀佛，施主慈悲，万法皆空，因果不空，老衲定会尽全力渡贵宅之劫，二奶奶不妨移步佛堂，共诵《法华》。"瑛姑还礼："师父慈悲，我慧根浅，又身披众多烦恼，此时身心俱疲，不敢以此满身尘烟玷污佛家清净，待我家老爷平安，我定会添香敬佛。"老僧笑了："二奶奶有慈无量心，与佛家渊源极深，你刚才所言，已为这番法事预言了结果，善哉善哉！妙哉妙哉！老衲不再叨扰，阿弥陀佛。"转身回到佛堂继续做法事。瑛姑刚要回转，一眼瞥见王菁仪不知何时立在佛堂门口看着她，神色凄哀又透着清冷，未及开口，她转身又回去了。

第三天一早，瑛姑与李管家去拜见王守业，临出门时，梓芸说："大奶奶听说了郭雯的事，起初只轻飘飘撂下一句，'这匪贼一定是穷急眼了，以为只要是冀家院子里的人，随便绑一个都可以得到银子？

118

简直白日做梦。'谷穗也跟着兴风作浪，她说'还没听说绑丫头敲诈的！天下之大，无奇不有！'好在大奶奶最后清醒过来，不让轻举妄动，如果真如绑匪所说，岂不是将老爷推上了绝路？"

瑛姑是羡慕冀国定与王菁仪的。王菁仪让冀国定着迷总有着迷的原因，瑛姑想到这，心里涌出酸意。又想，若以冀国定的人品来看，他不会爱一个品格不高的女人，瑛姑又豁然开朗。既因冀国定专情王菁仪而开心，也因冀国定重情王菁仪而失落。

拜帖呈送许久，仍旧没有音信。李管家在门外急得直踱步，瑛姑在轿里不停摩挲着无名指上的戒指，偶尔掀开轿帘，衙门外依旧是面无表情的值守卫士，再有汉白玉雕刻的一对石狮子，一边一丝不苟地在岁华中镇祟辟邪纳福招瑞，一边淡看秋风起云雁去，徒留满眼陆离。间或有三五人进出，也行色匆匆，没人注意他们。

"军爷，劳烦再通报一下。"李管家将钱袋塞给守卫，守卫碍于人情勉为其难再次通报，少顷，守卫出来说王大人仍旧无暇，瑛姑心生失落。冀国定没出事时，王守业与他相互敬重，还结成莫逆之交，如今冀国定出事，他这么快就推三托四不予相见，当真世情薄，人情恶？瑛姑转念又一想，不对，冀国定被抓那日，王大人分明跟着心焦。

"这位军爷，敢问这案子，目前什么情形？"瑛姑问。

守卫小心透露："传言杜大人来头不小，一直在给王大人施压。他说冀财东之案证据确凿，要定案，王大人与他有分歧。你们家得罪了什么人啊？杜大人带着亲王之命来的。"李管家瞠目，瑛姑不自觉后退几步。李管家见瑛姑面色苍白，将她扶上轿，"二奶奶，否极然后泰来，你稳下心，沉住气，额定会使出浑身解数救出东家，额在东家在！"

瑛姑信得过李管家，李管家于冀家非常重要，冀家于李管家也意义特殊。

他是一对奄奄一息的夫妻留下的，五六岁年纪，不知籍贯，只知姓李。冀之瑜看他可怜，给了他些银两。他机灵，没要银两，而是向冀之瑜磕了三个响头，稚气未脱学着大人的模样说："大老爷，日后我当牛做马便跟着你了！"说得众人一片唏嘘。冀之瑜怜惜他，又想到他与孙子冀国定年龄相仿，冀国定正巧没玩伴，干脆收在身边。后来发现他是个实诚人，又懂分寸，便教他读了书认了字，还给他取了乳名"成材"。就这样他陪伴着冀国定长大，再后来跟随冀之瑜走南闯北，其间历经无数次江湖险峻，每次都化险为夷。冀之瑜生前曾说李管家因胸藏气象，腹饮五湖，脚涉山川，才得以淬炼出他处变不惊的能力和遇险排难的睿智。

拜访不成，瑛姑回来后，始终不发一言。梓芸知道她出门办事不力，斟了热茶悄悄退下。一会儿再进来，发现瑛姑没喝一口，并且坐着一动未动。梓芸倒掉凉茶，换上热茶出去，再进来时，依旧未变。梓芸有些慌了，于是跑去找李管家。李管家以为她受挫而神志恍惚，好一顿劝慰。瑛姑听他不再说话这才开口："李管家，你也坐下来和我一起等。"李管家先是不解，又忽地明白了她的意思。他不知道瑛姑为什么坚信那人会来，也不知道他自己为什么选择相信瑛姑的话，安心坐下与瑛姑一起等她说的那个人。

眼见日头西斜。李管家觉得像是坐了几载，鬓角仿佛生了白发，时光一寸寸凉下来，那些田地，房舍，那些浩大的曾经，都似被放逐在秋风里，瑛姑就这么坐在秋风之中，用执念撑着一个希望。眼见繁星撒空，眼见烛火映窗，眼见桌前那盏茶被换了又换。李管家只得起身："二奶奶，时候不早了，不如先歇息，也许明天会有消息。"瑛姑失望地望着门外，谁知李管家刚要出门，福忠跑进来："二奶奶，李管家，王大人冒着黑来了！"瑛姑霎时起身急忙奔向门外，见到王守业，二话没说，扑通跪地，"拙妇马瑛仙，已候您多时！"

"二奶奶快请起！"

"王大人，请移步屋里说话！"

三人刚坐下，瑛姑吩咐福忠："速请大奶奶。"李管家要说什么，但咽回去了。没一刻，福忠回来："大奶奶说，此时正是要紧的时候，如若事情要紧，能缓则缓，不能缓的二奶奶做主。"瑛姑心下黯然，李管家并不意外，屏退了福忠和梓芸。旋即，瑛姑又要给王守业施礼，王守业拦住她："二奶奶，我与正甫兄意气相投，如今他遇上险恶官司，我焉能不急？"

　　"既是这样，拙妇便不拘于常礼，王大人，我家老爷吉凶未卜，冀家上下乱成一团，还望您能指点一二，早日救出我家老爷！"

　　"此事说来话长，我捡要紧的说。案子是从京城下发的，据说和庆郡王有关。正甫兄被冠以'勾结白莲教'，罪名不轻，对方是下了手段的。杜大人不允许探监，后日堂审。欲加之罪，何患无辞，恐正甫兄要受些苦了。再有，明日上午，杜大人去拜见新上任的巡抚大人。想来那天事发突然，正甫兄有未尽事宜需要交代，明日上午，我做好安排，你们谁去见正甫兄？"

　　"我去！"瑛姑不假思索说。

　　"好，只是二奶奶……还是要乔装打扮一下才好。"瑛姑心领神会。

　　"我不能久留，恐惹麻烦。"

　　王守业说完站起来，望望瑛姑，又望望李管家："此案要有心理准备，民告官，难于上青天。"他站在原地定了定说："王某告辞，愿正甫兄吉人天相，善人天佑！"说罢不让送出门，一人大步流星消失在夜色中。

　　这一夜，瑛姑辗转难眠。窗外秋风正紧，她在一条路上走着，所行之路不是狭长就是曲折，既看不到来处，又望不到终点，正焦心的时候，看到前面一方光亮，急奔而去看到是出口，在通过出口时，有来自岩石四壁剐蹭的痛感，还有在黑暗中久困之后，突遇一方光亮的喜悦，当她终于走出来时，惊奇地发现冀国定竟在她前面，她大叫："老爷！老爷！"，忽地，从梦中醒来。瑛姑抚着胸口，想着刚才的梦境，下了床摸到冷茶，咕嘟咕嘟一口气喝下。

第二日上午，瑛姑顺利来到牢房。牢房阴暗，气味难闻，东拐西绕后，看到一个熟悉的身影背靠墙壁闭目而坐。不过两日不见，冀国定消瘦许多，瑛姑内心涌起一丝疼惜。王守业轻唤："正甫兄。"冀国定立刻睁开眼。"正甫兄，二奶奶，时间不多，捡要紧的说，守业在外面等候。"

"大恩不言谢，若有来日，兄定涌泉相报！"

"正甫兄客气，你我意气相投，你经商，我做官，守业一直牢记利以义制，名以清修，各守其业，无愧良心！时间宝贵，我先出去了！"

剩下冀国定与瑛姑四目对望。冀国定终究抵不过瑛姑眷怜的目光，垂下眼皮又抬起眼皮问："菁仪呢？李管家呢？他们怎么没来？"瑛姑内心滑过一丝凉意，冀国定意识到话问得不合适，又问："家里如何？可都好？"瑛姑看着眼前这个男人，虽说有怨，但疼惜更多，这才慢慢走上前说："都好，你放心。"冀国定想握瑛姑的手，瑛姑没让，冀国定讪讪一笑，彼此局促起来。瑛姑心酸，好在四周阴暗，冀国定看不到她的双目蓄满了泪水。瑛姑强忍内心波澜说："姐姐自老爷入狱，滴米未尽，日夜诵经祈福，无暇顾及自身生死，故而我才敢勉强支撑家业。我此来是想知道事情始末、有甚要交代嘱咐的，也好想法子……救你出去。"说罢假意理头发，偷偷擦去泪水。

冀国定哀叹一声："我也是前几日才知道此案与庆郡王有关。我与庆郡王府的人没有交往，也没有过节，但张掌柜和我提过有个什么掌柜，打着庆郡王的旗号想入'宏盛'两成五的干股，我没同意。我实在想不明白，我的罪名与庆郡王有何干系？"

"当真和白莲教有瓜葛？"

"说来话长，牵扯到陈年旧事。我与白莲教没有任何牵连，但与白莲教的人有些瓜葛。早年的时候，逢襄阳闹灾荒，流寇四起，他们救下冀家被绑人质十人，夺回白银万两，出于恩义，我将被劫持的银两和物资全部赠与了他们与灾民。"

瑛姑大为感动，"这事知道的人多吗？"

"这事说大不大，说小不小，当地衙门也知道我赈灾之事。但其中细节，只有李管家和张掌柜知道，他们跟随我多年，是以命证命的关系。究竟是朝廷欲治我罪，还是另有他人假借朝廷之手陷害于我，我还一时不得要领。"

"十几年前的事，今天被拿来说事，定有蹊跷……定是有人要拿此事做文章，目的是以此毁我冀家，置之死地而后快。"一句"毁我冀家"，冀国定心头一热，他用别样的目光重新看着瑛姑。冀国定深思片刻突然问："郭雯那丫头怎样了？"瑛姑没想到冀国定有这么一问，越加对郭雯的身世感到狐疑。"老爷被拘那日，她突然卧病，还说是她害了老爷害了冀家。我担心她这话惹出是非，便让梓芸照看她，暂不许她出门。"

"你谨记我的话，我一日不出这牢房，你一日不要放郭雯出来，不要问为什么。如果有一天我能从这里出去，我会和你细说其中详情，如果……如果没有如果，就让她老死冀家！"

"可是，昨天郭雯被绑架了！绑匪以她要挟老爷与白莲教有瓜葛，让明日晚往后山破庙放两千两银子！"冀国定大叫一声，惊得连连后退："我命将休矣吗？难道老天要让冀家断送在我手里？我有何颜面去见列祖列宗！"瑛姑已明白几分，情急之下道："老爷万不可如此说！老爷仁义，方圆百里谁人不知？我堂兄已在想法子搭救郭雯，因……怕姐姐多心，所以只在暗中进行，老爷只管放宽心！"冀国定听罢，定定精神一字一顿道："切记，无论如何，要确保郭雯那丫头完好无损回来！""老爷如此吩咐，我会想尽一切办法将她救回来！"冀国定神色凄然，"想不到我堂堂七尺男儿此刻这样无能为力，面临困境，却要一个弱柳柔肩的妻子来担此重任……"说罢退到墙根草席颓然坐下。瑛姑看到他流下泪来，疼惜之情席卷全身，不觉也跟着泪流满面。

"菁仪她……知道你来吗？""姐姐心下挂念老爷，请了高僧做法事，为表诚心，许下大愿——七日七夜不沾人间烟火，只食些泉水和瓜果，跟着僧众日夜诵经祈福消灾，一日只眠一半个时辰。昨儿请姐姐商议今天见老爷的事，她说法事正在要紧时刻，所以，我再没敢打扰她，我会将这里的情形转告她。""菁仪敏感，好强，理家虽是一把好手，但在大事上有时懦弱，有些事情和她说了，反让她担惊受怕，郭雯的事，还有我在这里的情形，都不必说，让她安生念佛。""知道了。"瑛姑心生酸意，继而又道："你放心，我会倾尽所有救你出去，需要打点的我自会去打点，听王大人说，明日要堂审，不管衙门如何说辞，万万不可认了这桩罪。你要……受苦了……"瑛姑终于忍不住，低声呜咽起来。

冀国定没想到整日冷冰冰的瑛姑这么担忧他，心中涌起暖意，"那都不怕，不过这百十来斤的肉身，只是，偌大的家业要辛苦你了……我将如何面对逝去的祖先？我受罪也就罢了，还拉上菁仪和你受苦……"冀国定慢慢走到牢房旁握住瑛姑的手，瑛姑不再回避，二人相对而泣。他仰起头，睁大双眼，鼻翼一张一翕，嘴角抖动，努力想将眼眶的泪水憋回去，怎奈这裹着盐、藏着钙、团着情感的泪珠偏从他坚硬的骨头里被析出，虐杀他曾经的豪情万丈，讽刺他巨贾的身价最终归零。

"万不可如此消极，事情还没到最坏地步。我们行得端，坐得正，就是被天王老子说成黑，我也要将它扭转过来！我们要仁义地活，要清清白白地活，不到最后，不能言降，你要想想我在外面为此事日夜奔忙。"瑛姑说着失声哭了起来。冀国定不停点头："我答应你，我答应你瑛姑，你莫哭。"

话说至此，两人带泪相视而笑，瑛姑为冀国定揩去泪水，冀国定为瑛姑揩去泪水。这是他们婚后最亲近、最温暖的一次谈话，他们怎么也想不到要经历此等劫波，两颗心才能紧紧贴在一起。

王守业突然进来，"二奶奶，刚来报，杜大人突然中途折返！"冀国定与瑛姑只得于慌忙之中互道珍重，瑛姑临出牢房时，回过头深情地望了眼冀国定，冀国定此时已是泪流满面。望着瑛姑离去，冀国定万般愧疚涌上心头，他没想到，大难来时，是眼前这个被他冷落日久的女人扛起了冀家的命运！

十一章　绑匪

　　瑛姑回到家中，命梓芸取过纸笔，她要将冀国定的话重新捋一遍，她要在这些零散的信息中找到问题的关键，从而找到搭救冀国定的办法。

　　在义与利之间，冀国定始终有一杆秤。这么多年来，他谨守家训，绝不涉足官场是非，平常行事内敛，以守拙为自励，绝无可能逾越他的本心做有违他做人准则的事。那么，究竟是谁要置他于死地呢？俗话说，世间之事脱不开名利情仇。这个诬陷冀国定的人要么与冀国定结了仇恨，要么与他有利益上的冲突。思来想去，瑛姑将目标锁定在京城与襄阳，她只觉血往头上涌，她要抢在衙门给冀国定定罪前弄清事情原委。

　　冀国定得罪的是皇亲国戚，此案明显有人在操控局面，王守业有心而力不足，如果一味等待朝廷的判决，恐怕会耽搁了冀国定，所以必得往京城走一遭。再有郭雯与襄阳解救人质的事，那么襄阳也必得走一遭。这一桩桩一件件都是迫在眉睫的事。

　　李管家一手拿瓜皮帽，一手提长袍进来，所虑正与瑛姑不谋而合。李管家自告奋勇前去襄阳，但京城也事不宜迟，他叹他分身乏术，瑛姑决定亲自前往。李管家恐她身为女子多有不便，但又想，除了瑛姑，冀家也再无合适人选。"二奶奶此去京城，张长海是可倚重之人，再以支庄为由带上富贵。俗话说阎王好见，小鬼难缠，为免老爷在狱中吃苦，打点狱卒，联系衙门等事交由福忠，你带梓芸、玉章替你跑腿，额明儿就起身。"瑛姑感激李管家替她想得周全，又道："李管家少安勿躁，事情盘根错节，稍有不周，恐会节外生枝。京城之行，再听听王大人意见。"

"额立刻着手办。不知銮宇少爷那边怎样了？明天可是最后期限。"

马銮宇经过探访，郭雯不是被董希岐绑架，而是被董希岐的债主郭鬼灵绑了。原因是董希岐被郭华当众揭短恼羞成怒，故而心生歹意。他和郭鬼灵说他有一计，能赚到大笔的银子。郭鬼灵发财心切，听信了董希岐，以郭雯是襄阳白莲教余孽为由对冀家进行敲诈勒索。

瑛姑倒吸一口气。原本以为是两件不相干的事，如今这两件事却鬼使神差牵扯到一起。郭鬼灵只是想利用郭雯大作文章，可若被官府知道，冀家就难上加难了，又想起冀国定在狱中对郭雯的关切，说不定真有什么她不知道的内幕。瑛姑唯恐夜长梦多导致横生意外，决定先解救郭雯。好在马銮宇找到了解救郭雯的办法。郭鬼灵原是此地土匪头子管二的手下，因计较利益得失，与管二翻脸，另立山头。管二有个老父亲通情达理，憎恨管二做土匪，不与他父子相认。管二不管这些，老子不认他那是老子的事，他只管做好儿子就成，隔三岔五只管送粮食下来。老人曾将粮食当着他的面扔了，但他送到就回转。老人骂管二送的粮食脏人齿隙。但骂归骂，总不能糟蹋粮食，从那以后，老人便不再扔。

马銮宇说，为显诚意，要瑛姑随他一同去拜访管二的父亲，还要备些厚礼，瑛姑有些为难地看着李管家。

李管家说："无妨，我来安排，事关东家性命，不必拘泥刻板，明天辛苦马公子陪二奶奶再走一趟！"

秋风卷着沙尘把窗户打得沙沙作响，王守业坐在灯下，想着杜震廷不正常的审案举动，急着过堂，急着量刑，急着否定他所说的一切，一副大权在握的架势容不得有半点商榷余地，糊涂人也能看出冀国定的案子大有文章。

冀国定怎么也没想到，有一天他会身披镣铐对簿公堂，这双膝盖曾跪天跪地跪父母，跪仁义跪君王，哪里想到今天要跪屈辱。镣铐拖地的声音划过他的耳畔，那些久存于心的圣贤之说早浸润到骨髓，即便囚衣褴褛，即便久违了外面的阳光，他依旧会在最龌龊的环境里，以最骄傲的姿态去面对。于是，当他立于公堂之上，王守业看到的却是较之前更显从容与淡定的冀国定。

"见到杜大人还不跪下！"头役一脚踹向冀国定。惊堂木一拍，冀国定不得已伏地。和所有过堂的顺序一样，训问，呈人证物证，对质，一切都严丝合缝，容不得冀国定有一丝一毫的质疑。他望着那两个陌生的人证，听他们信誓旦旦揭发他所谓的罪行，刹那间，被人颠倒黑白、扭曲事实的愤懑喷腔而出："我虽不才，却谨遵圣贤之道，从不敢为天下先，冀某未曾勾结异教！"

"本官问你，乾隆五十九年，你在襄阳捐银万两、稻米四千余石是否属实？"

"冀某确于乾隆五十九年在襄阳捐银万两、稻米四千余石，但这些银两物资是用来救济灾民，而不是这两小人所指捐于白莲教！"

"你可知他们是何人？"杜震廷双眼露出阴险之光。

"不知。"

"他二人便是昔日襄阳白莲教教主身旁的随从，你还有话可说吗？"跪在地上的那两人唯唯诺诺不停磕头，独不敢正眼看冀国定。

"大人！襄阳之行，是为解救冀家被劫商队，眼见无法，幸遇一行侠义之士解我商队之危。彼时襄阳民众正逢灾荒苦不堪言，我不敢愧对圣贤教诲，不敢辱没祖宗嘱咐，故而捐银资物用以赈灾。这些，当地的灾民和官府都能为我作证。两年前，本县郡闹旱灾，我沿袭旧日做法，依旧捐银资物，皇上还颁旨封爵赏赐，难不成我要在这些流民中辨别谁是良民谁是匪贼？逢天下大灾，朝廷会开仓放粮，难道大人在开仓放粮之前，先要彻查谁是良民谁是匪贼？我不管他二人姓甚名谁，什么教的随从，国定自视没做违法之事，天地可鉴，还望大人明察，还我清白！"

"大胆冀国定！人证物证皆全，还敢巧舌如簧，颠倒是非，目无国法，欺上瞒下，杖刑伺候！"

"杜大人不可！"王守业阻拦："杜大人，下官认为此案疑点颇多，只凭这两个人的说辞不能证明什么，比如这两人用什么自证？冀财东向来仁义，虽富甲一方，却接济救助穷困之人，他常言，'一曰慈，一曰俭，一曰不敢为天下先'，他如何会背弃信条搭上身家性命而去冒天下之大不韪？"王守业在杜震廷旁压低声音说。"王大人，我知道你们私交不错，但私交归私交，他所犯罪责不轻，小心你被连带！本官审案自有定夺，法与情是两回事，还请你自重！"杜震廷丝毫不听。"杜大人，冀财东勾结白莲教一案疑点颇多，我们为官一方，不能如此潦草断案，如若上方追查下来，你我都不好交差！""王大人多虑了，如今人证物证齐全，没有哪个人犯一上堂就招供，不用些刑，吃些苦头，他们不会招的！"杜震廷将惊堂木拍得奇响，"来呀，拖出去，杖刑伺候！"

冀国定是被衙役拖回牢房的。他听着衙役将牢门锁上，听他们对他指指点点，他们见惯了这阵势，连一声由衷的叹息都懒得发出。冀国定闭着眼突然嘿嘿笑了出来，两个衙役回头看他一眼，其中一人道："还笑，看来打轻了。"冀国定只觉臀部以下麻木不堪，鲜血浸透了囚服，他勉强找了一个舒服的姿势趴下来。他骄傲自己骨头很硬，他回望了一圈阴暗的牢房，除了他的喘息声，连一丝鬼影也看不见。"我日你祖宗！想屈打成招？想得美！"骂完，唇齿间虽溢着污糟，筋骨却舒坦许多。

第二天一早，李管家拜帖的墨迹还未干透，福忠报王守业来了。李管家急匆匆赶往议事堂。王守业带来了三个不好的消息，一个，杜震廷要将此案做成死案，另一个，冀国定被用了重刑，第三个，冀国定不日押送省衙监牢。此案是一个叫苏和泰的人干的，王守业也不清楚他是何人。管他是何人，幕后推手左不过与庆郡王有关，庆郡王是当今皇上的胞弟，倍受宠爱，所以冀国定凶多吉少。真是一波未平，一波又起。瑛姑与李管家哑然跌坐，不知如何是好。王守业官职卑微，又因恩师之事牵连，也是四面楚歌。他说他已无力从中斡旋，若想扭转乾坤，非京城不可，他写了一封书信，如果能速将此信交至工部尚书曹振镛曹大人手中，案情或有转机。

"工部尚书曹大人？"瑛姑和李掌柜都大吃一惊。

"我与曹大人也不相熟，思来想去，正甫兄之案，唯有他能扭转乾坤！"

"曹大人身居要职，与您又不沾亲带故，何故会帮我家老爷？"瑛姑问。

"二奶奶有所不知，我母亲于他母亲有救命之恩。曹大人是两朝元老，不喜与人起争端，处世断事不同常人，虽身居要职，却低调内敛，不喜财色，两袖清风，是个很懂得保全自己的人。守业无才，正甫兄之事令我日夜悬心，倘若曹大人能念旧日那一丝恩情，势必会援手施救，而后，就要看天意了！"瑛姑听罢起身便拜："王大人！您的大恩大德，冀家永世不忘！""二奶奶快请起，趁未结案，速去京城，一刻都耽搁不得，现又逢秋时，正甫兄吉凶更加难料！"

再说管二，原籍山东，家族尚武，祖上也算殷实，因坏了江湖规矩被追杀，直到躲进黄土高原才安稳下来。管二之父不同，喜好诗书，上过几年书塾，还参加过乡试，可惜未得功名，人送绰号"管秀才"，管秀才便寄读书求取功名的希望于管二，谁知管二不仅不爱读书，有时还嫌他爹酸腐，他完全继承了管家祖上拼打厮杀的特质。终于有一天，管二扯起大旗，打着杀富济贫的旗号，上山成了山大王。他封自己为"济老大"，意为济世的老大。管秀才大叹家门不幸，祖上蒙羞，断了他们父子关系。

当瑛姑与马銮宇带着礼物敲开管秀才的房门时，管秀才一愣。他这间荒颓于半山坡的茅草房，从未有体面人造访过，慌得他不停搓手，小心问他们寻谁。瑛姑见他须发花白，粗衣陋衫，不停搓动的双手仿佛是身体之外多余的部分，他既不像耕者，也不像樵夫，更不像土匪头子的爹。

管秀才是个聪明人，虽自处乡野，但深知无事不登三宝殿的道理。如果不出所料，这两位体面人突然造访，一定是因为他那个造孽的祖宗不知又做了什么伤天害理的事。

瑛姑亮明身份，说明来意。管秀才怎能不知冀家声名，又见他二人没有高高在上盛气凌人的姿态，这才道："菩萨保佑，这起伤天害理的事不是我那孽障所做！你们的意思我明白。他们是一条道上的人，郭鬼灵曾与管二厮混过，俗话说得好，不看僧面看佛面，想必能给他几分薄面，再者，为他赎些罪过。"说罢嘴角抽动了几下。

马銮宇为表谢意，将银子放在炕上。管秀才见到银子仿佛受到刺激，裹起银子往马銮宇怀里塞："事情成与不成，我不敢保证，但我定会让我儿倾尽全力救人，只是这银两，我若收了，岂不加重了我儿的罪孽？"马銮宇再三推让，管秀才索性将银子掷于地上。马銮宇只得将银子拾起来，"老伯穷不失义，乃真君子！古称'道之不存，求之于野'，此话果然不虚，请老伯受晚辈一拜！"

瑛姑道："我知老伯心中有杆秤，但您想，管二要用它办事对不对？您总不能让他在这边行侠义之事，却又逼他因这个掣肘而到那边偷盗，对吧？"瑛姑这一问，将管秀才问倒了，瑛姑将银两包好放在他手中，

"老伯是通达之人，不必拘泥这些财物。"

管二怎么也没想到，他爹来到了他的山寨。当他听说他爹手拿一束荆条正往这里来时，忙命人列队欢迎，管二则光着脊背跪在堂中，管秀才见到此情此景，哪里忍心再下手，把荆条一扔，只觉鼻腔发酸。管二匍匐着将荆条拾起，高举过头道："不孝儿该打。"任大小喽啰看着他们父子。管秀才环顾一圈管二的忠义厅，心想，这与狼窝有什么区别？美其名曰忠义厅，不过是一群土匪流寇，想我管家，终究是要被"土匪"两字毁了清名了。

"给秀才太爷敬茶。"一个枭小满脸堆笑，将茶恭恭敬敬放在管二旁。"滚！别哪壶不开提哪壶！"管二骂，枭小一脸委屈退下。管二一脸堆笑，"是我和小兔崽子们说，爹差一丁点儿就考中秀才，不过是命运捉弄人。"管秀才顿现怒容："你是怕别人不笑话管家吗？"管二一脸委屈："我的亲爹呀，儿虽不喜读书，却敬重读书人，我是以爹读过书为荣！""想荣耀，自己想办法贴金，别总拿我那上不了台面的事四处瞎嘘嘘，不许再提！"管秀才见管二对他恭恭敬敬，况且此来是有事求他，于是放软了口气，但依然拿着腔调道："你这些东西都带着血腥，我无福消受。今儿破天荒来，是有件事让你去做，你若做得好，我姑且认你这个儿，若做不好，咱们父子的缘分便真尽了！"

管二立刻乐开了花，承诺管秀才就是上刀山下火海，必把事情办妥。当听说是救冀家的一个丫头，心中有些不解。管秀才有他的想法，冀家肯救这个贱命的丫头，可看出冀家是个仁义之家，如果管二帮了他家，日后冀家定会帮扶管二。

马銮宇和瑛姑本以为管二救郭雯轻而易举，没承想，为救郭雯，管二险些丢了性命。

瑛姑也是后来才知道管二与郭鬼灵之间的渊源。起初两人意气相投，遂拜了把子，后来管二发现郭鬼灵毫无义气可言，还把山上兄弟搅得人心涣散，气得将他们撵下山。彻底撕破脸，是因为郭鬼灵打着管二的旗号在外趁火打劫，管二恨得咬牙切齿。他手拿钢刀，在郭鬼灵老巢揪住他的胸口，郭鬼灵见势不妙，立即下跪求饶，一顿花言巧语，管二最后收起钢刀说："你我兄弟走到今天，情断义绝，往后若再有此事，不是你死便是我亡！"说罢用钢刀砍下一片衣襟扔在他面前扬长而去。

一晃几年过去，两人倒没发生过什么正面冲突，如今管秀才让去救人，管二心里是犯了难的。郭鬼灵就是死，也不会卖给他这个面子，但他没有第二种选择。

郭鬼灵千想万想，也没想到管二会求到他头上，耀武扬威，明敲暗打了管二。怎奈人在屋檐下，不得不低头，管二只有耐着性子听他指桑骂槐，最后索性问郭鬼灵："郭头领有何要求，我一概答应，只要你放了那丫头！"郭鬼灵没想到这丫头果然值钱，看来董希岐没撒谎。郭鬼灵晃了晃脑袋："若说要求，也无甚，就是有一口气憋了好几年，这地方难受！"他捶捶胸口。管二眯着眼盯着他看了半晌，问："但不知怎样，能使你出了那口气？"郭鬼灵不厚道地笑笑："兄弟一向是个明白人，难道不懂解铃还须系铃人吗？"管二目光凛凛，眼匝肌在跳，牙床紧绷。郭鬼灵不怯他怒火中烧的目光，带着小人得志的神情与他对视。

管二鼻子里哼一声，闷闷却掷地有声地吐出一句话："好，就依你！"当郭鬼灵将管二胸前的衣服揪得老高时，周遭响起了喝彩声。有人跑到管二身后朝膝盖窝一踹，管二当即两腿发麻，跪在地上。管二的随从立刻拔刀相向，其中一人将刀横在郭鬼灵脖颈，刹那一片死寂。

有人喊抄家伙，话音刚落，郭鬼灵觉得脖子有寒气逼进，而后有温热的液体流出。管二额头暴起青筋，大吼："松手！后退！"兄弟们只得松手，郭鬼灵的人立刻蜂拥而至，将管二的兄弟摁在地上狂踢乱踹。管二啐他一口："别做太绝，我敢来，就没怕死在这里！"郭鬼灵听他这样一说，嚣张气焰顿时减半，他自知威望与声名都不及管二，于是讪笑："我可不想因为一个女人和兄弟闹掰了，兄弟既然看上了我抢的人，送给你。"说罢松了手。管二扔下一个包袱："我管二从不占人便宜，这些银子算是酬谢！现在你可以将那丫头放了与我们一道下山。"郭鬼灵冷笑几声，"只是不巧，那丫头在别处，我保证今夜将她送回冀家，送客！"管二疑他藏诈，将腰里一口寒光四溢的刀抽出来，抹了抹利刃："也不知这刃怎样？"语毕，手指已涌出鲜血，又将刀掖在腰里朝郭鬼灵道："望不失言！"说罢走出郭鬼灵的山寨。

到了第二日午时，探子来报，冀家的丫头并未送还，并且郭鬼灵的老巢空空如也！管二抽出宝刀扎在桌子上："此等小人，竟敢戏耍老子！是可忍，孰不可忍！"傍晚时分，管二将二十里开外的一座山包围得水泄不通，少顷，郭鬼灵出来，两部人马对峙。

"管二！你我再无相欠，为甚苦苦相逼！"

管二怒火中烧，"我只道你自私，却没想到你还厚颜无耻，既然你给脸不要脸，那就休怪我不客气！"说罢双方厮杀起来。郭鬼灵根本不是管二的对手，不一刻逃窜的逃窜，受伤的受伤，他见大势不妙，转身往屋里跑。管二一路追至跟前，郭鬼灵一把反手勒住郭雯的脖子："都是道上混的，这丫头当真值钱！我们三七分如何？"管二步步逼近，"四六！四六！"郭鬼灵见管二还在往前走，又道："平分平分！"管二依旧往前走，郭鬼灵变了眉眼，"你再靠前，我……我就杀了她！谁也别想发财！"郭雯拼命挣脱，眼见窒息。

管二将手中的刀扔在地上，"都是你我之间的恩怨，别为难这姑娘！"郭鬼灵呸他一口："你就是说得天花乱坠我也不听！滚开！离我远点，不然我就杀了她！"管二让出过道，看他要挟着郭雯往外走不敢妄动，郭雯满眼惊慌，声嘶力竭喊救命，郭鬼灵连拖带拽走出房门。

管二两眼突然放光，嘿嘿笑了起来，笑声未落，耳听"啊！"的一声，郭鬼灵中箭而倒。郭雯吓得爬起来便跑，管二喊她："往哪里跑？跟爷走！"郭雯哪里肯，她不想刚出虎穴再入狼窝，不顾一切见路就跑，管二再抓她回来时，郭雯满眼血红。管二抬起她的下巴："面子不小啊，竟动用了我老爹。别让她再跑了，扛回去！"

管二一回身，发现董希岐藏在灌木里，三步并做两步，拎小鸡一样掐着他的脖子将他拉出来，正要说话，突然当头一棒，只觉天旋地转，晃晃悠悠倒下，什么都不知道了。

十二章　奔走

　　京城气象自然与别地不同。长街短巷纵横交错，宽窄相搭，大栅栏街串胡同，胡同连胡同。六必居酱园、同仁堂乐记药店、马聚源帽店、内联升鞋店、瑞蚨祥绸布店、天蕙斋鼻烟铺、裕丰烟铺、张一元茶庄……鳞次栉比。七大戏楼、四大茶园将南北纵横的门框胡同与其他胡同连接起来，再有复顺斋酱牛肉、年糕王、油酥火烧刘、馅饼陆、豆腐脑白、爆肚冯、奶酪魏、康家老豆腐、炒火烧沙、包子杨、同义馆涮羊肉、祥瑞褡裢火烧、白汤杂碎、俊王爷烧饼……一家挨一家，一眼望不到头。

　　满街的吆喝声中，有用几个铜钱易得几样的小玩意儿，也有大单买卖的。那边将一棵白菜入篮，这边热腾腾的馄饨已上桌，细碎的香葱，再点些红红的辣椒油，让人垂涎欲滴。卦摊"诸葛神算"的卦幡在风里微微招展。前面围着人群，里三层外三层，一对卖艺的父女耍枪弄棒，为赚得度日银两，真枪实戟下，往往也藏着骗人的把戏。

　　瑛姑和梓芸坐在茶楼等消息。她无心这些热闹，出来已一月余，别说拜见工部尚书曹振铺，就连王大人的书信都找不到门送，急得瑛姑口舌生疮，食不下咽。

　　近日收到家里消息，言四方八邻跑到衙门为冀国定求情，最后联名上书，在衙门外跪起长龙，以身家性命为冀国定担保，这才使得案件有所缓解。杜震廷几次暗示王守业镇压，王守业不动一兵一卒，恼得杜震廷无法结案，又恐不能交差，遂写了密函，快马加鞭直奔京城，没几日冀国定被提往省衙。瑛姑忧心忡忡，但只要未结案，情况就不是很糟。不容乐观的还有李管家也没有消息，看来襄阳那边也没任何进展，瑛姑一时心烦意乱。

茶楼是消息集散地，大至宫闱秘事，小到乡野传闻，都会在这里当作谈资口口相传。瑛姑等人的这会儿功夫，便听到一件骇人听闻的事。

坊间传言，截至去岁，皇上登基这十一年，虽然励精图治，却总是入不敷出。后经查，上至皇亲国戚下至州县，都在暗侵帑银。皇帝知道后震怒异常，命有司审讯串通侵帑的直隶官员，经查，他们侵帑不是寻常的虚收、虚抵、重领、冒支等行径，而是司书王丽南私雕假印，舞弊营私。他们与州县讲了条件：每虚收、重抵、冒支银一万两，中间人便从中抽取二三千两不等，各州县实省解银六七千两，经逐项研鞫，按州核稽，究出串通知情的州县十一人，侵帑三十余万两之多。更新鲜的是，皇帝以为王伸汉的冒赈已是重案，没想到在他眼皮子底下，他们不仅公然将正项钱粮通过私雕假印，挖改公文，虚捏报解，抵冒分肥，还勾连了朝廷要员、州县、胥吏。更新鲜的是，皇上的亲弟弟也挖侵皇家帑库，嘉庆帝一气之下将庆王爷降庆郡王，这位亲弟弟就是乾隆最不待见的、只喜欢钻烟花柳巷的庆郡王。

瑛姑听到庆郡王的名字，想到张长海。

李管家曾戏说，皇帝这位胞弟有一个梦想，便是有朝一日能住进和绅的府邸。嘉庆帝登基后，第一件事就是查办和绅，所有财物充公，国库充盈不少，府邸果真赐给他这位胞弟。

皇帝严查严办，命侵银万两以上者斩，以下者革去顶戴，遣戍黑龙江，山西巡抚也开缺送京等候发落。瑛姑的心揪在一起。此时山西巡抚空缺，这对冀国定来说是个好消息，应趁此机会，将信尽快送到曹大人手中。

瑛姑听到有人噔噔噔跑上茶楼,玉章回来了。

"有什么消息吗?"瑛姑问。"二奶奶,'宏盛'那边有事。"玉章看了看周围,压低声音:"富贵让我转告二奶奶,他今天在柜上记账,突然一瘸一拐进来一人要茶喝,富贵问他找谁,他斜睨富贵一眼,问:'新来打杂的吧?连爷都不认得,怎么在京城混?'说完一扒拉,差点把富贵摔个跟头……"

"拣重要的说。"瑛姑道。"富贵说,他看样子受伤不轻,拐拉得不好。此人与张掌柜很熟,张掌柜称他'包掌柜',张掌柜在他面前唯唯诺诺,想必这人有来头。"瑛姑更加坚信她的判断,张长海一定与冀国定的案子有关。此行目的张长海并不知,千万不能打草惊蛇,瑛姑一边在暗处搜罗证据,一边紧锣密鼓想办法送信。

夜里瑛姑睡不着,她想包掌柜什么来头?与张掌柜什么关系,王守业明明说,告发之人名叫苏和泰,那么,苏和泰与包掌柜又是什么关系?

再说张长海自从知道冀国定被冠以"勾结白莲教,捐银资物"的罪名时,着实吓到了,这可是死罪,弄不好还要株连。他在京城暗中动用过他的一些关系,多数表示无能为力,有一人说可以试试,但绕来绕去又绕到包掌柜的头上。今日包掌柜突然造访,他闭着眼睛坐在太师椅里琢磨包掌柜刚才那番话。

"张掌柜,庆郡王怜惜你的才华,敬重你的为人,我好意撮合这单生意,你们东家竟敬酒不吃吃罚酒。俗话说得好,良禽择木而栖,能臣择主而侍,你腾达的日子不远喽!"说罢端起茶盏眯着眼睛嗅茶香。

对于包掌柜想入"宏盛"二成五干股的事,张长海与冀国定一直有分歧,冀国定为避是非,不同意此桩生意。张长海认为,任何生意都有风险,认为冀国定拈小失大。张长海曾答应过包掌柜,此事有八九成把握，如今不成，包掌柜几次三番来找碴。包掌柜曾放言二成五的干股是瞧得起"宏盛"，也不去打听打听，多少人巴巴着想要入股。这皇城脚下，庆郡王如果看上哪家钱庄银号，那是谁的福气。他这话也不无道理，谁不想背靠棵大树好乘凉呢？距离最后一次包掌柜来店里，相隔了近半年时间，联想最近店里一系列的事情，张长海有些懊悔。他甚至怀疑是不是因为他没把握好，导致生意没谈成不说，还让包掌柜起了嗔恨之心。张长海清楚地记得，那天答应他二成五的干股后，包掌柜非常开心，一向趾高气扬的他，突然对路边两个乞丐发了善心，破天荒地施舍，还破天荒地与他们聊了几句家常。眼见冀国定的案子将成死案，'宏盛'怎么办？他该何去何从？更让张长海不解的是，此次瑛姑以冀家二奶奶身份，带着业务精湛的富贵进驻"宏盛"。他知道瑛姑在为冀国定的事四处奔忙，但对他事事回避。她在怀疑他。乾隆五十九年襄阳之行，那笔钱财的具体流向只有他和冀国定知道。就在刚才，瑛姑问了他一个奇怪的问题，她问庆郡王建福地的事，要详细些。

他回道："在昌平城西的五峰山下，有座砖石结构的白羊新城，原是明朝为防备蒙古骑兵侵扰所建，与西北一里左右的白羊城互为犄角地势，庆王爷选中五峰山作为福地，他对皇上谎称找到一块头枕五峰、脚蹬平川的风水宝地，只是那里有个残破的小土城，不敢擅动。皇上说，既是土城，拆之无妨。于是庆王爷拆城圈地建园寝，立红柱为界，沿界边栽种花椒树作为护栏。"

张长海不知瑛姑此问何意。

瑛姑则暗忖，工程浩大，不过刚晋了王爷，这拆城圈地建园寝需要不少银子，他的奴才便投其所好，用侵蚀的银子替他支付。银子来得容易，花着自然爽快，又能赚得极强的人脉，何乐而不为？宫内敢侵蚀，宫外一定敢刮脂，他们与张长海到底是什么关系？

张长海是冀家的老掌柜，可以说，没有张长海就没有冀家的"宏盛"。"宏盛"几乎超越了所有同行，他的身价也水涨船高，更多有背景的商家在挖他。张长海话不多，为人小心谨慎，善于察言观色。当他意识到瑛姑在刻意回避他，他很知趣地退避三舍。问什么回答什么，不问则一句多余的话都没有。瑛姑则对他疑心更重，作为资深老掌柜，他对冀国定的案子似乎漠不关心，可知此人心狠，心狠手必辣。

桌上堆放着"宏盛"账目，瑛姑每日要随手翻阅。账目清晰，令人无可挑剔，但还是有笔数额引起她的注意。账目显示前年年底柜上存了一笔数额可观的马店儿松江银，这比较罕见，于是顺着这笔银子看下去，发现此笔银子于去年分了四回取完，奇怪的是并未按平码——本平标准兑换。瑛姑粗略算了一下，这笔银子兑换下来亏了不少，而到了季末登流水的时候，账目又平了，应是从另处补了这个缺，除了这笔，再无第二宗。而此笔账也没有刻意要遮掩的痕迹，张长海将事情做在了明面，想来冀国定应该知晓此事，这里隐藏着什么？会不会与冀国定入狱有关？

瑛姑又拿起另一本账簿，刚要翻看，梓芸进来："姑娘，收到一封密信，说是姑娘的故交，能帮我们见到想要见的人，约在对面的茶楼，去不去？"此人未留姓名，想来是熟人，瑛姑放下账簿，与梓芸前往茶楼。没一刻，梓芸兴冲冲上楼神秘兮兮道："姑娘，他到了，你猜约姑娘的是何人？"瑛姑未及回答，那人已进来，梓芸退去。

瑛姑"呀"了一声，只觉恍若隔世。眼前之人英姿挺拔，一袭椒褐色长袍衬得他周正沉稳，但依旧能见他面带羞涩。

"二奶奶好！"瑛姑这才回过神，"庆云？你怎么来京城了？王大人可好？"

"叔父如今处境堪忧，他令我回到恩师身边。我看到梓芸姑娘才知道你在这里。"两人沉默片刻。

"你……"

"二奶奶……"

两人几乎同时开口，又同时掩了话头，空气中凝滞着异样气氛，瑛姑不再说话，王庆云见瑛姑低头不语说："叔父的同窗李赓芸大人因受吉庆牵连，被汪志伊等人排挤，已自顾不暇。实不相瞒，叔父如今荆棘塞途。还有，松龛被恶人打了，他不让我告诉你。"瑛姑忙问因何被打。"不只他被打了，徐伯父也因为为冀财东说了几句话，遭到弹劾。"瑛姑没想到事情如此错综复杂，越加焦急。

"徐伯父补储济仓监督，到任一月，积弊清理，得罪不少人，遂调海运仓，结果发现原存六万石黑豆霉变，一番顺藤摸瓜，发现了更多不堪之事。徐大人奏报朝廷，结果暗中被人威胁。又听闻冀财东之事，连夜修书为冀财东之事奔忙，不知什么原因惊动了庆郡王，徐大人再遭打压，故而灰心，一气之下称病告归乡里。松龛兄哪肯就此了事，终究是人微言轻，最后被人威胁并打了一顿。"瑛姑听闻，惊诧不已。

"我听叔父说，如今形势，即便曹大人出面，也不敢保证能翻案。所以，你要有心理准备，"王庆云恨恨地咬牙切齿又道："我与松龛兄发誓必得考中，我们要做官，还要做高官，我们要护住一方百姓和……家人，"他喉头一紧："也好一洗今日之辱，不然，枉为男人！"

虽然没有得到好消息，瑛姑仍然感动。一场拜把子于她以为是人生戏闹，却没想到他俩情意深重，倒显得自己玩世不恭，愧疚地说："细究下来此案险象环生，稍一不慎便会致冀家于不利境地，能否化险为夷，全凭王大人这封书信。不说我一介女流抛头露面不易，只是心焦这信至今也送不进去。"

"可恨贼子当道！如今很多人都远远避着我们，你不必心焦，我来想办法……"王庆云话未说完，伴读的小厮突然进来对他耳语一番，瑛姑见他眉头越来越紧，王庆云不好再停留，匆匆告辞。瑛姑无比忧愁，忽见帘子被一把折扇挑开，露出一张玩世不恭的脸。他手拿折扇，一身螺青色，外罩鹊梅长衫，腰系苍艾腰带，眼露得意，面带笑容，一边用手敲打着扇骨，一边笑吟吟道："我来迟了，许久不见瑛妹妹，妹妹可好？"

瑛姑蛾眉一蹙，面露厌恶，起身要走，齐恒用身体挡住去路，依旧嬉皮笑脸道："我就喜欢瑛妹妹对我这副冷若冰霜的样子。"瑛姑越加嫌恶，一把推开他，"你算是这世间少有的赖皮之人！如今我已嫁，你已娶，请你自重！"齐恒笑容瞬间僵住，眼里似闪过什么，但片刻不到，又恢复原状："我才不在乎甚嫁娶，我只听说瑛妹妹自嫁他家，没过一天舒心日子。我当你是珍珠，他却把你当泥丸子，妹妹能咽下这口气，我却替你不值。"

瑛姑不想再听他胡言乱语，径自往外走，齐恒一把抓住她的手腕笑嘻嘻道："瑛妹妹不就是想救那位瞧不上你的夫君么？既然妹妹吃了秤砣铁了心……不如这样，我可以帮你见到你无法见到的人，但你得求求我。"齐恒暧昧地望着瑛姑。瑛姑脑海迅速闪过冀国定身处牢狱的景象，牙关似乎软了一下，但还是咬了牙甩脱齐恒："多谢，不必！请你好自为之。"

"我觉得，瑛妹妹对我还是有几分情义的，对吧？"瑛姑听他言语越加放肆，又被他挡在茶间，脱身不得，于是大唤梓芸。齐恒被她吓了一跳，赶忙捂住她的嘴巴："别叫别叫！你我孤男寡女，我倒是甚也不怕，我担心你跳进黄河也解释不清你我在此私会！"瑛姑一时情急，没想那么多，此刻听他之言，不无道理，于是不再反抗。齐恒又低下头悄声道："左右你们没甚好法子，我有，只要你肯叫我一声恒哥哥，哥哥我就帮你。"齐恒再瞧，发现瑛姑紧闭双唇，双目噙泪，他的心突然软了。

他松开瑛姑，正了颜色，"曹大人府上的老管家是个极为爱财之人。只是他取财比较有讲究，你大可以以'宏盛'为诱饵将他引出来，再委婉许他金银，那信便可到曹大人手上。"话毕，面露一丝惘然，"我见不得你哭。瑛妹妹只需记得，只要是你的事，你恒哥哥都会万死不辞。"说罢一撩帘子走了。瑛姑心跳不止，胡乱喝了口茶，这才认真想了想齐恒的话，觉得大有文章。

张长海见瑛姑回来后面带笑容，似得了什么好消息。没过一刻，便听见瑛姑叫他议事。

"有没有办法将曹大人的老管家请来？"几人面面相觑。

"曹大人府上的管家，可不同寻常人家的管家。"玉章提醒瑛姑。

"但不知二奶奶请曹大人府上的管家……"张长海话未说完，瑛姑打断他说："也不为甚，和他有些私事，只是侯门深似海，等了他几日总遇不到。"瑛姑淡淡道。张长海眉头一展："说起曹管家，我们还算相熟。"瑛姑眼睛一亮。"他与'宏盛'有往来，还算谦和，但不大好相与，此人格外谨慎，爱财。"张长海这句话，恰好印证了齐恒的话。

"这便好办了。"瑛姑如此交代一番。

第二日一早，张长海便出了门，瑛姑坐等消息，玉章在"宏盛"门口眺望。快晌午时，张掌柜陪着笑将曹管家请来。玉章老远看到他们，紧忙往屋里跑。

"所谓无利不起早，重利之后，只怕后面还跟着什么吧？"曹管家问。张长海一脸赔笑，"曹管家是明白人，我哪敢在您面前故弄玄虚，'宏盛'想借机接触到和您一样的大贵人，俗话说朝中有人好做官，大树底下好乘凉。""实话，我爱听！"说罢，曹管家大步跨进"宏盛"。

张长海将他引至一处僻静之所，刚进了门，却见里面端然立着一位女子，懵懵地不知所以然，现出一丝愠色。"张掌柜，这是什么意思，戏耍曹某吗？"张长海连连哎哟，"曹管家，我有一百个脑袋也不敢戏弄您呐！不是万不得已，我哪敢截留您的时间。这位是我们东家二奶奶，她寻您多日了！"瑛姑立刻给曹管家施礼，张长海满脸堆笑，连请带让将他让至上座。

瑛姑抓住时机道："曹管家，将您请至'宏盛'，实在是有不得已的苦衷。因我家老爷被诬告入狱，事关人命，我奔跑无门，所以将您请来，想请曹大人为民妇主持公道。"

曹管家将张长海递来的茶盏推开，不屑道："还真就邪了，我从不信天上掉馅饼的事，今日却莫名被张掌柜说迷了心窍，可惜你们打错了如意算盘。曹大人每日忙的是家国大事，你有冤情尽可以一级级申诉，这样贸然将我骗来，没了规矩不说，简直没了王法！"说罢愤愤起身。

张长海依旧满脸堆笑将茶端至曹管家手中："之所以斗胆将您请来，还不是因为都知道曹大人府上有位一流的管家，不只这里好，这里更好！"张长海先指了指自己的脑袋，又指了指自己的胸脯。曹管家哼一声，又坐下，不情愿地接过茶，啜口道："这马屁听得多了。念你我相熟，再和你多说几句，曹大人不喜欢参与纷争，更告诫我等一律不准假借他声名办事，你们所言虽溢美，却也不是浮夸，曹大人两袖清风，惜名重道。所以，曹某对冀财东之事无能为力，倘若你们贵号有你说的利好活动，我便办理，倘若以此为借口诓我至这里……"曹管家将茶盏重重放到桌上，刚才还面带微笑的脸瞬间冷若冰霜。

张长海立刻弯身打躬作揖："曹管家曹管家，活动的确有，我马上着柜上给您办理，另外……我们二奶奶还专门给您备了这一遭的辛苦费。"张长海将一张银票推到曹管家跟前。

"这是做什么？曹大人两袖清风，倘若他知道，我的脑袋就搬家了！"

未及张掌柜再言说，瑛姑泪流满面道："曹管家，人行至绝处，为求得清白与性命，别说这些银两，就是身家性命我也会豁出去！我家老爷纯系被人诬告，只曹大人或可救他于囹圄。我因有王大人推荐书信一封，但几次递呈不得，又事关重大，不敢托人递送，唯恐误了事情反害我家老爷。思来想去才将您请来，能亲手将这封书信交于您，民妇即刻瞑目也死而无憾了！"

曹管家反倒愣了，"王大人与曹大人什么关系？"

瑛姑灵机一动："两位大人的母亲是至交。"

曹管家态度不再那么坚决，"原来如此。也罢，曹大人是有名的大孝子，既有大人高堂的渊源，我就提着脑袋给你们做了这顺水人情，倘若中间有诈……"他瞥了一眼瑛姑与张长海。

"如若有诈，民妇任由曹管家处置！"曹管家见瑛姑情急，不似藏奸之人，于是转了话腔："我说一早上起来眼皮跳，原来跳的是这档子事，躲也躲不掉，料想你们不敢有诈。"说着将信揣进怀里。张掌柜赶忙乐呵呵将那张银票塞进他的袖笼，曹管家没再推辞。

送走曹管家，张掌柜欲言又止，瑛姑知道他有话说。到京城这么久，瑛姑坚持没有证据的事不能乱讲，随着真相的浮出，清的会浮上来，浊的会沉下去，只是一个时间问题。

张长海不再选择沉默，闭了门道："二奶奶，有一事我思来想去，必得和二奶奶说明。"

瑛姑抬眼，见他须发花白，两条深深的法令纹绕过唇口，层层叠叠的皱纹里布满了人世沧桑，这样一张饱经风霜的脸，还会被世间什么诱惑吗？或者说，还能被世间什么诱惑吗？

"二奶奶，东家的事，我想了许久，越想越自责，越想越愧疚！"瑛姑心下一惊，难不成……"前年，有个包掌柜，他在京城替庆郡王经营着几处当铺，他要以干股形式入'宏盛'，给了相当诱人的条件，这事我觉得可行，满口答应下来，没想到东家最后不同意。后来他明里暗里威胁'宏盛'不识抬举。东家出事前，他又来了，好像因建福地的事造成大笔亏空，被庆郡王责罚，据说几乎要了他的命。若不是因我妄贪皇亲国戚的靠山，擅自承诺他能促成此事，也许就不会有这

145

灾祸。"

瑛姑道:"以他的权势,分明是势在必夺,老爷没顺了他的意,他便迁怒于'宏盛',果然于无意中得罪了小人。张掌柜认得一个叫苏和泰的人吗?"

"苏和泰就是包掌柜,他以包掌柜的名义经营着几处当铺,实际替主子放贷。"

瑛姑心中彻底明白了,"他就是原告。"

张长海惊讶道:"果然与那二成五干股的事有关。朝廷为镇压白莲教,战事迁延九年,耗军费白银二亿两,这个罪名如若被坐实,朝廷如何不震怒?东家有先见之明,不与他合作,他便使出要命的手段报复,真乃小人!只是襄阳之事,只有东家、我、李管家知道,他又是如何知道的?我甚是不解其中渊源。此祸皆因我而出,张某惭愧万分。如果东家能平安无事,张某决定告老还乡,如果东家因此横遭不测,张某也无颜苟活。"

"张掌柜此话谬矣!处在天子脚下,自然无法回避这些事,如果换作李管家王掌柜李掌柜一样会遇到这个麻烦。当苏和泰决计报复,便不会放过与老爷有关的任何蛛丝马迹,老爷襄阳之举,当地人尽皆知,所以他顺手捏造也在情理之中。"

张掌柜听罢瑛姑这番话,心中少了些自责,瑛姑也对他放下一半戒心,又问他:"张掌柜,有一笔账目百思不得其解,想听听张掌柜的意思。"张长海一听是账目之事,有些惊讶,回道:"不知二奶奶哪里不明白?"

"一笔数额较大的松江马店儿银未按本平提走了。"张长海又是一惊,"二奶奶懂龙门账?真乃女中奇才!柜上两三年的伙计也未必瞧得出来!"他不知是紧张还是激动,不停将右拳砸向自己的左手掌:"此笔账目东家知晓。这笔银子便是包掌柜存入的,人在屋檐下,焉得不低头?也是没法子的事。"

瑛姑心中已明白了八九分。冀国定以为此举会减少与包掌柜的矛盾，却没料到，后面跟着的是血盆大口。张长海偷偷瞄了一眼瑛姑，骇异非常，他万万没想到，冀国定的这房妻子，不仅会查账簿，还能想办法请出曹管家。

十三章　拒绝

时值初冬，天空阴翳，草木喑呜。云层虽漏下几线白光，却没有一丝热度，人们端肩缩脖，见不出一分精气神儿。焦虑不堪的瑛姑，心也随之荒凉起来。

书信交给曹管家，像一粒石子投进深潭，只听了个闷响，便一丝音信也没了。一晃又近一个月，瑛姑有些按捺不住。她行至一株木槿旁，光秃秃的树枝残留着去岁未来得及盛开的花苞，她摘下一个托在掌心，这些曾用生命努力举起的花苞，未及绽放便将湮灭于寒风之中。她想，三五日再没有消息，便只能孤注一掷：请好的状师，拦路喊冤！刚想到这里，听见梓芸大声说："二奶奶二奶奶，曹管家来了！"瑛姑顿觉心跳如鼓，突如其来的消息几乎让她感到窒息。她匆匆理了理鬓发与衣衫便往门外奔去。

曹管家未等谦让，径自坐在主位。上茶、屏退闲人、关门闭窗后，张掌柜这才道："二奶奶，曹管家带消息来了！"

曹管家正了正衣摆，掸了掸身上的灰尘："这案子之所以能翻，除了曹大人尽力说动了皇上，也幸得冀家有功，再一个，有位你们家的故人没少替你们周旋。"瑛姑猜想此人要么是王庆云，要么是徐松龛，更加铭感五内。

"闲言不叙，我此次来是转达曹大人的意思，你们谨记于心：不得对他人讲曹大人参与此案。其实，曹大人也并未参与。不得假借大人清名为冀家营商贴金。倘若案情如王大人所言，你们放心，真的假不了，假的真不了。这一切都是因为两位高堂的渊源，自此两不相欠。"曹管家顿了顿又说："就是这些，你们可都记好了？"起身要走。

"多谢曹大人救冀家于水火，多谢曹管家为冀家之事奔忙，民妇内心无比感激，请曹管家受民妇一拜！"张长海顺势从袖中掏出银票，"辛苦曹管家！"曹管家一笑，利索地纳于袖中。转过头又说："重审还要有个程序和时间，左不过一个月左右。今年是多事之秋，内外纷争四起，我们当做好份内之事。时间不早，我还有别的事，曹某就告辞了。"

瑛姑高兴极了。虽然只是得到案子将被重审的消息，但这无疑是个天大的好消息。从冀国定被抓之日起，冀家一直笼罩在阴云之中，这三个多月来，瑛姑食无味寝不安，好在所有的商号都在正常运行。梓芸看到瑛姑露出久违的笑容，看到她眼里浸着泪花，鼻子一酸，蹲在地上兀自抹起眼泪。

果然好事成双，瑛姑收到了李管家的消息。

李管家已平安回到家中，他在襄阳取得了有利的人证和物证。起初在取证的过程中，一直不是很顺利，民间的证据搜集容易，但衙门总是东推西阻。李管家设法打点之后，衙门勉强见了李管家几次，但也总是顾左右而言他，无可无不可，又兼这事发生在前任县太爷任上，现任县太爷便将出具证词之事推给前任县太爷。李管家实在无法，只得去找前任县太爷，但前任县太爷已告老还乡。正当李管家心急如焚时，他突然被请至县衙。县太爷一改之前做派，堆着一张笑脸李管家长李管家短地叫，又是让座，又是上茶，取证一事猝不及防地峰回路转。再后来，杜震廷被责令停止办案，案卷移交王守业重审，冀国定从省衙提回县衙，这可不是天大的好消息！

张长海得知后，一颗心也落了地，瑛姑担心误会，张长海爽朗一笑：

"东家出了这么大的事，我牵扯其中，又没和二奶奶共过事，怎能不被猜忌。二奶奶身处漩涡依旧镇定自若，我心下敬佩您呐！"说罢又称近两年身体不爽，等冀国定安生了便请辞，瑛姑心中无比遗憾。

瑛姑等人这日刚进入晋地，眼见西边涌起一团乌云，紧接着风起云涌，此时离落脚地还远，好在附近有个破庙，四人决定暂避。刚进了庙门，身后响起一声炸雷，紧接着天色乌泱泱黑了下来，瞬间，倾盆大雨瓢泼而至。

"这天气奇了怪了，冬天打雷，年景不祥。"玉章嘟嘟囔囔把庙门掩上，刚坐到草垫上，庙门"砰"地又被吹开，富贵找了根木头这才将门抵住。

庙里乌漆漆一团黑，除了隐约能看见庙里那尊黑压压不知是什么神像的轮廓，余下皆陷入混沌，瑛姑有些害怕，梓芸紧紧偎在身边。不过一盏茶功夫，雨停了，风住了，庙里亮堂起来。瑛姑看清了那尊佛像，目怒口眦，身涂黄琼孔雀蓝，两耳挂硕大圆环，一手持戟过头，另一条胳臂断裂，摔落于地上，单腿盘坐于一头不知名的兽身上。

梓芸问："这是哪尊菩萨？"

"我也访过不少名寺古刹，看其姿态与样貌并不常见，或者是……"这时隐约听到有人呼救，四人皆屏气凝神，只是声音渺杳，时续时断，时高时低。梓芸惊恐，莫非破庙周围有鬼魂？四人又聆听片刻，断定是庙外传来，于是出了破庙循声而找，瑛姑绕至庙后一片灌木丛，呼救的声音越来越清晰，待至跟前，发现一口废井，井里有一人，她忙喊："这里这里！"原来是个僧不僧、俗不俗的人跌落深井。因井深，又逢落雨，井壁湿滑，那人几次三番攀爬仍旧无法逃离。此时井内雨水已及小腹，那人脸色惨白。四人几番折腾，又是木棍又是藤条，终于将他从废井中拉上来。

风将庙门吹得"咣咣"作响，玉章将庙门抵好，那人浑身打着冷战，颤抖着双手从湿漉漉的褡裢里取出一丸药送入口中，嚼了几下，双手接了瓦棱上的雨水喝了，这才向瑛姑等人表达谢意。玉章取出干净的衣服让他换上，僧人三下五除二扒光了上身衣服，羞得瑛姑与梓芸迅速扭过身子，走到破庙另一侧。玉章与富贵替他遮挡，他不以为然道："无碍，都是男人！"

话音刚落，庙门被撞开。进来两人。手里各提一把刀，面冷如冰。他们打量了瑛姑等人一眼，其中一人将刀一晃，走到瑛姑面前，"你俩，过去！"瑛姑见他们不是善类，只得又挪回玉章他们这边，那两人则坐在草垫上闭目，半晌未说一句话。僧人低声说："如果我没猜错，他们是八卦教徒。"终于风停云开，雨脚歇住，那两人说："走，别误了时辰！"两人提了刀，看也没看他们几人，出了庙门消失在山林深处。

几人相继出了庙门，僧人自报家门："我乃湖北汉阳人氏，俗姓岳，此去五台山拜师，荒郊遇雨，慌不择路失足落井，幸遇各位施主出手搭救，贫僧感激不尽，阿弥陀佛。"又问瑛姑："不知施主哪里人氏，尊姓大名？你我有缘，贫僧要为你在佛祖面前祈福。"瑛姑说："感谢师父慈悲，我姓——冀，名国定，字正甫，介休人氏，感谢师父加持，愿我今后能遇难成祥。""贫僧记下了，阿弥陀佛。"转身背起褡裢大步离去。瑛姑见他在风雨飘摇中形单影只，吩咐玉章接济他些盘缠，僧人无论如何不收，他冲瑛姑双手合十又道："实不相瞒，我乃一郎中，不敢说有悬壶济世的本领，却也熟谙病案。贫僧可以一路化缘，也可以给人治病化得盘缠，会顺利到达五台山，施主尽管放心。"于是别过。瑛姑几人一路向北继续前行。在她身后，有个人，从京城一直尾随她也悄悄回到了介休。

冀国定身披晨光，静静沐浴在寒风之中。王菁仪想为他搭一件氅衣，他拒绝了。他要在这清凛的寒风里感知活着的真实。四个多月的日日夜夜，碾压着他的信念和骨骼，支撑他的，是那些由内而生的气脉。

从牢狱出来，冀国定哪都没去，不过问案子渊源，也不过问商号情况，独自舔舐着伤口。再有七八日，是嘉庆十二年的最后一天。年味的喜庆流溢在大街小巷，没人为陈年的尘垢郁郁寡欢，都盼着在新的一年除旧迎新。冀国定的气色明显好转，这天早上他喝了一大碗粥，吃了两个大馍，一盘凉拌小菜。郭雯在一旁喜滋滋看着他。

"你乐甚？"冀国定一抹嘴放下筷子问郭雯，瑛姑瞥一眼郭雯，她满脸绯红。

"菁仪、瑛姑到我书房来。"两人撂了筷子。

冀国定望着她俩会心一笑说："我好了。前些日子，身上太脏，头发丝里、指甲里、呼吸里到处都透着腐臭，身上像裹了件湿衣服，不止脱不下来，还倒吸着元气。让你们跟着日夜悬心，我心里难过，我保证，以后再也不让你们担惊受怕。"

"老爷，你受苦了。"王菁仪眼泪扑簌簌滚落，瑛姑红了眼圈。

"你们何尝没受苦！今年除夕轮王大人值，他们客居他乡，定会倍加思念家人，你俩好好准备一下。另外，记得给他侄儿备份新年礼。"

看着冀国定安好地站在面前，瑛姑异常欢喜。虽然这个男人的眼里看不到她，但那与他是否安好比起来，都不算什么，只要他好好的，这些都不重要。可是到了傍晚的时候，瑛姑又觉出了委屈，因为她无意中看到冀国定搂着王菁仪的腰在后院赏雪。

他们依偎在一起，轻声细语说着体贴的话，王菁仪温柔地靠在冀国定的肩上。瑛姑靠在墙上，眼泪不争气地哗哗往下淌，她用帕子捂着嘴，生怕哭出声被他们听到，只觉万般委屈夹杂着一股无以名状的嘲讽袭来。瑛姑周身发冷，裹紧了棉氅还是冻得牙齿打响，望着那对神仙眷侣的身影，忽然觉得她是多余的。

除夕这晚厨房热闹起来。整个冀家大宅热闹起来。贴窗花，换新衣，置放年货，每个人都是这大院里流淌着的欢乐。久违的欢声笑语从窗子里飘出来，凝滞的空气欢腾起来，灶炉与柴火，杯盏与羹汤，吩咐与应答，这些常日里的万象烟火无比生动起来，每个裙裾之侧都听得到环佩叮当，每个脚步都踩成风韵，每个笑容都醉成一袭春风。整个大宅一扫中秋之后抑郁而沉闷的气氛。

王守业与王庆云到的时候，冀国定早在门外等候。一众人谈笑风生进了厅堂，王菁仪欢喜地掏了两个刻着"鹏程万里"的大金锞子赠与王庆云，王庆云落落大方躬身行了答谢礼。瑛姑将她的礼物打开，"这是我为你准备的婺墨，它落纸如漆，希望你今后墨宝惊风雨，气度泣鬼神。这是支李渡毛笔，一方婺源龙尾砚，希望你喜欢。""这些礼物庆云心仪已久，谢过二奶奶！"王庆云捧了礼物退到王守业身后。

桌上菜品上齐，冀国定与王守业、王庆云落座，冀国定命李管家与其子李如约同坐。那边屏风隔着一厢女眷。酒过三巡，话就多起来。冀国定端起酒杯，纵有千言万语，却不知如何说起。王守业本是性情中人，看到劫后余生的冀国定，也是感慨万千。

"若不是王大人出手相救，兄恐生死难测！"

"正甫兄无意惹纷争，奈何纷争找上门，这样的惊涛骇浪，任谁都难招架。"

"那两个人证是被威逼利诱才作了诬证。他们恣意挥霍，亏空巨大，于是将手伸到内帑，案子一出，苏和泰想通过'宏盛'掩盖罪行，结果不成，便迁怒于'宏盛'，这天下也是没有比这更荒唐的冤案了。幸亏王大人，不然，兄必死无疑。"

"苏和泰欺瞒主上，借主子名义大肆敛财，当场杖毙。庆郡王用人不当，有失察之罪，如今闭门思过，皇上圣明，正甫兄沉冤终得昭雪。"

"人生行处，不知何时便会突遇一场灾难。"

"正甫兄大难不死必有后福，守业敬佩您！"

他二人意气风发，聊得尽兴，冀国定又问："王大人赈灾有功，朝廷不是要擢升大人汾州府知府么？"王守业冷笑两声："不提也罢！"

屏风另侧的嬉笑声引起他们的注意，王守业哈哈一笑，"那边厢，比我们还热闹啊！"

一厢女眷与李管家婆娘王氏并丫头婆子行酒令，王氏输了正被罚。她言道："我一不通文，二不通曲，只晓得些家长里短，不如给你们讲个真人真事乐呵乐呵。"众人拍手叫好，王氏道："我有位远房亲戚，家境不错，临去世前立下遗嘱，如果婆娘生了男孩，男孩得财产三份中的两份，余下是婆娘的；如果是女儿，女儿得财产三份中的一份，余下的是婆娘的；结果女人生了龙凤胎，可把人愁坏了，我夜里睡不着，也替他们着急！"

谷穗揽住王氏的肩打趣："王妈可不是闲着了？日夜想着如何替人家分家财。要我说，是这位太太会生。她家是不是答应了妈妈，您若分得好，便许你些好处？"她扫视了众人一圈又道："若果然如此，今儿桌上所有的人可要到你那里吃酒去！"众人乐做一团，王菁仪渐渐掩了笑容。

王妈用手刮了一下她自己的脸颊道："我就说么，我一个老婆子不该来掺和你们这桌席，偏你们不依不饶拉我来出洋相！我只想着，有两位奶奶在，如何会想不到法子，这下好了，被罚酒不说，还要请吃酒席，这买卖可不是亏大了！不过，买卖虽亏了，却值，我那屋子经奶奶姑娘们一来，便什么什么生辉了！"众人更加乐成一团。早有人七嘴八舌开始替地主分家财，瑛姑不言语，取了茶盏轻轻啜茶。一众人不得要领，有人央求王菁仪，有人央求瑛姑。王菁仪淡淡道："天下的奇闻逸事从来如此，总有那么多的机缘巧合把故事编纂得合乎情理，王妈倚老卖老拿一对龙凤胎逗我们，偏你们还信她。"

"大奶奶说得是，是我不想被罚那三大杯酒。"王妈自我开脱。

梓芸见瑛姑放下茶盏轻轻一笑，知她已有答案，便说："世人为争个奇字，会添加各种奇说异辞，但不知王妈所言，哪些是真的？哪些是妈妈添油加醋得来的？"郭雯说："依我看，妈妈所言未必有添油加醋一说，这人世间，当真有你想也想不到的事。"谷穗哼了两声嘲讽："这话我们是信的。就比如，我们听再多的故事，也比不上你的见多识广。"郭雯的脸憋得通红，想怼她，瞧见瑛姑一脸淡然，便忍了气，低头不语。

王妈朝王菁仪一施礼："大奶奶诗书皆通，我不如向大奶奶讨个法子，也好成全了我那位亲戚，顺便成全谷穗姑娘到我那吃酒的念想。"王菁仪心下微快，不顾王妈的面子，轻斥道："只当个消遣听便可，妈妈当真要倚老卖老？"王妈不解其意，福妈过来打圆场说："你当真是老糊涂了！你还是老老实实饮了这三杯酒是正经！"说着端起杯往王氏嘴边送，丫头们也举起杯起哄罚王妈。

瑛姑站起来慢慢说："有句话说得好，一家有本难念的经。居家过日子，自然离不开鸡毛蒜皮之事，便是皇帝也有俗事烦恼。姐姐心中早已有数，只是不屑这些乡野之说，不如姐姐卖我个人情，我替王妈妈成全我们那桌酒席。"话音刚落，王氏大呼阿弥陀佛，丫头们又转头听瑛姑如何分。

这边王庆云已脱口而出："把财产分成七份。"李管家点头，接了王庆云的话："儿子拿其中的四份，余下的一份是女儿的。"二人话音刚落，屏风内有人问："二奶奶怎么算出来的？为什么财产被分成七份而不是三四五六份？"冀国定虽然听闻瑛姑善算学，但他还是觉得有些意外。王守业这时对冀国定说："兄此次能够遇难成祥，二奶奶功不可没。如不出我所料，有她帮衬，兄之事业，会再上巅峰。"

一众人热闹到半夜，梓芸拉着瑛姑放烟火，王庆云与福忠从后楼出来，行至大院，看到五彩斑斓的烟花在空中绽放。福忠悄悄跑过去送给梓芸一件新年礼物，梓芸含羞收下。王庆云蹲下点炮仗，瑛姑捂着耳朵躲在一旁，谷穗提着灯笼看着他们四人，冷笑一声，转身消失在深宅大院中。

冀家大宅渐渐安静下来，但周遭炮仗声不断，是邻家守岁的孩子们在尽享除夕欢娱。冀宅没有孩子，自然没有这份热闹。冀国定一个人踱至后花园，假山石下的水面覆盖着厚厚的积雪，树枝也因挑着白雪变得窈窕。他听着脚下的积雪"吱嘎吱嘎"作响心生欢喜，停下的时候四下寂静又觉得失落。冀国定晕晕乎乎往回走，他想起王守业、李管家对瑛姑溢于言表的由衷褒奖。当然，还有人和他说了些瑛姑的流言，说她在京城如何抛头露面，如何与男人周旋与男子共处一室，如何借打点之名，挥霍冀家家财。

"瑛姑……"冀国定若有所思嘟囔了一声，头晕晕的，身体晃了晃。他知道瑛姑抵触他，他也好似从未有过与她有欢愉之情的想法，然而危难之时却是她使出浑身解数撑住了这个家。习惯使然，他不知不觉来到王菁仪的门前，她在与谷穗说话。不知此时此刻，她在做什么？冀国定竟无端冒出想去看看瑛姑的念头。

瑛姑散了头发，穿着小衣，正在灯下看书，梓芸拢了炭火，又去铺床。郭雯突然在门外大叫一声，铜盆跌落，水花四溅。她看到有个人，身披大氅在院内默不作声站着。"谁？黑更半夜的，别装神弄鬼吓唬人！"那人一晃一晃朝她们走来，梓芸惊呼老爷，继而与郭雯一个忙将他的大氅脱下抖落雪，一个急急烹了姜枣茶驱寒。

冀国定突然过来，瑛姑心中既欣喜又委屈，既有嗔怨也有爱恋，无以名状的感情使她又像个刺猬一样伪装起来。她坐在床沿，低头不作声。冀国定坐在她对面的桌旁，与他们成婚那日一模一样的阵势。梓芸与郭雯满心欢喜出去。冀国定几次想站起来，只觉得身体沉重。因为酒力作用，他毫不遮掩，只醉眼迷离地望着瑛姑，瑛姑被他瞧得不好意思，用手撩了一下耳鬓的头发，侧过脸去。

瑛姑不比王菁仪逊色，甚至有王菁仪没有的灵动率性，她浑身上下像长满了密密麻麻的小刺，小刺之上开着清灵之花，他生了摘花的欲望，说了句瑛姑想也没想到的话："估计天底下也就你能做出私自毁婚的事吧？怨不得十里八乡没人敢娶你。"话一出口冀国定后悔了，他不明白他怎么说出这样笨拙的话来。

这话犹如一丝冷雨，浇灭了瑛姑心中的那丝渴望，她瞟了眼冀国定："恕我愚钝，没听出这话是褒是贬！"冀国定摘下帽子，"既无褒亦无贬，不过是实话实说。"说完冀国定更后悔了，他疑惑他怎么不会说话了。但他也不想去纠正，因为他从来不需要在王菁仪面前纠正过错。瑛姑幽幽道："你喝多了，想必进错了屋子。"话毕便大呼梓芸，梓芸和郭雯以为他俩发生了口角，急忙进来，结果茫然地看着他二人，一个坐在床沿，面带愠色，另一个坐在对面，笑意中带着几分醉态。冀国定有些恼了："谁说我喝多了？我清醒着呢。你俩出去，今晚我要与你们二奶奶好好说说话。"两人心里石头落了地，梓芸冲瑛姑扮了个鬼脸，出去反手将门关上。

冀国定晃晃悠悠走到瑛姑身边，挨着她坐下。瑛姑忽然紧张起来，他身上的酒气令她不安，瑛姑下意识往边上挪了挪，冀国定也挪了挪，瑛姑又挪了挪，冀国定又跟着挪了挪。瑛姑索性站起来坐到冀国定刚才坐的凳子。瑛姑的举动让冀国定有些措手不及，但似乎也在预料之中，"我没喝多。"冀国定摸了一下他自己的脸颊，很认真地，一字一字道："我今晚过来，是想表达谢意，谢谢你为冀家、为我所做的一切。"瑛姑内心的波涛因冀国定这句话彻底偃旗息鼓。

"不过是为……为人……的本分，换谁都会这样做。"冀国定心想，为人的本分还是为人妻的本分？似乎哪一种本分都让他高兴不起来。"也不是谁想做就能做得来的。就比如……"他突然盯着瑛姑："顺应本心，有时候也是一种善良。"瑛姑吃惊他竟这么清楚记得她说过的话。瑛姑自觉尴尬，又不能解释，于是换了话题："郭雯的事，还留了个尾巴，本想着过了破五再说。"

"甚尾巴？"

"堂兄说，管二为救郭雯误杀了董希岐，如今被关进大牢，咱们不能见死不救。"

冀国定听她说了"咱们",心又柔软下来。瑛姑又说:"高者未必贤,低者未必愚。君不见沉沉海底生珊瑚,历历天上种白榆。管二是孝子,他明知道郭鬼灵不会买他的账,只因老父亲央求,才使他入了监牢。老人家认为做土匪玷辱门庭,是管二自食恶果的报应,所以从没登门求我们去救管二。乡野之人尚且仁心侠骨,我们若不施与援手,便是空谈仁义了!"冀国定笑了:"我有说不救吗?"瑛姑后悔因为激动失了分寸,有些讪讪:"是我一时情急,望不要与我计较。"冀国定缓缓走到她对面:"急人所急本就是做人根本。我就这么不招你待见?连叫我一声老爷都这么不情愿?"瑛姑低头不语。"你为稳住招募来的乡邻,用身家声誉做担保,我想知道,你是情急之下出此之策,还是本就存了心要离开冀家?"此言一出,瑛姑眼泪轰然,只觉她那颗心被糟蹋了。一番苦心被他如此揣度,分明是种辜负,她失望地望着冀国定:"此心天地可鉴,可惜我弹错了音!"

冀国定满以为浑身是刺的瑛姑,不会在意这一问,没料到瑛姑反应这么激烈。他生了怜香惜玉之情,伸胳膊想将她揽进怀,谁知瑛姑一把推开他,满眼是怨:"我知道你是因为感动,或者还夹杂一些自责才踏进我的门,我虽不才,却自知要甚,不要甚。你走,从哪来便回哪去!"

冀国定被她噎得半天没缓过神,他不明白瑛姑为什么突然就披甲执锐与他针锋相对起来,内心更为恼火,征服欲随之涌上心头,借着酒劲,不顾一切强行将瑛姑拥入怀内,一手便去摸她的衣扣。瑛姑不肯屈就,两人一阵拉扯,忽听"啪"的一声,盛着姜枣茶的汤碗碎在地上,两人同时僵住。冀国定望着雪白的、凌厉的残片,骤然想起洞房花烛夜那把亮晃晃的剪刀。他松开瑛姑,呼吸渐渐平缓下来,拿起大氅,用力打开大门,头也不回地离开了。

一股寒风吹进房中,床幔竹帘被吹得四处飘荡。梓芸与郭雯搓着手进来:"我的姑奶奶,你又说了甚,将老爷气走了?"

瑛姑也在气头上："别在我面前提他，最好再不相见！"

郭雯好言相劝："明明有意，却非要彼此折磨。借着这个槛与他和好多好，二奶奶再要强也是个女儿身，这么做对您有什么好处？"

"就因为他是他，他不是旁人。我不想让他觉得是欠了我才有所为。"

"姑娘这样任性，有所为、有所不为还不是老爷一念之间？"

"如果他是个有情有义的，断不会做那样的事，如果他只讲男女纲常而无情爱，我出了这门也未必是坏事！"

梓芸眼睛瞪得溜圆："好我的姑娘啊，这世间本就夫为妻纲，你要反了不成？你要反，莫说冀家容不下你，就是走到天涯海角也无处容你。"

"纲常也是人定的。女人首先要自尊自重才能赢得男人尊重。"

"菩萨菩萨，我家姑娘癔症了，您权当她说的是疯话，莫与她计较，阿弥陀佛。"

冀国定胸中窝着一团火气冲冲来到王菁仪门前，刚要拍门听见谷穗说，"都这个时候了，老爷怎么还不过来？要不要催一下？"

"不用，没过来总有没过来的原因，再等等。"

冀国定那颗狂乱的心稍稍平息，又听到谷穗说："大奶奶，你瞧瞧她那狐媚子劲儿！我怎么觉得王公子的眼睛像长在她身上一样，没有一丝避嫌的意思。梓芸与福忠眉来眼去的，有甚主便有甚仆。听说她在京城，抛头露面的与众多男人打交道不说，和梓芸与男人们混在一室更换衣服，谁人不笑话？还不是仗着因救老爷有功如今而有恃无恐吗？"

"没谱的事别乱讲，事关声名。她们不自重是她们的事，你也不自重？"

"刚才亲眼瞧来的，又不是捕风捉影的事。"

冀国定本已平息的心又狂跳起来，转身奔李管家而去。李管家正在屋里摆弄着冀国定为他置办的新衣，左比量右比量觉得太过华丽，自言自语着："额滴娘唉，太奢华了，这可不是将银子碾平穿身上了？不值不值。"王氏笑他："你就是那叫花子命，有好的偏穿破的！""这就是你不懂了。这人的命几斤几两，那是生下来就有数的，这么好的锦缎穿上，弄不好要折掉额许多福气，还是细水长流的好，细水长流，细水长流。"说罢将衣服递给王氏："放了，压箱底留给儿子穿。"婆娘想了想，似乎李管家说得也对，于是将它们叠好，放进箱子，又取出一套为他浆洗干净没有补丁的半新衣服。

门外传来急促的敲门声，李管家刚打开门，冀国定气乎乎进了门二话没说，将氅衣脱下扔给李管家，端起李管家的半盏茶咕嘟咕嘟入口。王氏识趣退了出去。

"噫！你这是怎的了？"李管家被他身上的冷气呛到，咳嗽了几声。

"我要休了她！"冀国定两眼充血。

"甚？大年下的，别说这晦气话！"

"她不守妇道！若不是有祖父之命，信不信我现在就休了她！我要休了她！"

李管家明白了，他是与瑛姑闹了别扭跑过来的。"哎哟哟，额说少东家，过了个年，你咋和婆娘们一样变成碎叨嘴了？捕风捉影的事可不能乱讲，咱可不能做那过河拆桥之事。二奶奶刚把你从河里捞出来，你就要把她推下河？你这身上还滴答着水呢！"冀国定虽不再吱声，但内心团着怒火。李管家望着这个与他一同长大的少东家，他太清楚冀国定的性情了。虽然谦恭，但骨子里骄傲得像个王，从来都是女人对他左右迎合，还未见他对哪个女人俯首帖耳。瑛姑待人宽和热忱，偏偏对冀国定骄矜得像个公主，李管家中间调和过多次，总不见效，以为随着时间的推移，两人自然能好起来，不曾想大年夜的，冀国定口口声声说要休掉她。

160

"说句大实话，老东家运筹帷幄的本事，你小子还差得远哩！"李管家将新衣服叠好，放在箱子里又道："额常听二奶奶说一句话，她说，人须在事上磨，方能立得住。冀家经过你这桩事，看得出二奶奶的格局无人可比，便是你我男子也未必及她。她风餐露宿、抛头露面为救你吃了多少白眼你知道吗？如今可好，她救了你，你出来做的第一件事，竟是恩将仇报？"李管家见冀国定垂下了头，又说："这世间事就是如此，谁做谁之过，谁不做谁无过。倘若二奶奶也吃斋念佛，大门不出二门不迈，不是也能图个无过吗？不过，倘若她图了无过，额怀疑你还能不能坐在这里，拿额出气。"冀国定打断他，"别说她了，心麻烦！"李管家一梗脖子道："也好，不说就不说，反正也被你搅得没了睡意，有一桩要紧的事，你要抓紧做主意。"

"甚事？"

"郭雯。"

两人沉默。这也是横在冀国定心中的梗。虽说这次身陷囹圄是被人诬陷，但经过此事，郭雯的确是一桩心病。总不能贪己两全，而不顾她父母恩义，冀国定忧心忡忡。李管家见机道："我倒有个两全的办法。早年大奶奶有过一胎，可惜夭折了。如今大奶奶年岁已长，生育堪忧。二奶奶虽然过门一年，但你们夫妻不睦，不如趁这个理由将郭雯收在房里。"冀国定用不可理喻的眼神瞪着李管家："你说甚？亏你想得出，竟还说得出？不行不行！""你先别急嘛，男大当婚，女大当嫁，额们没有理由让她无缘无故老死在冀家，对吧？额也看得出，那丫头属意你，如若那丫头心上有了别人，倒棘手。以后再因她生出事端，凭谁也救不了你，救不了冀家！"

十四章　纳妾

春风自南向北扫过沉寂一冬的山川，便能感觉到杨柳风了。当庭前、陌头、枝上、湖边的嫩柳娇桃热闹起来，整个春天便漾开。窝了一冬的人们终于可以走出来，看生机勃勃的草木，看满目锦绣的繁花。

农历二月二十九是冀国定的生日。对于生日，冀国定从来不大过，只去祠堂里静坐片刻，而后吃碗面，外加两个荷包蛋便算过了。他常言，一粥一饭，当思来之不易；半丝半缕，恒念物力维艰。他常常调侃李管家抠门儿，李管家却逢人就说，别看冀国定乐善好施，其实，他对自己极为吝啬，没比他大方到哪去。

但今年这个生日不同。王菁仪与李管家商量，今年要给冀国定好好过个生日，一来正逢春日，万物欣欣向荣，意在冀家生意蓬勃发展；二来，一扫旧年霉运，意在庆贺他绝处逢生。冀国定不同意，他认为不到五十不宜做寿，但拗不过王菁仪与李管家，勉强同意，但也提了条件，只限家里做，不摆席，不宴请。

生日这天，为解决没有子息的尴尬，李管家安排所有人逐一给冀国定拜寿。有人胆小，施了礼不敢抬头，怯生生站在一旁，冀国定照例赏；有人活泛，还带了礼物，冀国定加倍赏，王菁仪跟着赏。福忠摆开须生架势，唱得有模有样，玉章照猫画虎比划了几式拳脚，谷穗梓芸郭雯等丫头由福妈带着，齐齐拜了寿。

到了李管家祝寿时，他文绉绉念了一段连夜写的祝寿辞，冀国定听罢哈哈笑："好则好已，不过太正经了，你说是不是，菁仪？"王菁仪淡淡一笑附和："老爷所言极是。老爷此次做寿只限家中，没甚大讲究，图个吉祥乐呵，所以不必拘泥。我常听老爷说，李管家走南闯北，会讲许多地方方言，不如借老爷寿诞，李管家给我们讲说几处方言乐呵乐呵，如何？""好主意！"冀国定喜滋滋看着李管家。

瑛姑瞧了眼王菁仪，依旧温婉。这番貌似轻描淡写的话，里面蕴藏了太多的宠爱。玉章没深没浅地在一旁喝彩，福妈过去揪了他一把耳朵，众人皆乐。李管家有些不悦："东家，这满堂上下，除了福妈，你额最为年长，你让额学说方言，一来额说不好，二来，有辱斯文嘛！""又不是让你学猫叫狗叫，怎么与斯文牵扯上了？你既认为自己是个斯文人，便该想想，如何将这事斯文做了不就成了嘛！"李管家还是不同意，冀国定不依不饶，僵持不下的时候，瑛姑缓缓道："我有个主意可两全。"

冀国定咬了一口苹果，只听"咔嚓咔嚓"的咀嚼声，而后吞咽，再"咔嚓咔嚓"，又吞咽。他不瞅瑛姑也不接言。王菁仪颇为自矜道："都说妹妹胆子大，点子多，但不知是怎样的好主意？"瑛姑听出她挑衅的意味，面色不改对她说："咱们家正院那副对联：'知足心常乐，留余地自宽'，不如李管家用各地方言吟诵一回，既得了方言之乐，又重温了冀家家风，姐姐觉得可好？"冀国定不吃苹果了，王菁仪哑然，李管家直呼妙，他不再推辞，清了清喉咙用熟悉的方言大声朗诵起来。

然后瑛姑拜寿，她只施了礼，道了几句吉祥话便退下。冀国定觉得她有敷衍的嫌疑，聪慧如她，这明显是故意为之。她丝毫不在意我吗？冀国定正揣摩，王菁仪从谷穗手里取过一双鞋："为妻不会说那些虚词，我为老爷做了双鞋。"鞋子是千层底，针脚细密而精致，鞋里衬着鸳鸯戏水鞋垫，上绣：在天愿做比翼鸟，在地愿为连理枝。

"还是菁仪有心，这一针一线都是你的深情，为夫舍不得穿，要将它时时放在身边。"王菁仪脸起红晕，冀国定爱怜地望着她，众人悄悄望了望瑛姑。

餐宴结束，巨琴、呼胡、手板、梆子、鼓、马锣、铙钹、二股弦"切台、仓台、切台、仓台"由慢渐快响起、又由快渐慢几个来回，扮好妆容的伶人以水袖遮面，迈着云步走过来。

眼见升平公主与驸马矛盾升级，闹到皇宫。唐代宗与皇后劝婿责女，小夫妻终于消除前嫌，和好如初，一派和乐融融的景象。瑛姑在全神贯注看戏，梓芸歪着头暗忖：姑娘与老爷一直不睦，若是上面有老人，是不是也能像戏里的唐代宗和皇后一样劝劝他们……正寻思时，角色已谢幕。冀国定说唱得好，重赏！王菁仪立刻让人加赏。班主感激涕零望着冀国定一众人迟疑了片刻，一躬身："冀财东，两位奶奶，谢谢你们拿我们当人看。我们行走江湖，被人欺过，骂过，捧过，喝彩过，这碗饭着实不好吃啊。早听说冀财东仁义厚道，今日得见，果然名不虚传。我无以为报，略懂些个易理，有句心里话，不知当讲不当讲？"

冀国定高兴，大手一挥："但讲无妨。"班主只把郭雯上下左右瞧了个遍，郭雯被他瞧得莫名其妙，低声怒嗔了他几句。班主这才言："常言道，积善之家，必有余庆。我听言冀财东万事皆美，唯有一事不足。我走南闯北多年，藏着个相人的功夫，轻易不与人相看。今日感念冀财东仁厚，想为财东指点一二，若财东无意，权当笑话来听。只是请留下二位奶奶与李管家。"待人皆退去，班主又躬身："那几个丫头中，有一位可扭转冀家乾坤。"

王菁仪听闻"腾"地站起来，面带怒容道："请班主自重！今逢老爷寿诞，我们体恤你戏班敬业，但岂容你对冀家子息之事信口雌黄瞎编胡诌？"班主吓得一哆嗦，不敢再吱声。瑛姑冷冷看着这一切，李管家瞄了眼冀国定，见他面无表情，转过头对班主说："额说你也是的，赏你银子撑着了怎么地，嫌多退回来！"

冀国定手撑桌子，望了眼李管家，旋即又紧紧盯着班主，班主并无怯意。冀国定突然哈哈大笑，摆手道："无妨，这个不得已，岂是我想遮掩便能遮掩的，莫说这十里八乡，晋省但凡识得我冀国定的，皆知我至今无后。"冀国定抬起眼皮望着班主，"还请班主直言，若真能解我冀家无后之忧，我便在今日许下重诺，搭建一座戏台，逢年节供养班主唱戏！"

班主喜出望外："冀财东如此信任我，我便使出看家本领。愿苍天有眼，使冀家人丁兴旺。两位奶奶虽说是相中上品，怎奈缺了个引子，就好比吃草药若少了药引子，总不完美。我刚才瞧见一位姑娘生得极好，下巴丰满，人中清晰，子息缘旺，如果不出我所料，她便是那味药引子。"

王菁仪听呆了。瑛姑望了望李管家又瞄了瞄冀国定，不知道他们唱得是哪一出。冀国定眉头紧锁问："还请班主不要绕弯子，你说的是哪个丫头？""便是刚才站在这位奶奶身后，穿着辰砂色衣服的姑娘。""郭雯？"王菁仪沉不住气了，"老爷，莫听他浑说！一介下九流的话不可信，想来他是鬼迷了心窍，想骗些钱财罢了！""这位奶奶的话折煞我了，我本是好意，不想被你揣度成恶意。"放下银子转身要走。"站住！"冀国定一喝。"我与你无冤无仇，想来你没有理由信口雌黄。银子你拿上，如果你此话当真，我自然会兑现我的诺言。"王菁仪见冀国定动了心，不好再阻拦，改了口吻问："既然班主有这惊世的功夫，那你来说说，刚才站在我身后的丫头如何？"班主回道："我虽入不得上九流，却自视生得一副硬骨头，我不喜欢的事、不喜欢的人是不愿意多说的。碍于冀东家仁慈，我便再多说一句，那位丫头日后会母凭子贵，只是……"他不再往下说，而是转向冀国定施了一礼，"冀财东，我可以出去了吗？"

众人散去，冀国定挠了挠额顶问李管家："这就是你说的法子吧？"李管家嘿嘿一乐，"也是，也不是。果然甚也瞒不过你。""快说，到底怎么回事！"李管家正了颜色："班主并不是真正的班主，他是一位相士。我请他来，就是想看看郭雯有没有那个命，倘若她有，这可不就是两全其美的事，如若不行，再另想法子，却没想到这小叫花子竟带着这样深的福泽！""你少日哄我吧！我若信了你这话，白认识你这么些年。管二的事办得怎样了？"李管家摸了摸头笑说："额就说么，甚也瞒不过东家。这么说吧，他是相士不假，我让他偷偷先瞧过郭雯，没想到那丫头真有福相，这可不是天赐良机？于是决定用这个办法公之于众，这样不只堵住了悠悠众口，说不定她真的命带福荫，能解冀家子息的困惑。管二的事解决了。"冀国定不再吱声。李管家又说："再有几日，我们要去长安设立钱庄和米行，办妥后，再转去四川万县设立银号和棉丝行。按照当初的构想，以平遥为中心，向西北延至长安，西南延至四川，荆楚从来就是冀家生意的主要集结地，蒙古也有几家商铺，余下的便是天津。如果长安和四川顺利，明年便加大在天津白银投入的力度，这样，一个大的商业网就有了雏形。我们常年奔波在外，所以郭雯的事不能拖，依额之意，马上办了！""你胡说甚？一个江湖术士的话你也信？这偌大的家业，难不成竟要被一个术士左右？""你看你看，那你有更好的法子？郭雯是孤儿，你不把她留在身边，她早晚要留在别人身边，人生难测，万一再捅个甚篓子出来，别说这偌大的家业，便是这阖家上下人的命都没了！""这是个甚造化啊！"冀国定长叹。

一场倒春寒，将刚刚抬头的春意又按了下去。夜幕降临的时候，天空竟飘起了鹅毛大雪，未出一盏茶的工夫，山川俱白，房舍皆渺。瑛姑站在大院中看大宅的一砖一瓦，孤凛的挑檐迎空而展，伏在垂脊上的神兽，坚守着兴风布雨的职责，墀头镌刻的如意之花绽放着吉祥，五蝠捧寿的窗格散发着和乐融融，即便是廊下的石鼓，也充满了相敬如宾之意。这些美好的寓意，为什么到她这里，突然集体暗哑、失声？

166

风向一转，雪花被旋进神龛，瑛姑将香炉内的积雪拂掉，又将龛位里土地神身上的积雪拂掉。梓芸看到一个身影，"姑娘，老爷刚才经过，估计往大奶奶房里去了。"瑛姑眼前立时浮现他大步流星满面含笑推开王菁仪房门的样子。

"还是屋里暖和。"冀国定掀开棉帘进来。王菁仪冷着脸对他爱搭不理。"还生气呢？"冀国定话音刚落王菁仪眼圈就红了，眼泪无声扑簌扑簌滚落，更显得她袅娜，惹人怜爱。

前几天王菁仪对冀国定说，为公平起见，要么不收郭雯，要么连谷穗一并收了。冀国定说这又不是做买卖，还纳一送一？这话惹恼了王菁仪，她说相士给两个丫头都相了，郭雯是药引子必纳，谷穗母凭子贵，说明冀家日后可得贵子，也必纳，所以一碗水要端平，不然她和谷穗无法在冀家立足。

这个傻女人呀，冀国定心想，但他清楚这都是王菁仪太在意他的缘故。

"菁仪，你怎么这么糊涂，有些事是有不得已的苦衷。你我夫妻这么多年，我是甚人你还不清楚？""我从未怀疑老爷对我的这份情，只是色衰爱弛，我又不争气，虽说我心里酸楚，却也不能害你无后。""我若存了半点……"王菁仪用帕子捂住冀国定的嘴，"好端端的起什么誓？说句实话，今后，我自己都不知道我的感情还能有多少是你我的，多少是可以出让的。日日夜夜，我因没能生育，不得不背负着罪名……人活一世两张皮，我也是最近才想明白。"王菁仪苦笑。

冀国定从王菁仪房里出来，心情抑郁，拐进了祠堂。祠堂里静悄悄的，先人们都睡着了，那些牌位一一映入眼帘，祖辈早已化土，随风而逝，可为什么有关血脉和归宿的闸门一旦打开，更觉得毕生苦不堪言。先是范氏小产，不久患病而亡，再有张氏难产母女俱亡，到了菁仪这里没了动静，瑛姑浑身长着刺，亲近不得。人活着到底为了什么？

梓芸摸着瑛姑给郭雯置办的嫁妆说："这些多是姑娘的陪嫁，还有一些是老东家在世时给的，虽然姑娘一向重情不重物……""'人人自有定盘针，万化根源总在心。却笑从前颠倒见，枝枝叶叶外边寻。'他与我只怕日后……与其留着睹物伤情，不如送给郭雯。郭雯可怜，权当她服侍过我一场的馈赠。"瑛姑意味深长地看着梓芸："福忠是个可以托付的人，倘若有一日，我还有个立脚的地方，你出嫁的时候，我给你的东西只会比郭雯的好。"梓芸红了脸，"姑娘又取笑我，不和你说了。我去叫郭雯来看看她的嫁妆。"

此时郭雯呆呆坐在床边，后日是三月十六，她将有了一个新的身份——冀国定的妾。去年中秋的飞来灾祸，她以为是她的身世为冀家带来了灭顶之灾，冀国定倘若有个三长两短，她必以死相陪。那些惊心动魄仿佛还是眼前的事，再有两天，她将成为他的女人，像做梦一样。

她想起一段旧事。

几年前，她曾偷偷尾随父母去了一片偏僻的林子，林子里立着一处新坟冢，墓碑没刻名字。她隐约听到母亲念叨："齐大哥，嫂子，你们放心，我们会把雯儿抚养成人，让她安生过普通百姓的日子。"她想，这话什么意思？坟冢里埋的是何人？第二次再偷偷尾随的时候，她听到母亲一边烧纸一边念叨："齐大哥，嫂子，今儿是你们的三七，如今四处不太平，死的死，亡的亡，你们放心，我们会让雯儿平安长大。"

郭雯明白了，坟冢里躺着的是她的亲生父母。再后来，她亲眼看到养父母被抓，被投牢，最后眼睁睁看着他们被推往乱葬岗。她记得最后一次去探望他们的时候，养父母告诉了她的身世，并将一张字据给她，让她北上晋地找恩人，并让她发誓再不涉足白莲教。他们四个人，用尽了心思希望她一世无恨无虞。如果违背了他们的初衷，便是大不孝，于是她遵从两双父母的遗愿，心里装着秘密，女扮男装一路向北，到了介休，也成了叫花子。以为找到恩人身心可以安稳了，恩人却因白莲教受到致命灾祸。事发究竟因父母，还是因为她自己，她厘不清，总归"白莲教"三个字像胎记一样烙在她心上，即便她守口如瓶，它还是会时不时出来提醒她。梦魇一样。

"马上就是姨奶奶了，发甚呆呢？去瞧瞧姑娘为你准备的嫁妆。"梓芸拉起郭雯就走，谁知刚进了门，齐齐愣住。王菁仪来了。

王菁仪露出少有的不屑神情："恭喜你！俗话说得好，女人多的地方是非多，日后，这院子里的故事可要多了。"她又对瑛姑说："到时候，还望妹妹帮衬帮衬我，说不定，日后只我们两个能相依为命。""我现如今是泥菩萨过江自身难保，恐怕帮不了姐姐。"王菁仪只管啜茶，直将茶喝得见了底，又不见瑛姑有续茶的意思，这才说："郭雯，瞧瞧这嫁妆，看得出二奶奶对你亲厚。我也不能比你们奶奶差呀，毕竟谷穗跟了我那么多年，我也回去准备准备，看看陪嫁点什么好。"三人皆大吃一惊，疼痛瞬间撕裂着瑛姑的心，她无法再装作从容，她怅然，现出纤郁之态，王菁仪瞧得分明，淡淡的笑里夹杂了一丝冷意。

王菁仪说话的声音很悦耳，此时瑛姑却听不清她在说什么，她被王菁仪乌发间那只碧玉簪吸引了。有光刚好打在那颗绿宝石上，宝石光斑熠熠，明暗交替，多像王菁仪隐藏很深的心事，也多像她自己悲欢自渡的无奈。这是怎样一个女人？忽尔温婉，忽尔冷若冰霜，既能借手饰之名敲打梓芸行窃，又能借冀国定纳妾拉拢她，一切似蓄意，一切又似无心。王菁仪走路的样子也好看，她的笑也好看，只是日子久了，无端地能从她的笑里看出些悲凉和无望。瑛姑看着她袅娜地走，温婉地笑，陷在她不可名状的气韵里。

转眼到了三月十六，郭雯和谷穗盖着红盖头各处一室，冀国定喝了些闷酒，谁的房里也不去。

房内一片寂静，郭雯盖着盖头想：或者老爷收我在房里，和白莲教是不搭边儿的，不然怎么又同时收了谷穗？可见，是我想多了，无论是妻是妾，要对得起两双父母，和他安生过日子。我要揣着这个秘密直到死，不然会给冀家带来天大的灾祸。

谷穗在盖头下想：大奶奶知道我心中仰慕老爷经年，借此机会成全了我，此生无以为报，我定会拼尽全力护她周全。日后，我若也如她一样没有子嗣的造化，最不济和她到底是个伴，倘若得个一男半女，便让孩子认她为娘，并让她亲自调教，一来解她膝下无子之忧，二来，以她的学识与操守，定会将孩子调教得十分出色，往后便真正不愁了。

烛火摇曳，瑛姑大脑一片空白，她在床上左右翻腾。她以为她不会在意这些，如今看来不是的。冀国定眼里原来只有王菁仪，若再添了她们两个，她岂不是注定要孤独终老？

这是怎样的一个夜，四个女人，都在辗转反侧，如水的月光里，有人喜悦，有人酸涩。不知过了多久，王菁仪迷迷糊糊醒来，刚睁了眼，咕噜噜流下两串泪，再一翻身，发现冀国定和衣躺在身边，满身的酒气。她望着熟睡中这个无比熟悉而深爱的男人突然不能自已，冀国定一把将她搂进怀里吐着酒气："菁仪，我只要你。"

十五章　流放

　　王守业虽然不在京城，但京城因他引发的暗潮震荡着三晋大地。王守业擅自开仓放粮成为朝中文武百官倾轧的手段。支持王守业的，认为王守业以民为天，虽触犯律例，但符天道，和民心，民心即圣心；反对王守业的，认为令在必信，法在必行，更何况没有引起灾民骚乱，王守业是性急贪功，有目无君王之嫌。所以有了半年前朝廷要擢升他为汾州府知府变成任内加议叙一次的闹剧。王守业做梦也没想到，远在山西介休县署的他，让嘉庆帝牢牢记住了他的名字。

　　刘师爷常为王守业抱不平，王守业倒坦然，心无旁骛阅卷宗，察民情，偶尔与刘师爷对弈几盘。今晚的棋局因为角上的打劫牵扯了王守业很多精力，打到最后没有更好的劫材，只能退而求其次，弃角换到一条边，末了输了几目棋。刘师爷说：“大人若不与我开劫，我必输无疑。”王守业说：“不打劫就是双活，不甘心腹地被你蚕食。”

　　“大人想好了怎么办吗？”

　　“你是说城中传谣八卦教起事的事？八卦教乃白莲教的一支，冀财东因白莲教险些丧命。朝廷镇压白莲教战事迁延九年，损耗巨大，朝廷视他们为恶虎，所以绝对不会姑息。”

　　“要不，听听典史的意思？”

　　“所谓无风不起浪，命典史探探虚实，倘若真有人煽动闹事，抓！"

三四天工夫，典史报抓到了几个带头的，已押在牢里。典史笑眯眯从怀里掏出一本花名册递给王守业，王守业接过花名册翻看，余党竟多达两千多人。山西距离京城不是很远，倘若真有这么多人起事，非同小可。典史建议王守业上报巡抚派大军前来围剿，王守业一抬手，制止了典史的建议。朝廷对于白莲教本着宁可错杀一千，不能放过一个，如果这本花名册被朝廷知道了，那死的可不只是花名册上的这些人。典史见王守业犹豫，又凑前献策：上报巡抚派大军来围剿有两个益处，一来，如若此事为真，功成名就顺理成章，二来，真真假假谁能说得清？城中那么多百姓，是与不是还不是大人您说了算，谁和仕途有仇？此事若办得好，便离飞黄腾达的日子不远了。王守业听他这么说，剑眉立时倒立，倒把典史逼退几步。

典史走后，王守业问刘师爷是什么意思，刘师爷斟酌再三，说典史所言也不全无道理。王守业说："每逢战事，大军一到，每户百姓就得上缴钱粮，灾情刚过，再如此劳民伤财，恐生民怨啊。"

从第二天开始，王守业每日便换了便装，在田间地头，闹市野巷穿梭。赵麻子是花名册当中的一员，家境贫寒，上有老母，下有黄瘦小儿，几日下来，王守业便与他混熟了。这天他看到赵麻子破天荒买了些肉，奇怪他哪来的银钱，赵麻子左右瞧瞧无人，拉他到了家中，原来今天是他老母亲的生日，王守业听闻又为他添置了两份小菜，赵麻子高兴，于是拉他一同为老母亲做寿。酒兴起的时候，王守业故意聊到八卦教起事的事，赵麻子神秘兮兮告诉他别信那个，很多人在用这个方法吓唬人，他也是用这个办法弄钱养家糊口。他还说有人偷，有人抢，他们是靠骗，只这方圆几十里，他都知道有谁冒充八卦教的名头吓唬人。他一口气说出好多名字，王守业回到县衙翻看花名册，赵麻子所说的人俱在其中。

这日闲来无事，王守业与冀国定小酌，为保险起见，他向冀国定征求了他对花名册上一些人的看法。冀国定如实相告，这些人谁最穷，谁是流民，谁是惯偷，谁心眼多，谁孝顺。

"有传言说他们是八卦教教徒，相约要起事。"冀国定一听八卦教，后背发凉，他太清楚被冠以白莲教的后果。他饮尽杯中酒，斟酌再三对王守业说："兄不敢以身家性命担保他们不是八卦教教徒，但兄以身家性命恳求大人定要摸排清楚再定罪，毕竟人命关天，是教徒的严惩，不是的还人清白。"王守业这才说："说来难以置信，八卦教教徒二百人潜入京城，在入教太监的导引下，攻进了皇宫。当时皇帝在热河围猎未归，皇子以鸟枪射击，镇国公则急调千余人入宫，这才将他们彻底围剿。所以，若被核明是教徒身份，绝对死路一条。"

冀国定为王守业斟满酒，也为他自己斟满："大人准备如何处理这件事？"他又看到王守业那神坚意定的神情，虽泰山压顶，依旧面不改色。"我读书数年，为的就是为民请命！丁是丁，卯是卯，岂能任由他们颠倒黑白？若查清是祸国殃民的邪教匪徒，王某不会心慈手软，若是无辜百姓，王某定会保他平安。"

再说典史将花名册递给王守业后迟迟不见王守业有动作，便和捕头说了此事。捕头怨恨王守业不知变通，骂送到手的财神他都不接，跟着他这两年，一点油水捞不到不说，还累得终日跑腿。典史也觉得这么好的机会不能白白错过，于是瞒着王守业会同李同知上报巡抚，巡抚又上奏了嘉庆皇帝。

当钦差到来，王守业大叫不好。钦差二话不说，让王守业交出花名册。王守业装糊涂，钦差怒斥他敬酒不吃吃罚酒。王守业立刻装作一本正经说他手里有文人墨客花名册，历代士大夫花名册，诗家花名册，词家花名册，工匠花名册，不知大人要的是哪种花名册？钦差听说过王守业不知趣，却没想到这么不知趣，大为不悦，限他明日交出两千多名八卦教教徒的花名册，如若拒交，便参本奏明皇上。

王守业左思右想，如果交出花名册，这两千多人将被抓的抓，杀的杀，将本来无意参加起事的民众逼到绝路，若不交，势必遭到弹劾。刘师爷提醒："钦差势在必夺，此事如果不尽他意，他必不会放过大人，此事要三思而行。""我只忠君，顺民意，余者皆不为患！"王守业毫不犹豫地说。

当夜，王守业命人在堂上放置一盆炭火，而后召集县衙所有人于堂上，众人面面相觑，不知道王守业要干什么。王守业一言不发，背着手在堂上走了一圈，走到第二圈的时候，他在典史面前停下，典史哼哼了两声，挺了挺腰身，王守业学着他也哼哼两声，挺了挺腰身。走到捕头面前，捕头双手交盘于胸前，并不瞧王守业，而是与李同知会心而笑，王守业转过身望了望李同知，冷笑一声，这才慢悠悠大声说："前些天，有人禀报说本县郡有八卦教徒要起事，但经过本官查实，这些百姓不过是借烧香拜佛行骗而已，和八卦教没有丝毫关系，所以，"王守业目光凌厉，剑眉微蹙，高举花名册突然压低了声音："这花名册也就无用了。""呼"地，花名册被投进火盆化成一团火焰，火光将王守业的脸映得通红，典史与捕头虽有心抢夺，却已无济于事。

钦差得知后，上书严词厉句弹劾王守业为包庇匪徒，并当众将花名册销毁。皇帝勃然大怒，认为他是公然与朝廷作对，他这是不想活了。有人为王守业辩解，说起事之事尚不知是否属实，又涉及人员众多，稍有不慎，恐引民变，王大人拳拳之心，望皇上三思！有人辩驳，说所供教徒名单不是空穴来风，朝廷与白莲教誓不两立，包庇白莲教便是与朝廷作对，是杀头之罪！朝廷上争吵不休，嘉庆帝纳闷，这个王守业让他的朝堂从秋吵到春，从朝吵到暮。他环顾众臣道："一个小小的县令，搅得朕的朝堂不得安生，如今又姑息邪教教徒……"

"皇上！王大人忠心一片，民是天，天意不可违啊！"保王守业的官员说。

"皇上，王大人目无君王，包庇邪教便是与朝廷作对！"要杀王

174

守业的官员辩驳。

嘉庆帝陷入两难，最后交由都察院。

没过多久，王守业被判死罪，这可急坏了冀国定与刘师爷。冀国定四处奔走，几日下来，发现上至巡抚，下至李同知，沆瀣一气，他们什么都不要，就要王守业的命。王守业在朝中无人，要想化险为安几乎不可能，刘师爷对冀国定说眼下只有一计或能保住王守业的命。刘师爷目光如炬，诚恳地望着冀国定半天没说话，忽然冲冀国定施礼："冀财东，王大人为保两千多人的命而遭杀头之罪，如果他们能联名众乡亲到衙门请愿保王大人，或可有望。""对呀！"冀国定摸了摸头："急得没了方向，这事我来办！"

没过几日，衙门门口忽剌剌跪着黑压压的人群，有本邑的，有邻邑的，有十几里地的乡民，也有几十里甚至上百里的乡民，他们高呼王大人冤枉。钦差见状大为吃惊，又见人多势众，不敢轻举妄动，只得上报省衙，省衙听闻，担心事情闹大，只得上报朝廷。

嘉庆帝今日的朝堂又因为王守业争吵不休。嘉庆帝这才意识到，王守业实为党争的一枚棋子，嘉庆帝再三权衡，凭借旧岁赈灾之事，下令王守业死罪可免，活罪难逃，即日流放黑龙江。

启程流放这天，全城百姓跪送王守业。王守业穿着囚服，戴着枷具，蓬头垢面，只几日未见，似几年未见。有人喊了一声王青天，接着三五人喊王青天，接下来喊王青天的声音如排山倒海一般回荡在长街，钦差与李同知哼了两声回到县衙。王守业感激涕零，冲着百姓深鞠一躬："感谢众位父老乡亲，王某之命是你们给的，王某何德何能得此厚爱。此去，大约再见不到众位乡亲……"有人开始呜咽，接着呜咽声四下弥漫，有人喊留住王守业，有人喊关上城门，有人喊为王守业申冤，群情沸腾，王守业已是泪流满面，眼见时间已到，两位公差无法起解，王守业只得抱拳道："此行山高路远，你们的恩情，守业铭记于心，只能来世再报，守业就此别过。"说罢扛着枷具，昂首挺胸走下台阶。民众高呼王大人，只得让出一条通道。

风收起刀锋，草木欣欣已成燎原之势。农耕的、牧羊的，伐薪的，成为这片土地上移动的春意。再往前便出了城，地势变得千沟万壑，支离破碎。放眼望去，是触目惊心的苍黄，是一派辽远空旷，黄土塬被风雨割成梁，再捣成峁，有的长达上百里，有的百十来步，大地之上黄土林立，河水裹着黏稠的黄沙流泻千里。不畏盗寇的山西商贾硬是用一双脚踏出一条商道，陪伴他们的除了驼峰间的那轮夕阳，还有帐篷外那钩千年不沉的孤月。几十里没人烟是常有的事，所以这里匪患无穷，此去如过鬼门关，黄土有多厚，悲情就有多厚。

福忠是第一次跟随冀国定出门，见此景象，不由倒吸一口气。忽而一股旋风旋着黄土在山坳里上蹿下跳，他啐一口唾沫大声道："爷来一段，管叫你大小毛贼灰溜溜土里钻！"

冀国定与李管家也一扫脸上阴霾，模仿着呼胡、二股弦起了过门，福忠唱道："这一封书信来得巧，天助黄忠成功。站立在营门传营号，大小儿郎听根苗：头通鼓，战造饭，二通鼓，紧战袍，三通鼓，刀出鞘，四通鼓，把兵交，上前个个俱有赏，退后难免吃一刀，众将与爷归营号……"

唱至此处，福忠干脆跳下马轿子，左起云手，悬右腿，右臂来了一个漂亮的拉山膀，再一个攒拳，头往左一侧，眉眼立，神采出，趟马蹿跳，活脱脱老将黄忠的形象。冀国定与李管家连连叫好，福忠正得意，看到对面山圪梁上站着两人，一个穿着大红的喜服，另一个穿着藕荷色衣裳。

"郭姨娘？梓芸？"福忠收起架势望向她们。

那一抹红，似撬开沉闷的黄土，又似沉睡多年的命重返人间。冀国定眯着眼从马轿子上站起来，她知道穿大红衣服的是郭雯。这个平时闷不作声的姑娘，悄眯眯送了这么远，他心中涌起难以名状的情愫。

李管家看他二人出神，嗨嗨了几声走到福忠身边打趣："额说你

176

个傻小子，愣着干甚？叫她，让她听见你叫她！回来后讨了做老婆，温温软软的满怀里抱上！"福忠双手括住嘴巴，一声一声唤梓芸，梓芸手中的帕子上下翻飞。李管家缩着脖子，双手插在袖筒里，用胳膊肘撑撑冀国定："额没说错哇，悄眯眯跟着跑了这来远送你，是个有情有义的。"

马轿子拐过前面那道梁，那抹红渐渐消失。福忠异常兴奋，长腔短调轮番唱。冀国定看着他，想起年轻时候心中的那份悸动，青涩而美好，仿佛还是昨天的事，一晃，已过而立之年。

到了一处平坦背风的平地，冀国定勒马驻足。李管家说："王大人此行凶多吉少，听说，很多被流放黑龙江的官员都到不了流放地就命丧中途……""所以我决定送他到张家口，将解差打点好，只要王大人能安全抵达黑龙江，我会再想办法保他在黑龙江无虞。"

王守业扛着枷具出了村子，翻过头道梁，看到两辆马轿子停在道中央，又绕过二道梁，看清马轿子上的人是冀国定。冀国定缓缓走上前，王守业的眼睛渐渐漫出一层雾气，"正甫兄……你怎么在此地？"

李管家与福忠将两位公差让在道旁。冀国定对王守业说："王大人，此去黑龙江路途遥远，山穷水恶不说，那里又极度寒冷，我特意在此等候王大人，送大人到张家口。"王守业喉头上下滚动，不知说什么好。这时两位公差冲王守业恭恭敬敬打了一个揖："王大人为官清廉，谁人不知？到了张家口换公差，我有位亲戚在那里做捕头，到时我找他托二位解差关照王大人，王大人此行尽管放心！"冀国定又安慰他："兄不能解王大人流放之灾，心中甚是懊恼，唯有托付这一路的解差好生对待大人，大人万不能灰心丧气。三十年河东，三十年河西，大人定会安然无恙归来，若赶上朝廷大赦天下，说不定只是暂时一别。"王守业双手在枷具之上抱拳，两位公差立刻掏出钥匙，要打开枷具，王守业说："不可，恐牵连二位解差。"解差无所谓："人烟稀少处，便卸下这刑具，穿城过镇时，便要辛苦大人戴上了。"

摘下刑具，王守业倍感轻松，他整理整理囚服，刚要冲冀国定施礼，冀国定急忙忙搀住："大人快莫要如此，若没有王大人，兄早被阎王收编！"

几人顺利到了张家口，歇脚了两日，送君千里终有一别，两人在驿亭依依惜别，冀国定望着王守业远去的背影，感佩王守业铮铮硬骨，又哀叹朝廷不具慧眼。冀国定备了些货，这才往汉口而去。

这夜，他们在一处驿馆歇脚，冀国定发现有个叫栓子的伙计对他们格外关照，茶水换得勤，饭菜上得快，即便是不招呼他，他得了空也会喜眉笑眼立在一旁等候吩咐。

"我们认识？"冀国定问。小栓子将毛巾搭在肩上，一边搓着双手，一边答："不瞒爷，我与爷素不相识，但我听出您是介休口音。"冀国定来了兴致，"你懂山西方言？"小栓子说："山西方言太难懂了，只太谷、平遥、祁县、介休、榆次、灵石这几处富庶之地，相距不过几十里、几里，口音却相差极大，实在难懂得很！"冀国定笑道："十里八乡同源不同音。不过若说起地道的乡音，别说你不懂，就是我也难懂相邻县郡的方言。"

小栓子给冀国定斟了茶水，炫耀他对山西方言的理解："若说山西方言，最大的特色是喜欢用叠字，比如山沟沟、水池池、一勺勺米、一盆盆水、两圪垯垯肉、一堆堆土、泥猴猴、土狗狗、面鱼鱼、栲栳栳、切板板、亲蛋蛋……即便是年逾七旬的老翁也这么说，听着像小孩子牙牙学语。"一堂人被小栓子逗乐了，冀国定说，"非也。你只知其一，不知其二。《诗经》有'关关雎鸠''采采卷耳''于时言言，于时语语''呦呦鹿鸣''昔我往矣，杨柳依依，今我来思，雨雪霏霏'……举不胜举，再有唐诗人王维句'望望行渐远，孤障没云烟'，王勃句'送送多穷路，遥遥独问津'，白居易诗'离离原上草''萋萋满别情'，王昌龄诗'苒苒几盈虚，澄澄变今古'，他们都是唐代山西籍诗人，

178

可见，山西方言是与华夏祖先语言接近的一脉。"小栓子如梦方醒，对冀国定崇拜起来。

冀国定好奇小栓子怎么对山西商人感兴趣。小栓子刚要和他讲述一段往事，突然有人大喊：着火啦，山匪又来越货！众人忙乱，蜂拥至仓库抢救货物，冀国定不明所以，也往外搬，小栓子告诉他这是土匪的调虎离山计，已有多人上当，他四下瞅瞅，帮冀国定刚把货物藏进马厩，一群土匪卷着黄尘已到。

匪贼横刀仰天大笑，告诉他们莫慌，他们不杀人，只来取供品。没一刻工夫，山匪骑着马、推着车、裹着尘土消失在远处密林。现场一片狼藉，有人哭爹喊娘，有人欲哭无泪，有人捶胸顿足，冀国定长出一口气，这三不管地界，山高皇帝远，运气不好就会被土匪打劫，是小栓子帮着逃过了这一劫。

冀国定要赠他银两，小栓子说他想跟着学商。还说他之所以在这条山西商人必经之路做伙计，是他爹让他在这等一位马姓商人，可惜这么多年过去，总等不到。

李管家问："你叫甚名字？"

"刘丕龙。"

冀国定问："那你觉得，我比你爹口中说的那位商人如何？"小栓子没反应过来，李管家将他推到冀国定面前："快谢过冀东家啊，傻小子还愣着！"

一行人行到襄樊时，正逢采茶制茶时节，冀国定想起自家的"巨盛川"茶砖，按照目前的行情，今年这批茶会赚得盆满钵满。一个茶农拦住他叫卖刚采下的新茶，冀国定捏起一撮闻了闻："清香扑鼻啊，怎么卖？"顺手将几粒茶扔进嘴里品哑。"看您是行家，别人卖五百文，您给四百五可成？"冀国定望着满山的茶田，"秤些尝尝。今年茶叶行情好像不错。"茶农一边称茶一边道："茶再好，销路不好也愁人。"冀国定笑笑："没准儿就好了！""托您吉言，您的茶，拿好喽。"

望着茶农挑着扁担离开，冀国定心生感慨。他想起祖父在乾隆二十一年敏锐地察觉到恰克图贸易茶业有商机，果断从本地带走七十户夫妻，直接从武夷山下梅村贩茶到恰克图，一干就是六年。这六年，只茶叶这项利润便占到四成，如今这些人在湘楚、福建各处开枝散叶，子承父业，家家做起了茶叶生意。如今茶业的春天又来了，怎能不放手去做。

李管家看着茶农忙前忙后，思及他跟随冀之瑜走遍了湖北、湖南和福建，为访到好茶，冀之瑜和他双双从山上滚落下来，幸好被当地茶农所救，二人在茶农家养伤数月，最后与茶农成了至交。可惜到了乾隆二十七年，朝廷突然中止恰克图贸易，致使"巨盛川"茶砖在古北镇和祁县等地滞销，急得冀之瑜日夜不安，最后不得不在内地赊销和打折促销，却意外开辟了京、津两地销茶市场。这些事，冀国定未曾经历过，他都是听冀之瑜和李管家的讲述。如今他要效仿冀之瑜重启茶业市场，冀之瑜的卓识远见同样在冀国定身上表露无遗。是时候劝冀国定了，于是李管家说：

"东家，那几十户夫妻，当初若不是二奶奶果断……"

"她与我两心。若没有祖父的训诫……"冀国定将口中的残茶吐出。

"你怎对二奶奶成见这来深？可冤屈了二奶奶。"

"如鱼饮水，冷暖自知。"

"那是你不懂二奶奶！二奶奶的心胸气度，这么说吧，她心中若没你，断不会忍下这天大的委屈，就只说她为你入狱一事在京城奔波……"

"你怎么不说她借机孤男寡女共处一室惹下那么多流言？俗话说得好，无风不起浪！"

"成钉！额说你脑子进水了是不是？这件事上你怎么那么硌炒？她本可以端坐在家里弄些个诗句女红，也可以哭哭啼啼阿弥陀佛，把你的命，冀家的运，交由老天，但她没有，她凭一己之力与命运抗争，救下你救下冀家，你怎么分不清好赖？"李管家有些气恼。

"好好好，我的老管家，不说她，影响心情，走走走，进城喽！"李管家立在原地一脸无奈。

十六章　玉殒

　　瑛姑与梓芸除了被王菁仪与谷穗偶尔刁难外，其余时候倒也相安无事。好在郭雯此时与谷穗平起平坐。郭雯平日看着闷声闷语，关键时候总能挺身而出，常将谷穗怼得哑口无言。瑛姑探望过福妈两次，两次都逢她被王菁仪唤去做事。瑛姑发觉福妈有事是假，回避她是真，心下黯然，索性不再去打扰她。这天夜里小池突然过来，说福妈给两位奶奶各做了一件坎肩，王菁仪那件刚送了，这会儿特意来给瑛姑送。

　　瑛姑拉着小池的手上下打量："梓芸，这模样、这灵巧劲儿，你怕是要落在人后了。"梓芸也拉起小池的手说："二奶奶可是火眼金睛，她说你好，你便不是一般的好，以后你可要多多提点我。"小池被她们主仆二人的温和感染到："都说二奶奶待梓芸姐姐极厚，今儿一见，果然如此，我羡慕姐姐。"梓芸趁机说："二奶奶侠义心肠，你待她一寸好，她还你一丈心。你既然羡慕我，不如常来与我同吃住。""梓芸姐姐莫急，我们早晚要住到一起。"说完捂着嘴乐，瑛姑也笑，梓芸这才反应过来，红了脸推开小池："我真心待你，你却笑话我。"扭身出去了。小池这才敛了玩笑说："二奶奶，福妈有句话让我转达。她说，这宅子虽说不似侯门相府，但这砖瓦草木皆长着眼睛。她年岁大了，经不起世事，望二奶奶不要误会她。"瑛姑心生失落，但还是笑说："是我鲁莽了，望你转达我的歉意。"

小池走后，梓芸问瑛姑福妈是何意，瑛姑摇头："我也不解，只是福妈与大奶奶那边似乎走得也不近。""但我怎么有种感觉，福妈待姑娘是很好的。""你说为甚呢？"瑛姑故意问，梓芸红了脸嗔她："姑娘又打趣我，不理你了！"

　　郭雯闲来无事，爱上了养花，此时正侍弄两盆灯笼花，玫红色的花朵像倒挂在枝叶间的金钟，她松了土，又浇了水，直将花枝修剪得满意，才抱起一盆最好的往福妈处去。没走多远，看到玉章带着一个人急忙忙走过去，神色焦急。郭雯还没拐过角门，又见玉章带着那人气喘吁吁折返回来，与她匆匆打了招呼，拐过角门，也往福妈处去。郭雯未及进门便听到福妈训斥玉章："没有那金刚钻，少揽瓷器活儿！捅这么大个窟窿大奶奶没责怪，还不是瞧着我这老面？就照大奶奶的意思，在老爷回来之前将当出去的银子寻回来不就成了？"玉章几乎带着哭腔："干娘，这是甚主意么！他要是能追回来，还用得着去求大奶奶？刘全识瓷器眼拙些，他是个要强的，这要是传出去，他哪里还有颜面在这行当立足？"

　　郭雯不敢多停留，转身去找瑛姑，刚进了门，看到梓芸在垂泪："梓芸，怎么哭了？可是偷了甚好吃的，被人发现了？"梓芸杏眼一瞪："还嫌我背个偷的名声不够？这么臊我！"哭得更加伤心。瑛姑拉郭雯坐下："梓芸跟着我平白无故吃了许多委屈，我这心里……""人善被人欺，马善被人骑，人该强硬的时候必须强硬。"瑛姑愣怔了片刻，梓芸也停止了哭泣。

　　郭雯说得风轻云淡，目光却极笃定，她将花摆在桌上："二奶奶，'鼎顺当铺'好像出事了。"郭雯话音刚落，福妈带着刘全到了。刘全是福妈的亲戚，在"鼎顺当铺"做大伙计，一心想出人头地，虽说勤勉敬业，但总是差那么一层。年前，冀国定有意将他调往另一处当铺做二掌柜，但不知为什么，大半年过去了，总没动静。又因两位掌柜出门，他临时把持生意，于是想趁机表现一番，伙计们也识趣，改了口叫他掌柜，他今日误将一个赝品的花瓶当元代龙泉窑真品高价收了。当主叫齐幺，是齐恒身边的小厮，刘全担心声名受损，要与齐幺私下了结，但齐幺拒不相见，刘全担心被冀国定与掌柜知道，只得去求王菁仪，王菁仪说先替压着，但刘全不敢等也不能等。

瑛姑见刘全满额是汗，福妈面露焦急，瑛姑拿过当票，看到上写着：齐幺，当青瓷花瓶一个，高两尺一寸，釉色粉青，圆口、削肩、弧腹、圈足，瓶腹饰有缠枝莲纹，瓶口、瓶底有瑕，逾期三十日不赎当，花瓶归当铺所有，当期赎当物品如有损坏，当铺以三倍当银赔偿。

刘全暗中观察瑛姑。他见瑛姑蛾眉蝤首，面如秋月，眼波流转，仪态端庄，虽说不似寻常家妇，但毕竟太年轻了，柜上风云，商界险恶，福妈缘何相信她有办法度得难关？

"可有办法？"福妈问。瑛姑一时无法，只得说："当票写得清清楚楚，咱们也只得照规矩办事。""唉！"刘全蹲在地上，抱着脑袋骂道："可恨齐幺坑我！老子若过不了这个坎儿，我便用这破瓶子砸烂他的头！"瑛姑听他如此说，突然有了主意。

第二天，瑛姑换上男子常服，说带梓芸去看一出戏。梓芸不同意，冀国定不在家，万一再惹个流言蜚语，在冀家更不好立足。瑛姑向她保证绝对不会出事，并且搬出福妈做挡箭牌，梓芸只得答应。梓芸先悄悄溜到偏门，不料碰到也身着男装的采芹回来，两人见到彼此装束都面露诧异，慌里慌张打了招呼，采芹几步一回头，纳闷看着男装的梓芸，梓芸看她走远，这才将躲在角落的瑛姑叫出来。已有一辆马轿子候在门外，两人迅速上了车，左拐右绕，到了一处当铺前。

"姑娘，戏园子没到呢。"

"今天这出戏，改在这里了。"梓芸方才明白看戏是假，办事是真，便不再多问，紧紧跟在瑛姑后面。片刻，有伙计将她们带进百珍阁，里面有商客在挑选物品，梓芸不多说一句话，小心翼翼观察周围的一切。瑛姑进了当铺便大声说："掌柜的可在？听闻贵店藏有一只上好的龙泉窑青瓷，可否取来一看？"但无人理会。瑛姑见状又提高了声调："我慕名而来，如器物果然好，我便买下！"

这时掌柜停下手里的活，拿正眼瞧了瞧瑛姑："那瓶子可不是一般人能买得起的。"

"依你之意，爷我看着不是二般人？"掌柜见瑛姑气粗，不敢再小瞧，于是赔着笑脸道："你既知是龙泉窑青瓷，应知价格不菲，它可不会低于这个数。"掌柜伸出整个巴掌在瑛姑面前晃了晃。

"若果真是上好的龙泉窑青瓷，这个价我便买了。"

"只是，此时您要买我也不能卖啊。"掌柜又说。

众人指责掌柜不该这么慢怠欺哄商客，掌柜忙不迭地说："公子请息怒，误会了误会了，顾主都是我的衣食父母，岂有欺客之理？只因宝物当期未满，故而不能交易，见谅见谅。"说罢又是鞠躬又是拱手。

"掌柜可先将器物取来观赏观赏，如若真好，我便付下定金，若言过其实，我也断了这心思。"众人纷纷附和，掌柜因刚才有所冒犯，只得小心翼翼将瓷瓶取出。瑛姑一番端详："釉层肥厚如脂，釉色粉青，比梅子青更显沉稳，这是龙泉窑青瓷的绝胜之色。质感温润似玉，瓶体苍古幽雅，饰纹如春水灵动，果然宝物啊！"瑛姑如获至宝，爱不释手。

"公子果然慧眼识宝！佩服佩服！龙泉窑青瓷釉色有豆青、淡蓝、青灰、蟹青、米黄、粉青、梅子青等，以粉青、梅子青最为稀罕。器物多见碗、盘、壶等，如此大件赏瓶，着实难得一见！"掌柜恭维着，不忘特别作了补充，随手把宝瓶收了。众人有幸得见宝物，不禁啧啧称叹。"掌柜的，依照惯例，我先付你两成订金，如当主期满不赎，我便买下。"

"我愿加价一成订下此瓶！"突然另有人高声出价。瑛姑面露不悦："凡事总有个先来后到，您何必与我相争？再说了，此瓶美中也有不足。"掌柜无奈，又把宝瓶抱出来，瑛姑将花瓶倾侧，众人正要

185

围看时，瑛姑突然打了个喷嚏，手一滑，耳听"呼！"的一声，花瓶碎了一地。当下瞬时寂静无声，众人满目惊慌望着地上的碎片。掌柜一把抓住瑛姑大叫："你打碎的，赔！给我赔！不赔就去见官！"余者怕招惹麻烦，纷纷离开。梓芸吓坏了！脸色苍白，浑身发抖。不过一个时辰，当铺天价瓷瓶被打碎的消息传遍了大街小巷。

瑛姑与梓芸悄悄溜回来正庆幸没被人发现，谁知刚掀了帘子，却看到王菁仪与谷穗端坐在屋中等着兴师问罪。王菁仪未开口，谷穗依旧先开腔："这是怎么说的？咱们家甚时候有这规矩？"王菁仪冷脸看着瑛姑，瑛姑一时解释不清楚，王菁仪慢悠悠道："妹妹可有话说吗？不罚你，不能正规矩。"日头悬在西空，一抹晚霞将西天染得通红，瑛姑与梓芸跪在夕阳中。

齐幺沐着余晖得意扬扬跨进当铺。掌柜见到他浑身发抖，找了各种理由婉拒他赎当，齐幺越加执意赎当，掌柜只得问他是否带足了银子。齐幺将一张银票拍在桌上，掌柜拿起银票看了又看，确定不假，问齐幺："当真要赎？"齐幺说："必赎。"掌柜长出一口气，将当票收回，银票收好，意味深长对齐幺说："可惜我与它无缘，那只能履行契约了。"说罢命人将瓷瓶抱出来。齐幺满脸疑惑，也顾不得多想，抱起瓷瓶左瞧右看，确定是他所当的瓷瓶，结结巴巴问："不是……摔……碎了吗？"掌柜狡黠一笑："我若不如此，你如何会来赎当？恕不远送！"齐幺无奈，只得抱着瓶子狼狈离去。

晚饭过后，福妈与刘全来找瑛姑，这才知道瑛姑与梓芸正被王菁仪罚跪。刘全有些发懵，朝瑛姑拜了三拜："二奶奶，让您受牵连，刘某心中惴惴不安，刘某当受此责罚！"说罢一撩长袍，跪在瑛姑身旁。福妈顾不得许多，径自去找王菁仪。

再说齐恒悄悄尾随瑛姑从京城回来后，虽然照样游手好闲，但在京城也学了些本事，还为齐主东出谋划策赚了几笔银子，齐主东喜不自胜，渐渐放手让齐恒接管了几处生意，他经营的还算有模有样。

这天他闲来无事，想到冀国定对瑛姑的态度，心里愤愤，决定治治冀国定。他注意到"鼎顺当铺"两位掌柜都不在，又听说大伙计心高眼拙，于是让齐幺拿了假瓶子去当，大伙计果然上当。他想，冀家用人也不过如此，决定换着法地去冀家骗当，竟被瑛姑解了围，齐恒跷着二郎腿，想着瑛姑，情不自禁地笑。

瑛姑智退赝瓶一事不胫而走，王菁仪对此嗤之以鼻。谷穗有些忧心，担心瑛姑的风头盖过王菁仪，王菁仪淡淡道："老爷不喜欢女人抛头露面，更不喜欢女人插手柜上的事，她的这些小聪明，早晚害死她。"

冀家内宅变得越来越微妙。冀国定出门后，郭雯决定搬回来仍然与梓芸同吃同住，像往常一样照顾瑛姑。梓芸不让她进门并故意调侃她怎么也是有身份的姨娘了，岂可栖身丫头处所？恼得郭雯唬她若再不开门，便把她锁里面，两人一个门里一个门外打嘴仗。直到瑛姑过来，她们才停止嬉闹。

若说郭雯，相貌并不显出众，却极受看。两排毛茸茸的睫毛掩着一双扑闪扑闪的眼睛，圆脸，圆下巴，肤质冷白，虽说比瑛姑和梓芸年岁长，可能营养不良所致，身量还似个黄毛丫头。又因吃尽人生百苦，比起旁人更具忍耐力，让人觉得她可亲可信。

两人进到瑛姑房内又因为一张凳子打闹。梓芸表情夸张地用帕子为郭雯扫圆凳，施万福礼，又夸张地高举茶盏至眉，郭雯哭笑不得，既不落座也不接茶。梓芸一把将她摁到凳子上："怎么着，礼数还不够周全？还得我磕头请坐才行？"郭雯瞪她一眼，叹了口气，低下头缠绕手中的帕子说："二奶奶，早知她也做姨娘，我便不该做这个姨娘。"梓芸见她眼圈红了，不再与她开玩笑。

瑛姑猜她受了委屈，"傻丫头说傻话呢。你在那边要是闷，想回来就回来吧，我住里间，你住外间，也是个伴儿。只怕你日后嫌我这里清冷后悔回来。"

郭雯停止了绞手帕："清冷也好过聒噪。"

"怎么了？谁给气受了不成？"

"本是同日做的姨娘，整日在院子里趾高气扬，明里暗里嘲讽我是叫花子，生怕人不知道。"

梓芸轻轻抚摸着郭雯的肩："你我本为仆，又是后来的。她在这里住得久了，自然先入为主，别和她一般计较。"

郭雯欲言又止，犹豫再三道："任她怎样糟蹋我都成，我实在受不得她诽谤你和二奶奶。"郭雯眼里泪光闪闪。

"诽谤二奶奶？"梓芸问。

瑛姑制止郭雯再往下说，"能是什么好听的？她们不嫌脏嘴，我还怕脏了耳朵。梓芸，记住，我们问心无愧，就不要在意那些流言蜚语，你在意什么，什么就存在了。"

下午的时候，瑛姑得到王庆云的消息。王守业获罪流放黑龙江，他恐王庆云受牵连，命他事情平息后悄悄离晋去京城投奔故交。事情转眼过去一年多，朝中再无人谈论王守业，王庆云收拾行囊，决定明日离晋。人生无常，王守业于冀家有恩，瑛姑又与王庆云有结拜之谊，所以决定去送行。

王菁仪得知郭雯又搬回去照顾瑛姑的饮食起居，内心着实酸了一下。谷穗是她小产后，冀国定左挑右选来照顾她的丫头。论模样与灵巧，在丫头中那是没得比，又对王菁仪特别忠心，大小事情都会早早盘算，但总有些别样的心思是王菁仪也左右不了的。王菁仪有时会委婉责怪她，她便低着头不言语，王菁仪又后悔起来，谷穗所做皆是为维护她，所以到后来，只要不是太过分的事，王菁仪便睁只眼闭只眼。前些年，徐大厨看上了谷穗，托王菁仪说和，可谷穗是个心高的，压根看不上徐大厨，谁知徐大厨也是一根筋，谷穗一日不嫁，他便一日不娶。谷穗被冀国定收在房里的那天，徐大厨喝得烂醉如泥。

自从谷穗不再贴身侍奉，生活果然不似原来顺意，谷穗熟知王菁仪的禀性，便将和她关系极好的青桔推荐给了王菁仪，青桔罕言老实，是个实诚人。只是谷穗这一嫁，王菁仪心里还是空了好几天。用惯的物件，使惯的丫头，突然从生活中剥离，怎么都会有些不适应。而谷穗除了正常的问安，没事基本不往王菁仪这边来，而那边半路服侍瑛姑的郭雯却显出与瑛姑的情深意长，王菁仪心里极为不舒服，最终没能耐住性子，带着气来找谷穗，采芹神神秘秘告诉她，谷穗尾随瑛姑出去了，王菁仪空坐了片刻，觉得无趣，于是到回廊里一边看鱼一边等谷穗。

　　瑛姑远远看到王庆云孤身一人策马而来时，心下凄然，王庆云没想到瑛姑前来送行，勒缰下马，神情落寞。

　　"你此去山高路远，前路未卜，这些盘缠路上用。"

　　"谢二奶奶厚意，这银两我断不能要。人在江湖行走，凭的是一口正气，我要考取功名，为叔父正名！"

　　"王大人两袖清风，众人皆知。你是嫌弃我们商贾之人的银两？"

　　"二奶奶这么说，倒叫我惭愧，那就恭敬不如从命。"王庆云伸手接包袱，谁知没接稳，银子撒落一地，二人弯腰去拾，王庆云又说："我与松毟兄均顺利通过秋闱，早晚有一天，我会继承叔父之志，重新杀回来。"

　　在道路的另一侧，谷穗窥视着这一切。她看见王庆云与瑛姑拉扯着什么，忽然看见有白银掉落，王庆云与瑛姑头抵头弯身而拾。少顷，王庆云登鞍上马与瑛姑道别，瑛姑望着他渐渐远去，久久未动。谷穗脸上露出一抹不易察觉的笑，转身回去。

　　"奶奶？我正有个消息要告诉奶奶。"王庆云见谷穗两眼发亮，裙摆满是灰尘。王菁仪板着脸不接言，谷穗紧忙赔着笑脸："奶奶猜我看到了甚？"王菁仪夲拉着眉眼只管看鱼，谷穗凑过去悄声道："二奶奶不知从哪弄来那么些银子，平白无故送给了王公子。"

王菁仪虽一脸惊诧，但没追问，她还纠结在刚才的心境当中。"果然是做了姨娘的人了，姑娘心大眼高，眼皮只往上翻。"谷穗听王菁仪话里有话，跪下道："奶奶这么说可着实冤枉了我，我虽有些私心，但总是因为惦记奶奶之故。"

"不要巧舌如簧诓我，我送你上云端，你便连出处都忘了，尚不如一个叫花子懂得知恩图报！"谷穗脸涨得通红，神情急切道："奶奶既这样说，我便说句掏心窝子的话。奶奶无后，日后定是清冷，如今老爷两妻两妾，谁先得个一儿半女谁日后便有靠，假如我是那个有造化的，定让孩子认奶奶做娘，这个我从未迟疑过。奶奶这些年之所以无心争这些是非，还不是因为我替奶奶操了这些年的心。自从她嫁进冀家，流言何曾断过？我是在替奶奶和老爷守好门户。如今老爷不在，她们鬼鬼祟祟，奶奶不去追究家里出了家贼，却质疑我对您的这片忠心！"

王菁仪一拍栏杆："果然是上天了，都敢这么和我说话了！"

"你说谁是家贼！青天白日的，不要血口喷人！"偏巧郭雯和梓芸听到了谷穗这番话，郭雯不依不饶，质问谷穗。"刚说贼，贼就到。惯偷就是惯偷，上次偷了大奶奶的首饰，如今又偷银子送给外面的相好！"王菁仪朝着谷穗的脸就是一巴掌，指桑骂槐道："你个小贱人，不知自己几斤几两，我还在这儿，轮到你质问吗？"

"大奶奶，她血口喷人！"梓芸指着谷穗怒斥。

"她再不济也是姨娘！轮不到你来指责。再说了，无风不起浪，若想人不知，除非己莫为。"王菁仪怒目圆睁。越吵声音越大，渐渐聚起一众人。

谷穗仗着王菁袒护，又见此时围了一众人，索性一不做二不休："偷东西还不算，偷人才是正经！"众人听闻皆变了颜色，郭雯听谷穗信口雌黄，又不见王菁仪制止，三步并做两步与谷穗理论，回廊里乱哄哄一片。有人看事情不妙，急忙向瑛姑通风报信。

瑛姑赶到时，梓芸正伏在地上频频磕头："大奶奶，头上三尺有神灵，这样龌龊的事莫说做，说一下都脏人齿隙，她红口白牙污我清白，就不怕冀家祖宗和神灵降罪于你们吗？"王菁仪听到这话更气了："梓芸姑娘，事情做与未做，皆指向你。我一没偷，二没抢，冀家祖先何故降罪于我？姑娘可不要胡乱攀咬！""大奶奶您这样说话就未免过了，谷穗口口声声污蔑梓芸，您不查她所言真假，直接问罪梓芸，难不成是你们主仆明里暗里联手之为？"郭雯这话把王菁仪呛得语塞，这才意识到因为与谷穗生气，将情绪转嫁到梓芸而失了分寸，正懊悔时，瑛姑到了，她搀起梓芸说："姐姐过分了！"

众人窃窃私语。瑛姑环视一圈："你们各自忙去，这不该是你们待的地方！"遣散了众人，瑛姑替梓芸擦了眼泪，鄙夷地望了眼尚跪在地的谷穗，走到王菁仪跟前："我尊你、敬你，才叫你一声姐姐，莫以为我是怕你、惧你！"王菁仪刚想说话，瑛姑又用凛凛的目光看着她说："今日之事已忍无可忍，让无可让。俗话说得好，家丑不可外扬，大奶奶不顾冀家颜面，当着众多下人的面掰扯这无中生有的是非，不知道的，以为你持家有方，是在教训姨娘、丫头，知道的，可不是要背地里笑话咱们家门风不正？"

王菁仪气得浑身哆嗦："若说门风不正，也是你们主仆二人带来的。都说你想与男子齐日月，真是蚍蜉撼大树，自不量力！"瑛姑气得直咬牙："我从未说过要与男子齐日月。再者，能不能齐日月，不是你说不能就不能的，也不是我说能就能的。老爷出事时，我倒希望有个人出来撑得住冀家这轮日月。老爷在外，姐姐便是一家之主，一家之主若昏聩失聪，门风如何能正？明眼人也知道问题出在了哪里！"谷穗爬起来抚着王菁仪的胸口："奶奶我说甚来着，你有心让她，她竟骑你头上了，瞧她平时谦和，刚才那些话，哪句没藏着刀锋？"王菁仪气坏了，不见了往日的温婉与谦恭，怒道："马氏不守家规，纵容下人，锁进后院柴房！梓芸偷窃，与人私会，坏了冀家声名，轰出

191

冀家！"

话音刚落，过来两个婆子架起瑛姑就往后院走，瑛姑反抗不得，郭雯见状，才知事态严重，磕头如捣蒜，求王菁仪饶过瑛姑与梓芸，谷穗嘲讽她："现在怂了？刚才不是还伶牙俐齿吗？"梓芸哭着要救瑛姑，又被另外两个婆子架回房中，婆子扯出两个包袱皮，命梓芸收拾了东西即刻离开冀家。

梓芸战战兢兢，没想到因逞一时嘴快，惹出弥天大祸，她抱着包袱皮不知如何是好，此地已留不得她，出去没去处不说，定遭人耻笑。再加上两个婆子守在门口恶言相向，梓芸更觉羞愧难当，即使有千万张嘴也难讨清白，哭了半晌，最后自言自语道："姑娘，不能陪你了，往后的路不好走，你多多保重。"转身将三尺白绫抛向房梁，惨淡一笑，心一横踢翻凳子——可怜她香消玉殒了！

十七章　管家

　　冀国定一行终于踏入汉阳界，福忠被眼前的景象震撼到。按理说，京城繁华已是首屈一指，没想到汉口竟有着京城没有的另种繁华。商船四集，货物纷华，真真是"十里帆樯依市立，万家灯火彻夜明"的另种富庶景象。

　　李管家看福忠目不暇接，于是给他讲汉口："这天下有四聚，北则京师，南则佛山，东则苏州，西则汉口。这里商贾毕集，帆樯满江，人口二十余万，五方杂处，百业俱全，日销米谷不下数千，因此地四通八达，云贵川陕，湖南两广，处处相通，除了茶叶丝绸外销外，当地以盐、当、米、木、花布、药材六行最大，额们家便占了这六行的四行。"

　　福忠不知该怎么形容眼前这一切，学着李管家的口吻不停道："额滴娘神啊，额滴个天呐，额滴个梓芸啊，额就是打破脑袋，也想不出人间竟有这样热闹的地方！"冀国定笑他："瞧你那点出息！再瞧瞧那边是甚？"福忠手搭凉棚，望见前方有座气势恢宏的建筑，青砖灰瓦，挑檐凌空，硕大的门钉镶在两扇黑色的大门上，左右两面墙书以"忠""义"二字，两只石狮子蹲坐在门口，斗拱托举起四角飞檐，庄严而厚重，五彩斑斓的琉璃映衬其中。门楣之上挂着一个匾额，福忠一字一字念道："山——陕——会——馆，噫！这些琉璃便是咱们

193

窑里烧制出来的吧？就是漂亮，咱们介休的琉璃，天下无双，用上它，就像琼楼玉宇，多来气派！"冀国定道："为了方便日后会馆琉璃的更换与维修，特意多烧制了些，埋在了会馆的后面。"李管家想到什么，"去年议事时，提议修缮山陕会馆，东家怎么考虑的？""有甚犹豫的，当然义不容辞！"

福忠看到珠花店走出几个女人谈论着刚买的珠花，冀国定知道他的小心思，示意他进去看看。福忠被琳琅满目的珠花吸引，左挑右选选了个中意的，想像梓芸戴在发间时娇羞可人的模样，心中漾满了甜蜜。

到达"巨盛川"茶庄时，正逢一批砖茶、茶柱上柜，冀国定随机拿起一块砖茶仔细端详。茶砖印有"巨盛川"字样，整体紧实，砖面平整，厚薄一致，色泽黑褐，香气纯正，细嗅有股松香烟味，他撬开揪了些茶丝放嘴里，又扔给伙计，"煮一壶尝尝！"

茶庄繁忙，伙计们搬货卸货，柜上人来人往，冀国定高兴，小伙计将煮好的茶端上来，冀国定细嗅，"这可是今年'巨盛川'的大买卖，质量必须保证，不然没有第二回生意。"

李管家品咂一回："滋味醇和，汤色澄黄明亮，是牧民喜欢的味道，只是这茶引让人头疼。"

冀国定将茶盅顿在桌上，茶汤四溅。他早听说羊楼洞新上任的知县，因"巨盛川"没及时拜访，便明目张胆上浮了"巨盛川"的茶税，掌柜与他几次交涉不成，茶引迟迟拿不到。"他奶奶个述的！"冀国定骂说："都以为我们的银子是天上掉下来的，这还没出湖北就被盘剥。只说这路脚，从羊楼洞用独轮车运抵新店装船，出大江运至汉口，再溯汉水至襄阳，然后舍舟登陆，改用畜驮车运，经河南唐河、赊旗，从洛阳过黄河，再经山西晋城、长治、太原、大同到张家口，从晋北杀虎口入内蒙古，再由驮队穿越大草原与荒漠，最后进入俄罗斯的恰克图，这其中每转运一次的人力车马费用不说，还担着身家性命！中间官兵白吃白拿，土匪抢，坐地户收取保护费，同行业竞争，等等等等，再有个意外损失，这一路下来，还有多少利润？"李管家看到冀国定双目泛着红血丝，劝说："没甚可恼的，历来如此，关关设卡，层层盘剥，这遥遥路途，过一关，剥一层皮，咱们为商的也是敢怒不敢言。明日我去趟羊楼洞，会会这个知县。"

几经辗转，终于拿到茶引。冀国定随船同行，几天颠簸，到达赊旗。刚安顿好吃住，听到外面人声嘈杂，又有一行商人到来，冀国定再一看竟是齐主东，李管家顿觉晦气："真是冤家路窄，越想避开，越要往一起凑！要不……我们换一家？"

"货都安顿好了，不过是一宿，面上过去就行了。"

齐主东也看到了冀国定，冷笑一声，冲冀国定一抱拳："巧了冀财东！想不到又遇上，你们也在这里歇脚？"冀国定回道："我们也是刚安顿好，要不齐主东先忙，我们空了再聊？"李管家明显能感觉到冀国定经历了那场牢狱之灾后，人变得越加圆滑，学会了逢人只说三分话，是人说人话，见鬼说鬼话。他认为齐主东是个近之不逊、远之又怨的小人，所以对他极为客气。

齐主东见到冀国定后，内心又涌出一丝不快，每每见到冀国定心里都不是滋味，冀国定像堵墙挡在他前面。虽说他被称为小皇商，但不知为什么，总与他差了一层荣耀，那层荣耀让他不甘心。早年的时候，二人争着做事，争着树口碑。后来齐主东揣摩着，必须抱一条粗腿才好超越，于是他开始结交权贵，攀上一位皇商跟着做了些大买卖，被当地人称"齐皇商"。后来又与李同知关系密切，通过他做了几宗大生意。但事情从前年的那次赈灾渐渐有了变化。他听从李同知的安排，怂恿众乡亲拒捐，目的是把王守业挤走，没想到半路杀出个冀国定，不仅将他们密谋之事全盘推翻，还因此，被李同知训斥办事不力。再后来冀国定被朝廷例封，齐主东肠子都悔青了，与李同知的关系一度崩塌。

接着冀国定娶瑛姑的事又让他愤愤不平。

曾有江湖奇人称瑛姑是旺夫兴家之命。齐家曾向马家提过亲，虽说荒唐，但到底被马家拒绝了，而冀国定提亲马家却同意了，齐主东心里十分不舒服。后来瑛姑救冀国定出狱、当铺妙计索当银，便知瑛姑的确不同凡响。只要遇到冀国定，他必定倒霉，生出既生瑜何生亮之叹。他认为冀国定与瑛姑就是阻挠齐家的绊脚石。

当真是麻烦要来，怎么小心都避不开。当夜，冀国定正熟睡，耳听周围有窸窸窣窣的声音，他以为窗外下雨，于是翻了个身，却听到"咣"一声，有重物掉落。冀国定立时披衣大喊："有贼！抓贼！"瞬间整个驿馆灯火通明。贼见势不妙，从窗户飞身一跃至外面，有人堵在窗口，窃贼无路可去，慌不择路往楼上跑，正遇齐主东与其管家，齐主东抓住了他。人越来越多，窃贼被众人捆缚，齐主东的管家看到从窃贼身上掉落出茶引，与齐主东对视一眼，见无人注意，揣进袖中。

冀国定检查行囊，发现丢失了茶引，向窃贼索要。窃贼一脸冤屈，"这位大爷，这黑黢黢的，我不知道都摸到了啥，索性一股脑都揣在怀里，大爷若不信，我将衣服脱光了给你瞧。"说罢真的要脱衣服。"我不管你脱不脱光，这些东西与茶引放在一起，如何只见银两物品，独不见茶引？"窃贼直摇头，否认摸了茶引，冀国定急得直跺脚："可恶！你乖乖把茶引还我，不然送你去见官！"窃贼对着冀国定"咚咚咚"磕头，"这位爷，虽说我做的是见不得人的勾当，实在是老娘身染重疾，等钱救命，迫不得已我才黑了心来偷。这位爷想想，我要那茶引有什么用？一不能吃二不能喝，我又不贩茶，或者爷之前就丢失了也说不定，请爷手下留情，饶我这一次！"李管家朝窃贼当胸狠踹一脚："少来这套骗人的把戏！爷我见得多了！老实说，你爹娘是不是早躺墓子里了？"窃贼看碰上了老江湖，身子一软低头不再言语。

齐主东与管家回到房中，将门窗掩好，管家从袖笼中取出茶引递给齐主东，他借着油灯念道："茶砖八佰担，茶柱五佰担……""主东，这茶引……"齐主东冷笑："我们不是替他将贼擒住了？都言他是商海蛟龙，又娶了一只金凤凰，我倒想看看，这龙怎么个腾法，这凤又是怎么个飞法。"油灯昏暗，照得齐主东的脸一半明一半暗，他挑了挑灯芯，对面墙壁的灯影里，徐徐冒起了烟。

冀国定只得将货物寄存赊旗，与李管家返回汉口。一来一去，又近一个月，虽说费了些周折，终于补开到茶引。李管家看冀国定面色不好，派了二掌柜怀揣茶引火速赶往赊旗，他们则留在汉口休养几日。

一连好几天冀国定精神不佳，他只当成是寻常的头疼脑热。几日下来，更觉头脑昏沉，四肢乏力，后脖子灼热并触之奇痛，摸着有成片的水泡、疖子等，以为是舟车劳顿上火所致，迷迷糊糊只是酣睡。李管家见他精神越加萎靡，于是请了郎中。郎中把了脉，看了舌相，又看了眼底，问了症状，最后让李管家帮冀国定翻身，一应望闻问切后神色凝重，说冀国定得的是砍头疮。

"砍头疮？"李管家被这三个字吓到。冀国定的父亲正当年时就是这病要了命。

"额说神医，你确定是砍头疮？"

"确定。血痈已见出黄。"随后速速开药，紫草15克，龙胆草15克，生地20克，黄芩10克……"三剂，一剂熬两回，混起来，一日两次服完。忌鱼虾、黄豆制品、所有发物。若好，两剂便见效；若不好，另请高明，千万别耽搁。"

"敢问我们东家现如今这病势……"李管家一边向郎中打探病情，一边付诊金。

"病势已成，凶险初现，愿菩萨保佑。"说完遗憾地摇头，背起药箱走了。

李管家恍惚了一下。他想起冀映汉，想起他那一身疱疹，想起他被那一身疱疹折磨得形销骨立，想起冀之瑜痛失冀映汉后几近半死的样子，想起冀国定伏在冀映汉身上不住喊爹的情形。他怕了。他揣测

197

刚才郎中的医术不行，所以用这种骇人的说法掩盖他拙劣的医术。于是立刻另请了一位口碑不错的郎中，遗憾的是这位郎中所言与前位郎中如出一辙。李管家依然不信，三请郎中，三人诊断一致，李管家慌了。他望着躺在床上的冀国定整个人都傻了。

吃了许多药下去，冀国定的病丝毫不见起色。经打听，又另请良医，连喝三剂汤药，病势依旧沉沉，冀国定甚至说起了胡话。李管家望着昏昏沉沉的冀国定说："额说成钉，你可别吓额，老东家给你取名成钉，给额取名成材，就是希望额们能平安健康。你要坚持住，就是天涯海角，额也要为你请来神医，额们有过盟约，你不许背弃誓言。"他极力掩饰哽咽之声。

冀国定腰部那些初发的粟粒，一夜之间变成了黄豆大小簇状的水疱，有的疱液澄清，外周绕以红晕，严重的地方已溃疡糜烂，看着让人心惊，后来请到的郎中都不肯再给医治。

这天突降大雨，李管家无助地站在雨中，任泪水和着雨水恣意往下流，胸中有似塞着滔天的洪水无处可泄，他像个落魄无着的孩子，在雨里辨不清方向，找不到爹娘。他踉跄而行，福忠冒雨出现："东家醒了，要见你！"李管家拼命往回飞奔。他回来时，看到冀国定靠在床头。"好想喝一碗家里的和子饭啊，粥面上漂一层麻麻花，想着直流口水。"李管家急忙命人去弄。

"成材，我的大管家！"冀国定面露惨淡笑容。

"好疼啊……我梦到祖父了。我想起早年我们随祖父去恰克图，遇到了老毛子，他们手里端着短枪，叽哩咕噜不知说甚，那是我第一次见到老毛子，奇怪他们怎么能长成那副鬼样子。那时候，你每天烧火做饭打扫庭院，一应的吃喝拉撒结束后，就在屋里打算盘，噼哩啪啦，啪啦噼哩，真好听啊……想起在'西河书院'读书，我年纪最小，又年少失怙，薛先生抬举我，亲自传授知识。再后来，我们先后成了家，你如今儿女俱全，而我……"他喘了口气又说："成材，你说，我是不是不行了？"说罢阖上眼。

"莫胡说，甚大风大浪没见过，人吃五谷杂粮，谁还没个头疼脑热。"

"我若有个三长两短……冀家……她们可怎么办？"

"你听额说，你只管把心放得平平的，等病好了，咱回去生一堆小子丫头！虽说为掩人耳目收了郭雯在房里，可相士的确说了，她是子嗣缘旺盛的女人。额还有个秘密没来得及和你说，相士还说，你这些妻妾中，二奶奶可是个不得了的，你因她还有许多福禄在后头，所以你别胡想！"冀国定不信，但没再说休掉瑛姑的话。

两人说了挺多，冀国定乏了沉沉睡去，李管家望着冀国定悲从中来。这个不是亲兄弟胜似亲兄弟的亲人，眼见凶多吉少，而他却束手无策，他恼恨自己无能，恼恨这天地间，竟没有可以医治此病的郎中！李管家左思右想，不能坐以待毙，发誓就是将汉口翻个底儿朝天，也要找到能够医治砍头疮的郎中，哪怕用他的命抵他的命。

福忠进来，几次欲言又止，李管家着急了："额滴娘哎，眼看要命了，你还娘哩娘叽的，你是不是有甚法子，快说啊！""东家得的会不会是邪病？瞧了这么多郎中，喝了这么多汤药都不见效。我听说洗马街有个疯和尚有些本事，我们请他为东家做法驱邪，说不定有效。"李管家两眼一瞪："这就是你想的法子？妇人之见！这都甚时候了，你竟然信那些邪说。"福忠也急了："看病驱邪两不误，说不定误打误撞东家的病就好了！"李管家寻思福忠的话不无道理，俗话说有病乱投医，反正一时也找不到郎中。"也行，那你去寻他驱邪，我再去寻郎中。"李管家扯过油纸伞，冲进了茫茫的雨雾中。

李管家见到诊所就进，但换来的不是摇头就是叹气，眼见已到路的尽头，李管家越来越绝望，最后跌坐在一家药铺门口，看着油纸伞被风吹走。

雨水虽然灌满了整条街道，街上依然有许多南来北往的人，他们或议价，或采买，这些曾令他心潮澎湃的景象，现在唤不起他丁点儿兴致。冀国定微弱的呼吸，他渴望活着的神情，还有冀国定抓着他的手唤的那声"成材"，都让他心痛。李管家坐了片刻，望到街尾只剩下两家诊所，咬着牙站起来蹒跚往前走，他在心里祈祷："大慈大悲观世音菩萨，给额希望，给冀国定希望，给冀家希望。"

他满心期待走进第一家，结果又蹒跚着走出来。他拖着沉重的双腿来到最后一家诊所，望着门楣之上"悬壶堂"三个字，怎么也迈不开双腿。他迟迟不敢进去，他害怕最后这一丝希望被浇灭，他犹豫了很久，最终鼓起勇气跌跌撞撞进去哀茕地望着郎中，不言语，也不动，脚下渐渐聚下一汪雨水，水渍横流。跑堂的伙计以为他来瞧病，问他话，他不接应，郎中见状，问看病还是抓药，他抓住郎中的手，上牙打下牙，艰难地吐出三个字：砍头疮……然而，最后的这丝希望也破灭了。

他僵着身子一边踉跄着往回走，一边嘟囔着砍头疮、砍头疮……路人以为他有疯癫之症，远远躲着他。正当他心灰意冷时，"悬壶堂"的小伙计追了出来："先生请留步。"李管家大脑"轰"的一声，仿佛溺水的人抓住稻草："你家郎中肯收治了，是吗？是不是？""不是我家郎中肯收治，他让我告诉你，洗马长街有家岳氏诊所，有一郎中，半僧半俗，为人怪诞，喜怒无常，寻常时候不出诊。有人说他是江湖骗子，但也有人说他的确有起死回生的本事。郎中说，与人看病讲因缘，你或者可以找他一试。"李管家听完这番话，不停向小伙计打拱，而后拔腿便往洗马长街跑。

岳氏诊所在弄堂深处不起眼的地方。李管家进去后没看到一个病人，也没见到岳氏郎中，只有一个账房趴在柜台上扒拉算盘，看到他进来只瞟了一眼，又低下头算他的账。

"请问这位先生，岳郎中可在？我家有个重症病人，已危在旦夕，请求岳郎中救他一命！"李管家身体不停发抖。账房双眼一翻，从眼镜之上瞟了他一眼，依旧不答言。李管家走上前，深躬了身子焦急道：

"还请先生告诉我岳郎中在哪里，我家东家……已生命垂危。"账房这才停下手里的算盘，看着湿漉漉的李管家。李管家又鞠一躬几乎哽咽了："都言岳郎中有妙手回春之术，请先生救我家东家于危急！"账房慢吞吞道："甚是不巧，岳郎中，他云游去了。"李管家又觉大脑"轰"的一声，两眼一黑，嗓子眼发咸，双腿发软，似被抽了筋骨，差点儿跌坐在地上。他再开口说话的时候，声音竟嘶哑了。"敢问先生，岳郎中几时走的，可知去了哪里？我寻他去。"账房见他情急失音，不似那么冷淡了，正眼瞧了瞧他问："你可知云游是什么意思？"露出无可奈何的样子。

李管家一天没吃没喝，又急火攻心，再加上雨里奔波，只觉浑身无力。他见旁边有张椅子，勉强扶着椅背坐了上去，一直坐到日暮。天色渐黑，账房收拾了账簿，拿起门板准备掩门："这位先生，您请回，敝馆打烊。"李管家有气无力地说："我哪都不去，我就在这里等岳郎中回来。""和你说了，岳师父云游去了。去无定，归无期，你赖在这里，我怎么关门？"李管家只得怔怔起身，出了岳氏诊所忽而又转身："我明儿一早过来，等岳郎中。"账房没吱声，将最后一块门板插上，把李管家隔在门外。

第二日清晨，账房打开第一扇门板，在门前的石阶上看到了李管家。李管家见开门营业，进去后依旧坐在昨天那张椅子上，还随身携带了干粮。日头又西坠，李管家拿起干粮袋走出诊所。

第三日，账房准备拆门板时，想李管家会不会在外面。拆下一望，李管家果然又坐在门口石阶，依旧带着干粮袋。到了傍晚，账房说有事，要早打烊，李管家只得拿起干粮袋往外走，只觉身体一晃，扶住门框才没跌倒。他听账房插上最后一块门板，仿佛仅有的一束光被掩住。账房见他渐渐走远，沉思了片刻，又将门板拆下来。

李管家没想到账房追出来，鼻翼不停翕动。"见你如此心焦，我实在于心不忍，岳师父在郊外一座山里闭关辟谷，这是地址。岳师父的确有妙手回春之力，病不等人，你快去寻，他肯不肯出关就要看命了，我只能帮你这些，估计我这账房也做到头了……唉！"李管家身子一软，账房紧忙扶住，李管家说："先生大恩大德，李某铭记于心，无论成与不成，都不胜感激。"

第二天一早，李管家看了眼病势昏沉的冀国定，嘱咐福忠小心伺候，他则与刘丕龙备了车马往郊外赶。左迁右迴，终于在山腰处寻到山洞，正是岳郎中闭关之处。洞门紧闭，李管家与刘丕龙只得在洞外呼唤，一个自报家门，一个诚请出山，两人折腾许久不见有任何动静。无计可施时，一童子伐薪归来，见他俩大呼小叫，双手合十道："两位施主找错了地方，此处没有岳姓师父，小徒师父法号德融，前几日云游去了，阿弥陀佛。"

李管家哪信，急红了眼，拉扯着童子恳求："小师父，出家人以慈悲为怀，又讲救人一命胜造七级浮屠，如今额家东家有难，岳师父有妙手回春的本领，请师父救他性命！""话是不错，但也看个人造化，该去的必去，该留的自有留的道理，一切有为法，概莫因人力而有所改变。"小童一副超然之态。

刘丕龙见李管家那套斯文不好使，上前道："小师父，我们既然能寻到这里，必是与岳师父有缘，你横加阻拦，乱人因果，岂不是要遭佛祖嗔怪？再者，我家东家亲善睦邻，扶危济困，如此好人师父怎可忍心不救？你若不进去通报，我就将你带走，让你师父喝西北风去！"

小童涨红脸回道："你戾气如此重，我就是想帮你也不帮了！"说罢扭头要走。李管家听他此言心中大喜，软言软语道："小师父，他的话虽糙，皆因情生急，你想啊，倘若你师父遇到难处，你为救师父，说不定比他还急，对不？"

小童一歪头："你这话受听。这样吧，我去禀报，若师父肯出关，便是与你们有这缘分，若不肯出关，便是你家东家命数已到，天意如此，你们就不要再在此纠缠。你家东家姓甚名谁，何日生人，哪里人氏？"刘丕龙听小童松了口，在一旁连连赔不是。李管家忙回："山西介休人氏，姓冀名国定，乾隆四十一年二月二十九日生人。"小童转身进洞。大约两盏茶时间，小童站在洞口说："师父叫你们回去。"李管家与刘丕龙不知这话什么意思，"小师父，我这脑子懵了，岳师父这话是甚意思？给不给看？""师父说时辰未到，若想救人，你得先回去。""小师父，我家东家一刻也等不得了，再晚就怕性命难保，出家人以慈悲为怀，你们总不能眼睁睁见死不救啊。"小童双手合十又道："两位施主请回。师父闭关，本不关心尘外之事，今日开口已是破例，阿弥陀佛。"说罢掩了洞门，任凭他俩如何叫，都不再应答。刘丕龙气得直跺脚，破口大骂："狗屁高僧，见死不救，你若再不出来，信不信我放把火烧了你的老窝！"无奈如何叫骂，四下里死寂，刘丕龙欲硬闯，被李管家拦下。眼见天黑，倦鸟归林，四周偶闻野兽嚎叫。二人无奈，只得决定先回去。山路坑坑洼洼，马蹄灯忽明忽暗，刘丕龙默不作声赶车。绝望拂过李管家心头，他只觉头痛欲裂，浑身打战，直嚷嚷冷，刘丕龙看李管家精神极差，用手探他额头，只觉滚烫，方知老管家急病了。行至山北面，伸手不见五指，李管家长叹一声，马蹄突然打滑，油灯滚落，接着马嘶车翻，连人带车滚入谷底。

晨阳洒满庭院，福忠红肿着眼送走做法的道士，伙计说有个僧不僧俗不俗的和尚托个钵在门口化缘，给了馍也不走，点名道姓要见冀国定。福忠忙成一团，没功夫接待化缘的和尚，让给些银两打发他走，伙计又说那和尚死活不走。福忠这才出来，见一和尚坐在墙根，钵内放着一个馍，一只脚踩在另一只脚上，在倒芒鞋里的石子。再一看，和尚腋下夹着一个幡，幡上有"妙手岳"三字，心内大喜，恭恭敬敬问他尊号，和尚说他法号德融，以医化缘，福忠便将他请进厅堂。

福忠将他带进内堂为冀国定诊病，德融站在冀国定床边只管左瞧右瞧，并不给诊治。福忠见他神色怪异，正要问原因，却听他问："这位果真是山西介休冀国定冀施主？"福忠答是，德融仍旧一脸茫然，又问："这位冀施主是何表字？"福忠心想，好个奇怪的和尚，看病不只问名字，还问表字，转念想到各种占卜，并且他还专门为冀国定请了法师作法，也许这和尚有些异学也说不定，于是回他："我家东家表字'正甫'。"

德融当下明白当年在破庙救了他的那个冀国定，与眼前这个冀国定定有渊源，暗笑这些年竟是一直在为眼前这位素不相识之人诵经祈福，于是道一声"阿弥陀佛"，这才坐下来为冀国定诊病。

脉切得时间较长，众人屏气凝神。冀国定隐隐看到一位僧人，气若游丝地问："请问师父，我……我可还有救？"这话一出口，人生如白驹过隙，过往的细细碎碎一一闪过。天空、土地、草木、家眷、故人，一切都渺茫而真切。

"佛度有缘人，医治有缘人。施主福田深种，安心养病，定能化解此劫。"

雨季过去了，天空清澈起来。经过一个多月的精心医治与调养，冀国定从死亡边上被拉回来。还有什么能比在生死边缘游历过更真切的人生感悟呢？一切在生死面前都显得苍白无力，那些被生命托举起来的生命，还有那些被岁月湮灭了的岁月，都让冀国定心生敬畏。他常常自问自答，流年里的风霜是用来做什么的？是收割意料之中和意外之间的命的，流年里的暖阳又是用来做什么的？是温暖意料之中和意外之间的命的。

冀国定浴火重生，感慨又逃过一劫。这些天他发现，一提李管家，福忠与刘丕龙不只言语支吾，神情也躲躲闪闪，几番追问，福忠才吞吞吐吐说出李管家为请德融出关，已坠崖殒命。冀国定懵了，他的世界瞬间塌了。

李管家的灵柩安置在城郊，冀国定一直不肯去看他。他不承认李管家坠谷而亡，也不允许别人说李管家去世，他说李管家只是出远门办事，就像上次为弄清郭雯的身世，他一个人去襄阳，一走就是大半年。

冀国定整日靠在椅背上不说话，他对开门的声音变得格外警觉。他幻想门开的一刹那，精瘦的李管家一手拎着长袍的一角，一手摘下头上的瓜皮帽，喜眉笑眼进来，跷起二郎腿坐在他对面，先抱着一壶茶水咕噜咕噜喝个够，再慢条斯理讲他得来的各种信息：额滴个娘神啊，有几桩稀罕事，打死也不敢信……

福忠和刘丕龙干着急。眼见冀国定身上的病好了，人又变得恍惚。两人商量了许多办法都不奏效。他们对着叹气，刘丕龙时不时瞟福忠几眼，福忠剜他一眼："看我做甚？李管家这一走，老爷像断了臂膀，要想办法劝醒老爷。"刘丕龙闷闷回了声"哦"，低下头。福忠看他心不在焉的样子有些生气："那天如果是我跟李管家去，也许就不会出事。"刘丕龙"腾"地站起来，脸涨得紫红，"你这话是什么意思？你的意思是我害了李管家？"福忠哼了一声，"话是我说的不假，至于怎么理解那是你的事。"刘丕龙生气道："我是来学本事的，不是来受你气的！马匹受惊，我与李管家双双跌落谷底，偏逢他那天发高烧，重病重伤齐发才导致身亡。李管家撒手西去，剩下颓靡不振的东家，你还攮饬我，我看，不如散伙！我走我的阳关道，你过你的独木桥！"福忠啐他一口："吓唬谁呐！遇难留得住的才是靠得住的，你正是那不可靠的，还省下爷考察你的功夫了！""如果是我跟在李管家身边多年，一定能学到他那身本事！我看你连他的皮毛都没学到，你有什么资格考察我？你若有能耐，就把东家劝醒，若没那能耐，老子还不伺候了！"

福忠被刘丕龙一激，上前揪住刘丕龙的衣领，刘丕龙毫不示弱，也揪住福忠的衣领，两人怒目对视。终归是跟着李管家多年，福忠思及目前情境不能自乱阵脚，率先松了手："你老实等着，等爷回来好好伺候爷喝茶。"说完倒退着出去。

冀国定看到门被推开，眯着眼看，是一头汗水的福忠气喘吁吁进

205

来，扭过头又闭上眼。望着消极的冀国定，福忠将门大打开，说："李管家，你进来，你看看现如今东家消沉的模样。"他将窗户也打开："李管家，你看看曾让我们无比骄傲的东家他现如今是个甚模样。"又将李管家惯用的茶碗斟满："李管家，你若有灵，给东家一丝讯息，告诉他，他现如今这副模样你不开心。"说来奇怪，福忠的话音刚落，茶盖莫名从盏上跌落地上跳了三跳竟没碎。

福忠看呆了，冀国定也被惊醒。福忠鼻子一酸，坚信李管家听到、也看到了当下的一切，福忠受到了鼓励，从容地对冀国定说："想当初老爷入了大狱，各柜上的掌柜伙计、两位奶奶毅然扛起重任，鼎力扶持，硬是使冀家安安稳稳渡过了难关。那几个月多难啊，即便那么难，柜上丝毫不乱，家里井然有序。而如今，东家消沉颓废，您是想将他们的心搅乱，还是想弃冀家家业不顾？"

福忠见冀国定一动不动，显然听了进去，于是提高了音量接着说："您若果真如此，便枉费了李管家对您的殷殷之情，拳拳之心！"冀国定的眼匣肌抽动了几下。

"李管家临去时说，倘若您能渡过这场病灾，让您不要太难过。他说，人都有走的一天，有人早，有人晚，早的是使命完成了，晚的还有重任。李管家最放心不下的是您对二奶奶的态度，他让我务必转告您，若以常人眼光忖度她，便是扼杀了她，扼杀了冀家，二奶奶之心，天地可鉴。李管家还说，他育有三女一子，女儿均已嫁人，只留小儿，今尚六岁，他说老爷曾与他开玩笑，今生今世要一起看着儿女们成家，一起蹬腿，他说他违约了，东家若觉得这样对得起李管家带病为您寻医治病奔波而亡……"福忠说不下去了，抹了把眼睛，将窗户关上，将茶水洒在地上，将门关上，转身离开。

冀国定望着福忠掩门而去，门外那缕光被他合上了。除了光，还有风，还有……在外奔波的李管家。他的心抽搐了一下。

汉口的米市街、棉花街、盐关街、翻身街、半边街、下正街、横正街、后正街这八条街道依旧热闹，商贩及过往游客塞街断巷，那些相互毗邻的四合院，那些独具特色的吊脚楼，那些高高的风火墙，那些雕刻着神鸟奇兽的古檐，它们见证了什么又铭刻了什么，冀国定无从知道。他只知道，他想念李管家。他坐在李管家的棺椁前，与李管家有一句没一句聊着天，给他斟一回酒，自己便干一杯，和他说一遍风霜，再说一遍暖阳，日头便西斜了。

"好想再听你叫我一声成钉，好想看着你灯下为我缀补衣衫，好想再听你打算盘，五一添作二，五二添作四，逢五进一，六三添作五……"冀国定的双手在空中仿打。

一阵风吹过，冀国定起身拍拍身上的土："成材，你未能遇佛，也未能遇医，想来是因为我而误了与他们的缘分，我这心里难受……我这心里空荡荡的……你咋不吭不哈、悄咪咪就走了。"冀国定抚着李管家的棺木："你放心，我会送你回乡。你与祖父的殷殷之意，我如今全懂了，可怜你们一片苦心，可恨我呆子一样后知后觉。"

一轮落日殷红无比，争木而栖的鸟雀绕树而飞，薄雾渐渐笼罩，濡湿的薄霭笼罩着四野，草叶上滚动的水珠打湿衣摆，驱犊而返的农人荷锄而归。这热闹而温暖的景象，从此与李管家再无丝毫瓜葛，他将躺在黄土里永远长眠了。

冀国定回来发现福忠直挺挺躺在地上不省人事。刘丕龙语无伦次地说："老爷，家里，梓芸姑娘，二奶奶出大事了，不好了，家里出大事了！"说罢将福忠手中的信递给冀国定。冀国定一目十行，脸色越来越难看，手不停地抖，身体也在抖。刘丕龙掐着福忠的人中，又担心冀国定再次陷入颓靡，他不停地叫："老爷，老爷，这可如何是好？"

福忠慢慢醒来，面色苍白，悲悲切切唤了声："芸儿……"便泪如雨下。冀国定不敢耽搁一刻，一面安排人扶李管家灵柩回晋，一面去与德融辞行。

德融为冀国定治病期间，两人格外投缘。德融听说冀国定返晋，正逢他欲往五台山探师，二人决定结伴同行。冀国定为报答他的恩情，决定回去后重修介休城西北的西堡寺，供德融在介休修行。路上冀国定郁郁寡欢，德融劝他，李管家将去往另一个轮回，你念，他就恒常在，永不会消亡，人在人世间行走一遭，因有或深或浅的渊源，是累生累世的业力所致，所以不必过于悲伤。话是这样说，冀国定依旧忧伤，德融也不再相劝。

水路再转陆路，一行人披星戴月顺利抵晋。到了家门口，青桔看到冀国定下了马轿子，喜出望外边跑边喊："大奶奶，老爷回来了！"

青桔这一喊不要紧，整个大院都听到了，王菁仪急忙放下手中的女红，匆忙理了理双鬟，出门相迎。谷穗急忙换件鲜艳的衣服，净了面，匀了粉，匆匆赶往王菁仪处。郭雯拎着草药，遇到回来的冀国定，又欣喜又悲伤，一年未见，冀国定看到她消瘦了一圈。

"二奶奶可好些？"冀国定低沉着嗓音问。郭雯先是一愣，嗑嗑巴巴地说："二奶奶……她，梓芸……二奶奶不大好！"冀国定夺步便往瑛姑处走。

郭雯这才回过神来，一路小跑跟随冀国定进了瑛姑的屋子。一股浓郁的草药味迎面扑来，瑛姑面色蜡黄，昏昏沉睡，蜷在床上楚楚可怜，往日的神色与如今缠绵病榻的模样判若两人。

冀国定心中涌起愧疚。此刻他才察觉到，瑛姑自从嫁给他，一直都是不快乐的，而他还时不时给瑛姑脸色瞧。冀国定示意郭雯喂药，郭雯眼泪滚下来："不知还能不能喝下，喂多少吐多少，几乎喂不进去了……"冀国定将药碗端过来亲自喂，果然如郭雯所言。瑛姑整个人看上去轻飘飘的，他摸了摸瑛姑的手，凉而无力，他想起什么，"照顾好二奶奶，我去去就来！"他刚跑出去，遇到王菁仪与谷穗过来。王菁仪见到冀国定眼圈一红："老爷，你可回来了。你身上可大好了？

为妻甚是惦念！"谷穗急忙上前施礼："大奶奶日夜悬心，食不知味，寝不能眠，日日和我念叨老爷。"冀国定只觉眼前一亮，谷穗这身打扮特别亮丽，举手投足竟有些王菁仪年轻时的风韵。

王菁仪瞥了一眼谷穗。冀国定对王菁仪说："她病得好像甚是厉害。"谷穗立刻回道："人吃五谷杂粮，不知会生甚样的病，大奶奶请了好几位郎中，不知喝了多少药，二奶奶却总不见好。"冀国定握了握王菁仪的手，"此趟正好有个高德大医同行，我的命就是他救回来的，我去请他过来。"话落已出了院门。望着冀国定的背影，王菁仪心里有些打鼓。谷穗也不解："老爷怎么了？往常回来从来都是先看奶奶的。"

德融到的时候，瑛姑的屋子围满了人。他隔帐搭脉，忽而紧锁双眉，忽而闭目深思，厅堂里静悄悄的。德融细微的表情都被冀国定捕捉到，他越是不说话，冀国定越觉心焦，不知不觉，手心内洇洇湿滑，牙关也不自觉咬紧。直到德融将切脉的手收回来，冀国定才松了牙关。"不知可否方便，瞧瞧二奶奶的眼底与舌相。"郭雯迅速将帐幔撩起，扶起瑛姑，德融却"啊"了一声，众人只道瑛姑不好。冀国定见德融定定望着瑛姑，不知所措。德融又突然颔首微笑，唬得一众人不知所以，又听他道："果然佛法无边。"他指了指瑛姑又指了指冀国定说："此冀国定，非彼冀国定。"冀国定被他这席话说得丈二和尚摸不着头脑，德融却不再多说一句话。望闻问切之后对冀国定说："脉细而轻，神昏志郁，二奶奶情志大损，该是受了什么刺激。"

"可否凶险？"冀国定问。

"全在病人一念之间，倘若她无意生，任是华佗再世也难救。我开个方子，先吊住她的精气神，心病还需心医。二奶奶平日常用什么异香之药？或者喜欢熏香？"郭雯来不及回答，只觉怀中的瑛姑愈加瘫软，脸色更加难看。她恨恨瞪了一眼王菁仪与谷穗："二奶奶，你该好好活着，不然梓芸背着污名，不是白白死了吗？"

德融听着是家务事，不好再多言，道了句阿弥陀佛出来。冀国定遣散众人，独留郭雯照顾瑛姑，他去外间见德融。德融见到他说："果然是有缘千里来相会，无缘对面不相识。真正救你性命的，是这位躺在病榻之上的二奶奶，并非我。"接着，德融为冀国定讲述了破庙渊源，冀国定这才如梦初醒，更加懊悔辜负了瑛姑的一片真情。

　　送走德融，冀国定回去陪瑛姑，瑛姑打了一个逆嗝，又低低唤了一声梓芸。他怔怔望着，倍觉心酸。郭雯将事情原原本本讲给冀国定，她说，如果不是福妈搬出冀之瑜向王菁仪求情，瑛姑此时恐怕还被关在后院的小黑屋，郭雯声泪俱下，恳求冀国定为瑛姑做主，严惩王菁仪。冀国定心中明白，瑛姑受苦，皆因他而起，该严惩的是他，而不是王菁仪。他俯下身对瑛姑悄悄说："你失了梓芸，我失了成材，你我承受着相同的切肤之痛，老天爷是以此唤醒你我吗？这代价也太大了，我枉为丈夫，你快快好起来，日后，我定会加倍补偿你。"

十八章　相和

冀国定遵从冀之瑜的安排重新购置了一块墓地，从他以后，冀家儿孙都将埋葬在那里。李管家生前曾说，他除了知道他姓李，余下一概不知，他曾说百年之后，如果冀家不嫌弃他这个外姓人，想以义孙身份葬在冀之瑜身边。所以冀国定把李管家葬在了大甫新坟，望着李管家孤零零的坟，冀国定捧起一把新土拍在李管家的坟冢上："我的大管家，我们回家了，百年之后，我会躺在你旁边。"

冀国定只要忙完商号的事，都来陪瑛姑，虽然她一直昏睡不醒。冀国定从来没有像现在这样近距离看过瑛姑，这样近距离听她呼吸，这样近距离看她流泪，听她梦呓。瑛姑时常在睡梦中唤梓芸，唤爹娘，就在刚才，她唤了一声老爷，这让一旁的冀国定呆愣住了，印象中铁嘴钢牙的瑛姑，竟然唤了他。李管家总说瑛姑属意他，缘何他感觉不到，那把冰冷的剪刀，还有她若即若离的态度都让他觉得瑛姑不喜欢他。

德融的医术果然精湛，几副药下去，瑛姑不再呕吐。冀国定心里很清楚，瑛姑本无病，只是因梓芸之事牵连到她这几年的处境而引发的心灰意冷。冀国定暗暗发誓，要与瑛姑冰释前嫌，用心去珍惜眼前这个为他出生入死的女人。

王菁仪来过瑛姑房里两次，冀国定让她坐在一旁，陪他看着瑛姑，他依旧会握着王菁仪的手与她深情一笑。王菁仪清楚，这个时候冀国定的心都在瑛姑身上，任何语言在此时都显聒噪，她只是想不明白，冀国定这次回来为什么会有这么大的转变。她开始变得忧郁，夜夜睡不安稳，她不停琢磨，到底哪里出了问题。是她人老珠黄了，还是哪里说错了话，哪里做得不妥当，想得倦了，便叹岁月无情，爱难长久。再后来，她只让青桔送些茶点给冀国定，她则在门外凝神望眼他，便悄悄离开。从此，王菁仪每每夜深人静便暗自垂泪。

谷穗有一次假借看望瑛姑，处心积虑地给冀国定讲王菁仪如何给瑛姑请郎中，而瑛姑如何不领情将一个又一个郎中撵走。话还没说完，冀国定站起来给瑛姑掖被角，望着昏睡中的瑛姑旁若无人地说："我命令你快快醒来，我是块榆木疙瘩，直到今天才明白你的一番苦心。"谷穗的声音戛然而止，她有些尴尬，找了个借口离开，再没踏进瑛姑的门。

郭雯一如既往照顾瑛姑，她趁冀国定不在时贴着瑛姑的耳畔说："二奶奶，快好起来吧，老爷只要空闲，就会来看你，我瞧见老爷对你回心转意了。"瑛姑依旧昏睡不醒。

这天，冀国定轻轻抚摸着瑛姑的手，这双手似乎不肯抓握任何东西。是不是没什么是她想去抓握的了，她心里得多苦啊……她对一切的失望都源于对他的失望，冀国定内心缠绕着万般自责，不停发誓，日后要好好善待瑛姑。冀国定感觉瑛姑的手动了一下，再一看，她的眉头一紧一松，似要睁眼。冀国定急忙唤郭雯，郭雯喜极而泣："二奶奶，你睁开眼瞧瞧谁回来了！"

瑛姑只觉眼皮发沉，这一觉睡得又长又累，她恍惚听到有人叫她，使了浑身的力气将眼皮撑开。先是郭雯映入眼帘，再一看，有个男子模样的人在一旁，她纳闷怎么有男子在她房中，她分辨不清是醒着，还是在做梦。"梓芸。"她叫。郭雯喜出望外："二奶奶，你终于醒了，你可急死人了！"瑛姑循声望向郭雯，确定她是郭雯，再看另一个人，依旧是男子模样，正疑惑，冀国定开口了："瑛姑，我回来晚了，让

212

你受苦了。"

瑛姑听到冀国定的声音，神智立时清醒，双眼紧紧盯着他，紧闭双唇不再说话，莫大的委屈袭来，任是怎样努力装成平常不在乎的模样都做不到，久积的情感似决堤的洪水，怎样围追堵截都无法抵挡这一波强似一波的骇浪，终于掩了脸无声抽泣。郭雯也跟着委屈，一边抹泪，一边示意冀国定劝慰，她则悄悄掩了门离开。

冀国定紧紧抓着瑛姑的手，不停唤她的名字，瑛姑几次想抽脱，冀国定不肯松开。瑛姑胸中那团郁结之气终于绷不住，用力抽回手低声说："还我梓芸！如果还不了，请你出去！"冀国定摇头，又握住她的手，"我很难过，我还不了，但我不会离开你。"

"你不出去，那我出去！"瑛姑强撑着坐起来，一阵头晕目眩，冀国定顺势将她揽在怀中。瑛姑一阵抵抗，冀国定死活不松手，瑛姑紧闭双眼，心中又是怨又是恨，又是委屈又是无助，朝着冀国定的肩头狠狠咬下去。瑛姑觉出冀国定身子一颤，冀国定也觉出瑛姑身子一颤，两人都僵在那里，冀国定双臂更用力了。

瑛姑止住了哭声，她喘着粗气，脸上挂着泪，瑛姑久病没有力气，任由冀国定将她紧紧搂在怀中，不说话也不动。冀国定虽然抱着她，但能感觉到瑛姑周身透出的抗拒。不知过了多久，瑛姑发现冀国定抱着她在偷偷抽泣，他颤抖的身体，还有他无声的哽咽，又勾起瑛姑的伤心事。又不知过了多久，冀国定抱着瑛姑开始不停地重复着一句话："对不起，瑛姑，让你受委屈了。对不起瑛姑，让你受委屈了。对不起瑛姑，让你受委屈了。"瞬间，瑛姑丢盔卸甲。

瑛姑老年回忆起这段时光时说，女人就是那么奇怪，上一刻还对一个人恨之入骨，下一刻就能土崩瓦解，这其中的秘密，大概缘于心底对那个人还有着对爱的期待。行为和嘴巴虽然还在固执己见，其实内心早就原谅了，和好不过是在等待一个契机。

但有两件事，她自始至终没告诉冀国定，一件是她早在茶馆听书与冀国定初遇时就喜欢上了他，也是因为这次相遇，心上种了因，才有了洞房花烛夜对盖头之外那个误认为是陌生男人下意识抗拒的果。再一件是，她错将"宏盛"门前的包掌柜误认为是他。瑛姑想过解释，但后来听冀国定恨恨地说，包掌柜就是苏和泰，他是冀家灾难的始作俑者，冀家与他有着不共戴天的仇恨，便决定让这个错误老死腹中。

瑛姑不再昏睡，冀国定忙完柜上的事，依然会来看望瑛姑。若逢郭雯端汤送药，冀国定总会笑着接过来亲自喂她，起初，瑛姑拒绝，冀国定就将肩膀递过去："咱们是先咬，还是先喝药？我看还是先喝药，喝了药才有力气咬。"郭雯扑哧一笑，瑛姑依旧不理睬他。冀国定将药碗放下，面露忧伤："你只管向我要梓芸，我向谁去要我的李管家？"瑛姑还是不睬他，冀国定扳住她的双肩："我知道你要梓芸是假，你要还她的清白是真。"话音刚落，瑛姑双眼蓄满了泪水，也蓄满了怨恨。冀国定长出一口气，想将瑛姑拥在怀中，瑛姑依旧抗拒。

"是我着急了，冰冻三尺非一日之寒，我会慢慢等你冰雪消融。"冀国定说到做到，日日来探望瑛姑。郭雯看不下去了："二奶奶，老爷给了这么久的台阶，你就顺势下坡吧，假如你不应他，他强来你能怎样？再或者，他若还是原来那样待你，你又能怎样？不是白白受辱。"郭雯说的这些都是实话，瑛姑也不是没想过，她早有打算，最坏不过宁为玉碎不为瓦全，也算脱离了苦海，可如今，他竟这样低三下四讨好她，一时没了主意。

天渐渐热起来，瑛姑已好许多。冀国定这日吃过午饭径直来看瑛姑，他见瑛姑已午休，身上未盖任何东西，悄悄替她盖上薄被，而后倚在瑛姑身边眯起眼睛假寐。瑛姑其实是在装睡，过了片刻，他听见冀国定起了轻微的鼾声，于是悄悄坐起来看他，看着看着流起泪自言自语道："我想也没想到，你给我的不是风就是雨。"冀国定一把将瑛姑搂进怀里，瑛姑只觉窒息，冲着冀国定的肩头又咬一口。冀国定龇牙咧嘴道："我只管给你风雨，却不曾为你撑伞，今后这双肩便为

214

你遮风避雨，你看，这双肩上有你的印鉴。"瑛姑再也忍不住，像个孩子"哇"地哭出来，冀国定再次将她拥入怀中。瑛姑这次没再反抗，她一边哭一边数落，每数落一句，冀国定都说对，每数落一句，冀国定都说他昏了头，瑛姑哭够了，说够了，心里终于敞亮了。这夜，两人终于合衾而卧。

蜡烛爆出比洞房花烛夜那晚更喜庆的烛花，两人你一言我一语，瑛姑反应敏捷，话又说得委婉，既能以己之心度他人之想，又不人云亦云，这让冀国定感觉非常舒服。势均力敌的爱情袭来，不开心都难，这是冀国定与前几任妻子从来没有过的体验，这于他无疑充满了诱惑。这一夜，瑛姑从少女蜕变为女人，而冀国定，却从一个而立之年的男子活回了少年郎。

冀国定与瑛姑日日厮磨在一起，瑛姑有几次都是强行将他推出门，总恐他贪恋温柔乡而误了柜上的事。这天冀国定照旧赖床不起，瑛姑好劝歹劝都不行，无奈，只得坐在一旁开始脱衣服，喜得冀国定掀开被子："快进来，别着凉了。"谁知瑛姑将衣服塞进被子，开始穿冀国定的衣服。

冀国定半睁着眼瞧她在那里折腾，少顷，瑛姑将冀国定的衣服如数穿上。瑛姑娇小，冀国定的衣衫似大袍，她在学冀国定走路时，不小心踩在长袍上，差点摔倒，冀国定哈哈大笑。瑛姑假装瞪他，又将冀国定的帽子戴上，走到床边捏着嗓子道："娘子，你且安睡，我去柜上忙，晚上回来我们对月小酌，你等为夫回来。"说罢拎起长袍马褂假意出门，可把冀国定笑坏了。

瑛姑扭头见冀国定依旧没有起床的意思，又道："娘子，莫急起来，你且安睡，为夫打马江山去。"冀国定忍不住，赤脚跑下来将瑛姑抱起放在床上。瑛姑闭着眼睛指了指门，又指了指窗，摸出自己的衣服递给冀国定："娘子赤膊小衫的被人瞧见了不成体统，快穿上。"冀国定将衣服扔到一边柔声说："我就想与你不成体统。"

冀国定离开时，瑛姑躺在阳光中，阳光晃着她的眼，帐幔里漾着爱情的味道。瑛姑依恋冀国定在身旁的每时每刻，但为人妻的责任告诉她，想要长久，就不能沉迷这一时一刻。瑛姑知道她要的是什么，也知道冀国定于这个家族的责任是什么，爱他，就要适度敛己之欲。

冀国定整日喜眉笑眼，整个人精神飒爽，忙碌一通，坐在竹椅上开始想瑛姑。想他们第一次相遇，第二次相遇，第三次相遇，想他入狱后，瑛姑一个弱女子扛起责任四处奔波，想她因嫁给他忍辱负重失了亲如姐妹的梓芸，想她用冀国定的名字祈请佛菩萨对他加持，想着想着，又是愧疚，又是心酸，更加恼恨他眼盲心盲。阳光洒满院落，冀国定的心柔软温暖。

晚上，冀国定应朋友约，众人聚在一起谈天说地，附庸风雅玩乐了一回，酒只略饮了几杯，直近夜半才回转。

瑛姑早早备了小点，还备了一壶温酒等他，左等右等不回来，便揣测有事绊住了他的腿脚，又或者早上他只是随口一说，她却当了真，又或者他现在已在哪里歇了身，想到这里，瑛姑失落了半晌，于是捻暗油灯，放下罗帐准备安歇时冀国定推门而入。他看到屋内昏黄，故作疑惑："一灯如豆，罗帐低垂，瑛姑，你忘记我们晚上要小酌了？"

瑛姑看到冀国定回来了，心内欢喜，但终究刚才有所失落，所以假意生气不搭理他。

瑛姑放下另一半帐幔，冀国定将刚才一半挂起，瑛姑一扭身坐在床上不看他。

冀国定将灯捻亮，突然爆出烛花，房间立刻明亮起来，他看到桌上备着小食与酒水，喜不自胜，斟了一杯递给瑛姑，学着伶人的腔调朝瑛姑施礼："啊，娘子，小生来晚了，还望娘子不要生气。"瑛姑"扑哧"掩嘴一笑，又将身子扭向另一侧，依旧不搭理他。冀国定转向另一侧依旧学着伶人的模样又施一礼道："啊，娘子，小生惭愧，应约来迟，还望娘子恕罪。"瑛姑还是不理他。冀国定将酒杯递至瑛姑唇边，瑛姑夺过酒杯反递至冀国定唇边，冀国定见她满眼柔情，转着酒杯一饮而尽。他看到桌上有半干的墨迹，是瑛姑写的一首小诗，拿起吟哦了起来，皆是思念，心下感动，瑛姑害羞，抢过来团揉了。

冀国定灵感忽来，拿起管毫润了润，略想了想，写下：为夫举酒叹蹉跎，曾误娇娥，不误娇娥。瑛姑读罢忍俊不禁，眼珠一转，拿起笔回他：从来好事几回磨，几叹婆婆，莫叹婆婆。冀国定连声称妙，见瑛姑不再生气拉了她坐在桌旁，为她斟了酒，又为自己斟了一盅，"这些时日为夫想了许多，自觉对你有愧，今日借这薄酒，向天起个誓，我日后会视你如珍宝，不再让你受半点委屈。"瑛姑见他眸中仿佛带泪，内心只觉一动，端起酒杯郑重说："我定会夫唱妇随，与夫君白头偕老。"

冀国定给瑛姑讲酒席上的一件乐事。他说席上有个酸秀才，自诩擅对对子，为显摆才情，当下吟了几副，冀国定灵机一动，为他出了一上联，直至酒席散了，秀才也没对出下联。瑛姑忙问是怎样的上联。冀国定知道瑛姑有巧思，说："我出了一联豪杰对：'怨江围实难旅步'。"

"冀郎可有下联了？"

"我见秀才嗫嚅，灵机想起这联，说实话，目前还没有合适的下联，不如……你来对？"

"我？冀郎不是曾说我读书识礼是和那秀才一样，为的显摆吗？"瑛姑调皮望着冀国定，故意这么说。

冀国定大笑："还记为夫的仇呢？你明知我是故意在气你，不说这个。莫谦让，我知道你肚子里有文章。"瑛姑不再推辞："好，那为妻就'显摆'一回，不过，白白对对子也无趣，不如我们一起玩，并且有赏有罚才有趣。"冀国定问如何赏，如何罚。"对上的，就赏饮茶，对不上的罚按礼敬茶，如何？"冀国定点头赞成。于是瑛姑给冀国定出了上联："几根傲骨头，打马江山。"冀国定竖起大拇指，瑛姑则对冀国定为秀才出的对子。

两人相视一笑，各自揣摩，没过片刻，瑛姑在"怨江围实难旅步"之下写下"恨关羽不得张飞"，她将茶递给冀国定："夫君准备敬茶吧？"冀国定将答案悬在瑛姑眼前，瑛姑念道："几根傲骨头，打马江山；一副清皮肉，听妻谈笑。"冀国定兴致渐高，突然生出另外的主意："不如我们联句，天南地北随便联，谁输谁宽衣……输一次宽一件，如何？"瑛姑笑他此时应了一个"伪"字。"这便是你不懂了，食色，性也！我来抛砖引玉。"冀国定缓缓吟出："春色绿千里。"瑛姑护紧了衣服即刻吟出："马蹄香万家。"接着望了一眼屋内情景吟出："灯照红罗帐。"冀国定用手抚着肚子笑联："手摸白肚皮。"瑛姑笑他对得粗鲁。冀国定一本正经道："'灯对手'，'照'对'摸'，'红'对'白'，'罗帐'对'肚皮'，又极符合情境，很工整嘛，再来再来！"说毕眼珠一转道："有车是辅，无车是甫，有车无车甫当义重。"

这对子一时难住了瑛姑，冀国定见她无对，动手为她褪衣，瑛姑左右躲闪，冀国定不依不饶，瑛姑灵光突现，"有了有了！"冀国定住了手说："这对子可是有讲究的哦，联面嵌着我的表字'甫'。"瑛姑笑说："冀郎且听：'添玉为瑛，去玉为英，添玉去玉瑛自情深。'"冀国定听罢大为惊讶。瑛姑见他愣着，随即出一联："夫君饮酒归来晚。"瑛姑见他仍旧沉吟刚才的联，以为他没有好句，便假意为他褪衣，冀国定捉住瑛姑的手摇头晃脑道："娘子宽衣落帐忙。"瑛姑扑倒在冀国定怀里笑他胡诌，说他联句总不离那宗事，冀国定轻轻拍着她的后背并不笑，许久说了句，"我要把亏欠你的都补回来。"

一股香气扑来，冀国定看到瑛姑鬓边簪着一朵将开未开的栀子，用手抚摸了一下，"栀子色白奇香，瑛姑簪它越显楚楚动人，若论香气，我前儿得的沉香佛珠也有所不及。"瑛姑停止了笑，幽幽道："说实话，我不喜欢它这种浓烈的香，过于妖娆，有如小人得志般跋扈，反至香气不香，沉香才是香中君子。"冀国定疑惑地问："你既不喜欢它，为甚簪在发边？岂不是近小人了？""非也，我这是君子和而不同。它香它的，我簪我的。"

两人嬉闹至后半夜才睡，冀国定一觉醒来，发觉瑛姑已在梳妆，他趿拉着鞋睡眼蒙眬从后面抱住她，瑛姑望着镜中的自己与冀国定，深情地说："夫君，我从没有这么快乐过。"

冀国定抚摸着她的脸颊，瑛姑将头靠在他身上又说："今晚别过来了。"说罢低下头摆弄发梢。

"不！"冀国定以为瑛姑又像以往苦口婆心劝他顾全大局，没想到瑛姑这次却说："那可说好了，'蒲苇韧如丝，磐石无转移'，我等冀郎，不许失约。"说罢含羞而笑。

十九章　芥蒂

仿佛一夜之间，冀家内宅的风向彻底改变。

冀国定与福妈商量，要了小池过来侍奉瑛姑。小池清楚瑛姑之前日子艰难，所以对那些忽而对瑛姑谄媚及奉承的人极为不屑。福妈提醒她没有一成不变的风向，这很正常，只要没失了做人的根本，得饶人处且饶人。小池反驳，那也要看本的是什么心，本心不正，也要遵从？福妈说她过于伶牙俐齿容易被掐，就算有东家护着，还能事事周全了不成？小池挽起福妈的胳膊笑说："我虽然知道福妈说得没错，但心里气不过。"

转眼到了嘉庆十八年春，瑛姑站在角廊望着新生的草木，突然看到院子里一只野猫弓着身子，正叫声凄厉地与她对峙。瑛姑不知道这只野猫为什么对她充满了敌意，下意识退了两步，猫的叫声突然裂变成嘶吼，尾巴和身体几乎匍匐在地上，毛皆竖立，两眼怒视，似在瞄准一个时机扑向她。瑛姑捂着胸口，一动不敢动，正在此时，她隐约听到背后传来幼猫的叫声，瑛姑瞬间明白了。她向猫示意她没有敌意，然后侧着身慢慢离开廊角，野猫确认她走远后，立刻窜到角落，叼起藏在暗处的幼崽逃开。

第二日，瑛姑去看那只野猫和它的幼崽还在不在，结果只剩空巢。瑛姑有些失望，又有些震惊。看来世上万物母性皆同，瑛姑转念又想，做母亲究竟是怎样的一种体验呢？

"妹妹在做甚？"是王菁仪与青桔，她脸上仍然挂着温婉的笑。瑛姑对她依旧谦恭，但是没有温度的谦恭："我在想，做母亲是怎样的一种体验。"王菁仪以为瑛姑的话有所指，笑说："妹妹年轻貌美，又正值盛春，只要安分守己，早晚有瓜熟蒂落的一天。""还请大奶奶口下留情，万一被人误听了去，我担心小池变成第二个梓芸。"小池聪明，装作害怕的样子急忙向王菁仪施礼："大奶奶金口玉言，小池命贱，怕受不住。"王菁仪的脸一阵红一阵白："红颜弹指老，芳华不过一刹那，我今日情形说不准就是妹妹的明日。"说完冷笑，叫了声青桔袅娜地走了。

小池见瑛姑失神："二奶奶，都说大奶奶是冰美人，与世无争，可若不是她，梓芸姐姐也不会走那条路。"瑛姑没接言。小池又说："前几日绵山拜佛祈子，我瞧着大奶奶倒异常虔诚。""她有礼佛的习惯，自然虔诚。"

瑛姑回来后，总觉得哪里不对劲，突然说："说不定其中有诈！"把正掀帘子进来的冀国定吓了一跳："甚有诈啊？"瑛姑笑说："夫君，你且安坐。"转身端了茶盏："冀郎喝茶。"冀国定刚端好茶，她问："郎君尝尝这是甚茶？"冀国定问："下面还准备怎么称呼我？"这才去啜茶。"良人，官人……""说吧，有甚事。"瑛姑头一歪："还真是有个小事情，还望冀郎允我。"冀国定放下茶盏："说来听听。""我想请德融师父为我调调。"冀国定面色瞬间变得忧伤，"他之前给你们都开过方子，也许……"瑛姑将她的食指竖在冀国定的唇边："我想以听佛法为由，请德融师父。"

冀国定想到了王菁仪。当年的王菁仪和今天的瑛姑一样，明里暗里请了许多郎中，成年累月喝着那些苦药汤，冀国定一想到这些就难受。瑛姑伏在他肩上安慰他："我只是心里存了个疑惑，但没根没据，不好乱加揣测。"

冀国定对子息的事有些灰心失意，他说："人们常言，富不添丁，穷不生女，我与德融师父讨论过子息的事。他说，能不能生养取决于肾，富人过于享受，属尊庸之人，尊庸之人脾虚，脾主土，肾主水，脾虚就敛不了肾水，肾就虚了，所以不能有子息。但他又说，我不是那无诚缺仁之人，所以无子息或可另有别说。唉，人生不如意十之八九，看着你也开始喝那苦哈哈的药汤，我这心里不是滋味。""这是我们一家人的心病，如果是病，就得医，不去医治而全然倚仗天意，颓废了些。既然德融师父艺湛德高，与冀家又有这么深的渊源，说不定他就是我们家这事的解铃人。"

德融再次见到瑛姑时微笑合十："阿弥陀佛，'冀施主'可安好？"瑛姑有些不好意思："当年女扮男装，用我夫君之名与师父结缘，并不是有意欺瞒师父，还请师父不要怪罪。"

德融给瑛姑讲经说法结束后，他心下已明白八九分。这偌大的宅院，这诱人的家业，这名利之逐，没准儿哪个日子哪件事得罪了哪方人而祸起萧墙也说不定。都说皇家为争子嗣之荣而不择手段，看来寻常富裕人家也如此，人性相通，脱不得苦海，证不得涅槃。碍于出家人不能无故坏人因果，于是他委婉说："我再开个方子，如若缘分到了，一年半载的便可如愿。二奶奶往后多留意过于馥郁芳香的东西。"瑛姑听出这话的分量，不喜反惊。

"请问德融师父，这方子……大奶奶能用吗？"

德融心领神会，"二奶奶如果能好，诸位就都好了。"方子刚开好，厨房便传饭，德融被冀国定请去用饭。瑛姑轻轻叩着方子对小池说："按方子多抓几副，给大奶奶送去。"又特意叮嘱一句："告诉大奶奶，这方剂，是我专门请德融师父过来调理配制的。"小池噘嘴不同意，瑛姑轻言淡语说："送不送在我，服不服在她，去吧。"

午饭是刀削面。一碟小葱拌豆腐，一碟水煮花生调芹菜，余下的依旧是素炒雪里蕻，炸素酱，辣椒油、花生屑、醋调和，一概素食。

冀国定端起醋调和，"山西水土硬，要食些醋。俗话说得好，入乡随俗，几千年沿袭下来的饮食习惯总有它一定的道理，就像荆楚无辣不欢，苏浙无甜不喜。"说着替德融浇了些醋。浇了醋的面，混着各种浇头的香扑面而来，油汪汪的芝麻红辣子，绿生生的葱花，再佐以花生碎和雪里蕻，看着都让人垂涎欲滴。冀国定已挑起一团面唏里哗啦吃上了。

德融心想，总听闻山西陈醋醇香，竟不知这醋怎么有股它的香味？吃过饭德融离开时说："贵地的醋，果然芳香馥郁，食之令人唇齿生香，回味无穷。"意味深长一笑，双手合什道了一句阿弥陀佛，便回寺里去了。

小池送药回来没好气地说："二奶奶好心好意送药，我还没走远就听大奶奶说：'药是平白能通吃的？'让青桔给扔了。"瑛姑并不理会小池唠叨，用帕子盖着脸假寐。冀国定进来的时候，冲小池做了个"嘘"的手势，而后悄悄躺在瑛姑身边。瑛姑往旁边挪了挪，让出一半枕头，冀国定挨着瑛姑躺下："以为你睡着了，原来装睡。""你再迟来一会儿，就真睡着了。"冀国定毫无睡意，偎在一边和瑛姑说些琐碎的事。有些是柜上的，有些是乡邻的，有些是道听途说得来的宫帷秘事，瑛姑迷迷糊糊听着，要睡着时，隐约听见冀国定说德融择定下月初上五台山。冀国定还说，德融建议下次雪里蕻用辣椒炒，再调些芝麻酱，味道会更美。瑛姑眼皮打架，昏昏欲睡，渐渐听不清冀国定说什么，似睡非睡时，恍惚听到冀国定说什么芳香，立刻来了精神，扯掉手帕坐起来问他最后一句说的什么。

冀国定纳闷地看着她："德融说面好吃，怎么了？"

"不是这句，你说什么芳香？"

"德融说，咱们山西老陈醋香。"

"原话怎么说的？"

冀国定也坐了起来："怎么了瑛姑？"

"德融原话怎么说的？"

冀国定又躺下，"他说：'贵地的醋，果然芳香馥郁，食之令人唇齿生香，回味无穷。'"

这晚，冀国定觉得后脖梗黏糊糊的，一摸，脓血一片，再摸腰上也黏糊糊一片。他急忙寻找德融送他的救命药——珍珠复合粉，无奈翻遍了整个箧笼也不见踪影。他不停擦拭流淌下来的污物，又将书橱翻了个底朝天，还是没有，一惊，是个梦。

冀国定心有余悸，赤脚直奔书房，瑛姑跟了过去。冀国定站在书架西侧的箧笼旁，犹豫了片刻，而后慢慢将箧笼打开，那赭黄色的小瓶安然无恙地躺在那里，他清清楚楚看到"珍珠复合粉"几个字，小心翼翼拿在手中摩挲了一遍又一遍。

瑛姑一夜难眠。与冀国定成婚已有七年，他膝下仍无子息，即便一年半载能遂心愿，他也已过不惑之年。李管家已去，福忠心灰意冷，要随德融出家，冀国定多次相劝他才暂时断了这个念头，玉章伴在冀国定身边的日子因此多了起来。让瑛姑寝食难安的是，她隐隐感到冀家有个魅影，想到这里，她不禁毛骨悚然。人生不可预料的事太多，目前最重要的应该是确保冀国定的安全。

管家之位一直空着，谁也不敢在冀国定面前提管家一词，瑛姑觉得不能再这么下去，聘个德才兼备的人出任冀家总管家已是迫在眉睫的事，还应聘个功夫好的人任冀国定的私人保镖。瑛姑的建议得到一致赞同，冀国定沉默不语。

冀家以优厚的待遇招募英才的消息一经传出，报名应聘的人出奇的多，只是许多天下来，冀国定哪个也看不上眼，不是嫌才浅就是嫌迂腐，甚至挑剔来者高矮胖瘦、音容笑貌。有个人临走时甩下一句这哪是聘管家，分明是选美人。这天来了个毛遂自荐的，口若悬河夸夸其谈，听到一半的时候冀国定不耐烦了。玉章看出仍不合他心意，暗示送客，然后轻声对冀国定说："老爷，忙到现在还没顾上回您，来了位亲戚，已在书房等您。"

"谁？"

"王应桂王举人。"冀国定"哦"了一声，便去会见。

没出几日，冀国定任用王应桂为冀家总管家，护卫总管是王应桂推举的，嘉庆元年的武举人、沧州拳师尹玉文。一桩大事办完，冀国定与瑛姑长出一口气，长出一口气的还有王菁仪。

转眼到了秋闱。家境不错的，少了许多颠沛，家境贫寒的，破庙、驿外断桥、年久失修的断壁残垣常常是他们遮风避雨的场所。冀国定每当看到他们，就会想起"安得广厦千万间，大庇天下寒士俱欢颜"的感喟。人就是这么奇怪，得不到的、未曾实现的，总想以另种方式来补偿，并如影随形。冀国定决定建驿馆，逢春闱与秋闱时腾挪出来，为贫寒的举子无偿提供吃住。

王菁仪柔声说："自古寒门多出名仕，只是常人很难体会这出仕之前的艰辛，老爷是在积功德。"冀国定见瑛姑格外安静，"你怎么不说话？""为妻不敢妄语。""自家人闲聊，甚敢不敢的，你不说话就是有想法，说来听听。"瑛姑这才说："建驿馆固然好，但'无偿'二字或要招惹是非。本来是义举，弄不好义举不义，反遭人诟病。"王菁仪轻轻咳了一声。谷穗给冀国定添了茶，又为王菁仪添罢，晃了晃茶壶："哟，竟没了。"随手递给采芹，转而对瑛姑说："二奶奶足智多谋，不如二奶奶想个两全其美的法子，既能如了老爷的心思，又能让穷举子有安身之处。"郭雯狠狠白了她一眼，吐出一句："穷嘚瑟。"瑛姑只抿嘴笑，不再言语。冀国定心领神会，又说笑了一阵，便各自散去。

瑛姑刚回到房间还没坐稳，冀国定已笑眯眯站她面前了。

"你怎么跟来了？"瑛姑明知故问。

"快说，说完背你两圈。"

"不成，三圈还差不多。"瑛姑仰头朝他笑。

"不行不行……四圈！"说完已背起瑛姑。

瑛姑认为，介休是周边赶考举子的必经之路，他们每来此必拜文昌君，拜完后，条件好的去驿馆，贫寒的，便在魁星楼或文昌塔下落脚。她建议冀国定逢大考之年，在魁星楼和文昌塔拟联，凡留墨宝者，便可无偿享冀家驿馆，使他们既避了风雨，又护住了读书人的气节和尊严。

"我懂了。士子多气节，这样他们便不会有无端受人施舍的折辱感，实乃一举两得。"

瑛姑又说："德融在介休治愈病人无数，人称活神仙，建驿馆本是功德一件，不如将此功德一并圆满了，将西堡寺进行修缮，重新取名为……""广福寺！"冀国定脱口而出。

又是一年，四月风清，春正盛行。桐花一树一树地开，这暮春里摇曳的阵阵清香让人生不起丝毫忧伤，这傍着农舍而生的高大树木，在玉菱和小麦之间显出它的与众不同。冀国定说它空有花枝，难以为才，瑛姑却说，诗人多吟咏，琴师多绕指，想要凤凰于飞，怎可少了它。冀国定被瑛姑这番话迷倒了，这时小池跑进来，瞄了眼冀国定，神秘地对瑛姑说了两个字："得了。"

"甚得了？"冀国定见她二人神秘兮兮的样子感到好奇。

"阿弥陀佛，功夫不负有心人，这大半年我一直在琢磨这件事，"瑛姑突然变得严肃，"子息之事要大白天下了。"冀国定被她的话弄糊涂了，没来得及问缘由，冀四和徐大厨吵嚷扭打着进来。

"你们这样厮打捶骂，泼皮无赖的样子，成何体统！"冀国定怒责之下，俩人才松手。

"东家，这小兔崽子诬陷我！"徐大厨一眉高一眉低道。

"我没诬陷你，是你耍无赖。"冀四争辩。

"还吵，你先说！"冀国定指着徐大厨。

"这小兔崽子魔怔了，非说我使了黑心手段，往饭菜里添了见不得人的东西。"

"今天的饭菜是你主勺吗？"瑛姑问。

"别说今儿，甚时候用过他？"

冀国定说："冀四，你若敢胡乱攀扯，小心你的皮。"徐大厨得意地瞪着冀四。

冀四吓得哆嗦，不停望向小池，小池朝他点头，冀四回道："我一向都是按东家和奶奶们的吩咐做事。"

"徐大厨，你放心，冀四若敢撒泼耍赖，东家饶不了他。"瑛姑安慰徐大厨。

"谢东家、二奶奶给我做主。"徐大厨神态得意。

冀国定皱着眉头打量着宗亲冀四："我可怜你家里穷，念你是个实诚人，不忍你父母万般央求才把你带出来，你就是这么学手艺的？"

冀四又是一哆嗦，不自觉出了满头汗，结结巴巴道："我本指望学点手艺，谁知徐大厨甚也不让我动，并且他狗眼看人低，私底下常将好东西做好送给大奶奶和李姨娘，平常给二奶奶与郭姨娘使的都是不好的食材。我无意看到他往醋调和里掺东西，问他倒的什么，他拾起板子便打，还恐吓我若说出去就打死我。"徐大厨立时跳起来，用手指着冀四："东家，二奶奶，他笨手笨脚的干啥啥不行，只长了张吃的嘴不说，还在这里血口喷人挑拨离间！"

瑛姑面沉如水，对小池悄悄说："将大奶奶和两位姨娘，还有福妈、福忠都请过来，是时候还梓芸清白了。"冀国定看瑛姑这么兴师动众猜测不是小事，所以隐忍不发，看着徐大厨与冀四在一旁相互指责。少顷，王菁仪等人皆至，一时，满屋子的人彼此相望，不知发生了什么事。冀国定有些不悦，嫌瑛姑将一桩小事弄得阖家不安。

王菁仪刚落座，瑛姑接过小池手里的妆奁匣，笑吟吟道："姐姐，有样东西要物归原主。"说罢取出一支金镂空镶珠海棠花的扁方递过去。王菁仪见到这枚失而复得的发簪，愣得半天没说话。

"怎么，姐姐不认得它了？当时姐姐认定是梓芸偷了这支发簪，兜兜转转的，今儿又回到姐姐身边。福忠，把她带上来。"福忠将一个浓妆艳抹的老鸨带上来，她扭着腰肢环顾一周，一时间，满屋子的胭脂花粉香，王菁仪用手帕掩了口鼻。徐大厨好似霜打的茄子，顿时蔫了。"如实说！把你和这支发簪的渊源说清，还梓芸清白！不然告你偷盗送你见官！"福忠怒喝。

老鸨捏着腔调甩着帕子说："哎哟，各位爷，各位奶奶，我被这小子捆了原来竟是为这发簪！我不知它是徐大爷偷来的。徐大爷是我们花月楼的常客，常拖欠银子，我吓唬他，再不还就上门讨要，他便用这个来抵债，我一瞧，这可是上品的东西啊，我咋能不同意嘛！"

"除了这个，还与徐大厨有过甚交易？"瑛姑问。

"旁的没有了。"老鸨信誓旦旦。

"扯谎！旧年我……我……乞讨的时候，见你给过徐大厨药。"郭雯此言一出，惊得众人面面相觑。

"郭姨娘，事关声名，你万不可诬人清白啊！"徐大厨颤抖着声音说。

"我与你无冤无仇，何故要诬你清白？反而是你处处诬人清白！"

"说！怎么回事？你，别污了我冀家门庭！"冀国定瞪着老鸨，几乎将桌子拍裂。

老鸨吓得神色俱变，"爷别急，容我想想，时间太久了，这位姨娘不说，我都忘了……这位徐大爷常向我买避子药。我不知道这簪子是他偷来的，不然我怎么能去当铺换银子？偏巧当铺又是你们家的。"

"可是这种药？"福忠将药拿出来让她认。老鸨点头。冀国定不停挥手，示意老鸨立刻出去。

"这，这怎么回事？"徐大厨结结巴巴问。

228

"从你房里搜出来的！"小池说。徐大厨傻眼了。

王菁仪瞠目结舌，看了眼谷穗，谷穗疯狂摇头，王菁仪盯着徐大厨问："你竟干出这样无耻的勾当？我的脸被你丢尽了！"瑛姑揶揄王菁仪："姐姐太天真了。你以为他是用这个解他一己之欲么？大错特错！他——就是他将这药，成年累月搅拌在饭菜里，让我们服用，是我们。是他亲手断送了姐姐的念想，断送了冀家的子息！"

冀国定的脸一阵比一阵白，脸颊肌肉抖动，怒目圆睁，额角青筋毕现，脸几近扭曲，手里的茶碗哗啦啦作响，他一脚踹向徐大厨："说！为甚这么做，我哪里对不住你？！"

徐大厨抖瑟如筛糠，竟露出些许狰狞之相，被冀国定踹倒后反倒哈哈大笑，癫狂的样子似魔鬼。他满脸血水道："对，这一切都是我做的。是我挑唆谷穗和大奶奶与二奶奶树敌，是我设的局污她名声。二奶奶，背个行窃外加风流的名声可还好过？哈哈！对，药是我买的，流言也是我散播的，我就是要让你的婆娘们一个个不能生养！任凭你娶谁，只要我在冀家待一天，你便无后，让你眼睁睁看着这偌大的家业无人继承，让你夜不安寝，让你空对着白花花的银子流泪，哈哈哈……"

王菁仪满眼惊恐。冀国定冲过去冲着徐大厨狰狞的脸狠挥一拳，揪着他的衣领骂道："畜生不如！冤有头，债有主，我冀国定哪里得罪你至此，让你绝我子嗣？"

"乾隆二十四年，你祖父说我祖父以次充好、缺斤短两，在街头罚他，那夜，他无脸见人，悬梁自尽，我就是来报仇的！"

"他只是做了那一件吗？我祖父一而再再而三给他机会，他恃宠而骄，全然不顾商者本分，后来竟集结众人罢店！"

"狗屁商者本分！惺惺做态，不过是因我祖父劳苦功高，你们杀鸡给猴看！"

冀国定气得说不出一句话，强压怒火指着徐大厨："天作孽犹可活，自作孽不可活，你给我滚，滚得越远越好！以后若让我再看到你，绝不会让你喘着气迈出一步！”徐大厨哼哼哼冷笑三声，连滚带爬跑出了冀家大门。王菁仪发了疯似的跑出去，谷穗尾随其后。整整一夜，有两只猫在墙头打架，有哭声此起彼伏，还有雨，下了整整一夜。

冀家大宅终于迎来真正意义上的宁静，冀国定想也想不到，困扰了大半生的子息问题竟然出在徐大厨身上，他不敢想象，假如不是瑛姑发现这一切，冀家无人可继的景象是何等悲凉。王菁仪变得更加消沉，她开始有意疏远冀国定。冀国定了解敏感的王菁仪，非但没有再提过一次徐大厨，相反的，从撵走徐大厨后反而用更多的时间陪伴王菁仪。众人有些看不明白了，分明是瑛姑将家中的内鬼查出来，冀国定没有更加宠爱瑛姑，反而越来越疼爱王菁仪。

男人用了情，会用最物质的方式表达心意，就比如此时的冀国定，他已经在琢磨此去汉口回来为瑛姑买点什么好。小至珠花，大至他力所能及的所有，他愿意为她去做。而每每面对王菁仪，他的心始终是柔软的，这千般柔情沉淀成心底的疼惜，这种感觉和他对另外三个女人始终不同。王菁仪像他怀里的猫，而瑛姑则像林中的鹿。

临行的前夜，冀国定怎么也睡不着，他望着熟睡中的王菁仪，突然想去看看瑛姑，于是偷偷起来，一双手拦腰将他抱住。

瑛姑也是辗转反侧。自从与冀国定和解，她能够感受到他的柔情。瑛姑常常想，他的这份柔情曾淹没过王菁仪，也涌向过谷穗或者郭雯，虽然她极力劝自己，为人妻，要有容人的雅量，但心里还是会泛酸。

第二天一早，冀国定兴冲冲来找瑛姑，瑛姑懒懒的还没起，冀国定命小池为瑛姑准备行装，他则拉起瑛姑为她穿衣。瑛姑不知他要干什么，冀国定用食指刮了刮她的鼻尖：“此次去汉口，你随我同去。”瑛姑半信半疑望着他，冀国定问：“去乎哉？”瑛姑立刻搂着他的脖子：“去也，去也！”

瑛姑如出笼的鸟，一路上与冀国定说说笑笑，玉章与小池更加熟络。瑛姑讲了许多她随父外出遇到的趣事，冀国定听得津津有味，穿着男装的瑛姑无比灵动，这让冀国定大为怡心悦目。

这次长途跋涉还没觉得乏就顺利到达了汉口。快抵码头时，四人临舟眺望，舟筏横斜，帆樯林立，水上之路丝毫不亚陆路，甚至比陆路更繁忙，瑛姑叹为观止。几人目不暇接时，看到码头人潮涌动，江面上出现了几艘轻快的小船，紧接着飘来号子声，甩腔，滑音，颤音，花舌音，接着衬词，衬腔一出，"头顶太阳哦，啊呜啊呜……"有人跟着唱："眼眸邵阳哦，啊呜啊呜。"紧接着大片江面上的船夫撑着篙子齐声唱："我们脚踏益阳哦，身落汉阳哦，尾摆长江掀巨浪，手摇桨桩游四方！"歌声嘹亮，整个码头笼罩在号子之下，湘地的野性美展现得淋漓尽致。此处便是宝庆帮码头，帮主是湖南新化籍何元仑。嘉庆初年，他与两兄弟在汉口做买卖，历经多年拼杀，终于在汉口创建了宝庆码头，他被拥护为帮主。

冀国定给瑛姑讲了两件事，宝庆帮与徽帮在争夺码头时，有人提议，两帮各派一人，谁敢穿烙红的铁靴子，码头便归谁，宝庆帮走出一人，面不改色心不跳，将双脚穿进烙红的铁靴子。徽帮也不含糊，走出一老者，也将双脚穿进铁靴子，顿时，皮肉烧焦的味道四处弥漫，此轮未分出胜负。又有人提议，谁先徒手从滚烫的油锅中取出食物，码头便归谁。宝庆帮又走出一人，丝毫未迟疑，徒手伸进滚烫的油锅，自此码头便归宝庆帮，瑛姑听得后背发麻。冀国定觉得何元仑等人虽勇猛，也不过勇猛而已。

汉口商贸重地，南来北往，多方人杂处，所以礼节不似晋地烦冗，女人也相对自由。瑛姑闲来无事，女扮男装带着小池在汉口街上看热闹，走一圈下来，感慨万千。此地江湖连接，无地不通，一舟出门，万里随心。二人边走边看，不知不觉走到宝庆会馆，会馆人来人往。小池像只欢蹦乱跳的鸟，瑛姑看着她蓦地想起了梓芸，又想起看破红尘的福忠，心内起了恓惶。

瑛姑回来时，冀国定已在房里等她。她端起凉茶要喝，冀国定夺下轻嗔："浑身汗津津的，这一口凉茶下去不坐病才怪！"他倒掉凉茶，续了温水，瑛姑换了衣服，冀国定开心地对她说，与洋人谈成了一笔大生意。

为保证茶叶顺利交付，冀国定一大早来到交付地，除了几位晋地同行在，还有不少江浙一带的茶客，他还看到了宝庆帮主何元仑。不多时，几位洋人前来查验茶叶，洋商满意地点点头，而后取出洋行银票递给冀国定，冀国定看到兑付的竟是洋行的洋银，问道："查理先生，合约写得清清楚楚，要么是纹银，要么是等值的货品，为甚付洋银？"

查理不可理喻地望着冀国定："冀财东，现在洋银作价高于纹银，我按照一比一付货款，没向您要其中的亏折还不是因为我们之前合作愉快？您看其他商客，都是银圆。"冀国定看到那几位江浙商客的确收的都是洋银，其中一位浙地商客悄悄对他说："如今洋钱盛行，听说他们此次来，装了一整船的银圆，多少人私底下求他们用纹银兑换银圆呢！"在一旁的何元仑发话了："洋银含银量低，仅相当于纹银的七成，这是众所周知的事，你们为什么揣着明白装糊涂，任由他们欺哄？"浙商讥笑道："这位仁兄怎么说话呢？我们卖茶，人家给钱，分纹不少，怎么叫任由欺哄？"何元仑提高了嗓音："他们买货用夷银，卖货只收纹银，说明什么？""你觉得亏就别卖，又没人强迫你！"何元仑一把揪住那人的衣领道："大清商人倘若都和你一样，我们岂不是用真金白银换了一堆废铜烂铁？""皇上不急太监急，有本事你和皇帝说去！"那人甩开何元仑的手，正了正衣冠，正巧何元仑的英国商家来收他的货，何元仑直截了当问他："请问先生如何结付，倘若是银圆，这笔买卖怕是做不成了。"洋人没想到何元仑有此一问，也没想到有不爱洋银的。"何帮主，白纸黑字写得清清楚楚，到期不能交货是要赔偿的。"何元仑抖出合约不屑道："这合约也写得清清楚楚，结付方式要么是纹银，要么以物易物。"洋人嗤之以鼻："用

232

你们中国话说，您是我遇到的第一位不识时务者。"何元仑恼怒，不自觉握紧了拳头，冲洋人骂道："尔等贼心，别以为我们不知道！你们把从大清购到的茶叶卖到美国，再买回棉花，做成纺织品卖到印度，最后从印度购到鸦片再卖回我们大清，你们用鸦片麻痹、毒害大清，尔等是豺、是狼！"冀国定见冲突一触即发，拦在他二人中间调和："这位先生，何帮主，我看不如这样，找个时间，我们坐下来再好好商量商量。"

经何元仑这一搅和，一些人也跟着拒收洋银，洋人担心大宗的生意泡汤，只得答应再商量，冀国定拉了何元仑往外走，何元仑愤愤地说："这生意当真没法做了，请兄到茶楼一叙。"

何元仑个子不高，肤色略黑，两只眼睛炯炯有神，行路带风，嗓音如钟，茶楼伙计刚上了茶，他把桌子拍得大响："他奶奶的，欺负人欺负到头上了！这些呆瓜，只认钱，不认是非！"把伙计吓得直打激灵。冀国定以为何元仑只是一介莽夫，没想到他竟能看出与外夷这一买一卖中的利害，对他倒生出几分敬意。

"不知帮主供的是甚货？"冀国定问。

何元仑警惕地向四周望望："也没什么，一些日常杂货，茶叶，土纸，粮油啥的。兄是哪里人，售的啥货？"冀国定见他格外小心，猜到几分。"我是晋地商人，姓冀名国定，我供的是茶叶。如今夷商不履行合约，以洋银结货款，我也是犹豫不决。两广、江浙、鄂省与闽省这两年盛行洋银，听说洋商私底下用内地纹银收买洋钱，与江、浙茶客交易，作价甚高。可我们晋省时下还是流通纹银，所以我不能答应以洋钱结付。再者，正如帮主所说，洋人以低潮银两制造洋钱，每两重七钱三分五厘，却以一等一兑换纹银，这是甚道理？"何元仑喝了一口茶："兄有所不知，这些外夷商人将内地纹银偷运回洋后回炉重铸，从中牟利。皇上下旨严查，并明令禁止，但督抚认为小题大做，口头答应，实际并不执行。"冀国定忧心忡忡道："这分明关系着国运民生，老百姓都明白的事，官员就是不作为。"两人相视叹息。

当天夜里，何元仑正熟睡的时候突然有人来报，两艘货船被人做了手脚，全部沉江。何元仑气得横眉怒目："这帮狗娘养的，竟断我们的活路！""咱们所有的财资可都押在那两艘船上了。"二帮主忧心忡忡。何元仑咬牙切齿说："他们还当真不知他们姓啥名谁了，不让老子活，你们也别想喘气，抄家伙！"呼喇喇，火把将宝庆会馆照得灯火通明。"帮主，他们是长枪短炮，我们是刀剑木棒，此去只怕会白白送性命。"何元仑仰天哈哈大笑，拍着二帮主的肩："你也太小看哥哥我了，我怎么可能用鸡蛋去碰石头？我是以其人之道还治其人之身，这条江、这码头，它姓何，还由不得洋鬼子指手画脚！"何元仑提了短刀，赤膊带领众人刚走出宝庆会馆，突然来了许多清兵将宝庆会馆围住，执事的捕头以为何元仑要逃窜，下令道："捉拿何元仑！"何元仑不知道怎么回事，众兄弟手提钢刀将何元仑护在中间。

"敢问大人，小民犯了何罪？"

"有人告发宝庆帮违背朝廷律例，走私煤炭、铜铁等矿物，私自兑换洋银，并助夷人偷渡纹银，无故毁约，扰乱交付合约，即刻缉拿！"何元仑大骂："蒙了眼的胡说八道！真他奶奶的邪了门，两艘船刚被人沉了，又来抓人，你们是不是串通好的？"捕头不悦："何帮主这话是什么意思？我等只是奉命行事，来呀，都带走！"何元仑不想将事态惹大，又想，船已被沉，走私矿物查无证据，偷渡纹银根本无中生有，所以并不怕，扔了刀坦坦荡荡走到捕头面前："我乃帮主，大事小情都是我说了算，放过他们，我随你去！"二帮主担心其中有诈，但眼下一时也无法周旋，只能眼睁睁看着何元仑被带走。何元仑进了衙门再没出来，还被用了刑。好在何元仑平时人脉不错，经通融，事情皆免，只是要交巨额保释金及货物赔付金方可放人，这可难坏了宝庆帮。

大笔银资根本筹措不到，何元仑眼见无法，以为天要灭他，灭宝庆帮。这天，衙门突然说有人出资保释了他，出来后才知道保释的人是冀国定。何元仑不知道萍水相逢的冀国定为什么要救他，冀国定用右手指着他的胸膛说："为的这个。虽初识何帮主，但帮主三言两语皆是侠义之情，我敬佩帮主！"

何元仑感激不已，对冀国定敞开心扉："实不相瞒，我那两艘货船装着两百多吨煤炭、土纸、茶叶、桐油、生漆、生铁和其它矿物，如今都打了水漂，负债累累。我气不过朝廷懦弱。听说，外夷三番五次给朝廷施压，他们要直接从中国内地买茶叶，还要免除茶叶半税，并自由选择路径，可水路，可陆路。大清子民不只要交税，只能走陆路，这不是明抢是什么？"

冀国定怒道："这岂不是公然引狼入室？夷商交的是夷元，夷元成色不足不说，分量也不够。而我们走陆路要经过六十多个关卡，交的是足额的官制白银，只赋税就比夷商高出十多倍，要是朝廷答应了这个条件，当真是自取其辱！上哪去说理？敢问帮主从何处听到这样骇人的消息？"何元仑一个重捶砸在桌上："我与大学士刘光南是同乡，当年与徽帮争夺宝庆码头，多亏刘大人出手相帮。刘大人为此忧心不已，我想好了，假如有一天朝廷不敌外夷势力，答应了他们这些条件，他们胆敢溯江往天津走，老子便见他们一艘船劫他们一艘！"

"狼子野心！希望朝廷擦亮眼睛。"何元仑想起什么，"冀兄，茶叶生意，兄今后要慎重投入，我看朝廷早晚会被外夷要挟。"冀国定皱了皱眉说："既然洋人能在我们的国土上做生意，为甚我们不能去他们的国家？"何元仑点头道："兄言之有理，等有机会，我替兄争取与外夷平等的厘金！"

二人相见恨晚，说了很多话，也饮了很多酒，直到天擦黑，冀国定才离开。

回来后，冀国定给瑛姑讲何元仑，瑛姑说："何帮主令人敬仰，是条真汉子，值得托付。"冀国定听她此言有些醋意："那为夫所作所为，算汉子吗？"瑛姑捂嘴乐："我闻到醋味。"冀国定不依不饶，两条臂膀紧紧箍住瑛姑，大有不说句他称心的话，誓不放手。两人嬉闹一阵，冀国定躺在床上望着帐顶，半晌不说话，瑛姑问他在想什么，他这才幽幽说他当初如何傻呆，差点错过她。接着又酒意甚浓地给瑛姑讲了许多陈年旧事，有的瑛姑知道，有的是头一遭听他说，尤其讲到王菁仪时，瑛姑能听出冀国定对她特有的怜爱。这个外人看起来风光无限的男人，内心竟有着这样柔软的一面。也许是吹了风，冀国定醉意越来越浓，到底因不胜酒力开始呕吐，瑛姑唤小池，没人答应，只得亲自收拾污秽，出去扔的时候，听到小池与玉章在说话。

"以后你不要再找我，也不要送东西给我。"

"小池，你这样我很难过。"

"咱们是不可能的。上下皆知大奶奶与二奶奶不和，你是大奶奶的亲戚，我是二奶奶贴身的丫头，我们这叫怎么回事？没事怎么都好，有事我跳到黄河都洗不清。"

"大奶奶的远房亲戚就不能喜欢你了？二奶奶的贴身丫头就不能喜欢我了？我承认，我之前常给大奶奶通风报信，但以后，小池，我发誓，为你，我再不参与她们的事！"

"我说不行就不行，我不想落个不忠之名。"

瑛姑诧异无比。玉章竟是王菁仪的远房亲戚，徐大厨也是王菁仪的远房亲戚……家里还有谁是她的亲戚？

瑛姑随冀国定汉口一行，回来后反而对王菁仪更加尊重，对谷穗也十分客气，挑不出她一丝不妥。

冀国定略做了休整便启程安邑。只因前几年安邑发生了大地震，景象惨不忍睹，冀家钱庄掌柜伙计全部遇难，虽然他对遇难人员做了妥善安置，但钱庄却遗留下很多问题。

由于营业的不平衡，有时会出现巨额现银的支付，所以冀国定要

236

求钱庄必须备有充足的现银，以备急需，防止出现"柜空"而损伤信誉。地震时，钱庄人员全部遇难，现银遗失过半，最头疼的是账目破损，票据底账遗失。但他说："买卖无诀窍，信用第一条；称平，斗满，尺盈尺；宁让自己赔折腰，不让客户吃点亏；买卖不成仁义在；生意没有回头客，财东伙计都挨饿。"只要是持冀家安邑钱庄银票的商户前来，冀国定都要求信守承诺，决不推诿拖欠，积极兑付，并约定每年的这个时候，专门兑付因地震没来得及兑付的商户，已连兑三年，今年是第四年。

此时正值七月，溽热难当，天黑前刚进入安邑城，远处卷起黄沙，人脸被砂砾打得生疼，瞬间四周昏暗。俗话说，风是雨头，狂风刚碾过城池，大雨便来势汹汹，一众人淋成了落汤鸡，破败不堪的安邑城被雨水一浇更显凄凉。拳师尹玉文冒雨前去探路，不远处有座荒芜的兴国寺，冀国定命前往投宿。寺里有个老和尚，冀国定拜过老和尚，得他同意便安心住下。夜里雨声斑驳，无一丝睡意，便与总管王应桂小酌，天南海北闲聊。

王应桂说："冀家连续三年为商户兑付震前银两，希望今年能顺利结了这笔陈账。"

"遇到这样的天灾人祸，无论多久，只要有人持咱们家银票，该兑还得兑呀。"

几杯酒下肚，再加上窗外雨声霖铃，人便沉郁起来，王应桂见冀国定兴致不高，于是给他讲寺里的禅师墓塔："这塔原名南海塔，最神奇的是明嘉靖三十四年地震，塔从顶端裂至第七级，缝宽一尺有余，万历年间，又在一次大地震中，裂缝复合，甚为奇观，前几年的地震，它却完好无损。"

冀国定听罢甚觉惊奇："想来它栉风沐雨，一开一裂也是佛陀旨意。就我这跌宕起伏的半生，七脉单传，少年失怙，家业任重道远，一路披荆斩棘至此，承前之人都已作古，继后之人尚不知何处，这其中况味一言难尽。"冀国定有些微醺，推开窗喃喃道："安邑县，好高塔，离天不过丈七八……"夜雨如织，他联想到这些年的经历，又想到祖辈虽创下偌大家业，自己不惑之年依旧无嗣可承，悲从中起。此时万籁俱寂，耳听得河水滔滔，胸中越觉郁闷，于是举烛，在对面遍题诗句的墙上书道：

> 佛殿廊前趁晚凉，慈悲我欲问空王。
> 远抛妻妾缘何事，虚掷光阴只自伤。
> 七世孤身天俯鉴，一年异地日偏长。
> 闷来强与人闲话，却恐闲言说到商。

冀国定的诗作勾起王应桂神思，于是他提起管毫说："东家既抛了金砖，我便步韵相和一首。"于是在一旁题道：

> 古刹萧森雨后凉，游人散步谒天王。
> 诗因遣闷翻成妙，话到关心竟可伤。
> 我欲陈言羞识浅，君偏寄语见情长。
> 穷通料有前缘定，且付歌音一引商。

冀国定与王应桂二人举着烛台吟诵，不知不觉喝了整整两壶酒，冀国定醉意朦胧，对王应桂说："这面墙从此就叫遣闷墙。"

第二天，云收雨住，冀国定命人将墙上的诗句如数誊抄下来，并故意隐去姓名，收拾了行装前往冀家钱庄。冀国定一行还没来得及歇口气，已有商客手持银票来兑震前的银子。冀国定热情地将他们让进钱庄，将银票递给柜上的伙计，伙计经仔细查验无误后便如数兑付。王应桂心有担忧："东家，柜上没有底账来核对银票真假，万一有人用假票冒领，柜上可不是亏大了？"

"能被冒领，归根结底的问题在钱庄的掌柜和伙计。为商者，讲的就是一个信誉。"

一天忙碌下来，柜上渐渐无人，伙计将最后一块门板掩上时，王应桂已将陈账拢得差不多了，他捧着账目长出一口气："损失不少。"

"这三年也因咱们讲信誉，赢得很多回头客。虽收支不平，但来日方长。"

门外突然响起急切的叩门声，伙计不知该不该下门板。冀国定说："无事不登门，不可将人拒之门外。"伙计下了门板，一位花甲老者哆哆嗦嗦从怀里取出一个手帕，里三层外三层裹着，最后取出一张一年期银票，王应桂反复验证，确认是冀家钱庄的银票，面额为八百两，但承兑期限已过期，王应桂便问老者银票的始末。老者说，银票是他那唯一儿子的，他儿子在安邑地震那年不幸遇难，银子是他儿子贩卖皮货赚来的，因事出突然，老者只知道儿子存了银子在冀家钱庄，但并不知道银票在哪，给他儿子过三年忌日时才在一件旧衣服的内衬里找到这张银票。

王应桂悄悄和冀国定说："不知所言真假，再说承兑期已过，柜上又没有底账，东家是何意思？"冀国定说："钱庄只认票据不认人，你会同掌柜仔细辨认票据，倘若无疑，不用犹豫，即刻兑付。"

三个月后冀国定回到家中。有一次与妻妾闲聊时，得知谷穗在和王菁仪学习作诗，他想起兴国寺遭阆墙上的诗，随即取出诗集，让谷穗判断哪首是他写的。谷穗有模有样品咂，郭雯依旧不苟言笑，不过片刻，她在众多诗句中找到冀国定的诗作，冀国定当下夸她聪慧，谷穗有些扬扬得意。王菁仪读罢柔声说："老爷之律情真意切，自带光芒，是所有诗作里最佳的。"冀国定望着王菁仪，眼中充满怜爱，"菁仪所夸虽然言过其实，但皆因为你眼里只有我之故。"王菁仪只觉心头一梗。这些年眼见人老珠黄，冀国定还是一如既往懂她。

谷穗妩媚一笑："不怕老爷笑话，我虽然依葫芦画瓢，但总摸不着门道，我分不出这些诗作好的好在哪里，不好的差在哪里，老爷教教我可好？"冀国定说："你总是那个最有心的。这样，菁仪与瑛姑各找一首，让她们为你讲解。"王菁仪故作谦辞，说瑛姑书香世家，让瑛姑为谷穗找，冀国定便将诗集递到瑛姑手中。瑛姑本想推脱，但见冀国定满眼信任，接过诗集，翻看到一首："不知这首何人所做。虽说格律工整，词句也算考究，只是此诗无匠心，匠气又过浓，虽然化了些典在里面，终究痕迹过重，有炫耀学识的嫌疑，这样的诗读来无法共情，抑或者他只是为做而做，这是作诗大忌。"冀国定听罢笑道："都是些附庸风雅的游戏之作，有人擅用情，有人擅用境，有人为赋新词强说愁。""若说这些诗中的佳作，除了老爷的，这首也甚妙。"瑛姑指着其中的另一首说。冀国定看了眼说："这首是王管家步韵和我的那首，不得不说，王管家之才，不亚……"冀国定突然闭口不再往下说。谷穗机敏，打岔说了些她学诗的糗事，引得众人哄堂大笑。

王菁仪比原来更冷了，青桔一步不离无微不至服侍她，主仆二人虽然很少交流，但看得出还算默契。回去的路上碰到王应桂，王应桂停下急匆匆的脚步，向王菁仪问好。

"这么急匆匆的，柜上有事？"

"收到急件，需要东家定夺。"

王菁仪微微颔首，王应桂迟疑了一下道："感谢大奶奶提携，没有大奶奶便没有我今日。"王菁仪微笑："也是你才情斐然，不然，即便你我同宗，也断不能来这里做总管家。"王菁仪看见王应桂很恭敬，嘴角轻轻一扬："老爷与二奶奶正品诗，要不你迟些去，别搅了他们的雅兴。"王应桂整理整理手中的账簿："临来时，我参嘱咐我，稳妥说话，谨慎行事，便是对大奶奶最大的报答。大奶奶如果有需要我的地方，我会万死不辞。想来东家知道品诗事小，铺上事大，我还是先去见东家，大奶奶慢走。""我是担心……"王应桂停下脚步。"你听到他们品诗会心里不舒服。"王菁仪话中含沙射影。"不知大奶奶所言何指？"王菁仪眼皮一耷拉说："也无甚，也许是我多心。二奶奶正与老爷嘲笑一首无病呻吟的律诗，尤其'诗因遣闷翻成妙，话到关心竟可伤。'一句，她说，满篇的做作之态。"王应桂的脸顿时沉下来，但好歹他也算是见过风浪的人，他镇静地说："诗这玩意儿，本来就是闲遣，造境之语本不及顺手拈来的自然，不过是文字游戏，何来舒服与不舒服？"说罢冲王菁仪施了礼匆匆离去。

这年又逢秋闱，应试的考生纷纷赶往省贡院。因地方官府银两吃紧，贡院经年失修，除了应试时节能散发出一些活力，多数时候寂寥颓败。野草横生于屋顶，墙皮剥落，像个跋涉了经年的老者，除了"贡院"二字还能透射出经典要义，其余时候更像个落魄的秀才恹然于街头巷陌。

山西巡抚决定整修贡院，但库存少得可怜，只得向各地摊派整修费用，巡抚思量，太谷、平遥、祁县、介休、榆次一带富商最多，便将大额摊派在这些地方的所属衙门。刚到任的汾州府同知周悌被委派筹措修缮贡院银资一事，这段时间他一筹莫展，眼见期限已到，筹银受挫，急得他坐立不安，如果被参办事不力，估计头顶的乌纱不保。

王应桂认为商业行进到一定程度，必然与社稷命脉息息相关，故而建议冀国定做此善事，冀国定与他意见相同，所以命他准备捐修贡院之银，谁知瑛姑竟对此次纳捐有些担心。

"担心甚？"冀国定问。"有些时候，主动兜揽难免有攀附之嫌。人心不古，木秀于林风必摧之，弄不好白白花了银子不说，还遭人嘲笑。"冀国定不以为然："你多虑了。当年在汾水畔建造码头，也是我主动找到王大人出资出力，并未受人揣度。""此次不同。上次是为介邑本乡谋福德。一来，四邻八乡知道老爷乐善好施，二来，夫君也有答谢众乡亲解你危困之意。而此次是省贡院，是巡抚大员坐观此事，我们又与新上任的周大人并不相熟，俗话说上赶着不是买卖，老爷还是谨慎些好，以免日后生出是非。"

第二日，冀国定对王应桂说暂缓捐资。王应桂不明白冀国定为什么突然摁住此事，问了几次，冀国定只笑不语。

又过几日，周悌突然登门造访，说明来意后，冀国定当即表示愿意捐银一万两，周悌惊讶冀国定的气度与手笔，感慨道："有公等儒商，虽为富一方，却心系家国，实乃晋省数万举子之幸，晋省之幸！"冀国定说："自魏晋起，虽不敢说唯晋有才，至少可以媲美鲁豫而三分天下，至宋代尚有余响。但自宋后，中原旺族如过江之鲫纷纷南渡，甚至带走了山西的书卷气，现如今，出自山西的进士与江浙的进士根本不可同日而语，我盼着故土好啊！"

望着周悌高兴离去，冀国定这才对王应桂缓缓说："此举果然四两拨千斤，不得不说，二奶奶果然如祖父所言，她有运筹帷幄之才啊！"王应桂脸上浮起一丝不易察觉的不爽之色。

西天灿烂一片，晚霞洒在气势恢宏、色彩斑斓的真武庙群，覆顶的琉璃在霞光的映衬下显得富丽堂皇，冀国定与瑛姑站在高处凝视着这片辉煌。冀国定说："人都要逝去，唯它可以久立于世，见证我们的风华并护佑子孙后代。"瑛姑说："它会伴日月同辉，随汾水长流。"冀国定觉得血脉正一层层在体内张开，安然静好，幸福绵长。

二十章　得子

　　云卷云舒，雁来雁往，那条喧腾的汾河，那些朝开暮合的花朵，那些木质的篱笆，那些与春天等高的霞光，都让人生出对生命的禅悟。船只穿梭古渡，驼铃摇响风沙，山脊上的妹子在唱着：

> 刚过正月你就起了身
> 扒撂下俺一孤栖人
> 屹堵堰底下你搂住俺的腰
> 说是挣下票票给妹妹捎
> 出门在外不容易
> 怎叫俺心是不结记
> 一天不见哥哥的面
> 嘴里撒上砂糖不觉得甜

　　远行之人身上背的岂止是包袱，分明还背负着家乡和恋人，为他们也为自己，翻山越岭，用命去搏风打浪，只为从贫穷中蜕变。
　　一对农人模样的夫妇一路走一路打听，终于来到冀家大宅门口。高高的院墙挡住他们的视野，阳光洒满墙面，青砖灰瓦瞬间涣散了他们的认知，唯有用黄金或者白银来形容才能勉强填补他们贫瘠的想象。

大门紧闭，黄色门环泛出的光泽让他们觉得那便是富贵之光。门槛之高，他们不敢轻易挪动双腿，气派的门头上栩栩如生的奇花异草、仙禽瑞兽，让他们惶恐，这恢宏的宅院披着耀眼的光芒，更加使他们确信，这大院里的人拔根毫毛都比他们的腰粗。

"你说这深宅大院的，人家能瞧得起咱吗？"女人问。

"不见怎么知道瞧得起瞧不起？听说这位族兄厚道，常常接济乡邻。我与他好歹是宗亲，再不济，我也曾是武庠生，不过是家道中落，才会潦倒如此。""听你说了一辈子武庠生，没因它过过一天好日子，反倒被它牵扯得更穷。"女人白了男人一眼。

男人将山药、南瓜、谷子等农作物从肩上放到地上："谁家不是有了难事才出来求人。"说罢叩响大门，说明身份与来意，等了一盏茶的工夫，玉章出来将他们迎进去。

冀国栋夫妇跟随玉章刚进入冀宅，便被一面精美绝伦的照壁墙震撼到。

照壁壁顶铺了筒瓦，正脊两端有正吻，垂脊两端有小兽，四角翘起。壁身是青砖满雕，四角镂雕、链雕着云纹、回形纹等，望之栩栩如生，再佐以浮雕着梅兰竹菊、番草海棠等植物，只觉满目吉祥。中间沉雕了五只蝙蝠围绕着一个寿字，寿字周围微雕、篆刻着各种字体的小号寿字，下面是与影壁等宽的须弥座，冀国栋夫妇二人一边仰望，一边啧啧赞叹。

绕过影壁立觉豁朗，一座方方正正的庭院出现在眼前。玉章引着他们往甬道去并告诉他们，冀宅轴线分明，院墙高筑，四门择地而设，东西门是一条较为宽敞的甬道，甬道北面并列两座院落。冀国栋夫妇紧紧跟随着玉章，生怕落后而迷路。他们悄悄问玉章："冀家大宅有多少院子？"玉章将手掌来回翻了几翻，又说冀家准备再加盖几处大院。夫妇二人见到有丫鬟从前堂出来，直夸俊俏，玉章目送丫鬟走远，得意地对他们说："那丫鬟俊吧？她不只俊，还心灵手巧！她是二奶奶的贴身丫头，名唤小池。"说完嘴都合不上了。

玉章见他二人目不暇接，指着前面一幢房屋告诉他们，那就是冀国定与族人商议重大事情的议事堂。冀国栋望去，只觉此堂庄严朴实，虽未见冀国定，但已感觉到冀国定的威严。主堂旁边是个简单的建筑，有几个粗使的妇人端着盘盏出出进进。

整座宅第中的大小院落既珠联璧合，又独立成章。他夫妇二人频见低头疾走的小厮与仆妇穿梭其中，有的与玉章寒暄几句，即刻转身忙去；有的修剪花草；有的洒扫庭院；有的抱着账簿疾行，整个宅院忙碌而有条不紊，各自闷声做事。冀国栋夫妇不敢大声说话，唯恐说错了话招惹笑话，也不敢多走一步路，唯恐走错了路，惹来讥讽。直到玉章将他们带到另一处雅阁安顿好，他去请冀国定，他们才长长出了一口气。

冀国定做梦也没想到，在介休绵山脚下有他的一门宗亲。问过姓名，论了辈分，才知道是与他平辈的宗族兄弟，名国栋，因比他小，亲切唤他国栋弟。冀国定自幼无兄弟姐妹，这一声国栋弟叫出口，仿佛找到了根，命人收拾了一间房，热情留他们小住。

冀国栋将自家地里产的农作物当作初次见面的礼物，冀国定看出他们手足无措窘迫的样子，故意提高嗓门说："哎呀，早想吃这一口了，想甚来甚，今晚就吃国栋带来的这些山药蛋和南瓜。"冀国栋的女人从包袱里掏出几副自己纳的鞋垫，图案有鸳鸯的、荷花的、缠枝莲的、福喜字的，色彩纷呈，瑛姑几人连连称赞，看得出他们为这趟走访准备了很长时间。女人最后从包袱里摸出几个花馍，有面羊、面狗、面鸡、面猪，白胖胖的面团环抱着甘甜的大枣，麦香四溢，最朴素的情感化成了看得见的风情。"这些是我临来捏着送娃的，我不知……"国栋女人摩挲着花馍有些尴尬，王菁仪、瑛姑等人沉默。郭雯欢喜地说："有一年流浪经过一个村庄，正好遇到一家人办喜事，那家人蒸了一个特别大的花馍，有这么大。"说完夸张地用双臂拢成一个圆圈。

王菁仪自徐大厨事件后，整个人变得懒懒的，妆容也不再那么精致，身影虽然依旧袅娜，却溢着层凄凉。希望被无望剥夺后，月光就成了黑夜里最亮的白，太阳成了白日里最暗的黑。她做什么都无精打采，接待冀国栋女人的事，自然落在瑛姑身上。

这天瑛姑、冀国定与冀国栋夫妇聊到子息一事，女人直言："绵山有个妈祖阁，特别灵验，不如随我们回去一趟，一来在庄上小住，认认其他宗亲，二来求求妈祖，说不定会有意外之喜。"没想到冀国定爽朗答应了。王菁仪推说身子不爽，冀国定只得带瑛姑三人前往。

绵山山势挺拔俊俏，植被丰饶，更有众多道观庙宇坐落其间，间或有丝竹萦绕于耳，冀国定被绵山奇伟险峻的气势吸引，瑛姑听着法乐，心神俱净。

"当年唐太宗在绵山附近的雀鼠谷击败了宋金刚，兴建了许多宫观。贞观年间，太宗驾幸绵山，修斋设醮，祭拜神灵，所以这法乐既有全真派韵味，又兼有宫廷的典雅大气。"冀国栋身旁一位年轻的后生说。他叫冀煋照，冀国栋在冀国定面前多次夸赞他，说他自幼喜爱书文算学，精明事理，此次相见，印象颇佳，冀国定对他说："如果想为商为贾，就去我那，如果想考功名，我可以帮你请位德高望重的先生。"

"多谢国定爷，我只想读书求取功名，余下的并未考虑。"冀国定瞧他孺子气傲，知其涉世不深，未经过打磨之故，于是一笑："那就等你的好消息。"

冀国定回望莽莽群山感叹："'山不在高，有仙则名，水不在深，有龙则灵'啊！想当年介子推割股奉君，隐居而不言禄，可惜被晋文公一把大火烧死在这绵山之上。"冀煋照说："传说晋文公焚林时，有百鸦绕烟而噪，围在介子推周围，用躯体遮挡烈焰，后来介子推化成了绵山的山神，绵山集结了天地灵气。""介子推也太拗了，晋文公让他出来做官享福，偏躲山里不出来，要是我，早乐颠乐颠带老母亲下山享福了！"说完这话，冀国栋讪讪一笑。

夜晚的冀家庄宁静祥和，繁星撒满夜空。冀国定与瑛姑夜话西窗，小酌几杯后相拥而眠。一大早，瑛姑起来偷偷笑。

"偷笑什么？"

"昨晚得了一个梦。"

"甚梦？"

"梦里口渴，一位白发婆婆端来一碗山泉水，我喝了几口，余下的郭雯和谷穗喝了。"

转眼到了嘉庆二十五年三月，春暖花开，家里都停了炭火，而瑛姑依旧觉得冷，冬衣不仅脱不下，还里三层外三层裹得粽子一样，常常抱个手炉偎在床上打盹，一睡就是一天。最近她不只感觉身上冷，还百般不舒服。躺也不是坐也不是，腰上腿里、背上腹中说不上来的感觉，没食欲，少言寡语，心烦意乱。郭雯和她正好相反，整日吵着热，早早穿件薄衫子四处溜达，饭量比从前增加了许多不说，话也多了起来，每每来看瑛姑，都说她房里憋闷得透不过气，让小池开门开窗通风。

小池悄悄和她说："你从小野惯了，二奶奶能和你比？"顺势给郭雯使个眼色，郭雯瞧见瑛姑懒懒地半斜在罗汉床。郭雯有些搞不清楚，是她热得不正常还是瑛姑冷得不正常。她问小池热不热，小池说不热，又问冷不冷，小池说不冷。她奇怪瑛姑为什么冷得缓不过神，她热得透不过气。郭雯将头凑近瑛姑："二奶奶，你摸我的额头。"瑛姑一摸，汗津津的，并且她鼻尖上还泛着细密的汗珠，周身透着蓬勃，一双明亮的眼睛炯炯有神。瑛姑望着她健康而红润的脸庞不由脱口而出："'巧笑倩兮，美目盼兮'，郭雯你真美。"郭雯被瑛姑这样夸反倒不好意思起来，原本红润的脸庞更加妩媚。

小池终于忍不住心中藏着的疑惑，问瑛姑："二奶奶，你这么反常……不是害喜了吧？"

"你个毛丫头懂甚？二奶奶，小池可留不得了，赶紧把她嫁了吧！"

"没吃过猪肉，还没见过猪跑？"小池啐了口郭雯红着脸走开。

瑛姑呆了，害喜？一转念又担心起来，德融说她的身子还不适宜生养。冀国定听说后喜上眉梢，亲自将德融请来诊脉。瑛姑心里七上八下，当德融把过瑛姑的脉，神情相当严肃："二奶奶有身孕已四十余天，但已见滑胎迹象，想是余毒作祟，三两天内便见红，此胎不保。我开几副药，二奶奶好生将养，等余毒尽了，自然会心想事成。"冀国定和瑛姑都惊呆了。这无以名状的梗长久以来吞噬着冀家，他们一直在努力，他们求神、拜菩萨，经年累月喝着草药，只想与孩子近些，再近些。

"孩子……"瑛姑痛心默念，再抬眼，发现王菁仪和谷穗不知什么时候来了。冀国定极为失落，叹了口气，懒懒地和王菁仪打了招呼，又安慰了一回瑛姑，起身离去。

王菁仪脸上不见了那种淡淡的笑，并且她身上那股寒香之气也似乎闻不到了，反倒是褪去温婉笑容的她，生出了几分悲悯之色，让人不再觉得那么孤冷。谷穗这次没再说风凉话。

郭雯更能吃了，还总想吃肉。瑛姑悄悄吩咐厨房给她做了一大盘子过油肉，她那吃相把瑛姑和小池都看呆了，她吃掉整整一盘肉不说，连盘底的汤汁也不放过，一把汤匙把盘子刮得吱吱嘎嘎作响。"郭姨娘，你不是得了疯吃病吧？"小池瞪着眼睛问。"终于解馋了！我一想起肉，嘴里直流哈喇子，简直忍无可忍，我在梦里都在吃肉。""二奶奶，你瞧她这架势，没了从前一点温俭恭良的影子，能吃不说，还成了碎嘴婆姨，终日不停地说。"

福妈炖了只老母鸡给瑛姑补身子，恰巧郭雯也在，她看到鸡汤馋意又来了。瑛姑让福妈把鸡肉全盛给了她，郭雯乐得坐在一旁大快朵颐。瑛姑对福妈说："郭雯最近有些怪，特别能吃，还总嚷着要吃肉，人也变得活泼开朗许多。"

福妈问："郭姨娘，你月事可正常？"

郭雯嘴里叼块鸡肉说："我月事从来不正常，不知它啥时候来啥时候走。"

福妈又问："那这里可有不舒服？"福妈指了指前胸。

郭雯红了脸，"不瞒妈妈，鼓胀胀地疼。"

"呀，我的老天哪！"福妈惊喜道："不会是有了吧？"

德融这次把完郭雯的脉露出了微笑。原来郭雯在不知不觉中，腹内孕育了一个健康的小生命。德融说她脉象大好，有力、健康。这意外的惊喜，让冀国定不知所措，拿起茶盏未及喝又放下，扶着郭雯的双肩嗫嚅了半天说不出一句话，在屋里转了一圈又站在郭雯面前，摸摸自己的脸颊又摸摸后脑勺，兴奋得像个孩子。郭雯想吃肉成了正大光明的事，冀家节俭的饮食习惯因她破了例，整个冀家都将目光关注到她身上。王菁仪渐渐消瘦，与红光满面的郭雯比，愈显颓靡。

嘉庆二十五年腊月初五，在众人的期待中，郭雯终于为冀家诞下一名健康的男婴。婴儿即将落地时，冀家宅院的西北上空出现赤红一片，有人看到一簇仙人状的云在冀家上方，当婴儿的啼哭声响彻冀家大宅时，仙人便隐去了。冀国定望着西北上空沉思半晌道："公，乃正直无私，为大家利益，是大气象，这孩子就叫'以公'。"

冀以公满月这天，适逢西堡寺修缮竣工。钟楼、鼓楼、天王殿、地藏殿、大雄宝殿、千手观音殿、伽蓝殿、大悲殿等焕然一新。冀国定携妻妾燃起心香，虔诚地叩向四面八方的神。

在众人的呵护中，冀以公满一周岁，冀家为他举行盛大的抓周仪式。他面前摆满了各式东西，小家伙望了一会儿，"蹭蹭蹭"爬向冀国栋女人送来的花馍，把玩了片刻另一只手又抓起一纹银锭，把冀国定开心的，抱起以公扔起来接住，再扔起来再接住，吓得瑛姑、郭雯等人大呼小叫，嗔怪他疼爱孩子也和旁人不同。

热闹了半晌，孩子闹觉，郭雯带孩子歇息，瑛姑等人随冀国定出来，王菁仪推说疲乏早早离开，谷穗也知趣地回去。瑛姑与冀国定站在角楼，一眼望到王菁仪站在她院中的树下正望向他们。瑛姑提醒冀国定以公已满周岁，该去绵山还愿了，并劝他借还愿的机缘，在绵山修建庙堂，一来日后上绵山祈福拜佛、求吉拜神方便，二来绵山风水宝地，借此帮衬冀国栋，也是对他的回报。

冀国定一拍脑门："瞧我这记性，你不说我倒忘了！另外，再置些地，建些房舍，托国栋打理，这样便两下齐全了，我马上着人去办。"

二十一章　书院

　　每天傍晚，当梆子声由远及近，小贩吆喝着"贯馅糖——油花花哟！"四岁的以公就会拽着郭雯的衣服往外走。郭雯顺手摸出几个铜子麻钱，牵着以公的小手叫住小贩。小贩每天都会经过冀家门口，风雨不落，通常敲过两遍梆子拐进巷子的时候，就能看到冀家小哥已经在用小手招呼他了。如果到了门口不见以公，他的梆子就会敲得频繁，吆喝声也随之变得愈加洪亮："贯馅糖唉——好吃不贵——油花花唉——满嘴流油——"有时候出来个婆子："哥儿病了，听你来了，立刻有了精神！贯馅糖。"小贩一边说些吉祥话，一边将贯馅糖包好递给婆子。有时候跑出个丫头："哥儿出去还没回来。油花花。"小贩依旧笑着说些吉祥话，手脚麻利将油花花包好递给丫头。

　　这天，小贩的梆子敲了好几遍，吆喝声一次高过一次，总不见人出来，小贩不死心，依旧频繁地敲梆子，甚至改了吆喝词："贯馅糖哟，白个生生的芝麻，甜个生生的糖——油花花呦，焦个黄黄的外皮儿脆生生——"改了吆喝词还是没人出来。原来是冀国定不让人出来买。他发现以公前几天买的还没吃，都堆在盘盏里，他拿起一个油花花尝了尝，有股油哈喇味儿，面露不悦说："冀家不兴惯子，惯子如杀子。"于是谁也不敢出去再买。以公不知所以然，看到冀国定黑着脸训他和郭雯，"哇"地哭起来。

瑛姑心疼以公，抱在怀里央求冀国定："今天最后一次，从明日起就不买了，行不行？"冀国定仍不松口："明日复明日，明日何其多？她不懂你也不懂？"郭雯的脸顿时红到脖子根儿。瑛姑嫌冀国定当着她的面数落郭雯，来了些气，朝一个婆子说："去把贩子撵了，引逗得我们以公哭。"冀国定阻拦："不许去！贩子吆喝又没错。甚时候以公听到他吆喝，知道甚时候该买，甚时候不该买，贩子知道不是一吆喝定会出来人买就对了。"郭雯依旧红着脸，将已抓在手里的铜钱悄悄放回抽屉。瑛姑抱起以公走往外走，翻了眼冀国定说："父慈子才孝，不见你疼以公，总见你训斥。"冀国定没恼，纠正说："是母慈子孝。"嘿嘿笑了几声，跟着瑛姑往外走。

以公长相酷似郭雯，但眉眼神情还是能见冀国定的样子。冀国定非常喜欢以公。以公是他的长子，是冀家的希望，是他腰板在众人面前得以溜直的强劲理由。冀国定常常凝神注视以公，从他的头发、脸庞、身量，以及说话的口吻都无比专注地凝视过。因为以公，他对生命起了好奇之心，冥冥之中是什么样的力量，造出这么个鲜活的人来？这孩子身上流淌着和他一样的血脉，并且这孩子的血脉里住着冀家累生累世的渊源，一想到这层，冀国定又紧张又兴奋，为了冀家日后昌兴，以公势必得担起风雨，总是被照顾得周周全全，恐怕难以成材，于是决定将以公带在身边亲自调教。

自李管家去世后，冀国定将李如约认为义子并将他送到平遥"西河书院"读书。教书先生喜欢北辛武的学生，他们常说北辛武人杰地灵，是因为北辛武村的名字寓意好。

谁也说不清冀姓人是谁第一个来到北辛武村，毕竟北辛武村是汾河水冲刷过后，在群山的犄角旮旯里筛出的一小片河套平原，在祖辈的口口相传中，北辛武村被冀氏后人赋予了神奇色彩。最可信的是，相传蒙古骑兵头领赤察儿乐图可汗曾在这里安营驻兵，围营作堡，只五十余天便筑起了两处土寨营堡，西寨位于沙河西，东寨紧邻沙河东，两寨相距一百余米。营堡修筑完，蒙古骑兵驻扎进两支队伍，每天操练，武打格斗，骑马射击，每隔八天两支队伍要进行一次比武，共比赛了八场，后来蒙古骑兵离开了此地。另一位冀姓后人反驳说时间不对，据他的祖上说，蒙古骑兵在这里驻扎有两年之久，要按八天一次比武比了八场，他们才驻扎了两个多月。两人为此争论不休，甚至为说服对方，不遗余力找来各种人证，有趣的是，找来的人证往往说着说着也难自圆其说了。

但意见一致的是冀氏迁到此分别居住在当年蒙古骑兵留下的两个营寨。不知过了多少年，有位族人提出，冀氏迁到此处多年，现在俨然已是个村庄，不如叫冀家庄，有人说不好，不如叫屯蒙庄，还有人说干脆叫蒙古里、冀家村、冀大贤、沙水村、沙北村。但族长认为，村庄名字应反映人文史事，于是大家推举冀国定祖上的一名秀才为村庄赐名。

秀才引经据典，翻阅古籍，认为之前蒙古骑兵曾在此屯兵驻扎，并且每隔八天进行一次比武，他就选用了"八"字和"武"字。他认为，"八"字在天干中对应的是"辛"字，"辛武"二字，意为艰苦奋搏，吃苦耐劳，于是村庄取名为"辛武里"。到了明朝，"辛武里"往南五里陆续又迁移来许多人，渐渐形成村落，为了区别"辛武里"，人们将其称为"南辛武村"，原"辛武里"称为"北辛武村。"

祖上为村庄命名一直是冀国定引以为豪的事，于是他动了筹谋办书院的念头，这个念头虽然有为了冀家孩子以后读书方便的想法，但更多的是，他觉得在北辛武村创办书院就是该由他完成，北辛武村到现在都没有一座像样的书院，好像就是在等他筹办，正如他的祖上为村庄命名一样。

冀国定筹谋了一段日子，决定将自家"德馨堂"西端的"儒学馆"仿照平遥的"西河书院"进行翻修，并在原有基础上扩建。整个春夏，冀家都沉浸在热火朝天的扩建中，庭院里搭起席棚，利手利脚的男人们盘了锅台支上案板，性格爽朗的女人们择菜做饭，歇工时，人们围坐在一起，有的吸两口旱烟，有的掐指算工时，有的赤膊与锅台前的女人调笑，故意趁过道狭窄，擦着女人的身体挤来挤去。没一刻，热腾腾的河捞面出了锅，女人们手脚麻利为他们盛上满满一碗，面香混着女人的笑，男人们知足地便蹲在地上挑起一大筷头面唏里哗啦吃上了。

书院快竣工的时候，冀国定想为书院取个响亮的名字，翻了好几天典籍但都差强人意。瑛姑说她有个好的，冀国定忙问是什么。瑛姑故意卖关子，不是让冀国定斟茶，就是让他捶背。冀国定有时也想不明白，他一向威严，宅院里的女人见了他都小心翼翼，唯独瑛姑不怕他不说，他还经常放下身段心甘情愿为瑛姑捏肩捶背，就像在此刻，他一边为瑛姑揉肩一边问："甚好名字？说我听听。"瑛姑这才得意地说："夫君曾跟随钱大昕大人在'紫阳书院'读书，钱大人著有《潜研堂集》，'潜研'二字深有意蕴。"冀国定品咂着"潜研"二字，越品越觉得深谙其味，于是敲定书院名为"潜研书院"。

修建一新的"潜研书院"分为三个部分，内院为山长会客、读书、著书立传批阅文章之处，两侧余房为山长及其访友或客串讲学先生的起居之所。中间是一方庭院，院中廊亭围池塘而绕，池塘中立着一块形似天梯的太湖石，取名"青云梯"，有亭四座，分别为"聆风亭""听雨亭""飞霜亭""傲雪亭"。院中植有松柏虬槐，劲竹棠棣。外院正厅、西厢各五间，暗合五行，为先生授课之处，余则为厨房、书童、伙夫住处。快竣工的时候，冀国定琢磨来琢磨去，办书院不是小事，要找个有身份的人推荐几位德高望重的先生授学并商量书院具体事宜，于是想到赋闲的徐润弟。第二天，冀国定便携带礼物专门去拜访徐润弟。

不想徐润弟见到冀国定竟然先打拱作揖道："贤侄为介邑做了件功德无量的事啊！"徐润弟无比激动，感慨道："兴办书院是利子孙万代的大事，兴家运，旺晋运，利国运，只有读书才能识礼，唯有识礼才能治国安邦。我早听说贤侄创办书院一事，想你祖父在天之灵若有知，定会欣慰无比！"冀国定更加谦和地说："徐大人有所不知，我此次来，正是为书院一事。不瞒大人说，我苦于聘不到德高望重的先生，恐贻误学子，故而请大人出面，为'潜研书院'推荐几位先生。"徐润弟当即写下几封推荐书信。

书院揭幕那天，冀国定请了当地最有名的戏班子唱了三天三夜的大戏，夏收还没结束，就招收到了六十八名学生。书院正式开讲那天，冀国定又请县令、同知等人进行了拜学礼，典礼隆重而简朴，圣贤圣师的画像摆在庭院当中台阶之上，前方置一方条形祭桌，上供奉四样水果，四样点心，两支拳粗的红蜡烛，一个香炉。包世臣任山长，他恭恭敬敬点燃三炷香，带领众人虔诚地对着圣师拜了三拜，另位先生宣讲书院办学宗旨，接着两挂鞭炮爆响，包世臣则在预备好的宣纸挥笔写下"潜研书院"。

书院一事从筹办到正式开讲无比顺利，冀国定欣慰无比，常常一个人站在书院聆听书声朗朗，他想，或许多年以后，北辛武的县志上会留下一个值得他后世子孙骄傲的名字。

书院落成后，瑛姑央求冀国定辟一间女子课室。冀国定笑说收女学生？谁家的女娃能来？谁来教？郭雯说她能去，瑛姑能教。冀国定说："这是怎么说？我冀国定的女人怎么都爱读书识字？菁仪教会了谷穗，你让二奶奶教便成。"瑛姑听冀国定说徐润弟要来"潜研书院"讲学，不停央求想女扮男装听徐润弟讲学。冀国定拗不过她，只得答应，但只限这一次，下不为例。慕名而来的学子很多，徐润弟这天干脆在院中设立讲坛，一棵老槐树，一位巨儒，一群学子，一阵风，一片天空，瑛姑听到了她这一生最为生动的一堂课。

这天早上，书院庭中罚站着两个学生，李如约和以公。他们先是被罚打了手板，现在被罚背诵《弟子规》，散学后，包世臣告诉冀国定这两个小子日日迟到早退，李如约脑子好，能过目不忘，以公还小，再这样下去，课业会落下。晚上吃过饭，冀国定责问他俩迟到早退的原因，李如约倔强地扭过头不说话。冀国定只得问以公，以公告诉冀国定，李如约带他每天去李管家的墓上磕头，他说他常给冀国定磕头，那以公就得给李管家磕头。

冀国定的心揪在一起，他有些摸不清李如约怎么想的了。有一回郭雯和冀国定说起一件事，李如约和以公在后花园玩耍，以公不小心掉进水塘，将要溺水时，不会水的李如约跳下去将以公救上来，冀国定待他更不比从前。但以公有一次无意中说，他不是不小心掉下去的，是被李如约推下去的。再问的时候，以公又矢口否认，毕竟他那时才四五岁，孩子的话又信不得，这事就过去了。

"想你爹了是吗？"李如约哭了，吓得冀国定再没往下问。

这些天瑛姑没有食欲，一算月事推迟了近两月，脑中闪过一个念头。又过一月只觉腹部不适，第二日见内衣有星星点点的血迹，知是月事，又失落起来。

这天冀国定和德融参禅，瑛姑从书院接回以公送去见冀国定，德融看见瑛姑气色不佳，瑛姑声称无病，只是有些劳累。德融坚持说从面色上看似有病，冀国定便请德融为瑛姑诊脉。德融刚搭到瑛姑的脉，面色便凝重起来，又把过另一只手，这才缓缓道："此胎先天弱，后天的抚养会格外辛苦。二奶奶应再养一年半载才好。"冀国定与瑛姑都愣住了。

"师父说甚？"冀国定以为听错了。

"二奶奶已有孕三月余，只是此胎弱。"

瑛姑听德融说她有了三个月的身孕，欣喜得不得了，哪里顾得上其他，她只求孩子能顺利生下来，只要悉心抚养，余下都不成问题，于是再不操心任何事务，只安心养胎。道光六年六月初二，瑛姑顺利诞下一名男婴，取名冀以廉，行二。同年七月，郭雯又诞下一名男婴，行三，可惜三周岁时夭折。第二年十月十九，瑛姑终于诞下一名健康的男婴冀以中，行四。随后，冀氏血脉开枝散叶。道光十一年三月初九，谷穗诞下一名健康男婴，名冀以和，行五。谷穗未失言，生下以和的第三天便将孩子抱到王菁仪身边，让以和认王菁仪为母，恳请王菁仪带在身边悉心调教。王菁仪虽然推脱，但拗不过谷穗诚心实意，婴儿抱在怀中的那刻，一腔母爱汹涌泛滥，冀国定对谷穗从此另眼相待，谷穗的忠诚一时传遍介邑。同年腊月十三日，瑛姑诞下冀以正，行六。

除了这六个男儿，这中间，冀国定的妻妾还为他诞下六个女儿，男儿长大成人的五个，女儿长大成人的四个。一个月色皎洁的夜，冀国定站在老树下张开双臂学着冀之瑜的模样绕树而跑，一边跑一边喃喃道："我看到你了祖父，你看到孙儿了吗？看到你的这些重孙孙了吗？"

曾经被子息问题搅得天昏地暗的冀家终于云开雾散。冀国定每次回来，身旁都会有一群儿女围着他，这个叫声爹，那个叫声爹，孩子们便长大了，李如约也到了谈婚论嫁的年龄。冀国定想让他与一位他的故旧一门富商结亲，谁知李如约不同意，冀国定以为他只一门心思要考取功名，劝他得遇良人，可以先成家后立业，并不影响考取功名。李如约说他不想为贾，更不想做商贾之家的乘龙快婿，冀国定的心又揪了一下。

"额要回'西河书院'。"

"为甚？'潜研书院'可都是当今巨儒。"

李如约偏过头说："不为甚，额就是要回'西河书院'。"

李如约从什么时候开始变得这么自负呢？好像是从前年中了秀才。年轻人狂傲也在情理之中，就像当年冀煊照，现如今不是也跟在他身边做起了生意。所以冀国定没和他计较，只说让他再考虑考虑，不要盲目做决定。

常人总是喜欢拿顺其自然来敷衍人生道路上的不如意，不得不说，真正的顺其自然，应是所有披荆斩棘之后的静待花开，不强求不等于不作为。这一路行来，于子息之事，王菁仪也好，瑛姑也罢，都比他有所为。想到这，冀国定心生惭愧，冀国定在京城购置了房舍，决定携妻带子在京城过中秋。

临行的前一天，怎么也找不到李如约与以公，王氏也着了急。直到天黑透了，李如约才与以公醉醺醺地回来。冀国定看到以公脸色胀紫，衣衫不整，李如约眯缝着眼，东倒西歪。冀国定二话没说抄起家法打以公，以公哭天喊地这才酒醒了，冀国定又要打李如约，王菁仪、瑛姑、郭雯、谷穗齐齐跪下，冀国定无奈，扔掉家法对李如约说："你娘等你等得心焦，好在你不缺胳膊不少腿回来了，跟你娘回去吧。"

王氏带着李如约刚出了门，便听到冀国定狮子吼一样责骂以公，李如约也被这震怒之声吓到，晃了晃头清醒过来，紧紧跟在王氏身后。王氏路上什么也没说，谁知刚进了家门，回身将门掩上，拿起鸡毛掸子对李如约说："跪下。"李如约愣住。"跪下！"王氏突然变了眉眼。

"你这小畜生，为甚带着以公去喝花酒？疼你宠你，竟疼出个糊涂虫！"话音刚落，鸡毛掸子如乱棍抽打着李如约，王氏只觉血往头上涌，又因用力过猛，忽然头晕目眩，险些摔倒。李如约扶住她不停地喊娘，王氏怒目圆睁，厉声责骂："这掸子打你恩将仇报，分不清恩义，辨不清真情。你看看这院子，看看你穿的甚，吃的甚，读的甚书？如果没有冀家，能有你今天？"李如约脖子一梗："这都是额爹辛辛苦苦赚下的！要不是为救他，额爹哪能那么早就走？"又一鸡毛掸子抽打在他身上："你娘我虽大字不识一个，却知道士为知己者死！你爹若听到你这混账话，会气得背过气！我的儿，人活一世，终有一死，李家受恩于冀家几世都报答不完，且不说你爹是事出意外而亡，如果你爹的命能救东家的命，你爹眼睛都不会眨一下，你太不懂你爹了！""额不服气，今天这一切是额本该拥有的，却变成了受他施舍，凭甚？娘，额不服气！"又一鸡毛掸子抽打下来，王氏浑身哆嗦："这世间，有种东西比命大，那就是恩情，仁义！""爹曾说百年之后想陪在老东家身边，他口口声声说视爹为手足，为甚将爹孤零零一个人葬在大甫？他的义呢？""小孽障，那是冀家的新坟！东家刚置下还没来得及修建。以后不只你爹埋在那里，东家、东家的妻妾、他的子子孙孙，我和你，以及你的子子孙孙都将葬在那里！"

　　李如约傻了，他疯狂地摇头，问王氏是不是在骗他，王氏身子一软，跌坐在地上，拍着腿大哭："死鬼，你丢下这么个不仁不义、不忠不孝的东西给我，以后我有何脸面去见东家……"李如约这才知道误会了冀国定，伏在地上一边给王氏叩头一边说："孩儿知错了，请娘责罚，孩儿愚鲁，错怪了干爹，请娘责罚。"王氏拧了把鼻涕，又擦了擦眼睛对李如约说："你若真心悔改，便照着戏文里的做，背上荆条向东家请罪去！"李如约满脸挂泪，三下五除二脱掉上衣，从院里抄起几根枝条别在后腰，赤着脊梁由王氏带着去了冀国定的书房。

　　一大家子到京城过中秋还是第一次，冀国定照旧忙忙碌碌。今天是中秋，他提前回来，掸衣、洗脸、更衣，这才坐在桌旁略喘口气。王菁仪将怀中的以和递给谷穗，递了盏温茶给冀国定："都齐全了，再有一半个时辰便能拜月。"冀国定三两口饮尽了茶问："厨房怎样了？我去看看。"谷穗突然说以和饿了，抱着以和先走了。

　　庭院里孩子们相互追逐玩耍，王菁仪检点香案、供品，瑛姑抱着以正看哥哥姐姐们嬉笑玩闹，小小的以正急得要挣开她的怀抱下地，郭雯摆蒲团，有婆子或看孩子，或传果品、月符、插花，打扫庭院。只不见谷穗，以和在一个婆子怀里吃桃子，吃得满脸满襟都是。

　　冀国定进了厨房看到谷穗系个围裙忙上忙下。"谷穗？你怎么在这儿？"谷穗双手沾满面粉，撩起散在前额的头发，又用手背抹了抹脸颊："我担心厨子不周全。我用萝卜刻些花花草草，装点装点。"

　　"难为你总想得这么周全。这些活计让厨房来做就好，别太累了。"说完替她擦掉脸上的面粉。

"老爷，我今年可显摆了一个手艺。"

"我知道你厨艺好，甚手艺？"

"老爷猜？"谷穗歪着头暧昧地望着冀国定。

"这如何猜？"冀国定用食指滑过她的脸颊。

"肉类，淮扬名吃。"谷穗抬起下巴满目含情望着冀国定。

"狮子头！"

"老爷从扬州回来后对狮子头念念不忘。今儿中秋，我试着做了这道菜，老爷尝尝如何？"

庭院这边已准备妥当。瑛姑悄悄对郭雯耳语了几句，郭雯点头，对王菁仪说："大奶奶，厨房今年破例买了许多山珍海味，老爷不喜欢奢靡，会不会惹他不高兴？""临时的厨子就是不行，我千交代万交代，只说备些精致可口的菜品，我去看看，你们再找找谷穗。"

王菁仪还没进厨房就听见冀国定与谷穗在说笑，抬脚进去，恰好看到谷穗正仰着头示意冀国定索她嘴里的狮子头。两人浓情蜜意，神思缱绻，完全没发现王菁仪。王菁仪进也不是，退也不是，只得丢下一句："别让一众人晾在月亮下等！"说罢头也不回离开，谷穗慌忙挣脱冀国定放在她腰身上的手。

拜过月，开席。

冀国定看到果品上的剪纸剪的是嫦娥奔月，很是精巧，"这个好，往年没见过这么漂亮的剪纸，你剪的吗菁仪？""回老爷，是李姨娘剪的。"谷穗身边的丫头采芹说。谷穗满脸的娇嗔，气氛莫名有些尴尬。王菁仪端坐，没有任何表情，瑛姑在逗以正，郭雯在给一群孩子分水果。

如珂看了眼冀国定，又看了眼瑛姑，两眼一转，拿起另外一张剪纸说："爹爹，女儿觉得这个甚好。"冀国定将她抱在怀里问，"珂儿说说，它好在哪里？"如珂黑白分明的眼珠又是一转，头一歪稚气地回答："爹爹，你看这轮圆月，再看这棵桂花树，中间剪着'中秋'二字，正应了'直到天头天尽处，不曾私照一人家。'娘亲在剪它的时候对女儿说，人人对月怀远，倾的都是一己之情，而这轮明月何曾吝啬过一丝光辉？"

冀国定听如珂讲得头头是道，心里更加欢喜，用他的额头顶着如珂的额头："爹甚是奇怪，你这小脑袋瓜里装着甚？任何事情只要被你一说都有了深意，珂儿说得极是，这张剪纸的确是最漂亮的。"如珂开心地又说："诗句是女儿和娘亲学的，道理也是娘亲告诉女儿的。"说罢骄傲地望着瑛姑。瑛姑对冀国定说："她呀，日日问东问西，我都答不过来，也不知她哪来那么多问题。"

王菁仪看了眼谷穗，谷穗正悄悄推如瑾，谷穗越推，如瑾越往她身后躲，谷穗瞪了眼如瑾，脸上露出失望，王菁仪说："瑾儿过来，大娘给你剥个桔子吃。"如瑾才如释重负离开谷穗。谷穗讪笑："珂儿是人精，莫说老爷疼她，我看着也打心眼儿喜欢，不像如瑾，肚子里有再多东西也倒不出来。"

"爹爹，珄儿还是觉得这个好。"冀国定最小的女儿如珄举着谷穗的剪纸毫不惧色地说。"娘说她剪的都是爹喜欢的，爹喜欢甚，娘就喜欢甚，爹不喜欢的，娘也不喜欢；娘喜欢的，珄儿也喜欢，娘不喜欢的，珄儿也不喜欢。"众人一时被如珄的气势震惊到。谷穗有些意外，毕竟这么多年，她将心思一直放在与如珂不分上下的如瑾身上，不仅因为如瑾是冀家所有女孩里公认的最漂亮的一个，还因为她知书达礼。只是随着年龄的增长，如瑾不喜欢争强好胜，谷穗常拿她没办法。

"老爷，月也拜了，席也吃了，今年阖家在京城过中秋，不如趁月色，我们联诗如何？"谷穗说。郭雯讥讽她："嘚瑟得紧，不过嚼了几天书，总怕别人不知道！"瑛姑望着月亮神色黯然道："'繁星不尽岁华杳，新菊无声秋梦残。未肯衰年空负手，长将傲骨伴青鸾。'有些情境再也回不去了……"冀国定想起了李管家，一时悲从中起。谷穗责怪说："二奶奶这话不合时宜了，好端端的中秋，你提那诗句做甚，明摆着惹老爷难过！""不是你提的联句？明明是扫了你的兴

261

致。"郭雯怼她。"我是提联句了，但没提李管家。"谷穗不屑地看着郭雯，心里骂句：不过一个讨吃鬼，仗着伺候过几天老爷，还不知姓甚名谁了。"此景此夜，你提联句，除了你不会想起李管家，哪个不会想起？"郭雯心里骂句：不过仗着几分姿色，越来越风骚，成日里拧屁股拧胸地走。

"够了！斯人已逝，你们如此争吵，叫人两下不得安宁！"冀国定不耐烦，站起来手一背，"散了吧，明儿还有事。"一阵强烈的咳意袭来，冀国定的胸腔像要被掏空，他佝偻着腰身咳了一阵，喝了几口水才平复下来，而后叫了声菁仪，王菁仪会意，将以和递给婆子，与冀国定相携离开。

"娘，京城的月亮和乡下的月亮是一样的吗？"以廉有气无力地问。

"你觉得呢？"瑛姑反问。

"不一样。"以公站一旁回答。

"怎么个不一样？"郭雯问。

"京城的月亮没有家乡的圆，也没有家乡的亮。"瑛姑笑着搂着两个孩子说："京城的中秋丰沛，故乡的中秋纯粹，所以京城适宜登高望月怀远，家乡则适宜倚着小轩窗望月低吟。"

几人正说月亮，隐隐听到哭声，瑛姑与郭雯顺着哭声走去，谷穗在幽僻的角落正责骂如瑾："常日怎么教的你，还不如你妹妹，就不能给娘长长脸？"如瑾看到瑛姑扑到她怀里哭着说："二娘娘，我娘莫名责骂我。"谷穗一扭身丢下如瑾径自走了，如琤叫了声娘，小跑着跟在谷穗后面也走了。瑛姑搂着如瑾为她擦泪，婆子急慌慌跑来说以廉又发病了，正抽搐。

以廉躺在地上紧闭双眼，口吐白沫，婆子正试图将绢帕塞进他的嘴里。摁胳膊的摁胳膊，摁腿的摁腿，瑛姑随手将摸到的小木棒横在他嘴里，紧接着掐人中，郭雯掐虎口，又命人化了安宫丸捏着鼻子灌服下去，一阵手忙脚乱，等冀国定赶来的时候，以廉已经缓过来，瑛姑抱着以廉泪流满面。

十六日一早来了位贵客，冀国定不敢怠慢，三步并做两步奔向厅堂。此人自带一股世宦之家的遗风，骨子里虽透着傲气，其它倒也周全。那人见到冀国定缓缓施礼，而后递上一封书信，冀国定浏览了信件方知此人是曹管家的远亲孙全海，因生意遇到麻烦，推荐他找冀国定取经。说是取经，实则借贷。一番言谈下来，冀国定听出曹管家与他是生意上的秘密合伙人，曹管家牵到一宗军资生意，利润不薄，只是资金链断掉，思来想去，曹管家决定让冀国定入伙，以解资金之急。冀国定不敢贸然入伙，于是使了个缓兵之计，"冀某必不会袖手旁观，只是请容我想想，无论怎样，都会给孙掌柜一个满意的答复。"

孙全海走后冀国定陷入两难境地。王应桂权衡利弊认为可以合作，一来有权贵在后面撑腰得罪不得，更何况曹管家于冀国定还有救命之恩；二来，各地势力都在悄悄私藏军火与粮饷，这生意利润的确太可观了。

夜里，冀国定来到瑛姑房里。瑛姑不冷不热说："去看看姐姐吧，你总在谷穗房里，她心里……"冀国定搂着她说："我怎么听出一些些酸意？"瑛姑推开他："若说我们几个谁不吃醋拈酸，那是假的，你竟以此调侃我。"冀国定又将瑛姑揽进怀："我就喜欢看你吃醋拈酸！明儿再去菁仪那。"说罢吹了灯。

窗外明月异常皎洁，树枝映在窗棂，风旋着落叶在院内沙沙作响，有猫在房脊上下穿梭，冀国定闭着眼给瑛姑讲了孙全海的事。瑛姑也闭着眼说："冀郎细想，今日这事，与旧年中秋白莲教的事是不是有相似之处？"听瑛姑这样一说，冀国定惊出冷汗，旋即睁开眼说："他急的是没有足够的银子周转，并不是急着找合伙人。不如……他缺多少银两，便如数给他多少，这样，既保全了曹管家的颜面，又助孙掌柜盘活了生意。至于合伙未必是真意，随便找个借口，他定会顺水推舟。"

"就是损失了大把的银子，可不是小数目。"瑛姑说。

"失些银两，免了是非，两害相权取其轻。再者，一切未可盖棺论定，若孙掌柜是个正经商人，这些银子他会归还，只是我们要有不要的打算，日后也免了嗔恨之心。你是我的贤内助，是冀家之幸。"

"冀郎说笑，我一个妇道人家哪里懂甚，不过是吃一堑长一智。"

冀国定给了孙全海一笔银子助他盘活资金，并委婉说手上生意多，乏身无术，无福参与，孙全海果然喜笑颜开。孙全海走后，冀国定夸赞瑛姑足智多谋，王应桂脸上渐渐没了笑容。

二十二章　冲喜

　　自从李如约负荆请罪后，冀国定能看到他不同以往的态度，用谷穗的话说，他终于像个义子模样了。没过多久，李如约告诉冀国定，他的恩师有意将他的侄女嫁给他，想征求冀国定的意见。冀国定问他是怎么想的，李如约这才说实话，他们在"西河书院"早就相识，彼此有情。冀国定突然笑了："甚时候的事，瞒得我一点都不知道。"李如约不好意思地说："我说不想为贾也不想做商贾之家的乘龙快婿那日，我与她私订了终身，是我不懂事。"说完羞愧地低下头又说："现在我听您的，您同意我就娶，不同意我就不娶。"冀国定突然笑了："你这小子，这点倒是和你爹一样样的。既然你有情她有意，又是读书人家的姑娘，我这就托媒人前去议婚。"

　　媒人在暖洋洋的十月小阳春里完成了纳彩、问名、纳吉、纳征、请期。冀国定心里说不出来的高兴，李如约虽然不是他的亲生儿子，但他的婚事却比他的亲儿子还上心，一应婚事细节都交待给王菁仪，对王菁仪只说：要隆重气派。冀国定则盘算着请谁做总司仪，请谁做礼房，请哪个阴阳先生看日子。冀国定心里激动，一个人踱到庄稼地。早播的靠茬麦子不知什么时候已长到半掌长，庄稼汉吆喝着牛马拉着碌轴碾压。冀国定奔向麦田里的一匹黄牛，他感觉到麦苗被踩倒的倒伏声，看到大片绿油油的麦苗从眼前飞过，黄牛慢吞吞地走，偶尔低下头啃几嘴麦苗。他想起他和李管家三十多年前也是在这样十月的一个下午跑到田里，一个坐在牛背上，一个牵着牛，漫无边际地东拉西扯。麦苗也是这样绿，牛也是这样哞哞叫。

接下来布置新房，招雇厨师，采购货品，杀猪宰羊，搭棚摆席。迎娶新人这天，当地最有名的吹鼓手将唢呐朝天一扬，奏响了吉乐开道，随后是高举着旗、锣、伞、扇、金瓜、钺斧、灯笼的仪仗队，后面紧跟着八乘的红绿两色花轿，最后是马队殿后。迎亲队伍到了新人村口，炮仗齐鸣。李如约坐在轿内，青帽蓝衫，十字披红，帽插官花，俨然一个登科及第的状元。新娘则凤冠霞帔，玉带系腰。接上新人回来后，喜娘搀扶新人跳火盆、过马鞍、落喜房、更衣，对天地神三跪九叩，再对高堂父母三跪三叩，夫妻对拜之后，新人送入洞房。

婚礼办得十分热闹，王氏感念冀国定处处周到，执一盏酒向冀国定及妻妾行了答谢礼。第二天，李如约带着新娘拜认冀国定，伏在地上哽咽良久才说："儿何德何能，几次蒙了心智做出傻事，干爹却从未嫌弃，不才儿日后定会孝敬您！"冀国定扶起李如约："总是因为干爹疏忽不周才让你受了委屈，你今日成了亲，又在府州衙门谋得幕僚之职，也算是双喜临门，你爹可以瞑目了。"

李如约成婚后的第三年，以公聘得当地望族宋氏之女，只等择定良辰吉日完婚。以廉聘郭家之女，以中聘乔家之女，以和聘梁家之女，以正聘常家之女，三姐妹姻缘也动，冀国定无比欣慰。

夜里风声喧器，窗内灯火昏黄，冀家大宅安稳祥和。冀国定倚在榻上读了几页书，耳听更夫敲了戌时，戌时是过问众儿郎功课的时间，他掩了书，进到里间闭目养神。近大半年，冀国定神思倦怠，身体每况愈下，过问功课的事落在瑛姑身上。

以公已出落成翩翩公子；以廉在瑛姑的悉心抚养下，也长成十二岁的少年，只是他体弱多病，免了他每日汇报课业；以中才思敏捷，身形健壮；以和在王菁仪的调教下，文理皆通，处事活络；以正则清雅有量，沉静平和。

以正与以和同庚，两人感情极为要好。瑛姑先问他们一些基础课业，四兄弟对答如流，当瑛姑拿起她针对五个儿郎做的教案时，以公知道，该查问他的功课了。

"公儿，上次的差错可弄明白了？"

以公揖谨慎地说："二娘，孩儿收了假银，心中诚惶诚恐，特意向掌柜讨教了如何分辨银水成色。凡整锭银子，看其底脸，审其路数，弄清是哪一处出的银子。如果发现整锭无重边，趱铅无疑，'银无重边即是假'。如果仍然无法判定，剪开便可知晓。对块头银的辨别窍门主要看其宝色、墙光、底脸、查口，纹银是纹银查口，九五是九五底脸，如底脸不相顾则要留神，以防将假银当做货款收进。"

"经验来自日常积累，要边做事边积累。你在柜上日子也不短了，作为日后的东家，眼界要放宽些。"以公连连称是。

瑛姑走到以中身旁："人生无事不需财，故无不营营于利，自然会有人因财而坏了品行，中儿，你怎么看我们行商坐贾？"以公听到瑛姑开始问训以中，这才揩了额上的汗。以中似乎没听到瑛姑问话，以正见状提醒："四哥，娘问你话呢。"以和悄悄碰了碰以正，示意他勿多嘴。以中这才答："儿以为，要想成为一名成功的商人，经营二字须得看大，如耕农织妇，行商坐贾，无一不是经之营之，而后再凭心公道，如此，利，便自然有了。"

瑛姑未加评判，又道："如今咱们家外放账目较多，你们说说关于现买银和赊账的看法。以公，你先说。"

以公听到瑛姑又问他，不自觉哆嗦一下，他努力回忆昨天看过的《生意世事》，却怎么也想不起来了，又见众兄弟都望着他，只得勉为其难道："儿以为，宁愿做略赚些钱的现买银生意，也不做获利丰厚的赊账生意。"以中接道："我与大哥意见一致。旧年庄上有几户商贾，外赊了多年相与的银子要不回来不说，最后还成了仇人。"以公与以中相视一笑。

瑛姑看到以和与以正似乎有不同意见，笑着问："你俩怎么看？"以和上前一步："儿以为，再大的生意也离不开人，人好就借，不好就不借。"以正接言："我和五哥想的一样。"以公不屑说："你们年幼，尚不知商界有句俗语'宁赊三千，不如现八百'，能不赊则不赊。"兄弟四人争执不休，瑛姑并不给论断，因为赊与不赊，本来就不是非对即错的选择。众儿郎争论得不可开交，由赊与不赊论到诚信，又由诚信论到东家与掌柜的关系。以公认为东家与掌柜之间是雇佣关系，不存在人身依附。以中则认为，没有东家，哪来掌柜。以中建议东家对掌柜与伙计应量才给俸，水深才养得住鱼。以公则说东家与掌柜一荣俱荣，一损俱损。以和与以正看两位兄长争论得面红耳赤，却急得插不上嘴。瑛姑依旧只笑不言，由他们兄弟四人争辩。

正争论不休时，丫头报德融来了。瑛姑纳闷德融怎么这个时候来了，与冀国定急忙去见。德融身披袈裟，面目慈祥，见到冀国定与瑛姑起身合掌："阿弥陀佛，见到你们我便心安了。"冀国定听他似有言外之意："德融师父此言何意？""我刚接到师父之命，他说我在烟火里的劫数已满，命我安顿好身外事即刻回山闭关，从此不再过问红尘事，明天天亮即启程，特来向冀施主与二奶奶告辞。"说完合掌于胸前又道句阿弥陀佛。

冀国定面露失落。德融微笑着说："我们常谈生死，谈命运，谈世情，谈佛法，这些年，我能安身立命于广福寺，全倚赖你广为布施。世间一切有为法皆无恒常。你助我成佛，我渡你历劫，想来，已得善果。"瑛姑说："六祖曾说'若欲修行，在家亦得，更不分南北东西。'师父为介邑治愈病人无数，积下无量厚德，为甚非要拘泥于回五台山？"德融见他夫妇并未懂他真实意思："并非刻意拘泥于五台山，而是——我该回去了。"冀国定与瑛姑一时哑然。冀国定从面露失落到面露悲凄，德融安慰他："你我渊源深厚，天上人间，总会再逢。"一个月后，冀国定收到德融圆寂的消息。

日子照常，一大早，冀国定看到以公带着以中、以和、以正去书院读书，不禁想到病恹恹的以廉，不由得心中叹息。冀国定决定，在老堂"德馨堂"基础上扩建四处大院，分别为"悦信堂""笃信堂""立信堂"和"敦信堂"。冀国定决定请"样式雷"第五代传人雷景修为大院布局设计。

雷景修祖上是皇家"样式房"掌案，按理说，雷景修应是皇家建筑设计掌案的第五代传人，但他父亲重病弥留之际，掌案一职花落旁人。他父亲眼见无力回天，只得语重心长地对雷景修说只要本事过硬，皇家的"样式房"终究离不开雷家，强行任掌案，恐会招来大祸。雷景修心有不甘，多次评说无果，又遭排挤，渐渐灰心失意，常常烂醉如泥。

有一次他的妻弟匆匆来找他，他们在修建皇家寺院的主殿时，由于主梁卯榫不合，悬而不落，掌案用尽各种办法，依然无济于事，唯恐耽误上樑吉辰，又不想降低身段求雷景修，只得命雷景修的妻弟找他。因为是皇家工程，雷景修起初不答应，后来拗不过妻子与妻弟相劝，于是答应帮忙。一番勘察之后，心中便有数。他抄起斧子望着不合的卯榫，想起祖上一桩旧事。

康熙初年，他的祖上应募修建太和殿，上樑当日，康熙皇帝亲临太和殿，但到了上樑的关键时刻，脊檩的榫卯总是无法合拢，鼓捣了半天也不行。工部官员急得六神无主，若是延误吉时，定被问罪，甚至有人为此掉脑袋。正束手无策的时候，一个雷姓后生自告奋勇上去装樑，但清时有律例，上樑最次要七品官职，工部尚书立刻着人为后生披上七品官服，并朝他拱拳相托。后生一番观察，将斧头藏在袖中，迅速攀上屋梁，找到着力点，挥舞斧头，连响三声，主樑应声而落，榫卯严丝合缝。所有人眉头尽展，赞叹后生技艺精湛。康熙帝大喜，当场封官七品，任他"样式房"掌案。从此，雷家成为御用建筑"样式房"的掌案，人称"样式雷"。掌案一职一直延续到雷景修的父辈，到他这里却戛然而止。雷景修认为，他没能接任掌案是朝廷对他技艺的否认，更让他接受不了的是因他没能接任掌案沦为嘲讽，故而日日买醉，技艺荒芜了两三年。

雷景修提着斧子望着悬而不落的卯榫，想起祖上笃定而从容的判断，想起官服加身的那一刻。他未加思索，迅速攀上屋梁，手起斧落，卯榫顺利合拢。现任掌案虽然没说什么，但在远处向他深深鞠了一躬，雷景修立刻释怀了。接下来的日子，他不再执着于名头，也不再将目光只锁定在皇家建筑，冀国定就是在这个时候找的他。

雷景修根据地形地貌，再结合五个男儿个性，又联想到他这些年的处境，突然对建筑有了另层理解，他连续几夜兴奋得无法入睡。雷家从"样式房"掌案到他这一代正好是五代，而冀家恰好要以"五信堂"为底蕴建一处大院，他觉得这是冥冥之中的召唤。

当雷景修按四十比一的比例将"五信堂"的烫样呈现给冀国定时，冀国定被五所各具特色的宅院震撼到。老堂"德馨堂"古朴厚重，院落幽深静谧，一株上了年岁的枣树，枝叶婆娑，转过照壁，即见花木扶疏。院中甬路相衔，山石花木点缀，正厅抄手游廊的旁侧，有一白石与木栅栏爬满蔷薇，门扇木板上雕刻着"岁寒三友"，或"流云百蝠"，抑或"万福万寿"不到头的花样，尤以正厅设有一面五彩销金嵌宝的百宝阁，或存书，或设鼎，或安置书案笔架水洗，或供放花瓶，或安放盆景，老堂自有的韵味一呼即出；"悦信堂"以砖雕、木雕、石刻为主，大到影壁，小到窗格，各种具有吉祥寓意的花鸟珍禽点缀其中，朝迎晨风，暮叩朗月，庭院再佐以青石、红纱石交替铺就，远望有如一幅巧夺天工的巨毯，溢着古香古色的典雅之韵；"笃信堂"气派壮观，只环院而建的那两米宽、五米高的围墙有如京都城墙，悠闲时，主客登临，环墙而行，极目而眺，令人心旷神怡；"敦信堂"小中见大，处处透着中庸思想，处世之学；"立信堂"依势而建，楼中藏窑，窑上建楼，负势竞上，站在高处望，鳞次栉比美不胜收。

冀国定当即与雷景修敲定此方案，选了个吉日便开土动工。冀国定特意去交城山庞泉沟原始森林采伐木材，待拉着满意的木材回来时，乡邻们都前来围观。齐主东站在人群不远处冷眼旁观，待乡人们七嘴八舌热闹了一阵散去后，他这才上前去看那些木头。他能闻到它们散发出的木香，左瞧瞧右看看，想着冀国定为满堂儿孙起大宅、盖楼阁，便也琢磨着翻新扩容他的大宅。他用手拍了拍木头，突然听到"咔嚓"一声，吓了他一跳，顺着响声仔细看，见车身被压裂，眼见垮塌。

冀国定刚好出来，见齐主东盯着一车木头发呆。他内心得意抱拳问候，齐主东连忙侧身离开车子几步远，冀国定顺势站在他刚才的位置和他寒暄，齐主东露出一脸恭维："这一车木料，真真不错！敢问冀兄这些木头从哪里采伐的？我也想着把我那老宅拾掇拾掇。"齐主东仿佛又听到咔嚓的隐裂声，他一时分辨不清是真的出现了隐裂声，还是他的幻听。冀国定听他夸赞，更有些得意："深山老林采来的，功夫不一样，木料自然不一样。"齐主东一颗心揪着，期待那声巨响快快到来，他又奉承说："冀兄这些年诸事顺意，齐某佩服！"冀国定还没来得及搭话，耳听"咔嚓"一声，车子断裂，木头滚落，不偏不倚，刚好被砸中。冀国定伤得不轻，卧床养伤一年也总不见利索。

冀国定惦记生意，急得寝食难安，但又不能下床，只好琢磨日后谁来继承家业。以公务实，但作为冀家主东还是欠了点火候，这些年冀国定一直将他带在身边亲自调教，不得不承认，天资这东西在关键时候会凸显出它的重要性，它关系着对事情的领悟力与判断力，而这些能力直接影响着家族的前景。冀国定中年得子，他极不愿意承认以公不具备统揽全局的能力，但最终还是不得不承认以公资质平平，以廉能平安长大已是阿弥陀佛，以中目前看是块料子，以和与以正尚小。

这些年，冀国定眼见瑛姑稳妥，做事讲方法，深得家人信任，渐渐移交瑛姑许多事务，有时候干脆做起甩手掌柜。因哪也去不得，除了过问儿郎们的功课，再翻几回书，便腻烦了，人也变得烦躁起来。他看什么都腻烦，最后发现有个人不腻烦，那就是谷穗。冀国定不明白怎么从前竟没留意到她。她皮肤格外白皙，还最丰腴，关键是她软言软语的姿态，总让冀国定有血脉贲张的感觉，六十岁的年龄仿佛回到青春年少，越发不拿病痛当回事。谷穗仗着耳鬓厮磨的机会，盘算着她的小九九，冀国定因宠她，有几次当着谷穗的面委婉斥责过瑛姑。

这天王应桂对冀国定说朝廷因要平息赵城先天教暴动，命晋地商贾捐贤。冀国定啐一口说："捐一回扒一层皮！"沉思了一下问："侯家捐多少？"

"侯管家刚遣人来问咱们捐多少。侯家与冀家是儿女亲家，不如捐同样数量。"

"把二奶奶和以公、以中叫来。"冀国定有些喘。

当瑛姑看到冀国定的脸色比昨天还难看时，心里一惊。冀国定问以公："公儿，你怎么看赵城先天教暴动和朝廷命我们捐贤？"

以公说："道光六年，张格尔利用南疆维吾尔族人，纠集安集延、布鲁特兵五百多人在英人的支持下侵入新疆，煽动判乱，企图复辟和卓家族统治。当时朝廷有两派声音，一个主和，陕甘总督主战，当时国力空虚。我记得父亲和母亲曾说，国家领土岂能容他人觊觎，便是倾尽家财也要支持前线平乱，保卫国土完整，所以咱们家鼎力资助。如今赵城先天教与当年的张格尔如出一辙，儿觉得应一如既往不遗余力鼎力资助！"冀国定没吱声，以中说："只是大哥，此次与上次毕竟不同，上次是有外夷势力背后撑腰，目的是分裂国土，此次只是局部暴乱。"冀国定依旧没表态，示意他俩出去，这才问瑛姑什么意见。

"公儿虽一片爱国之心，但两件事的确不同。上次捐贤侯家定的五千两，不如按旧年惯例，还是五千两，老爷看如何？"冀国定同意，并让瑛姑着手安排，他突然抚着胸咳了起来，这一咳不要紧，又见了血，冀国定望着那团殷红呆若木鸡。

瑛姑有些焦头烂额，一面是缠绵病榻的冀国定，一面是病势见危的以廉，再加上各种杂事，只觉心累。郎中委婉提醒冀国定纵欲过度，王菁仪和瑛姑这才知道他病情严重的原因。

王菁仪气得发抖，瑛姑明白了谷穗为达到某种目的，竟色诱了自己的男人。

罚谷穗跪祠堂，做粗活，罚了能想到的所有的罚，却挡不住冀国定想她的时时刻刻，冀国定甚至开始责怪王菁仪和瑛姑。王菁仪与瑛姑从没有像现在一样这么齐心。

当单纯的情欲上升到一定程度，而冀国定又愿意要这个轰轰烈烈，结局自然不乐观。

又隔数月，以廉的身体越差，瑛姑遍请名医，总不见好。以廉从一落地就开始喝药，若不是前些年有德融的药盯着……如今，世上已无德融，看来，以廉之命将休矣……瑛姑难过不已。

郭雯说："我瞧着以廉越发不好，我说句真话，二奶奶可别恼。""我心里清楚，只是不愿承认，所以才和你商量。"郭雯叹了口气说："老爷也越发不好，听郎中的意思，已经……老爷也听出厉害，这才把谷穗撵了出去，这些日子倒消停了不少。"瑛姑惨淡一笑。郭雯又说："想老爷原来多斯文儒雅的一个人，怎么老了老了，竟犯起这样的糊涂，都怪那妖媚的狐狸精！""每个人的身体都住着一个心魔，心气正的时候，它蛰伏，心气松了，它便苏醒，正不压邪的时候，便万劫不复了。"瑛姑说。郭雯又说："民间说冲喜能祛顽疾，说不定冲喜之后就都好了，那岂不是皆大欢喜？""你是说让以廉成亲？以廉还小吧？虽然他已聘了郭家之女，可是以廉如此情景，郭家肯让闺女嫁过来吗？再者，以公还未成亲，这不合规矩。""规矩还不都是人定的。要我说，以公和以廉兄弟两同时成亲，家里添人口，喜头岂不是更大？"瑛姑沉思不语，郭雯知道她已默认了七八分。瑛姑又说："以公本来婚期在即，也说得过去。以廉虽说纯朴孝道，但孤僻腼腆，如今病成这模样，恐怕郭家不同意。""以廉身弱郭家早就知道，三媒六聘堂堂正正，郭家没有理由不嫁，再者，没准儿是个有福的。"

道光十八年正月初十，以公和以廉同天娶亲。为一扫病气，王菁仪与瑛姑商议大摆宴席，阖家沉浸在一片喜乐。冀家大院张红挂彩，婚礼隆重。天井、沟渠、巷道深处、冀国定的床榻之下，以廉的卧房，只要是目力能极的阴暗及阴晦之处，都用黄白裱纸收过，他们觉得，那里住着一个看不见的幽灵，在蓄势谋害冀家的昌顺。转眼便过了一个月，以廉果然有了些起色，冀国定虽未见好，却也未见加重，瑛姑等人心下安慰。

窗外月亮被云层笼罩，昏暗的光晕透过云隙。瑛姑双手合十祷告，祈求家宅平安。在寒风呼啸的罅隙里，王菁仪的院子又响起木鱼声，时急时缓，时轻时重。

二十三章　暗涌

郭氏生性稳重寡言，待以廉诚心实意，都喜欢上了这个安静的姑娘，冀国定精神比往常也好很多。瑛姑满以为笼罩在冀家上空的阴霾将不日散去，她生命中两个重要的男人会逐渐好起来，但这样的日子只过了一个月，冀国定病情突然加重，郎中嘱咐准备后事，瑛姑眼前一黑，几乎跌倒。又过两天，冀国定精神格外好，他说冀之瑜，说冀映汉，说李管家，说一些尘封已久的往事。窗外寒风呼啸，白日寒凛凛地挂在当空，这个冬天到现在一场雪没下，天地越发干冷寂然。

"……"冀国定嗫嚅了片刻说："不知能不能看到今冬的雪了。"当下引得众人跟着流泪。"我大约要追随祖父去了。"瑛姑拼命摇头，王菁仪紧咬绢帕，郭雯红着眼抽泣。谷穗扑到冀国定身上放声大哭，冀国定抚摸着她的头发说："谷穗，你的头发可真好，还带着发香。"谷穗凄凄然说："老爷，你说好要日夜陪我的。"冀国定听她此言又心生不甘，一口气差点没上来，吓得众人号啕。王菁仪终于忍不住，命谷穗出去。冀国定朝王菁仪摆手。

冀国定渐渐缓过来，泪眼模糊说："我对母亲没有印象，可是刚才，我看到了她，看到了母亲。"他又望望众子女，"你们的身体里躺着冀家祖先，为父……也将躺在你们的身体里。"

以公跪在地上呜咽，众子女皆跟着跪下。如珂跪在冀国定身旁说：

"爹爹，珂儿不想让你去找祖父，你不是说等病好了，还要带珂儿去京城、去汉口、去恰克图吗？"冀国定望着这个他最为疼爱的女儿，怜惜地说："珂儿，爹遗憾看不到你出嫁了。爹觉得谁也配不上我的珂儿，以后，你要听你娘的话，切不可太过淘气。"说罢闭目大口喘气。

冀国定慢慢从床下抽出不知什么时候准备好的冀家传家戒尺，颤抖着双手摩挲了一遍又一遍："它不仅代表着主事家业的权柄，更代表着家族责任的承担。当年我从祖父手里接过它，只觉重如千斤，每每看到它，我就会提醒自己一定要挑起冀家大梁。"他扫眼众人，望向跪在榻前的以公，将郭雯叫过来。他拉着以公的手缓缓将戒尺放在他手里。郭雯有些吃惊，以公既惊喜又意外。"公儿，爹问你，这把戒尺，你可扛得起，扛得稳？"众人屏气凝神，以公的妻子——宋氏满眼期待。以公嗫嚅着，郭雯瞬间明白了冀国定的用意，立刻将戒尺还给冀国定："老爷，知子莫若母……公儿不是个能拿大主意的，家大业大，家事商事……老爷别害了他！"宋氏皱了眉头，显然不爱听。"公儿，爹想听听你的想法。"冀国定追问。以公望着戒尺，又望了望郭雯，呆了片刻，虽然有些不情愿，但还是遵从了郭雯的意思："孩儿自知愚笨，恐担不得……这大任。"说罢将头低下。宋氏梗梗脖子，瞪了以公一眼，又瞪了郭雯一眼。

冀国定露出疼惜的笑容，"果然知子莫若母。公儿，你的前途不在这把戒尺上，日后，你定会有不小的福报，好好孝敬你母亲。"大家松口气，但又好奇冀国定会把戒尺传给谁。冀国定又扫视一遍众人，最后将目光锁定在瑛姑身上："瑛姑，从今往后，你就是它的主人，冀家就交给你了！"说罢郑重将戒尺递给瑛姑，紧接着一阵强烈的咳嗽，血将帕子染红，王菁仪哀哀而泣，轻轻为他擦着嘴边的血。瑛姑再也忍不住："老爷，我不行，我们谁也不行，你不能撇下我们，冀家不能没有你！"冀国定嘴角抖得更为厉害："你们都出去，我与瑛姑交代些未尽事宜。"

"夫君，为妻无法胜任……"瑛姑哭泣。

"非你莫属。以公是冀家长子，我在他身上倾注了许多心血，不得不承认，努力是一回事，天资又是一回事。他性子软，不能驾驭大局，我恐他……被人利用，误我冀家前途。其他儿郎尚年幼，故而将戒尺暂且交于你，待过个若干年，挑选出……优秀的传承戒尺。另外，关于郭雯……"

"冀郎不用说，我知道她牵扯着家族安危，既然是秘密，就让它成为秘密吧。"冀国定含泪道："我喜欢你唤我夫君，唤我冀郎……你不是寻常女子，识大体，顾大局，对待众多子女，从不偏袒，丁是丁，卯是卯，这些我都看在眼里。"冀国定喘了一口气又说："菁仪她不容易，家大业大，人口多，免不了产生矛盾。虽说她抚养了以和，但终归隔了一张肚皮。她内心苦啊……我走后，你别让她太难了。"冀国定说到王菁仪，已然泣不成声。他缓了口气又说："廉儿虽也成家，到底年岁不足，他只能自求多福；以中有主意，做事有头有尾，是块经商的好料；以和与以正，他俩同年生人，现在瞧着不错，不知再大会是什么性情禀赋。书房的抽屉里有封留给菁仪的书信，我就不再和她说甚了，免得两下难过。"

瑛姑出去，郭雯进来，从冀国定病势见危她就没白没黑地流泪。冀国定将李管家到了襄阳后见过她养父母的事告诉了她。郭雯诧异，她亲眼看着他们被抓去乱葬岗，想来是逢凶化吉逃过了此难，但她不明白，为什么她的养父母知道她的下落既没书信，也没来找她。冀国定说是为了更好地保护。郭雯忽而哭，忽而笑，一边叫父母，一边叫老爷，她说："老爷那年入狱，我以为是我的身世引来的灾祸，我那时想，如果老爷有个三长两短，我绝不苟活一时。"

"你的身世除了我和李管家，谁也不知道。二奶奶为人豁达，日后这家里家外，你要多帮衬她。"郭雯的泪水像断了线的珠子："老爷，没你就没雯儿，雯儿生是你的人，死是你的鬼，你去哪儿我就去哪儿。"

到了后半夜，谁也不敢离开冀国定半步。冀国定恍恍惚惚赶路，正不知该往哪里拐，突然看到冀之瑜在前面向他招手。他奔向冀之瑜，又纳闷王菁仪和瑛姑她们去哪儿了，正寻思时，冀之瑜带他走进一束白光，他感觉身体渐渐向上飘，他被从未有过的轻松和喜乐包围着。又看到德融在前方双手合十，他的头发不似先前长不长短不短，已剃得干干净净，周身泛着光晕，还能看到他头顶的戒疤，正想开口问他在五台山闭关可好，耳听得光束外面哭声一片。

王菁仪捏着信瘫坐在床榻，闷声流泪，不知该何去何从，突然有人喊：不好了，郭姨娘自缢了！王菁仪赶来时，看到瑛姑捏着一封信正垂泪。她拿过信缓缓念道：

瑛妹妹：

原谅我僭越规矩这么称呼你，但我早就想这么称呼你了。

我要和老爷一起走。我没有愧对父母，他们九泉之下定会瞑目。老爷此去孤单，我要陪着他一起过奈何桥，喝孟婆汤。我的孩子全由你来管教，再没有比你让我放心的人。我会和老爷保佑冀家，保佑你和孩子们，如果有来世，我还想和你做一家人。

郭雯绝笔。

王菁仪突然狂笑："我以为，只有我最在意老爷，原来这闷葫芦的乞丐不比我少。"

"她话虽不多，但心里最有数。"

"如今老爷走了，我也老了。今日在郭雯这房里，我问你个话，料想你不能扯谎。"

"妹妹从不扯谎。"

"徐大厨的事，你是不是怀疑过我？"王菁仪睁着一双杏眼问。

"老爷和郭雯刚走，姐姐就来翻陈年旧账。姐姐既然问，我也不好不答，说实话，不止我一个人怀疑你。"

"我没有！"王菁仪声嘶力竭辩驳。

"你当然没有。我也是因为德融一句话，才醒悟到凶手不是姐姐。并且我也知道你千里迢迢将你这位远房亲戚安在厨房本是为有个靠。他忙着挑唆我们的关系，你都照做，却没想到他连你也不放过，这真是太令人不可思议了。"

"你怎么知道是他干的，为什么这么多年我没发现？"

"我记得刚嫁进冀家，第一次去见你，姐姐果然是个美人。你周身溢着一股清寒的香味，大概因为家里人闻惯了闻不出，但我和梓芸闻到了。再后来，德融问我是不是有熏香的习惯，我便想起了姐姐。姐姐原本是有生育希望的，只可惜，我好心为你送子，你却将送子汤全都倒掉了。"王菁仪只觉万念俱灰，跌跌撞撞离开，不止身后的阳光碎一地，残留的风华也碎了一地。

瑛姑呆呆坐着，任泪水无声流淌，她喃喃着："梓芸，世上那么多条路，你为甚选了这一条？福忠因你至今不娶，我因你，再也无法回到从前。"她抚摸着郭雯的床幔，看一尘不染的桌椅，感叹她只能用"生"来爱冀国定，因为她不能死，而郭雯可以选择用"死"来爱冀国定，因为她生无可恋。

冀家大宅不谙世事的，收起了顽劣；读书的，体悟到阴阳两隔之痛；成家的，感觉到肩头沉重；女人们都关起门兀自悲伤着自己的悲伤。没了冀国定，冀家犹似宫殿倾颓。俗话说，家有千口，主事一人，冀国定去世，重担自然落在瑛姑肩头。家族大，家事庞杂，瑛姑没有得力的人。福忠意在出家，王应桂有意无意回避瑛姑，玉章是王菁仪身边的人。瑛姑又想到福妈，如果福妈肯帮衬，大宅子里的人会安分许多。

瑛姑独独没想到李如约。

当李如约收到冀国定病重的消息后，便快马加鞭往回赶，进了北辛武村得知冀国定已去世，从村口号啕着爬到冀家。不过几年未见，李如约更与往日不同，身量匀长，国字脸，眉峰微蹙，眼神笃定，鼻直口方，活脱脱另一个李管家。瑛姑以为他回来只是单纯尽义子孝道，几日共事下来，瑛姑才知道他专门告了丁忧之假，他要遵冀国定遗嘱，在非常时候帮助瑛姑渡过难关。李如约看到家里乱成一团，即刻着人请阴阳，定司仪，他则拟报丧贴，指派报丧人，报丧人得命拿了一把伞便走出家门。接着买孝布，戴孝服，为冀国定与郭雯落材，布置立孝堂，请和尚做道场，一切紧张而有序地进行着。但他毕竟姓李，很多事情只能在暗地里帮助瑛姑。

冀家大宅前一个月还张灯结彩，今天便素净一片，引魂幡在寒风中上下翻飞，白色孝布、挽幛、丧幡像久违的大雪，将冀家大宅覆盖。冀国定拟定三个月后下葬，瑛姑心中愁肠郁结，一腔思念无处可寄，和泪写下一首祭诗，夜祭的时候，她一边焚化一边悄悄吟诵：

> 悲风白雪三千里，孤影孑孓百事已。
> 从此阴阳隔两界，天上人间东逝水。
> 漆棺玉枕红尘事，耿耿望之呼不起。
> 嗟余过往皆无常，如何同生不同死。
> 双翼飞鸟追浮云，一双白骨掩土里。
> 去岁欢笑今日哭，人间处处是悲喜。

半月后，瑛姑先后收到徐松奂与王庆云的书信。他二人这些年先后考中进士，徐松奂现任福建延津道，王庆云任贵州学政，他们听闻冀国定过世，第一时间快马加鞭托付至交帮衬瑛姑，瑛姑这才明白家里为什么来了一些帮忙的生面孔。

瑛姑忙完，行至"德馨堂"西侧的甬道时，感觉哪里不对劲，她猛然回身，果然看到有人跟踪，索性掉转方向，去找王菁仪。王菁仪冷着脸不言语。谷穗暗讽瑛姑："老爷前脚走，后脚就有人就迫不及待。我们如今又是孤苦人，这么大的家，可怎么办呢？""管好你自己，旁的也轮不到你。"王菁仪说。谷穗啐了一口："我谷穗这辈子，只听老爷和大奶奶的。大奶奶性子善，懒得争，我总得为大奶奶与和儿争个说道！若要公道，我谷穗也不是那不讲理的人，可若不公道，即便是老爷所嘱，也别怪我谷穗脸黑。"

瑛姑没料到冀国定刚去世谷穗便撕下面具。她原以为王菁仪能打个圆场，结果王菁仪不吐只言片语，瑛姑只得不紧不慢说："公道自在人心，岂是谁说公道便公道，不公道便不公道？"谷穗假意给瑛姑行礼说："染坊铺出不得白，不知今日二奶奶会了甚客？我竟不认得。"瑛姑突然笑了："急甚！天地有则，人事有度，不要聪明反被聪明误就好。"

是夜，"德馨堂"议事厅烛火通明，瑛姑坐在首位，众兄弟长幼有序，两边安坐，以廉破例也到。瑛姑没想到福忠与玉章一前一后进来，分别立在以公、以廉身后。之后听到尹拳师粗着嗓门在外面和人说话，而后呼喇喇进来一众人，各自找到位置或站或坐。

又等片刻，青桔来回王菁仪悲伤过度，头疼心悸，不能过来。青桔刚走，采芹又进来，说谷穗心口疼，才服了药，要卧床休息。瑛姑放目望着采芹，采芹低头不敢语。以和犹豫了一下问："我娘不舒服了？我去看看。"说罢往外走，采芹偷瞟一眼众人，跟着以和出了议事堂。

之前，以和既管王菁仪唤娘也管谷穗唤娘。谷穗让他只管王菁仪叫娘，但王菁仪推脱说，谷穗才是以和亲生母亲，以和为区别，便管王菁仪唤娘，管谷穗唤母亲。王菁仪是个聪明人，以和虽然跟在她身边，终究不是自己生养，他早晚会回到谷穗身边，所以根本不介意以和怎么称呼。谷穗知道王菁仪敏感，也为表露她诚心实意，坚决不让以和叫她娘。

陆续又进来几人，依旧不见王应桂，又等了片刻，伙计说王应桂去了柜上。

瑛姑转身对小池耳语几句，小池出去。能来的均到，不来的不必再等，瑛姑这才说："今日是第一次召集大家商量家事，老爷撒手西去，我虽悲痛不已，奈何老爷交了一副担子在我身上，由不得我任性哭闹。如今正在服丧期间，日日有吊唁之人，虽说有丧仪总管全权掌揽，但总有些细事要我们亲力亲为。家大业大，人口众多，我一人无法兼顾众多事务，所以分派下去，免得有的做重，有的被落下。老爷生前朋友众多，知道的，说咱们家人口多，事无巨细，难免有个疏漏，不知道的，以为咱们家拜高踩低，惹出一些闲话。"于是逐一分派了任务，众人一一领命。瑛姑将诸事安排妥当，待众人散去，小池才和福妈过来。

福妈两鬓斑白，人依旧爽利，瑛姑打开天窗说亮话："福妈妈，我敬重你的为人。老爷生前曾和我说，大奶奶和他说过多回，想留你在她身边，但你都推了。我知福妈无意琐事，但今时今刻非比寻常，所以强撑这张不经世事的脸，请您帮衬，还望福妈不要推脱。"福妈对瑛姑的话显然没太吃惊，她将将鬓角散落的头发，略迟疑道："二奶奶，容我想想。我此刻也给不了二奶奶准话，这事于我不是小事，你知道，我一个人懒散惯了，这院子东西南北随我逛，突然……"

"依旧随您逛！"瑛姑说。

福妈仍旧犹豫，"二奶奶，别嫌我啰唆，还是要容我回去想想，过了今夜，倘若我过来，便过来了，还望二奶奶莫要因为这桩事，与我结了疙瘩。"说罢要给瑛姑施礼。瑛姑急忙搀住她："福妈妈多虑了，无论应与不应，我待福妈都会一如从前。"

福妈走后小池问瑛姑："虽说我与福妈一起生活过，她待我又极好，但我时常摸不透她。假如福妈不过来，是不是有些……不识抬举了？""休得胡说。这才是常人少有的品质，福妈是值得信任与托付的人。"小池仍然不解，但也不再深究，突然想起什么，"对了，二奶奶，清楚了。"瑛姑淡淡一笑。"二奶奶果然料事如神。"小池也一笑。

小池毕竟年轻，少不了有些人对她阳奉阴违，更有些人她根本支派不动。就在刚才，她吩咐一个婆子更换议事堂茶具，婆子满口答应，还没走两步远，连连说她忘性大，之前王菁仪吩咐的素衣还没去送，没等小池说话，已转过身撇撇嘴走了。小池正气愤的时候，李如约从外面回来，小池和他发了几句牢骚，李如约说正常，人心从来如此，除非二奶奶安安稳稳撑住了家业，说罢又对小池说："这些都不算甚，依额看，大风大浪还在后面，额回来的路上，看到好几个掌柜和王应桂在一起，二娘甚时候让他们过来的？"小池摇头说没听瑛姑有这样的吩咐，李如约预感到了什么，急忙去找瑛姑。果然怕什么来什么，事情来得太突然，瑛姑毫无准备，这阵仗应是蓄谋已久。

自从冀国定去世，王应桂从未与瑛姑打过照面。倘若只是他二三人，倒也折腾不出什么名堂，但要借掌柜兴风作浪，那可不是寻常小事。瑛姑对李如约说："虽说老爷当众授戒尺于我，但老爷已逝，他们若认这把戒尺，它便有至高无上的掌家权利，若不认，就是一杆废木尺。莫说一介商贾之家，便是皇朝的兴废更替，也不外乎如此，风雨欲来风满楼啊。"

"二娘勿慌，我们要弄清楚他们下一步要干什么。"

"能有什么，不外乎家权与家财。"话音刚落，李如约脱口而出："大娘与王总管！家业商业相辅相成，我担心王总管另有企图——他假借大娘之手，将冀家祖辈辛苦挣下的家业沦为己有。他的权力太大了，他除了不姓冀，其余的比冀家的子孙还了解冀家命脉！"瑛姑担心王菁仪再次受他人怂恿，想通过徐大厨的事劝说王菁仪擦亮眼睛。李如约不同意，因为她非但不会信，还会揣测瑛姑是为保全权力而挑拨她与王应桂的关系，又或者，这其中有王菁仪的授意也说不定。

人死了，生命熄灭了，但与他有关联的事情还在以其他方式延续，至于会以哪种方式存续，就要看当事人心中释放了什么。陆续有人进来报信，大宅内暗潮汹涌。瑛姑除了手握一把戒尺，余下的都处于劣势，当务之急是要扼住他们的咽喉，可咽喉在哪里？

"以公！二娘，是以公！"李如约预感到了什么，急忙往衙门去。

再说小池出出进进，异常忙碌，玉章早在路上等她。小池因事态微妙，不想与玉章有过多往来，所以见到他转身往回走。玉章拦住她有些恼："小池姑娘，你为甚总躲着我？我哪里得罪了姑娘？"小池见他面色有些憔悴，神情也有些茫然，本想解释，但还是心一横皱着眉头往回走，玉章拉住她："我这颗心白付了？之前好好的，姑娘怎么说不理我就不理我了？"小池半扭转头回他："你瞧不见这院子里四处溢着剑拔弩张的气氛？偏你我各为一方，况且，我到底……也不知你是受命于人，还是真心待我。"玉章听她这么说急了："我恨不能剜出这颗心让你看看，我若对姑娘有半丝假意，就不得好死！"小池"呸呸呸"连啐三口："急甚急，我又没说甚，平白无故发这个誓？"玉章拉了小池的手："你若能放下那边，我便放下这边，咱们远离这浑水，我们远走高飞，好不好？"小池幽幽道："人要讲个义字，我哪能在这个时候抛下二奶奶，正如你此刻不能抛下大奶奶。如若你是真心，不如在这期间我们做好分内之事，且看命运如何安排，倘若我们有缘……"小池深情地看了眼玉章，含泪离开，玉章呆呆立在原地。

瑛姑总觉得哪里不对劲，又不知道哪里不对劲。事情像被预设好了，正朝着某个方向走，李如约所言不错，这一切才拉开帷幕，而瑛姑已如履薄冰，静观其变也要有制敌的招数，如今她却像被架空的傀儡，处处受制于潜在的危机。正坐立不安时，福妈带着以公过来了，瑛姑一个箭步走到福妈跟前："福妈！""二奶奶莫心焦，该来的总会来。"

以公这一天接二连三被人半路截走。先是从柜上回来的半路，遇到一顶软轿，轿内之人正是李如约。以公从衙门回来的路上心事重重，

284

刚进了院门，便被青桔截走，还没见到王菁仪，路上遇到福妈，福妈又将以公拦下，青桔敬畏福妈，不敢强求，福妈便将以公带到瑛姑这里。

福妈从衣襟上取下一根缝衣针，当着瑛姑与以公的面折断："想不到我这副老身板，还要随二奶奶搏一回惊涛骇浪！"以公不知所以然，瑛姑感激万分："福妈妈，请您将其中利害讲与以公听。"

以公终于弄明白了这一天的曲折，若有所思道："我娘临去时，一再嘱咐我让我唯二娘是尊，我只以为是她与您交好的缘故。想不到我这长子身份竟暗藏着这么多的玄机。"

以公看到瑛姑脸色异样，以为她对自己不放心，于是信誓旦旦说他再不懂事，也不会违背父母之命，瑛姑心上的一块石头这才落地。

其实，以公的内心是有些失落的。此时寒风凛冽，他站在高处任凭风刀割着脸颊，无以名状的压抑充斥着胸腔。他时常想起冀国定对他的评价。他不愿意承认那种评价，但又无力扭转那种说法。内心有两个声音在打架，他闭着眼静静倾听那两种声音的较量。接着，谷穗的声音进来，李如约的声音进来，福妈的声音进来，宋氏的声音进来，以公迷茫了。

福妈终于向瑛姑坦露心声，冀之瑜去世之前便交代她日后要暗中帮扶瑛姑，这份迟来的嘱托，让瑛姑对冀之瑜感恩不已。福忠见冀家风雨飘摇，瑛姑步履维艰，想起梓芸，决定替梓芸尽心，帮瑛姑走出困境。

几日下来，瑛姑从马銮宇那里又得到一个令人不敢置信的消息，王应桂背着冀国定悄悄放贷，王菁仪私下参与分红。

第二日，前来吊唁的人众多，几个掌柜突然跑到棺前哭诉。再细听，他们说东家生性仁厚，没有冀家便没有他们的今天，众人纷纷竖起大拇指。瑛姑料想其中有诈，不敢松懈，马銮宇不动声色，静观其变。一名掌柜突然转了话腔："如今东家撒手西去，我等该何去何从？"一人应答："你伤心过度了不成？大奶奶与东家伉俪情深，大少爷如今成家立业，大爷的母亲殉情东家，这等旷世烈女，其子必是重情重义之人，我等自然唯大奶奶与大少爷尊。"人群骚动起来。来的终于来了，瑛姑目光如箭，听他们大放厥词。

以中指着他们大骂："尔等枭心，世人尽知！我父亲还未瞑目，你们便露出狼子野心！""三少爷言重了，我们与东家商海浮沉那会儿，你还没出生呐！我们正是出于为冀家前途考虑，才有此言，东家一去，总不能群龙无首吧？"以廉浑身颤抖，脸色更加苍白，人虽弱却厉声质问："冀家传家戒尺现如今就在我母亲手里，你如何浑说群龙无首？父亲当着合家老少的面，亲传我母亲戒尺，朗朗乾坤，岂能容你们红口白牙混淆视听？冀家的事还轮不到尔等插手！"众人看惯了以廉病病恹恹的模样，没想到今日今时，他言辞激烈，语气铿锵，丝毫没有病弱之态。

无奈掌柜们完全不把他们放在眼里，更有一人无比嚣张，"东家后期病重，保不准糊涂之下做出了糊涂选择，又或者受了胁迫做出这无可奈何之举也说不定。依我说，当着众人的面，问问大爷以公，你可服气本该属于你的掌家权柄旁落他人吗？"

王菁仪瞟了一眼王应桂，宋氏面露得意，人群将目光聚焦在以公身上，瑛姑挺了挺腰身，看以公如何对答。当下鸦雀无声，以公站在当地，掌心浸出汗，那两个声音又开始在他脑中打架，他不知该听从哪个声音。瑛姑没料到以公一直沉默，李如约立刻走到他跟前说："大丈夫立于天地之间，上忠君王，下遵父母。你若违背你母亲临终之训，不过是分得一份不薄的家业而已！"这话掠过以公耳畔他才惊醒。李如约在提醒他，如果他要去争戒尺，便是摆明跟了王菁仪，而权利不过是从瑛姑的手里转移到王菁仪手里而已，弄不好家业四零八落不说，他也会落个不忠不孝的声名。想到这，他的心稳下来："众位掌柜，众位叔伯，我谨遵父母教诲，哪里也不去，安生做我的大少爷。"此言一出，瑛姑等人长出一口气，李如约眯着眼睛，对福忠耳语了几句，而后大步流星离开，王应桂不知何时已悄然离去。

　　"没想到他们这样明目张胆。老爷生前待他们不薄，他们何以见利忘义？"

　　"二奶奶有所不知，今儿大闹的几位掌柜均吸食大烟，有的债台高筑，王应桂与他们关系密切。"听闻此言，瑛姑惊如天雷。她没想到尔虞我诈之下，自家的商业竟也暗流涌动，貌似万象升平的冀家，实则千疮百孔。福妈见她愁容满面，安慰她说："依我看，掌柜吸食鸦片，此时反倒是件好事。"

二十四章　漏卮

　　已是戌时，议事堂内依旧灯火通明，陆续有人进来报信，大宅内暗潮汹涌。马銮宇建议不出招则已，出招必打七寸，只有这样才能力挽狂澜于危难，并树威立信于家族乃至众商家，只能成功，不能失败。李如约建议软禁王菁仪，瑛姑有所顾虑。俗话说家丑不可外扬，不看僧面也要看佛面，这其中的利害关系层层叠叠，相互勾连，弄得太激化，于冀家不是好事。马銮宇认为彼时此时，如今境遇已不同，家内之事瑛姑尚可挥派调度，而柜上的事掌柜们只认王应桂，王菁仪万一被人利用，事情可就大了。

　　"还是要以柔克刚，彼此留后路才是万全之策。"瑛姑坚持说。李如约见瑛姑犹豫，又说，"二娘若有所顾忌，还有一计，假借他人之手让王应桂现出原形，这样既保住了大娘的面子，也护住了冀家的尊严。"马銮宇说："要想搜罗到王应桂的证据，柜上要有个可靠的人。"李如约想到一人："额倒有个合适的人选，额与他甚熟，此人能用，额明日就去找他。"小池面色焦急进来："李公子，不好了，王妈妈晕厥过去了！"三人大惊失色，李如约将踱出门时，心中还是放不下，对马銮宇深施一礼："冀家正处水深火热，二娘独木难支。额母亲若无恙，额即刻回来，若有事，还劳烦舅舅不辞辛苦明日去平遥柜上找刘丕龙，他定能找到额们想要的东西。"马銮宇自然义不容辞，李如约消失在夜色之中。

当瑛姑拿到刘丕龙提供的王应桂暗箱操作的众多票据时，瞬时变了颜色，马銮宇气道："该杀的王应桂！不止私自挪用银两放高利贷，还纵容掌柜们吸食鸦片！"他将票据拍在桌上，双眉倒立："我正愁没好法子，就从这里下刀！"

这天，有个老汉击鼓鸣冤，县衙被围得水泄不通。老汉的儿子因吸食鸦片在外面欠下高利贷不能及时偿还被催缴之人打死，催缴之人当场被抓获。紧接着又有几人击鼓，告催缴之人窃他们钱财。县太爷惊堂木一拍喝道："大胆窃贼，还不从实招来！"那人一脸无辜："我的青天大老爷啊，这都是哪蹦出来的？我与他们素不相识，何来偷窃一说？"众人不依不饶，"青天大老爷，他整日游手好闲，既无营生可做，也无地可耕，又无甚家财，哪来的银两放贷？定是偷了我们的银两放贷，催缴不得，就下狠手将人打死！"

县令又将惊堂木一拍："你既能放贷，便有放贷的本金，那你说说，放贷的银子是哪里来的？"那人忸怩半天不肯说出银子的来历，县令威吓道："说不清，便是来路不明，来路不明便是窃，窃银、杀人，证据确凿，来呀，将这放贷杀人兼窃银的凶恶之徒押进大牢！""青天大老爷，第一我没杀人，那老汉的儿子欠债还钱天经地义，我不过推搡了他一下，他竟莫名闭了气！说不定是吸食过量造成的，不信您可以查访；二来这些人我一概不识，我虽游手好闲却不曾盗人银两！""你若能说清放贷的银两，本官自会定夺。"那人抓了抓腮帮子，"放贷的银两……冀家总管王应桂是我远房表叔，我是代他放贷。"县令惊堂木又一拍，大喝："朗朗乾坤，你若胡攀乱扯，罪上加罪！"那人立时发誓："我对天发誓，若谎说了半句……出门就被这老汉打死！""来人，立刻提冀家管家王应桂来堂对质！"

夜晚，星光灿烂。瑛姑常听老辈人说，每一颗星星对应地上的一个人，那么，哪一颗星是她，哪一颗星又是冀国定，属于冀国定的那颗星星还亮着吗？夜凉如水，小池拿一件披风过来："二奶奶，外面凉，该歇息了。""不急，有人会来。"小池不解，却也不多问，福妈会意："是不是煮些姜枣茶？"转耳又听小池说："大奶奶好。"

王菁仪散着头发过来了。看得出她已洗漱完毕，该是准备歇息时得了消息，慌忙之中顾不得收拾急匆匆过来。她见瑛姑穿戴整齐，故作镇静淡淡问："妹妹是刚回来，还是要出去？"瑛姑也语气淡淡回她："我既不是刚回来，也不准备出去，我在恭候姐姐。"王菁仪用帕子掩着嘴轻咳一声："王管家出事我也是刚知道，所以过来打扰妹妹。""我等姐姐也是为此事。"王菁仪并不意外，依旧温婉道："再不济，他跟了老爷这么些年，为冀家出生入死，没有功劳还有苦劳。他腾挪柜上银子私放高利贷，是一时糊涂。老爷刚走家里就出这样的事，为冀家声誉着想，平息此事是为上策。再者，"王菁仪话没说完瑛姑便打断了她："声誉也好，私利也罢，我只想知道姐姐这些年跟着他得了多少红利？"王菁仪一时语塞，脸上现出窘态。

"人在做，天在看。生意上，老爷最信任的是他，大院里，老爷最疼惜的是姐姐，老爷千想万想，也想不到他最为珍视的两个人，背着他窃家财。我最奇的是姐姐你，冀家缺了你的吃穿用度吗？"王菁仪冷冷道："还轮不到你教训我！你若救他，我王菁仪便欠你一个人情，你若不救……"王菁仪逼近瑛姑："我不知道你我以及冀家能否安然度过此劫。"说罢又转过身，放缓了语气："老爷扔下我走了，你们身后有子有女，我有甚？我不抓些银两抓甚？你告诉我抓甚！"瑛姑被她反转的态度吓了一跳，忽然心生悲凉。"姐姐的聪明总是用错在同一处，先前有徐大厨，如今是王应桂，他们可都是你千挑万选来的，知道的，是他们品行不端，不知道的，还以为是姐姐在背地里操纵这一切，目的是伙同他们吞噬冀家家业！"

"我没有！"王菁仪鼻梁间暴起青筋。这声"我没有"，让瑛姑想起在郭雯房中，她也曾这么说过。瑛姑不再言语，王菁仪嘴唇发紫，全身发抖，"我从没那么想过，从没有！我只想一心跟老爷白头到老，结果呢，结果呢？你来了，她来了，她们来了，还生了一堆孩子！你生完她生，她生完你生，这堆孩子整日哭闹，哭得我头疼！而我呢，我呢？我竟活到被自己丫头怜悯的地步……原来我还有些姿色，后来姿色也没了，最可恨的是，现在老爷也没了……"王菁仪哭一会儿笑一会儿，最后踉踉跄跄夺门而去。

小池心生同情，"二奶奶，原来恨她逼死梓芸姐姐，今天瞧她这副模样又觉得可怜。"瑛姑面露忧伤。小池犹豫了一下又问瑛姑，"那二奶奶是救，还是不救？"瑛姑没回答。福妈端着姜枣茶说："这怎么连口热茶也没喝就急忙忙走了。"瑛姑端过福妈手中的茶轻啜，福妈对小池说："这人心呐，最难测，人不能高估了自己，也不能低估了别人。"

瑛姑丝毫不敢放松紧绷的弦，她闭目养神的功夫忽而就入了梦。梦里看到冀国定似露愁容，又看到王菁仪落落寡欢，满面泪痕苦笑着朝冀国定走去。瑛姑一个激灵醒了。王菁仪的生命在这个大宅里曾经无比灿烂，那些灿烂令冀国定着迷，她的心思其实很简单，不过是希望守着她的男人，为他生儿育女，和他一同老去，谁知道命运和她开了一个天大的玩笑。

小池避过众人耳目，悄悄来到后花园一间偏阁，玉章已在那里等她。虽然小池这段日子有意避着玉章，但无时无刻不记挂着他。玉章因小池对他不理不睬，了无心思做事，终日长吁短叹。这次见到小池欣然赴约，欣慰许多。一个有情，一个有意，无奈家中横生荆棘将他俩隔开。小池见到玉章，还没说话眼圈先红了，玉章要替她擦泪，小池扭过身子拒绝，问他："叫我来甚急事？"玉章这才说："大奶奶似不大好。我担心王管家若有个三长两短，家里弄不好又要挂孝，大奶奶有恩于我，我不能看她走上绝路，只是……"

"玉章！"小池打断他："你我虽有情，但我不敢、也不能逾越一个'义'字，大奶奶的事还是不要说给我听，正如我不会和你说二奶奶的事。我肯来是想告诉你，若此次风波波及你我，天不遂人愿的话，你我只能待来生了。"说罢用一双泪目望了眼玉章，转身便走。玉章急忙拦住她："大奶奶说，倘若王管家有个三长两短，她的声名与颜面扫地的话，她就要与二奶奶、与冀家玉石俱焚！本来是家里奶奶们的博弈，为甚要连累你我？倘若大奶奶真生了必死之心，二奶奶想要保全家业也不是件易事！"小池没料到事情这么凶险，脸上挂着泪一字一字问玉章："大奶奶……果然这么说的？""我若瞎编一个字，天打五雷轰！大奶奶想让我利用你的关系，打探二奶奶有没有救王管家的意思。她像一支绷在弦上的箭，形势迫在眉睫了。我虽然是大奶奶的人，但我也有自己的原则，我与二奶奶共过事，她的品格我无比敬仰。我们必须有所为，这也是在为我们自己努力，对不对？我们不能将命运押在两位奶奶身上！"

小池始料不及："二奶奶为冀家鞠躬尽瘁，合家有目共睹，怎么可能让大奶奶轻易就将冀家毁了？""所以我说我们要有所为。两位奶奶各执一方，一着不慎，后果不堪设想。如果二奶奶肯息事宁人，护住大奶奶颜面，便是保住了冀家。大奶奶已往衙门花了不少银子，也托了人，现在只要二奶奶肯在衙门的文书上加盖冀家印鉴，王管家的事便可大事化小，小事化了。"

"印鉴？"

"大奶奶说，非二奶奶手上那枚老东家留下的印鉴不可。"

小池泪光点点，仿佛明白了什么，"这才是你找我真正的目的吧？"玉章着急辩解："大奶奶此时坐立不安，她答应我，此次若能帮她度过此劫，她便答应和二奶奶说让我娶你！"小池突然觉得是她自己自作多情了，冷淡道："休想！我不会背着二奶奶做这种事！"说罢跑了。玉章双手捶头，蹲在地上唉声叹气。

小池顶着一头汗跑回来，神色游移，答非所问，她心不在焉将账簿递给瑛姑："二奶奶是不是要看这本？"瑛姑打趣她："我说过要看账簿么？你怎么了小池？"

小池突然跪下，"梓芸姐姐去了，我有幸服侍二奶奶，我虽然不是二奶奶自小贴身的丫头，但二奶奶的行事为人，令我心生敬佩。如今老爷西去，二奶奶劳心劳力日夜奔忙。如今又出了王管家这样的事，外面风言风语说二奶奶是想借刀杀人树威，小池斗胆向二奶奶替王管家求个人情，还望二奶奶饶他这次，这于冀家、于二奶奶……""小池！"瑛姑厉喝。小池只觉得心要从胸膛里跳出来，突然后悔她唐突了。这样言语错乱，不知给瑛姑传递了怎样一个信息，又握了拳头捣着头信誓旦旦道："二奶奶，我别无他意，王管家资历甚老，又和大奶奶是亲戚，倘若处理不当，恐怕会牵扯到二奶奶英明。"瑛姑见小池举止反常，立刻联想到玉章。她有些拿不准这丫头会不会因为玉章，做出什么事。念头刚起，又后悔起来。冀家正处在非常时期，如果连身边的丫头都倒戈，岂不是太失败了。于是，将小池扶起来："傻丫头，我看你是真累了，赶紧歇着去。你只需记着，我若是那篱笆，你就是我得以倚靠的木桩。"

第二日一早，瑛姑看到小池发愣，服侍完洗漱离开后，瑛姑打开匣子，什么都明白了。

等小池回来的时候，瑛姑故意说："福妈，你看咱们家小池，好像偷了甚好东西似的，慌里慌张的。"小池听到"偷"字，腿一软，差点没站稳。福妈说："这丫头脾气秉性我是知道的，心里认定了谁就一根筋地伺候谁。"福妈又对小池说："二奶奶刚才和我夸你呢，说你对王管家的事的看法是个格局不弱的。二奶奶采纳了你的意见，不出意外，这一两天王管家就回来了。"小池的心提到了嗓子眼。瑛姑捏着一份文书说："小池，印鉴拿来。"小池傻了，"哇"地哭起来，随即跑出去，片刻又哭着跑回来，双手举着印鉴跪在地上，不停磕头道歉："二奶奶，我无脸解释，你骂我吧，你打我吧！"

玉章也跟着跑了进来，跪在小池身旁说："一切都和小池无关，是我怂恿的小池，要打要罚，一人做事一人当，请二奶奶放过小池！"小池看到瑛姑满眼的失望，更加伤心欲绝。玉章一巴掌掴了他自己，正乱哄哄的时候，王菁仪等人到了。王菁仪望着小池嘲笑道："我以为，只我那里出些个不中用的人，没想到精明如妹妹的屋里也有，可见人心难料不是？"

小池怒道："大奶奶休信口雌黄！我若不是为救冀家，打死我也不会做这种事！"谷穗突然哈哈大笑："为救冀家？就凭你？多么冠冕堂皇！果然是二奶奶调教出来的好丫头，偷东西都要讲究个高下立意。"

瑛姑喝道："都少说一句！玉章，到底怎么回事？"玉章唯恐小池再受委屈，只得和盘托出，并将王菁仪暗中诱他利用小池的事也说了出来。玉章顾不得许多，不卑不亢又向瑛姑道："如今事已明了，还请二奶奶放过我和小池。我向天发誓，小池没做一丝一毫对不起二奶奶的事，我要带着她远走高飞，请二奶奶高抬贵手！"说罢"咚咚咚"磕起头来。

小池早已哭成泪人，伏在瑛姑跟前："不，二奶奶，我不走。是我一时糊涂做下了糊涂事，二奶奶饶了我，让我留在二奶奶身边。"福妈见状，也为小池开脱。瑛姑面无表情，缓缓走到王菁仪身边："姐姐，我用王应桂换玉章，可否？"王菁仪一时没懂什么意思，玉章已伏向王菁仪："大奶奶仁慈，看在我孝敬您多年的分上，放过我与小池吧？"王菁仪双目微红，冷笑两声："难道我还能有别的什么选择吗？"说罢披着一身落寞走了。谷穗用手点了一下玉章的头，跟着离开。

福妈将小池扶起来说："不管出于甚目的，你终究做下欺瞒的事，若不罚你，难以服众。即刻起，你们离开冀家，越远越好。"小池抽泣不停，福妈说罢，瑛姑摆脱了小池抓着她衣襟的双手。玉章听出瑛姑此举明罚暗保，拉起小池对瑛姑说："二奶奶大恩大德，我们铭记

294

在心，日后有需要我们的地方，定会万死不辞。"福妈示意让他们速速离开，以免节外生枝。

当他们走到村口时，一辆马轿子追上来，下来一人，是福妈。福妈塞给小池一个包袱："二奶奶已手下留情了，想必你们能体会她的良苦用心。这些银两是二奶奶给的，她嘱咐你们找个地方安顿下来，安生过好小日子，这些银子够玉章做些小买卖，余生就此别过了。"小池更加愧疚，二人冲着冀家的方向磕了三个头，这才依依不舍与福妈道别。

瑛姑从床榻内壁拿出藏着的一方印鉴，将真假两枚印鉴摞在一起，一枚沉甸甸的，另一枚，从今往后也将变得沉甸甸的了。

晚上的时候，王应桂回来，一个人默默收拾东西，而后背着包袱在王菁仪门前站了许久，王菁仪始终没给开门。瑛姑与福妈站在角楼眺望，福妈说："愿他能体谅二奶奶的良苦用心，长记性，不要再做糊涂人。"瑛姑说："但愿冀家否极泰来。"

王菁仪果然不再插手任何事情，只埋头理佛。福妈推荐了几个丫头服侍瑛姑，瑛姑只说不急。王应桂的离去，柜上人心惶惶，商界流传出各种传言，但终归群龙无首，只有个别几个掌柜还在明里暗里煽风点火。瑛姑决定动手惩治"其昌德"的二掌柜了。

冀国定在世时，对二掌柜小来小去的挪用睁一眼闭一眼。起初，他每次都能及时偿还，近一年，他吸掉了一处宅院，还外欠不少银子，在柜上总是萎靡不振。听说为还债向王应桂借了不少银子，王应桂正是利用他吸食鸦片达到他的目的。

"其昌德"账目上的亏空，瑛姑以为都是王应桂放了高利贷，原来并不都是，又以为"其昌德"只是账务混乱，无人监管，看来也没那么简单，瑛姑决定明察暗访，看个究竟。马銮宇提醒她换装束，瑛姑说："现在人人都知道冀家是我这个女人掌家，自此以后无需女扮男装，我就穿着这身素服去。"瑛姑想以这身素白警醒瘾君子，没想到那些人贪恋的是云里雾里的虚幻，根本不念及家人。走了几处烟馆，均是满客，满眼的醉生梦死之态。到了"绵云馆"，瑛姑一眼看到"其昌德"二掌柜和另一名伙计正斜躺着，一手拿烟枪，另一手正刺鸦片丸。马銮宇上前夺下他的烟枪扔了，二掌柜从床上骨碌到地上，爬着捡起烟枪，转搁到灯上深深吸了一口，过了一阵，才闭着眼睛说："大掌柜，我保证是最后一次，挪用柜上的银两不日一定还上。"这哪里还是那位被人夸赞不止的业界翘楚。

"其昌德"的账目不查不知道，一查吓一跳。二掌柜三番五次拆东墙补西墙，最早的时候不过十来日、最多月余便将挪用款补齐，如今账上悬着好几笔大额的亏空。"其昌德"烂透了。别的事也许有回旋余地，但此事怀不得柔慈，银两丢掉事小，惹得众人效仿事大，长此以往，毁掉的不只是几个掌柜，有可能是冀家，甚至整个介邑，乃至晋省，甚至一个民族。鸦片之事刻不容缓。瑛姑当即免去二掌柜'其昌德'的职务。此举惹怒了其他吸食鸦片的掌柜，各商号有人相约辞柜，一时间，冀家商号陷入风雨飘摇之中。瑛姑丝毫没被他们的阵势吓倒，相反，她邀请告假返晋的徐松龛出面，为这一方百姓宣讲鸦片毒害。

毕竟进了春日，万物萌发，田野间绿意蓬勃，氤氲于冀宅大院一冬的忧伤，欲被暖阳驱散。穿梭于檐下的燕子忙着捕食，张着鹅黄小口的雏燕等待喂哺。可以听到水声，听到鸟鸣，听到一朵花开，继而，听到一树花开。

以廉窗前的两株西府海棠眼见芽苞暗涌，玫红的花蕾初成，他却模糊于节气的转换，总问郭氏，海棠花为什么在冬天就发了芽。郭氏告诉他已经四月了。这天阳光大好，他坐在树下，阳光将他晒得暖洋洋的，身上微微出了汗，他将搭在身上的氅衣褪去。郭氏穿件水红薄衫子在拍打晾晒的被褥，以廉想着她怀中的柔软，想着她腰肢里蕴藏着一块可以孕育子孙的肥沃土地，整个人的精神便好起来。

郭氏见她褪了氅衣站在廊下，慌忙走过来，"着凉怎么办？"

"你一额头汗，我怎么会冷？"

"娘可交代了，让仔细着，不让你太早脱冬衣。"

"如果明天一睁眼，海棠花儿灿灿然开满窗就好了。"

"花有花期，耐心等几日便可大开了。"郭氏柔声说。

以廉望着她含情脉脉说："我要摘一朵最美的簪在你的发间。"

"二爷今天气色好很多。"郭氏一扫往日愁容。

"万物都生发，我怎么敢偷懒。"

谁知夜晚突然起了风，砂砾将门窗打得窸窣作响，有东西滚来滚去，有物件跌落。天气说变就变，虽说春意已在人间蔓延，残冬依然不肯退场。

冀国定去世这两个月，各商号上报的账目接了厚厚的灰，瑛姑起早贪黑审阅账目。福妈寻思，瑛姑果然是奇女子，她不只懂账，还能听懂男人们口中说的那些生意经。她揣度一会儿，又看着坐在油灯下的瑛姑，光将她的脸庞映照得无比柔和，清澈而坚毅的眼神似一团光。眼见三更，福妈说："南北一百多家商号，这么多账簿，既要核对，又要登记造册，就是少东家在世，也要忙许多时日，慢慢来，别太辛苦。"瑛姑头都不抬，说句渴了。福妈立刻端过茶，瑛姑喝完茶这才抬起头，活动着肩胛与脖颈对福妈说："偌大的家业，我又是女人，初接重任，若想服众，自然要比旁人多付出些。我既不能固执一端不知变通，拘泥于典章制度，又不能随意轻信别人的话。经商如蹈水，因地势有高低，水流有缓慢，需择势而取，而这势必得我事必躬亲，才能了解各个商号的真实情况，人说甚是甚，不能决策，不能有法调度，久而久之东家没了威信，商号便岌岌可危了。"

福妈干着急帮不上忙，有一日心血来潮，说要读书识字帮瑛姑，说完她自己笑到流出眼泪。瑛姑虽然知道是玩笑，但依然感动道："我之所以省很多心，还不是多亏福妈肯屈尊帮我。谢谢你，福妈。"福妈说："一来，二奶奶的确以德服人，二来，我也身受其命，二奶奶不请我，我也会在暗处帮你，只是我年岁已老，只怕力不从心。夜已深，二奶奶歇息吧。"

"再看最后一本。"她顺手摸到"悦盛昌"钱庄的账簿，福妈替她挑了挑灯芯，瑛姑借着光亮仔细看起来，"东家：冀国定；本钱：五万银，占银股五十俸；伙计：耿长天、李玉枫、郭林辉、万安邦、赵又庭……各占身股一俸、九厘、六厘、四厘、三厘不等。道光十六年，发行两年钱票陆仟两，道光十七年四月，兑现叁仟肆佰两，同年五月兑现贰仟陆佰两，伙计净薪酬百十铜钱不等。"

瑛姑觉得哪里不对劲。身股每季分红时另结，发行的钱票计划两年之内兑现，却在同年两个月内全部兑现。冀国定曾说过"悦盛昌"因特殊原因改制，取消了人力顶身股和伙计日常支用，那就是说，正常情况下，要么账面上有多出的盈余，要么伙计的薪酬比往年提高，但都没有。她将所有问题用朱笔圈住，留做疑问。

瑛姑伸了伸腰，发现窗外亮如白昼，推开窗，竟是满目银装素裹！大雪竟然在阳春四月莅临人间。白雪映着月色，令人心旷神怡。天地何其广，人生何其渺，人之一生，道阻且长，瑛姑心生感慨，内心翻腾如波涛，挥就一首《喝火令》：

> 满目飞花舞，盈盈天地间。一宵遍染万山寒。
> 犹记去年时候，雪夜挑灯言。
> 适此情怀久，闲将小字填。结成心曲几回旋。
> 纵是行笺，纵是静倚栏，纵是深情凝望，不见旧时颜。

郭氏突然叩门说以廉旧疾又发，疼得满床打滚。瑛姑望着他痛苦的样子心都碎了。郭氏哭说："娘，二爷他快难受死了，要不再给他吸一些吧……"

瑛姑从以廉房里回来，泪如泉涌，以廉的病已离不开鸦片了。福妈说："二少爷的病是胎里带的余毒，眼下唯有它能解二少爷的病痛。解药必用无疑，迷药就另当别论。"

瑛姑一夜睡得不踏实，似浏览了一夜的账目。第二日一大早，福妈慌慌张张禀道："二奶奶，'其昌德'二掌柜带着一众人闹事来了！"

辞掉"其昌德"二掌柜，一时传得沸沸扬扬，更有看热闹的，恨不得冀家越乱越好。有人说，瑛姑是在杀鸡给猴看；有人说，瑛姑是在排除异己；还有人说，一介女流能掀起多大的浪，任凭她多大本事，还能超过冀国定不成？当然，拍手称快的人是多数。

这天一早，二掌柜带了一众人黑着脸来到冀家。瑛姑镇定自若，稳坐厅堂。冀以公身穿孝服斜睨着眼，对二掌柜一脸的不屑。马銮宇进来的时候，看到傲慢无比的二掌柜，故意将衣服抖得哗哗作响，又捋了捋衣袖这才在瑛姑下首坐下。二掌柜没想到马銮宇过来，干咳了两声，不等让座，径自拉了太师椅坐下，其余的人仗着二掌柜气粗，也兀自坐下。福忠站在瑛姑身后，手里提着一根软藤。

二掌柜一口气列举了他知道的、听说的、冀家商号其他吸食鸦片的人，他认为他是被瑛姑当做鸡，杀给其他人看，说她处事不公允。瑛姑从桌上拿起一张纸交给以公。以公望着二掌柜哼了一声，大声念了一串名字，念完后，食指与中指一松，纸旋落于地，以公将那张纸踢到二掌柜面前冷声道："二掌柜，你可听见了？他们与二掌柜一样都吸食鸦片，冀家今天正式通知他们卷铺盖走人。如果这上面遗漏了谁，欢迎二掌柜补充。"二掌柜无言以对，只得悻悻甩手而去。

"公儿，何必再用言语攘饬他。"

"这些人不配称人，不用和他们太客气。"

马銮宇想说什么，还是咽了回去。以公又说："二娘，我听说鸦片生意的确利厚。"瑛姑眼神变得犀利，以公垂首不敢再提。"虽说商人追求的是利润最大，但义、利两字须仔细掂量。两千年前晋地圣人曾言'保利弃义谓之至贼'。你爹在世时常说，冀家行商，就是要'见利思义，以义制利，凭义取利'。不义之财莫说取，便是动了这样的念头都是对他、对冀氏祖先的大不敬！""孩儿不敢了。"以公见瑛姑面露愠色，找了个借口离开。马銮宇望着以公的背影长叹："有多少人就是被这厚利所诱而误入歧途。"

徐松龛宣讲鸦片毒害这天，人群里三层外三层。瑛姑看到李如约正向她迎面跑来。原来王氏晕厥之后醒来，看到眼窝深陷、左右侍奉的李如约着急地说："我怎么偏偏在这个时候添乱！娘无大碍。现如今正是咱们家报答冀家的时候，听娘的，赶紧回去！"李如约哪里放心："娘突发急症，儿不敢此刻弃母亲于不顾。""傻孩子！娘知道甚轻甚重。冀家此时乱成一锅粥，你是冀家义子，又在官场有过历练，二奶奶身边得有个得力的人，你赶紧回冀家，快！"李如约依旧迟疑，他看着面色蜡黄的王氏不知该如何选择。王氏态度坚决："你爹常和我说，人都有一死，死得其所便值了，听娘的，赶快回去，尽孝也好，尽恩义也罢，论情论理你此时都应该留在冀家！"李如约拗不过王氏，只得安排好她身边的事，急匆匆赶回冀家。

瑛姑看到李如约，仿佛看到李管家。一样的精瘦，一样的淡定，一样的睿智，一样的从容，竟蓦地红了眼眶。李如约安慰一回瑛姑，而后去拜见县令与徐松龛。

县令见民众俱到，大步走到中央，神色凛然，语气铿锵道："各位乡亲，此时的中国，正逢古今一大变局，英夷为寇，扰乱海疆，他们以鸦片掠我财货、伤我元气而富强其国，朝廷如今虚弱，我等身穿这身官服岂能苟安？徐大人在漳州销烟乃是丘山之功，定会功标青史！此际恰逢徐大人告假回晋，还请徐大人为我们宣讲鸦片危害！"

衙役们忙着维持秩序，呵斥着那些瘦骨嶙峋、神情萎靡、目光空洞呆滞的民众。徐松龛心里明白，他们是从各地强行拉来听他宣讲的烟民。他站在台上，用沉郁而严厉的眼神扫过众人，人群顿时安静了下来。只见他双唇紧闭，未发一言，将一叠文稿叠上，撕开，再叠上，再撕开，碎屑像雪片一样随风飘散。这是他通宵写就的《禁鸦片论》。

"我在漳州禁烟，只知心中有恨！恨泱泱华夏辱于外族，恨煌煌大清危如累卵。时至今日，国几无可以御敌之兵，且无可以充饷之银，民也几无隔夜之炊！烟魔摄入肺腑，便无羞耻之心，人性泯灭，天良尽丧，形如行尸走肉！于是盗贼四起，抢掠横行，卖妻鬻子，杀人越货。"

受害民众或责骂，或啜泣，或悲痛，或气愤。徐松龛望着众人又说："今日归乡，见大街烟馆林立，乡亲形体消瘦，脸色灰黄，神色颓靡，可知乡人苦烟祸久矣！蚀骨之疽，切肤之痛，徐某悲不自胜……"徐松龛哽咽得几乎说不出话。人群中突然有人大喊："徐大人，救救我们吧！再这样下去，我们就家破人亡了！"徐松龛双拳紧握，猛力一挥高声说："烟祸一日不除，家国永无宁日！矫枉还需过正，治乱须用重典。我已奏请朝廷，全面收缴各地鸦片，严惩烟贩，救治烟民！"

瑛姑早已无法按捺心中激动，徐松龛的家国之忧深深触动了她，她大步走向徐松龛和县令："二位大人，拙妇有话要说！"县令望着瑛姑："二奶奶，不知有何见教？""今日听徐大人一席话，可谓振聋发聩，震撼人心！大人爱乡情切，谆谆教诲，其中家国之恨，社稷之忧，无不令人动容！这两日，我在整顿家业时，发现柜上一些人也在吸食鸦片，大到掌柜，小到学徒，几乎覆盖了每个商号，每思极恐。外夷用鸦片祸害我华夏，我等岂可不醒悟？所以，本月之内，我愿斥资以底价收购介邑商人手中的鸦片，而后如数上缴衙门统一销毁！"

此言一出，众人为之侧目。县令没想到瑛姑有如此魄力，"听罢二奶奶言，我等感佩不已，您胸襟之阔，男儿甚至不及！""我家老爷在世时常说，财帛取之于民，当用之于民，倘若生养我们的这片土地天无宁日，即便家财万贯又有何用？"瑛姑的义举一时震动了介邑商界，无论是敬佩的，还是怀疑的，心中都对她起了好奇之心，更有甚者，冷眼旁观着这一切。

瑛姑最近还在琢磨一桩事。自从因鸦片之事迫使王应桂不得不自请辞柜后，家里总管事一直空着。冀国定去世这两个月，发生了太多的事让她应接不暇，而眼下还有一桩头等大事，便是冀国定的出殡。王菁仪自王应桂事件后，专心念起了佛，连屋子都很少出，只有谷穗常倚在门框上不远不近地嗑着瓜子看瑛姑忙里忙外。

她想让马銮宇出任冀家总管事。就在刚才，她差点脱口而出，但也同时就是在那一刹那，她又将这话咽了回去。马銮宇是朝廷贡生，喜好诗书，他更倾心的是研经读史，对商务之事并不感兴趣。马銮宇见瑛姑心事重重，深知瑛姑不易，便说："我身为孩子们的娘舅，想提个建议。以公于家业发展没有太大的天分，以廉纯朴孝道，但因这病已难胜任，以中、以和、以正还都小，这里里外外你一个人不行。是时候寻个得力的人接任总管一职了。"瑛姑诧异地看着马銮宇，越加相信心有灵犀的说法。

李如约从衙门回来时天已擦黑。他完美继承了李管家所有的优点，甚至比李管家更干练、果断。他将一天事宜简短汇报给瑛姑，又将明日要着手办的事情告诉瑛姑。瑛姑感动他非常时候不离不弃，于是和他商量聘总管家的事。

李如约的心痛了一下。"总管家"一词让他想到了他父亲，同时，他也想到了马銮宇。这段日子，马銮宇前后奔忙他都看在眼里，更有几次共事下来，不得不说，他被马銮宇的才情折服到。所谓敬慎君子，正是对马銮宇最为恰当的形容。如果瑛姑聘用马銮宇为冀家总管，丝毫没什么不妥，李如约猜想瑛姑也有此意。

瑛姑见李如约发呆："如约，如约？"李如约缓过神："二娘，额是冀家义子，这么大的事，额……不敢妄论。""无妨。冀家如今风雨飘摇，倘若你此刻不能敢言亮语，二娘当真孤木难支了。"李如约有些勉为其难，支吾着："銮宇舅舅就很好……""不行！"瑛姑打断他："如果你爹还活着，他不会这么建议。"李如约这才放下心中担忧："二娘既然这么说，额便将额的真实想法告诉二娘。冀家眼下当务之急，的确要聘请一位德才兼备的商业事务总管事，前有总管之鉴……额建议从冀家宗亲聘请，这样既能避人口舌，又有利于冀家团结。"瑛姑知道这是他实心话，心下宽慰，只是聘用谁没有合适人选。李如约又说："煁照之才不亚于我爹，或者二娘可以考虑。"经李如约这么一提醒，瑛姑恍然大悟，冀国定的确常夸赞冀煁照有济世之才，甚至还说过冀煁照是唯一一个可以与李管家相媲美的人。

徐松龛宣讲戒烟后的第二天，介邑冀家的各处商号便竖起以底价收购鸦片的牌子。明明是善举，却有人恶意揣测冀家利用与衙门的关系，打着销烟的旗号收购鸦片。再说如此暴利，有谁愿意把咬在嘴里的肉再吐出来？于是，没几个人愿意将鸦片让冀家底价收购。没过几日，衙门贴出公告，将在介邑清缴所有鸦片，限期整改各大烟馆，如有违者，按律例处罚。有小烟馆盘算，与其被清缴，不如卖给冀家，好歹不赔，但大多数人依旧抱着侥幸心理，将鸦片私藏起来。断了烟的烟鬼常三三两两来冀家商号买，结果都空手而回，于是有人造谣冀家在囤鸦片，要做鸦片霸盘！

转眼到了衙门销烟的日子，汾水河畔聚集了众多百姓，人们看到衙役在河边挑挖两池，池底铺石，为防鸦片渗漏，四周钉板。一切都准备妥当，鸦片被倒入池中，人群沸腾起来。正在此时，齐主东大喊："慢着！我记得我的鸦片纸包不同于寻常纸张，为甚没见我上缴的鸦片？"人群立时安静，有人趁势要求查验，已有人奔向鸦片堆翻弄起来。

"衙门伙同冀家在骗人！"有人高声喊，群情瞬间失控，瑛姑大吃一惊。李如约示意瑛姑望向一人，此人正是齐主东。正在此时，齐恒突然赶着车过来："我家的鸦片运来了！"李如约亲手打开当众校验，人群响起一片掌声。县令命正式销烟，眼见石灰遇水沸腾，烟土在翻滚中溶解，群情高涨。

　　齐主东脸都气绿了，牙齿咬得咯咯作响，两眼珠子恨不能吞了齐恒。销烟之后，瑛姑之名迅速在晋地传播，她收获声名的同时，也招惹了更多的非议。

二十五章　崭露

眼见离冀国定出殡的日子越来越近，瑛姑处在风口浪尖被越来越多的流言包裹。有人将她少女时期的淘气顽劣，添油加醋成风流韵事，更有人无中生有，说她当初是因为不守妇道才被夫家退婚，销烟之举被说成牝鸡司晨，总之，各种中伤不胫而走。起初瑛姑全然不放在心上，但后来这些流言越演越烈，甚至影响到冀国定即将的出殡。

出殡不是一件小事，如果办得不好，瑛姑被流言压死事小，牵连到冀家家运事大。虽然冀国定生前乐善好施，也有众多商业伙伴与朋友，但人往往更关注的是生者的笑话，尤其初掌家业的瑛姑，毕竟她做了男人没做的事，女人不敢做、也做不了的事。

马銮宇看到事态越来越严重，不停催促瑛姑立刻聘请总管事。瑛姑决定听从李如约的意见，聘请跟在冀国定身边多年的冀煋照出任冀家总管事，冀国栋出任总护理之职。冀煋照与冀国栋义不容辞，已策马飞奔在路上，不出意外，他二人今日即到。

以廉犯病间隔的时间越来越短，抽搐的时候整个人僵硬，令人束手无策，他的人中和虎口留下了深深的掐痕，青灰的脸色再加上深陷的眼窝，已然露相。

瑛姑看望以廉的时候，郭氏正收烟枪。以廉说："我知道娘心里苦。如今冀家像一叶浮萍，娘没个可以依靠的，我们几兄弟，只有我和大哥成了家，偏大哥耳根子软，又有些惧嫂嫂，大事小事做不得主，我如今又是这副窝囊样，以正他们还小……"说罢将胳膊搭在脸上默默流泪。以廉很想为瑛姑、为冀家出一份力，即便能分担一些琐碎的家事也好。可如今非但帮不上忙，反而成了冀家最大的累赘，每每想到此总是心如刀绞。

瑛姑看着以廉正一点一点萎缩的生命，却无力可施。郭氏待以廉睡安稳了，去看望病中的宋氏，谁知走到以公门前听到宋氏近乎用歇斯底里的语气在训斥："媒人当初说你们家如何如何好，我才嫁给你，可如今呢？爹即将出殡，连个帮忙的人都没有，街坊邻居谁不笑话？难不成你们兄弟几个既要当孝子，还要做总管、做司仪不成？"以公不耐烦："你小点声，我又不聋。"宋氏不依不饶："你可是堂堂正正的长子，爹在你这个年龄的时候就挑起了冀家大梁，你连试都不试，怎么知道自己不行？一会儿家里亲戚都来，娘舅也来，俗话说得好，爹不在，娘舅为大，我觉得他的话有理，舅舅能害你不成？"冀以公吼道："够了！有完没完？再说，舅舅只是母亲的义弟。""我就是要说！谁不知道她那些风流韵事，和许多人不明不白的，就你不知道而已，如今这么大的家业让她掌着，你也放心？再说李如约不过是冀家的义子，他有什么资格对冀家的事指手画脚？偏二娘还处处听他的！""啪！"碗盏砸地，紧接着是宋氏号啕大哭。

郭氏的心都快跳出来了，她手抚胸膛，背靠墙壁，闭着眼睛急急地喘息。突然，树上扑棱棱飞起几只灰鹊，树叶旋落一地。郭氏只得回转，刚进了屋子，竟看到以廉穿戴整齐地等她。以廉说："煜照和国栋叔到了，我想趁现在精神好替母亲做点事，我一刻也等不及，我们过去吧。"说完腼腆一笑。

几年不见，冀煜照谈吐不卑不亢，言语掷地有声，面不愠而自带威严。他考不逢时，第一次因生病误了考试，第二次因母亲病逝服丧在家。第三次，他那一腔抱负以落第告终。后来他想他大抵没有考试的命途，又因家中拮据，于是放弃了出仕的念头，一门心思跟着冀国定走南闯北学起做生意，几年历练下来，已成为冀国定的左膀右臂。冀国栋身量魁梧，两目炯炯有神，面庞红润，一看就是习武之人，他一直在替冀国定打理绵山的生意。

没过一会儿，众人皆到，瑛姑催促开席为冀煊照与冀国栋接风洗尘，各人就座。瑛姑、李如约、以公、以廉、冀煊照、冀国栋一席，余下人各自安坐。

酒至半巡，郭华鼻青脸肿端个酒杯过来敬酒。冀煊照与冀国栋知道他是以公的娘舅，端起酒杯欲以礼相待，谁知郭华酒杯一闪，不怀好意地问冀煊照："不知这位姓甚名谁？二奶奶果然能耐不小，终日宾客不断，忙着迎来送往。"话没说完打了一个嗝。以公咽了口唾沫，以廉两手握拳，眼匝肌皱在一起用怒目盯着郭华。

李如约见他故意生事，不停圆场，冀煊照与冀国栋放下酒杯正襟危坐，不再搭理他。郭华依旧放肆，言语越来越过分，冀国栋一手捏住他的肩头，郭华只觉骨头细细作响，瞬间整条臂膀麻木。以公急忙站起来说："国栋叔，请手下留情，我舅舅贪杯，喝多了。"瑛姑示意松手，冀国栋这才松手。

郭华不敢再挑衅，端着酒杯去往别的桌。没过半晌，突然一场脆响，郭华将酒杯摔在地上振振有词说："众位亲人，我有几句话憋了许久，今天不吐不快，说出来大家评评理！"众人放下筷箸看着郭华，一片寂静。"你们敢怒不敢言，我偏不信这个邪！这个坐在上位的马氏，其心险恶！其罪有五：这第一，马氏任冀家掌舵之人，违背三从四德，她是不守妇道；第二，外面早有传言，她利用冀财东对她的宠爱，私自篡改捏造遗嘱，淫逼病危中的冀财东口授遗嘱，她是强行夺走冀家传家戒尺；第三，马氏曾多次暗用冀家财物，勾结官吏，彰显自己，抹杀冀家先人功德；第四，马氏重用她的娘家人，家里的大事小情，都是她和马銮宇在暗中操弄，排斥冀财东其他妻妾及亲戚，故意孤立冀财东长子冀以公。为排除异己，一律以吸大烟为由辞退掌柜伙计，以至冀家商号多人集体辞柜；这第五，想来大家早有耳闻，马氏未出阁时便红杏出墙，如今冀财东去世，她更加有恃无恐，堂而皇之将各色男子带进冀宅！"众人哗然一片，对瑛姑与冀煜照和冀国栋指指点点。

瑛姑怒目圆睁，却并没急着申辩。有人劝说郭华，郭华更加放肆，在席间唾沫横飞。

王菁仪只低头吃菜，谷穗哼笑了几声。宋氏夹了菜放到王菁仪盘子中小声道："我只认大奶奶是我的婆妈，偏以公是个死心眼！"谷穗"呸"了一口，宋氏紧忙又给谷穗夹菜："姨婆吃好，我和以公日后自然会孝敬您！"谷穗不屑地说："你孝敬好了大奶奶才是正道。我只是个姨婆，你是正牌官家小姐，我可没那福分。"王菁仪将宋氏那筷子菜拨到一旁说："这菜没焯透，有些夹生。"谷穗问宋氏："以公舅舅怎么鼻青脸肿的？"宋氏脸上一阵难堪，谷穗示意采芹，采芹心领神会："听说舅老爷在外面说了些不三不四的话，被齐家小爷给打的。"谷穗哼笑："果真是热闹，齐爷也掺和进来了。"王菁仪无心听她们嚼舌头，放下筷子说："我吃饱了。"随即离了席。

李如约千算万算，还是漏算一招，他怎么也没想到以公的舅舅斜插一杠，要扶冀以公上位，他斜睨了眼冀以公，见他并无愧色。以中见郭华当众羞辱瑛姑，跑向郭华一把揪住他的辫子，接着以和、以正也跑过来，抱腿的抱腿，搂腰的搂腰，四人跌爬滚打，桌上杯盏掉落一地，席间乱了套。

以廉只觉浑身有如虫噬，知道烟瘾要犯，和郭氏耳语几句离了席，独自来到门楼顶部，拆下一块门板，咬破手指在木板上写下几个血字，而后决然望着楼下众人。郭氏劝开以中兄弟三人对郭华说："舅舅，以廉说他有权替母亲做主，他请你和大哥去门楼谈，倘若你们谈妥了，他便当众宣布让大哥接管冀家。"郭华一听，两眼放光，不顾一切拉起以公直奔门楼。瑛姑预感不好，对冀国栋说："以廉要出事！"冀国栋迅速奔向门楼，但为时已晚。以廉将木板扔下门楼，众人见上面用血书写着："郭华小人！我要拉你去见阎王评理！"接着，他揪着郭华的衣领从门楼纵身而跃！

瑛姑扶起躺在血泊之中的以廉一边为他擦拭血污，一边大声号啕大叫廉儿。郭氏彻底傻了，她疯了一般摇着以廉："二爷！你不是说你有法子让大哥看清真相吗？这就是你说的真相？你丢下我，我可怎么活？"说罢扑在以廉身上大哭。以廉奄奄一息，将郭氏额前的碎发捋到耳后，又用血糊糊的手抚摸着她的面颊："对不住你了，欠你的情，只能下辈子还了。"又满脸血污地看着瑛姑："娘，孩儿福薄，是冀家的麻烦，欠她的和娘的，只能来世再报了……"说罢永远合上了眼。

以公吓坏了。他看着倒在血泊中的以廉和郭华这才醒悟，如果没有那一丝非分之想，如果谨遵冀国定临终前的教诲，如果不是被利益冲昏了头脑……他冲着天空哈哈大笑，近乎疯癫："冀以公啊冀以公，你这是在造孽啊，你这是在把冀家往家破人亡的路上推！没那副铁肩膀，却生了要担那副金扁担的野心，好无知，好愚昧啊……"

轰隆隆一声闷雷响过，紧接着一场瓢泼大雨落下来，冀宅笼罩在雨雾之中，风将窗扇与门板刮得当当作响，雨点砸在屋脊瓦棱顺着屋檐滴落，庭院里的血迹没一刻便冲洗得不见踪迹。

瑛姑失魂落魄，好几天滴米不进，急坏了众人。

王菁仪的木鱼敲得更紧了。马銮宇、冀煁昭、冀国栋等人心急如火，几日下来，瑛姑始终不见起色，福妈见此情景，知道耐心劝慰无用，于是狠下心肠对瑛姑说："二奶奶别嫌我这老婆子说话不好听，二少爷当真把他的苦心用在了刀刃上！二少爷自知他的病是早一天晚一天的事，他总和我说他是冀家的累赘，是个废人，因不能为冀家、为你做些事日日抱愧。二少爷此刻一定开心无比！若二奶奶不能明白二少爷这番苦心，他可不是白白走了？二奶奶现如今模样，岂不是让他更加自责非但没帮到你，又给你惹了新麻烦？二奶奶，别辜负了二爷，他若知道您心如死灰，只会比您更伤心！"骨碌碌，两行泪顺着瑛姑的面颊流淌，她悲悲切切叫了声"廉儿"！到了夜半，她把手伸向福妈。福妈掀起衣襟擦了擦眼睛，扶起瑛姑，瑛姑定定地说："药呢，我喝药。"

第二日，瑛姑接到王庆云的信，她捻亮油灯，见王庆云信中写道：

二奶奶：

　　我远在千里履职，你一个弱女子挑此重担，定会遇到前所未有的艰难。世上之事说来易而行非易，但作为一家之主，必得承担常人所不能。正所谓欲成大树，勿与草争，欲戴皇冠，必承其重。你要牢记，任何事知止而后有定，定而后能静，静而后能安，安而后能虑，虑而后能得。我鞭长莫及，心中甚是挂念，汾州府有几位至交，你若遇到难事，可去找他们……

瑛姑感受到他沉甸甸的情义。以廉的事使她乱了阵脚，唯有大刀阔斧、坚韧不拔才能对得起为她逝去的亲人。瑛姑想明白后，从病榻上起来，仔细梳了妆，穿戴齐整，召集众人议事。刚打开门，看到以公与宋氏一身素衣跪在门口，福妈告诉瑛姑，从以廉出事，他夫妻二人一直跪到现在。瑛姑见到以公陡生难过，只觉目眩，晃晃悠悠站立不稳。以公额头触地，泣不成声："二娘，我是冀家不孝子，不仅忤逆了爹爹的意思，还害死了以廉与舅舅，我没脸见您。"瑛姑叫了声："以公——我的儿……"顿时涕泪横流。以公伏在地上不停啜泣，宋氏也伏在地上大气不敢出。"公儿，你是这大院里第一个降生的男孩，直到六岁，才有你弟弟以廉。我与你母亲情同手足，我视你如己出，你若是个有心的，怎会不知？以廉临去时再三恳求我不要记恨你，他说你是受人蛊惑而迷了心智……"以公听到此，"哇"地放声大哭，头磕得"咚咚"响，鼻涕眼泪和着地上的尘土说："儿自知罪孽深重，还请二娘责罚，不然儿无颜面苟活。"宋氏敛起利嘴，伏下身段不停央求瑛姑原谅。瑛姑紧闭双目，任泪水流淌，"公儿，人说打虎亲兄弟，上阵父子兵，你爹他撇下我们……"以公立刻向瑛姑承诺："若二娘不嫌弃，以后儿就是以廉，以廉就是儿！我会与……与娘同心同德，娘！"福妈叹口气撩起衣襟擦泪。瑛姑听他唤娘，心中的恨已消解了些。她没再说什么，径自绕过他夫妻往厅堂去。以公示意宋氏回去，他则站起来跟在瑛姑后面。

瑛姑目光冷峻环视了一圈厅堂："冀家内忧外患，犹如搁浅的船。我今日既敢担了这副重担，便不怕说三道四，畏首畏尾做不得大事，做大事者不拘小节。福祸相倚，否极泰来，纵然荆棘交杂，哪里就能遮挡得住阳光？老爷出殡在即，今日请诸位来便是商议此事。"说着望向冀煐照，冀煐照说："二奶奶言之有理。眼下有很多双眼睛在盯着冀家，更有别有用心的人伺机制造矛盾、挑拨离间，他们的目的就是要把冀家弄得分崩离析，大厦倾颓。万人操弓，共射一招，招无不中。只要齐心，没有办不到的事。"

众人不约而同望向以公，以公更觉无地自容。但错已铸成，只能悔改，一撩长袍跪在厅堂："今日借此机会，不孝儿冀以公，向冀家列祖列宗、向娘、各位起个誓，"难以言说的痛袭满瑛姑的胸膛，她打断以公："公儿莫起誓，我已失去廉儿，娘不想再失去你们兄弟中的任何一个。"众人听以公唤瑛姑"娘"，又见他诚心忏悔，虽有怨恨，终归还要念手足之情，以中缓缓跪在以公身旁说："娘，我定会跟着大哥为娘分忧。"以和与以正见此景也跪下。惭愧、感激、悔恨交织在以公的心头。冀煐照连忙道："众儿郎的孝心，天地可表，冀家指日可待！"

瑛姑望着门楣上"德馨堂"三个字悠悠道:"'德馨堂'取意于'黍稷非馨,明德惟馨',祖上意在修德。前明兵部尚书曾著一副自勉联:'受益唯谦,有容乃大。'有容,德乃大。从今日起,'德馨堂'更名为'有容堂'。"

王菁仪和谷穗从议事堂出来,王菁仪幽幽说:"风雨即将过去了。""我只求大奶奶与和儿安好,别无他求。不过,我瞧着如今这情形,她果然与往日不同了。""当穿过暴风雨,谁也不是原来那个人了。"谷穗停下脚步,看王菁仪默默往回走。

冀国定出殡这天,有徐松龛帮忙,又有王庆云故旧前来,再加上衙门出面,故而来了许多声望之人。德高望重的点主官在冀国定的牌位点上朱砂,大喊:成主喽!以公与众兄弟开始摁食压钵,再用馒头盖住瓷罐,将一双筷子竖立穿孔于馒头之上,筷子盘上染红的粉丝,最后将它与长明灯放在棺木之前。司仪高声道:"封——棺!"以公手捧瓦盆高举过头跪在棺木之前,当听到:"起——灵!"他用力将瓦盆摔碎,纸灰和着瓦盆碎屑飞溅一地。厚重的棺木被缓缓抬起,唢呐笙竽响起,孝子贤孙披麻戴孝,呜呜咽咽的哭声回荡在上空。

冀国定出殡的事办完后,瑛姑趁热打铁紧急召开冀家商务大会。议事堂三百余人挨挨挤挤坐满了人,上首位空着,旁边坐着王菁仪与谷穗,冀煌照与冀国栋分别坐在左右手,依次下来坐着众兄弟,然后是各字号掌柜与大伙计。议事堂八仙方桌上铺着一方红绸,绸缎上放着一把戒尺,一方印鉴。

有人窃窃私语,怀疑这位女东家能否在男人扎堆的商界里,为冀家觅得一席之地。有几位资历稍老的掌柜不言语,也有人疑惑左首位怎么坐着冀煌照。他们不知道瑛姑如何总结去年的账务,如何定位冀家今年商业发展的方向,如何安顿风雨飘摇的众商号。

瑛姑进来,堂内鸦雀无声。她虽然觉得双肩沉重,但步履轻盈,气定神闲,目不斜视落座,望着满厅堂的人沉默了片刻说:"我清楚诸位的疑虑，也清楚冀家在今后会经历难以想象的困难，无论如何，马氏瑛仙在此先行谢过诸位能一如既往相聚于此。"众人字斟句酌着瑛姑的每一句话。"老爷一去，冀家发生了很多事，'鼎顺'当铺大掌柜辞柜；平遥'乾盛亨'钱庄四伙计集结辞柜；介休粮行两千石米被盗；张兰镇'乾盛晋'钱庄部分账目被焚；介休'恒通'茶庄伙计集体辞柜……各种传言四下散播，致使冀家商业如一叶漂萍。"瑛姑指了指戒尺和印鉴，面色凝重地说："我临危受命，不敢懈怠，今当着大家的面，将丑话说在前头，如果家族之中，"她左手拿起戒尺，右手抚过，"谁要想满一己之欲而陷家族于不幸，不要怪我马瑛仙无情！"她放下戒尺，又将印鉴恭恭敬敬捧在手中说："商业之中，谁若存了不诚不信，也休怪我马瑛仙不仗义！"说毕将印鉴放回原处。

冀以公率先说："儿——以公，从今往后定不辱父亲嘱托，帮扶娘荣耀冀家门楣！"以中三兄弟也跟着立誓兄弟同心，重振冀家家业。瑛姑泪光闪闪："俗话说得好，没有规矩，不成方圆，趁人员齐整，宣布四件事。第一件，从今天开始，正式聘任业界俊彦冀煊照为冀家商务总管事，聘冀国栋为商业事务总监管。"王菁仪与谷穗皆一愣。瑛姑应该聘任马銮宇出任冀家商务总管事才在情理之中，就像当初冀国定聘任王菁仪的族兄王应桂一样，尤其冀国定去世的这段时日，马銮宇忙前跑后，俨然冀家总管事。有几个老掌柜长长出了一口气。

"第二件，冀家的商业分成九个分管区，每个区有专人负责，各字号的大掌柜管理本字号，这九人受商务总管事管理；商务总监直接与我对接，他上至商务总管事，下至字号大掌柜，无条件、无时间、无定点随时接受商务总监的监巡与察访。"堂中起了微微的议论声。

"第三件，账务我已审阅完毕，明日还是在这里公布赏罚的字号，赏罚分明，才能令行禁止。"众人好奇瑛姑会如何赏罚。

"第四件，没有五音，难正六律。天下之事，不难于立法，而难于法之必行，不难于听言，而难于言之必效，所以，我与煊照拟定了商号和家族两套章程。从今日起，冀家各字号谨遵号规，冀家子孙，谨遵家规。掌柜伙计，如有违反小则惩戒，大则恕不留柜，永不录入！"

冀煜照见时机已到，站起来说："二奶奶端严慎重，有樛木之风。眼下当务之急，应重整旗鼓，振兴家业！我来宣读号规，望各位遵章守规，谨言慎行。"他清了清嗓子朗声念出："号内人员，一律不准携带家眷；不得长支短欠；号内财物不得挪用；禁止嫖娼赌博吸食鸦片；不接待个人亲属朋友；号内人员，非因号事不得到上号串门；号内人员，在回家休假期间，不得到财东和掌柜家里闲坐；号内人员，不得向财东和掌柜送礼……"第二日冀氏宗祠内，以公朗声念诵家训："一饬伦纪、二睦族党、三重宗祠、四修坟茔、五训子弟、六肃闺门、七遵律例、八急输将、九勤职业、十汰奢侈、十一禁酗酒、十二严斗殴、十三息争讼、十四戒赌博……"

昨天是制定规矩，今天是总结商业，这无疑比制定规矩更能洞见水平。掌柜们最关注的自然是瑛姑作为女人会不会审阅账目，对有问题的账目如何裁夺，如何根据经营情况制定生意的走向，如何把握市场，她有无行商坐贾的能力与气魄。他们虽然道听途说了瑛姑的一些奇闻轶事，但终归流于传言，只得揣着好奇，三缄其口，旁观马氏主东值不值得他们再为冀家的商业鞍前马后。瑛姑当然知道其中利害，掌柜们对于她的新制度没有公然反对，已然是最大、最友善的支持。

瑛姑私下里征求过几位大掌柜对这次冀家商业变革的意见。不出意外，他们分成了两派，一派持相同意见，认为冀家商业虽然处在上游，但明显卡壳在瓶颈，如果没有新的模式，很难保证不被赶超。另一派则持否定意见。他们认为瑛姑刚掌冀家商业大舵，应以求稳为主，欲速则不达。因为鸦片问题，瑛姑毫不留情辞退数十人，在商界引起轩然大波，继而柜上出现各种情况。瑛姑借机重整商务本无可厚非，只是冀国定刚走，如若动作过大，恐怕会动摇冀家根本，再惹出其它纷争定会格外棘手，所以，应稳中求变，就连冀煐照与冀国栋的意见都不一样，瑛姑一时陷入两难境地。直到她读到一句话："应势而行，才能达到既定目标"，顿时豁然开朗。

夜里瑛姑过问众儿郎功课时，李如约叩响了瑛姑的门。以中、以和、以正让座的让座，递茶的递茶，围在他周围央求他讲听来的奇闻逸事。李如约挨个摸了三兄弟的头，最后搓着双手说："还别说，真有个趣事，等空了给你们讲。"瑛姑问："有事吗如约？""眼下冀家应无大碍，额想回去照看照看额娘。"瑛姑自责地说："几次催你回去，你只将心全放在冀家，现如今冀家风正帆悬，你尽管放心，安心回去照看你娘。"瑛姑将李如约送出门时，李如约又说："额不懂生意，依额的理解，无论做官还是做生意，气势上是一样的，正所谓一鼓作气，再而衰，三而竭。冀家已具备势，接下来应势而行才能体现二娘的最终目的，想去疾，又怕疼，最终只能被它拖垮。"瑛姑有那么一刹那，觉得站在她身侧的分明是李管家。"如约懂我，我也是此意。从大里说，历史上哪一次变革不经历风雨，往小里说，冀家商业模式弊端已现，若不及时整肃，成了祸患，恐怕连商讨的机会都没了。机不可失，弊不可长，既定目标是正确的，现在不做，更待何时？如约，感谢你为冀家做的一切。"李如约有些难为情，低下头说："额也糊涂过，要不是额娘……再说，额叫李如约啊，额的名字饱含着干爹和额爹的生死之情，所以冀家的事，额定义不容辞。"

依旧在议事堂，众人齐到，账簿被分成四份，瑛姑分别从每份取出一本，逐一打开。她开始分析去年各号的经营状况，只此环节，便能窥一斑而知全豹，众人各怀心思，要看瑛姑到底有几斤几两，能否服众。

"商号总体运转情况良好，有的利润较之上年翻番，有的持平，有的略有盈余，亏损账目不多，有几家商号要着重商讨。各位都是商界精英，眼明心亮，我哪里说得不合适或者不对，尽管指出，同样，你们哪里做得不合适或者不对，我也会指出。"堂内开始有人窃窃私语。

账目反映出来的问题，就是柜上的问题，瑛姑从账上看到怀疑，看到蓄意，看到浑水摸鱼，看到遮掩马脚，这一切不外乎是小瞧她一介女流。她拿起"悦盛昌"钱庄的账簿："去年一年，'悦盛昌'钱庄经营状况良好，贴票、兑换、存放款都比较理想。"

"悦盛昌"大掌柜面无表情，眉宇冷峻，没见他有半点欣喜之色。坐在他旁边的二掌柜悄悄问："咱们年年拔得头筹，不枉旧日东家器重。冀东家虽然去了，但一定和马氏说了不少咱们字号的贡献，故而将咱们第一个拿出来表彰，难为她一个女人家。你说，昨日颁布的'马氏体制'可行吗？"

大掌柜鼻子里哼了一声："'马氏体制'一出，顿时在三晋大地掀起热议。用她的话说'天下之事，不难于立法，而难于法之必行，不难于听言，而难于言之必效'。只是说起来轻松，做起来难，且看她如何做。我们肯坐在这里，还不是感念冀东家的知遇之恩。如今座上的那位，倘若她眼不明心不亮，我便辞柜，你呢？"二掌柜双手互插到袖筒中讪笑："这话说的，你若走，我怎好意思留。"话音刚落，又听到瑛姑说："'悦盛昌'是冀家老字号，大掌柜精明干练，只是，我有个问题想问大掌柜，前年'悦盛昌'伙计的薪酬有变化吗？"大掌柜眉梢一挑，面色依旧冷峻，从容答道："回二奶奶，'悦盛昌'账目清晰，二奶奶一瞧便知。不过，您既然问……伙计薪酬未有变化。"大掌柜镇定自若，瑛姑将"悦盛昌"账簿交给冀烨照，走到大掌柜身边："账目没有大的出入，利润与前年、去年基本持平，看来大掌柜的确经营有方。"瑛姑又瞅他一眼，大掌柜并不接言，倒是二掌柜瞟了眼瑛姑，又迅速低下眉眼。

谁知瑛姑话锋一转："但有个问题想与大掌柜商榷。"大掌柜扬着脸，抿着嘴，下巴微抬，须白如霜。"前年发行的陆仟钱票，原本约定两年之内兑现，但却被提前一年、并集中在两个月都兑现了，幸亏数额不大，不然定发生挤兑，对吗，大掌柜？"霎时，厅内一片寂静。大掌柜先是一愣，然后哼哼笑了两声，一面讪笑，一面支支吾吾地说："提前兑现，因客户被传言所惑，这在业界也不新鲜，二奶奶可去打听同年同期别家的钱庄。我的账目收支平衡，利润翻番，二奶奶不会连这个都看不懂吧？"二掌柜紧张地咽了口唾沫。

"您是老掌柜，如此草草将提前兑现归结为市井流言，有敷衍之嫌。我秉承老爷用人不疑、疑人不用，你们做掌柜的也应秉承信者，效其忠。""二奶有所言极是，只是这虽效，也要效有其法，虽忠，也要忠其所值，二奶奶您说对吧？"瑛姑面沉如水："大掌柜如若只是针对账簿而言，我愿意和大掌柜讨教，如若因我是女流而有所不信，我也绝不会因你是有资历的老掌柜而横加阻拦你另谋高就。"大掌柜态度有所缓和："二奶奶多虑了！我从来就事论事，不喜欢绕弯弯，不瞒二奶奶，我会报答冀东家，但我也要养家糊口。"瑛姑笑了："你的担心不无道理，那我们不如开诚布公地探讨探讨，看看你今后跟着冀家，能不能养了你的家，糊了你的口。"她踱步到大掌柜跟前："请大掌柜解释一下，'悦盛昌'改制，取消了人力顶身股和伙计日常支用，这部分银子流向了哪里？"大掌柜面露惊讶："二奶奶竟然懂账？"这时，冀煓照将"悦盛昌"的账簿传阅，众人看到瑛姑在账面上做的朱笔批注。大掌柜不再像之前冷峻高傲，二掌柜站起来咽了一口唾沫打圆场："二奶奶、在座的诸位，这账是……"冀煓照示意二掌柜不要说话，他对瑛姑耳语了几句，瑛姑先是面露惊诧，继而又笑了笑，缓缓走回座位拿起另一本账簿说："'悦盛昌'的账簿暂且搁置，等商讨结束，你二人留下。"

此时的周掌柜看到瑛姑拿起"广悦祥"绸缎行的账簿，更紧张了。账目亏损得一塌糊涂，他不知这位女主东会怎样处置，估计得卷铺盖走人了吧？

　　"周掌柜，你于去年初任掌柜，'广悦祥'于乾隆二十一年创立，是冀家八十多载的老字号，我仔细看了账目，亏损虽然与你经营缺乏经验有关，但主要原因是市场被其它商行垄断、并且与供货源发生突变有关。""周某惭愧！本来雄心勃勃，但商场如战场，我错估了形势导致亏损，周某无颜见您与各位掌柜！"说完羞愧地低下头。"在座的每位掌柜，哪个不是在摸爬滚打中积攒起来的经验？谁都有历练的过程，不经历商事，不懂商事繁杂。各行各业最看重的是要留住一个有人品、有经验的人，可甚是有经验呢？经验就是经历过失败与挫折，我怎么会傻到让周掌柜在我这里历练成熟了，却将你拱手相让？你可有信心重整旗鼓？""二奶奶说甚？我亏了这么多银两，您不责罚，反倒让我重整旗鼓？""罚自然要罚，重整旗鼓也是要的，生意场上哪有只赚不赔的买卖？我再拨些本金给你，望你今年尽心竭力。这罚嘛，便是罚你今年除夕值守商号，多学习商务，希望来年的这个时候，能听到你将绸缎庄的生意扭亏为盈的好消息。"周掌柜感佩，生出豪情。

　　瑛姑又拿起当铺的账簿，打开后并不言语，只盯着掌柜看。掌柜不知瑛姑何意，眼珠乱转。两人僵持了片刻，瑛姑说："我念你家中老母身体抱恙，想必你已筹足了银子，今儿你便回去好生孝敬老人家。"说罢，将账簿搁在一旁。掌柜极不自在，却不好再说什么，感动瑛姑给他留了面子，深深鞠了一躬，离开冀家。

　　"这几本账簿，是冀总管挑拣出来的。他认为这些字号地处偏远地区，远不及繁华地域占得天时地利人和，虽只是略有盈余，却与大字号的盈余相同，冀总管建议这几处掌柜应赏，我赞成。"

　　接下来是两人一组进行报账，两两都是瑛姑有意搭配，目的是让他们在报账的过程中，互视己短，互采彼长。报账结束，厅里寂静一片，但与报账之前的寂静已截然不同。

瑛姑坐在主位，总结了去年的经营情况，布置了今年的经营构想，核算了红利的发放。当众人散去时，"悦盛昌"大掌柜这才面露愧色说："是我以小人之心度君子之腹了！感谢二奶奶在众人面前给我尽留颜面，我日后定会竭心尽力！"而后从怀内取出另一本账簿递给瑛姑："这本才是'悦盛昌'真正的账簿，那本是我……"瑛姑拿起那本假账："我会珍存它，它是冀家商业的试金石。"大掌柜迟疑了一下："我有一惑，还请二奶奶赐教。""你是不是想问，我如何发现这本是假账簿的吧？"瑛姑指了指冀煜照，又指了指账目字迹，四人心照不宣，相视而笑。

二十六章　商机

经过两年的努力，冀家步入正轨，瑛姑终于可以长出一口气。她以为可以安枕无忧歇几日，又发现冀国定的忌日近在眼前。天气阴郁，北风呼啸，似在酝酿一场空前绝后的大雪。瑛姑站在角楼眺望，城郭沐浴着寒色，寒鸦撕开寂寥，三五行人埋头于旷野，苍山隐隐，汾水浩浩。

角楼斜对面是王菁仪的院子。她想起王菁仪曾和她说，院子中水瓮的北面有一处裂纹，釉质将开，胎质尚好，又想起王菁仪当年温婉的笑容和冷冷的眼神，不知不觉来到王菁仪的院中。进了院门，听到木鱼声，王菁仪最近礼佛不似从前只是磕磕头，敲敲木鱼，诵诵经，而是手执拂尘，身披海青，有时将头发挽起，活脱脱道姑的模样，她在用这种方式与世隔绝。

瑛姑不好打扰，走到水瓮旁。水瓮通体褐色，瓮口亚黄，薄釉之下瓮体的胎质偶尔有未曾氧化的颗粒，瓮中的水结成冰，冰面浮着一层薄灰与草屑，瑛姑弯着身子转到北面时，果然看到那条裂纹。裂纹从瓮口一直裂到瓮底，摸着有些刺手，裂口附近的釉面有的成片开始剥落，露出陶土本色。这让瑛姑想起火焰，想起真武庙附近的窑炉，想起夕阳下，冀国定肩上扛着以公看琉璃覆顶的群庙，想起她站在冀国定身后看到他挺拔的腰身。

"你在做甚？"瑛姑吓得大叫一声，王菁仪被瑛姑的叫声吓得后退几步。瑛姑捂着胸口倚在瓮身连连说："吓死我了，怎么悄眯眯的没个声响。""到底谁吓谁？你躲在瓮后做甚？"瑛姑站起来拍了拍身上的土，"不做甚。我想起那道裂纹。""裂纹？你找它做甚？"王菁仪觉得瑛姑不可理喻。"也不是要做甚，是想起大奶奶曾和我说起它。不知怎么了，心里莫名空落落的。"王菁仪眼圈一红："我刚给老爷诵过经。这天气，和两年前一样阴郁。"她眯缝着眼望着灰蒙蒙的天又说："到底是掌家的二奶奶，空落落于你是件稀罕事，我就不同了，日日都是空落落的。"瑛姑听了她的话更觉郁结，和她潦草应对了几句，匆匆离开。王菁仪则蹲在瑛姑的位置也怔怔看着那道裂纹，她摸了一遍，自言自语说："旧年浅，不易察觉，总盯着它看，如今裂缝变深，却几乎忘了它的存在。"

瑛姑满怀心事低头而行，差点撞上拜访管二回来的冀国栋与尹玉文，他二人嘻嘻哈哈，手里还拎着一些山货。管二是个义气之人，冀国定把他从牢里捞出来那天，他发誓不再做土匪，要做义士，并为山中弟兄制定了打劫条例。冀国定笑他换汤不换药，管二借劫富济贫的幌子，偶尔还是会干些偷鸡摸狗的事，好在只图钱财，从不谋害人性命。

瑛姑进了院子，看到马銮宇与一个面生的小丫头在说话。"这就是二奶奶，快行礼！"小丫头俏皮，朝瑛姑拜了三拜："婑儿给二奶奶行礼。"拜罢笑吟吟立在瑛姑身旁。瑛姑不解其意，马銮宇对她说："贴身的丫头，还得是自家的。梓芸虽好，可惜是个没福的，福妈稳妥，到底年岁摆在那儿，今年眼见她身子不好。这丫头自小是你嫂子调教出来的，不比梓芸、小池差，你且用着，如果合心，就留下，不合心，我再替你寻。"

瑛姑打量着小丫头："多大了？我听你叫婑儿，不知是哪个婑字？"小丫头毫不做作，轻盈一拜："回二奶奶，我十三了，我的名儿是太太取的。太太说《元宫词》有一句'帘前三寸宫鞋露，知是嬛嬛小姐来。'太太说我每日行走如风，虽穿不得三寸宫鞋，却是另种嬛嬛，所以唤我嬛儿。"瑛姑下意识将她那双裹了一半的大脚往裙下掩了掩，发现已被马銮宇窥破，索性自嘲说："三寸宫鞋哪里就有五寸行得稳？你说是吧，堂兄？"瑛姑见嬛儿伶俐，心中甚是喜欢，又问她擅长什么。嬛儿不忸怩，说她会爬树，会掏鸟窝，会打仗，也会女红，跟着太太认了些字，当然也会哭鼻子。瑛姑被她逗笑了，心中抑郁已去一半。

马銮宇看出瑛姑喜爱嬛儿，"知道我为甚让她来伺候你了吧？你不喜欢她都难，关键这丫头心眼还实诚，福妈年岁大了，跑腿的活儿让嬛儿去做吧。"

嬛儿果然是个好使的丫头，自从她来，院子里笑声不断，她的朝气，她的调皮，都让瑛姑喜欢不已。嬛儿机灵，虽然只伺候了几天瑛姑，便知道瑛姑这些天常常思念冀国定，她出了个主意："二奶奶，依我看，不如我们去看望老爷。"瑛姑愣了，"看望？怎么看望？"

"当然是老爷安睡的地方呀！"瑛姑眉毛一扬，觉得嬛儿的话有理，于是悄悄让福忠在后门套车。福忠套好车在后门等时，看到采芹神色慌张望了望他，头都没抬又慌里慌张走了。

一眼望去，冀国定的墓碑迎风而立，瑛姑积攒了太多的话要和冀国定说。先人们的名讳被镌刻得有多坚硬，心底的思念便有多柔软。原野辽阔，倾诉反而变得斑驳，瑛姑含着那个亲切的名字，几次都没叫出口。像远山挽着疼痛，像冥冥之境滋生的黑蝴蝶扑打着陈年往事。这些意象，一天又一天盛满了她的思念。

瑛姑蹲下来，抚摸着冀国定的名字，仿佛是在抚摸他的脸颊。锋利的边缘，她想成那是他的胡须和他挺拔的鼻梁，凹下去的部分，是他深情的眉眼和柔软的嘴唇。她定定地望着那三个字轻轻说："夫君，我的心装不下了，它们不是在夜里跑出来就是吃饭的时候跑出来，不是在窗前跑出来就是在书里跑出来，夫君……""扑楞楞"两声，寒鹊离巢，四野回荡着瑛姑肝肠寸断的呼唤。

情感压抑久了，总得有个发泄的出口，这么用力哭过后，瑛姑觉得轻松许多。想着那个躺在黄土之下、那个叫冀国定的男人再也站不起来的时候，瑛姑偶尔会生出人生无趣之念，若不是膝下这些得以承欢的孩子，若不是家业牵绊，她不知道余生会是什么样。

天空忽然飘下雪粒子，打在墓碑上发出"沙沙"的声音，像极了倾诉，也像极了抚慰。瑛姑将酒洒在冀国定墓旁，又斟满一杯碰了碰冀国定的墓杯，一饮而尽，再次一个字一个字抚摸着冀国定的名讳。接着她来到李管家墓旁斟满酒说："李管家，如约仁义、忠孝，你生养了个好儿子！没有守约的帮助，我不知还要摸爬滚打多久，我向王大人推荐了守约，守约不日便投奔于他，余下皆好，嫂嫂也好。"说罢将酒缓缓洒在墓旁。突然冲出一队人马，马嘶人吼，黄尘一片，紧接着瑛姑与媛儿被掳上马背。他们吆喝着，挥着刀，甩着鞭，打着刺耳的呼哨，风一样裹挟着雪粒子，连人带马消失在密林。

福忠死死拉住一个蒙脸大汉的马匹，大汉吼他松手，福忠死活不松，大汉面露凶相，朝他连砍数刀，福忠应声而倒，马匹受惊，拉着空轿子疯狂乱蹿。当乡亲把福忠送回来时因流血过多，已陷入昏迷。冀家又乱成一片。有人说，劫匪是奔着冀家的家财来的；有人担忧劫匪会不会玷污她们清白；还有人说，是瑛姑遭到了报复。各种猜测蜂涌而至。

李如约赶过来时，冀煋照已在组织人马救人，他则奔衙门请求出兵救人。冀家大宅灯火通明，家丁严阵以待，冀国栋手握一把亮铮铮的戟，尹玉文提一把寒凛凛的刀，他们疑惑谁这么大胆，竟敢在管二的地盘上生事。冀煋照命尹玉文速往管二山寨跑一趟，一来了解情况，二来请他出山。少顷，得到衙门同意出兵的消息，冀煋照迅速将集结好的家丁及前来的乡邻一并并入官府列队。

王菁仪的木鱼较之平常敲得更响，频率更快。谷穗倚在门框嗑瓜子，不动声色地看着眼前的一切。几兄弟抄起木棒要前往搭救瑛姑，谷穗看着他们，吐出嘴里的瓜子皮，站直身体。这几个少年已经长大，眼见能顶立门户。以公与以中亲厚，以和与以正好得一个人似的。以和在王菁仪的调教下，已显出不凡，谷穗常常担心以和过于俊俏反招打压。她暗暗发誓，要竭尽全力护以和与王菁仪于万全，如果他们受了不公与刁难……哪有如果，是一定会。想到这，她扭身进了屋。

管二的人马再加上集结起来的民众与士兵，明晃晃的火把将土匪老巢照得亮如白昼。

李如约担心兵力不足，建议从汾州府调兵，又担心人多势众，土匪撕票。直到衙门另一位幕僚委婉提醒他，土匪此举只为劫财，衙门因念冀家惠洽介邑才这么兴师动众出兵剿匪。

瑛姑与娭儿被关在一间小破屋，惊魂未定，门被踹开。为首的削长脸，一口龅牙，颧骨有刺青，说话带着腥腻而毳膻的气浪。娭儿挺身用单薄的身躯将瑛姑护在身后，瑛姑竟看到土匪身后站着徐大厨，满脸奸恶之相！冀国定本想留下慈悲之念，谁知徐大厨将慈悲的种子开成邪恶之花。

"徐大马勺，这就是你说的冀家女掌门、二奶奶吧？"徐大厨立刻凑上前极其谄媚说："就是她！二当家的，你往狠里要，够兄弟们吃喝好些年。""你小子立功了，今天不只得了她这个金元宝，没想到她还给咱们钓到了一个银元宝！你别说，还真有人带着银子上山来赎她了。"徐大厨与瑛姑都纳闷是谁带着银子上了山。二当家晃到瑛姑跟前："看来你不只有钱，还值钱。"徐大厨问："二当家的，是谁带着银子上山来赎了？"二当家嘴一撇："他不让说，我将他也绑了！等大当家的回来，狠狠勒上两笔，再不用看管二的脸色四处刨食了！"

瑛姑更觉得好奇，问土匪："此人姓甚名谁？还望二当家告知，倘若有日后，我也好报答。"二当家嘿嘿一笑："没看出来，还是个有情有义的婆娘，只是那位爷不让透露他的姓名，爷行走江湖，也得讲个信守承诺不是？"瑛姑激他："你这低劣的伎俩，实在不敢恭维。"二当家被瑛姑嘲笑，脸面上有些受不住，于是命人将赎银之人带来，又邪笑着对瑛姑说："我瞧他对你有些意思，瞧瞧是不是旧相好？"说罢摘了那人头套。瑛姑当即愣住，是齐恒。

齐恒恼羞成怒，额上青筋毕现，破口大骂："信不信老子杀了你！你这个不守口约的小人！"说罢低头撞向二当家，但他哪里是他们的对手，拳打脚踢之下，齐恒晕厥在地。瑛姑大喝住手说："若闹出人命，就不是要银子那么简单了！"二当家住了手，将辫子甩到身后，吐口唾沫，单腿踩在长凳，抖着腿用邪淫的目光打量瑛姑："心疼了？不过也对，这人要是被打死了，得不到银子不说，弄不好还要做牢。到底是有钱人家的婆娘，虽说半老徐娘，可风韵不减，瞧这细皮嫩肉的。""不许碰我家二奶奶！"娿儿挡在前面冲土匪大吼。二当家捏住娿儿的肩，拎小鸡一样，娿儿疼得大叫，徒匪更加得意，手上又加了力道，瑛姑见状扑了上去，冲着他的手狠狠咬下去，疼得他将瑛姑推翻在地，只见手背被活生生咬破。瑛姑像头母狼，双目直直，唬得徐大厨张着大嘴巴伸着脖子一动不敢动。

"性子还挺烈，老子喜欢！"说罢脱去上衣，摁住瑛姑，徐大厨与小喽啰都悄悄躲了出去，三人滚成一团。齐恒眼睁睁看着瑛姑被他欺负，声嘶力竭喊："你放手！求你放过她！你要多少银子我都给！"怎奈二当家兽性大发，娿儿急红了眼，也狠狠朝他的手臂咬下去。二当家反手将娿儿按在身底，撕扯着她的衣服恶狠狠说："你们主仆都属狗，过瘾！"瑛姑拎起条凳刚要砸向土匪，"咣当！"一声，门被踹开。大当家将他踹翻在地，怒喝他狗改不了吃屎，闯下了大祸，二当家不服气。大当家说："劫谁不行，偏劫这个女人？她是管二的朋友！他们一举火把，信不信烧死你！"

大当家早年和管老二有些交情，因犯了事来找管二避避风头，管二说只要避风头这段时间不在他的地盘上生事，便借一处山洼暂时让他们安身立命。如今管二已在山寨坐等兴师问罪，二当家慌了，又得知齐恒是皇商，山下要兵有兵要马有马，才知道上了徐大厨的当。徐大厨见势不妙，早已逃之夭夭。大当家看着衣衫不整的瑛姑与媛儿，骂二当家的早晚死在这上面，命他速去向管二赔罪。

瑛姑与齐恒从匪窝出来时，望到山脚下火光一片。齐恒不似往日嬉皮笑脸，对瑛姑说瑛妹妹多保重，一溜烟独自从另外一条道路跑下山。

瑛姑没想到衙门出兵，急忙拜谢县令。县令说："莫令义者悲，莫使高风怨啊！再者我与如约如知己，于情于理都不能不作为。"说罢拍了拍李如约的肩。瑛姑再三拜谢，县令心安，于是打道回府。

李如约这才说："见二娘安然无恙，额这心里才安生！""多亏你请衙门相助，二娘恐无以为报。""二娘莫这样说，额是在替额爹尽未尽之心。今天收到王大人书信，他说他与徐大人联名上奏了参糊图礼的折子，他们要伸张正义。"

王守业流放黑龙江转眼近二十年，因冀家长年托人关照，虽说性命无虞，但毕竟是苦寒之地，王守业患上了各种顽疾。王庆云无时无刻不在解救王守业，只是糊图礼深受皇帝信任，除了没任工部尚书，其余几个尚书他做了个遍，想撼动他的势力，当真难上加难。瑛姑只有在财资上暗中救助，暂无别法。

李如约又说："王大人还说，有朝一日若拨得云开见月明，便调任山西。"瑛姑只觉异样感觉袭上心头，是感动，是温暖，更是赤诚相待。"还有件事，听说库伦遭灾，粮草歉收，物资紧缺，牧畜大批死亡，导致物价暴涨，官兵眼见要断炊粮，朝廷命县衙在晋筹集货物北运，因担心引起囤粮囤物，哄抬物价，造成民众恐慌，所以巡抚大人再三叮嘱不可大肆宣扬，可是地方库银吃紧，衙门一筹莫展，"李如约顿了顿又说："我虽不懂商，却觉得这里藏着大商机，二娘仔细斟酌。"

　　这时管二过来，见到瑛姑二话不说伏身要拜，瑛姑连忙将他搀住。管二一拍胸脯说："二奶奶，没有冀财东，就没有今日的管二！我打家劫舍的事没少干，伤天害理的事也做过。我一直认为商人重利轻义，直到冀财东将我从大牢中救出，我才知道商人与商人不同，是冀财东让我知道了什么是真汉子。如今这方圆百里，谁敢欺负二奶奶，就是欺负我！""管二爷侠义心肠，大恩不言谢。只是这股人马今日能在这里作案，明日保不齐谁又会遭他们祸害。""为首的是李麻脸，前些日子找我，让我容他一处山洼，没想到生出今天的事，他最近收编了些逃难过来的人。""有个叫徐大厨的，早年在冀家作祟，冀家本着得饶人处且饶人之念放过了他，没想到他恶性不改。""二奶奶放心，此人交给我。"众人下山，火把逶迤似蛇，渐渐消失于四野，天幕重新合上。

　　瑛姑决定将在晋银资全部用于北上筹货，冀煋照关于筹货北上与瑛姑有些分歧。他认为，近些年的耗费与收支勉强平衡。如今朝廷割地赔款，早就一副空皮囊。他认为，此次商机固然好，但份额应削减三分之一，倘若资金链断了，冀家商业运转陷入泥潭不说，万一朝廷派捐而捐不出，再被加个莫须有的罪名，岂不是吃不了兜着走。冀国栋也同意冀煋照的意见，毕竟小心驶得万年船。因资金链断掉，使得家业凋敝的已有好几家，其中不乏冀家的世交。

　　冀煋照见瑛姑依旧坚持，委婉提醒她当下四野纷争，百姓怨声载道，还是要留些过河钱。冀国栋也提醒瑛姑，再大的家业也抵不住朝廷多次勒捐。

　　瑛姑说："在乱世寻到并抓住商机不容易，要知道机不可失，时不再来。"冀煋照说："去年朝廷向晋省派捐二百余万两白银，引起哗然，皇帝这才担心引起民怨，于是改令抵偿收银一百五十万两，剩余五十万两着巡抚按数发还，但何曾有一两银子返还到我们手中？"冀国栋说："吐出去的银子指望能回来？那是白日做梦！省着省着，窟窿等着，用着用着，菩萨送着。"瑛姑斩钉截铁地说："正是因为这样，商机一旦出现，我们必须牢牢把握。为商者，要像千眼神那样发现时机，再像千手神那样紧紧抓住时机。""衙门若再来派捐，我们该如何？"瑛姑成竹在胸说："过不了多久，别的商家知道消息后定会蜂拥而至。立刻清空库存，再备满库存，最迟三日后出发，至于派捐的事，我自有办法。"

瑛姑主意已定，冀煊照只得立刻安排。第二日，冀煊照备货，至日落，茶叶、粮油、布匹、生活用品如数装车。因每宗数量较大，冀家投放了大数额的白银，而当时平遥城当季的标利制定过低，于是许多人取出存银倒买倒卖。一时间，不只平遥乃至整个汾阳府，甚至晋省的市场突然从萎靡不振中醒来，一片繁荣热闹的景象。馄饨摊主望着大街上人来人往的人群自言自语说奇怪了，往日为卖不了几碗馄饨发愁，这几日因为不够卖发愁。

还有一个奇怪的现象，这条商业街不是哪一种商品走俏了，而是关乎老百姓吃穿用度的商品都在走俏，一种商品常常会几易其手，最后才被真正的买家买走。每个人都满面笑容，每个人都行色匆匆，每个人都在与商贩议价，每个人都早晨空着车来，日落时满载而归。

第三日清晨，朝阳刚刚透出云层，冀家门口已排起了长长的商队，冀煊照还是捏了把汗。毕竟这是冀国定去世后，他跟随瑛姑做的第一宗大单生意，只能成功，不能失败。

瑛姑带着儿郎们为冀煊照饯行，她端起一碗水酒，"煊照，此举关系重大，你务必平安去平安回。"冀煊照豪气陡然而生，水酒尽饮，"二奶奶尽管放心，我在，甚都在！"瑛姑将以和拉到冀煊照面前："他们也该历练历练了，老爷这么大的时候已四上库仓，以和整日搁在家里，恐折了他的英气。"瑛姑此举有些出乎冀煊照的意料。按理说，这么大单生意，又长途跋涉数千公里，说句不好听的，这一趟相当于在柜上五六年的历练，瑛姑却把这么好的机会给了以和。以和懂事地对冀煊照说："还望煊总管不嫌我愚鲁。"说罢仰起头望着冀煊照，开心地站到冀煊照身旁。

谷穗知道瑛姑决定让以和跟随冀煊照去库伦后啼哭不已，她指桑骂槐瑛姑这么做是容不下以和，是想着法儿地将她与以和分开。王菁仪没阻拦，她对谷穗说好男儿必须放出去历练。她只是有些拿不准，瑛姑此举是否真的是在历练以和。拿不准也得让以和出去扑腾，留在身边才是扼杀了他。

王菁仪越来越冷。她默默为以和收拾衣物，嘱咐他许多道理。以和临行前给王菁仪行了叩拜礼，兴奋终于可以出门打拼，而后神色又黯然下来，说舍不得离开王菁仪，王菁仪泪眼蒙眬。

谷穗越闹越凶，有一次以公实在看不下去了："姨娘，娘是因为五弟天资聪颖才让他此去历练，你这样整日哭骂，实在是辜负了娘的一片好心。"谷穗瞪着一双红肿的眼睛攘诟他："你自己都弄不明白，少来掺和我们以和！"以公气得摔了她的门，从此不再理她。

以和跟随冀煊照走后，谷穗跑到瑛姑院中哭天抢地，王菁仪放下手中的捻珠斥责她："你这样的行径，形似泼妇，你不嫌丢人，我还嫌丢人！好赖如今都掂量不清了。跟了我这么些年，都不懂甚是姿态了吗？"到底是从前的主仆，自从王菁仪当面训斥，谷穗果然没再闹事。

冀煊照走后一个月，他担忧的事果然发生了。衙门奉旨征调各种物资。让衙门不解的是，物资在短时间内价格翻了好几番，库里那点银子眼见缩水，只得向州府申请调拨差额银两，但整个汾阳府都是一个情形，无奈之下，只得奏请山西巡抚，没几日，一纸派捐的公告又张贴在城门之上。

公告贴出许多日没人认捐，急得县令团团转，正当他一筹莫展时，有人报，冀家女东家来认捐，喜得县令直呼冀家仗义疏财。瑛姑之所以第一时间赶来认捐，一来表达县令搭救之恩，二来，早晚躲不过纳捐，与其被强派，不如主动捐赀，但柜上根本拿不出多余的银子。

瑛姑也不绕弯弯，她坦诚告诉县令冀家在前几日备了一宗大买卖，现银如今周转不开，但念县令救命之恩，她有个折中的办法，可解衙门之急。县令已被这事折磨得寝不安席，听瑛姑说有办法，忙命人换茶。

"衙门筹银是要解库伦之灾，虽然银资短缺，但若能备齐所需货物，也是完成了圣命，对吧大人？"县令还是不得要领，说："二奶奶虽然言之有理，但眼下货物价格已翻了几番，说到底还是缺银子呀！"瑛姑笑道："这便好办了，我来替大人筹齐朝廷派捐的货物。"县令喜出望外，对冀家赞不绝口。瑛姑又说："民妇还有一事，因有批茶引失效，请大人给冀家'巨盛川'八百多担茶叶出个茶引。"县令当即答应。没过两日，冀家所囤米面粮油、布匹、用具、茶叶等又踏上了库伦之路。这次瑛姑派以公负责，并命以公今后负责张家口以北的生意。

冀煋照带着以和与商队长途跋涉，日夜兼程，到达库伦时，满载的物资被抢购一空。这一行赚得盆满钵满，冀煋照悬着的心终于放下来。当晚核算，利润不薄，冀煋照开心地哼唱，让他更开心的是，他发现以和虽然年纪小，但能吃苦，头脑还灵活，这太难能可贵了。尤其前几天刚进了蒙古，冀煋照发现以和不见了，可把他吓坏了，他整整找了两天两宿，几乎绝望的时候，第三天一早，有几个年轻的蒙古人骑马把以和送了回来，冀煋照听以和管他们叫"阿哈"，以和竟与他们结拜为兄弟，还与他们签下一笔订单。

冀煋照取了酒杯，倒满，"喝了，喝了就是个爷们儿了！"以和接过，仰头而尽，口、唇、舌、喉咙、肺腑直至肠胃，有一股暖流袭过，双目藏慧，脸色泛红，强忍由于酒精刺激带来的不适，终于忍不住咳嗽起来。冀煐照被他的模样逗笑了，"不枉老爷之子，五爷不简单。"以和被他夸得有些不好意思，红着脸说了个想法："货物几日便倾销一空，趁别的商家还没来，不如派个快马，通知二娘启货北上！""你小子，还别说当真人小鬼大。不瞒你说，大爷已经在来的路上了。"以和高兴地拍手："我要再饮一杯！"冀煐照见以和来了兴致，为他斟满："五爷，你拿自己当男人，别人不敢拿你当女人，你信自己能出人头地，将来定会出人头地，我今儿送你一句话，所有的事情到最后都会好起来，如果不够好，说明还没到最后。"以和若有所思说："二娘常说，机会从来都是留给有准备的人，我要做个有准备的人。"

福忠挨了土匪数刀后，伤口感染化脓，几日下来情势不妙，病情越加沉重，郎中摇头，福妈也跟着垮下来。

福忠回光返照的那天，和瑛姑说了很多。他说，本想剃度出家，终究没能跳出红尘。他与梓芸两情相悦，却阴阳两隔。梓芸一个人躺在黄土里太孤单了，他恳求瑛姑，既然生不能和她同衾，但愿死能同眠。福忠蜡黄的脸没有一丝光泽，仿佛将熄的灯烛。他又讲了福妈鲜为人知的身世。冀之瑜本与福妈有情，但福妈被父母聘给福建下梅一户富裕的茶商，茶商是早年迁去做茶叶生意的祁县人，福妈也只好认了命。直到洞房花烛夜那天，她才知道嫁了个吸食鸦片的废人。福妈日日流泪，她几次想逃，也想过了结生命，直到冀之瑜辗转打听到福妈境遇堪忧，才将她救出来，从此福妈隐姓埋名生活在这里，这事连冀国定也不知道。

"那你……"瑛姑问。福忠苦笑："我也不知道，娘三缄其口。她执意以下人自居，娘说她已不配与老东家在一起，老东家拗不过，两人就这样相守了一辈子。"瑛姑格外震惊，又问："福妈知道你知道他们的事情吗？""不知道。这些是老东家临去世前告诉我的。我恐不能为我娘送终了，请二奶奶保密，求二奶奶将我与梓芸葬在我娘脚下。"福忠虽说悲伤，却流不出一滴泪。瑛姑有些恍惚，命运捉弄，人事变迁，为情所累，为情所苦，为情所活，人这一世，不知会经历怎样的遭遇。

福忠走后没多久，福妈辞世，她走时平静安详，未向瑛姑吐露半点秘密，她抱定带着这些秘密与世长辞。瑛姑为福妈挑选的福地恰好能看到冀之瑜的墓碑。瑛姑将福忠与梓芸合葬在福妈脚下。

冀之瑜与福妈的隐秘爱情，震撼着瑛姑，当晚月光皎洁，瑛姑沐着清辉想起冀国定。而后闭着眼睛想象她站在山岗上，沐着最为清白的月光，一边遥望江河万里，一边感受灵魂飞升。她无数次想象与冀国定重逢，遗憾的是，她每次快要跑到冀国定面前时，想象就戛然而止。

二十天后，以公带着商队顺利到达库伦并与衙门交接顺利，冀煓照带着以公与以和到一家老字号吃烧卖，以公饿了，吃得狼吞虎咽，以和在一旁笑他。冀煓照说："笑甚？他吃的都是风雨雪霜。"以和停止了笑，以公停止了吃。冀煓照两眼潮红，夹起一个烧卖放在以公碟子里，又夹起一个放在以和碟子里，最后给自己夹了一个，放进醋碟子里打了好几个滚儿，这才夹起来全部塞进口中。

三人述说着这一路上的见闻，以公更加好奇的是以和走丢的那两天是怎么过来的。以和说，那天半路肚子突然疼，顺着坡找了个犄角刚蹲下来，迎面过来几只羊，撵也撵不走，它们也不嫌臭，围在他身边一直咩咩叫，当提起裤子再爬上坡时就找不到冀煓照了。现在回忆起来，是爬错了方向。眼见天黑，羊围在他身边依旧咩咩叫，以和撵着这几只羊找了个背风的地方，搂着一只小羊羔睡了一夜。第二天，以和撵着这几只羊漫无目的地走，实在累得走不动了，只得抱着小羊羔倒地歇息，刚要睡着时迷迷糊糊中听到吆喝声，以和顺着吆喝声翻过坡顶，看到一条河，还看到两个手提套马杆的男子在放马。就这样他和羊都得救了，两个男子是那片部落首领的侄子，三人相谈甚欢，于是结拜为安达，以和答应来年为他们送来些茶叶和生活用品。

以公听得津津有味，末了问了句："五弟，你是不是瞎编的？"以和一愣，"我为甚瞎编？"冀煐照和以公都笑，以公说："大哥觉得你这段经历不可思议。"以和涨红了脸说："比起祖上那些传奇的经历，我这根本不算甚，是不是大哥？"

获利丰厚的冀煐照信心满满地与兄弟俩带着茶叶到了恰克图，却被眼前的景象惊到了。认识的、不认识的山西商人个个愁容满面，唉声叹气。茶叶堆得满地，却无人问津，反观俄罗斯商人的生意却无比红火。

冀煐照问身旁一位目光呆滞的茶商："这是怎么了？茶叶为甚都堆在地上？"茶商冲他不停摆手："完了完了，这生意没法做了。"以公又问另一位茶商："敢问老弟，发生了甚？""赔塌了。"话音刚落，旁边一人接道："若只是这次赔塌了也算，关键是断了我们的活路了！"

冀煐照心中旋过无数疑问，但看到晋地首届一指的茶商渠半城渠家也愁眉不展时，所有的疑问都被推翻了。冀煐照找到与冀家长期合作的俄罗斯商人。俄罗斯商人神秘兮兮地说："三日之内，'巨盛川'尽快将手中茶叶出手，不然的话，赔本不说，恐怕还要倒贴。"

冀煐照意识到出大事了。经过了解才知道朝廷答应了俄国人享有免除茶叶半税的特权，并且允许他们在大清朝攫取物产并推销，最可恨的是，俄商可以将贩来的茶叶从汉口沿江而下运至上海，再沿海运到天津，然后走陆路到达恰克图，或者继续沿海到大连直到海参崴！"

冀煐照惊得张大了嘴巴，半天才说："日他奶奶的，朝廷这不是引狼入室吗？"以公说："大清子民尚不能享受水路之便，他们凭甚享有茶叶半税之利不说，还能自由选择商路？这上哪说理去？皇帝糊涂了吗？"以和在一旁盘算："我们从汉口到张家口要经过六十三个厘金分卡，算下来税金比俄商多出十多倍，再加上驼队、牛马车的路脚费，注定是赔本的买卖！”

所有山西商人聚集在一起商议策略，商量来商量去，冀煃照说：“要我说，不如以其人之道，还治其人之身！”“对！俄国人能在我们的国土上夺取商权商利，为甚我们不能去俄国另觅新途？”群情激愤，恨朝廷软弱无能。一人一个说辞，不能群龙无首，众人便推举冀煃照为山西万里茶道商事领事。冀煃照当下挥毫写就山西商人要去俄国行商的请愿书，所有山西商人签字画押，并到衙门请愿。衙门自知事情不小，连夜将请愿书上奏道光帝。

而此时道光皇帝正为沙皇的另一件事情烦恼。俄国沙皇要求开辟张家口为商埠，并在张家口设立领事馆。张家口地邻京都，道光帝担心张家口被俄国辟为商埠并设领事后，危及京城安全并影响到对蒙古的管理。此时又收到山西商人在恰克图集众闹事的折子，更加心烦意乱。他扔下折子说：“这帮老西子，垄断大清的茶业近百十余年，如今动了他们的利益，就这么不顾全大局。”臣子说：“此已不是简单的利益问题了，坚决不能同意他们在张家口设立领事馆。”道光帝无奈地说：“《南京条约》的签订，就注定了今天被动的局面。”他叹了口气，望着窗外的余晖说：“朕，恐怕将成为大清的罪人了。”臣子当即伏地说：“臣有一计，既可阻拦俄国人在张家口设立领事馆的要求，又利山西商人能继续贩茶。”道光帝大喜：“快讲！”“山西商人不是请愿到俄国经商吗？我看不如将计就计，让他们北上进入俄国，让山西商人在俄国地盘上与俄国商人竞争。山西商人吃苦耐劳，是支劲旅，俄国商人未必是他们的对手，这样就能大大牵制俄国人想辟张家口为商埠并设领事馆的要求；二来，满足了山西商人的集体请愿，他们便不会再闹事，为安抚他们，可以对北上的晋商酌减厘金，取消浮税，以示皇帝体恤。”

冀煃照没想到请愿很快有了答复，众人欢呼雀跃，对他更为拥趸，筹谋着大力向俄国内地发展。冀煃照却高兴不起来，他站在夕阳下，忧心忡忡。以和问："请愿已达成，为甚还不高兴？"冀煃照说："虽说请愿达成，但朝廷倒行逆施，抑制本国商业的行径，只怕到时候沦落的不是山西商人，而是华夏国土了。"以公仍旧对未来充满信心："哪里有麻雀，哪里就有山西人，没有山西人吃不了的苦。俄国人怎么地，照样不是我们的对手。"冀煃照说："此言差矣！我们再要强，但朝廷腰杆子软啊，所以，请愿不过是昙花一现，或者强弩之末。我要立刻建议二奶奶压缩茶叶生意，茶叶市场大势已去！"

二十七章　教子

李如约假期已到，他和瑛姑辞行这天带来两个好消息。

朝廷终于弄清楚了吉庆吞鼻烟壶致雍赌而亡的实情。糊图礼是两朝老臣，根基之深，人脉之广不言而喻。皇帝考虑糊图礼已过世，于社稷也有贡献，又是皇帝钦点的大臣，委婉地在朝堂上为吉庆、李赓芸、王守业等人正了声名。王守业得到赦免，准许回乡颐养天年，瑛姑听后倍感欣慰。

再一个，皇上有意让王庆云掌管三库事务，王庆云顺畅的仕途让瑛姑想到徐松龛。徐松龛幼时异常顽劣，虽然历经官场数年，貌似处世老练，但骨子里的傲气本性哪能说改就改。反观王庆云，比起徐松龛圆融许多。前几天瑛姑收到徐松龛的信，洋洋洒洒从上古说到眼下，从洋人说到大清，从割地赔款到五口通商，尤其民主制度，完全颠覆了瑛姑根深蒂固的天朝意识和家天下的观念。瑛姑一直以为，只有大清王朝才是这天下最大的国，没想到在这海天之外，竟有许多与大清朝不一样的国家。徐松龛信中还说，朝廷无力维疆护土，国门又被洞开，朝廷恐凶多吉少，字里行间流露着对朝廷的不满。

瑛姑决定将江南一带的生意让以中打理，命他与李如约搭伴同行，立刻去广州设立商号，同时让冀煊照带货直奔广州。以中遵母命，带着尹玉文日夜兼程赶赴广州，两月后，以中顺利在广州创立了商号，冀煜照满载着从库伦周边收购的羊毛、驼毛、羊皮以及珍贵的皮毛等数万数十万不等向广州而去。除了茶叶暂时滞销，这两宗生意创下了巨额的利润。当镖局押着真金白银回到了平遥总柜，冀家将大量的白银存入钱庄，市场被震动了，人们被冀家的财力惊到，他们发现，左右银根的缩紧与放松不是市场，而是冀家银两的收或者放。这导致以后的许多年，瑛姑不到，平遥城就无法开标。

当冀宅沉浸在生意红火之际，又迎来一桩喜事，以公顺利得子。王菁仪一改往日吃斋念佛，脱下海青，换上常衣专门来看望。她久久凝望着婴儿说："这孩子，眉眼像极了郭雯。"

冀以公满心欢喜，与宋氏商量让瑛姑为孩子取名字。瑛姑觉得不妥，宋氏爽朗道："如今我也是做娘的人了，这孩子就是我的命。我原来年轻不懂事，娘别和我计较。"说罢眼里泛出泪光。瑛姑于是夜夜翻书，想为冀家第十九世的第一个男孩取个寓意好的名字。

按家谱，这辈行"惟"字，她翻遍了书，觉得哪个字也不合意，索性放下书，拿起针线，为孩子缝制衣衫。王菁仪不知什么时候进来："妹妹好针线。"瑛姑看到王菁仪，一脸惊诧。从冀国定去世，她们很少有来往，虽然同处一个屋檐下，多日不打照面是常有的事。瑛姑想脱口唤姐姐，但还是改了口吻，"大奶奶怎么突然过来？"

"你瞧，这是我做的，你说他们夫妻会喜欢吧？"

瑛姑没接王菁仪递过来的小衣，淡淡回她："大奶奶的女红无人可比。想起第一次拜见大奶奶时，看到给老爷做的鞋，针脚细密，若隐若现，那时我便惊叹不已。""我一直以为，能干而聪慧的女人于这些细活上会牵强些，谁知你不只书读得好，家管得好，生意做得好，女红也不逊色。老爷常和我说你是他的仙姑。"说罢拿起瑛姑的针线瞧。瑛姑从未听她这样夸赞过自己，竟有些不知所措。两人沉默不语。瑛姑有些恍惚，她与王菁仪从没这样说过话，即便聊过几回家常，也都暗藏剑弩，今天这是怎么了，她甚至觉得是在做梦。

"若在前些年，定有取笑你的意思。那些年与妹妹隔着肚皮，后来老爷去了，妹妹大权在握，以为定会挤对我……经诵得多了，人也慢慢通透了，有些东西不是争来的，就似老爷待我。如今以公都有了孩子，我若再不醒悟，可真对不住这些年你对我的包容了。"王菁仪说得诚心。瑛姑的心软下来："我答应过老爷要好好照顾你。""旧年，总防着你，如今越觉出自己浅薄。你怪也好不怪也罢，我常日吃斋念佛也烦了，万一有个三时五刻耐不住寂寞，到你这里讨些人间烟火，可好？"瑛姑笑了，"大奶奶尽管来，不然，我万一有个三时五刻看破了红尘，你可连人间烟火也无处可讨了。""妹妹还是像原来一样，叫我姐姐吧。"王菁仪带着恳求的语气。瑛姑突然想起梓芸，姐姐两个字横在喉间，她叫不出口。

　　"妹妹在看楚辞？"王菁仪立刻转移话题。

　　"翻了好几日，想为孙儿取个好名字，但总不得。"

　　王菁仪踱步忖思，"我有一个，不知妥不妥。佛家讲明心见性便是智慧，不如以俗见慧，'聪'字便很好。"

　　瑛姑品咂着"聪"字，"'聪'意为聪明可人，貌似流俗，实是取'耳闻其声能辨真假'之意，如此甚好，就叫冀惟聪，那么我来取个乳名，'聪'，灵气四溢，就叫灵哥。"

　　这边唤一声灵哥，那边唤一声灵哥，花开一回，叶黄一回，转眼灵哥一周岁，冀家为灵哥举行抓周仪式。依旧是那十二样东西。书籍、笔墨、金银、算盘、黏土、印章、尺子、花馍、锅铲、竹箫、衣服、胭脂。灵哥沐浴一新放在床上，他望着红绸缎上的各色物品，"嗖嗖嗖"爬了过去，随后小手不停翻腾。大家以为他要抓一个算盘而喜的时候，结果他将算盘扒拉到一边，以为他要抓银锭而惊呼时，也不过是小手扒拉一下而已，所有的东西被他翻了个遍，结果什么也不入他的眼。众人更加好奇他到底会抓什么，结果小家伙掀起绸缎，"哗啦"一声，把所有东西掀翻在地。

冀以公脸色难看，骂句："蠢材！"一拂袖子走了。灵哥见东西掉地上，不停哭闹，宋氏怎么也哄不好，瑛姑哄也不行，直到王菁仪上前哄了两句，灵哥略住了哭声，王菁仪顺势把他抱在怀里，王菁仪闻着婴孩特有的味道心都融化了。灵哥想要她手腕上的佛珠，王菁仪摘下来给他，灵哥这才止了哭声，一边把玩一边嘟囔："珠珠，珠珠"。

"哟，这孩子不爱金不爱银，这是要做大师啊。"谷穗说起风凉话。宋氏白了她一眼，"谁都不如姨婆高明，唯您能将阴阳学以致用！"

"别让我说出不好听的，要不是看在灵哥过生日……"

"谷穗！为长不尊，何来威严？"王菁仪斥责她。谷穗不满，"大奶奶，我有些不舒服，先回去了。"扭身走了。

瑛姑轻斥宋氏："你也放肆了，作为长媳，这点修养和气度都没有，以后如何服众？"

雨水连续下了半个月，依旧没有停的意思，周边涝灾严重，众多难民涌入介休。瑛姑在介休、平遥两城开仓义价放赈，效仿冀国定将北辛武村按人口予以人均一石粮谷的救济，另外按户给予预借冬小麦种子。

望着绵绵不断的雨丝，瑛姑想起她与梓芸和郭雯在泥水中扭打，想起王庆云为她拾起帽子，想起冀国定用马轿子把她送回家。她想去粥棚转转，于是让媛儿叫总是伏在案头忙碌的冀煊照。

望着难民，瑛姑悲从中来。房舍、戏台、庙宇在雨中沉默不语，灾荒使所有的东西变得空洞，除了食物。灾荒赋予了人们最为贫瘠也最为实惠的想象——那就是如何能够饱腹的任何手段。有难民在角落里呻吟，有难民插根稻草贩卖自己，有难民双眼无光望着天光。真担心有一天，因熟视无睹这样的情形，人的心肠变得冷硬。最后靠出卖肉身、出卖尊严底线的人们依旧无法生存时，谁知会不会有一场动荡撞碎庙堂里的夜夜笙箫。谁也不知道，自己将在人生哪场不可预测的灾难中再也爬不起来。如此看来，人最大的悲哀不是吃不饱穿不暖，而是无法知道自己死于何时、何地，又是以何种死法告别这浩大的人世。

走到街角，瑛姑发现一个年轻人捧着施来的粥狼吞虎咽。瞧他颜面与穿着，并不像难民。瑛姑悄悄让媛儿再给他添一碗，后生意识到什么，把碗搂在怀里，低着头，嘴里塞着干饼蹲着一动不动。瑛姑善意问他："可是遇到甚关口了？"他依旧不动。"喂，二奶奶问你话呢。"冀煃照提醒他。后生伸长脖子，反应过来什么，将嘴里的饼咽下问："你就是冀家女财东？"冀煃照说："以为你是个哑巴，原来会说话！"后生实实在在向瑛姑打了个揖，"实不相瞒，我叫田保和，介休洪山村人，无父无母，只与残疾的叔父相依为命，旧岁拿着全部家当做生意，结果全亏了，我无脸回去，想去你们家汉口的铺上做学徒，请二奶奶收下我。"瑛姑仿佛看到他的执拗与不甘心，于是对媛儿耳语了几句，媛儿一边听一边点头，而后对后生说："还别说，我们家今天正有人南下，你若有心，便随他们同去。"后生自然喜出望外，不停对瑛姑作揖，媛儿带着后生离开。

"二奶奶听说过天主教吗？"冀煃照突然问。

"天主教？"

"是宗教。朝廷与英国签署了《南京条约》后，紧接着美国胁迫朝廷签署《望厦条约》，要求与英国有同等的权力，现在法国也照猫画虎，长此以往，大清要四分五裂了。"

瑛姑听罢若有所思说："侵略有战争的，经济的，文化的，宗教的，还有醉生梦死的。宫廷之中风靡甚，华夏之壤就崇尚甚。齐国为灭鲁国，命宫中皆用鲁缟，鲁国受鲁缟利益所致，皆弃耕养蚕，齐国看时机成熟，下令全国弃鲁缟，致使粮价大涨，鲁国经济一落千丈，最后不战而屈于齐国。外夷的狼子野心，妇孺皆知。"

突然有个野小子撞到冀煃照。"臭小子，走路不带眼睛吗？"紧接着跑来一个稍强壮的孩子抓野小子，野小子一闪，又撞到冀煊照。瑛姑想起什么："钱袋可在？"冀煊照一激灵，摸了摸袖子，钱袋安好，笑说："他们的手法不如郭姨娘，郭姨娘若是个男儿定是条好汉！"此时两个孩子围着冀煊照绕圈跑。前面的不停往嘴里塞馍，后面的嚷着要馍。

不一会儿，媪儿回来说"茂源"破产了，"茂源"各位财东要抽走各自全部的资本，李掌柜想借银两重振"茂源"，现就在厅上等着。瑛姑看着冀煊照难得有这样放松的时刻，于是一个人悄悄回去。

冀煊照看前面的那孩子虽瘦小，却机灵，一看就是个逃荒的野小子。他嘴里塞满馍，腮帮子高高鼓起。衣服里还藏了两个馍。后面的少年虎头虎脑，浓眉大眼，看上去比前面男孩年岁大。冀煊照被他俩绕得头晕，趁前面男孩不注意抓住他："为甚故意撞我，小小年纪不学好，是不是想偷东西？"野小子含着一嘴馍不停摇头。

"他抢了我的馍！他嘴里吃的、怀里藏的都是我的！"

"为甚抢人家馍？"冀煊照为他俩断起了官司。

"……"野小子满嘴是馍，说着外地口音。

冀煊照让人端来水，野小子连水带馍咽下，结果吃得又太急，打起了嗝。另外那个少年愤愤说："让你抢，噎死你！"冀煊照哈哈大笑。

"你叫甚名字，几岁了？"

"俺为啥要告诉你！"

"哟，是条汉子，山东哪里的？"

"聊城！"

"那你叫甚名字？"冀煊照又问一遍。

"俺为啥要告诉你？"少年将双臂交盘于胸前，一副天不怕地不怕的模样。

"你不告诉……你不告诉我还不问了。"冀煊照转头问另一少年："那你来说，你叫甚名字？几岁了？"

"我叫管玉虎，今年九岁。爷爷说张婶娘的孩子快饿死了，让我送几个馍过去，结果遇到这小贼，二话不说抢了我的馍。"

"怂，抢呀！你比他高那么多，抢回来呀！"少年有些难为情，"你没看见我一直在抢吗？他跑得太快了，即便我追上也抢不回来，他会武功。"

冀煜照好奇地望着野小子，"你会武功？能称得上好汉吗？"野小子眼珠一转，生出一计："这样吧，就在这街市上，众乡亲作证，咱们打赌，你若能在三个回合捉到我，馍我就不要了，捉不到，你们谁也不许再向我要这个馍！"众人笑他脑子灵光，里外里都是他得便宜。冀煜照被他勾起了玩心："好，那就试试。不过我一个大人，好像在欺负一个小孩。"他话音未落，野小子已跳到离他几步远："谁欺负谁还不一定。""你这野小子，给你台阶下，还不拾抬举！"两人你一句我一句，再加上旁人煽风点火，不比试都不行了。冀煜照心说，乳臭未干，还和我较真，看老子如何收拾你。嘴上却说："小子，我若弄痛了你，你可别哭。"野小子却说："你别抹泪就成。"人群一阵哄笑，冀煜照犹如箭在弦上，他只想用最短的时间教训他轻狂不知轻重。

冀煜照迈开大步，伸出双臂便去抓，却觉眼前一晃，野小子飞似的跳出他的双臂，笑吟吟站在离他三五步不远的样子。冀煜照不死心，再去抓，抓住了，捏着他的肩说："抓到了，你输了！"谁知野小子双腿蹬住他的身体，蜻蜓点水一般翻了个筋斗，又稳稳地落在离他三五步远，周围响起了喝彩声。野小子交叉双臂于胸前，脚尖点着地面，满脸的挑衅。

冀煜照看他确实有武功，硬取不行，需智取。他拍拍手说："你看你看，馍都掉出来了。"野小子弯腰找馍，冀煜照窜上前将他死死搂住，继而扛在肩上，任凭少年有多大功夫，被结实的成人扛在肩上，怎样的踢打都无济于事。

冀�照面露惭色离开人群，虽知胜之不武，但迫于颜面才使了这招，再说，兵不厌诈也是孙子兵法里就有的。众人一哄而散，野小子被冀煌照直接扛回冀宅。当他看着恢宏的大宅，看着宅院里默默做事的人，看着门楣上耀眼的字，看着书架上满架的书，觉得不像在人间。他的人间除了饥饿就是病痛。

案上有本书，书上放着一张纸，他拿起来念："什么上五什么共交本平什么……"冀煌照一把夺过来："哟嗬，稀罕了，小要饭的竟然还识几个字？"冀煌照对他更加好奇。野小子眼珠又一转，"我不白吃白住你们家，你给我找点能干的，工钱就抵了这吃住如何？"冀煌照笑开了花，他对这野小子太有兴趣了，"有意思！那得看你能否干得来？我们家可从来不养闲人。""不试怎么知道我不行？"冀煌照也干脆："好，是条汉子！不过，你连个名字都没有，我给你取一个。""谁说我没名字？我坐不改名行不改姓，我姓宋，名景诗。""宋景诗，不错的名字，也好，这些日子你就洒扫庭院，打扫马厩，每日伺候我笔墨、烹水煮茶可做得来？"宋景诗径直出了门，拿起一把比他还高的大扫帚扫起了院子。冀煌照看他干活有板有眼，手脚麻利，想留在身边调教，想着以后也能给以和做个左膀右臂。

瑛姑与媛儿从粥棚回来，意外听到谷穗在训斥以和："你忘了孝为大吗？我若不在这里等你，你是不是都忘了我这个娘？""母亲，怎么和孝不孝牵扯上了？我们家以行商为本，二娘呕心沥血经管着冀家，我们兄弟几人自该担起一己之任。""去库伦是她别有用心，为甚不让以正去？""母亲！"以和有些不耐烦："二娘意在让我跟煌总管学本事，煌总管在商海摸爬滚打许多年，他和爹甚样的风霜没见过？煌总管说，这样绝好的机会二娘肯让我历练，可见二娘用心公允。""你以为我不知道，你此行差点丢了性命。"谷穗声音颤抖。"哪有那么邪，不过是迷了路。二娘说我爹在我这个年龄都掌着一半的家，我整日守在你和娘身边不出去见世面，就算给我半个家也撑不起来不是？"谷穗打断他，"整日二娘二娘叫着，听着叫得比我这亲娘还亲。再说，她也得肯让你掌半个家，若你爹还活着，凭你这才智……""您怎么对二娘成见这么深？孩儿从未觉得她待我与以正哪里不同，倒是母亲，除了我看谁都不行。"谷穗急眼了："可怜我一片心！我自知无学识，又是个卑微的妾，你一生下来，便咬牙将你交于大奶奶调教抚养。而她使的是甚手段？她那是在拉拢你！你想想，你们兄弟五个，以廉走了，以公被她降住，剩下两个都是她亲生，现在只有你是她的眼中钉肉中刺，为堵住悠悠众口，她自然要装出一副圣人模样。""娘从未这样教唆过我！我还有事，忙完去见您！"说罢扭头拐出甬道，没想到撞见瑛姑。他脸涨得通红，垂头丧气跑到后廊廊角发呆。

冀煐照当着瑛姑的面好几次对以和赞赏有加，称他有冀国定遗风，虽然夸奖含蓄，还是流露出他对以和的喜爱。接着冀煐照又夸赞了以正，说他二人不相上下，以正较之以和更显斯文，而以中雷厉风行，果敢英武。虽然冀煐照极力用平和的口吻夸赞以和，但眼睛不会说谎，他每每说到以和，眼睛总闪闪发光。

瑛姑命以和与以正参与"茂源"掌柜借银的事。

"茂源"起步一年多，财东由三人合伙组成，因决策有误，导致破产。各位财东谁也不想背负债务，李掌柜决定商号和债务归他，所剩资本让财东抽走。他来冀家借银子之前，已去过几家，均碰壁，更有甚者还说了几句不好听的，来冀家也是抱着试试看的心理。

瑛姑和原来一样，不急着表态，她在等以和与以正的意见。以和问："不知李掌柜要借多少？"李掌柜憋红了脸，一咬牙吐出："四……四万两。"以和与以正一怔，四万两可不是小数目。以正客气地对他说："李掌柜，如今生意不好做是众所周知的事，我们着实有难处，还请李掌柜海涵。"李掌柜面露失望，艰难地站起来施礼："多有打扰，那李某告辞了。"以和站起来拦住他："我看不如这样，你再去别家借借，倘若借到最好，如果没借到，过几天你再来，到时我们若有定会助你重振'茂源'，倘若到时候依旧周转不开，恕我们也无能为力。"

李掌柜听了以和这番话，不停道谢，以和又说："李掌柜客气，生意可以赔，诚信不能赔，李掌柜好走。"李掌柜走后，瑛姑笑着望望以正，又望望以和，她虽然未说一字，但他二人知道瑛姑在等他们发表意见。"现在生意的确惨淡，别说四万两，便是一万两也没人敢借。我们和他不相熟，万一银子打了水漂怎么办？"以正递茶给瑛姑说。瑛姑与以和均点头，以正纳闷以和没反驳他，反问道："五哥，你既然认可我说的，为甚又给他留了话口？"以和这才站起来说："我的确有另外一种想法，还请二娘听我详说。"瑛姑朝他摆摆手，示意他坐下。"我认为，谁还没个难处，即便我们家家大业大，也会遇到风浪。只要是踏实的商者，若有能力、值得交，能帮一把就帮一把，既利他也利己。之所以用了缓兵之计，一来要听二娘定夺，二来，可以打听打听李掌柜人品及他行商的能力再最后定。"以正恍然大悟："还是五哥思虑周详，这期间，他若借到最好，借不到的话，倘若他口碑不错，值得一交，再借不迟。"

瑛姑又问他二人经商最高的境界是什么。以正说，是累年的历练与学识的活用，以和说是瞬间定夺的能力。瑛姑娓娓道："经商最高的境界，实则是如何与人打交道的能力。你们以为完成一次易货就是成功吗？从一把米到一袋米、一斗米、一仓米、到天下粮田，貌似只是数量上的成功，这其中包含了多少人事阅历与胆识。你们可知道这天下最大的商人是谁？是皇上。大清的天下何尝不是一本生意经，皇帝固然将国运放在首位，但也是通过'易'的各种手段来权衡利弊。一样是读书，有人读书能兴家治国，有人充其量就是认些个字；一样是做买卖，有人只为自己糊口，有人则为天下人糊口，这其中的差异，你们细品。生意做到一定境界，不为图利，而利自来。"二人茅塞顿开。瑛姑又说："当然，这些话都是你爹常说的，娘如今也达不到。我相信你们兄弟日后定能领略到这种境界。以和刚才说'瞬间定夺的能力'，其实是直觉，刚才在粥棚，我做了件靠直觉决定的事，很有可能感情用事了。"以和与以正催问是什么事。"我信了一个落魄后生的话，借了他银子去汉口闯荡。"以和与以正笑了，严谨的母亲竟然也有意气用事的时候，而这种"意气"，也让他们看到了瑛姑与生俱来的悲悯。

以和从厅堂出来后，心情好很多。他老远看到婑儿，朝她跑过去，不由分说拉了她的手："婑儿，你最近可好？我给你带了新鲜玩意儿！"婑儿紧忙抽出手红着脸嗔他："作死啊你，让人看到传到你娘、你母亲耳朵里，不得剥了我的皮。"以和嘿嘿笑，依旧拉了婑儿的手说："前些年你、我、以正、大嫂房里的流云不是一直手拉手玩，如今怎么就不行了？二娘此时正忙，不如我们说会儿话。"两人靠在长椅上有一搭没一搭说话，婑儿说她种了什么花什么草，二奶奶教她读了什么书讲了什么故事，以和满怀心事地听，并不接言。婑儿扭过脸瞅他："你怎么不说话？你不是说要和我说话吗？"以和心事重重地"唉"了一声。"怎么了五爷？"婑儿捂嘴笑。"叫我以和，说过几百遍了，以后只咱们俩个在一处的时候，叫我以和！"以和闷声闷气道。"好，好，怎么了以和？为甚叹气？""能为甚？还不是我母亲。"婑儿想了想说："以和，我问你个问题。"以和故意说："婑儿姑娘请问。""按理说，我是二奶奶的丫头，你是李姨娘的儿子，为何和我说这些？你难道不担心我向着二奶奶，怂恿你们母子不和？""近朱赤，近墨黑。二娘不是寻常女子，故婑儿也不是寻常女子。除了以正，便是你最懂我，我也懂你的一片心，我若连这个都看不清，还是我冀以和吗？我就奇了，同为女人，为何你与二娘如此大度，偏我母亲大事小事耿耿于怀？""既然心里明镜一样，还烦恼甚呢？李姨娘早晚会明白，就像大奶奶，她也是经过一些事后才明白。"

以和觉得婑儿说得在理，开心起来，随即从怀里掏出一样东西，"你瞧这是甚？"

"好精致！"

"这是把质地精良的玳瑁梳子，送给妹妹们的是象牙的，独你的不同。"

"谢谢五爷记着我。"

以和瞟起眼瞪她，娱儿立刻改口："谢谢以和记着我。"说罢朝他娇俏一笑，随即站起来，"时候不早了，我得回去了，你也回去吧。"以和又拉住她，"每次都这样匆匆复匆匆，甚时候能不用顾及时间，没白没黑地好好说说一会儿话？明儿我起身往扬州去，又有一段日子见不到你了。"娱儿有些担心，"你一人去？"以和见她面露担忧，反觉欣慰。"这算甚！早时候隐姓埋名还在亢氏绸缎行当过学徒呢。以后的地方多了，总得历练！"娱儿抿嘴笑："那也务必学会照顾自己，我只求你平平安安的！"说罢转身跑开。

以和望着娱儿的背影发呆，这偌大的宅院里，娱儿给了他一种无以言表的信任与惦念，正是这种情感让他鼓着一口必要出人头地的气，为她也为自己。只是这番心思，娱儿并不知道，一想到这层，他又惆怅起来。

这天冀家来了个老妇人，趺趺撞撞走进"有容堂"，见到瑛姑伏地便哭："求奶奶把孙儿还给我，我来世做牛做马报答你！"问过缘由，才知道老妇人是与宋景诗走散的奶奶。老妇人丢了孙子日夜号啕，直到有人和她说宋景诗被带到了冀家，便忙不迭地来到冀家。

冀煌照因得了宋景诗格外开心。这小子才来了十几天，便和其他小后生以及和他打架的管玉虎成了朋友。看来这小子天生还是个核心人物，冀煌照越加开心。他一直以为宋景诗是个孤儿，没想到他奶奶找上门来。

老妇人见到宋景诗立刻抱在怀里，接着和宋景诗朝众人磕头。老妇人称瑛姑活菩萨，说若没有冀家相救，恐怕祖孙二人再无相见之日。又说她是乡野之人，见不得官，见不得贵，想不到瑛姑待人这么平和，一定是遇到了活菩萨，把众人逗笑。经过询问才知道宋景诗自幼父母双亡，只跟着老妇人过活。她们从山东冠县流浪来到山西介休寻亲，结果寻亲不得，又遇灾荒，老妇人只得带着他四处乞讨，谁知在城门前走散了。

冀煜照舍不得宋景诗，想留住他们祖孙二人，但老妇人执意叶落归根，瑛姑只得给他们带了盘缠和干粮，又让人套了马车将他们送到城外，冀煜照遗憾不已。

望着马轿子走远，娭儿说："二奶奶，您看人可真准，那后生执意要写借条，我便将您的原话说了，于是他说，若有朝一日能学成，他就终生留在冀家。"

"怎么找到的老人家？"

"小商小贩，杂耍卖艺，破庙里乞讨的，都打了招呼。"

"祖父当年留下李管家，是因为老爷独苗，所以给他找个生死兄弟。煜照有祖父之心，但冀家有五个儿郎。"

娭儿说："今非昔比，人无远虑，必有近忧。"

能偷得浮生半日闲，对瑛姑来说是件奢侈的事，但若不能，于百忙之中收到徐松龛或者王庆云的信，比那半日闲还惬意。今天竟同时收到他二人的信，瑛姑开心不已。王庆云在信中说徐松龛思想前卫，他的一些观点朝堂之上很多人不认同，但他仍然坚持己见，虽然圣上器重他，无奈遭众人排挤，只怕凶多吉少。徐松龛本不是常人，又得异人传授课业，他之才俊，世间大约再无第二人，曲高而和寡，注定他孤独，瑛姑为徐松龛担忧起来。

瑛姑又打开徐松龛的信，信中未读出他言辞间有任何气馁，通篇依旧旧洋洋洒洒，这次他为瑛姑描述了他正在著一本名为《瀛环志略》的书，还专门就瑛姑上次提到的关于西方国家制度的问题作了回答。信件的最后提到王庆云，他说，朝廷委派王庆云出任陕西巡抚，但王庆云上奏折请求改任山西巡抚，瑛姑顿时泪目。信末徐松龛开玩笑，如果王庆云能如愿做山西巡抚，说不定他们"兄弟"三人在山西相聚指日可待，那才是人生快事！

转眼灵哥五岁。

聪明的确聪明，但性情有些古怪，只喜欢女人抱，男人一抱就哭，即使以公也不行。他还喜欢拆东西，起初以为他对物件的构造好奇，所以拆开看个究竟，后来发现他只拆不装，宋氏由着灵哥拆，弄坏的东西不计其数。有一次，以公写字，拿起一支毛笔，笔杆秃着，再拿起一支，毫端支离破碎，形如张飞怒发，再一看，水洗里漂着许多狼毫或羊毫，好不容易从抽屉里找到一支，狼毫被齐刷刷剪成齐头，扫帚一样，翻腾半天也找不到一支完好的毛笔。

再后来，灵哥撕书、打碎灯罩、拆盘扣，拆扇子，尤其糊窗子的麻纸，只要看不住灵哥，他必定捅破。这天，灵哥听到木鱼声，非要去找王菁仪，宋氏只得带他去。灵哥对拂尘起了兴趣，王菁仪便将拂尘给他玩耍，宋氏与王菁仪聊天，灵哥异常安静，再一看，灵哥将拂尘祸害得不成样子。宋氏假意要打，王菁仪拦住，抱起灵哥问他："想不想知道你的名字为什么叫冀惟聪？"灵哥奶声奶气说："想。"

王菁仪拿起《般若波罗蜜多心经》，指着前两个字告诉他："你名字里的'聪'呀，和它们是一个意思，是智慧的意思，是夸奖灵哥聪明可人，夸灵哥是个好孩子。"灵哥听了开心，非要将《心经》带走，说这书里有他的名字，王菁仪便送给灵哥，宋氏奉承王菁仪教育有方。

回到家，灵哥捧着《心经》悄无声息了许久，家里难得这么安静，更难得的是灵哥捧着《心经》研读的样子。以公暗忖，难不成是他教了方法出了问题？大娘果然循循善诱，只可惜她未能生养。正寻思的时候，灵哥拿着千疮百孔的《心经》过来对以公说："爹爹，《心经》里的'般若'儿都抠下来了，'聪'字只许灵哥用，不许别人用，哼！"气得以公差点背过气，因他长年在张家口舍不得训斥，以为孩子小，大点就好了。

瑛姑这天发现灵哥在拆衣服上的金丝银线，再细看，灵哥衣衫的每个盘扣都镶滚着金丝银线，就连鞋帮上也是。宋氏制止灵哥说："小祖宗，拆它们干甚？"抱在怀里亲长亲短地唤，由着灵哥拉拽她的头发。

到了年根，冀家依旧繁忙一片。以公刚从张家口回来，以中正在回来的路上。又到了一年一度的商业总结。往年只有以公和以中参加，今年瑛姑让四个儿子和以廉的妻子郭氏都参加，瑛姑拗不过如瑾与如珂，特准她俩参加，但不能说话，只能坐在屏风之后旁听。女人过于锋芒，余生都风波不断，瑛姑只想让这两位心爱的女儿过普通女人的日子。

她想校验一下这几个男儿的能力，同时还要甄别她这几年事必躬亲的教育之下，孰优孰劣，谁，是冀家下一任掌舵之人。郭氏委婉拒绝参加，瑛姑也不强她所难。

这些年，以公成熟许多，无论做人做事，都是个稳重的，虽不及几位弟弟聪慧，好在做事有始有终，拿不准的事都会向瑛姑请教。他以以廉自居，对瑛姑格外孝敬。谷穗想不通，问王菁仪瑛姑用了何种手段，把以公降得服服帖帖。王菁仪说了句公道话，她只用了一种手段——无私。

以公到了家，便给瑛姑简要汇报了张家口的情况，并说今年收获很大。瑛姑听他滔滔不绝讲述所见所闻，倍觉欣慰，待说过商务之事，瑛姑说："公儿，我琢磨良久，有件家事必得和你说。"以公听瑛姑口吻，猜测事情不小，"儿听母亲教诲。""看到灵哥，仿佛看到你小时候。灵哥乖巧讨喜，便是淘气也不落窠臼。你爹活着时常说，优渥的生活下养女不教，会刁钻任性，唯她独大，家中难安；养儿不教，则会行为荒诞，败坏家业。你这个当爹的要有尺度，不能太过宠溺害了灵哥。小孩子用些粗布粗衣，食些粗茶淡饭是积福，过于金贵会折了他的福气。"

以公战战兢兢听着瑛姑的教训，声称疏忽了对灵哥的教育，保证日后对灵哥严加管教。瑛姑脸一沉："他不过几岁孩童，我是点醒你要因材施教，别误会了我的意思，惹我的乖孙孙哭！"

以公想起灵哥用的金勺银碗，穿的绫罗绸缎，当真是衣来伸手饭来张口，十分奢阔而浑然不觉，越想越觉得的确忽视了对灵哥的教育。又想起灵哥抓周一事，遂生了一股莫名的火气，回去不由分说，将宋氏数落一顿。他转眼看到灵哥，命人脱掉灵哥的衣服与鞋子，吼着将灵哥所有带金线银线的衣服统统剪掉。宋氏不知道发生了什么，"刚回来就发疯，看不上我们娘儿们就直说！"以公更加来气，灵哥见状吓得大哭，他顺势将灵哥摁在腿上就是一顿痛打。

宋氏的丫头急忙报与瑛姑，瑛姑听罢恼怒："看看，看看！这个逆子，不过和他说不能宠溺孩子，就这样沉不住气！"说罢急忙去找以公。

二十八章　姻缘

　　年底还有一件重要的事——以中的婚事。以中的未婚妻是当地富商乔家的小女儿。婚事是冀国定在世时便聘好的，两家门当户对。冀国定去世时以中尚未成年，冀家内外动荡，乔家曾担心冀家家业自此凋落，使得倍受宠爱的小女儿跟着以中敝衣粝食。结果瑛姑带着众儿郎将冀家家业打理得井井有条不说，还成了晋地首屈一指的富贾，更为可贵的是，以中在汉口的历练使得他声名鹊起，于是乔家又为小女儿欢喜。

　　以中这次回来，乔家满以为好事将近，但以中到乔家问候，总是匆匆复匆匆，不肯在乔家吃一顿饭，也不肯与未婚妻多说一句话。乔家以为他二人年岁渐长有了害羞之意，于是看了个日子，托媒人送到冀家。瑛姑决定为以中完婚，以中不同意，并说如果执意让他结婚，他明天就回汉口。瑛姑只知道以中与襄阳马家茶庄的马姑娘互生情愫，但不知道他们私订了终身，直到乔家送来日子，以中才告诉她实情。瑛姑左右权衡，觉得以中如此行事不妥，只得晓之以理动之以情为他讲述这门亲事的利害关系。

　　"亲事经媒妁之言、父母之命早在你们年幼的时候就定下，做人要讲一个'义'字，怎能凭你一时意气将乔家陷于难堪境地，将乔姑娘推至尴尬境地？"以中梗着脖子不服："我可以与乔家退婚。"瑛姑耐着性子劝他："乔姑娘端庄柔佳，娶妻娶贤，你与马姑娘若两情相悦，可以收为侧室。"以中急了："我与马姑娘立了誓言，此生只娶她为妻，若违背誓言，会遭天谴！"瑛姑艴然不悦："婚姻之事怎能由你任性妄为？这位马姑娘若知书达理，那是你的福分，若是个胡搅蛮缠的，便是冀家之灾！"以中急得有些口不择言："娘，您常说，一个人最为宝贵的是能主宰自己的命运，为甚您退得，我退不得？"

瑛姑被以中这话噎得半天没缓过神来。细想这一生，就是因为这桩事拉开了她起伏不定的人生，这件事害得她几乎被流言淹死，她一时无法对以中说清当时情境，当中的幸与不幸，以中根本无法理解。以中见瑛姑脸色难看意识到放肆了，立刻给瑛姑赔不是，并恳求瑛姑以她当年之心体量他今日之情。

瑛姑平缓了情绪说："我折腾到最后，还不是从了父母之命、媒妁之言？那些年的不得已一言难尽，儿以为我是以己之矛攻己之盾，是不是？"以中说："儿心里只有马姑娘，乔姑娘再好，儿也不喜欢她，她嫁给我不是平白受委屈？再换个角度想想，假如乔姑娘知道我心里没她，她还愿意嫁给我吗？"瑛姑摇头："男子动情多因色，女子动情多因才，所以生出许多痴男怨女，即使是山盟海誓也保证不了一辈子，我和你父亲婚后近十年才渐渐好起来。流言蜚语是把无情剑，无论乔姑娘选择退婚还是你选择退婚，对她来讲都是致命伤害。""娘，人生有几个十年可以消磨？我只要和喜欢的人在一起，不想耽误乔姑娘。"瑛姑看着跪在地上的以中，沉着脸说："人生在世不能只为情活，还有担当与责任。乔家视你为乘龙快婿，你爹走得早，身为冀家子孙，你有义务为冀家、乔家的声誉考虑！没有商量余地，这婚，结也得结，不结也得结！"以中瘫坐在地上。

以中郁闷至极，一个人借酒浇愁。以正听说瑛姑与以中因婚事起了争执，过来相劝。以中几次想对他一吐心中烦闷，又觉得以正或者尚不谙男女之事，便打消了倾诉欲望。以正夺下他手中的酒杯说："哥哥，我有个主意可以帮你。"以中苦笑："你没遇到红颜知己，哪里懂这些。听娘说你书读得甚好，哥祝你高中！"说罢伸手要杯。以正不给，"哥哥，你听我说，我保证你听完后，不再纠结。"以中苦笑，"你说。""人都说，先有冀家的'兴隆当铺'才有今天赊店的'兴隆街'，那都是因为你在汉口、襄阳、赊店生意做得好。哥哥朋友多路子广，以己之力完全可以撑起一片天，何必在意娘的看法？你既不同意这桩婚事，可以逃婚，逃到襄阳找马姑娘，再逃到娘追不到、把控不到的地方。"

以中听到以正这么说酒已醒了一半，他用异样的目光望着以正，"这叫甚主意？这就是你为我出的主意？亏你读那么多圣贤书！"以正听到以中责备他，没生气，反而笑了。以中伤情无比地对以正说："若是父亲还在世，我想，我必跑无疑。他们一日不答应我娶马姑娘为妻，我便一日不回冀家。天大地大，大丈夫何处不能安身立命？可是父亲早早去世，娘一人含辛茹苦将我们兄弟养大，还操持着这么大的家业，她的不易无人能体会，我如何能狠下这个心弃娘、弃冀家于不顾？"

以正将酒杯还给以中："哥哥知道娘的这些不容易，为弟的便不再担忧了。男人这一世，首先要安身立命，而后才可以去谈如何保护心爱的女人。除了马姑娘，娘也是我们心爱之人，对吗？"以中瞬间明白了以正的良苦用心。

以中思量一夜，觉得婚姻大事不是儿戏，何况与马姑娘有了婚盟，只得选择退让一步，决定与马姑娘商议，倘若她不在意做小，便与乔姑娘成亲，倘若她在意，再另寻办法。瑛姑见他妥协，也退一步："如果马姑娘同意最好，如果不同意，你又坚持非她不娶的话，你们余生都不必回晋，在汉口好生过日子，也算是我对乔家的交代。"瑛姑说完这话，消瘦的双肩不停抖动。

急信去急信回。以中收到马姑娘的信久久不敢拆，他不知道会是怎样的命运等待着他，万般纠结之下，还是拆开了信件。马姑娘熟悉的字迹映入眼帘。信中言，只要能与以中在一起，无所谓名分不名分，但也有一个要求，请以中帮她为父亲养老送终。马姑娘原来有一对孪生哥哥，因被抓去从军，死于汉口，马姑娘的母亲日夜悲痛，不久也离开人世，如今只剩马姑娘与其父相依为命。以中心道：傻姑娘，无论你为妻为妾，我都会帮你为父亲养老送终。

这边乔家自然欢喜，毕竟富人之家三妻四妾很正常，只要自家女儿是三媒六聘、八抬大轿娶进门的正妻就行。成婚这日，冀家喜气洋洋，这是冀国定去世后家里的第一桩大喜事，瑛姑大办特办。

新房布置得极为喜庆。一对红烛爆出烛花，新人盖着红盖头端坐，以中喝了些酒，恍恍惚惚看着新娘。他总将盖头之下那张脸想成是马姑娘，同时又有个声音提醒她是乔姑娘。以中酒意微醺，接过喜娘手中的称竿，挑住盖头的一角，马姑娘的脸又浮现在眼前。他想起与马姑娘的誓言，还是无法面对另一张女人的面孔，称竿挑着盖头的一角迟迟不动，新人低着头无比紧张，以中突然扔下称竿，离开新房。

瑛姑看到以中从新房出来搬到书房。乔氏一早一个人过来问安，瑛姑看到她红肿的双眼。乔氏虽言语不多，却在一问一答中端庄自若，不失大家闺秀风范，瑛姑叹息以中不识乔家女儿之贵。乔氏虽然作出镇定之态，还是能从她举手投足间看出紧张羞涩与难堪。乔氏没多停留，拜过瑛姑过就回去了。瑛姑望着离去的乔氏对媛儿说："中儿是个没福的，放着这么好的人儿，却得了眼障一样。"媛儿劝说："情缘这事很难说，也许若干年两人琴瑟和鸣了也说不定。"

冀家这些天人来人往，车马穿梭，街坊邻居都在悄悄议论，冀家今年一定又赚了不少银子。

以和完成瑛姑留给他的功课时已是掌灯时分，趁合家仍在忙，悄悄去找媛儿。媛儿嫌天色已黑，恐惹人闲话，不和他说话。以和自上次别过媛儿，又近半年时间，他不管媛儿拒绝，拉着她往廊角说话。以和见她羞涩模样，更觉怜惜。媛儿几次想挣脱手，以和却越攥越紧，直到娿儿脸现愠色，他才松开手。

"娿儿，你别恼，见到你我就由不得自己。"

"五爷，我懂你的心，只是你是主，我是仆。"

"不许这么讲！我不在意这些，我只知道我的心里全是你。"

娿儿虽然知道以和心里有她，但被他亲口这么说出来，还是吓了一跳，心里又惊又喜。惊的是，以和这么坦白地告诉了她，喜的是，她没错付。她背过身子低声说："五爷又说浑话，你我注定不会有结果，我也不敢想。二奶奶身边离不开人，我得回去了。"以和哪里干，拦住她霸言道："你说了不算，本少爷说了才算！"说罢大胆揽了娿儿的腰，娿儿吓得闭上眼："以和，求你让我回去吧。"话音刚落，有人大喝："小贱人！你就是这样勾搭自家主子吗？"以和当即松开手，娿儿羞红了脸，立在当地不敢吱声。

谷穗慢慢走到娿儿跟前上下打量，"果然是什么主子什么丫头，怨不得以和整日魂不守舍唯你们是从，原来是受了你的蛊惑！这手段真是妙啊，是她指使你的，对吗？"娿儿拼命解释："不是的李姨娘，这和二奶奶没丝毫关系，她什么都不知道，再说我和以和什么都没有，不信可以问以和。"谷穗愤怒，朝着娿儿的脸就是一巴掌，"以和也是你叫的？我都听到了，也看到了，还想狡辩不成？"娿儿被这一巴掌打懵了，她惊呆地望着谷穗又望眼以和，以和向谷穗求饶："母亲，求你放过娿儿吧，是儿叫她过来的，与娿儿没有任何关系。"谷穗冷眼望着娿儿用极冷的口吻道："不管是你想借我们以和攀个荣华富贵，还是她想通过你来制衡我们以和，你给我听好了，只要有我在，你们休想得逞！"说罢拉起以和消失在长廊尽头。

等娿儿红着脸低头回来时，瑛姑发现她的眼睛红肿，问发生了什么事，娿儿支吾说和采芹拌了几句嘴。瑛姑笑她和采芹吵嘴那是自讨苦吃。娿儿只捂着脸收拾书案，瑛姑觉出她哪里不对劲，细看才发现她的脸颊之上有个红凛凛的巴掌印。

"到底发生了甚？"瑛姑皱着眉头问。婳儿还没来得及解释，谷穗风风火火过来兴师问罪："二奶奶手段了得，真可谓人尽其才，物尽其用。"瑛姑用凌厉的目光看向谷穗："物值，才能尽其用，有人，才能尽其才。我虽不知你此话何意，但请你自重。""自重？这话应该我送给你才对。还请二奶奶不要用那么低劣的手段勾引我们以和，这有损二奶奶声名！"说罢气呼呼走了，来去如风。

婳儿这才委屈地哭着解释："二奶奶，不是李姨娘说的那样。以和，不是，五爷他叫我出去说话，被李姨娘看到了，她说，她说我有非分之想，还说是二奶奶让我勾引五爷，然后打了我。"说罢嘤嘤啜泣，瑛姑只觉胸口一疼。婳儿问："二奶奶，我是不是做错事了？婳儿知错了。"瑛姑看着满脸泪痕的婳儿，想起了梓芸。

"你喜欢以和，以和也喜欢你，对吗？"

婳儿被瑛姑这样一问，反倒难为情，但还是点了点头。瑛姑冷笑两声，婳儿不明所以，不停向瑛姑保证，以后再不和以和有任何瓜葛，谁知瑛姑说："喜欢一个人没错，何况以和也喜欢你。"

报账这天，厅内坐满了人，冀煐照将事先拢好的账簿递给瑛姑，瑛姑先取了"广悦祥"绸缎行商号的账簿，周掌柜早在一旁候着了。这次他不同旧年如履薄冰的模样，腰身挺得溜直，目露从容，还专门换了一身新衣衫。

冀煐照说："周掌柜经过两年的努力，将'广悦祥'扭亏为盈，还将垫付的本金全部上缴，今年的业绩较之以往很是可观。"周掌柜拱手："还要感谢二奶奶不弃周某于不才。经过惨痛的教训，我总结了经营绸缎行的心得，常规的不赘述，只说最关键的一点，'广悦祥'聘请了两位江南的裁缝，一时柜上热闹如市，承揽到许多订单，小至百姓，大到衙门，故而生意空前绝后地好。"瑛姑也满意："绸缎行今年是热门商业，一来是成衣的引进，二来是布庄新品的引进，许多绸缎行受到冲击，'广悦祥'却能扭亏为盈，天分虽说不可或缺，但努力更重要。"

"济世堂"掌柜听到瑛姑给予"广悦祥"的肯定，面露难色。冀煊照转而取出"济世堂"的账簿递给瑛姑。

"'济世堂'赤字累叠，柜内矛盾颇多，掌柜怎么看？"掌柜叹气，"回二奶奶，回冀总管，'济世堂'是东家在世时与杜家、段家、申家以岳氏郎中的秘方药合股经营，各家持一味药，最后由冀家混成成剂药丸。虽说冀家掌握大部分股权，但其他股东均对东家旧年的约定有怨言，他们嫌利薄，便以次充好，药丸质地已然与当初有天壤之别，再这样下去，持平也难了。"掌柜说毕半躬着腰，显现出无奈。"如今的'济世堂'已违背老爷济世的初衷。"瑛姑叹口气，拿起"广盛"银号的账簿。

"富贵，'广盛'被挤兑，总号调动了不少银资，是怎么回事？"

"回二奶奶，说来奇怪，被挤兑之前买卖格外兴隆，一天能放十几笔账，数目还都不小，我便调集银子，生意依旧兴隆。直到总号调拨过来的银资眼见也快放完，我才发觉上当。我不敢声张，担心引起挤兑，结果越怕什么越来什么，没几天店里挤满了人，都是前来兑银的。"侯富贵说到这里，紧张地咽了口唾液。

以公紧张地问："后来呢？"

富贵望眼以公说："回大爷，还得感谢店里一个小伙计。是他救了'广盛'。"

以和问："哪个伙计？他想了甚法子？"

富贵说小伙计是他的表亲，见"广盛"危在旦夕，挺身而出，说他有办法，但要向柜上借一箱银子。富贵犹豫，小伙计说再犹豫"广盛"就被人挤塌了！他保证能挽危局。富贵索性信他一回，结果他拿了银子便去了镖局。第二天一早"广盛"还没开门，门口就排起了前来兑银的长队。正在这时，"震远镖局"的旗子出现在城内，只见道上尘土飞扬，人声马声混着烟尘就到了"广盛"门口，每匹马背都驮着两口木箱子，人、马、车、旗子裹着厚厚的黄土，他们嚷嚷着让排队的人让开。兑银的人群安静下来，富贵纳闷小伙计从哪弄来这么多银子，小伙计手中那匹马突然嘶鸣，前蹄高抬，马背上的木箱跌落摔开，白花花的银子滚落一地。人群叹冀家果然财大气粗，哪像市井上流传"广盛"银资亏空兑不起银两的事。有人说，回吧回吧，"广盛"的利银比别处高，取出来就亏了。此事一经传扬，吸引来更多的储户，挤兑之事随之平息。

以中好奇地问："这到底怎么回事？"

富贵说："我也奇怪他哪弄来这么多银两，直到他将我领到另一个箱子旁我才知道，原来那些箱子里全是石头！"众人大惊失色。

"那白花花的银子是怎么回事？"

"是他将计就计！他用针刺了马屁股，故意摔下装有白银的箱子。二奶奶，我险些弄巧成拙，若不是这小伙计，我说甚也没脸回来见您了。"说完满脸愧色。

忙过报账，冀煜照高声宣布各商号应发的红利，紧接着宴请掌柜伙计，一年之中最大的事情落下帷幕。

第二天是冀家家族内部会议，众人到齐，瑛姑环顾一圈众儿女，"今日是家族内部测评，煜照拟了几个问题，你们各抒己见。"

冀煜照问："这第一个问题，'济世堂'一事，你们如何看？"

以公为长，自然他先。"我觉得无论经营甚，主要还是说人，具体来讲就是掌柜，掌柜是商号的大旗，'济世堂'掌柜虽然受聘于众多股东，但作为大掌柜，关键时候应该使出雷厉风行的手段。"以公话毕扭头看向以中。

以中胸有成竹："孩儿认为商家以讲信誉为头等大事。德融师父有交代，鹿茸一定要用黄毛茸、青茸，不用西茸，因为前者毛细、皮红、味好；后者毛长、瘦老、气味不纯，并且要用老山参才能显出这剂成方的功效，倘若只贪图眼前利益则无法长远。至于利润，当初创办之时，爹本来是本着功德去做。"瑛姑与冀煓照点点头。

冀煓照满眼期待望向以和,以和却在发呆。冀煓照咳了两声,以和才说:"我认为,事情已然发生,亡羊补牢最为关键,而后再总结失败的原因,并以此为训诫。我们应做擅长的、熟悉的,我们家不擅长经营药材,正如四哥所言,爹当初是为报岳氏郎中之恩,才与人合伙经营了这个药铺,如今爹与岳氏郎中都西去……"他说到这里不再往下说,惶惶不安的神态全被瑛姑看在眼里。冀煓照觉出以和不大对劲,追问他:"若是你准备如何善后?"以和看到冀煓照满眼的期望,这才振作精神说:"如果是我,我会抽资,俗话说'道不同,不相为谋',一来合作不会愉快,二来弄不好会惹是非官司,我倒另有个主意。"

"甚主意?"以正问。

"爹本着治病救人的宏愿,所以不如将岳氏郎中的药方出售给懂医药的商家。"冀煓照走过去,在他身边站住,以和没敢正视冀煓照。以正将茶盏递给瑛姑说:"各位兄长所言皆在理。"瑛姑又问,"'广盛'的事情,你们怎么看?"

以公颇为自信:"侯掌柜的敏锐性弱了些。他以独钓寒江雪的姿态自顾自经营,以为钓到了大鱼,殊不知,鹬蚌相争,渔翁得利。好在没有造成损失,不然,任凭谁也难挽狂澜。孩儿以为有人在陷害'广盛'。"瑛姑冲以公微微一笑。

以和这次主动回道:"眼下困难已解,应大张旗鼓奖赏小伙计。金银最能体现人性也最能体现用人价值,虽说不可以金银试探人性,但恰当的物质给予,绝对是一种认可。"

"五哥此言与我不谋而合。"以正接言。

"那应如何赏这小伙计?"瑛姑问。

以正接道:"孩儿觉得,要赏也得由侯掌柜来赏才好。"以和与以中相视一笑。

瑛姑看着四个男儿滔滔不绝，各抒己见，暗自想，以公矫矫不群，能见利思义；以中头角峥嵘，执拗刚直；以和蕙心纨质，圆融练达；以正高情远志，志在江河。孩子们果然长大了，这些年的辛苦没白费，想来，能交代得了冀家祖先了。

如珂与如瑾在一旁看众兄长辩论，听众兄弟回答毕，又见瑛姑露出满意的笑容，忖度瑛姑心情愉悦，如珂这才向瑛姑施了一个敬茶礼，而后冲着冀煊照故意粗着嗓门道："几位哥哥所言，小女子听闻顿觉茅塞顿开，如若母亲与煊总管肯容珂儿放肆一回，珂儿也想发表发表我的看法，不知可否？"

如瑾掩嘴笑她："哪一次能少了你发表意见，快快说来，再让姐姐长长智慧。"众兄弟都笑，"我们早等不及了！"如珂这才煞有介事地拉开架势，学着夫子模样，摇头晃脑说："我认为，这行商为贾，居心与立品为首要，技艺与才学为中，买卖与应酬为末。细想那些巨贾富商无不如此，便是母亲也谨遵此信条。一个人倘或心正品端而其他弱些无甚妨碍；但若此人才学与技艺甚佳而心偏品歪，将来不是他人的灾祸，便是他自己的灾祸；而最终成大事者，无非是二者皆具。"说罢停下来望着众人。一众人被她的观点吸引，各自揣摩。冀煊照心道，如珂分明就是第二个瑛姑，只是不知将来花落谁家。

瑛姑则怜爱地佯装斥责她："总不听娘的话，常日翻这些烦恼之书。"如瑾听到忙说："二娘，珂儿这些话可不是照搬，这是她自己所著。我读过珂儿这篇文章，洋洋洒洒，气势磅礴。"

冀煊照忙问："可否一睹为快？"如珂去捂如瑾的嘴巴，如瑾早跑到以和身边："她因看了《生意世事初阶》，有些观点她不敢苟同，又叹无法与前朝作者一辩，故而写下一篇《货殖十论》，我去拿来给你们瞧瞧！"如珂看她真要去取，拉住她央求："好姐姐，求你别让我出丑。"说罢两人推门跑出去，谁知撞到躲在门外的如琤，如珂与如瑾也没在意，嘻嘻哈哈跑开。

众人散去，瑛姑独将以和留下，以和猜到几分，更加不安。

瑛姑望着这个情窦初开的儿郎说："一个有担当的男人，不是用嘴巴说出来的，而是做出来的，二娘相信你的能力。"以和以为瑛姑会因娅儿的事教训他，没想她只字未提，还给了他莫大的信任，十分感动，他向瑛姑发誓一定要做出一番成绩，等有朝一日功成名就，再许娅儿一个未来。以和离开，瑛姑又在想以中与乔氏。以中自成婚后，再没踏进乔氏的房门，后日他将启程回汉口，必须在他走之前处理好这件事，不然无法向乔家交代，于是遣人叫以中。

"跪下！"以中并不反抗，乖乖跪下。

"知道为甚让你跪下？"

"知道。"

"你不是住在柜上就是住在书房，可考虑过乔氏在承受着甚？"

"我同意娶她，是为了免冀乔两家之难，如今夫妻之事母亲还要管吗？"

"你如此冥顽，辜负乔氏，我怎能不管？"

"我已经顾全了冀乔两家颜面，请母亲不要再为难孩儿。"瑛姑听他顶抗，丝毫听不进半句劝，一气之下取过家法，以中并无惧色，瑛姑只得举起家法抽打。瑛姑越打越狠，以中也不避让，任由一棍一棍落在身上。几兄弟跑来劝慰，瑛姑怒令他们均跪下，挨个抽打起来。这是四兄弟长这么大，第一次见瑛姑如此愤怒，也是第一次因以中一人之事受到责罚。瑛姑浑身颤抖，四个儿郎见瑛姑气得脸色惨白，不敢大声出气。

瑛姑见以中仍然倔强，挥棍又打，正在这时，乔氏跑进来跪在以中前面用她的身体护住以中，惊得瑛姑家法跌落，扶起乔氏我儿长我儿短哭起来，以中惊呆了。乔氏说："娘，您误会他了，新婚那晚我嫌他满身酒气，又有些恐惧，故而把他推出门去。是我不懂为妻之道，娘您别生气。"乔氏这几句话说得以中惭愧难当。

是夜，以中来到乔氏房中，乔氏依旧羞答答坐在床沿。以中想到她为他奋不顾身的样子，心底泛起柔软与怜惜。瑛姑一直守在门外，直到房中的灯熄了，屋脊上的猫打架了，她才回转。

二十九章　际遇

王庆云这封书信字迹通篇狂放，与之前的笔迹全然不同。前部分内容依旧提到了徐松龛。说皇帝为平众人对他的弹劾，已将他降职，徐松龛一气之下请命回晋。皇帝无奈，只得将他半官半隐外放平遥督办闲散事务，并且停止对他发放俸禄，徐松龛现如今在上党督办防堵事务，靠讲学自给自足。信件特殊的部分是在信的末尾王庆云写了几句闲言：今夜清风徐徐，独见竹吟于西窗，月行于空，遂小酌至三更，卿之名萦绕心间，挥之不去，索性研墨抒怀……明显是在醉意之下书成此信，但他仍然选择清醒之后原样寄出。

瑛姑对徐松龛的境遇不能坐视不管。徐松龛性情清傲，怎样才能帮他于不着痕迹？于是她做了一个决定，重开"潜研书院"，请他讲学，以解他的衣食之忧。主意一定，写信让四处游学的马銮宇速回，并让他出任"潜研书院"的山长。

冀国定去世后，瑛姑曾将书院改为书屋，只供冀家子孙读书。如今重开书院，她感慨万千。她想起"潜研书院"四个大字被巨儒一挥而就的情形，想起这四个字被镌刻于门楣，冀国定喃喃自语要拉近冀氏子孙与圣贤时的神情。"潜研书院"依旧，可是冀国定不在了，任是再盛大的风也吹不开他那张笑脸，任是被先生抖得哗哗作响的戒尺，也打不醒那个长眠于黄土垅中的人。

书院重整一新，众多学子归来。

读书声起，物静风和，所有在尘世奔忙的脚步停下来。檐角瓦楞将光线捻碎，团成光斑映在窗棂，先生忽而走进光影，忽而移至暗处，为未曾开化的稚子弹破心障，为心存疑惑的学子磨亮心刃。一切都按部就班地行进，"潜研书院"打扫得焕然一新，书院重新制订了制度，马銮宇研习教材，瑛姑在书院的一角，浓密的花木掩映之下另辟出几间课室。

瑛姑与马銮宇来到平遥，看到徐松龛全然没有闽浙总督的模样，穿一身布衣给学生讲解诗文。马銮宇与瑛姑悄然沉浸在他绘声绘色的讲学中。"听他一回书，胜过十年寒窗，徐大人高屋建瓴。"马銮宇赞叹。"你们是英雄相惜。如果他能屈尊'潜研书院'，只怕你们日日有探讨不完的学问。"

徐松龛听到外面有人说话，一眼看到瑛姑蓦地脸通红，喉头发紧，有些不知所措。马銮宇冲他抱拳，他放下书从课室出来："你们甚时候到的？请到这厢说话。"他只迎了马銮宇而故意未顾瑛姑，一向自负的他，落魄至此于他是相当难堪的。瑛姑说："这些学生呢？"徐松龛又返回课室："将刚才所讲拟篇心得，散学后交来。"

三人来到文渊阁，这里是徐松龛读书、批阅学生文章的地方。瑛姑给马銮宇使了个眼色，马銮宇立刻沉下脸来："徐大人太不仗义了。"徐松龛不解，一张笑脸立时凝固："銮宇此话何讲？"

"瑛妹妹为'潜研书院'请不到名儒，日日愁夜夜愁。学生因仰慕徐大人不远万里来此求学，而瑛妹妹的书院则因无徐大人而冷清！"瑛姑见机问他："徐兄可愿帮帮我？"徐松龛有些尴尬："实不相瞒，我此次回晋，名义上是督办上党防堵，实际是有名无实的差事，我落魄至此……""太好了！正好助瑛妹妹渡过难关。"马銮宇拉起他便往外走。徐松龛更加窘迫，不停推辞，马銮宇与瑛姑全不理会，无奈，他只得换了身干净的官服，留了辞别信，来到"潜研书院"。

看到"潜研书院",徐松龛一阵唏嘘。他父亲曾在这里讲学,好友包世臣曾在这里做山长,同窗的吴夫子曾在这里手执教鞭,人生果然是一场轮回,徐松龛无限怅惘。马銮宇看他神情落寞,宽慰他说:"芭蕉灯一盏,笑看有轮回。人活一世,轮回也好,宿命也罢,最开心的是人生能得遇三五知己,我可记恨着你当年不与我结拜。"徐松龛无奈笑了笑:"年少轻狂。銮宇气宇轩昂,徐某人有眼不识金镶玉,如若此生我们有缘法,待庆云回来,我们四人好好结拜一场!"

徐松龛看过花名册后非常喜悦,"自古汾州大地尊儒尚学之风浓郁,便是在全国,山西籍的举子也令人刮目相看,看这花名册,小至幼童,大至青年,怎能不人才辈出?多谢二奶奶信任,兄必竭尽所能,悉心在'潜研书院'教书育人。"瑛姑攒了眉峰有些不悦,"徐兄什么时候变得这么见外?"看他还是有些不自在,一撩裙摆坐下,故意跷起二郎腿,手捧茶壶直接喝起来,尽显旧日女扮男装之态,马銮宇故意说:"你看你看,也不怕徐兄笑话。"徐松龛笑说:"这就是你不懂了,二奶奶是真性情。魏晋时期崇尚个性解放,到了后来,人性备受桎梏,压抑的人性之下,王朝也是压抑的。大清朝病得不轻,我一人急天下,有如蚍蜉撼树,甚时候全民族都觉醒了,大清朝才有救。"

三人聊古畅今,相谈甚欢。徐松龛夜里翻来覆去睡不着,虽怀才不遇,却有幸结交知己,人生也算没白来一回,于是捻亮油灯给王庆云写信。马銮宇则通宵达旦拜读徐松龛的《瀛环志略》,读过此书才知万国之故,地球之理。使得马銮宇对教育又有了新理解。

耳目一新的教学理念和徐松龛旁征博引的教学,在晋地引起不小的轰动。直到一切就绪,瑛姑才和他二人说她辟了个女子课室。徐松龛非常赞同瑛姑此举,瑛姑没想到他会支持,激动不已。之所以激动,是因为第一个支持她的人是徐松龛,他是男人,是朝臣,是大儒,是封建礼教下耳濡目染男尊女卑的受益者。

徐松龛担心的是有没有人肯把女娃送来读书,谁来做教员。瑛姑早想好了，就从冀家和马家的女儿教起，马銮宇最合适不过，她得空也可授学。马銮宇听他二人对女子读书极为憧憬，想起如珂三姐妹，说也许过个三年五载，女娃里出个女先生也未必。

娅儿来禀管二来了。马銮宇神秘地问徐松龛："徐兄见过这里的响马贼吗？"徐松龛摇头。"那今日徐兄可要开开眼，见识见识这十里八乡响当当的草莽英雄，管二爷。"

管二进来，一眼看到有个穿官服的，周身透着威仪，让人生畏。他想起前日刚劫的那批货，它们在后山窑洞里还没捂暖。二话不说，拎起身边的孩子掉头要走。"管二爷请留步！"瑛姑已起身相迎，管二走不是留也不是。他不敢正眼看徐松龛，压低声音对瑛姑说："二奶奶有贵客在此，我改日再来，改日再来，您先忙，您先忙。"说罢一脚已跨出门槛。"管二爷，他是我的结拜义兄。"管二"哦，哦"地答应，这才斗胆瞥了眼徐松龛。

马銮宇悄悄对徐松龛说："他便是这十里八乡有名的'匪头'，不过，也为乡里乡亲做过不少事。"徐松龛站起来向他抱拳："管二爷大名，久仰久仰！"管二不好再走，只得将那条已跨出门槛的腿伸回来，频频向徐松龛拱手寒暄。他手足无措的样子将众人逗笑，气氛反倒轻松了，管二嘿嘿笑了几声："若论刀枪，我甚也不怕，若论这斯文，我便别扭了。""不知管二爷此来所为何事？"管二将身后少年拉出来，"这是我那孩崽子，叫玉虎，听说你们家书院招学生，我不想让他步我后尘，'土匪'两个字一沾，一辈子就被刻在恶人簿里，如果他能读书识礼，我也算对得起我那死去的爹了。"他用手撑着玉虎的头轻吼："还不快行礼？"玉虎斜梗着脑袋："别用你那套弄我！""怎么着？老子哪又说得不对了？"瑛姑看少年眼熟："你不是和宋景诗抢馍的小子吗？他是你爹啊？"管二一脸懵然。瑛姑将当日情形告诉管二，管二一拍脑门："我说这小子怎么成日叨叨要来'潜研书院'，还说若不让他来，他就不认我这个爹。"管二立刻摁住玉虎的头，让他拜了徐松龛，拜了马銮宇，拜了瑛姑。玉虎眉间皱着肉疙瘩红着脸拉了拉衣服。

一切就绪，"潜研书院"举行了隆重的送学礼。众多白丁行过庭参礼，换上青镶蓝袍银雀顶的公服，接受知县的簪花、披红、酌酒，而后马銮宇、拔贡等人在东，县令在西，学子们行四拜礼，毕，县令在东，马銮宇、拔贡等人在西，还四拜礼，官师拱立答礼，而后学生按能力分别缴纳束脩，领新书，书院热闹起来。

自此，徐松龛安心在"潜研书院"讲学，不久，朝廷嘉奖的谕旨到，徐松龛才知道，瑛姑暗地替他筹齐了银两。

徐松龛常在府衙与"潜研书院"往返，坊间又起流言，瑛姑全然不理会。以和与以正敬仰徐松龛学识渊博，两人常常争得脸红脖子粗，当谁也说服不了谁的时候，就去找徐松龛。这天，两人因"仓廪实则知礼节，衣食足则知荣辱"一句起了争议。

以正认为，这句话以"利"作为判断做人的标准太过狭隘，"义"应为人的第一性才对；以和认为，人在温饱不能解决的前提下根本无法专心念佛，"利"才是人的第一性，也是本性使然，两人争论不休，最后找到徐松龛。

徐松龛听他二人各执一词道："你俩之争，也是如今依然争论不休的'义'与'利'之争。'义利'之辩最激烈当属孟子与杨朱门徒。以和与《管子》是一个流派，杨朱之学由此发轫；以正更趋向于孟子，孟子学说的精华便是提倡'义'。若说谁对，谁都不完全对，若说谁错，谁也不完全错，事情往往具有两面性。"

有一次徐松龛与瑛姑闲聊到这兄弟俩，他说以和务实，以正理想。瑛姑知道他有未尽之言，便委婉问哪个读书会更好。徐松龛说两兄弟都不弱，若论为商与做官，以和更胜一筹，若论读书做学问，他还是喜爱以正更多些。徐松龛之言正合瑛姑之意，她早有打算让以正拜他为师，又恐徐松龛无意纳徒，担心强他所难，于是请马銮宇从中引荐。

以和得知瑛姑让以正拜徐松龛为师，心中不快。他认为他读书不比以正逊色，为什么独让以正拜徐松龛为师？小心思思量来思量去，认定以正是瑛姑的亲儿子之故。看来亲娘的话不无道理，便觉得有些不平了。

本来冀煜照一人前往天津再往蒙古，以和不想看以正拜师，便跟着同去。路上两人无话不谈，冀煜照为以和讲冀家祖辈如何起家、如何创业，讲到艰难之处，泪光闪闪，尤其讲到冀之瑜与冀国定时，以和内心久久不能平静。

以和幼时就常听冀国定夸赞冀煜照勤勉忠厚，精通书文算学，晓明事理。他后来跟随冀国定南游北历，学会了许多为人为商之道。他是冀国定后来最为信任的人，也是冀国定去世后，瑛姑义无反顾将他聘为冀家商务总管事的原因。就在前些日子，他刚刚被朝廷诰授奉直大夫。

以和想到以正拜师的事，对冀煜照说："论年龄，你年长，我年轻；论辈分，我是叔，你是侄；论冀家商务，你是总管，我是东家。俗话说'闻道有先后，术业有专攻'，'勤人体壮，能者为师'，我要跟着你学本事，我要拜你为师，我要走遍大江南北，我要做天下最大的儒商！"冀煜照听他此言，既吃惊又欢喜。他打心眼里喜爱以和，虽然他早看出以和是块好料，并为他暗中操持了不少，因碍于他是冀家少爷，他是冀家总管，奈何这种主雇关系，无论如何也不敢动此念头。但这么多年的历练使得他没有喜形于色，而是正色说："有道是我们为商之人不学商则愚，既要抓经营又要抓育人，想弄通生意这本经，全靠平时下足功夫，这其中除了天赋外，天赋之外的苦也要下到。想当年，我和你爹摸爬滚打了十几二十年才有今日微小成就，你若跟着我，先要准备好吃苦。"以和信心十足："吃得苦中苦，方为人上人。冀家祖祖辈辈经商，父辈们能吃的苦，我也能吃！"

从此冀煜照更加关注以和，两人明面是少东家与总管，暗里是师徒，风里雨里，大漠江南，东西商市遍布了他们的足迹。谷穗将这一切都看在眼里，她瞧得出冀煁照对以和的偏爱，故而对冀煁照格外尊重。谷穗一度认为，冀煁照之所以钟情以和，很有可能是他与瑛姑产生了矛盾，一想到这层，她更加小心提防。

以正性格清逸散淡，虽然他格外高兴能拜徐松兔为师，但心里还是有个疑惑。"娘，我瞧五哥有些不开心，娘为甚不让徐大人一并也收五哥做学生？""你们兄弟四人各有各的光芒，以和的光芒，不在拜师求学问。""外面传言说，母亲是为……为拉拢徐大人，才让我拜他为师。"这话从以正的口中说出来，瑛姑听着极为不舒服，但她还是不屑一笑："难道不让你拜徐大人为师，就少了这样的流言？""母亲，我们兄弟均已成人，孩儿虽然敬重徐大人，但我不想娘为了家业委曲求全于任何人。""正儿！"瑛姑面露不悦，"清者自清，浊者自浊，你只管将徐大人那一身的学问学来就好！难不成你不想拜徐大人为师？""孩儿梦寐以求。徐大人博学广闻，我只是担心会惹来非议。""人世间从来不乏非议，乏的是真知灼见。假如你爹还活着，此时此刻，此情此景，你觉得你爹会不会让你拜徐大人为师？"以正思量片刻，"会。""所以，娘不过是替你爹做了该做的事。你爹走了，娘既要担起做母亲的责任，还要担起做父亲的责任，冀家家大业大，娘不能、也不可以做一个寻常的母亲。"

第二日，瑛姑与马銮宇带着以正来见徐松兔。以正二话没说，结结实实给徐松兔磕了三个响头，徐松兔急忙扶起以正："我不及我师周五，但以正却超出当时的我，我压力甚大！""徐兄的造诣非常人能及。再兼徐门三代巨儒、朝廷重臣，吾儿以正，略有几分聪颖，善学好问，他有幸拜在徐兄门下，乃是冀家之幸，以正之福！"

马銮宇也开心，他说择日不如撞日，不如就在今天举行以正的拜师仪式。徐松兔不在乎那些礼节，瑛姑不同意，她认为拜师是大事，岂能潦草。于是众人准备，不多时，万事俱备，马銮宇自告奋勇主持。

瑛姑谨遵拜师仪式，不敢有丝毫疏漏，让以正呈拜师帖、呈束脩礼、三拜孔圣人、三拜恩师，直到徐松龛诵完师门之规，马銮宇高声道礼成，瑛姑才把心放进肚子里，她激动得热泪盈眶："天下莫不如此，万事必得有规矩才能成方圆，师道大矣！"

门外的如珂与如瑾看着这一切无比羡慕。如珂说也想拜徐大人为师，如瑾说看看便好，还是别因此乱了纲常惹人笑话，说罢拉她离开。

书院气象如日中天，徐松龛大部分时间都在"潜研书院"研课、批阅、会友、编撰。如珂姐妹与表姐妹们终于能坐在课室读书识礼，她们的读书声常常引得书院的男学生驻足聆听。外界一时议论四起，瑛姑再一次因"为天下先"被推到风口浪尖。同时，"潜研书院"也因为一位新学生的到来，引发了冀家女孩之间的矛盾。

张廷是如瑾的未婚夫，张父与冀国定是远房姑舅表亲，张父耿介，因得罪了权贵被贬谪，一直外放为官，一年之中，有多半时间都是在路上奔波，今朝复用，张父无意为官，便辞官回晋，也算安稳下来。眼见张廷到了娶亲的年纪，张父便带着张廷来到冀家，一为拜会，二来，择定婚期。

杨玉臣是张廷的表弟，因慕名徐松龛声名，想到"潜研书院"做他的门生，苦于无人引荐，没想到有张廷这层关系，于是随张廷一同到冀家拜会，请张父推荐入"潜研书院"，张父一口答应。

张家的到来，如瑾又紧张又害羞，躲在闺房任是谁叫也不下楼。如珂不赞同如瑾躲在闺房："好姐姐，他自己送上门，为甚不趁此机会瞧瞧他是何等人物？"如瑾杏眼一瞥，粉面含春道："要瞧你去瞧，我不去。"如珂一挑眉毛，"果真不去？你可别后悔。""你就不怕被人知道了笑话？"如珂一揸鼻子哼了声："那有甚笑话的，都要嫁人了，还不知道夫婿是个甚样人物岂不遗憾？我未来的夫君我可要自己挑！"如瑾用食指抹她脸颊说："羞也不羞？珂姑娘要自己找婆家呢，这话也就和我说说，万不可让别人听了去。"如珂并不觉得难为情，"这有甚！一个与自己同床共枕的人，难道要听凭他人来安排？你且在这里害羞，我替你去瞧瞧你的张郎！"

如珂悄悄将偏窗弄了一个洞，顺着小洞向里瞧。可惜只瞧见长辈身影，独独不见张廷，如珂一边看一边嘟囔："咦？他去哪了？"有些不甘心，又趴在小洞上望了片刻，依旧不见张廷，只得一边后退一边嘟囔运气不好，没想到竟撞到一位陌生公子，把如珂吓了一跳。公子将食指竖在唇上频频摇头，如珂这才细瞧眼前人。脸庞清俊，棱角分明，肤色稍黑，一身粗布长衫，腰里别着一管黑色尺八南箫，箫的一端打着璎珞，整个人看上去清爽雅致。如珂心想，好一个清俊的书生，如瑾见到定会喜欢，拔腿便往回跑，她要第一时间告诉如瑾。

此人是杨玉臣。他想：都说冀家女孩与众不同，看来果不其然，如果没猜错，这位姑娘便是表哥张廷的未婚妻如瑾。杨玉臣羡慕张廷艳福不浅，他暗笑，没料到这位瑾姑娘与张廷一样的心思，会心一笑，兴冲冲去找张廷。

张廷心高，担心未婚妻不如意，又违抗不得，所以郁郁寡欢，到了冀家谎称不舒服临阵逃脱，张父只得先行拜会。杨玉臣对他说想办法替他先见如瑾，最后再做决定，于是有了刚才一幕。

张廷听到杨玉臣的消息开心不已，收拾了衣冠与杨玉臣迅速到得厅上，眉开眼笑地拜过瑛姑与谷穗。谷穗见到张廷内心着实欢喜，张家家境也算殷实，关键是书香门第，如瑾也算终得良婿。

儿女之事聊罢，张父便将杨玉臣引荐给瑛姑，说他要参加明年的乡试，想拜在徐松龛名下读书，瑛姑与谷穗这才将目光移向杨玉臣。看得出杨玉臣有些恃才傲物，礼行得不卑不亢，谈吐恣意，皆因胸负才气使然，瑛姑自然答应，杨玉臣也如愿以偿。

如瑾自然喜不自胜，双颊绯红，欲言又止，如珂问她是不是还藏着什么心事，如瑾这才将张廷约她去真武庙一见的字条给如珂看。如瑾的心扑通扑通乱跳，拿不定主意去还是不去，如珂笑说："没甚不可以，小妹我舍命陪君子。"张廷也告诉杨玉臣他私下约了如瑾，只是不知道她会不会赴约。杨玉臣笑他："你不去怎么知道她去也不去？走，我们现在就去真武庙！"

如珂与如瑾东瞧瞧西望望，刚溜出绣阁，却碰上娆儿过来叫如瑾过去说话。如瑾只能让如珂等她消息。瑛姑和如瑾聊了些家长里短，又聊了些如何与人为媳，如何与夫家相处之道。如瑾心不在焉应和，瑛姑以为她害羞，说去后园子转转。如瑾心想，完了，园子一转，势必无法去见张公子，于是对娆儿说："劳烦娆儿告诉珂妹妹，我和二娘去后园子，让她定花样子，别等我。"

杨玉臣与张廷也是刚要出门，张父满面含笑来找张廷，说二奶奶与李姨娘约他们去后花园逛逛。张廷一时没了主意，杨玉臣暗示他，"表兄且去，我去会个旧相识。"张廷心领神会，只得随父往后园子去。

杨玉臣匆匆赶往真武庙，左等右等不见人，只得往大殿走，一抬头看到一处通身包砌琉璃、名曰"太和岩"的四柱三楼歇山顶牌楼，其色泽鲜艳夺目，以黄、绿色为主，并使用孔雀蓝，技艺精湛，融绘画、雕刻等许多技法于其中，仙禽瑞兽、奇异花草、道教"八宝"、"暗八仙"相互辉映，牌楼阴阳共有四副楹联，他看着中间一副联念道：北极极也本无极为太极，玄天天也乃先天而后天。横批：紫极腾辉。正思忖这联的妙处，迎面看到如珂和一个小丫头从大殿出来。杨玉臣急忙上前施礼："姑娘……"如珂循声而望，正是偏窗之下见到的公子，急忙回礼："公子。"

两人有些讪讪，杨玉臣一时不知所措，低头叹了口气。如珂心想，他定是因为没见到姐姐而垂头丧气，又想，如此风雅之人，姐姐不能在出嫁前得见，实属憾事，也为之一叹。如珂这一叹，杨玉臣心想：她一定是因为没见到表兄而自叹，于是心生一计，将后背的尺八南箫递给如珂。如珂接住箫想：坏了，想必他二人各自备了礼物，姐姐竟忘了告诉我，我这样白眉赤眼替她收了礼物，还他甚好呢？一想手中那块新帕子，恰好是如瑾绣的，便将帕子递给他。杨玉臣恭恭敬敬收下帕子又想，果然是天生的一对璧人！更加艳羡张廷。礼物赠送毕，不好再多停留，以免人多口杂生出是非，便双双道了别。

瑛姑与谷穗带着如瑾在后园闲逛，花色虽繁茂，如瑾却无心赏玩。没过半刻，张父带着张廷与他们在一条花径相遇。"廷儿，快拜见二奶奶、李姨娘和如瑾姑娘。"张廷本来无心赏景，突然听到如瑾的名字，大脑"轰"一声立时焕发了精神。他悄悄瞟了眼如瑾，只觉翩若惊鸿，立刻趋前朝瑛姑拜道："二奶奶好，李姨娘安，"而后转向如瑾，落落大方朝如瑾躬身行礼说："瑾姑娘好。"说罢含笑退后。如瑾低头羞涩回了礼，也退到瑛姑身后。她纳闷张廷不是应该在真武庙吗？又一想，还不是和她一样被安排了这一趟，所以打乱了真武庙之约。不过这样的安排更好，于是迅速望眼张廷，果然如如珂所言，心下甚为欢喜。

如珂从真武庙回来还没来得及详说情由，如瑾迫不及待喜滋滋地说："妹妹，见到了！"如珂也喜滋滋回她："见到了！你看这是甚？专门托我送你的箫。"说罢得意地递给如瑾。如瑾疑惑地接过长箫："托你送我的？""看得出，张公子心仪姐姐呢！"如珂瞧如瑾一脸茫然，问她："怎么了姐姐？""你在真武庙见到了张廷？"如珂点头。如瑾更加迷惑了，"怎么会有两个张廷？我们刚在后园子见过，你见的定是假的！"如珂差点将茶喷出来："甚？还有个假的张公子？"如瑾这才将后园子的事说给如珂。如珂听罢道："那他是谁？送长箫是甚意？"如瑾突然望着如珂笑："妹妹这次如何愚钝了，此人应是杨公子，他有意妹妹，你却误将他认成张公子。"如珂皱眉摇头，"非也非也，我瞧他的意思，分明是奔着姐姐来的。"而后又说她擅作主张，将如瑾绣的那方帕子送给了他。如瑾掩嘴笑："那帕子可与我无关了，我已将它送给了你，它便属于你。"如珂听她话中有话，少女羞怯的

374

模样毕现，两人打闹起来。

张廷听完杨玉臣说完真武庙事情的始末说："她定是如瑾之妹如珂。珂姑娘与瑾姑娘姐妹情深，她幼时备受冀财东宠爱，冀财东曾许诺，要为她聘得这世间最为如意的儿郎，我看你们有缘，要不让瑾姑娘问问？"杨玉臣说："珂姑娘的确令人心动，只是我家道中落，哪敢高攀，我只寄希望于科考，倘若能有个功名，再来找她不迟。只是可惜了那把你送我的尺八南箫。"

杨玉臣凭借才情很快在书院崭露头角，成为徐松龛的得意门生。以和有一次与谷穗聊及杨玉臣，谷穗听他对杨玉臣尽是美誉，如玤便对杨玉臣生了仰慕之心。为了接近他，如玤常从女子课室悄悄溜出来，打着找以和的借口，暗中注视杨玉臣。他们常常围在徐松龛身边唇枪舌剑，杨玉臣神采飞扬，妙语连珠，引得众人拍手称赞，如玤彻底被他的才情折服，渐渐变得万事心不在焉，以至茶饭不思。她平日叽叽喳喳惯了，突然安静下来谷穗都觉得反常。

王菁仪近来一直抱恙，终日懒懒的，谷穗探望她的时候说起如玤的变化，王菁仪说："亏你还是亲娘。玤儿伶俐好胜，如今又是花儿一样的年纪，能让她萎靡不振，能有甚事？"青桔这才慢吞吞地说："听说玤姑娘常去偷听徐先生的课，其实她是去看一位杨姓公子，被人识破后不好意思再去了。"谷穗这才恍然大悟，原来如玤有了意中人。谷穗思及她年轻时暗慕冀国定而不得之苦，她不想如玤再吃她那样的相思之苦，决定帮助如玤。

以和带了根上好的老参来探望王菁仪。王菁仪见到以和立时有了精神，不是让青桔给他斟茶，就是递点心，谷穗倒显得像个外人，但谷穗是欢喜的，她自知没有王菁仪的悉心教导，就没有今天的以和。

"和儿，娘问你个话，咱们家书院是不是有个杨姓学生？他品学样貌如何？"以和说："娘怎么想起问他？算是风流之人，乡试应能得中。"王菁仪又问："你觉得，他可配得上你妹妹？""娘要为妹妹牵线做媒？只是他常谈及珂妹妹，我瞧着他对珂妹妹很上心。"谷穗一听来了气："说的是你亲妹妹如琤，说如珂干甚？凭甚好事都让她的孩子得了去，凭甚万事都让她压着一头？"以和不想和谷穗抬杠，嘱咐王菁仪安心养病便离开了。

夜里，谷穗和如琤说起杨玉臣。起初，如琤碍于女儿羞怯，不好意思言说，但谷穗和她说："你若有意，娘便叫你大娘牵线搭桥与你定下这门亲事，你若无意，娘便不操这份心。"如琤这才顾不得羞怯，点头承认。

如珂自从知道他不是张廷而是风采夺目的杨玉臣后，也对他生出情愫。她常暗中观察杨玉臣。她不去书院，而是去舅舅马銮宇那里，因为马銮宇的桌案上放着每次测评后选出来的优秀文章，杨玉臣基本篇篇不落。如珂常常翻阅他的文章，有的甚至烂熟于心。马銮宇夸杨玉臣才情斐然，还善学，并说不出意外，今年的乡试他定能脱颖而出。她时常能看到杨玉臣与众学生围在马銮宇身边求教。仿佛心灵相通，如珂也能感觉到杨玉臣在凝视她。再到后来，她与杨玉臣常常偶遇，不是在马銮宇的课士室，便是在去往马銮宇课士室的路上。如珂当然知道这绝非偶然，初尝爱情滋味，她心中无限欢喜。

谷穗确定了如琤的心意后，便请王菁仪出面。王菁仪自然上心，托瑛姑促成好事。瑛姑不能小觑王菁仪的意见，毕竟这些年她青灯黄卷一个人，从不过问家事，也从未找半点麻烦，还明里暗里压制谷穗不对她发难。更何况，这是儿女姻缘，是好事。

杨玉臣若乡试夺魁，不只是他个人的荣耀，更是"潜研书院"与徐松鸢的荣耀，所以他如众星捧月一般。但瑛姑对杨玉臣有不同的判断，她觉得他过于锋芒外露，不大懂得韬光养晦，其余尚可。但年轻的后生血气方刚，也在情理之中，再者他家境贫寒了些，只要谷穗和如琤不介意，一切都可以水到渠成。瑛姑爽快答应，当下请了媒人。当如珂与如瑾听说谷穗为如琤说媒杨玉臣时，两人都傻了，尤其如珂。

如瑾劝如琤婚姻不是儿戏，不要因一时斗气自毁幸福。如琤不高兴了："我知道她爱慕杨公子，偏我也爱慕。姐姐竟分不清孰亲孰远？"

"此事不关远近。"

"我若不答应呢？更何况，二娘已为我托了媒人。"

如瑾不再与她争辩，改道央求谷穗，谷穗弄不明白如瑾为什么处处护着如珂。"你就那么不待见你妹妹？如果没有如珂，娘或许会听你的，这次我还偏要为琤儿争这口气！"如瑾见无法劝说，情急之下去找瑛姑，瑛姑听后惊得不知说什么好，她最疼爱的小女儿的心上人也是杨玉臣，她疏忽了如珂。只是王菁仪与谷穗已先行一步，这让瑛姑觉得棘手。

合家都知道如琤喜欢万事与如珂争个高低，说不定这次也是这样，所以如瑾求瑛姑无论如何要帮如珂。

瑛姑犯了难。

"娘，我知道这深宅大院您要平衡各种关系，可是女儿想和喜欢的人在一起。您年轻时不是也因为不喜欢一个人而不顾一切去退婚，所以娘能理解女儿，对吗？"如珂问。

瑛姑的心再次揪在一起。她当年退婚一事，不只遭来那么多的诽谤，便是许多年后的今天，它还要被孩子们拿来质疑。她望着情窦初开的女儿，她心头的宝，瑛姑怎能不心疼。

"珂儿，之前徐大人要收一名门生，娘决定让你六弟拜他为师，于是外面传言，说娘偏袒你六弟，你五弟也为这事至今耿耿于怀。你说，是你五弟拜徐大人为师合适，还是你六弟合适？"如珂虽然不解瑛姑为什么突然说起拜师一事，但还是实话实说："世人只道母亲偏袒六弟，实则不是。五弟之才志不在科举仕途，他与四哥一样，注定要叱咤商海。而六弟天性喜静，善诗书，所以母亲让六弟拜徐大人为师是因材而选，并无私心。"瑛姑鼻子一酸，如珂不愧是她的女儿。

"假如，娘是说假如，这次娘如了你的心思，你说他们会怎么说？"

如珂立刻明白了瑛姑的意思。"娘，这是两回事！我知道娘的本意是择其适者而从之，虽然人言可畏，但也要有所畏有所不畏。娘如何就能断定我是那个不合适的，琤妹妹是合适的？娘可以为六弟不惧流言，却担心女儿为您生出流言？""珂儿的胸襟，远在那杨玉臣之上。人活一世，使命不同，你有你的使命，杨玉臣不是你的正缘！"

如珂有些分辨不清瑛姑的意思了，或者说，有些揣摩不透瑛姑的想法了，她哭着说："娘若是以牺牲孩儿来稳固您在冀家的权威，用命运之说保冀家安稳，女儿还能说甚？只是，只许州官放火，不许百姓点灯，可不是莫大的笑话？"说完哭着跑了出去。

两个月后，如瑾出嫁。如瑾的绣阁人去楼空，如珂心里空落落的。她真的有意杨玉臣吗？杨玉臣对她有意吗？如珂有些说不清。

如珂在等另外一种可能。如果那种可能出现，她就义无反顾奔赴杨玉臣，如果没出现，她就索回帕子，奉还尺八，将他的名字从心中抠掉。结果在如瑾出嫁后没多久，她得知如琤如愿地与杨玉臣定了婚约，她瞬间心死了。若说伤心，如珂是伤心的，但更多的是庆幸。庆幸什么呢？庆幸他不值得托付？好像也不是。后来如珂想明白了，那些看似美好的相遇，或者美好的感情，也许都是她想象出来的，说不定当时杨玉臣只是窥探到了她的好感便回应了一些好感而已。仅此而已。如珂第一次浅尝爱情就以失败告终，这对她来说，是个不小的打击。原以为随着时间的流逝，一切都会过去，没想到这事怎么也翻不过去。如琤总是有意无意在如珂面前炫耀，谷穗见到如珂就会夸赞杨玉臣清雅。最让如珂气愤的是杨玉臣，他明明与如琤有了婚约，但每每见到她眼神还透着暧昧，如珂反感极了。

如珂想逃出冀家大宅，越远越好。她想到了以和，以和如今负责京津冀的生意，她决定随以和去天津。以和盘算，带如珂去天津，瑛姑同意怎么都好说，如果不同意……以和又不忍心她难过，对她说："珂姐姐只管准备出门，其余的我来安排。"

378

以和不知用什么办法竟说服了瑛姑。当如珂一身男装站在瑛姑面前时，她恍惚看到当年站在"宏盛"前的她自己，如珂此时年纪和彼时的自己相仿。时光流转，当初她是随父亲出门，如今是最为疼爱的女儿随兄弟出门。

出了大宅的如珂与以和一路说说笑笑，异常兴奋。瑛姑到底不放心，遣冀煊照随行。如珂央求以和给她在天津找点事做，她要自己赚银子，冀煊照笑她："你兄弟还能饿着你不成？""这就是煊总管不懂了。人给的和自己赚的，哪能一样？比如我娘。"冀煊照心想，果然龙生龙，凤生凤，整个大清朝恐怕也不会有几个女子敢这样想。

以和在想另外一件事。这事他早就想过，之所以没提是因为杨玉臣，如今杨玉臣与如玠尘埃落定，看来可以筹谋筹谋了。

这天阴天，细雨淅淅沥沥，天光暗淡，柜上寂寥，以和说闲来无事，让如珂陪他去买些银饰。两人来到宫北大街的"宝源"银楼，如珂被做工精致的银饰吸引，有镌镂、镶嵌编串、拔丝铆焊、包镀捶叶，更有凝金抛光，还有一些如珂认不得的工艺，她最后挑了一个麒麟锁，打算送给如瑾将来的孩子。

以和说是来买银饰，却并不相看，与柜上一名伙计在打问什么。这时外面进来一男子，怀中抱着一团东西，急嚷嚷要见闫掌柜。伙计说闫掌柜刚出去，要稍等片刻。伙计话音刚落，进来一人，年纪与以中相仿，额方地阔，身量中等，着一身青暝色衣衫，外罩渌水色对襟坎肩，给人温润敦厚之感。如珂蓦地想起两句诗"上有青冥之长天，下有渌水之波澜。"

柜上伙计叫了声掌柜，男子立刻将怀中那团东西递给他："闫掌柜快帮我瞧瞧！"闫掌柜对一块裸石仔细研究起来，一阵研磨，断定是块稀罕的宝石，那人激动不已，连连感谢，抱着石头走了。

"山清兄！"以和叫他。

"以和？嘛时候到的？快请上楼，有批货等我鉴定，一同看看。"

以和将女扮男装的如珂以以正的名字介绍给闫山清。三人来至楼上，寒暄片刻，闫山清打量着如珂对以和说："令弟可是把你比下去了。"如珂有些不好意思。以和说："她之才，兄若知道恐惊为天人。"如珂更加羞愧。三人饮过一盏茶，以和又说："兄尽管忙手上的事，我兄弟二人无事，不如和你学习学习。"闫山清笑了，"嘛时候教教我弄茶？"说罢打开一个包袱，包袱里是收来的荒金和砂金，闫山清用手摩挲一阵，再对着光看一阵，再摩挲一阵，再看一阵，不多时被分成两堆。闫山清鉴定完后说："这堆成色好，那堆不行。"如珂好奇他怎么手摸眼看后就能断出优劣。以和说："闫兄长着神手神眼，什么东西一过他的眼，真假优劣立判高下。""所谓术业有专攻。干我们这行的，如果门市来了砂金掌握不住成色，生意就做不成；见了珍珠、宝石、翡翠鉴定不下来，就漏柜。普通金子凭对牌可以鉴定成色，可这砂金和荒金，就是只可意会不可言传的功夫了。就好比你随便抄把茶叶，就知道生茶熟茶，发酵茶半发酵茶一样的道理。""闫兄自谦了，我那点功夫，常人一点就会，你这功夫，即便言传身教，也未必能行。"闫山清又说："生意做到一定境界，是一种自然而然的预判力，这种能力，诗家叫'灵感'，儒释道叫'天人合一'。"两人侃侃而谈。如珂察觉到以和的用心。回去的路上，她问以和怎么和闫山清结识的，以和给她讲了件事。

　　去年的时候，柜上来了一人，正是闫山清，他臂上挎着包袱，身穿九成新绫罗，脚上却穿一双粗布旧鞋，瓜皮帽子崭新，拿把旧油纸伞。伙计问他是当，还是赎，他说想贷些银两，伙计问用什么抵押，他支吾片刻，说用信誉。

　　当铺伙计有些急了，对他说慈不带兵，义不行商，一两也不贷！以和也觉得新鲜，详问之下才知道，他原是"宝源"银楼的掌柜，因东家吸鸦片，欠下巨额债务，要以银楼抵债，而这银楼一直是他辛苦经营着，有固定的客源，如今买卖正好，舍不得易主，所以想盘下来。

以和见他诚恳，为人谦和，但买卖与义气毕竟是两回事，还是拒绝了贷他银两。以和觉得他是个怪人，悄悄尾随。闫山清走到避人的拐角处，脱下身上的新衣，从包袱里取出一身粗衣换上，又将新衣板板正正叠好放进包袱。刚换毕，看到以和正目不转睛看着他，有些难为情，但还是坦诚地告诉以和，那套新衣服是他来冀家当铺前向朋友借的。他已经当了所有可以当的东西，怕破衣烂衫不体面，让人小瞧，说完撑起伞走进雨中。以和对他更感兴趣了，悄悄去了几次"宝源"银楼，和今天看到的场景一模一样。

"后来呢？"

"说实话，我想帮他了。但我提了个条件，期限内还不清他便给我做掌柜，没想到他不只痛快答应了，还说即便还清了，也会帮我开银楼。"以和看如珂听得津津有味，故意停住不说了。如珂好一阵央求以和才接着说："此人是个讲信誉、做大事的人。对主东忠诚，对朋友守信，对书画还有一定造诣。"

"五弟带我见他，还给我讲这些，是甚意思？"

以和突然哈哈大笑："果然甚也瞒不住珂姐姐。不瞒你说，他看过你的几篇赋，对珂姐姐赞不绝口，几次提出想认识你。我觉得你与他郎才女貌，只是还没来得及说就出了杨玉臣的事。我知道姐姐的夫婿姐姐必要称心如意，故而让你女扮男装看可否称心。"

再后来，以和常带着女扮男装的如珂与闫山清小聚。如珂后来得了些感悟，杨玉臣于她，是窗前偶尔飞过的一只雁，而闫山清是她窗前飞过的一群雁里那只令人醒目的雁。直到如珂准备回晋时，以和才告诉闫山清，每天和他们在一起的"以正"是如珂，闫山清激动不已，当下托以和赠如珂家传的碧玉簪，如珂内心欢喜，坐等闫山清到晋提亲。

闫山清托人到冀家说媒的时候，瑛姑是犹豫的，但她没想到如珂一口答应了。瑛姑以为如珂心里还结着疙瘩赌气答应，劝她说："珂儿，这世间男子与女子是有差别的，男子娶个甚样的妻子就娶了一个甚样的日子，俗话说得好，家有贤妻，夫无横祸。男子情起，多基于美貌，女子情起，多基于才华，虽然娘未能如你心愿，但也不愿意看着你于婚姻大事上赌气而嫁。"如珂只笑不语。

如珂出嫁那天，瑛姑对嬷儿说："珂儿的秉性我最清楚，嫁给谁她都会把日子过得井井有条。如果我放任她与如琤去争，琤儿哪里是她的对手，或者，珂儿如果不体谅我的难处而任性妄为，想来谁也挡她不住。她心里有杆大秤，掂量着义，掂量着孝，如果她不是我马瑛仙的女儿，就不用这样委曲求全，我这心里，难受啊。"

三十章　阴谋

　　余寒不肯让路，天气欲暖不暖的样子，晴光挨挨挤挤，像在伺机寻找入口。

　　王菁仪日日期待裂帛般的脆响划过长空，那样，才是盛春热热闹闹登场的阵势。但老天似无帛可撕，都四月了，只瓮声瓮气打了几个闷雷，随后春雨竟裹着雪粒子纷纷扬扬落下。

　　王菁仪今天精神不错，念了一卷经，敲了一会儿木鱼，便脱下海青撑把伞去找谷穗。穿过长廊，转过南角门，走过甬道，前面是一串旧院，郭雯曾住在这里，旧事涌上心头，王菁仪拾级而上。院门半开着，被打湿的门环透着凉意，王菁仪抬脚而进，郭雯那张执拗的脸浮现出来。往事不可追，王菁仪紧抿双唇，绕过照壁，走到廊檐之下，开阔的庭院豁然于眼前。草木新发于庭院，时光斑驳于窗棂门楣，因为这场倒春寒，新绿缀了冰粒子更显青翠。恍眼间，郭雯仿佛站在院子中间，春意盈满她的眉眼，余寒褪去，浅草慢慢青上来，她身后瞬间开成一片花海。这个闷声闷语的姑娘，选择不了来这世间的方式，却选择了如何离开这世间的方式。王菁仪后退几步，一切又恢复如初。院子虽然有人打扫，终究少了人气，王菁仪打了个冷战，收了心思转身往外走。

　　"你别太过分！"王菁仪吓了一哆嗦，听到谷穗的声音，紧接着又听到一个男人说："我过分？当初若不是我给大奶奶出主意，你能吃香的喝辣的？"这不是徐大厨吗？他怎么在这里？王菁仪随即躲在一旁，又听谷穗说："你不过是拿我当棋子赌你自己的前程而已，我还要为此感恩戴德？"王菁仪骇异。

徐大厨不紧不慢说："不过是手头紧，瞧姨娘这脸色，一次比一次难看。"徐大厨揶揄着。谷穗压着声音说："借？你也好意思说借？若不是我念你于我有恩，你早饿死街头了。"徐大厨哼了一声："这么说还像个话，瞧瞧姨娘刚才的样子，恨不能让我消失一样。"谷穗变得激动起来："除了消失这两字，还会不会说别的？"徐大厨也激动起来："那是她命大！我说谷穗，干脆一不做二不休，有她挡在你面前，永远别想让你儿子当家！"

王菁仪吓坏了，牙齿禁不住打响。又听谷穗冷笑说："想借刀杀人？我承认，当初我是担心她容不下我们母子。大奶奶性子弱，我若不出头，恐怕我们无法在这大宅里平安过活。然而我的以和平安长大了，还娶到名门望族之女，如今掌管着京津冀还有山东河南一带的生意。我帮你这么多年，是念在你救过我的命，你有今天，是你做了太多缺德事，我李谷穗向来恩怨分明，有仇的必诛，有恩的必报。""冀家四个哥儿里，她就占两个。以中在江南一带声名盖天，能轮上你的以和？做你的春秋大梦吧！""当年是你说她只要进了土匪窝，就无法再在冀家立足，可连夜都没过就被救出来了。若不是你跑得快，早被管二削了脑袋。你凭着这把柄勒索我我认了，我既敢做，就敢当，今天是我最后一次帮你，从今往后我们再无瓜葛！""哟嗬，姨娘翻脸比翻书都快，这是用不着我了，是吗？凭我吃了喝了这么些年，我们之间的秘密何曾泄露？再者，我对你的心……""放屁！老娘我出身虽低人一等，还知道礼义廉耻！"徐大厨见谷穗恼了，从怀里摸出一瓶药扔给她，"你有你的执着，我也有我的，关键时候它可以圆你和以和的梦。"说完从谷穗手里夺过钱袋掂量了一下："又够我花个一年半载的，谢了！"说罢穿过灌木，向对面的墙移来梯子爬上去，耳听"嗵"

384

一声跳下去跑了。

王菁仪的心像要从胸膛里跳出来，她做梦也没想到，谷穗竟然与徐大厨一直有来往，又想到谷穗手里那瓶药，王菁仪越觉事态严重，慌慌张张往外走，刚出了院门，又发现有个身穿蓑衣的人尾随在谷穗身后，王菁仪于是尾随那人。三人一前一后来到谷穗的院子。谷穗进了屋，那人没进，但也没躲藏，淋着雨在谷穗的门前站着。谷穗隔着帘子大声问："跟踪我吗？"王菁仪以为被她发现了，刚想走，却听到那人带着哭腔喊道："求求您了母亲，停手吧，如今回头还来得及，再不回头，整个冀家都会遭殃！"是以和。王菁仪又是一怔。谷穗怒气冲冲出来将他拉进屋里。

"我说过多少次，无论我做甚都是为我们母子！"

"你这哪是为我考虑，你是要害我于不仁不义！"

"放你娘的屁！别以为跟着她做了几宗生意就被迷障了眼，你不是也气不过她只让以正拜徐大人为师？"以和语气软下来："母亲，我是为此事难受过，可是后来想明白了。二娘让以正拜徐大人为师的同时让我掌管了京津冀的生意，那可是见官见贵的地方。以正生性爱读书，这是有目共睹的事，我若夺了他的老师，让以正去哪儿？让他去京津冀？大哥的生母早早过世，二娘待他如亲生，我们母子衣食无忧，二娘何曾为难过我们？"谷穗也软下来苦口婆心相劝："她不过掩人口舌。自古这人心最难测，她这么做不过是为赚得声名，娘恐日后她为刀俎，我们娘俩成为鱼肉。""二娘担心二嫂老年孤寡，将四哥的儿子惟贤过继给了二嫂，她如何会害我们母子？""她若有你说得那样好，为甚不将她的哪个儿子过继给你大娘？也免得你大娘孤苦伶仃。""那母亲呢？母亲真的是担忧娘年老孤寡，把我送给她为她养老送终？""你！"谷穗没想到以和说出这样的话，骂他不像她李谷穗的儿子，疯了一样搡他出去，以和气不过，夺门而出。

王菁仪只觉喉咙发咸。门扇哐当哐当撞破风雨，谷穗与以和那番话，她越觉得处境凄清，好似一叶浮萍无根无脉，她一边走一边喃喃："老爷，你把我丢在这半路，活得好尴尬啊。"

王菁仪病倒了。瑛姑这天去看望她，两人说起许多往事，王菁仪问瑛姑她现在是不是又老又丑，幸亏冀国定先走了，不然见到她如今这副模样，是不是会嫌弃，说罢惨淡一笑又说人可真奇怪，早年的时候就是不肯好好相处，好不容易能互剖金兰语，她又将命不长久。瑛姑连忙"呸呸呸"，责怪王菁仪病中不该说这样不吉利的话。

王菁仪脸色苍白，勉强挤出一丝笑容，瑛姑见她双目昏沉，怕她累着，嘱咐青桔好生照料，王菁仪突然叫："妹妹！"并伸手去抓瑛姑。"姐姐别慌，我不走。"王菁仪颤抖不止，浑浊的双目露着惊恐："妹妹，我……我前些时候见到……见到徐大厨了。"瑛姑震惊，疑惑大门不出二门不迈的王菁仪怎么会见到他。"妹妹，徐大厨不除，冀家不得安宁！"说罢双目一闭，泪水横流。瑛姑再细问徐大厨的事时，王菁仪只是摇头，绝口不再提。

夜里瑛姑闲翻唐诗，"黄四娘家黄满蹊，千朵万朵压枝低。"刚吟诵完，就讶异她怎么走在一条山间小径。四周草木掩映，刚落过雨的模样，草色青翠，雨珠儿打湿衣摆，再往前瞧，王菁仪穿件白色道袍正往山上走。

"姐姐，你这是哪儿去？"

"回去。"

"你迷路了，快随我回去。"说罢要拉王菁仪往回走。

王菁仪急忙挣脱她说："妹妹别拉我，恐赶不及时间了！"瑛姑呆呆地看她腿脚如飞往山上走，又听王菁仪说："妹妹，牢记姐姐一句话：得抽身时便抽身。"瑛姑蓦地醒来，这当儿媛儿进来报："大奶奶没了！"

在收拾王菁仪的屋子时，青桔才发现在王菁仪的床下放着一个痰盂，里面倒满了中药。原来王菁仪早揣了离世的心。世事就是这样无常，这边刚料理完王菁仪的后事，朝廷因以公与以中兄弟捐输有功，诰赠冀国定为正二品资政大夫，瑛姑诰封为正二品夫人，自此，瑛姑被人尊称"马太夫人"。

保定商号来信，因以和调拨不当，当铺掌柜与钱庄掌柜矛盾激化，两大掌柜大打出手不说，还拔刃相见。瑛姑担心事态进一步恶化，对冀家不利。冀煊照向瑛姑担保以和深知两位掌柜的脾气禀性，他二人敬重以和，让瑛姑大可放心。以和站在地当间不敢抬头，瑛姑以为他露怯，又发现他神态也不太对，再看才发现他鼻青脸肿。冀煊照更纳闷，以为以和牵连其中被人打了。以和解释说因为吃多了酒，和人起了冲突。瑛姑当然不信，冀煊照更不信，但冀煊照装作信的样子说："年轻人起了兴致贪杯也是常有的事，只是被人打成这样，别说你母亲担心，我和太夫人也无法安心。"以和不愿说有不愿说的原因，瑛姑也就装糊涂不再问。以和这才向瑛姑领了军令状，说明天动身去保定，定能将事情处理好。

第二天早上，如玫与姑爷侯荫昌来拜。如玫是冀家的第一个女儿，系郭雯所生，温良贤淑，无论为人女为人妻，恪守女德，从不逾矩，是个让人省心的女儿。小的时候有人说她是旺夫兴家之命，当地巨富侯家相中了如玫，向冀家下了重聘，冀侯两家结下姻亲。还别说，自从如玫嫁给侯家，侯家生意扶摇直上，如玫依旧中正自守，既不参与冀家的事，也不参与侯家的事，乐得侯家夸赞冀家教女有方。姑爷侯荫昌是侯家的核心人物，不但有才干，还善用人，唯独不喜欢女人插足家族之事。对于瑛姑掌家，他表示理解，但不赞同。

寒暄过后，话题落在票号上。侯荫昌得意地说侯家"蔚字号"票号正愁没个好掌柜，没承想"日昇昌"大掌柜与二掌柜发生了激烈的矛盾，他趁此机会将二掌柜挖到了侯家票号任大掌柜。瑛姑不同意侯姑爷这么做事，她认为，谁家都有闹矛盾的时候，姑爷这么做是乘人之危。侯姑爷有他的道理，他认为商场如战场，孙子兵法同样适用于

387

商场，东家要唯贤是任，掌柜们自然择木而栖，这是互惠，没什么妥与不妥。瑛姑坚决反对，指责侯姑爷这样做有失道义。两人一言不和，发生激烈争执，最后演变成争吵。如玫谁也说不得，夹在中间为难。侯荫昌一气之下拉起如玫，临出门时扔给瑛姑一些话："冀家认为票号是官商利益，容易招惹是非官司，故而也反对我做。我正需要一个有经验的票号掌柜，你却说我这是乘人之危，只有你们冀家做的生意都是对的？我侯荫昌偏不信这个邪！"侯荫昌的出言不逊惹恼了瑛姑："是非对错，你我无权评论，不如交给时间。你就记住我一句话，侯家成也票号，败也票号！"侯荫昌气哄哄离开冀家，两人因此结下矛盾，此后，侯荫昌近十年不登冀家的门。

以和与以正劝瑛姑，他们认为侯荫昌说的没错，并委婉建议瑛姑冀家也可以考虑开票号，冀家实力雄厚，倘若开票号，定会是翘楚。瑛姑听罢现出愠色。她说票号想要办好，必须有官场的支撑，官官商商，到最后官不官商不商，孰知是福还是祸。兄弟两便不再吱声，瑛姑为打消他们办票号的念头，斩钉截铁训诫："只要我在冀家主事一日，票号便免谈一日！"

瑛姑这些天心里还悬着一桩事，也不知管二找没找到徐大厨，可巧管二面带喜色就来了。他把徐大厨给绑了。瑛姑终于知道了事情的全部真相。她一直以为旧年被绑是徐大厨为泄私愤而勾结土匪加害她，没想到幕后始作俑者竟是谷穗。瑛姑以为与谷穗只是通常的妻妾不和，没想到她竟藏着杀手。更让瑛姑不可思议的是，以和好像知道全部真相。管老二说，那天他藏在巷口擒徐大厨时，以和拿根木棒突然窜出来，扬言要杀了他为冀家扫清恶孽。徐大厨笑说连他娘谷穗见他都恭恭敬敬的，小子不念他的好不说，还口出狂言。以和被激怒了，抢起木棒砸向他，以和单薄，一点便宜没捞着，反倒被徐大厨狂揍一顿，打到最后，徐大厨说要不是看在谷穗的面子就弄死他。

管二见瑛姑出神不语："太夫人，下一步该怎么办？"

瑛姑回过神："徐大厨知道我知道吗？"

"回太夫人，他甚也不知道。"

"极好！"瑛姑又对管二交代了一番。

管二回去后嘴里含着一根草屑，坐在铺着兽皮的坐椅上，没一会儿徐大厨反绑着双手被押上来。管二见他面色如土，吐掉嘴里的草屑，挤眉笑眼走到徐大厨跟前："唉哟哟，慢怠大厨了。"说罢拧着眉毛冲手下人厉声道："不知大厨是贵客？赶紧松绑！"徐大厨不知管二唱得是哪出，一边看着身上的绳子松掉，一边脑子飞转。绳子松掉后，他冲管二不停作揖，求放过他这条贱命。管二拍着他的肩膀说："大厨此言差矣，谁说你是贱命？你的命金贵着呢！"徐大厨猜他话中有话："二爷跑马江湖，谁人不知二爷是个讲义气的，您如果瞧得上我，我必效犬马之劳，毫不犹豫！"徐大厨信誓旦旦。"大厨爽快，我也不含糊！如今我这山上口粮吃紧，你与冀家熟络，不如为我这帮弟兄弄些个银两，倘若成了，这山上的第三把交椅就是你的！"徐大厨眼球一转："我可是听说，管二爷与冀家的交情不浅啊。"管二仰头哈哈大笑："冀家与衙门交情也不浅啊，所以我不敢妄动，不过为掩人耳目。俗话说得好，谁和银子有仇，是不是？"徐大厨琢磨："那冀家若报了官……"管二知道他担心什么，"如果大厨觉得为难……我只好将大厨交给冀家，得不到银子，也能落个人情。"

谷穗如约来到郭雯的院子，左等右等不见人，骂了句天杀的货！转身往回走，突然有人嘿嘿笑了两声："我说谷穗，咋越发没耐心了。"谷穗回身，徐大厨不知什么时候已站在灌木丛里。

"咋没个声响，鬼似的！"徐大厨四下张望："常在河边走，哪有不湿鞋？我右眼皮跳了一天，你没被盯梢吧？"谷穗突然笑说："这么些年，还第一次听你这么说，你也有怕的时候？我说过不要再来找我，我欠你的这些年对你的供养足以抵得过了，你好自为之，我走了。""站住！"徐大厨有些急眼。"你不是说你是个恩怨分明的人吗？这样，你再帮我最后一次，如何？"谷穗停下脚步思量片刻问：
"怎么帮？"徐大厨伸手要银子，谷穗不耐烦地将钱袋扔他手里，徐
大厨望了眼谷穗，破天荒将钱袋又塞回谷穗手里："我说谷穗，这次，
我要这个数目……"说罢来回翻手掌。"你这分明是打家劫舍！"徐
大厨一改往日神情，正经八百地说："谷穗，我对你这些年的心，想
必你也清楚。如果你愿意跟我，我们拿着这笔钱远走高飞，安生过日
子。如果你咬定主意老死在这院子，这恶人我便做到底，我来为你和
你的以和扫清路障，自此我们相忘江湖。"谷穗双眼泛潮，一时哑然，
徐大厨还要说什么，听到有人喊："抓住他！"管二突然冒出来，徐
大厨瞬间被摁倒在地，他这才知道上了管二的当，破口大骂，管二一
巴掌将他扇晕把他拖走。瑛姑缓缓走到谷穗面前，谷穗立时后退几步，
瑛姑冷冷看着谷穗："竟与徐大厨暗度陈仓这么多年，就不怕老爷在
天之灵看着你做这些龌龊之事吗？""我没有！"谷穗不承认。"你
可真会演戏，看得我差点丢了性命！你在外面散布谣言说我与许多男
人不清不白，还说我容不下你，容不下和儿，今天你被逮了个正着，
你说，今后，我是继续睁一眼闭一眼容你呢，还是按你的说法——不
容你？"谷穗疯狂大笑："笑话！我李谷穗自嫁给老爷，就是冀家的人，
轮得到你容与不容？这院子里的女人，难不成只许你与男人明里暗里
来往，而不许我们吗？"瑛姑恨意袭来："轮不轮得到，那咱们就试
试看。"说罢凑近她的耳畔说了几句话，谷穗立时没了跋扈，继而失
声痛哭。

转眼到了咸丰初年农历三月，瑛姑这几天终日在"五信堂"巡察。
"五信堂"在冀国定去世后的第六年竣工，望着恢宏的五处大院，她
做了两个决定：将五处大院及所有家业、产业分成五份，拟成五股，
给均已成家的五兄弟分拨出去。以公分得"悦信堂"，冀惟贤分得"笃
信堂"，以中分得"立信堂"，以和分得"敦信堂"，以正与瑛姑住

390

在一处，延用冀家老堂"有容堂"，除几处重要的商号归五堂共有，祠堂另立一股，交由精明能干的以和打理。五兄弟摩拳擦掌，像五匹骏马奔驰于草原，像五条蓄势已久的河流喷涌而发，更像五把磨得锃亮的镰刀被高高举起。

另一个决定是忍痛割爱——冀家放弃茶叶生意，自此，万里茶道上再也听不到冀家的阵阵驼铃。到了清末，万里茶道没有了往日热闹景象，荒芜衰败下来。

瑛姑此举又引来众人猜测。有人说，太夫人纵观商海，总理内外而六辔其手，便是大丈夫也难以企及；也有人说，大权下放，恐放得容易，想收就难了；还有人说，五子各得其所，冀家将散沙一盘。

事情来得突然也并不突然。社会动荡，民声怨沸，纷争四起，官兵衙门四处搜刮民脂，朝廷对山西商人的捐输变本加厉，所以瑛姑听说南省发生起义并没有太意外，相反说了句该来的总会来，老天何曾放过谁？

冀惟贤拾起剪掉的树枝喊着"驾！驾！"扬鞭作骑马状跑到马惠婧身边说："快上马！"马惠婧扶着他的腰，假装跨腿上马，绕着瑛姑来回跑。嫒儿问他们，"马骑得飞快，要去哪里？"惟贤假装勒马说："造反了，有人造反了！"

"小孩子口无遮拦，胡说甚呢？我猜你又跑来找姑祖母。"

马銮宇对马惠婧的疼爱，瑛姑全看在眼里。马銮宇大部分时间在"潜研书院"，马惠婧耳濡目染着周遭的一切，常常学着马銮宇的模样咬文嚼字。她最爱手执教鞭，让冀惟贤假装扮学生，她扮先生，有模有样地与他辩理事物，还给他布置课业，并学着马銮宇的样子批阅。

冀惟贤看到马惠婧被马銮宇抱起，跑到瑛姑身旁。瑛姑为他整理衣衫，想起了乔氏。

乔氏是难产而亡，临去世的时候，一声一声唤以中。乔氏可怜，冀惟贤更可怜，瑛姑心里酸涩，把他带在身边亲自抚养教诲。郭氏常常帮衬瑛姑，不知不觉中，冀惟贤对她显出依恋，瑛姑便做主将冀惟贤过继到以廉名下，由郭氏抚养。郭氏死寂一般的日子有了生气。

"在想甚？"马銮宇问。瑛姑收回神思说："想起未出阁时，我每每惹了祸，都是你代我受过，一晃，我们都儿孙满堂了。'郎骑竹马来，绕床弄青梅。'我看这俩孩子很般配，不如亲上加亲？""常言道，侄女像家姑，我看他们也很般配。瑛妹妹可听说南省发生叛乱？"瑛姑又剪下一根枝条："该来的总会来，老天何曾放过谁？"

灵哥听说瑛姑为冀惟贤与马惠婧定了亲不高兴了。他说他喜欢马惠婧，希望瑛姑能成全他俩。瑛姑听灵哥这么说，竟一时语塞。灵哥此时已是翩翩少年，自小阖家宠爱，从不把金银细软当回事，淘气纨绔，天不怕地不怕，他习惯了家人必须依着他的性子，他认为他喜欢马惠婧，马惠婧就得是他的。瑛姑问灵哥喜欢马惠婧什么，灵哥支吾了半天也没说出个所以然，他说："我就是喜欢她，老天爷也有此意，不信的话，从名字就能看出来，马惠婧的'惠'与冀惟聪的'聪'，就是老天之意。"瑛姑说："此'惠'非彼'慧'，婧儿之'惠'是温和、柔顺之意，灵哥之'聪'是聪慧之意。"灵哥不服气："那我就让舅姥爷将表妹的名字改成'马慧婧'。""浑说了，婧儿的名字岂是你说改就能改的？"瑛姑笑他信马由缰，但他一贯信马由缰。没想到第二天，灵哥真跑去找马銮宇让他给马惠婧改名字。

马銮宇和瑛姑沉浸在儿孙的乐事时，冀煋照拿一沓急件火急火燎进来："太夫人不好了！庐州'顺盛'钱庄遭抢，大掌柜与九名职员抵死护柜，惨遭杀害，全部遇难，共计损失白银四十三万两；桂林'鼎顺'粮店被洗劫一空，字号营业受阻，三天开，两天关；九江'乾宁'粮行与'顺达'钱庄遭抢，两处字号十九名人员全部被威逼从军；永安'宏盛'分号净存五十余万两白银被掠，三名伙计被致残，房屋被烧，损失六十余万两白银……"

"别念了……"瑛姑被这突如其来骇人听闻的消息惊到了。她紧皱眉头："照此情势，太平军不日将会攻克汉口，冀家一半的商业都在那里。"话音未落，又有人跑进来："太夫人，湘地急件！"瑛姑急忙抖开信件念道："昨日，一股乱军打砸抢，致使冀家湖南一带十余家商铺惨遭劫掠，余下的字号岌岌可危，四爷因病滞留蜀地，多处消息不通。此特殊时期，人员银资该如何安置，请太夫人速速定夺！"

瑛姑震惊："这么快？太平军竟已从广西到了湖南。这是甚世道？"冀煓照愤然说："朝廷先后签署众多不平等条约，巨额的赔款自然加重地方盘剥，顺是死，不顺也是死，走投无路，只有造反！"

瑛姑果断说："迅速统计各商号人员伤亡情况，财资事小，掌柜伙计性命事大。冀家商业在劫难逃，但要将损失降至最低。命南省各字号掌柜能转则转，能存则存，因地制宜，灵活机动迅速收缩，想办法资金北调！"冀煓照问："如何安置回撤人员与资金？"瑛姑轻叩书案，"以公与以正召集北京、天津、大沽、张家口、承德、太原、解州、汾阳、太谷、祁县、平遥、介休各字号大掌柜，做好接应准备，以和在太原、北京、天津、承德、张家口立即着手做好租购店铺、整顿库房等事宜。朝廷经此一劫，一定又会有大额摊派捐输，煓照想办法应对。上述之事一刻不得耽搁，明日还是此时，将各自得到的情况再报。"

隔日再聚议事堂，人人神色紧张。冀煓照将连夜整理出的各商号情况汇报给瑛姑："眼下商号损失惨重，家资几乎丢失一半还多。但不幸之中万幸，各字号极力保全了近七十万两存银，眼下正往汉口集结！"

"太好了！只是这么多现银放在江南，兵荒马乱的不保险，藏起来？还是运回来？"众人商议。

"存银票号收撤、汇总回籍的可能基本没有。"有人担忧。

"是啊，谁敢保证这么多的现银在兵荒马乱中长途运输不会遭遇风险？"

"要我说，原地找个可靠的地方藏起来。"

"倾巢之下，安有完卵？如今整个南方动荡不安，那么一大笔现银，如何藏？谁敢藏？"

这么一大笔银子如何能做到掩人耳目安全运抵，着实令人伤脑筋，且不说长途跋涉的艰险，只说从汉口如何转运出来都是件头疼的事。瑛姑斟酌片刻说："当断不断，反受其乱。如今南方水火一片，人员和家资必须转移才是上策。以中病在蜀地，汉口生意若倒冀家就倒了，我要立刻南下坐镇调拨！"

三十一章　动乱

　　瑛姑刚到汉口就收到两个掌柜下落不明、几处年轻伙计被抓充军的消息。瑛姑还没来得及喘口气，耳听外面嘈杂凌乱，一群人擅闯进来。他们的装束十分奇怪，为首的两人穿着戏服，腰里佩刀，后面几人束腿箭袖，当中有两人，正是冀家的两个掌柜。其中一人说："这二位是我们从别人手里救下的，如果你是这里当家的，我们便向贵号借银三十万两。"

　　赵管家倒吸一口凉气。瑛姑看着衣衫不整、发蓬须乱、满脸灰尘的掌柜，心想这哪是借。他们又说："俗话说得好，良禽择木而栖，良臣择主而侍，大清朝不是老百姓的王朝。用不了几天我们就会攻取汉口，再北上攻打京城，到时候天下就是我们的，我们不仅会如数奉还，还会给你加官晋爵。"赵管家这才开口："只是，三十万两不是小数目，想必各位爷也看到了，如今柜上满目疮痍。"那人冷笑："别敬酒不吃吃罚酒，都说你们家家大业大，还讲义气，我们才以礼相待。"瑛姑说："各位爷，这么多银两便是我们自家用也得筹措，我答应你们，会用最短的时间筹到。"

　　"多久？"

　　"如果顺利，后日一早。"

　　"痛快！后日一早，一手交人，一手交货！"说罢转身要走。

395

"拙妇还有个请求！"

那人停下来，慢慢转过身："现在可没人敢和我们提什么请求。"

瑛姑的心一颤："我的请求与那三十万两白银有关。"

"讲！"

"眼下各柜都有状况，故而三十万两要由许多字号筹措，这需要一定人手将散落在各处的银资转运到此才可保万无一失，拙妇担心转运过程中变故横生，故而请各位爷保证冀家掌柜与伙计的人身安全，放宽冀家字号货物的南北调动，银资才能确保在后日筹齐。"赵管家立刻明白了瑛姑的意思，"银资南来北往，需要伙计押运，所以请高抬贵手。"那人大手一挥："这个好说，只是，我怎么知道谁是你冀家的掌柜伙计？""他们会手执冀家特有的凭证。"说罢赵管家已将凭证呈递。"好！就依你之意。后日一早，我带他俩过来取银子，望两位守信！"

他们走后赵管家问："太夫人，当真要借给他们三十万？那可是肉包子打狗，有去无回啊！""必须借。冀家的掌柜可不止这区区三十万，没人一切都是空谈，保住人就保住了一切。"赵管家听瑛姑这么说，扫去了后顾之忧。"大战在即，银资事小，人员安全为大，必须用最短的时间将柜上所有的掌柜与伙计安全撤离。"赵管家先前的恐惧与不安立时退去。他按照瑛姑的授意，明面调集筹措银资，暗中收撤、压缩人员与字号，不过两天工夫，完成字号的转让与变卖，除去必须与自愿留在汉口的人员，其余都做好了北上的准备。

三十万两白银换回两位掌柜，使得冀家字号人员齐心并力。谁知人员与银资还没来得及转运，衙门又向冀家派捐白银十万两，瑛姑只觉被人抽筋扒脉，悲从中起，感叹世道黑暗。好在天无绝人之路，眉头紧锁多日的赵管家终于带来一个好消息。各字号在收撤时悄悄转移过来的白银竟有近七十万两。瑛姑无法想象在这乱世里，这些银两躲过了怎样的劫掠，它们可是冀家的命脉。

"失之东隅，收之桑榆，天助冀家！"瑛姑声音有些发颤。

"人心比自心，还不是太夫人常日待我们厚道的缘故。"

接下来如何转移这批银资成为一个大难题。不过一两天工夫，瑛姑眼见众多字号被毁，钱庄被抢，银库被掘，伤的伤，亡的亡。若不是因为"借"银三十万两，"捐"银十万两，想必那些废墟之上也躺着自家字号。但这种安宁也不过维持了几日，没过几天，冀家一处粮油坊还有几处绸缎行遭受厄运，紧接着杂货行、布行、当铺等柜上接二连三出事，纵然伙计举着冀家特有的凭证也不管用了。

人员和白银若再不转移，恐怕凶多吉少，但此时必须有个有勇有谋、可靠的人打前阵才行。

赵管家推荐一人，认为唯"立盛"钱庄的二掌柜田保和能胜任。他说田保和行事谨慎，韬略出众，为人义气，又是以中在汉口的臂膀，只是"立盛"的大掌柜斛泰光总与他有不同的意见。瑛姑觉得田保和的名字熟悉，却一时想不起是谁，赵管家给瑛姑讲了田保和一些趣事。

田保和喜爱下棋，棋艺远近闻名，曾为商号的运作举办过棋赛，久而久之，"立盛"字号的声誉与他棋王的称号冠誉整条安庆街。以中也爱下棋，两人只要见面，必要对垒几盘，随着接触的深入，以中发现他能拒金银、声名以及美色的诱惑于千里之外。以中曾和他开玩笑："世人都有软肋，我亦不例外，你除了爱下棋，我怎么没发现你还喜爱甚？"田保和说："东家抬举我了，我可是个地地道道的爱金爱银之人，柜上那白花花的银子，可想揣怀里了。"瑛姑听得有趣，赵掌柜又说："田保和是介休洪山村人，细眼长眉，目光如炬，因他比常人勤勉机敏，又善于洞察与谋略，故而年纪轻轻就胜任'立盛'钱庄二掌柜。他常说，若没有当年太夫人的资助，早饿死街头了。"瑛姑这才想起来，他就是当年赈灾时她资助过的年轻人，于是同意了赵掌柜的推荐。

田保和发誓不辱使命，他说："我有个忘年交，前些时候向我透露，地方官吏无心抵抗，一些朝廷要员已悄悄将家眷并细软都撤离了，他让我们勿再犹豫！他还说了句怪话，他说，倘若再不撤，太夫人可就输给他了。"瑛姑先是一愣继而一笑，她还真瞧不上他能翻出多大能耐。瑛姑命田保和因地制宜，能藏则藏，能转则转，关键时候，审时度势，无须汇报，自定主张。赵管家问："太夫人，只是这转移该往何处转？如今四野都不太平，除非到汉水以北的光化城，可是这无疑痴人说梦。""有一个办法可行，只是要费些周折。"田保和说。瑛姑问："难不是问题，甚办法？""雇条大船，夜行昼伏，顺水而下，只要出了汉口重镇，基本无虞！"管家双眉一皱，不同意这法子，"这个时候谁会舍命雇船？若走漏了风声，连船带银子一并丢了事小，说不定还会搭上众人性命，话说得易，做起来难啊。"田保和却很自信，"太夫人若信得过我，我可以弄来可靠的大船，船老大是我的把子兄弟。"于此关头，必得用人不疑，下放权力方能使人放开手脚做事，瑛姑同意了田保和的建议。田保和信心满满，领了命往回走，没想到大掌柜斛泰光成了他最大的障碍。

斛泰光任"立盛"大掌柜十五年从未出过差错，再加上"立盛"钱庄银库隐秘，盗贼多次行窃不得，所以斛泰光并不放在心上。他认为银库隐秘，符合太夫人"能存则存"的意见。田保和不同意他的意见，两人吵嚷了整整一日，田保和眼见大批银资无法调运，急得直上火。而此时朝廷拨银湖北三十万备战防堵，眼瞅大战在即，城门失火，殃及池鱼，定是场躲也不躲不过的灾难。但斛泰光固执己见，甚至当众嘲讽田保和年轻幼稚，胆小无知，田保和说他不知审时度势，老眼昏花看不清局势。两人针锋相对，伙计见两个掌柜闹翻了，也不知该听谁的，斛泰光命将全部物资转移到银库藏匿，田保和命将所有物资整理打包，做好转运准备，伙计也分成两派，一时柜上起了内讧。两人谁也不服谁，最后议定掌柜伙计投票，少数服从多数。田保和唯恐误了大事，索性一不做二不休，带两个伙计将斛泰光绑了，软硬兼施哄他同意物资转移。斛泰光也是个犟主，被反捆在座椅上，还慢条斯理说外面这么动荡不安，转移的过程别说财物安不安全，也许命都搭进去了，死活不同意，田保和只得放了他。田保和没和瑛姑说转移银资遇阻，是不想被小觑办事能力，可银子多放一天，就多一天被劫掠的风险，田保和想，既然和斛泰光商量行不通，那只能用计策，决定找几个心腹，假扮土匪银库盗银，吓唬吓唬斛泰光。

谁知次日早上不见了斛泰光，他留下一封书信说老父亲突然病故，未做其他安排，匆匆回山西老家奔丧去了。柜上矛盾即刻皆无。情势紧迫，今日还可安枕，明日也许就战火弥漫，田保和立刻传消息：万事俱备，当日夜里装船，偷渡汉水，北上光化城！

夜里，瑛姑与赵管家站在汉水河边一处废弃的野渡。未到时，蛙声震天，待到岸边，蛙声全无，众人七手八脚搬运物资，因不敢大肆掌灯，又不敢有大的动静，只得将大船靠近货物，搭了临时跳板，又在跳板两端各亮一盏昏暗的油灯。好在四野寂静，众人手脚利落，没一刻工夫，跳板撤去，起锚行船。

田保和带了十几名伙计并一些离撤人员押船同行，船离了岸，瑛姑站在江边眺望，直到大船消失在汉水深处。

"太夫人为何不摆明帮田保和，至少他以后会领您的情。"

"所谓不拘小节者才能成大事，田掌柜是个做大事的人。在想脚踏实地做事的年轻人面前，要给他施展拳脚的空间，让他相信这一切都是他自己努力得来的结果。"

瑛姑回去后掐算，再有一个时辰就彻底安全了。此刻没有消息便是最好的消息，眼见过了三更，瑛姑刚准备就寝，门外突然传来赵管家急切的叩门声，"太夫人，大事不好，船与人一并被人劫了！"

果然担心什么来什么。船快要驶出汉口界时，一群劫匪手持利刃黑压压占据了整个江面，田保和根本不是对手，情急之下，让两名水性好的伙计偷偷跳水报信。赵管家说："听斛掌柜的意见就地隐藏好了，这可如何是好，要不要报官？"瑛姑不同意，"衙门如今形同虚设，官官匪匪的都在四处劫掠。"瑛姑攒着眉峰，沉默了片刻，拿起披风，让管家坐等消息，她则带了婐儿与一名伙计连夜出门。三人穿堂绕巷，来到一处隐秘府邸，府邸寂静，廊檐两侧挂着灯笼，灯笼上映着两个大大的"何"字。瑛姑站在大门前有些犹豫，不知能不能见到冀国定的故交，也不知道这位故交肯不肯出手相帮。

叩响大门，好一阵等待，才有个须发皆白的老人将门打开一条缝，露出警惕的眼睛问瑛姑是何人，找谁。瑛姑报上冀国定的姓名，老人告诉她主人已退隐江湖，如今四处云游，不知去向，吱呀就关了门，落了门闩，任凭瑛姑怎么叫门都没动静。瑛姑无奈，只得回转。第二日傍晚，瑛姑带着厚礼再次敲门，开门的依然是那位老人，他眯缝着眼睛，问瑛姑何人，找谁。瑛姑心想我昨晚才来过，他竟不记得了？于是再报，老人重复了昨晚的话，又要关门。

"老人家！"瑛姑上前一步。

"我与何帮主乃故交，今日寻他有紧急之事，还请老人家通融一二。"

老人似乎没听见，依旧关门。"老人家！我夫与何帮主是生死之交，烦请老人家通告。"老人听闻，这才将眯缝的双眼睁开，他看了一眼瑛姑叹了口气："不是我不通人情，何帮主如今在哪里，老朽当真不知，就是他的义子三番五次回来都见不到。不瞒你说，这宅子何帮主许久没回来了。"瑛姑倒退了几步。

忽然起了一阵风，灯笼摇曳，斑驳的光影将老人的脸庞映得忽明忽暗，瑛姑不知何去何从，老人又叹口气，重新将门掩上。

"瑛妹妹！"有人叫她。瑛姑站在光下，那人站在暗处，看不清那人面目，正疑惑时，那人已向她款款而来。是齐恒。瑛姑不想和他过多纠缠，齐恒问："瑛妹妹为了甚事三番五次来何府？你吃了他两次闭门羹，哥哥我看着都心疼，不如和我说说？"虽说一把年岁了，齐恒依旧是那副嬉皮笑脸的模样。瑛姑自顾自上马轿子，齐恒立刻挡在她前面嬉皮笑脸说："你叫我一声恒哥哥，就一声，我帮你找到何帮主，可好？"瑛姑厌恶他，说："这一把年岁了，还这么不自重，不臊吗？""这有甚臊不臊的，再说和年龄有甚关系？不过，我也不白帮你。"齐恒话音没落，瑛姑已钻进马轿子。"唉唉！"齐恒追着马轿子跑："这一把年岁了，你咋还那样？"他见瑛姑没有停下来的意思，只得大喊一声："瑛妹妹！明儿你这个时候再来，我保证你能见到何帮主。"

次日，依旧没有好的办法，眼见天黑，瑛姑心急如火，娿儿提醒瑛姑："要不再去何府试试，万一齐爷的话是真的呢？"横竖没有好办法，瑛姑于是三上何府。

瑛姑刚拍了门，门便吱吱呀呀打开，老人一改前两日的傲慢，恭敬地向瑛姑施了礼："帮主已等候您多时了。"瑛姑来不及多问，疾步至堂上，见当堂坐着一对鹤发童颜、精神矍铄的夫妻。男的看上去甚是威严，虽是白发苍苍，却端坐如钟，两眼清亮有神，女的虽被岁月凋了风华，依稀得见当年风韵。妇人已站起来拉起瑛姑的手惊讶道："真的是你吗妹子？什么时候到的汉口？"男子也站起来激动地看着瑛姑。瑛姑见到他们，思及冀国定，一时泪眼婆娑："何帮主，嫂夫人，我家老爷已不在世多年，眼下我走投无路，所以冒昧找到这里……"何帮主听闻冀国定已去世，一阵唏嘘。

何元仑开门见山问："没想到正甫兄已撒手人寰，心中痛惜万分，不知弟妹遇到什么要紧事，快和老哥说来。"瑛姑便如实相告。何妻说："只是你何大哥已退隐。"何元仑道："我虽已退隐，但这条江还姓何。弟妹转移银资是上策，此次屠城没有隐秘之说，只要是钱庄，他们就会掘地三尺，无一家幸免。敢在老子的地盘指手画脚，是不是活腻歪了！"何妻问何元仑："出了汉口便不是安庆帮地界，再说都知道你已退隐，这事能成吗？""正甫兄在我最难时出手相助，没有他，

401

就没有宝庆码头叱咤风云数多载，如今冀家全靠弟妹一个女人苦撑，我哪能坐视不管。"

等消息最难熬，第二日何帮主就得到确切消息。那伙劫匪专靠在江界边上打劫度日，他们没想到劫了一船大货，一边威逼田保和等人入伙，一边琢磨如何挥霍这些银两。没想到不过三天工夫，何元仑重现江湖。劫匪不敢太岁头上动土，只得以此趁机讨价还价，要一片水域立足。

何帮主正犹豫，江上传来吆喝声，火把将江面照得通亮，细看竟是一艘站满了官兵的船只。船头站着两人，一个是衙门中人，另一个何元仑一眼就认出来："恒老弟，你怎么也来了？"齐恒说："老哥亲自出马，小弟焉能安坐一隅？老哥之情，小弟没齿难忘！"接着对劫匪喊道："庙堂有庙堂律令，江湖有江湖规矩，若按规矩来，怎么都好说，若坏了规矩——"劫匪一看，这边是江湖老大，那边是朝廷之兵，他们本来是一群临时集结起来的穷匪流寇，所以只得眼睁睁作罢。事情出奇的顺利，瑛姑异常欣喜。

"不知弟妹准备将人员与银资转移到哪里？"

"光化城，帮主认为可好？"

"光化城北临河南邓州、南阳与赊店，南临襄阳和樊城，这些地方均有冀家字号，南北可相互照应；二来，光化城位于汉江岸边，天时地利人和俱备，弟妹考虑得周详，我带人亲自押送。"当夜，瑛姑目送何元仑带领四十余精壮之士上了船，他凭借江湖威名与水上经验，成功驶出汉口水界。

满载的货船在宽阔的江面静静行驶，江水光滑如绸，明月渔火相互交辉倒映在江中，在微风的吹拂下，轻轻抖动，犹如散落的星光。瑛姑终于松了口气，转身时，看到齐恒站在不远处冲她微笑。瑛姑突然对他产生了复杂的情愫，破天荒地回以他微笑。

突然冲出一股乱军，有人认出瑛姑，说她有钱，她立刻被围在中间，赵管家与两名伙计被绑。齐恒急忙跑过来护在瑛姑面前，掏出腰牌说他是钦点的皇商，一切好商量。那些人一听是皇商，哈哈大笑说，好，一下得两个大财主。齐恒又改口说与太平军李开芳熟识，他们又说他们不是太平军。齐恒心想，坏了，他们既不是清廷中人，也不是太平军，呼风唤雨的本事不灵了，不能与他们纠缠，迅速摆脱为上策。

"各位爷有甚要求？"

"银子！"

"好说，我留下做人质，放她回去取。"

他们没见过这么好说话的人质，面面相觑，疑心有诈。齐恒一边伸出双手让他们捆绑，一边催促瑛姑回去取银子。瑛姑不肯走，齐恒突然破口大骂："你个傻娘儿们！是银子重要还是你男人的命重要？还不快去取？"瑛姑没走出两步，又遇到巡夜护卫军，头领认得齐恒，挥枪便救，两股人马不由分说打起来，乱军边战边退，瑛姑夹在中间，左右躲闪，齐恒担心她受伤，跑到她身边还没来得及说话，瑛姑突然见他眉头紧锁，双目圆睁，叫了声瑛妹妹便倒下了。

瑛姑抱起他大喊他的名字。齐恒躺在瑛姑怀里咧着嘴嘿嘿笑："你来汉口的第一天，我就一直在悄悄……想打你的家、劫你的舍，结果没等我下手，竟被……捅了，嘿嘿。"他这几声惨笑，引得瑛姑瞬间泪崩。

瑛姑看着他鲜血直流，不停地说："求求你别流血了，求求你别流血了。"齐恒闭眼喘了口气说："瑛妹妹，别……哭，你一哭……仿佛心上扎了刀子。嘿嘿，我知道你……打心眼里……瞧不上我，可是……我……我不在乎，我只喜欢我喜欢的……就成。"他大口喘着气。瑛姑的泪滴到齐恒的面颊："见曹管家的事、鸦片的事、郭华挨打的事、土匪一事、为我请何帮主出山，多谢你每每在我危难之时出手相救……"

齐恒眼中涌出泪水，几乎不能言语，"果然甚都瞒不过你。能躺在你怀里，真好。我还有件憾……事，瑛妹妹……满足我吧，不然，不然到了……那头，心上仍……旧放不下。"

瑛姑只觉得双腿温热，鲜血染红了他们的衣裳，齐恒脸色惨白，半睁着眼望着瑛姑，颤抖着伸出手，又在空中停住，瑛姑捉住他的手放在她的脸颊，俯下身对齐恒轻轻叫了声："恒哥哥。"齐恒惨淡一笑："足矣……"说罢头一歪，身体松垮下去。

三十二章　城破

　　汉口往京城的驿道上每日都是卷着黄尘的驿使，怀揣急报快马加鞭、迎日沐月不停奔往，百姓终日惶惶不安，朝廷奏折堆案如山，这场血雨腥风将大清朝挤到逼仄一隅。眼见半壁江山被蚕食，咸丰帝如坐针毡。有臣子建议，向英美两国求助，用他们的洋枪洋炮帮朝廷镇压暴乱。咸丰帝不是没有考虑过，但权衡再三，还是拒绝了。李如约就是在这个时候随湖广总督吴文镕来到武昌镇压太平军。

　　此时正值寒冬，太平军攻克岳州后，他们手握大批粮饷、军械、船只，并有数千船民、纤夫加入水军，组成了规模庞大的"水营"。李如约得到消息，十余万太平军已于十七日撤离岳州，水陆并进，直逼武昌。李如约受命拼死保住武昌西南的文昌门，他不敢掉以轻心，仔细研究应战措施和守城战略，虽然精心布控，还是觉得不放心，亲自到城墙上巡检，随行的戎幕师爷对战事极为悲观。李如约说："人心齐，泰山移。为人臣子，只管尽忠报效，生死应置之度外。"戎幕师爷说："话是这样说，但天时、地利、人和，少了哪个都不行，总督大人与巡抚大人面和心不和，这是作战大忌。"一个巡逻兵从李守约面前跑过去，他叫住："你，过来！"士兵停下。"仔细盘查可疑人员，一切身份不明的人一律不准放入，尤其对游食僧道、远道而来的医、卜、星相、卖药等人多加留意！这里再加两处暗哨。"士兵领命跑走。师爷忧心如焚："此战获胜微乎其微，所以要加强城内防守。在城门内十数步，挖拦截坑，阔五尺，深一丈，再在坑中铺板，钉以长钉，坑面钉席，覆以薄土，每坑边用三眼火枪十杆、硬弓十张、盾车五辆，以备巷战。敌若进入，必坠坑中，敌人欲前行火枪弓箭招呼。二十步外再掘一坑，如上法。如果敌人破了城……我们便将桌椅、床凳诸物塞满大街，以火焚路，陆续添薪，令其不得前进。"李如约说："额立刻传命下去按你说的做，大军有你，不足惧！"师爷依旧愁眉紧锁："你怎么看皇帝不肯接受英美的帮助？""这些年签订的条约让皇帝掏空了家底，哪敢再被他们捏到短处。再者，天朝上国无所不有，无所不能，英美就是蛮夷，请他们帮助解决大清国的问题岂不是自损颜面？再者皇帝还有一层顾虑，当年如果不是吴三桂想借满清势力打压李自成，大明朝怎么会轻易落入大清手中？教训在前，岂可步大明后尘？"戎幕师爷点头说："李大人所言极是，但我听说这城中怎么埋伏了许多洋枪手？"李如约无奈地说："虽然皇帝拒绝英美帮助镇压，但接受了另一种意见，不干涉各省督抚与洋人合作抵御。"戎幕师爷这才恍然大悟。

虽然李如约不停鼓舞士气，但守城将士的士气并不高，原因是粮草不足。湖北巡抚崇纶是满人，吴文镕是汉人，二人因政见不和，崇纶便借机拖延粮草，到后来干脆断供。寒冷饥饿使清军无法作战，没办法，将士便将驻军所在数十里的民房拆了生火取暖，但仍不足供，弄得军民怨气冲天。吴文镕担心因私人恩怨动摇军心，一面鼓舞士气，一面命城中百姓只留够家中口粮，余粮借给兵民，官府记账并让借粮之人画押，但仍是杯水车薪。

戎幕师爷说："大人是冀家义子，可不可以……"李如约打断了他："如果不出我所料，冀家正被多方游说、强派、或遭遇偷盗、或遭遇疯抢。自古忠孝难两全，不给他们雪上添霜也算是我尽孝了。"

正如李如约所说，瑛姑等晋地商人又接到朝廷派捐，连续的派捐压得众商家透不过气，他们聚在一起商议派捐之事。瑛姑说："自大清一统以来，天下苍生倒是享了国家两百多年太平。俗话说倾巢之下，安覆完卵？皮之不存，毛将焉附？虽说在座的家业都是祖上九死一生拼了几代人的性命挣下的，但国家一日不安，老百姓便一日无法安居乐业。"

"太夫人之意？"瑛姑没再往下说。

捐输成了山西商人的例行之事，但一而再再而三的捐输，朝廷依旧千疮百孔。有人质疑道："太夫人，朝廷若不从根本上变革，我们任凭救其枝叶也无济于事，对不对？"又有人说："那也总得解决了眼下的战乱，才能谈你说的那个变革。"堂上的人七嘴八舌议论开来："一日不变革，战争就一日不会结束。""战争不结束，谈何变革？""从来都是乱中求变，动中求变。""这边是朝廷强派，那边是连借带骗带哄抢，我们辛辛苦苦赚的银子，为甚要给他们？""因为他们都是强盗。一个是披着羊皮的强盗，一个是披着人皮的强盗。这世道怎么让人安生过活啊？"

堂上一片沉默时，齐彪来了。到底与齐恒是堂兄弟，瑛姑看到他恍然见到齐恒。她看着他进来，看着他落座，看着他开口前与齐恒一样习惯性先挑挑眉毛。齐彪并不回避瑛姑的目光，他从进来到落座，便目不斜视看着瑛姑，目光里全是怨恨。有人问他："你不是皇商的连襟嘛，你是甚意思？"齐彪这才将目光收回来幽幽道："我堂兄齐恒的事，想必大家都知道。大清朝保护不了他的子民，捐它何用？谁家的银子是白来的？近些年捐出去的银子数不胜数，再这样下去，不是做生意失败把家业做垮，而是捐输把家业捐垮了，我弃捐！"齐彪说出了众人心声，他们高声附和："要不捐都不捐！太夫人威信高，不如您牵头，咱们拟书拒捐！"赵管家眼见群情激愤，瑛姑却一言不发，只得劝说："我说诸位，此事宜从长计议，各位少安勿躁，不如明日再商议。"

刚入夜，瑛姑收到一张拜帖，来者称是李如约的戎幕师爷，瑛姑惊喜不已。自李如约辞别，瑛姑与他十三年未见，如今李如约的师爷来访，瑛姑喜不自胜，急忙相见。

来者英武，看上去刚毅自信，瑛姑忙问："师爷久等，不知如约可好？"师爷二话不说，起身对着瑛姑就是三拜，瑛姑不知所以，师爷说："我这三拜，第一拜是为这方百姓，第二拜是为朝廷，第三拜是为李大人。"瑛姑请他落座，师爷这才从容道："朝廷命李大人死守武昌城，太平军十万大军压城而来，而武昌城所有人马加起来不过三千。大战在即，我们仍粮草不足，李大人急得火烧眉毛。若我们战死也算为国捐躯，但若是因为粮草不足被饿死、被冻死就太不值得，所以斗胆冒昧来找您。"

瑛姑听闻惊讶极了，她竟不知李如约就在离她不远的武昌备战，"如约为甚不来找我？"师爷眼眉低垂了片刻说："李大人说，太夫人此刻定被强派捐赀……自古忠孝难两全，不给家人雪上添霜也是尽孝。"瑛姑听罢鼻子一酸，抿着嘴唇强忍着泪才没掉下来。"粮草之事师爷尽管放心，冀家就是倾家荡产也会鼎力资助，我不能眼睁睁看着如约吃不饱穿不暖去打仗，不能让跟着他的将士挨饿受冻，"瑛姑缓缓站起来朝师爷施了一礼接着说："如约的孝心我懂，请师爷保守这份秘密，不要让他知道你来找过我。"

师爷走后，瑛姑思虑良久，咸丰帝面临的是一个周边骚乱不已、国内起义不断、国库一贫如洗的国家，即便这样难，咸丰帝依旧有力挽狂澜的壮志雄心。徐松龛虽然已被解职，仍在四处奔走，不过是想为天下苍生早日免遭涂炭而竭尽全力；王庆云忠心耿耿为的也是为民请命，奉献一己之力；冀国定在世时，修桥筑路接济乡邻，他们都在用自己力所能及的方式，舒展着抱负。她虽为女人，但身后跟着一群儿郎。

第二日众商贾又聚集商议捐赀之事，瑛姑说："国家陷于战乱，冀家家资损失一半还多，此时正是报国之时，家财何足挂齿？只恨资财将竭，从今天起，冀家将所剩资金，竭力捐输助饷！"厅内鸦雀无声，众人满以为瑛姑经过一夜深思熟虑后会拒捐，没想到她不只捐，还发誓即使倾尽家财也要捐。

齐彪一嗤鼻子："朝廷若能让齐恒活过来，我一纹都不留！"瑛姑听到齐恒的名字，心如刀绞，强忍悲伤说："战乱一日不平，老百姓一日不得安生，今儿是他的儿子，明儿便可能是你的、我的儿子。国之不存，要那些银子有何用？如果以冀家家业能够换得天下太平，冀家即刻倾囊捐助！"这次并没有人响应瑛姑，有人见风使舵，有人不语，甚至有人与齐彪一唱一和埋怨、嘲讽、谩骂。当中一位资历老的乡绅说："马太夫人女中豪杰，我等须眉未必及她，这么多年，我们一直唯太夫人马首是瞻，太夫人何曾欺哄过我们？有多的多捐，没多的少捐，也算为国为民出点力。"齐彪的脸都紫了，众人一哄而散。

李如约没想到戎幕师爷果然弄到了粮草。将士们见到粮草士气渐涨，李如约喜上眉梢，围着粮草不停转圈，欣喜地问："你从哪弄来的？你怎么做到的？额以为你只是说说而已，额滴个娘神啊，军中有你，何愁敌者来犯？"戎幕师爷一拍胸脯："跟着李大人，必有天助！"

李如约这晚终于睡了个安稳觉。天刚破晓，报信官一路大呼敌人攻至城下。他与师爷站在城墙上观望，眼见黑压压的人潮朝他们杀将过来。李如约命弓箭手拈弓搭箭，又命投掷手守在垛口，个个严阵以待。太平军兵马如潮，没一刻就渡过护城河来到城墙下。紧接着他们筑战壕的筑战壕，搭浮桥的搭浮桥，投石的投石，立云梯的立云梯，两军人马厮杀在一起。

将士们杀红了眼，见到垛口有手攀上来，拿刀便砍，见到云梯上人如黑蚁，李如约命士兵投掷石块木头泼洒大粪，一时间哀鸿遍野。李如约冲到垛口拾起一把钢刀，冲着将要爬上城墙的人挥砍下去，鲜血溅了他一脸，城墙下尸垛如山，令人惊骇不已。师爷也提把钢刀，抹掉手上的血说："大人，你一介文官，竟也做得了武夫的事。""此时还分甚文武，但有一口气，额也得将他们挡在城外！"

太平军久攻不下，只得偃旗息鼓，收撤大军于护城河外二十里扎营。吴文镕命李如约部连夜趁机对太平军进行偷袭，李如约领了命顺着野径密林对太平军杀了个措手不及，获胜归来，更加鼓舞了士气。第二日一大早，太平军又汹涌攻城，李如约照旧守城，因粮草充足，士气不衰，战事持续十多天，一直打到正月十五。这天眼见情势不好，师爷问："不是说好了巡抚大人外围救援吗？此时正是绝佳时机，怎么连个鬼影子也看不见？"李如约骂道："额日他祖宗！看样子憨孙子崇纶这是要害吴大人于万劫不复啊！吴大人上他的当了！"

忽然有人报说，一小撮太平军在城墙脚下掘掘地道，师爷大呼不妙，话音刚落，耳听巨响，文昌门被轰塌，李如约眼睁睁看着太平军攻入城内。城池瞬间沦陷。

守城的将士们乱了阵脚，都往军营逃，而军营三面环水，来不及从水路撤退，最后被太平军围堵在唯一的陆路。正在这时，他们逃命的前方出现了一群老百姓，他们抄着锄头、铁耙纷纷上阵，对清兵喊打喊杀，更多的是被卷入战事的无辜百姓，他们哭天喊地仓皇逃命。

这时洋枪手奉命射杀，枪声四起，太平军陆续倒下，但倒下更多的是老百姓。李如约气愤地对洋枪队咆哮："不要伤及无辜！"但没人听他的，只要在射程之内他们一律射杀，无论是百姓还是太平军，甚至无论是清兵还是妇孺。

李如约面颊抖动，双拳紧握，报信官急慌慌跑过来报："不好了大人，吴大人被俘不肯受降，投河自尽了！"师爷倒吸一口凉气，李如约大惊失色："这是天亡我们吗？"他望着杀人如麻的洋人怒火中烧，一把揪起一名洋枪手怒斥："为什么要射杀无辜！"洋人甩脱李如约蛮横地说："我是你们大人请来的友军，我在帮你们，你怎么敌友不分？"李如约将钢刀横在他面前："此乃我大清国事，轮不到尔等插手！

我命你们收枪滚出大清！"另一名洋枪手将枪口对准了李如约："枪炮无眼，别说是百姓，就是李大人也有可能会命丧枪口……"话没说完，有人围上来与洋人抢枪，有清兵，有百姓，有太平军，场面混乱不堪。突然有人大喊："宋帅，就是他！他就是驻守文昌门的李如约，就是他让我们牺牲了众多弟兄！"恍惚间，李如约只觉背后一凉，抓着枪杆的身体不由自主瘫软，洋人以为他要夺枪，慌忙之中扣动扳机，正中李如约眉心。师爷扶起李守约不见丁点回应，他伏在李如约耳边说："大人，粮草是我瞒着您向太夫人借的，太夫人不让我和你说，她说就是散尽家财也要保证你和你的将士不挨饿、不受冻。"倏地，两行泪从李如约眼中滑落。师爷仰天大笑，抽刀自刎。

三十三章　调包

　　太平军在湖北休整一个月后，挥师东下。历经劫难的汉口亟待整顿。事情驳杂，生意上的事千头万绪，瑛姑虽然日日奔忙，日日仍有节外生枝的事发生。

　　马銮宇来信说王庆云将出任山西巡抚，瑛姑心中一震。历届巡抚到晋，都夹带着筹银的任务，若办事不力，轻的官职不保，重的治罪，所以山西巡抚不好做。马銮宇提醒瑛姑，王庆云是故旧，又是至交，这其中的分量可要拿捏好。

　　"太夫人不好了，'顺达'钱庄霍大掌柜悬梁自尽！"这消息犹如晴天霹雳。事情一桩接一桩，瑛姑还没从齐恒的死缓过来，又得到李如约战死，现在自家的老掌柜又出事。她勉强撑住桌子的一角，"霍大掌柜自尽？"瑛姑内心一阵痉挛，她纳闷这样一个饱经风霜的老掌柜何以会自寻短见。柜上的人说，霍掌柜因乱军将钱庄银资抢劫一空，所有纸张票据尽毁，他觉得没能尽到一个大掌柜应尽的责任，所以选择了自尽。

　　"霍掌柜你这又是何必啊。"赵管家神色凄然，"霍掌柜曾说钱庄在他在，钱庄亡他亡，没想到……"又有伙计来报，"乾宁"粮行遭遇一股乱军，他们抢光粮仓，又将粮仓烧之殆尽！紧接着又有人来报，当铺被抢，杂货店被砸，粮油行被烧。瑛姑浑身战栗不已，问道：

"可有人员伤亡？太平军不是取道金陵了吗？"瑛姑纳闷这股乱军是什么人。"别家商号甚情况？""蹊跷的是，一整条街，这股乱军只抢了我们家。""以中现在到了哪里？""四爷应该快过江了，估计三五日后便可回来。"

瑛姑的腰似别了一块铁板，僵硬而酸痛，还没站稳，突然晕倒。夜里，瑛姑梦到冀国定。他们被牢房的门隔着，冀国定背对她站着。瑛姑努力伸手去够他，但就是差那么一点，于是喊他，却怎么也叫不出口，声音洄游在胸腔，好不容易叫出来，却从梦中惊醒。

嫒儿抚着瑛姑的后背："这汗出的，阿弥陀佛，总算退烧了。"嫒儿递上温水，瑛姑一口饮尽，想起刚才的梦境仍心有余悸。嫒儿劝她皆因日有所思，才夜有所梦。瑛姑心中清楚，这段时间家里、铺上，事情一件接一件，根本无暇思念，瑛姑一脸倦容。嫒儿跟着伤感起来："旧年老爷入狱，冀家险遭灭顶之灾，全凭二奶奶东奔西走，最后求到曹大人才扭转了案子，我以为那便是家里最大的事，没想到这些年遇到的事，细思起来件件不亚于当年。"瑛姑没接嫒儿的话，呆坐着出神，嫒儿又说："说起来谁能信，不过是王爷责罚奴才办事不力，奴才便使了龌龊手段迁怒于咱们家，人心当真叵测。"瑛姑问嫒儿："你还记得赈灾那日，我们遇到的那两个少年吗？""记得，二奶奶怎么突然想起这个？""嘉庆年间，老爷赈灾，遇到女扮男装的两个假少年——我和郭姨娘。道光二十四年，我在老爷当年赈灾的地方施粥，也遇到了两个少年，不过，这回是两个真少年。你说这是巧合，还是命运的安排？"嫒儿若有所思："我也说不好，老一辈人说，人有前世今生，人与人之间讲的是缘分。"

瑛姑却在琢磨另一桩事，越想越觉得不对劲。霍掌柜是老字号的老掌柜，什么风雨没见过。她突然想起二掌柜前天和她说过柜上的一桩生意。去年秋天，一个名叫柳东溪的商人以"豫丰"的名义，在"顺达"钱庄分四次存入白银三十万两。今年开春，一名叫米克的河南焦作商人，由"豫丰"的柳东溪担保，向"顺达"贷银二十三万两。二掌柜说，事后大掌柜和他说总感觉这桩生意哪里不对劲。

"他应该是觉得颜面尽丢而自尽了！"瑛姑突然冒出这句话。

以中留妻儿在湘地，独自回来的这些天，可把他愁坏了。

一愁瑛姑生病，他自责因为滞留蜀地，导致瑛姑劳累过度；二愁绸布行，他百思不得其解问题出在哪里，眼看资金无法盘活，又不敢和瑛姑说；三愁自齐恒惨死后，齐彪及众多商家对冀家指指点点。如果再出什么问题，汉口的生意便岌岌可危了。这些事情像块巨石压在以中的胸膛。好在瑛姑精神转好，他心上才略觉轻松。

望着库存的千余匹丝绸，又看看刚刚卸在库房前的丝绸，以中吐血的心都有了。冀家与周边十余家的丝绸商贩有合约，他们可随时将丝绸贩运到冀家"亨渝"绸布行，这在以往很正常，但在今年就有些吃不消。丝绸原计划销往京、津、冀、晋等地，因战乱诸地动荡不安，别说上千匹，就是一百匹、十几匹、几匹也难运出去，可是又不能毁约，只得打掉牙往肚里咽。而这一切乐坏了丝绸商贩，他们每每与"亨渝"绸布行结货款时，都称赞冀家在这兵荒马乱的时节依旧保证信誉第一，是真商家。

渐渐地，有人说冀家财富无人可比，也有人说，冀家财厚还仗义，以中顶着这些声名，快透不过气了。他蹲在一旁揉了揉鼻子，又搓了一把脸，心想，如果这些丝绸一直滞销，不知"亨渝"还能撑多久。掌柜说："东家，要不和他们说说，暂缓进货，哪怕等明年弥补他们的损失也成，万一字号崩了，家业垮了，还有甚面子里子？打肿脸充胖子，装到甚时候是个头？"以中一筹莫展，不耐烦道："行行行，别叨叨了，我心里有数！"说罢皱着眉头进了仓库一屁股坐在地上，望着成垛的丝绸苦思冥想。掌柜跟在后面，以为他有了什么主意，瞪着眼睛在一旁等，过了好一阵，发现他坐在地上还是一动不动，咦了一声："东家今儿是要对着丝绸格物？要不我陪东家一道格？倘若真格出了甚，能解了'亨渝'之难，怎么格都成。"

以中真的愁坏了。他想不明白别家字号的绸布行门可罗雀，唯冀家"亨渝"绸布行异常热闹，商贩们扎了堆地往这里送货，往年丝绸可是要几经催促才能进来，导致有人以为冀家要做丝绸霸盘。以中又想，或者是因为滞销导致了这样的错觉。以中气得把帽子扔在丝绸上，心想，瑛姑已因钱庄之事病倒，如果她知道积压了这么多的丝绸，不知得急成什么样子，结果更为焦躁，骂了句："我日他丝绸的祖宗！"可巧面色憔悴的瑛姑来了。以中只觉难堪，几乎抬不起腿，也不敢正眼瞧瑛姑，磨磨蹭蹭走到瑛姑身边，给她搬了张凳子说："娘，您身子刚好，这里有我呢。"

瑛姑本想责备他，又想，这天灾人祸谁逢上也难。他正逢人生难处，他之难又关系到冀家，于是换了口吻说："每日有源源不断的绸缎送上门，他们的确是不错的合作伙伴。"以中支吾着说："如今只进不出，一匹也销售不出去。我滞留蜀地多日，没想到汉口出了这么多事，折了我的霍掌柜不说，绸布行又遭积压。""你以为，是我们滞销而导致的积压？都知道我们家绸缎产生了积压，他们却乐此不疲越运越多，而我们急需的棉布却一匹也进不来，这不是人为，又是甚？"一语惊醒梦中人，以中恼怒道："从来都是儿算计人，还没被人算计过，没想到今日栽了这样一个大跟头！别让我知道他是谁，否则吃不了兜着走！"

第二日，有个商贩拉着满满一车丝绸。他是大客商，伙计待他特别客气，七手八脚先卸了他的货，迅速出了票据结了货款。商贩极其得意，揣好票据扬长而去。以中给旁边伙计使了眼色，伙计悄悄尾随商贩离去。瑛姑看着新的丝绸擦着旧的说："中儿，即使我们找到贼人，这些货也是我们预订的。他们是靠战乱先断了我们外销的路子，再钻合约的空子疯狂供货，目的显而易见。所以想法子将这些丝绸销售出去、盘活资金是上策。"以中皱着眉说："我日夜都在想如何将它们运出去销售。如今不太平，即便费九牛二虎之力运出去，京、津、冀、晋的销路也令人惆怅，恐怕成也丝绸，败也丝绸了。"瑛姑绕着绸缎一圈又一圈地转，以中只道瑛姑急得如此，恐她急火攻心又病倒，刚要安慰，瑛姑突然停下来，"中儿，既然往北的销路不乐观，为甚非往北墙上撞？不行就另寻方向，我们的目的就是将这些货销了，只要有利润，哪里都可以成为市场。"以中一拍脑门："我日日只想着怎么运到京津冀，咋就没往这上面想，母亲这样一说，倒真提醒我想起一件事。县令大人曾给我推荐过一位商友，姓葛，泉州人，他这几年经常东渡日本做丝绸生意，他曾说，我若有意愿为我牵线搭桥！"

"只是山高水远。"瑛姑有些担忧。以中却格外有信心："万事都有第一次，就像'巨盛川'第一次去恰克图、去库伦。小人想害死冀家，没准儿他又帮我们打开了另一片天地！"

隔日，以中通过冯县令约到葛财东，他听说以中手上有上千匹丝绸，拍胸脯打包票，丝绸能带多少带多少，到了日本，保证销售一空。以中虽高兴，瑛姑却思虑重重，有道是儿行千里母担忧。以中安慰瑛姑说："您忘了我们家祖上走西口，闯杀虎口吗？父辈可以做到的事，儿也必能做到。不过一个是陆路，一个是水路，万事都有第一次，没准儿水路比陆路还有价值。再者，葛财东推荐了一位可靠的日本商人，他叫本间阁冈，娘尽管放心。"以中心里早盘算好了，这笔生意就是刀山火海也得下。

以中这天又蹲在"亨源"绸布行，看商贩运送丝绸。掌柜发现他不似先前愁眉不展，偶尔还会笑呵呵与商贩们说笑一会儿。掌柜急得直跺脚，眼见账上没几个银子了，索性对众商贩说："我说诸位，你们喝了鸡血怎的？往年的货催也催不来，今年一个个不请自来，你们安的甚心？"众人见他态度不善和他抬杠："掌柜的怎么个意思？合约上白纸黑字，那可是写得清清楚楚，我们有多少你们便收多少，想毁约明说，整日板个酸脸给谁看呢，人家主东还没说甚！"几人吵嚷了几句，以中悠哉悠哉笑嘻嘻说："诸位诸位，掌柜和相好的吵架了，心情不好，故而冲你们发火，别介意别介意。丝绸嘛，就按合约上的来，该进进，我们不会少收一匹，大胆进！敞开进！麻溜进！照收不误！"掌柜的脸都气绿了，怒目瞪着以中，又环视了一圈众人，气哼哼回到铺里。

又几日，尾随商贩的伙计回来了。"摸清楚了？"伙计点头，原来是"晋丰源"在陷害冀家。以中不明白怎么得罪的"晋丰源"，瑛姑叮嘱他专心东洋贩丝，"晋丰源"的事她来处理。以中央求瑛姑，查到贼后，也要以其人之道还治其人之身，手段比他狠才好。

瑛姑将以中带到佛堂，拈了三根香，点燃，朝四面八方拜了拜，又朝观音圣像拜道："大慈大悲观世音，保佑我儿以中平安顺利抵达东洋。"说罢虔诚叩了三个头，而后又给以中拈了三根香："从明嘉靖年开始，冀家在外行商都会随身携带洪山合香，面向家乡早三炷，晚三炷，如今你要远渡东洋，多带些，一来可解思乡之情，二来，祈请神灵护佑你平安。"以中效仿瑛姑，拜过神灵，最后拜了瑛姑。

没出几日，以中收到日本商人本间阁冈的信，他承诺，只要丝绸质优价美，便如数收购。以中一刻都不肯耽搁，选了最近的良辰吉日，带了丝绸与洪山合香东渡日本。

外界传言冀家"顺达"钱庄出现了问题，濒临倒闭，所以霍掌柜才自杀。众人手持银票一窝蜂前来兑银，发生严重挤兑。伙计明确告诉他们，冀家就是砸铺子卖房子，绝不会拖欠一两银子，但依旧抵挡不住人们前来兑银。瑛姑只得调集在汉所有现银至"顺达"，瑛姑为安抚储户，命人在"顺达"钱庄外挂出一块牌子：为顾主兑银方便，本钱庄增设兑银点："乾宁"粮行。

日日有人来兑银，但总不见大主顾"豫丰公司"的柳东溪来，二掌柜有些沉不住气了。消息放出去这么多日，为什么还不见他前来兑银？瑛姑也陷入沉思。如果柳东溪存银贷银是场阴谋的话，必得釜底抽薪才能达到目的。所以瑛姑耐住性子，以不变应万变。

这天有个自称"昌源"的李掌柜来到钱庄。掌柜的前来，一定不是小数目，他会不会就是要等的人？奇的是，李掌柜见到瑛姑后，只是闲聊，只字不提兑银之事，瑛姑觉得此人有些怪异，便试探问："敢问李掌柜可是前来兑银？"李掌柜笑说："李某还真是为银子而来。""但不知多少数额？也好让柜上准备。"李掌柜神秘地冲着瑛姑伸出四根手指，瑛姑倒吸一口气，"如若柜上核阅无异，您即刻……便能兑。"李掌柜突然哈哈大笑："太夫人贵人多忘事，想来已不记得李某人了。我一不兑银，二不存银，我是来报太夫人之恩的！"

瑛姑一脸茫然，连连命人更换香茗。听他一番讲述，瑛姑这才想起来，眼前这位李掌柜，竟是多年前救他于危难之中的"茂源"李掌柜。瑛姑当年慷慨解囊四万两白银，他凭借这四万两白银漂亮地翻了身，还清所有外债不说，生意越做越好，待有了稳定的利润后，他将"茂源"改为"昌源"。前几日他听说冀家钱庄被恶意挤兑，如今冀家在汉四面楚歌，他想也没想，在柜上凑足了四万两白银秘密押运而来。瑛姑感动万分，不知说什么好，李掌柜感慨说："锦上添花易，雪中送炭难，我深知人逢难处时的不易，只是'昌源'不及冀家财厚，屈屈银两，还望不弃。"李掌柜走后，媛儿说："得道者多助，寡道者少助，若不是二奶奶常日待人慈悲，哪有今日的热炭！"

一晃月余。这天柜上来了一位客人，操一口河南话，不似寻常商人，进来便趾高气扬地将一张银票拍在柜上，柜上伙计一瞧，脸色瞬变，一边客气说："柳财东稍候，"一边悄悄让人往后院送消息。瑛姑不敢懈怠，千等万等他终于现身了。

瑛姑一眼看到柳财东，假意与他周旋："柳财东，您可能也听说了，鄙庄遭劫，您这银子，一时筹措不齐，这样可否，我们分四次给您兑齐，一次间隔一月，您看可以吗？"柳财东眯着眼说："不妥吧？我急用，当初都说贵号实力雄厚，信誉第一，保证随用随取，我才把银子存在贵处。"瑛姑叩着双手说："实在是遇到了特殊情况，银两本息我们必不会少您一两，不过是略延长兑银时间。你我都为商，知道这行商的不易，还望您能宽限些时日。"柳财东没吱声，冀国栋赔着笑脸说："外面兵荒马乱的，万一有个闪失，不如用多少取多少安稳。"柳财东眉毛一横，丝毫没有可以商量的余地，瑛姑只得命柜上如数兑给他。再有人来兑银，便是扒了皮也兑不出了。

冀国栋摸了摸腰里的短刀："太夫人，是不是轮到我粉墨登场了？"瑛姑点头，"多带两个人，务必打出他的原形！"冀国栋等人一路尾随柳财东，看到他走进"晋丰源"生丝行，又过半晌，他从商号出来竟换了装束，背个褡裢，戴个墨镜朝四处张望，而后晃着脑袋离开。冀国栋一路尾随，待他进入一家驿站休息，冀国栋订了间与他毗邻的客房。

后半夜，柳财东正熟睡时，只觉得脖子被凉冰冰的利刃抵住，一睁眼，一把刀横在他的脖子上，他吓得大叫，发现嘴巴已被堵住。他不知道发生了什么，刚想反抗，黑衣人用刀尖竖在他嘴边，他吓得连连点头，黑衣人这才将他嘴里的布抽出来。

"别怕，爷跟了你一路，见你取了大把银子。"柳财东磕磕巴巴说："我说英雄，我没银子……"话音没落，脸颊一侧已被划破，柳财东立刻改口说："我有我有！银子，银子都，都在褡裢里！""你当我是三岁孩子？那几个银子怎么够我山头那些兄弟用？"柳财东哭丧着脸说："好汉！我这是倒哪辈子霉了，我真是没银子，我这些银子也是装了一回有钱人才挣来的，你打劫打错了，银子都是'晋丰源'齐掌柜的！""你小子还敢蒙我？我亲眼看到你兑了大把的银子！""是我兑的不假，就连存也是我存的。好汉面前不说假话，是齐掌柜雇我演的这出戏，只说事成之后，给我这个数，余生让我回河南老家养老，再不许出现在这里，我句句实话，好汉饶命啊！"

不知不觉，又过了几个月。瑛姑前脚刚进屋子，后脚就听外面有人嚷嚷，"四爷回来了！"以中此次东渡东洋，获利甚丰，不仅将带去的丝绸销售一空，还与本间阁冈签订了三年的生丝与丝帛购销合同，并且本间阁冈还预付了下一年丝帛的款额。

　　在日本，以中住在本间阁冈家。本间阁冈家喜欢熏香，以中闻着他家的香料一般，想起随身携带的合香，于是点燃三支，香气缭绕，本间阁冈家人喜欢上了这款香。以中随即赠送本间阁冈，本间阁冈又转送其他贵族，没想到一传十十传百，待以中回转时，本间阁冈与其他贵族又与以中签订了大单洪山合香。

　　以中问瑛姑查没查到小人是谁，瑛姑告诉他"顺达"钱庄与"亨源"绸布行皆系齐彪设计陷害。以中愤怒地说："偏巧这次去日本，我得到'晋丰源'生丝行货源与价格，我叫他如何窃取我们家的白银，便如何乖乖地给我吐出来，我要把齐家从汉口弄倒！"瑛姑眼里闪过一丝忧郁，沉默良久。以中见瑛姑突然不开心，转了话锋说："娘，说来不信，中日生丝利润可达近三百多个点。便是次等丝利润也可达两百多个点，东之利，倍蓰于西啊。"以中看到瑛姑愣神，"娘，您怎么了？"瑛姑回过神来，"此商机不可错失。"以中得意笑说："我这次要顺手牵羊，必得教训教训齐彪！""得饶人处且饶人。齐家的事，你勿插手，我自有定夺。"以中明白了什么，"齐恒的死和您没任何关系，乱枪无眼，您勿自责，齐家若以此迁怒于母亲，娘能忍，儿不能忍！"瑛姑将茶碗重重顿在桌上："我再说一遍，齐家的事我自有主张，你不许插手！你也累了，早点休息，明日还有重要的事等你去做，不要让这些恩怨情仇绊住腿脚！"以中嚅嚅答应，却背着瑛姑，与赵管家盘算如何报复齐家。

　　赵管家因与瑛姑共事了一段时日，确信瑛姑名不虚传，劝以中还是听瑛姑的。以中却觉得，瑛姑再能干，也是女人。男人之间的事女人有时候不懂，再者，瑛姑太在意声名。这些年，瑛姑将大把的银子用在声名之上，可声名毕竟是虚的，没有相当的有形财富支撑，谈何高屋建瓴。眼见别家高庭大院起，而冀家依旧是冀国定在世时留下的"五信堂"。赵管家见以中主意已定，只得与他暗中行事。

此事的运作离不开冀国栋，而冀国栋是瑛姑极为信任的人，他能不能答应，以中没有把握，所以选了个时间，让赵管家请冀国栋一同小酌，试探他的心思。再说冀国栋随瑛姑来到汉口后，耳听业界对以中赞声一片，眼见汉口的生意打理得井井有条，看得出瑛姑对他寄予厚望，以中待他谦和又客气，所以与以中走得越来越近。清酒入肠，冀国栋的话多了起来，他和以中说起曾和冀国定一同畅游绵山的经历，末了说："你爹若看到你已能担起冀家大任，定能含笑九泉了！"以中鼻子一酸："我爹走时，我们尚小，幸亏娘撑住了门户。"冀国栋端起酒杯道："日后四少东若信得过我，我定鞍前马后！"

过了两日，以中带着冀国栋悄悄来到浙江湖州七里村。又过七八日，以中远远望见几辆马车浩浩荡荡从山脚下逶迤而来，一包包捆扎好的生丝将马车装满。以中问冀国栋，"看清楚了吗？"冀国栋很自信，"刻在眼里了，若想忘，需将双眼剜了。""记清装车数量，外包裹布的颜色、式样与捆扎，牢记入港后的车马停放位置。另外，这些不够合约上的数量，我还得再买些。"又几日，以中顺利抵沪，港口繁忙。停泊靠岸的船只排着长队，这边卸齐家"晋丰源"的生丝，那边卸冀家"广悦祥"的生丝。

齐彪看到冀家也进了数目不小的生丝，暗暗蹙眉，他狐疑冀家到底有多少银子，这么折腾好像还没伤到元气，但还是装模作样与以中打招呼，"四少东，马太夫人掐出生丝有利可图吗？说不定我也借太夫人的神算获些薄利。"以中长叹，"鄙庄遭贼人暗算，母亲说，多行不义必自毙，天网恢恢，疏而不漏，母亲不只掐出生丝利厚，还掐出贼人乐极生悲！""看不出马太夫人不只在生意上精明，还能未卜先知，神，真是神！四少东你好生忙，我也忙去。"说罢哼着小曲离开。

入夜，星稀云厚。以中请齐彪小酌，齐彪怀疑以中暗使伎俩，以担心货物出差错推脱，没想到以中端着酒壶，拎着食盒亲自上门，还一脸神秘地说："我从日本得到些商机，不瞒你说，冀家已捉襟见肘，想与你合作，不知齐掌柜可有兴趣？"

齐彪一听，心中得意，于是笑容满面与他对酌。以中便将他在日本所看到的风土人情如实为齐主东描述，又为他讲述日本国喜好，齐彪听得入迷，不知不觉两人都有了醉意，齐彪说："你小子……你早说啊，早说我们一道发财。"

几个黑衣人潜入库房，看守货物的皆昏睡，为首的执一柄明晃晃的短刀，皆束黑色衣裤，黑布遮面，有的拿绳索，有的拿麻袋，有的拿包裹布，执短刀的说："要快，时间不多他们便会醒来！"一阵忙碌，神不知鬼不觉几堆货物被调换了位置，临离开时，执短刀的又说："记得明天早早来提货，撤！"便风一般离去。

第二天一大早港口验货的时候，一堆货物被众人围堵得水泄不通。冀家"广悦祥"掌柜和伙计疯了一般将货物翻得乱七八糟。掌柜骇然："这是怎么回事？这是怎么回事？"手里捏着一团乱絮踉踉跄跄，跌坐在一旁欲哭无泪。伙计们也傻了，"掌柜的，我们是不是被人调包了？"齐彪"呸"了一口说："小子还嫩些！马太夫人，你千掐万掐也掐不到有此一劫吧？"说完一甩辫子乐呵呵朝货物局去提货。

这边冀家唉声叹气不知所措时，那边有人大喊借过借过！"晋丰源"的货到了。

齐彪心里乐开了花，他只是命人将冀家的生丝调包成残次品，没想到他们直接调包成棉絮，这招够狠，但太合他的心思了。齐彪心想，冀家接连受挫，估计蹦跶不了多久了，只要冀家一倒，也算了却一桩心腹事，只是齐恒之死……这时，他看见法国商人已等着验货，急忙走过去。

他们之前有过几次交易，合作默契，所以此次交割依旧采取抽检。

法国商人随意抽取一包拍了拍："'晋丰源'的货从没让我们失望过，它们细、匀、坚、白、净、柔、韧，我大伦敦极爱。"说完冲齐彪竖起大拇指。"何止巴黎极爱，英国和日本也极爱。"

"刺啦"一声，一包生丝被打开。"不瞒先生，另批生丝已发往广州，它们经澳门去英国，与我合作，尽管放心！"齐彪满面红光。

"嗯？这是什么？"法国商人吃惊地从包里拉出一团乱七八糟的东西看了看，扔掉，又抽出一些，是一团乱絮。齐彪被眼前的景象吓呆了，他重新打开一包，是乱絮，再打开一包，依旧是乱絮，他抓着乱絮嚷嚷："这是怎么回事？生丝哪去了？"围观的人群听说"晋丰源"的生丝也被调包了，又都哄聚到他这里。

"今天真是怪了！"

"港口奇闻！"

法国商人叫嚣着："哦！我的上帝！齐掌柜，这是怎么回事？我的货船都定好了！"

"这一定是个误会，您少安勿躁，可能货提错了，我去看看。"说毕顶着一头汗往回跑，他边跑边梳理这一路的环节。七里村装货时为防止差错，他看着装货，从湖州往上海，中途歇脚未敢大意，只有昨天卸货时没盯着，以中过来饮酒是有意为之还是巧合？齐彪虽然这么推测，但仍心存侥幸，或许伙计们粗心，错装了货物也说不定。当推开仓储大门，齐彪彻底傻眼了。地上大宗货物空空如也，他靠着大门滑落跌坐在门口，心里骂道：蠢货兔崽子们！是不是手忙脚乱中，不留神弄错了……他懊恼地捶打着他的脑袋。

齐彪正沮丧的时候，冀家"广悦祥"周掌柜也上气不接下气跑回来，想看看仓库内是不是提错了货，他在空空如也的地上来回打了几转："我滴那个天娘啊，这是怎么回事？"他同情地看了看齐彪，梦魇一般走到齐彪跟前，拍了拍他的肩，摇摇晃晃往回走。

周掌柜路上看到冀国栋，腿一软，险些没站稳。冀国栋一把扶住他："周掌柜，莫慌，我带你去个地方。"两人走到港口旁的山丘之上，冀国栋指着一艘货船说："周掌柜，你仔细看，谁在船上？"周掌柜这才勉强打起精神，眯起眼睛望去。但那船宛如海上一帆，只见船形，哪里能看清人影，又萎靡下来。周掌柜只道冀国栋在安慰他，心想，生丝铺还没正式挂牌，就出了这样大的差错，无脸见以中，更无脸见马太夫人，生了辞柜之意。冀国栋看到把周掌柜吓到了，这才告诉他船上的人是以中，发往日本的生丝已如数装船，以中二渡日本。

周掌柜完全糊涂了。冀国栋说糊涂就对了，不必知道详情，只消回去安安稳稳地做好周掌柜，把"广悦祥"的生意做红火便好。

满怀喜悦的以中漂洋过海，再次顺利到达日本。但生丝在交付的过程中，发现提前装船的那批生丝变成了残次品，他左寻思右寻思，恍然大悟，没想到齐彪竟是只老狐狸。以中只得坦诚向日商做了解释，心甘情愿承担这部分劣质生丝的全部损失。这一趟东渡日本，险些砸了招牌。

两个月后，以中回到汉口，与瑛姑说起这桩事，发誓要将齐家赶出汉口。瑛姑说："这样冤冤相报，积怨会越来越深，对谁也不是好事。""难不成总让他在暗地里兴风作浪？""中儿，害人之心不可有，防人之心不可无，你们能这么容易得手，说明货物在运输与交易过程中存在漏洞，这个漏洞不弥补，日后还会有类似事件发生。"以中忽生灵感："是不是可以借鉴银票上的防伪水印？""你的意思是，把我们家的字号以水印形式做在素布上？中儿的办法妙啊！"以中听到瑛姑夸赞，心下得意，突然看到瑛姑变了脸色："谁让你自做主张调包货物？"瑛姑声音并不高，但字字透着震慑力。以中不服气，说："他明里暗里下的都是死手，哪一桩哪一件不是万劫不复的手段？""他是他，冀家是冀家！莫因他恶我们也要变恶！好在你是个机警的，为掩人耳目，故意将咱们家的也调了包。"以中不觉得有错，反倒觉得瑛姑小题大做。瑛姑见他并不认错，怒斥道："再和你说一遍，齐家的事不许你再插手！"以中不再吱声，瑛姑见以中面露委屈，又说："中儿，男子汉大丈夫当有容人的雅量，容人也是容自己。你务必学着全盘考虑才能掌大舵，不能只盯着汉口这方寸之地。"以中听出瑛姑的弦外之音，承诺瑛姑日后再不会鲁莽行事。

一个月后，冀家的"广悦祥"生丝铺正式创立。锣鼓喧天，爆竹震耳，以中望着"广悦祥"生丝铺招牌上的红绸缓缓被揭开，激动不已。

三十四章　标利

　　瑛姑于第二年入秋的时候回到了介休。生活在介休这片土地上的人们一如既往地日出而作日落而息，远在南方的那场战事成为他们茶余饭后的谈资。衙门在城门贴满了公告，说太平军所过之处烧杀抢掳，无恶不作。若不是亲历了那场战事，瑛姑或许和他们一样，只能凭借各种道听途说对太平军进行妄测。但事实是，李如约的死使瑛姑对朝廷有了质疑，太平军使老百姓陷入了更深的水深火热之中，谁能真正地救国救民？

　　夏季标利的制定和往常一样，瑛姑不到，无法开标。瑛姑依旧坐在上宾席位，经过对市场行情的推断并结合冀家白银的收放，瑛姑给出适当的标利。闲谈时，婖儿拿着一封信慌张跑进来："五爷从京城来的急件，信差说，五爷叮嘱，一刻不能耽搁。"众人见瑛姑突然有事，谁也不再作声，堂内安静无比，又因标利已定，便三三两两与瑛姑辞别。瑛姑迅速浏览，一瞥眼发现齐彪躲在暗处，于是将信揣进袖中故意大声说："果然极为重要，回柜上。""太夫人还请留步。"齐彪走过来："太夫人，我们顺路，不如同行一段可好？顺便说说我们那些生丝如何就变成了乱絮。"瑛姑淡然一笑："还不都是托齐掌柜的福，这商海啊，风云变幻，此一时彼一时……"瑛姑话还没说完，突然听到锣鼓开道，原来有人中了举，披红挂绿，正骑着高头大马风光游街。

是杨玉臣中了举，瑛姑想起如珂。如果当年她没有横加阻拦，这位高头大马上的举子就是如珂之夫了。瑛姑来到正街，看到杨玉臣高高在上，不知是过于得意，还是人多眼杂，杨玉臣风风光光从瑛姑眼前走过，好像没有看到她，众人前呼后拥着往前街走去。

瑛姑没心思再与齐彪闲聊，匆匆上了马轿子。掀开轿帘时她迟疑了一下，顺手将以和的信从袖中抖落，而后钻入轿中，命轿夫赶马。她听到齐彪喊她，也听到他说有东西掉落，瑛姑浮起一抹笑，眼里却泛着清冷的光。齐彪见马轿子走远，又见四下无人，索性拾起来于无人之处悄悄打开：

二娘大人膝下：

　　见字勿念！

　　有一要紧之事望二娘速定。京城有一名伶，名平龄，与一品大学士柏葰交好，欲参加来年会试，其不日将往平遥，儿与他有些交情。据平龄道，柏大人极喜与晋地商人结交，孩儿私以为是天赐良机，望二娘着手安排。

　　另：长毛军欲攻打天津，衙门率兵七千余人破坏运河堤岸，引水环城，阻滞长毛行动。儿坚信长毛不能攻破天津城，但也做好了所有字号的收撤准备，儿已告知闫家姐夫，珂姐姐有孕在身，余者一切皆安。

　　……

　　不孝儿以和叩首

齐彪看毕，将信团揉塞进袖中急忙离去。

世间万物都在按节气生发枯荣着，人事也在按既有规律进行着。没过多久，齐彪不只结识了平龄，还经他牵线结识了柏葰，一时风生水起，呼风唤雨。

以和不明白瑛姑为什么放着这千载难逢的机遇不用，而费尽心思让给了齐彪。瑛姑说，"柏莜是重臣不假，但再重，也是臣子、是奴才。你爹当年如果想走这条路早走了，那还是王爷呢，你爹都没放在眼里，何况柏莜。再者，按清律伶人不能应考，官场险恶，冀家祖训切不可当儿戏。"以和还是觉得瑛姑错失了良机，有些遗憾道："这应与不应之间，难说孰对孰错。那二娘为甚将这消息漏给齐彪？""万事不可存侥幸心理。欲人勿闻，莫若勿言；欲人勿知，莫若勿为。想想范家，他们家因官商而兴，又因官商而衰，虽然功不可没，朝廷还是因他亏折日深，革除了他们家在内务府、户部等衙门的官职，还着令严加审讯范氏兄弟，查封家产，最后还不是落了片白茫茫大雪真干净！齐彪不是一直想走这条路吗？那就给他创造条件，条件具备了，余下的，就看他个人造化。"

以和晚年时常常细品瑛姑这段话，原来这人与人之间，除了明枪暗箭，还有另外一种制衡。

瑛姑因在汉口亲历了战乱，眼见冀家字号九死一生，故而又开始担心天津。以和这些年人脉极广，他能通过各种渠道打探到战事，但战争无情，胜败也是一瞬间的事。瑛姑叮嘱以和，万一城池陷落一定要以人员安全为上，银资能转则转，能藏则藏，闫山清没有什么依靠，务必照顾好如珂夫妇。

半年前，闫山清的"宝源"银楼斜对面新开张了一家"益兴"银楼，不知什么缘故，自从"益兴"银楼开张以来，"宝源"的生意日渐萧条，最令闫山清不解的是，多年的老主顾也弃"宝源"而去。

如珂已有孕在身，闫山清自然不会和她说店里的事，但哪里能瞒得住她。如珂几次悄悄遣人去"益兴"银楼，原来是"益兴"银楼的价格便宜。如珂委婉提醒闫山清适当调整价格，但后来发现，"宝源"只要下调，"益兴"势必跟着下调，调来调去不能再调时，"益兴"还是比"宝源"低。闫山清核算，"益兴"的价格无利不说，还亏损，明摆着是要将"宝源"挤出宫北大街。生意萧条，又逢闫母病重，几经医治不见起色，闫山清焦躁不安。如珂听得民间有一偏方能治，但需要女儿身上的肉做药引，如珂未加思索，命人在臂膀取了肉，闫母服过，病情果然好转。

有一日闫山清与以和小酌，把疑惑告诉了以和，以和说："我来想办法。"

"我想不起开罪过谁。"

"人生在世，保不齐什么时候就得罪了人，你放心，我会查清楚。"

以和走后，好多天没消息，闫山清以为以和受阻，心想，他若查不出，"益兴"定是有不小的来头，既然"益兴"这么容不下"宝源"，"宝源"也不能再坐以待毙，第二日便登船往金陵请金银泰斗出面调停。闫山清前脚走，以和后脚便来了。当他得知闫山清去了金陵，命人前去拦截。

如珂看出以和心事重重："以和，是不是银楼有消息了？"

以和点头，"珂姐姐，有些事本想瞒着你，事到如今，无法瞒了。"

"出了甚事？"

"'益兴'银楼……是如琤的。"

如珂惊愕："如琤什么时候来天津的？她这么做是甚意思？"

"杨玉臣中举后，一心想在天津谋个仕途，如琤便托我找门路，故而托了人为他寻到在侯门做幕僚，不得不说，他还是有些谋略，深得赏识，短短时间内竟发达了。再后来，他们夫妇说想捐个官，手头紧，我便借了些银子给他们，我并不知道他们要开银楼，掌柜是杨玉臣的表弟……借银子的事我没和二娘说，因为我估摸着，他们若经营有方，三两年便还上了。"以和虽然说得委婉，但如珂听明白了，她说："我已出嫁为人妇，娘家的事不好说甚，琤妹妹是你的亲妹妹，你怎么做都不为过。""我视你如亲姐姐，和如瑾一样。"以和又说："如琤善妒，又好强。杨玉臣外放为官，她该本本分分相夫教子……还有件事，"以和探了探身子，"我已命冀家字号该关的关，该停的停，珂姐姐也要有所早准备，我，我没告诉如玎。"

两日后，静海陷入战乱，天津城内匪徒趁机作乱，因如珂早有准备，"宝源"免遭一劫，"益兴"却在劫难逃。如珂突然有些后悔不该视"益兴"于危难不顾，又一想如玎不顾姐妹情分，逼得"宝源"几乎停业。大街上百姓叫苦连天，虎狼当道，百姓遭殃，如珂说："我辈不出手，儿孙定遭殃。只恨我女儿身，不能执枪披甲杀敌报国，我要捐助！"

如珂将陪嫁全部捐助，接着，许多女人效仿如珂，有捐镯子的，金钗的，耳环的，女红刺绣的，甚至鞋袜的，不一而足，引得街巷皆知，因此事，有人又说出她剜肉侍奉婆婆，接着她的文章在大街小巷流传，她被人们称为奇女子，最后传至衙门，衙门报到朝廷，朝廷封了她夫人。消息传回介休，冀家皆喜，瑛姑默默流泪，越觉得委屈了如珂。

咸丰六年春，万物复苏。虽然战事不断，但以廉窗前那两株西府海棠涉过冬梦，以它最为热烈的方式绽开了。瑛姑连着几晚举灯赏花，她听见一粒种子在长梦里发芽，听见生命在泅渡。

今天是平遥商界夏季标利制定商会，请帖早在上月就送到。天气寒暖不定，瑛姑染病，又因冀家的一收一放对市场影响巨大，所以瑛姑不到，不敢开标。不知道的人，以为瑛姑和当年的齐主东一样，仗着财大气粗摆架子。

媛儿这些年跟着瑛姑耳濡目染，对商业的事也明白了七八分，瑛姑说她已不是当年天真烂漫的媛儿了。她常对媛儿说做人做事，都讲一个用心，好比有人在佛祖面前日日撞钟，最后未必成佛，而路过的羁旅、飞鸟，因缘合和用心听了几回佛法，便修成正果。闻道有先后，术业有专攻，不外乎"用心"二字。媛儿若有所悟，问瑛姑："那您说，我是那撞钟的和尚？还是那路过的飞鸟？""你呀，既没耽误撞钟，也没耽误修心。"

平遥有条热闹的商业街，聚集了太谷、祁县、介休、榆次一带的富商，故而商号林立，人马穿梭，其繁荣景象不亚于京城、汉口。

瑛姑远远看到侯家姑爷"蔚泰厚"的票号，婳儿说："听说侯姑爷经营有方，'蔚泰厚'日进斗金呢。"瑛姑说："'蔚泰厚'本是侯家绸缎庄，因为'日昇昌'两掌柜不和，姑爷花重金将二掌柜毛鸿翙挖了去，为这事，我和姑爷闹下矛盾。姑爷倒也是个实诚人，对毛鸿翙笃信不疑，除了在'蔚泰厚'给他一捧人力股，还在'新泰厚'给了他一股，让他以两个满额股加参分利。毛鸿翙不负期望，如今也只有侯家能与'日昇昌'抗衡。""为甚咱们家不开办票号？我算过一笔账，经过此次暴乱，如何运解京饷成了各省头疼的事，侯姑爷抓住这个机遇，着实赚得盆满钵满。""票号若想做大做强，必须依靠朝廷官吏俸禄、八旗军费以及皇室费用的汇兑，只有这些京饷巨款注入票号中，才能真正做到汇通天下，但这就违背了我们家为商的根本啊。官商之间从来都是一荣俱荣，一损俱损。因这事，我担心姑爷卷入其中万劫不复，辉煌可以瞬间来，也可以瞬间倒。他非但不理解我的良苦用心，还暗嗔我一介女流，为此不欢而散，多年不登冀家的门。"

瑛姑进了议事堂，众人早已恭候。瑛姑有些不好意思，掌事的立刻说太夫人能到，他们心里便有底了，又问瑛姑一收一放是不是有什么妙招。齐彪也在，瑛姑见到他又觉恍惚。

掌事的一经提议，众人满眼期待望着瑛姑。这场面说也不是，不说更不是，瑛姑只得谦辞道："我一介女流，本无心弄商海，但时事弄人，拙妇才不得已强撑家业，让诸位见笑了。我哪有什么妙招，不过是误打误撞罢了。"众人哪肯罢休，一再恳请，满屋子人皆屏气凝神，婳儿看到无人不倾耳注目，即便是齐彪，虽然依旧傲慢，但他双目微眯，嘴唇紧闭，十指相扣，两个大拇指相互缠绕，也在洗耳恭听。瑛姑唯恐辜负众人心意，只得说："不瞒各位，我也有生意上的迷惑，还望各位能指点迷津。虽然战乱导致商业萧条，但因为通商口岸的增多，越来越多的洋人进入我国，他们几乎垄断了茶业，如今又有垄断丝绸、瓷器的意思，华夏大地，几乎成了他们免费掠夺各种商品的市场，所以近几年投资要谨慎，在弄不清楚局面之前，我建议夏季的标利下调。"

有人问，世道动荡，战乱过后，不知会带来怎样的商机？瑛姑忧心忡忡地说："据说朝廷在此次战乱中缴获了一批洋枪、洋炮，也许我们的刀枪剑戟、斧钺钩叉将来没有用武之地了。用不了多久，我们行商的模式也许会受到冲击，至于茶业、丝绸、瓷器还会不会是紧俏商品，这些都难下定论。各种条约的签订带来了耻辱，也带来了无限可能。"此话匣一打开，有人说，货物运输全凭脚力和畜力，再变革，货物还能自己飞过去不成？有人说，任凭洋枪洋炮，还能洞穿了厚厚的城墙不成？还有人说，再变革，该织布的织布，该犁地的犁地，人总得吃穿吧？

瑛姑说："非也。固有的商业模式一定会发生翻天覆地的变化，说不定货物不再用驼队，洋枪洋炮不只能洞穿城墙，还能从海这边打到海的那边，织布不再需要手摇，犁地不再用锄头，一切未可知，至于会怎么变化就不得而知了。"

掌事的说道："坊间传言，道光帝曾问英吉利到底在哪个方向，女王有无婚配，和俄罗斯是否接壤，与新疆有无陆路可通。朝廷尚且对这一切不知，百姓更加无知，所以大清被漂洋过海而来的外夷打败一点不意外。"瑛姑又说："不怕不知道，就怕愚昧还自视清高。徐大人初到福建，面对浩瀚的海洋与鲜为人知的新鲜事物，和其他官员一样，觉得大海就是天堑。可是仅仅三年后，大清国就被从海上远道而来的英国舰队打败，又是割地，又是赔款。"

齐彪一边鼓掌一边拈着酸说："马太夫人当真令人佩服！虽然足不出户，却对当朝形势如此清晰。听说太夫人有不少幕僚，看来传言不虚。"瑛姑一笑："齐掌柜过誉了。拙妇不过是在其位，谋其事。"

商会结束，众人凭借瑛姑的信息，打着各自的盘算离去。这时过来一人，与齐彪并肩看着瑛姑："这女人不一般，你我未必是她的对手，你有何打算？"齐彪阴笑，"这大好的春光，怎可只她一枝独秀？"那人冷笑："齐掌柜太拿自己当回事了，你还是好好想想，如何给诸位大人分红利吧！"说罢一拂袖走了。齐彪心里骂娘，"狗眼看人低，过不了多久，你见了爷都得给爷提鞋！"

三十五章　生日

　　一年将尽，以和从京城回来直奔冀煊照。自打成亲后，以和变得更加沉稳，又与冀煊照有着师徒名分，所以两人格外亲厚，常常忙过两三天后他才去看望谷穗。这天他忙完去看谷穗，听到妻子梁氏与谷穗在聊家常。

　　"娘，我爹说，他上次为以和引荐的贝勒府的人夸了以和呢！说以和是真儒商，伟丈夫！"

　　"等以和回来了，采买些好东西，你俩一同回去孝敬孝敬你爹。"

　　"谢谢娘！"梁氏要说什么，又咽了回去。

　　"怎么了？"

　　"听说二娘心中早有了人选，明眼人都知道是谁。虽说他和以和旗鼓相当，可论人脉，论能力，当推以和！我担心任凭以和为冀家立下了多少汗马功劳，到头来都是白费。我爹说了，他愿意助以和一臂之力。"

　　"母亲！"以和推门而入。梁氏看到以和突然回来，又羞又喜。谷穗正做针线，炭笼温暖着整个屋子，两人含情脉脉的模样都被谷穗看在眼里，她会心一笑说："回去吧，我吃得好睡得香。"说罢将针在头发里擦了擦。以和早就发现，谷穗不知从什么时候起，突然变了一个人，变得安分起来，安分得连院子都不出。他一直不解其中的原因，但谷穗安生总是件好事，所以从没过问缘由。梁氏曾问过以和，以和编了个谎言，说谷穗思念冀国定和王菁仪，不忍睹物思人，所以大门不出二门不迈。

还有件事，以和没想到以中在汉口也偷偷创办了票号，冀煐照提醒他，冀家下一任掌门的事该运作了。以和说："是不是早了……"

冀煐照一抬手，制止以和讲话，"太夫人虽说英明，但到底是个女人，也是个母亲，世上哪有不偏爱自己孩子的母亲？太夫人年岁渐老，难免犯糊涂。我时常想，倘若你爹还活着，你们这几个儿郎他会选择谁？"以和含蓄一笑："大哥早无意掌门，以正散淡不争，都说我与四哥不相上下，那么无论是四哥、还是我掌家，都不会有辱冀家门风，况且四哥又是二娘之子，我不敢想，也不敢去争。""此言差矣！你虽然平时以中庸自处，但关键时候，该出手时还是要出手。以中是与你不分伯仲，但他有个致命缺点……"话未说完，伙计传话瑛姑议事。冀煐照说："太夫人回来了，想必有新的消息，你先去，我随后到，回头我们再说话！"以和急忙往外走，冀煐照望着以和，想起他小时候偷偷拜他为师的情景，那个小小的少年如今已是叱咤商海的真男人。

以和进了瑛姑的院子一眼看到娓儿。娓儿也看到了以和，心想他已成亲，为他好还是应该避嫌，于是急忙回避。以和跑过去拦住她："娓儿，你听我解释……"娓儿立刻打断他："甚也无需解释，本来也无甚需要解释，我甚都明白。"说罢跑开，以和失落半晌，蔫头耷脑地去看瑛姑。

谷穗从见到以和后，整整一天都郁郁寡欢，她觉得以和与她之间始终隔着什么。冀家儿郎虽说都不俗，但她坚持认为以和是最出色的那个，不仅仅因为是他亲娘，而是冀煐照也这么夸。谷穗听人说以和将京津冀的生意打理得风生水起，还解决了一件极为棘手的事，那事不亚于以中打击"晋丰源"。谷穗心里盘算，怎么才能让以和压住众兄弟，独揽风光，而后借众人悠悠之口逼迫瑛姑大权下放，只要能为以和铺就一条坦途，那么死而无憾了，一想到这里，又因被困帮不到以和而焦急万分。谷穗太清楚以和了，都说他为人行事像冀国定，其实他更像他的曾祖父冀之瑜。谷穗曾试探过以和对瑛姑的看法，以和说他备受瑛姑信任，还为他聘到名门望族之女，话里话外都是对瑛姑不尽的感激。谷穗脸上的笑容凝滞了。她纳闷这个女人不只将商业的事弄得特别清楚，还能让以和唯她是命，这问题搅扰了她许多年。如今梁氏有了身孕，明年的时候，也会有孙儿绕膝承欢，她认为她们母子能有这样的光景，还有一部分原因——瑛姑多少忌惮她才不敢小觑以和，可恨以和不懂。

采芹双手捂着脸进来："下雪了！太夫人让人备了羊肉，吩咐明儿为您做几道菜。"

"哪里疯去了？"

"我将姨奶奶的裘袄、棉氅放雪里收拾收拾，恰好遇到婩儿她们，于是一起玩雪。"

谷穗听到婩儿的名字，想起什么，"婩儿不小了吧？怎么还不聘人家？"

"听说相看了几家，没中意的。"

谷穗冷笑，心想：做她的春秋大梦，老娘活一天，就别想踏进以和的门！随即一转念，对采芹说："明儿我生日，从老爷去世后没和二奶奶好好吃过一回饭，既然二奶奶特意为我安排，不如将她请来，我们好久没说说话了。"

第二天，山苍水寒，整个介邑笼罩在一片白茫茫之中。采芹来请的时候，瑛姑思量了好一阵，决定去。

婩儿将狐裘披在瑛姑身上："姨奶奶也是个怪人，早年间，偌大的院子没她逛不到的地方，哪里有风吹草动，她比谁都清楚。后来竟一步也不出院子，以为她和大奶奶一样开始吃斋念佛，但她也并不信佛。"瑛姑面沉如水说："告诉以和去给她母亲过寿。"

谷穗早在廊檐下等瑛姑，当她看到瑛姑冒着大雪进了院子时，破天荒笑了，而后扭着腰肢从廊檐走下来，捏着腔调说："哟，二奶奶终于肯大驾光临，我还算有几分薄面。采芹，布菜，我要与二奶奶好好喝两盅。"说罢掀开棉帘，瑛姑淡淡一笑，径自走进屋内。屋内拢了两盆炭火，温暖如春，采芹在一旁布菜，一切妥当后，瑛姑命娿儿与采芹去玩。

谷穗是和王菁仪一般的人物，即使岁月无情，她二人照样是同龄人中的佼佼者，虽见老，但风韵犹存，她含笑端起酒杯："今儿我生日，二奶奶肯赏脸，我先干为敬！"说罢仰头尽饮杯中酒。瑛姑没急着端杯，而是说："你我同为老爷妻妾，可我是个命苦的，老爷撒手只管他走了，丢下一摊子事，大到柜上，小到生日我都不敢错漏。你是个精明人，说话做事向来有主意，好在祖宗庇佑，我也算能交代得了老爷了。"谷穗不屑一笑说："再有主意，也算不过二奶奶不是？"说着将她的酒盅斟满，替瑛姑把酒盅端起来，瑛姑没接，用手理了理两鬓说："我常问娿儿，为甚李姨娘总那么年轻，你瞧我这两鬓，满是华发啊。"谷穗放下酒盅，也理了理头发："二奶奶说笑了，单说漂亮，我再没见过比大奶奶漂亮的，可是漂亮值几个银子？日子过着过着，美的看不出哪里美，丑的也瞧不出哪里丑，脸上都是七个窟窿一堆褶皱，二奶奶没听过外人如何评价我们吗？"瑛姑好奇："我还真没听说，如何评价？"谷穗掩嘴笑："没想到二奶奶还有没听说过的，我只以为，这宅子的风要怎么刮，雨要怎样下，都逃不过二奶奶的眼。想来是日夜被柜上的事缠绊着，所以无心听这些闲话，不像我，整日靠着这些闲话活。"瑛姑低眉一笑，并不搭言。

"人们都说，老爷有四美，大奶奶袅娜如荷，二奶奶清灵如梅，郭雯锋芒如月季，说我呀，是那无骨的芍药，二奶奶觉得可是恰如其分？"

瑛姑细细品味起来。王菁仪清泠不俗，温婉中又自带疏离，果然如荷；芍药又称无骨花，生就柔美婀娜，正符谷穗之态；郭雯沉默有正见，自得别种风韵；至于她是否清灵如梅，瑛姑笑说："还别说，以花喻人，你们三人的确人如花，花如人，只是梅之于我，我哪有那样的品格。"谷穗露出少有的正经之色："二奶奶自谦了，我与大奶奶初次听到这种说法时，觉得恰如其分。"瑛姑面露凄清说："只可惜，花无百日红，人无千日好。"谷穗也幽幽说："这些日子不知为甚，总会想起陈年旧事，如同做了一场梦。这场雪下得神清气爽，我有些怀疑……我是不是的确做过一些糊涂事。"她在含糊其词间讪笑一会儿，又将瑛姑那杯酒端起来，"今儿是我生日，如果二奶奶不与我计较那些陈芝麻烂谷子的事，还请二奶奶饮此一盅。"瑛姑依旧不接酒杯，而是定定望着她，目光如炬。谷穗被她盯得浑身不自在，只得将酒杯放下，"是啊，那么多是非恩怨，怎么可能说不计较就不计较呢？就比如……你不许我踏出这院子半步，这圈禁之恨，我怎么可能与你不计较呢？"说罢饮尽杯中酒并再次斟满。瑛姑则把玩着酒盅说："'诚者自成，而道自道'。芸芸众生，最后的结局和归宿，都是个人预设和铺排好的，为的就是成就今时的自己。"说完，意味深长看了谷穗一眼。谷穗又端起酒杯："都说二奶奶宽容，我还不信，但以廉因以公而死，二奶奶却能既往不咎，以廉可是你亲生儿子啊，我信了，所以，我才敢厚着脸皮向二奶奶讨要些宽容，也好让我余生活得轻松些。"

瑛姑僵住了。正在这时，以和推门而入，一把夺下瑛姑手里的酒杯，瑛姑和谷穗都被以和突如其来的举动弄懵了。

"以和，你这是做甚？"谷穗怒斥。以和扑通跪在谷穗跟前说："母亲，儿……儿一路跑过来……还没来得及为您祝寿，您和二娘竟先饮了起来。"谷穗气得浑身发颤。瑛姑扶起以和："让采芹再添个酒盅嘛！都快当爹了，还这么风风火火。"说罢重新提起酒杯。以和又跪下："二娘，母亲，孩儿带了上好的佳酿，孩儿与两位母亲斟上。"谷穗抢过瑛姑的酒杯哈哈大笑，继而仰头尽饮，而后泪眼模糊望着以和说："我的儿！娘竟被你想得如此不堪？可怜为娘的这片心！"说毕，提起酒壶直往嘴里灌，边喝边笑，边笑边哭，似风中乱柳，以和已瘫在一旁呜呜哭泣。

谷穗对瑛姑说："我虽卑贱，却自视没有不如人的地方，今儿是我生日，你好歹说句祝福我的话吧。"瑛姑这才说："不能沾酒持相祝，意恐香丸索命魂。"说罢留下她母子二人走了。

以和伏在地上哭得一塌糊涂，谷穗失望地望着他："你和娘说，你是不是一直提防着我？"以和不停地叩头："母亲，孩儿求您，不要和徐大厨来往了，放过二娘，也是放过孩儿啊！"谷穗苦笑："娘从来没想要挟你，我所做的一切都是为了和儿你。""您和孩儿说句实话，我娘那日责骂了你，你与她争吵后的当晚，她突然就走了，是不是……"谷穗一拍桌子浑身颤抖道："小畜生！你怀疑……""在郭姨娘的院子，我甚都看到了，也甚都听到了，自从知道您手里藏着药，孩儿没睡过一个安稳觉！母亲，您一步错，步步错，我求您收手吧，收手吧！"谷穗疯了一般扇了以和一巴掌，而后跌跌撞撞从花瓶里摸出一个药包，哈哈大笑，趁以和不注意倒进口中，片刻口吐鲜血，她对以和说："我若真存了那个心，天地当诛！你我母子缘分……就此尽了！"

北风刮了整整一夜。门板、窗棂、房檐、脊兽都被厚厚的白雪包裹着。一切都被白雪覆盖，唯有呜咽声与风声从这片雪地奔向那片雪地。雪连着下了五六日，仍没有停的意思。以和疯了一样，一到夜里，不是喊娘，就是叫母亲，婳儿心疼至极，顾不得规矩不规矩，得了空就陪着他。瑛姑无比落寞，想着与她生活在同一个屋檐下最久的谷穗，只觉做梦一般。

以和身穿重孝无比悲切走进瑛姑的屋子，一言不发坐了一个下午，天黑时，拖着疲惫的身躯一声不吭走了。第二日又来到瑛姑的屋子，照旧坐了一个上午。到了下午瑛姑早早等他，她在耐心等他发问，婳儿看到以和憔悴不堪，暗地里跟着流泪。下午的时候，以和照旧坐着一言不发，瑛姑也不做事，只在一旁默默陪着，一连三日如此，直到第四日时，以和嘶哑着声音定定望着瑛姑说："我有个疑问。"

瑛姑的心一惊，胡子拉碴、蓬头垢面的以和破天荒没称呼她二娘。"和儿尽管问。""为甚软禁我母亲？"语气冰冷，目光凛凛。瑛姑心中掠过些许寒意："与你不让我喝那盅酒的原因相同。"以和握紧了拳头流下泪，"原来……二娘也早就知道了。母亲个性张扬，就是爹活着也从不畏谁，她只在乎我，她所做的一切都是为了我，求二娘不要将此事公之于众，给我母亲留一丝体面。""这么多年，我明知……就是为保她体面，保你体面，保冀家体面。"以和悲凄一笑，又问："她能做到足不出户，你是用我要挟了她，对不对？"

瑛姑觉得浑身发冷，嘴唇嗫嚅了一下，还是把话咽下去了。两人四目相对，既熟悉又陌生。以和慢慢站起来朝瑛姑鞠了三躬，再无二言，跟跟跄跄离开。当夜，他与冀煊照饮酒到深夜，第二日便赶去京城。

三十六章　巡抚

王庆云二次奏请出任山西巡抚。咸丰帝好奇他为什么执意去山西，那不是他的祖籍，也不是众人眼中的好去处。王庆云说年岁渐老，虽然祖籍福建，但在山西生活的时间最长。咸丰帝没说同意，也没说不同意，只说且看行钞之策能否解了朝廷危局。王庆云紧皱双眉回到住所，一封急信送进来，是瑛姑的。

王大人：

恕冒昧！寻思良久，决定写此书信。

因行钞之策，官商乘机勾结，侵占挪用、拒收买抵，从中牟取暴利。更有各粮行抬价居奇，小民每日所得钱文，竟不能供一日之饱……如此甚甚，难表其详，吾恐不久之后，物价飞腾，财政未得纾解，反致商市混乱。唯恐未解朝廷困境，反迁怒于尔，心下甚忧！思前想后，修书于汝，望汝斟酌对策，万不可陷是非境地……

王庆云心中好似敲着一面小鼓，一字一字看，一句一句读，他读出字里行间的担忧，于是又读一遍，又读出些许牵挂，再读一遍，字字分明溢着一个情字。王庆云内心无比感动，且不论行钞之策的利弊，只说这封书信，瑛姑情急之态一览无余，它足以印证他那些没白没黑的猜想，他开心地将信小心按原来印迹折好。瑛姑之所以对行钞之策知道这么详细，一定是徐松龛和她探讨过，看来，他二人时常谈起他，想到这层，王庆云欣慰无比。

他陷入行钞前的回忆。

王庆云曾因行钞的事与咸丰帝在上书房激烈争执，惹得咸丰帝一顿暴怒。咸丰帝说，陕西道监察御史王大人建议，鉴于叛乱，形势紧张，财政困难，奏请行钞。福建巡抚王大人、江苏巡抚杨大人相继也奏请行钞。他们都认为眼下困境唯有行钞能解决，并且立竿见影。咸丰帝交户部斟酌此事，没想到王庆云首当其冲反对，他认为行钞并非良策。眼下内外堪忧，人心不稳，行钞必得有一套成熟而严谨的办法才可行，急于以行钞之策来解国库之急，会引来众人趋之于利而出现的经济动荡，当所有应规避的风险和要求无法确保时，定会引发市场混乱，而眼下国不稳、民不安……他的担忧引来咸丰帝怒斥，嫌他这个管钱管粮的户部左侍郎不替朝廷想办法，别人想出办法他还不同意，倒逼他如果不同意行钞，那就想出一个比行钞更好的办法出来。银子！到哪里去弄银子！

王庆云伏地："臣无能，暂未想出合适的办法。"

咸丰帝叹道："如今朝廷纷争四起，内忧外患民心不稳，朕仿佛撑着一艘千疮百孔的……"咸丰帝想说"破船"，觉得不合适，随即又说："朕仿佛撑着一艘千疮百孔的船在风雨中飘摇，明知责无旁贷，却心力不济。军费开支日益增大，财政十分困难，你要尽为人臣子之责，为朝廷解忧。"

王庆云怎能不知道皇帝的焦急与无奈。"臣不能为皇上分解朝堂之忧，甚感惭愧。只是这行钞……"他打了一冷战，咬了咬牙关接着说："倘若一时没有良策，又急于缓解燃眉之急，或可以暂且试行，但仅限于试行。"咸丰帝听王庆云松了口，长长出了一口气，"都道君王风光，你看看朕这个君王有多难！"

"皇上，行钞虽说可以，但务必要谨慎考量，不误大局，做到勿病国，勿病民方可。另外，行钞应虚实相济，辗轳收放，欲紧则不滥，投放后要从快回收，不可使钞在流通中滞胀，步骤上要——行以渐、守以信、日渐扩充，如果做不到以上，必然会导致壅滞，最后沦为废纸，后果难以想象。"说毕，王庆云额上已布满一层汗。他深知以朝廷目前的能力，能将他行钞的理论贯彻一半都难上加难，他不知道这一松口会带来什么样的后果。

"这么说，行钞是可行的？"咸丰帝喜出望外。"前提是，必须遵循欲紧、欲速、行以渐、守以信、而后日渐扩充的要求，否则定会出现壅滞，继而贬值，失去信用变成废纸。"咸丰帝满意地点头，露出笑容，"朕还听说你有一个关于铸大钱的理论，说来听听。"

"臣以为，朝廷铸钱无利、亏损的主要原因是制钱太小所致。眼下朝廷铸一串钱，要亏一串钱。如果不铸小钱而改铸大钱，就不会亏本，至少是一而铸一，但铸大钱的钱值必须与工本相当，这样官铸不会亏本，又能制止私铸，前提是一定要选用好料，不能掺假掺杂。至于大钱制作的数量，配放之始，宜少不宜多，这样便能很好地控制货币流通，控制有效的话，货币流通速度加快，则钱价就不致贬值，钱价稳定，就能取信于民。"

咸丰帝默默点头："接着说。"

"臣还以为，官方盐课、关税要搭收大钱，搭收比例以二成为准，不足部分仍用银两，这样，百姓知道官方愿意收用，对大钱就会必信无疑。"

咸丰帝赞许王庆云于财政方面的学识，略沉吟了一晌说："你是匹良驹，朕要把你放在刀刃上，为我大清解国库空虚燃眉之急。"说罢命他平身。"臣战战兢兢，汗颜这点皮毛学识，臣愿为朝廷肝脑涂地。"王庆云满以为咸丰皇帝同意了他出任山西巡抚，没想到皇帝拐了个弯儿，命王庆云出任陕西巡抚："你在陕西先行试钞，如果有成效，朕便准你出任晋省巡抚。"王庆云无奈，只得出任陕西巡抚。王庆云到任后兢兢业业，并严格管控风险，最后为充盈咸丰帝的国库立下汗马功劳，所以才有了他理直气壮的、第二次奏请出任晋省巡抚的理由。可惜此策行至最后，终究因为执行得不好，几年后，全国上下通行钞票，最后沦为废纸。

再说瑛姑情之所至，分心挂腹，不自觉地替王庆云担忧。毕竟君王侧榻，一个不小心就是飞来横祸。瑛姑忧心忡忡，因为行钞已现物价上涨，用不了多久，本已困苦不堪的百姓又会雪上加霜，陷于隐形的水火之中。如果再引发什么暴乱，必得有人为这个背负罪名，瑛姑唯恐王庆云难辞其咎。朝廷从不缺说辞，为压事态，必会冠他一个办事不利的罪名，那岂不是糟糕……她越想越担心，越想越后怕，所以决定修急书一封提醒王庆云。铺纸研墨，写下王大人，觉得不妥揉了扔掉，又写下庆云，还是不妥，最后定了定心神，工工整整写下：

王大人：

　　恕冒昧！

　　……

写罢，将信折好，遣人立刻密件寄出。至夜里，瑛姑突然后悔给王庆云写这封信，一时情急，没来由做了这桩事。王庆云身居要职，又深谙财政，怎么会不清楚其中利弊？越想越觉得所做欠妥，于是担心惹王庆云笑她管中窥豹，开始为她的莽撞之举惭愧。如此惶惶一夜，等不及破晓，又遣人去驿站截信。驿站说，因是寄往京城的急件，昨儿连夜就发了，现在应该快出关了。瑛姑虽懊悔，却也无奈，碰巧又生病，便无力再顾暇信件的事。

王庆云收到信思绪万千。这么多年，没人知道他的心里始终藏着

444

一个名字。收到信的第二天，他在朝堂之上格外缜敏，朝议之事有理有据，不卑不亢，情理交融，句句要义，字字着情，满朝文武无不称赞，便是宝座之上的咸丰皇帝也频频点头。王庆云甚至觉得，在周围的某个角落里，有瑛姑的身影，他的言行瑛姑都看在眼里。他常这样假想，每次假想之后又会失落良久，这么多年的心思，无人知道，也不必有人知道。夜晚的时候，王庆云将信读了又读，而后平铺在脸上，将已烂熟于心的内容，一个字一个字地、慢慢地、轻轻地从唇齿间吐出。

王庆云出任陕西巡抚两年后，终于使咸丰帝的国库有了存银，咸丰帝便恩准了他出任山西巡抚，王庆云感激涕零，一再谢恩。同僚提醒他，山西财政收入有限，每年给京城、甘肃、新疆等地的协饷就占了三成，在这些协饷与摊派中，边防经费、赔款数额巨大，再加上时不时的自然灾害，如果完不成是要丢官的，都视在晋为官为畏途，你为什么偏选择去那里？王庆云不知该如何解释，最后只能不解释。

王庆云身着常服，一脚踏上熟悉的这块土地时，往事被催醒，旧人旧事一股脑涌入。十里长亭更短亭，如今策马归来，须发花白，青衫已旧，谁也不知道哪一刻的站定，便会牵念一生。参梦中梦，悟身外身，他摇摇头自嘲地笑了。这么多年，他习惯了每次神思游离后，寻找一句话堵住这个缺口，任命运被流放，被羁押。

高大坚实的城墙还在，瓮城还在，驿站的柳还在，心中那个名字也还在。还有什么比此时更富足的？虽然身披皇命四处奔波，人生此时得以名正言顺停在朝思暮想的地方，便是上苍最大的恩赐吧？

快入城时，王庆云索性弃轿步行，他要感知这里的每一寸风景，要欣赏每一张面容。当行到一处桥畔时，发现桥上围了许多人，一时堵塞，车马难行。侍从拨开里三层外三层的人群进去一探究竟，没一会儿又拨开人群小跑出来："大人，是两个富家公子在比赛往河里扔银子！"王庆云眉头一皱，也钻进人群，桥边果然立着两个少年公子。一个道："第三。"随手丢河里一粒银锞子。"第三。"另一个也向河里扔了一颗。"第四。""啪!"一声水响。"啪!"紧跟着又是一声水响。"这银子当石头一样扔河里,造孽啊……"人群议论纷纷。"谁家的?怎么这么败家?"王庆云问。那人看他面生,又带着外乡口音,"你不是本地人吧?此地有首歌谣:介休有个三不管,侯奎灵哥二大王,那一身青绿的小爷,便是这三不管中的侯家公子侯奎,那一身靛蓝的小爷,是大财东冀国定的长孙,乳名唤作灵哥。""冀国定长孙?"王庆云不敢相信,冀家虽然重商,却从不忽视对子孙的教育,怎么出了这样一个纨绔子弟?那人又说:"灵哥行为乖张,天不怕地不怕,从不把银子当回事。救过急,帮过贫,但也委实做下不少荒唐事!不过冀家有的是银子,这小爷说,他跺跺脚平遥城都要晃三晃!"话音刚落,身着青绿色的侯家公子,从钱袋里取出一锭银子,面对众人炫耀一番,又将它在一旁怀抱琵琶的姑娘面前晃了晃,哼都没哼,甩手扔到河里,众人唏嘘不已,他摇头晃脑挑衅灵哥。人群骚动起来,侯奎像打满了鸡血,众目睽睽之下,又将一袋铜板统统倒入河中,双手交盘于胸前,冲灵哥喊:"倒!不倒你就不是个爷们儿!"人群更加骚动,有人叹息,有人起哄。

灵哥被他惹恼,取出钱袋也要倾囊,两个小厮夺下钱袋左右抱住他:"少爷,休和侯奎继续斗气,那丫头不过是个深巷里卖唱的,为着这个不值!娘娘庙边上有个卖艺的,不知比这个唱曲的好看多少倍!"灵哥气鼓鼓说:"我答应了那姑娘许她自由,偏侯奎横插一杠子,那姑娘不得笑话爷我说话不算话吗?""哎哟我的爷,你只顾她的死活,全然不顾我俩的贱命吗?您瞧瞧这里三层外三层,若被老爷知道了,我们几个脑袋也不够摘呀!"小厮带着哭腔央求。这边拉扯着,那边侯奎叫嚣:"灵哥!你若将钱袋扔了,小爷我就认输,这姑娘便让给你,倘若你做不得,就别怪侯爷我心狠了!"抱琵琶的姑娘,泪眼汪汪地望着灵哥。

王庆云叹口气,出了人群。刚进了城门,听到有人叫他名字,定睛一看竟是老友徐松龛！两人相见分外激动，徐松龛知道他这几日到，接连几天在这里迎他。两人因激动，甚至所答非所问，以正站一旁呵呵笑，王庆云这时才注意到徐松龛身旁有一位儒雅君子忙前忙后，只觉面善，徐松龛这才说："只顾着我们叙旧，竟忘了引荐，他便是我常和你说的，太夫人的小公子，我的得意门生——冀以正。"

以正立刻向王庆云行拜见礼："恩师常说大人朝廷砥柱，翰墨文章，晚辈冀以正久仰大人风采，今日有幸得见，不胜荣幸。我母亲已备下薄席，还请大人与恩师到冀宅共聚一席。"王庆云见他不逊冀国定当年风流，也就不奇怪徐松龛为什么总在信中对他夸赞。

王庆云、徐松龛、冀煐照、马銮宇、以正、瑛姑等人齐聚冀家，瑛姑想起年少时光，分明是近在眼前的事，转眼都华发丛生，不胜唏嘘。冀煐照问："王大人在陕西设官钱局，为朝廷解决了财政之急，此次调任山西巡抚，是不是也要在山西推行？"冀煐照的话，让王庆云下意识想到瑛姑的那封信，不自觉看了瑛姑一眼说："也是万不得已之策。户部虚空，皇上着急，我虽然知道如果行钞控制不到位，对朝廷与民众来说是无法预估的灾难，但皇上厚爱，我怎敢苟且偷安？"瑛姑也正因为那封信发窘，装作轻描淡写的口吻说："苦心人，天不负。只是劳累王大人要事事督察，倘若从国至下，都能遵循行钞之策，想来，国家有望。"有伙计进来，对冀煐照耳语一番，冀煐照看了看瑛姑，瑛姑点头，他提前离席。

酒过三巡，马銮宇酒量稀松，有了醉意，"我想了个旧年官司！徐大人曾答应过我，倘若哪天咱们四人聚齐便结拜，我看择日不如撞日，今天就完成这结拜大事，了了我心中憾事！"瑛姑笑他喝多了，马銮宇却兀自搬香案，又命人摆供品，才知道他是认真的。瑛姑有些难为情，于是离席，马銮宇拦住她急了："从小到大，甚都是我听你的，这次必须听我的！"

王庆云知道瑛姑内心的顾虑，毕竟他们现在各自的身份不允许再像当年那样任性。但马銮宇热情高涨的劲头感染了徐松龛，他说："还是銮宇兄依旧当年，我们越活越回陷，性情棱角皆无，实在无趣！人生不过百年，如今这把年岁还是要完成余愿！想起我那恩师周夫子曾说我们有不解的渊源，如今回想，可不是印证了他的话，来来来，我们命中必有这样的定数，就按銮宇之意，痛痛快快结拜一回！"马銮宇张罗，徐松龛发话，王庆云默认，瑛姑无奈，只得依从。徐松龛将他的袍子与王庆云系在一起，王庆云与马銮宇系在一起，瑛姑实在拗不过，与马銮宇系在一起，四人盟誓，立下了年少时曾许下的不是同年同月同日生，但求同年同月同日死的誓言。时光好像回到从前，瑛姑那时候是带着玩心，报了假名与他们许诺义结金兰，如今虽已华发横生，却无比郑重其事地许下这段誓言。

结拜完后瑛姑腼腆地笑了："都这把年纪了，这要传出去，又成了坊间的流言蜚语。"徐松龛不同意瑛姑的话："明明是人间佳话，何来流言蜚语？"王庆云有些伤感："多年不见，你……太夫人变得谨小慎微了。"徐松龛说："我们当中哪个没变呢？"

聚餐宴结束后，徐松龛留王庆云在书院。两人谈国事、谈天下、谈仕途，激昂时，恨不能挥鞭驱马为病恹恹的王朝斩除病源。烛花一剪再剪，茶盏一斟再斟，不知是烛光将他们的脸庞映照得通红，还是酒意将脸颊溢得通红，不知不觉，两人聊到瑛姑。徐松龛说从古至今，有许多值得称赞的女子，楚武王夫人邓曼，鲁国公父文伯之母敬姜，辟司徒之妻，后又有孟母，王陵之母，班昭，冼氏，平阳公主等等等等，而眼下，他有幸也得遇一位千古奇女子，便是马太夫人。

王庆云说："兄之所言，正合我意，太夫人之才无出其右，只是她这些年太不容易了。""太夫人的际遇，一言难表其详，我本想帮她，却没想到我这些年反受她帮扶，当真是汗颜。""以后我便与徐兄相伴，潜研学问，天地再大，就留在山西，哪都不去了。"

王庆云山西任上事情对他来讲信手拈来，唯独筹银扰得他心烦意乱。虽然他积极增设义学，改革盐政，改善士兵生活，修筑堡垒，加强团练，竭力促进商业繁荣，但筹银当真是令他头疼。地方国库一直是赤字，好不容易有点存银，还没来得及高兴，一道御旨便将库内存银抽干，并且还不够，无奈，只得摊派给州县郡。渐渐有传言，新来的巡抚虽说为老百姓点了三把火，但最终目的依旧为敛财而巧立各种名目。这可真把王庆云难住了。读了一辈子书，做了这么多年的官，跑遍了大半个中国，研究了大半辈子经济财政，竟要跌在筹银的事上。

有人建议他向冀家等富商派捐，这区区白银对他们来说九牛一毛。王庆云却绝不肯与瑛姑张口谈及此事，一来违背了他的初心，二来从道光二十四年至今，冀家一直位居捐输之首，听说高达几十万两，并且徐松龛这些年的用度与筹银也是冀家在暗中相扶，还不算因为战乱、灾荒导致的损失。家业再大也禁不起一而再、再而三的庞大支出。这次回山西任巡抚本想在有生之年帮帮瑛姑，以了心中愿望。顶着男人这张皮，死也不能向一个女人伸手要银子，王庆云主意拿定后，硬是没向冀家派捐一纹。

这天，突降的一道圣旨将王庆云的生活打乱了。咸丰帝要调任他做两广总督。众人皆为他祝贺，徐松龛羡慕他仕途越来越顺的同时，怀疑朝廷早遗忘了他。王庆云始终坚信徐松龛有朝一日会鹏程万里，只是时机未到。但他更羡慕徐松龛当下的生活，来去自在，四处讲学，可以留在想留的地方。可是徐松龛说要离开"潜研书院"，原因是不想再被瑛姑接济，再一个，坊间有了些闲言碎语。王庆云心想，他俩不能同时都走，他要想办法继续留在晋地。当天夜里，王庆云写了一份奏折，称身体有恙，以病辞两广总督任。

三十七章　浩劫

　　瑛姑整理《冀氏族谱》的时候宋氏的丫头气喘吁吁跑来说："太夫人，快救救灵哥少爷，只怕迟一步，他便没命了！"瑛姑还没进"悦信堂"，老远就听见哀号四起，灵哥被以公杖责得血糊糊一片，仅留一丝气。宋氏发髻全乱，钗环一地，伏在灵哥身上哭天抢地。

　　"逆子上不敬天，下不畏地，毁我冀家门风，坏我冀家声誉，我留你何用？打死你大家干净！"以公滔天的怒吼全然注进手中的木棒，他两眼血红，举起木棒打向灵哥。这一棒再打下去，灵哥定一命呜呼，宋氏不顾一切扑在灵哥身上。棒落后脊，宋氏只觉腰身发麻，惨叫一声，几乎昏死过去。以公疯了一般，又命人取纸笔，说要即刻休了宋氏，要死要活，出了冀家的大门随便！直到瑛姑厉喝，以公才扔下木棒，宋氏爬到瑛姑脚下求她救灵哥，众人这才趁机扶起宋氏，将灵哥抬了出去。

　　"灵哥做了甚事，你下这样的狠手？"以公扑通跪地，鼻涕眼泪一大把，气急败坏地说："母亲，孩儿无颜见您，无颜见列祖列宗！孩儿无能，养了一个大不孝子，早知今日，当初就该把他掐死！"瑛姑浑身颤抖："教养当在幼，幼时宠溺无度，如今再来管教，为时已晚！"以公无比沮丧："我常年在口外，他母亲将他惯成如此模样，再这样下去，冀家几代人辛苦赚下的家业就要毁在他手里了，到时候，

450

我有何颜面去见父亲？"随即指着一个角落说："您看！"瑛姑看到一个十几岁的姑娘跪在那里瑟瑟发抖。"又是为了一个女孩吗？这又不是第一次，你不要着急打死他，你先气死我再打死他！你别急，早晚有一日，灵哥会因为一根筋丢了性命，到时候，任凭你哭爹喊娘都叫他不回！"以公瘫坐在地上。

以公发现瑛姑自打从汉口回来后，变得袒护灵哥，还几次声称要将灵哥带回"有容堂"。以公不知所以，颤抖着声音说："母亲，你瞧瞧我这'悦信堂'，他今儿买一个回来，明儿买一个回来。之前买的是些贫苦人家的孩子，倒也安分，我也就睁一眼闭一眼，而今天这个是娼门里的，保不齐哪天他要将花儿啊、香啊、凤啊的都买回来，我要陪着他开妓院吗？"以公怒不可遏地近乎歇斯底里。

"以公！如何说话？"瑛姑看到以公不知什么时候眼角竟生了皱纹，又心疼起他："你娘去得早，她将你托付于我。你这样对妻对子，我日后有何颜面见你娘？"说完眼窝一酸，兀自悲伤起来。"都是孩儿不孝，惹您伤心。可恨灵哥不思进取，放荡不羁。"瑛姑抹了泪，"你听我一句劝，各人有各命，以后他的花销都从我这里出，只要他不杀人、不放火就行。"

这天灵哥怀抱一只座钟去找瑛姑，逢人便讲他发现了惊人的秘密。丫头和小厮们习惯了他想一出是一出，只抿嘴偷乐，灵哥嘲笑他们只会扫地、嗑牙。灵哥还没进屋，媛儿出来了，"我的小爷，这不是大老爷刚买回来的吗？你抱它作甚？太夫人和大老爷在议事，和我先去后花园待会儿。"灵哥一吐舌头问："商量什么事，不是我爹又要打我吧？"媛儿笑，"商量为朝廷筹银捐输的事。"

"为甚朝廷总管我们家要银子？"

媛儿刚要解释，他早跑到一边逗鸟喂鱼去了。他望着园中的六角亭的匾额念道："对——月——亭。"他咂摸了一会儿自言自语说："俗，只一个俗字可评。"

"这可是书院的先生拟的。"婤儿说。

"便是宫里的学士们拟的也俗。"

"怎么就俗了？"

"你看这高墙大院，依着前有照，后有靠，左拥右抱的风水布局而建造。这些假山，这些花花草草，还有这条绕亭而过的溪水，造作之举尽显无遗！亭子沿溪而建，已处低势，再加上树木繁茂，山石玲珑，如何能得月？可见是凭空臆造。"

"那灵哥少爷可有好的？"婤儿问着，眼睛却看着那只座钟在刚才报时时，从窝里探出来的小鸟。灵哥一跃，跳到亭子的围栏上："依我说，不如叫'捉鱼亭'或者'吹风亭'。"不远处传来瑛姑哈哈的笑声："叫'八道'亭多好！"瑛姑带着马惠婧过来了。

灵哥不解，问瑛姑'八道'亭是何意？马惠婧笑说："姑祖母此名当真有典，表哥竟不知？""表妹明知我书读得不好，还请表妹告知。"马惠婧背着手围着灵哥转了两圈："胡，是指胡僧人，'八道'指佛教的'八正道'，是说胡僧来我们国家宣扬佛教'八正道'时他们口述的都是梵语，我们听得稀里糊涂，云里雾里，所以称他们'胡说八道'。起初没有褒贬之意，但现在引申为贬意了。"灵哥这才知道瑛姑是在取笑他，于是讨好地问马惠婧："我既然是'胡说八道'，那表妹可有好的？"马惠婧绕着亭子走了一圈："有了！拟匾额的先生意在舒朗超脱，表哥意在追求古朴自然。古人有诗句'戈槛营中夜未央''嘉会难再遇，欢乐殊未央''归来池苑皆依旧，太液芙蓉未央柳'，夜未央、花未央、鱼未央等，得趣而令人回味无穷，不如叫未央亭！""妙极妙极！'未央亭'果然与众不同，祖母，便依婧妹妹之意，将这六角亭改为'未央亭'吧？"

瑛姑未及说话，以公突然从对面怒吼："休听灵哥信口雌黄！"灵哥慌忙从六角亭跳下向以公行礼。以公手执木棒二话不说，扬棒又打。"以公！你这又是为甚？"瑛姑示意灵哥快跑，灵哥一溜烟跑没

452

了影。

以公颓然扔下木棒，"这个小畜生！他将所有的钟拆了个乱七八糟不说，还高价买回来两个，也拆了个乱七八糟！这不是典型的败家子是甚？再这样下去，保不齐哪天他把冀家也给拆了，您不能再袒护他，今儿我说甚也得要了他的命！"再一瞧，哪里还有灵哥的影子。

灵哥逃过棍棒之灾后，在街上四处游荡，正遇到侯奎耀武扬威驾着一辆新车。

"灵哥，敢不敢比试比试？这可是我新得的良驹！"

"新得的未必就好，我老子娘正在怒头上，改天再与你比试。"

"你就说你不敢，遮样！"

"侯奎，我甚时候诓过你！"

"现在就在诓！"

灵哥气不过，偷偷将马牵出来与侯奎比试。

"就在这条东大街比试，谁先到老万家烧饼铺，便是谁的马好！"侯奎道。

"成！赌甚？"

"规矩我定的，为公平起见，赌什么你来定！"

灵哥眼珠一转，"听说'绵云馆'不错，你若输了，你包小爷我这一年的烟钱，反之亦然！"

"成！"

两个少年各驾一辆马车，长长的街道人头攒动。"驾！"吼声从他们喉咙里滚出，人群一片叫嚣，两驾马车卷尘而去。两人并驾齐驱，跑过一座桥，一个路口，再一个路口，再一座桥，喧腾的嘶喊声里，是两个纨绔少年恣意的挥霍。

"服不服侯奎？小爷我就说过，不是新得的就好！"灵哥冲他打了一个呼哨，扯着缰绳，无限度地抽打马。"灵哥休放厥词！不到终点，说甚都是废话！"侯奎一边吼一边站在车上挥动着马鞭。再过一个路口便到终点，灵哥面露喜色，得意地扭头冲侯奎喊："猴儿！准备去'绵云馆'的银子吧！""啊！"人群与灵哥同时大叫。路口突然冲出一个小男孩，灵哥急忙紧勒缰绳，但一切都为时已晚。眼见马儿受惊，马首上扬，四蹄腾空，咴咴数声，落蹄的瞬间正好踩踏在小男孩身上。灵哥彻底吓呆了，刚刚还得意忘形，眨眼工夫就发生了意外。地上流着鲜血，惊叫声、怒骂声、指责声、哀号声彻底把灵哥围住。马嘴不停地发出"突突"的声音，马蹄不停地刨来刨去，似被这突如其来的意外惊得不知如何是好。

"杀了这匹马！"有人喊。

"该杀的是灵哥！"

"这两匹马、两个小爷都该杀！"人群失控。侯奎见势不妙，扔下马车逃之夭夭。灵哥呆若木鸡，看着死在马蹄之下的无辜男孩闭着眼满身是血，生平第一次觉出什么是害怕，不知所措时，小厮拉起他便跑。一时，灵哥杀了人的消息传遍大街小巷。

将至夜半，还不见灵哥回来，以公心焦如焚，不停在厅上踱步，宋氏吓得面无血色，不停掩面哭泣。瑛姑忧心忡忡，她有些后悔，下午的时候不如让以公带回去棒揍一顿，那样的话，这场祸事也许就躲过去了，婵儿安慰她无需自责，该来的祸事躲也躲不掉。未破晓时，瑛姑听到有人叩门，婵儿披着衣服慌忙从外间进来："二奶奶，是灵哥少爷！"望着倍受惊吓的灵哥，瑛姑好一顿安抚他才肯和衣而卧，眼见眼皮睁不开了，还是勉强问了句："祖母，你不会把我送衙门吧？是那男孩自己突然跑出来。"

灵哥哪里知道他捅了个大窟窿。若以公知道灵哥在这里，没等抓去衙门，也会被他活活打死，把他安顿在哪里合适呢？看着熟睡中的灵哥，瑛姑拈了三炷香，一颗一颗佛珠捻过指间，突然有了主意，她悄悄差人备了车马，而后叫醒灵哥，简单给他收拾了行囊，命他随家里的一名老伙夫速速离去。

灵哥望着瑛姑布满红色血丝的双眼，还有她已生的华发，内心有了些愧疚。但又想，没有瑛姑办不成的事，只要避过这阵风头就没事了，便乐颠乐颠地上了车。

以公被衙门传唤了好几次，因为交不出灵哥，被告日日击鼓鸣冤，说衙门包庇冀家窝藏灵哥，再不抓人，便去汾州府，去省衙。衙门不敢草率行事，只得三番五次向以公保证，先将灵哥交出来，可通融之处一定会通融，但灵哥有如人间蒸发了一样，谁也不知道他去了哪里。

瑛姑遣人暗中打听男孩家境，男孩无父无母，与爷爷相依为命，老者跛腿，男孩七岁，祖孙两靠卖烧饼勉强度日。于是让人带了一些金银，想与老人私了。但事情不像瑛姑想得那样简单，金银不能抵去老人失孙之恨，他发誓要将灵哥绳之以法。以公急得火烧眉毛，一夜之间，口舌生疮，瑛姑见他憔悴不堪，只得将实情告诉他："你且安心，我让灵哥暂且躲到绵山寺了，他娘沉不住气，先不要和她说。"以公立时放下心，拍了一下额头，"还是娘周全，我怎么想不到？"

"我以为他最不济奢靡无度，没想到还是惹了人命官司。案子如果处理得顺意，灵哥注定日后更加无法无天，如果处理不好，就要眼睁睁看他入牢，所以我想，不如借此机会让他在寺里修个三年五载，或者能改了性情，你说呢？"

"娘是说，让灵哥做和尚？"

"不拘泥于做不做和尚，让他在寺里修个三年五载，或许能有所改变。家常调教的手段对他已经不好使了，等他改了心性再回来。"

以公虽然常常骂要打死灵哥，但真要灵哥去寺里修行，还是难以接受，可眼下又只能暂且这样，只得走一步看一步。

"儿有个话，不知当讲不当讲。"

"你是想让娘求助王大人吧？"

以公点头："母亲与王大人既有结拜之情，又有故人之谊，如今灵哥生死难卜，想来不会见死不救。"

"你以为我没想过？娘有娘的顾虑。王大人因晋省筹饷已是流言漫天，他正面临声名危机。灵哥此次是人命关天的事，我开了口，他若依规矩办事，则陷彼此于难堪之境，多年情谊也毁于一旦；如若他不顾规矩保灵哥，恐给他带去更大的流言与风波，于情于理，都觉两难。"

以公埋怨："王大人也是，为甚落人爱财的把柄？"

瑛姑微怏，"你忘了我为甚命你筹办捐银之事了？你仔细想想，王大人任前，冀家何曾少过一次派捐？我们捐十他们捐一，王大人到任至今，我们家可有过一次派捐？晋官难做世人皆知，王大人到哪筹那么多银子？只得往下摊派，于是就被好事之人说他在敛财，他难啊。"

这天暮色时分，衙门的人突然面带喜色来访，说灵哥的事办妥当了。瑛姑与以公心下感动，却好奇事情始末，衙门的人说："太夫人，你们有所不知，那孩子是个智障，常常偷人东西，那日他偷了东西被人追才意外丧命。"瑛姑还是觉得心里不安："只是老人要余生孤苦了，公儿带些银两，亲自赔罪，如果老人家还有甚要求，力所能及的皆答应。"衙门的人微笑："太夫人所言极是，王大人也是此意，那在下便告辞了。"

夜里，瑛姑睡不着，两人心照不宣这么多年，已然超越世俗之情，如今人到暮年，他极力请奏回晋任命，瑛姑怎能不懂他的良苦用心。即便眼角鬓间已现沧桑——瑛姑下意识摸了摸脸颊，他却初心依旧。可见，若是有情，山川河海都不是距离，若是无情，终日相聚也是枉然。

再说灵哥与老家仆马不停蹄一路奔逃到绵山脚下的寺庙，老家仆将信递给小沙弥，没一刻几个和尚出来。灵哥看着他们一脸茫然，突然明白了什么，急得跳起来问："这是祖母的意思？她要让我做和尚？"老家仆看都不看他一眼："做和尚能保命，不做和尚要去赔命！"灵哥急了："我宁可以命换命，也不做秃驴！"转身就往山下跑，老家

456

仆也不去追，只在大树下安坐，没一会儿，灵哥被一个僧人押回来了。老家仆看他像被擒小鸡一样擒回来哈哈大笑："你若再不知好歹，便可惜了太夫人一片心！你安生些便是对太夫人最大的孝心。太夫人让我转话给你，在这里好好撞钟，等撞明白了，我再来接你回去。"灵哥认为是老家仆出的馊主意，气吼吼跳着脚威胁他。老家仆慢条斯理说："你记性没有那么差吧？竟忘了这两日如何奔命了？哦对了，太夫人还让我告诉你，你别想着跑，他们会功夫。"灵哥眼睁睁看着老家仆离开，快气炸了。

灵哥被带到一间寮房，一个眉毛胡子皆白的老和尚进来，眼皮都没抬一下，指了指钟楼的方向："每日卯时一刻撞钟，若一日未撞或迟撞，便罚，罚什么，由你师爷定。"他指了指灵哥身后，说罢离开。灵哥往身后一看，有个浓眉大眼、红脸健壮的和尚在他身后站着，就是这个和尚刚才将他擒回来。

"师爷？"灵哥不屑地上下打量他："你叫我师爷还差不多。"话音没落，红脸和尚朝他腿后一踹，灵哥扑通跪下，他刚想站起来，又被踹倒，灵哥一把抱住他的大腿，下了死口咬，红脸和尚一运气，灵哥只觉一口咬在老木头桩上，老和尚捏住他的下颌，灵哥面颊发酸，口水流了出来。他心想，好汉不吃眼前亏，于是假装求饶。红脸和尚松了手，指着他的额头："别耍花腔，小心吃不了兜着走！"灵哥就势躺在地上撒泼打滚，嚷着要回去。红脸和尚轻蔑一笑："你以为我愿意管你这纨绔子孙？送你去官府，也算为百姓除害。"灵哥一听要送官，立刻不哭了，装出一副可怜样，裹着尘土眼泪吧嗒吧嗒流下来，怎奈红脸和尚不吃这一套。

这晚灵哥睡不着，琢磨着如何报复这群和尚，忽然心生一计，三更半夜偷偷爬起来，蹑手蹑脚爬到钟楼，抓起木棍便撞向大钟。钟声异常响亮，一声接一声，灵哥越撞越兴奋，干脆使出浑身力气，钟声撞碎了绵山的夜。

灵哥一边撞心里一边骂，撞钟就撞钟，老子给你们撞一天！正暗笑时，突然被人踹了一脚，又是那红脸和尚。木棍划过钟沿，钟声变得杂乱无章，灵哥梗着脖子质问他："你凭甚打我？你让我撞钟我就来撞了，你凭甚打我？"红脸和尚二话没说，又像拎小鸡一样，将他从钟楼上拎下来扔进柴房，刚消停了没一刻，有和尚大喊："不好了，柴房着火了！"

寺庙因灵哥的到来，既有的规律被打乱了。住持整日有打不清的官司断不完的案，实在不得已给瑛姑写了信，信中详述了灵哥如何顽劣不堪，打砸哭闹不一而足，称他无德无能，寺庙虽然受冀家香火，但恐因灵哥功德尽失。言外之意恳请瑛姑将灵哥带回去。

瑛姑知道老住持碍于情分，不能对灵哥严加管教。若错失此次机缘，恐怕灵哥日后连天都敢捅，当下便与以公商量令灵哥剃度，三五年后若有改观，便还俗，如若还冥顽不化，便在寺里终身修行。以公愣怔了半天没说出一句话。

"我知道你舍不得，我又何尝舍得？尽管你常日总骂他孽障，可当真走到这一步，难啊。"以公说："灵哥如果真剃度，他娘岂不得疯了？""你婆娘撑不住事，不能告诉她。如果再溺爱无度，恐保不住灵哥。"以公一时没了主意。

因不见了灵哥，各种揣测都有，有说被官府捉去投了大牢，有说被人追杀而亡命天涯。灵哥原来惹了祸宋氏总会说，别怕，你爹和衙门打声招呼就没事了，灵哥心想如今和衙门打招呼不灵了吗？这天他把自己关在柴房里一天一夜，僧人嘲笑他又在抽疯，结果等他从柴房出来后，突然间变了一个人，众人也不敢问，生怕一问又将他问回了原形。

老住持不相信他洗心革面，嘱咐僧人看紧他，结果灵哥只装了四五天，趁夜深人静之时，将庙里的香火钱席卷一空偷跑，谁知刚出了庙门，被红脸和尚捆回柴房。

冀氏宗祠重修终于竣工。这一年清明，宗祠祭拜更加隆重庄严。以公跪在前首，众人瞻仰列祖列宗无不心生追思。他们思及冀氏源远流长，贤哲济济，更加不敢忘宗背祖；思及祖辈清白做人，踏实创业，后辈之人谁不望其项背，效其遗风？思及参天之树，必有其根，怀山之水，必有其源，今日荣耀皆是祖德庇佑，更加感念存心。

突然，冀国定案前的一炷香突然跌落，落在以公身上，香头将他的左襟烫了个洞。兄弟几个皆觉是异象，不祥的预感萦绕彼此。

"是不是我哪里做得不好，惹得父亲不满意？"以公问。

"会不会和灵哥有关？"以正问，众兄弟觉得以正说得对。

"落香一事和谁都别提。我一直在找灵哥，可惜一点消息都没有。"以和说。其实以和早对灵哥的去向心生疑惑，因为除了宋氏整日哭哭啼啼，并不见瑛姑与以公怎么难过。

以公思前想后，觉得落香一事暗示灵哥有事，心中不安。以正心细，看出以公心中有事，众人散去后问他："大哥，有甚事和我说说，别憋在心里。"以正这一问，以公再也绷不住，长吁短叹说："六弟，有件事，母亲不让说，可是我实在憋不住了，你大嫂日夜啼哭，我当真不知该何去何从。"

"是灵哥的事？灵哥在哪儿？"以公这才将事情原原本本告诉以正，以正思量了片刻："母亲这招果然厉害！只是以灵哥的性子，估计寺里早被他搅得一团糟了。""极是，老住持几次三番让领灵哥回来，但母亲决意让灵哥剃度。六弟可有好办法？我快被这个孽障折磨疯了！"以正想了想，"灵哥除了听母亲的，他当真还怕一个人，你可知是谁？"以公还真不知道这冀家上下，他除了听瑛姑的还会怕谁？

"我五哥。"以正觉得灵哥出家不是上策，斟酌了片刻，"大哥，我看不如这样……"以公听完，面露笑容，但还是犹豫不决："能行吗？若被母亲知道了……""无妨，母亲忙着整理《冀氏族谱》，寺里巴不得灵哥离开，只要我们不说，母亲便不会知道。再者，说不定灵哥经过此事会有所改变，加上我五哥办法多，你且放宽心，我来办。"以公心上的一块石头终于落下。

以正悄悄来到寺院，正逢几个僧人抬钟，便向一个青衣和尚问灵哥在哪里。和尚一听是来找灵哥的，喋喋不休道："施主看到这口钟了吗？贵少爷硬生生将它敲烂了！我看用不了多久，这寺庙也快被他捣塌了。前几日，他偷了庙里的供养逃跑被逮回来，捆在后院。住持拿他无法，去请高人了，如果你是冀家能做了主的，求您赶紧将这位阎王请走吧！阿弥陀佛。"

以正找到柴房，推开门见到灵哥蓬头垢面被五花大绑扔在柴草上，又是心疼又是气愤，灵哥见到以正，"哇"的声泪俱下，一边抹鼻涕，一边央求以正带他回家。以正想了想，让灵哥立字据，如果保证听从安排就带他走。灵哥巴不得立刻离开，以正不管说什么他都答应。于是以正辞别众僧，带着灵哥下山。

灵哥路上异常开心，给以正讲他如何撞钟把老住持撞得难受其扰，寺里再不让他撞钟。又讲他劈柴，柴没劈下，斧头总是不翼而飞。于是寺里让他担水，结果水瓮总破，还讲他捉了癞蛤蟆悄悄放进老住持的衲衣里，把老住持吓得一蹦三跳。

以正看着他摇头晃脑一副天下舍我其谁的样子，有些失望："你可有想过，你都这么荒唐了，老住持为甚还勉为其难留你在寺里？"灵哥"切"了一声："他住着我们家盖的寺庙，享受着我们家供养的香火，自然不敢把我怎样。""你只看到这层？你就没看出有个'恩'与'情'在里面？这位老住持可是你祖母三顾茅庐请来的。"灵哥并不在乎，但听到是瑛姑请来的老和尚，也不敢再大放厥词。"你闯下大祸，就没有一点惭愧之心？你可知家里为你上下打点，你父亲一夜之间头发都白了！"灵哥这才略收敛起吊儿郎当的姿态，"我又不是故意的。""假如有一天，也有一个人伤害到你的至亲，你会怎样？"灵哥嘴一嘟，"六叔，从见到你，你就一直扳个脸教训我，我知道错了，以后改还不成？我想好了，这次回去，我要学赚银子！"

以正听着灵哥不着边际的话心想：这孩子，他就是个魔，放在寺里也是魔，放在佛祖身边依旧是魔！以正无可奈何长叹一声，只得东一句西一句为他讲述冀家祖上创业的不易，讲到兴头时，发现灵哥异常安静，再一看，他早呼呼睡着了。他并没有因为伤人事件而有所进益，以正深信江山易改，禀性难移，索性再不搭理他，任凭灵哥如何表现，以正都板着脸装听不见。直到马轿子绕过介休城，灵哥才发现以正并不是带他回家。

"六叔，为甚不进城？""我让你干甚你干甚，不然就乖乖回寺里去！"灵哥一吐舌头，不敢再聒噪。直到马轿子停在京城"宏盛"分号前，才让灵哥下车。

当灵哥一脚踏进"宏盛"，想起以正对他讲的那番话：切记，第一个，你是来躲祸的；第二个，这可是你五叔冀以和的地盘；第三个，你是来学徒的伙计，除了我与你五叔知道你是谁，谁也不知道你是谁，所以见了你五叔要叫五东家。灵哥心想只要离开寺庙就好，余下的都不是事，还信誓旦旦向以正发誓，要好好学些能耐报答他。

但当灵哥立在"宏盛"堂前时，怎么都觉得像个外人。明明是自家商号，却站不是，坐不是，拎个包袱不知道该往哪里放。依照原来的脾气早闹开了，但一想到衙门在抓他，便忍了下来。以正交待他老实等着，自有人安排，便一去不返。

灵哥立在当地无所事事，打趣了几个出出进进的伙计，百无聊赖，只得抠抠这，瞅瞅那，找了角落里一张椅子坐下，迷迷糊糊时听见以和与人说话。进来两人，不认得的那人看上去机敏老成，另一个灵哥几乎没敢正眼瞅，"蹭"地站起来，磕磕巴巴叫了声五东家。以和示意他一道往后院去，灵哥长出一口气，偷偷瞟了一眼以和身旁被称做赵掌柜的人。三人进了书房，灵哥看到椅子，喊了一声"可累死我了！"

一屁股坐下，还没坐稳，觉得哪里不对劲，又立刻站起来，顺手将包袱拿起来背上。以和与赵掌柜这才坐下谈事，好像没有灵哥这个人。灵哥因为舟车劳顿，困乏至极，起初，他竖着耳朵听了一阵，但云里雾里的什么也听不懂，又不敢打断，只得强撑精神，他有些愠怒以和对他冷淡，但还是耐着性子，靠着墙坐在包袱上打起盹来。不知过了多久灵哥被拍醒，哪里还有以和与赵掌柜的影子。

"嗨嗨！起来起来，明日与其他新来的学徒一道学习。"灵哥指了指他自己，又指了指对面那人，还未及说话，那人将他的手扒拉到一边："指什么指，走不走？"那人转身已离开。灵哥追出去问："我说伙计，你知道我是谁吗？"那人脚步不停："知道啊，新来的伙计。"灵哥一激灵跑回去背起包袱追出来又问："我是问你，你知不知道我叫甚？"那人背着手疾走如风："冀惟聪。"灵哥停下脚步心想，原来眼前这人知道他叫什么。又追上去有些讨好的意思："我明白了，你是专门负责管我的。你放心，我既来这里，便与你们无二区别，该我做的我都做，该我学的我也去学，我不会难为你。"那人停下脚步眉头一蹙："难为我？笑话！还不一定谁难为谁。俗话说十年寒窗考状元，十年学商加倍难，忙时心不乱，闲时心不散，快在柜前，忙在柜台，人有站相，货有摆样，做'宏盛'的学徒不易，你可想好了，确定在这里做学徒？"

灵哥没回答，反问他："你可知道这'宏盛'姓甚？"

"冀。"

"我姓甚？"

那人停下脚步，上下看了看灵哥："你要是来学本事的，就跟我走，你要是来认祖归宗的，对不起，这里不是祠堂，请回！"

灵哥从小到大哪被人这样攘怼过，心里极不舒服。心想，我以为他是因不识我庐山真面目才如此怠慢，如今瞧他这架势，分明是没将小爷我放在眼里。于是暗下决心，找个机会要好好收拾他，以报今日之仇，嘴上却说："我既来这里，就甚都清楚，用不着你提醒我！"说罢瞧向别处。"好！那你听好喽，黎明即起，侍奉掌柜；五壶四把，终日伴随；一丝不苟，谨小慎微；顾客上门，礼貌相待；不分童叟，不看衣服……"灵哥一句都没听进去，盘算着好歹撑过这几日，等平息了衙门捉拿他的事情再收拾他。后来灵哥才知道这人是二掌柜，"切"了一声，嫌他寒酸。

这天，灵哥撂挑子，说那些杂七杂八的活儿不是他该做的，嚷嚷着要上柜学能耐，接下来每天睡到日上三竿。二掌柜随手扔给他一本账簿，命他第二日报账。灵哥从头翻到尾，又从尾翻到头，字倒是都认得，但每个字组在一起就不懂是什么意思了，账簿看得无趣，眼珠一转，学着皇帝模样在账簿上"朱批"起来。

二掌柜看到账目上满篇的胡诌之语气坏了，一通教训，罚他跪诵《冀商要略》，并抄写五十遍，否则逐出"宏盛"。灵哥不服管，心想用得着你逐？老子还不伺候了！一气之下跑到京城最为热闹的地界转悠起来。

大街上有许多洋人，灵哥瞧见他们长得奇怪，身上还漾着一股又一股刺鼻的气味，便捂着口鼻嘲笑他们是洋鬼子。突然有人拍了拍灵哥的肩，把他吓得一激灵："齐掌柜？您怎么在这？"

"没想到在这里遇到冀家孙少爷！"

"嗨！还不是来京城历练历练嘛！"

齐彪嘴角浮过不易察觉的笑，"他乡偶遇，实乃幸事，走走走，我请你下馆子！"灵哥一想，反正也无事，就随他进了馆子。几杯酒下肚，齐彪给灵哥讲了京城许多奇闻逸事，他见时机成熟，冲灵哥神秘一笑，用手在桌子上做了个投掷的动作："来京城这些日子，憋坏了吧？去玩玩？"灵哥还真觉得手痒了。自从出了事，这日子过得无比憋屈，只是如今囊中羞涩。齐掌柜已将银子推到他眼前，灵哥寻思，做生意的目的不就是为赚钱嘛，赌一把又何妨？说不定时来运转，不用再在柜上辛苦就能赚来大把银子，于是乐颠颠拿着银子去了。

在角落一边，齐彪与掌柜耳语了几句冷笑着离开。掌柜的朝一个洋人使了个眼色，洋人来到灵哥身边。灵哥手气极好，几把下来赢了不少，洋人说："这位公子只是手气佳，但你未必是我对手。"

灵哥不服气，"要不你来试试？"

"玩个大的敢不敢？"

灵哥听他这话不乐意了："爷我今儿手气好，莫说这些银子，便是它十倍百倍小爷我也有！"洋人眨了眨蓝色的眼睛，指了指赌馆，"就这间馆子，小爷若赢了，它就归你，倘若你输了……"灵哥盘算，倘若真赢了这馆子，再不用看二掌柜和以和的脸色了。"你可知道'宏盛'？"众人无不惊叹，灵哥更加得意，"来吧，小爷就陪你玩三回！"

第一回，灵哥险胜，第二回，洋人赢，最后一回，谁也不肯先亮底，灵哥一押再押，洋人也一押再押，赌馆里一片寂静，最后由掌柜出面调停，二人才同意亮底。

灵哥紧紧握着手中的盖碗，一点一点将光线放进来，黑压压的脑袋围在灵哥周围，当盖碗揭开，只听呼声一片，众人赞叹，灵哥也一抹额上汗水。他自赌博以来，从来没遇过今天这样刺激的场面，整个人亢奋到极点。就在灵哥认为十拿九稳赢了时，洋人慢悠悠揭开了盖碗，众人一瞧，倒吸一口凉气，接着是一阵惊呼，紧接着是掌声雷动！

灵哥忘了是怎么走出赌馆的，"宏盛"是彻底不能回去了，以和若知道他用"宏盛"做了抵押，并答应十天之内还清欠债，会不会即刻把他打死？可是如今身无分文，能去哪里呢？灵哥找了个旮旯将就了一夜，第二天，又往热闹的地方去转悠，走到珍宝馆附近发现人们在抢宝物，有洋人，也有大清子民，有绫罗绸缎，也有麻布粗衣。碎屑满街满巷，散落在地上的画幅和卷轴被踩踏得面目全非，有个洋人用蹩脚的汉语对另一个洋人狂笑："我在圆明园抢到一件凤袍，拿到了三千万法郎的丝绸、珠宝、瓷器、铜器和雕塑，你快点下手，过了这个村就没这个店了！"灵哥冲进去，看到有人往口袋里塞金条和金叶，有人往身上披挂织锦绸缎，有人往帽子里放红蓝宝石、珍珠、水晶，有人往脖子上挂翡翠项圈，更有人搬景泰蓝瓷瓶，抱紫檀古琴，卷书法水墨，他们纵情肆意，予取予夺，手忙脚乱，纷纭万状，甚至为抢一件宝物相互殴打。灵哥大吼："洋鬼子凭甚抢我们的东西！"二话不说与一个洋人扭打起来，围观的人越来越多，但没一个人帮他。洋人忙抢掠，撂倒灵哥跑了。和他一样留着长辫子，穿马褂的人对他指指点点。灵哥想，不如爷也抢些宝物来抵债，于是抢了洋人怀里一捆字画不由分说，撒腿就跑！洋人哇啦哇啦大叫，灵哥也愣，一边用介休粗话骂他们是野贼，一边啐他们，结果引来三五洋人，其中有一人竟是与他赌博的那个洋人！灵哥心想坏了，这要被他捉住，不死也残，撒了命地跑回"宏盛"。灵哥回来后，不吱声，悄悄把字画藏好，洗把脸，一肩搭毛巾，一手提茶壶，乖乖去忙。没过半晌，听见柜前吵嚷一片。

　　他以为是柜上伙计与客人起了口角，仔细听又不像，外面呜拉呜拉听不懂说的什么，依稀听见有人说，冀惟聪用这个钱庄做了抵押。柜上还未辨清怎么回事，突然又进来一伙洋人，紧接着一片打砸声、呼喊声、叫骂声，灵哥冲到堂前傻了眼。两拨洋鬼子不由分说已在柜上抢劫。

　　柜上纸片乱飞，红泥黑墨泼洒一地，伙计被驱赶在角落里，他们抱着头抵御乱如雨点的乱棒捶打，眼见白花花的银两被他们装入袋子。大掌柜怒喝："尔等明目张胆抢掠，实乃强盗！王法何在！"话没说完，一个洋鬼子用枪托把他砸晕。二掌柜的脸更黑了，与洋鬼子抢枪，另一个洋鬼子拉了枪栓瞄准了二掌柜，灵哥抄起算盘朝他的头砸去，枪打向屋顶，柜上更乱了，灵哥刚想喊只觉两眼一黑，热乎乎的东西从头上流下来，然后什么都不知道了。

　　当灵哥醒来，"宏盛"已成一摊灰烬，洋鬼子抢完白银，放了把火将冀家这个百年老字号烧了。号内所有员工皆受伤，其中三名职员致残，"宏盛"被烧、被抢得片瓦不留。灵哥自知"宏盛"因他而毁，无脸见以和，又不敢回山西，最后落魄成叫花子一样。直到两个多月后，以和才在一处破庙找到他。

瑛姑没有责怪灵哥，还安慰他遭此灾难的不止冀家，是天朝无力保护子民，眼睁睁看着洋人在自家门口招摇过市，欺凌百姓。铺子没了，商号还在，"宏盛"不会消失。对他赌博一事，只字未提。

灵哥想不明白，朝廷既然无力保护子民，为什么不换个皇帝？又恨了一回那些无动于衷的围观者，似乎明白了无能的朝廷为什么可以高高在上，洋贼为什么可以明目张胆抢掠，心中第一次生出怨国家不争的怨气。他闷声闷语了一个多月，在一个月圆之夜离家出走，谁也不知道他去了哪里。

三十八章　票号

英法联军火烧圆明园后，清廷巨额的赔偿需要专业的票号承兑，侯荫昌的五联票号更忙了。有一回以和问侯荫昌最近票号的生意如何，侯荫昌得意地向他伸出五个手指，又说了一句：一个月。以和在执掌京津冀的生意时，就和冀焌照商量过开办票号的事，无奈瑛姑一直不同意，只得瞒过瑛姑以钱庄为依托，偷偷运作票号生意，但终归是小打小闹。如今再等就是错失良机，于是他与以公、以正、惟贤商议开办票号，又将侯荫昌请来，一边筹划创办票号，一边想着如何说服瑛姑。侯荫昌见他们跃跃欲试，实实在在给他们浇了一盆冷水："如果不出我所料，岳母大人那一关你们就难过。票号一事我与岳母大人因观点不同闹得不可开交，导致这么多年侯冀两家不来往，她老人家要是知道我在背后怂恿你们开票号，还给你们出主意，不得打折我的腿！"四人嘲笑侯荫昌记仇。

以正说："你不了解母亲，她只是就事论事。她常念叨你和大姐，你一个女婿不登门，总不能强求母亲登你的门吧？"

以公说："就是就是，母亲虽不是男儿，心胸绝不逊男儿半分。"

侯荫昌笑笑："平心而论，这些年岳母大人的确将冀家商业推到了新高，只是在票号这件事上，偏颇得近乎执拗。"侯荫昌发现以和一言不发，他正望着以正发呆，叫了他一声，他才回过神来对以正说：

"老六，二娘最疼你，你又是徐大人的得意门生，王大人对你也青睐有加。听说王大人的著作中，有些内容是听取了你的建议才修改完成并最终定稿……二娘向来尊重他们的意见。"

以正明白以和的意思："五哥是想让两位大人说服娘？"

侯荫昌直摇头："我看难，除非……"

"除非怎样？"

侯荫昌神秘一笑："你们是当局者迷！以我对岳母大人的了解，只要她在冀家主事一天，你们就别想着开票号，除非……"三兄弟顿时了然。

瑛姑正与家里女眷坐在一起闲聊，女人多的地方从来不乏故事，三言两语聊到了灵哥。宋氏已然没了心气，暗自垂泪。郭氏低声叫了声大嫂，跟着流泪。她出身不及众妯娌高，再加上以廉早早过世，孀居多年，若不是瑛姑一直护着她，不知余生要经受什么。虽说冀惟贤孝顺，毕竟是从以中那过继来的，倘若乔氏还活着，倘若以中心中有乔氏，冀惟贤怎么可能是她的儿子？

梁氏圆场说："大哥吉人天相，"接着话锋一转："咱们尚能在这里斗嘴取乐，只是苦了四嫂，她一个人带着孩子在汉口忙里忙外，四哥一走多年，也不知甚时候回来。"郭氏头低得更低了。常氏轻咳了一声，宋氏瞟了一眼瑛姑说："老四虽然十多年没回来，但成箱成箱的银子可没少往回运。他在江南一带也是响当当的名声，人们不是说，没有老四，就没有冀家的'兴隆'，没有'兴隆'，就没有赊店的'兴隆街'嘛。"梁氏见机说："唉，洋人一把火把'宏盛'烧得片甲不留，不然不是也能和四哥一样，运回成箱成箱的银子，也能让娘夸几句不是？"宋氏自觉理短，脸上红一阵白一阵。瑛姑装作听不见。常氏见气氛充满了火药味，于是柔声引入正题："娘，票号近几年行情很不错，不如我们家也开吧？或者可以弥补这些年的损失。"梁氏紧忙接了话茬说："我也听以和说，眼下最大的商机就是开票号！"就连刚才还

468

在和梁氏斗嘴的宋氏，也转而同她们一致了口径："以公也这样说，我们家财力雄厚，上有朝廷关系，下有百姓基础，我们不做票号太亏了！"

瑛姑见她们明争暗斗的气焰不翼而飞，说起票号眼里都泛着光。瑛姑让郭氏坐到自己身边问她："是惟贤和你说了票号这些事，还是她们嚼舌头你听到的？"郭氏有些紧张地望了望众妯娌，这才低低说："是惟贤和我说的。他说他想跟着侯家姑父学做票号，我还没来得及征求娘的意见，所以没敢答应。"瑛姑什么都明白了，站起来懒懒地说："乏了，我去歇歇。"

瑛姑本想去找冀煊照商议票号的事，又想到他与以和异常亲密。心中烦闷，于是让马銮宇陪着去平遥散心，连带去"西河书院"看望徐松龛。闲聊中，徐松龛竟先提到了票号，他极力赞成冀家开票号，还表示会通过他的人脉，帮助冀家争取到汇兑京饷和协饷。

瑛姑还是有些犹豫，用银子赚银子固然好，可开办票号无疑等于将冀家与朝廷绑在了一起，如果有什么闪失那就是灭顶之灾，若只是银两上的风险并不算什么，但这关系家口性命，这就要好好斟酌，再者，也违背了祖上的训诫。徐松龛却说存在的即合理的，抛开别的不说，它是利国利民的举措。瑛姑有些茫然，她感觉被夹在一种前所未有的新旧更替的夹缝中。众儿郎都要办票号，就连身边的故交老友也与她的意见相左，是她太过保守了？还是老了？如果冀国定还活着，会做怎样的选择？

"太夫人可听说朝廷下旨授庆云都察院左都御史一事？"徐松龛问。

"何时下的旨，我竟不知？"瑛姑和马銮宇一脸茫然。

徐松龛说："上次朝廷调任他两广总督，他借病辞，这次他又借病辞，听说皇上不高兴了。"瑛姑紧紧握着裙摆两侧。就是在这一瞬她拿定了主意，去省城看望王庆云。

瑛姑见到王庆云的时候，着实把她吓了一跳，王庆云这回是真的病了。他脸色蜡黄，病恹恹地强打精神，瑛姑说不出一句话。王庆云看瑛姑气色不好，猜想她一定有要紧事，瑛姑只说是想念老友，前几天刚看了徐松龛。王庆云不信，再三追问，她才勉为其难说出票号一事。

王庆云带病耐心为她剖析其中利弊，开票号是顺应历史发展，与祖训并不违和，但风险一定较之常规商业翻倍。当然，不开票号也可，冀家商号遍布全国，涉及各行各业，这么多年一直是众商之榜。两人沉默片刻，王庆云突然说：“你为冀家劳心劳力了大半生，就像我为朝廷宦游了大半生。有些话，不会有人和你说，但我要和你说。”瑛姑说：“你说，我信你。”王庆云只觉喉头发紧，感动混着苍凉，一时竟不知从何说起，只呆呆望着瑛姑。瑛姑反过来叮嘱他：“朝廷两次下旨，你都以病辞，病好后还是去上任吧，皇上若恼了，可不是病不病那么简单。人生多苦，许多的不得已本是常态。”王庆云这才说：“如果众儿郎都有开票号的意思，你怕是拦不住，与其拦出埋怨，不如放手。冀公去世时儿郎们尚年幼，如今他们都已成为商界名流，你完全交代得了冀公了！人在该进的时候进，该退的时候退。如果冀家决定开票号，我会不遗余力帮衬。票号处在官商之间，很是微妙，这种事还是让儿郎们去做更妥当。”瑛姑怎能不明白其中意思，眼窝泛了泪：“我听你的。”两人相视一笑间，已是人生海海，山山而川。

瑛姑走后，王庆云精神格外好，缠绵病榻多日的他，只觉身轻，他回味着瑛姑说过的每一句话，柔情弥漫，情思缱绻，于是留墨遣思：

飞花缱绻梦如织，山遥水阔合云碧。几次登高楼，几回楼上愁。

不堪临月立，忍看飞鸟急。来处即归程，长亭更短亭。

他本想着在晋安享余生，但身负皇命，只能鞠躬尽瘁死而后已。皇帝有皇帝的不自由，臣子有臣子的不得已，老百姓有老百姓的由不得，谁不是身披枷锁过活？他回忆着过往，又翻阅了几回诗作，余意还未散，圣旨便到了。

王庆云临行的前夜徐松龛喝得酩酊大罪。王庆云当然知道他的醉是对仕途失落的宣泄，更是人生的怅惘与失意。一个满怀抱负的人被扔在乡野无人问津不说，又因"神光寺事件"被彻底罢了官。徐松龛只记得和王庆云说了很多，但具体说了什么记不起来了。他不担心说国事家事天下事，也不担心放浪形骸有失斯文，他只担心有没有和王庆云说瑛姑，说了他深藏在心底的秘密。

第二日将别，徐松龛终于忍不住，自嘲道："我酒后胡言乱语，笑笑就好。""松龛兄日后必担大任，只是劫数未满。塞翁失马，焉知祸福？""我已近耳顺之年，何来大任？更无二十年，空读三千卷。周夫子曾戏言你我均为重臣，不知是他错看了我，还是我辜负了他。""徐兄赋闲未必是坏事，朝廷吏治日益败坏，不是你我等人肝脑涂地便能挽回局面，大势已去了，早日抽身不是坏事，我是身不由己啊。"

两人风雨同舟大半生，如今皆发须见白，王庆云本想劝徐松龛重回"潜研书院"，又想起他昨晚的那些醉话，瑛姑之情已然成了他的负担。当初仕途不顺，总想着终有一天他能够重回庙堂，谁知再没能踏出晋地，于是又劝他："没有你赋闲在晋，便没有'潜研书院'与'西河书院'的辉煌，更没有以正这个得意门生。""说起以正，他不科考可惜了那一肚子学问。只是冀家有家规，我这先生倒做得轻松。"王庆云想起什么："说起科考，两年前京城那件奇案，兄可还记得？""名伶平龄科考案？他不是被收监了吗？但一直未定罪。""皇上性格虽然软弱，但也知道科举对社稷极其重要，面对考生愤愤不平，不敢懈怠丝毫。因主考官柏葰是旗人，位居一品大学士，所以皇上将案子交给了怡亲王。经过调查发现，平龄的试卷根本没做完，柏葰收受贿赂，让誊抄者为其舞弊，结果怡亲王也与平龄私交不错，便睁一眼闭一眼装做不知道。""竟有此等奇事？"徐松龛愕然。"平龄不堪刑罚，前些日子牵扯出柏葰。柏葰常日骄横，一时成为众矢之的，皇上骑虎难下，朝廷流言四起，皇帝不得已最后为平民愤重办了柏葰。"徐松龛望了一眼王庆云，"怎么突然说起这事？""我听以和说，齐掌柜前阵子做了笔军火生意出了差错，查来查去，不但查出当年他参与了平龄科考案，还大额贿赂柏葰参与党争。说来徐兄不信，当年我曾将平龄的关系通过以和介绍给太夫人，太夫人非但没与平龄结交，还将这个人脉关系神不知鬼不觉让给了齐掌柜。"王庆云说罢意味深长看着徐松龛又说："如果她是一介男子，当真是济世的奇才！""做生意也是做人啊，她将人性看得太透了。"徐松龛感叹。千言万语，终有一别，再见不知什么时候，王庆云上了马轿子探出头对徐松龛说："我还要请奏回山西，我想好了，我要在这里终老。"

阳光从云隙撒落，万物披金沐光，二人就此别过，一辆马轿子往南而行，另一辆奔京西官道而走。瑛姑心绪沉郁，也填了一首《菩萨蛮》：

> 小窗寂寂神思懒，云霞蒸蔚晴空晚。春水向东流，斯人独上楼。
>
> 浮云横天际，淡看鸟归处。独立落花阴，悠悠一片心。

没过多久，瑛姑听到齐家被抄了，她一点都不感到意外。

如今朝廷乌烟瘴气，虽然柏葰等乌合之众死有余辜，但那些提出要坚决处死柏葰与齐彪的人也未必干净到哪里，他们只不过是抓住了政敌的软肋与把柄，街头巷陌谁不知道以肃顺为首的官员是在杀一儆百。瑛姑打了一个激灵。想起当年故意为齐彪设下攀结权贵的局，今日真的结了果。但瑛姑一点都不高兴，扳倒了齐彪，冀家便能相安无事了吗？谁知道日后谁又扳倒了谁？她有些后怕。烈火烹油固然耀人眼目，兔死狗烹又何尝不竦人毛骨。

　　冀家先贤早已看透官场，所以急流勇退，为的是保全。但如今情势，不是不走仕途就能保全家族这么简单了。朝廷已病入膏肓，大厦将倾。

三十九章　戒尺

以和比以正略高些，有一张棱角分明的国字脸，清秀的眉毛下是一双警觉的眼，耳白于面肤，有两个厚厚的垂珠，鼻梁挺直，青色的胡茬隐在皮肤之下，身姿挺拔，神色超脱。

齐彪的事对他触动非常大。他不敢想象如果当年瑛姑听从了他的建议，今日抄的会不会是冀家。以和曾经和冀煐照说他对瑛姑的选择表示不理解，冀煐照认为瑛姑过于小心谨慎皆因她是女人之故，故而提醒以和，今后在人脉关系上，不用事事和瑛姑汇报，要留些底气，因为瑛姑已经开始物色下一任冀家掌舵之人。

以正常对以和说不能再按兵不动了，要让瑛姑知道他的能力与魄力。以和并不着急，甚至显得很随性，他有种感觉，瑛姑在试探他们兄弟谁沉不住气。以正不同意，他想找个合适的时机推举以和，以和神色一紧："勿要妄动！再观察观察二娘的意思不迟。"

以公因听了侯荫昌的话，又想起前些日子马銮宇和他说瑛姑最近时常与他谈论他们四兄弟，这才意识到马銮宇是醉翁之意不在酒。宋氏仍对票号抱有幻想："票号的事商议得如何？"以公皱着眉头说："原说请他来商议票号，没想到得到一个意外的消息。前阵子听惟贤说，娘曾与马家舅舅说起戒尺一事，我当时没放在心上，那日听侯家妹夫随口一说，我才意识到娘应该已经在暗中物色掌舵之人了。"宋氏两眼立刻放出光来："老太太终于肯放权了？轮也该轮到你了，你是长子长孙，灵哥也是长子长孙，历来贵族的爵位可都是传长，咱们家家业自然要传给你，可算熬到这一天。"以公冷笑："我在爹去世的那天，就已经与戒尺无缘了！"宋氏不依不饶："凭甚说无缘？那时少不更事，这些年你为冀家兢兢业业，谁都看在眼里！"以公不耐烦连连挥手："得得得！妇人之见，吵得我心烦！"宋氏继续追问："既然你说与戒尺无缘，为甚对这事还这么上心？"以公瞟了她一眼："我与戒尺是无缘，但怎么能与下一任掌管戒尺的人无缘？除了我，有两个是娘亲生，你说，谁的可能性更大？"以公不再往下说。宋氏明白了："他三人之才虽不相上下，但以中与以正是娘亲生。按理说，这隔着一层肚皮的怎么能敌得过亲生的？以正至今无子，又最小，所以非以中莫属！你与以中自小情意相投，这些年你又疼爱惟贤，老四定会领你这份情。"以公这才露出一些得意："俗话说，人无远虑必有近忧。备纸笔，我要即刻给老四再写封急信，让他务必把握时机！"

果然不出瑛姑所料，兄弟三人加上惟贤相约找她聊天，说是聊天，实则是商议开办票号，说是商议，实则是知会的口吻。瑛姑觉得手中这把戒尺格外沉重，挥动起来已然有些力不从心。她知道不能再阻拦了，或者已经拦不住了。

瑛姑到后花园散心，远远听到孩子们的嬉笑声，又往前走几步，隔着花墙听到梁氏的声音："也不知票号的事怎样了？你说娘会答应吗？"宋氏接应："娘可是个有主意的人，她若不松口，谁也甭想！""你说娘也是，当初她掌家是因为以和他们兄弟都小，如今我们的孩子都定了亲。放着票号这么好的商机，老太太死活不同意！""以和他们当时是小，我们以公可不小，比爹掌舵时还大一岁呢，差点被逼得……"瑛姑只觉阵阵发冷，婧儿的手被她抓得生疼。

第二日瑛姑很晚才起来，婧儿替她梳头时，瑛姑盯着镜子瞧了又瞧："的确是老了，瞧瞧这些银丝白发，再瞧瞧这些皱纹。"她问婧儿："你跟我这么多年，中间为你说了许多人家，你都不肯嫁，真要当老姑娘？"娭儿脸羞得绯红："不嫁，就陪着二奶奶。"

冀国栋、尹玉文回到绵山养老，相继辞世，冀煐照推荐了商务总监和护卫。冀煐照的身体也不似先前，他想为冀家办完最后一件大事再向瑛姑请辞，没料到瑛姑这天突然和冀煐照说她累了，想卸下肩头重任。冀煐照嘿嘿笑说："太夫人人中龙凤，不急请辞。"

"煐照，你我在冀家危难之时扛起重任，如今你我的使命完成了，我有一事想听听你的意见。"

冀煐照已猜到八九分，"太夫人是不是在考虑，谁来接任冀家总舵？"

"煐照懂我。你我风雨同舟二十多年，不能说家业问鼎，也对得起祖宗，如今这四个儿郎中，你觉得谁适合担这副担子？"

冀煐照虽然早预料到会有这一天，但当瑛姑真的把这个问题抛出来时，还是没想好如何回答，他思忖片刻，觉得时机不成熟，应该替以和掩其光华，条件具备差不多时再做打算。"国定爷在世时，觉得大爷不是合适人选，这么多年过去，想来太夫人对他心中也有判断；四爷为人爽朗精明，冀家两湖两广及西南和赊店的生意功不可没；五爷在京津冀及西北一带大有作为，他擅长与各种人打交道；六爷儒雅，于商于文皆通，略有遗憾的是至今膝下无子，不过，儿孙满堂是迟早的事。无论谁掌舵都错不了。"

瑛姑笑了："你回答得好，谁也不得罪。我知道你在避讳甚，除了以公，剩下三个儿郎有两个是我亲生，他们于家于业不能说是文韬武略，却也各具特色，在经商上都是一把好手，"瑛姑别有深意地望了一眼冀煐照接着说："以和这孩子，胆大心细，足智多谋，你没白疼他。"冀煐照打了个激灵。瑛姑不过是随口一说，冀煐照仿佛被人窥到了秘密，不自然地笑了笑："若平心而论，或者太夫人执意要我说出个子丑寅卯，我唯一的依据便是站在国定爷的角度去论，"冀煐照说到这儿停顿了一下："接任之人必得有与国定爷一般的魄力及格局才好，此事容不得马虎，所以，太夫人要权衡方方面面，再予以定夺为佳。"

冀煐照的意思已经很明显，如果瑛姑所选之人与他的意见一致，那便是冀国定的意思，如果与他相左，那便不是冀国定的意思。瑛姑脸上没有丝毫表情。这事若处理不好，势必会引发家变。瑛姑开始琢磨几个儿郎，以公虽然成熟稳健许多，只是过于循规蹈矩。以中之才有目共睹，他又为长，只是自从与乔氏成婚后他竟一去十多年不回。以正过于斯文，最要命的是已过而立之年，身后依然没有子嗣。以和过于重视结交权贵，有违祖训，他对她亲而不腻，淡而不疏，做人做事倒都规矩。

瑛姑喝了一会儿闷茶，命人叫以和，以和以为瑛姑要过问生意，谁知瑛姑打断了他。"我叫你过来，不是为柜上的事，"瑛姑不再往下说，而是将娿儿支了出去。

"此次叫你过来，是为娿儿。"

以和心头一颤。他何曾忘过娿儿，只因谷穗有命，不同意他接受娿儿，以和当时无半点成就，于是抱着将来干出一番成就再来见娿儿，娿儿也只揣着一个心眼，就是等以和。这么多年过去了，以和有了贤妻美妾，生意异常繁忙，渐渐将娿儿撂开了。今日听瑛姑这么一说，往日与娿儿的山盟海誓又浮现在眼前，脸上生了愧色："二娘，我何尝……只是我听说娿儿姑娘说终身不嫁，再加上她是二娘得力之人……""我只道娿儿是个死心眼，你也死心眼吗？娿儿不小了，你若再不兑现诺言，便害了她一辈子！"以和立刻向瑛姑作揖："多谢二娘成全！儿糊涂，儿即刻向娿儿姑娘赔不是，纳她在房里，再不让她受半点委屈。""纳？不成。她如今是我表舅认的义女，她的嫁妆不会次于梁氏。"娿儿听到这些话又心酸又感动，一口气跑到无人的角落着实痛痛快快哭了个够。接着是看日子，备嫁妆，娿儿风风光光嫁给了以和。

以和与嬿儿成婚的那天，以正喝得有点多，赖在瑛姑房里说要与瑛姑聊家常。瑛姑疼以正，和他聊了许多陈年旧事，以正醉眼蒙眬，句句都是对以和的夸赞。瑛姑知道以正的真实意图了，决定打开天窗说亮话。"你四哥与你五哥不分伯仲，论理，你四哥为长，论情，他是你的亲兄长。"以正不同意瑛姑的观点说："娘，如果冀家从一开始就遵从传长，我爹在临去世的时候就该将戒尺传与大哥。如今母亲又以四哥为长为由，一来，您让大哥情何以堪，二来，您也违背了爹当初的意愿。""正儿！"以正听出瑛姑有些不悦，撒娇说："娘，孩儿莽撞了您，但惟贤惟德，才能服众于人，对不对？"瑛姑望着他幽幽说："难道说你四哥和你不够贤德？如果，我将戒尺传与正儿你呢？"以正怔住了。他压根儿没想到母亲会这么说，又或者，他压根儿没想过他自己接任冀家戒尺。他有些惶恐："儿自知我这百十斤肉身能装多少斤两的风雨，我不及四哥，更不及五哥。冀家家大业大，必得是一个胸襟气度不输娘的人，才能光耀冀家门楣。五哥饱读诗书，思想活络，做人做事自有章法，在京城结交了许多声望之人，在各界游刃有余，所以五哥最合适不过！""正儿！"瑛姑更加不悦，提高了嗓音："娘是怕你们因借'立贤'导致兄弟不睦，那才是冀家的灾难！正所谓兄弟同心，其利断金！"以正酒醒了一半，看到瑛姑脸色难看，自知莽撞，向瑛姑赔了不是，匆匆离去。

瑛姑思及戒尺，一夜未眠。此事若处理不当，定会在家族内部掀起矛盾，说不定又将冀家推至危险境地。第二日一早，她去找马銮宇，结果看到以公从他书房出来。

"不瞒瑛妹妹，以公刚从我这走，他问我戒尺之事。"瑛姑什么都没说，坐下按揉太阳穴。"按理说我应避嫌。但还是想和瑛妹妹说说真实想法。以中之名，有口皆碑，他本身就是冀家的一面字号。惟贤是婧儿的未婚夫，但圣贤云举贤不避亲，于公于私，以中是合适的人选。"

　　瑛姑眼见越来越多的人和事参与进来，虽说以中远在汉口，但谁能说清，以公的行为是不是他的授意；以和自始至终谦虚谨慎，谁又能说清以正的行为是不是他的默许。她身边两个重要的人——马銮宇与冀煜照各执一辞，眼见一场波涛暗涌的争夺已悄然拉开序幕。

　　铅灰色的云层遮蔽了阳光，似在酝酿一场蓄势已久的风雪，转眼又到了年根，瑛姑缠绵病榻的时间越来越长。有一天瑛姑问今天是何年何月，身边的丫头以为她病糊涂了，悄悄告诉了媆儿，媆儿安抚丫头说瑛姑时常这么问，她在算她嫁到冀家多少年了，媆儿嫌丫头胆小不抗事，决定为瑛姑挑个称心的，这几天她先搬过来侍奉瑛姑。

　　以公时常被宋氏埋怨，心中孤寂，一人喝起闷酒，眼见酒瓶见底，醉意漫上头，忽而忧伤，忽而失落。他这大半生不被认可不说，细思之下，除了依靠祖上家业谋得些富贵，也的确未做过什么令人骄傲的功绩，于是决定此生必要做成一件大事——竭尽全力帮助以中接任冀家大任，微醉之下，又给以中急信一封，告诉他瑛姑病倒，并且瑛姑大寿在即，劝他速速回晋，莫贻误时机。

　　以中接二连三收到以公急件，方才觉出事情并非他想得那么简单。虽然瑛姑流露过要将戒尺传给他，而在他看来也是水到渠成的事，但以公在信里提到瑛姑明显在犹豫，又说冀煜照的威信在冀家不可小觑，平遥总柜基本都是他的人，他意识到必须回晋了。当瑛姑知道以中要携妻带子回来，立时涕泪横流。

　　以和安排妥在京所有事宜已提前返晋，冀煜照嘱咐他万万不能忙中出错。以正有些坐不住了，他当然知道以中在这个时候为什么突然回来。以和看不出有丝毫变化，每日在总柜上忙一会儿，往冀煜照处坐坐，再探望探望瑛姑，瑛姑精神好的时候，便说说生意，精神不好的时候，便叮嘱媆儿仔细照顾，而后回到家与孩子们父慈子孝一会儿，余下的时间便是喝喝茶，看看书。

以公一扫多日阴霾，日日去路边张望，这天终于迎到以中。两人见面激动不已，以中看到以公发福的身躯和眼角的皱纹，心里不是滋味："大哥，你甚时候生了皱纹？"以公笑着说："你都蓄起了胡须，身后一群儿女，我怎么能不变老？"两人说说笑笑到了冀家大宅门前，丫头小厮跑着开心地争相回禀。以中只觉恍如昨日，这熟悉的院落曾无数次出现在他的梦中，这令他魂牵梦绕的地方，安放着祖辈的身影和他的灵魂，一别十年，如今回来心里却生了些胆怯。

马氏带着三个孩子下了马轿子便被眼前三丈多高的青砖院墙震撼到。她们一边仰望，一边心想，这么高大的城堡，即使是飞贼也望洋兴叹。院门开在东南角，马氏便悄悄和孩子们讲述"抢阳"的寓意。院门两边汉白玉抱鼓石的门当上雕刻着青云与神鹿，高高的门槛挡住不敬与傲慢，门楣之上的户对绘着牡丹花卉，又以鎏金勾勒过纹理，马氏带着孩子们小心迈过门槛，紧紧跟着前来迎接的丫头婆子，一座雕刻着葡萄、蝙蝠、梅兰竹菊的影壁墙映入眼前。绕过影壁，笔直幽深、青砖灰瓦的甬道把大小院落由南向北，从东到西分隔在两旁。马氏想起以中曾说，家中房檐皆是外高内低的倒房檐，抬头细瞧的确如此，果然是肥水不流外人田。丫头婆子满是笑容，生怕招呼不周，深邃富丽的大宅令马氏与三个孩子屏气凝神，一众人左拐右绕来到瑛姑的院子，方方正正的庭院用青石铺就，打扫得一尘不染，院中放置两口吉祥缸，再无余物，两侧厢房房门紧闭，廊柱、门窗、雕梁、画栋雕刻着五福捧寿、凤戏牡丹、麒麟送子、岁寒三友等等，雅致而厚重，有的认得，有的不认得，正房门前立着许多人，以中刚踏上台阶，已有人挑开棉帘，里面传出："我的儿！"以中奔向瑛姑伏地而跪："不孝儿以中回来了。"瑛姑张开手臂老泪横流："我的儿！一走十多年，可要了娘半条命！"母子相对而泣，众人跟着落泪，宋氏等人一边劝瑛姑保重身体，一边搀起以中及马氏。

梁氏哽咽着说:"四哥一家难得这么齐整回来,娘且端坐,快让四哥、四嫂与孩子们好好拜见您,您瞧我们呼喇喇一屋子人,四嫂都对不上谁是谁。"瑛姑这才停止流泪。

马氏是回族,皮肤白皙,眼睛大而明亮,一看就是异域美人。她带着三个孩子大大方方行了叩拜之礼。让众人新奇的是,马氏为以中生了一对双胞胎儿子,比冀惟贤小两岁,长相与马氏相像,大的随了马氏的姓,取名马继襄,乳名冻儿,小的按家谱排行取名冀惟凌,乳名凌儿,两人还有个小女儿,七八岁模样,明眸皓齿,样貌像极了以中。瑛姑拉着三个孩子围坐在身旁,问过这个问那个。冀惟贤站在郭氏身旁,流露出复杂的神情。郭氏紧紧抓着惟贤的手,不知是怕他紧张还是怕她自己紧张。冀惟贤抽出手,揽过郭氏的肩低低唤了声娘,郭氏两眼蓄泪。

梁氏将堂上之人逐一为马氏介绍,待走到郭氏跟前说:"这是二嫂子,这是……惟贤。"马氏听以中说过郭氏,也知道冀惟贤是乔氏的遗腹子,于是与郭氏以礼相见。郭氏又紧张又窘迫,生怕冀惟贤被抢走似的,回了礼便把他往身后藏。冀惟贤又低低叫了声娘,郭氏这才松开他的手。冀惟贤上前一步落落大方向以中和马氏施礼道:"四叔好,四婶好。"堂上一时鸦雀无声,梁氏以哈哈的笑声打破尴尬,拉起冀惟贤的手,又把众兄弟姐妹叫过来:"如今可好了,咱们家今年可要好好过个团圆年,你们带他们兄妹去附近好玩的地方转转,识识道,认认门,走得再远骨血里还是一家人。"

令以中没想到的是,乔氏为他生的这个儿子,长得龙章凤姿,天质自然,再细瞧,又觉得爽朗清举,看得出惟贤秉承了良好的家教,这是他遗留在晋的血脉啊,慈爱之心油然而生,联想到难产而亡的乔氏,又生出愧疚之心。瑛姑精神大为好转,胃口也一日日好起来,每日都和孙子孙女热闹一阵。

年底商业总结瑛姑破例没参加,而是让以公主持统揽,冀煜照剖析商情，决策来年商业走向。众掌柜依循旧例，该赏的赏，该罚的罚，一切按部就班有条不紊。接下来冀家宴请掌柜、伙计，兄弟几人构建着冀家来年的蓝图。眼见除夕，瑛姑决定这个年要好好热闹一回。

这天商议完生意上的事，以中看到冀惟贤从屋里出来，便向他招手。二人头遭单独相处，冀惟贤极力装作自然，但还是有些别扭，故而作出冷淡模样。以中不知从何说起，两人沉默了片刻，以中说："年后随我回汉口吧？"

"回？"

"哦，去。"

冀惟贤淡淡一笑："多谢，我承蒙伯伯叔叔不弃，如今与我娘能够自食其力。我虽然向往汉口繁华胜地，但我的根在这里，我不忍心抛下我娘。"以中喉头一紧，这个"娘"字太重了，他抛不下给了他生命的乔氏，更抛不下将他抚养成人的郭氏。以中点头拍了拍冀惟贤的肩："走，过去看戏！"

一阵管弦铙钹响起，开戏了。台上的薛平贵欲斩王允，王宝钏苦苦相劝，终于赦免，而后迎王母，封功臣，共庆团圆，极为热闹。台下几兄弟与掌柜展望来年，小一辈中，男孩评判历史功过，女孩讨论伶人扮相唱腔，众人频频举杯，酒兴渐高。瑛姑注意到一个细节，一些掌柜伙计唤以中东家，而唤以公、以和、以正及冀惟贤是爷。

除夕这晚祭祖，所有的蜡烛被点亮，列祖列宗的画像被照亮，香烟袅袅，堂上黑压压跪着冀氏子孙。以公严肃而声情并茂地念过祭祖文，众人三叩九拜，堂内寂寂无声。冀惟凌第一次参加祭祖，庄重的仪式，严肃的神情，凝重的氛围，使得他有了认祖归宗之感。年除夕守夜，有的聚在一起玩牌，有的猜谜，将到子时，彻耳的鞭炮声连成片。众人装束一新挨个给瑛姑拜年，瑛姑将准备好的红包逐一分发。轮到以中的三个孩子，她说："长这么大了，祖母还是第一次给你们压岁红包，不知明年这个时候能不能再给孩子们压岁银子了。""呸呸呸！"梁氏轻吐三口说："娘说胡话呢！自打四哥回来，娘眼见一天比一天好，这大年初一的，老天爷一定被鞭炮蒙住了耳朵！"以中安慰瑛姑说："儿这次会多住些日子陪娘。"这个年，阖家上下一直热闹至正月十五。

正月十五闹完花灯，以中与瑛姑聊家常，他以为瑛姑会和他说戒尺的事，结果瑛姑只字未提，他这才信了以公的话。第二天晚上，以中又去探望瑛姑，正逢以正从瑛姑房中刚出来，兄弟俩相视一笑，以正便匆匆离去。

以中问瑛姑："老六怎么急色匆匆的？""以和因生意需要，要从以正那借调部分银子，以正不够，想从平遥总号调运十万两。"以中好奇地问："什么生意？""他要开办织布局，煊照也赞同该笔生意。以和说要在京城建一处冀家公馆，连地址都选好了，不日动工。"

这晚以中失眠了。以和要建纺织局，还要在京城建冀家公馆，他连想都没想过，更不用说做。一晚上辗转反侧，好不容易挨到天亮，来不及吃早饭披了衣服便去找以公。两人感觉到以和的耀眼之势，若不及时阻止，其日后光芒势必会盖过以中。以公眼珠一转："老四，多数掌柜认定你是冀家日后的大东家，相信娘也有此意。倘若老五的冀家公馆与织布局的生意成了，你的威信势必会削弱。不过买卖这回事，有成就有败。"

"老五敢想敢为，我们不能屈居人后，也要有个甚出彩的成绩才好。"

以公笑了："依我看，不如以不动制万动，假如以和此次生意出了差错……"

以中明白以公的意思："身为冀家儿孙，都是在为冀家谋福祉，那样做，会不会不是君子之举？"

"历来成者王侯败者寇，成大事者不拘小节，瞻前顾后易错失良机。此事我来安排，你且放宽心。"以中不再吱声，以公当下亲自去安排。

以和筹齐了银子便立刻起镖，当他们行至黄土坡的狭隘处，突然杀出一股土匪劫镖，于是混战起来，正难解难分时，又杀来一路土匪，两股土匪时而混战，时而联手与镖局混战，一时黄土漫天，车翻马惊，分不清敌我，甚至不知谁是敌谁是友，最终寡不敌众，以和眼睁睁看着两股土匪带着各自劫掠的银两跑了，留下一地狼藉。

当以和与镖师失魂落魄回到冀家大宅时，镖师冲瑛姑抱拳还没开口，瑛姑便让他先行离开。冀煊照与以正不知发生了什么，瑛姑镇定自若，坐在当堂一言不发，以公与以中坐在下首不敢发声。以和只觉事出蹊跷，被来路不明的两股土匪同时劫镖，镖局也似吃里爬外，这是从未有过的事。

没过一会儿，一人进来对着瑛姑耳语了几句。少顷，门外又有一人朝以公招手。

"如何？"以公刚出了门便紧张地问。那人面露慌张："大爷，上当了！尽是破砖烂瓦！"以公大惊失色："你说甚？破砖烂瓦？""我们刚劫下货，又冲出一股人马，三方势力一阵拼杀，最后各劫一半，打开箱子一纹未见！"以公揪住他的衣领威吓："你小子可是亲眼所见？你若敢诓我……""大爷，我跟你这么些年,何时诓过你？"正说着，丫头出来叫他，以公的脸都白了，"速去查明真相！"而后急忙返回议事厅。

以中见以公脸色不对，两人眼神交汇的刹那，以中知道事情出了纰漏，额头冒出汗来。以和无端丢了银子，被搅得无一丝头绪，急得来回踱步，冀煊照虽然不知道发生了什么，但他感觉一定与瑛姑有关。瑛姑见时机已到，朝身后的丫头点点头。丫头拍手，堂上忽然进来一伙人，皆身穿黑色短衣，束腿箭袖，以和一眼认出他们正是抢劫银两的贼人，瞬间明白了什么，呆呆望着瑛姑，以公与以中却有些糊涂了。

瑛姑望着几兄弟说："有谁想说甚吗？"堂上鸦默雀静，片刻，以和说："二娘良苦用心，以和受教了！"瑛姑问："说说你如何受教了。"以和擦拭了额上之汗："如果孩儿没猜错，那些银子已被二娘妥善安排好了。"众人依旧不解，瑛姑慢慢站起来："我如此做是想让和儿知道，如今世道不太平，大批银资的运转，不是请个名头响亮的镖局压镖便能万全，小心才能驶得万年船；二来，这经商虽是以物易物，中间银两却最能考量人心，并且人心往往也最经不起考量，不是我们不信任他人，而是在做任何一件大事之前，要考量一遍自己的下限，再以己度人。"瑛姑命以和回去思过，独留以中。以中出来时，贴身的内衣尽湿，大冬天好似刚洗过澡，神色颓败，他和以公弄巧成拙了。

以和郁闷，喝了些闷酒，快到家门口时，迎面遇到一个须发皆白的道士，道士腰里别着一个葫芦，破衣烂衫，蓬头垢面。以和摇摇晃晃往左避让，道士便摇摇晃晃往左挡住他，以和又摇摇晃晃往右走，他便摇摇晃晃地往右挡住他。两人几次三番后，以和发现道士是故意的。

"你这个老道，为甚总挡着我？"以和醉眼蒙眬地问。

道士脸上的褶子挤成一团："你呀，遇官得官，遇贵显贵，人生富贵吉祥，只是晚岁有劫，虽说富贵天定，但人运也不容忽视，我能替你破此劫，只是你要付些较高的酬金。"说罢把手伸向以和。以和一咧嘴，想也没想，笑嘻嘻摸出一锭银子扔给他："我的命我来定，你这套哄人的把戏对爷我不好使，不过你这话我爱听，即使是哄我，我也……也认了。"

说罢往回走。老道说："嗨！生辰八字报与我，我不能白收你银子不为你消灾呀！"以和朝他一挥手，趔趔趄趄回到家中。以和虽醉，意识却清楚，梁氏在他耳边喋喋不休，以和嫌烦，索性去找媛儿。

媛儿见他已醉，摆了绢布为他净脸，嘟囔他还像个孩子一样让人不放心。以和抓了媛儿的手，红色血丝布满双眼："媛儿，我不知二娘与四哥唱的甚戏，但我被她们戏耍了。"婳儿听罢停下忙碌："没依没据的话不能乱讲，我服侍娘多年，娘她不是那样的人。"以和频频摇头："事关冀家戒尺，二娘她有私心我可以理解，但若以此手段羞辱我，我便觉得失望了。""你为甚肯定是娘与四哥联手？可怜娘的一片心！"婳儿有些激动。"从银两被换，到两路劫匪演的这一出，只有我一个人蒙在鼓里！""你与烊总管背着娘开办票号，借织布局的名义调运白银，娘虽未明说，不代表她心里不清楚。再者，谁知道还有没有谁背着娘做事？在我看来，都有你们始料不及的事在里面糅杂着，包括娘。""我是不想错过大好的机会，故而假借织布局调运银两。我一直想不通，通透如二娘，为甚对票号如此抵触，我也无法，只能先斩后奏。"以和用警惕的眼神望了一眼婳儿："你没将此事告诉二娘吧？"婳儿有些不悦，将绢巾放进脸盆，扭身坐在床沿："我得遇娘的知遇之恩，才有今日，所以对她感恩戴德，发誓要毕生回报她！而如今，我为你妻，你却做着她明令禁止的事，我夹在中间很为难，说了，对不住你，不说，对不住娘。"说罢抹起眼泪。以和立时心软了："是我不好，不该让你为难。""如果不是我误打误撞听到你和烊总管的谈话，我也不会这么为难。"以和抓起婳儿的手放在胸口信誓旦旦："你放心，我必不会辜负你。二娘迟早有一天会明白我的决定是正确的。"

　　事情发生后，以中觉得不能坐以待毙，决定去找马銮宇。马銮宇的书斋静悄悄的，厚重的百宝阁堆放着各种典籍，案头放着几本著作，有先贤圣卷，有时下墨宝，也有他自己的著作。蓬松的书页让以中想到马銮宇灯下阅读的身影。书案上笔墨交杂，马銮宇又在著书立传。以中搓了一把脸，不得不说，娘舅家的人善读书，喜读书，与他年龄相当的几位表兄弟先后考中，可惜皆仕途不顺。这里是他小时候常来的地方，舅舅如父，冀国定去世后马銮宇担起舅父的责任。

　　"中儿？"马銮宇笑着进来："甚时候来的？"

"刚来。舅舅，我来是想和您商量……"

"你母亲冰雪聪明，谁都别想翻出她的手掌心。"

以中点头承认："舅舅，我是不是弄巧成拙了？不知母亲会怎么想我。"

"以不变应万变。螳螂捕蝉，黄雀在后，你母亲宝刀未老啊！只是，任是她再通透，也有想不到的事。"以中以为马銮宇在说他，分外羞愧。

"中儿，我问你个问题。"

"舅舅请问。"

"你可知道，你母亲于冀家该不该开办票号持何意见？"

以中诚实回答："不瞒舅舅，母亲在汉口的那段时日，我和母亲探讨过开办票号，母亲不赞成，当时又逢兵荒马乱，家宅不安，冀家家资损毁严重，后来便没再和母亲提起此事，但我……"

"如果冀家商议开办票号，你是否赞成？"

"冀家天时地利人和均占，要开。"

"不可！"马銮宇将茶递给以中："知道我为甚和你说这个？"以中不解。

"说来也巧，我得到一个消息，正不知该不该和你母亲说。"以中疑惑地望着马銮宇，"以和——以和这小子胆子够大！他恐怕要飞出你母亲的手掌心！"以中更糊涂了："舅舅，我这云里雾里的，不知您在说甚？"

"此事是把双刃剑，你若用好了，便可随心顺意，倘若用不好，便无机会了。这完全要看你母亲如何定夺，所以，谁把握住了你母亲的想法，机会就是谁的。"

"舅舅，我更糊涂了！"

"中儿，冀家发生了一桩大事，合家上下只有煐照与以和知道，他们做得密不透风，只是百密而一疏，世上哪有不透风的墙——你知道以和为甚突然调集那么大一笔银子吗？"

"说是织布局的生意需要，还说老五要在京城弄一座冀家公馆。"

"非也！以和已经在京城创办了票号。此次调集白银，一是票号急用，再一个听说他花重金结交权贵，谁曾想出了差错。"

以中听罢瞠目结舌："舅舅如何得知的？"

"前些日子，以和接了一笔不小的生意，所以急需调银，结果银子半路出事，那边掌柜情急之下托了一方贵胄方才稳住。前儿我去平遥，徐大人和我说起此事，他和王大人在暗中给以和推荐了多方人脉，实实在在帮了他不少忙。我虽与你母亲是堂兄妹，但终究是外人，所以此事我与你母亲只字未提，今儿你正好过来，至于如何做，就要看你的本事了。"以中深吸一口气，以和果然大手笔，于不动声色中挥斥方遒，看来的确低估了他。

瑛姑生日的前几天，以中与兄弟们商议给瑛姑办一个隆重的寿诞，兄弟几人一致同意，于是冀煜照统揽，以正负责草拟请柬、礼房核对，以公负责采买，以中与以和负责迎来送往，冀惟贤负责厨房及诸多用具、饰品，各堂内眷也分工明确。以中还想尽份特别的孝心，借瑛姑大寿之日，调解侯荫昌与母亲多年的不睦。

兄弟几人依照旧年冀之瑜寿诞的规模为瑛姑筹划寿宴，一时间，十里八乡皆知冀家为瑛姑做寿，上至衙门，下至乡野，拜寿之人络绎不绝。瑛姑做梦也没想到大姑爷侯荫昌竟带着如玫回来拜寿了，一时老泪纵横。并且如瑾与张廷、如珂与闫山清、如琤与杨玉臣都回到阔别已久的娘家，四姐妹聚齐，秉烛互诉衷肠。

如玫的确有大姐风范，对三个妹妹、几位兄弟不偏不袒。如瑾与如珂虽然多年不见，依旧亲厚，如琤一点没变，还那么争强好胜。她从进家门，便和杨玉臣住在以和的"敦信堂"，对梁氏五嫂长五嫂短地叫着，对以和的孩子疼爱有加，处处显出她与以和是亲兄妹的姿态。

反倒是如瑾与如珂，待众兄弟没有厚此薄彼。

祝寿的前一夜，几兄弟与姐夫、妹婿九个男子欢聚一堂，将听来的、见来的逸闻趣事娓娓道来，他们时而哄堂大笑，时而沉默不语，时而议论纷纷，时而义愤填膺。

杨玉臣面色清冷，偶尔迎合以和几句，余者皆不搭言。他仍旧孤傲，因为这几个人中，只有他做了官，虽然是以和从中为他引荐的权贵。以中知道如玚在天津暗地对如珂使了不少绊，心里本就不痛快，今天见他目中无人，更加来气，心想，到我冀家摆甚臭架子，以为冀家没有读书人吗？于是与以公商量，挫挫他的傲气。

以公说："我们四兄弟如有招呼不周的地方，你们不要心存芥蒂，冀家虽不是书香世家，却以读书为荣耀，咱们酒兴已起，行个令才好，就行'一物双说令'如何？"这个游戏他们太熟悉了，几兄弟在"潜研书院"读书的时候就常玩。以公命冀惟贤做令官，冀惟贤欣然接受："俗话说，酒令如军令，不论主次，不论贵贱，此刻唯我是主，在座各位伯伯叔叔姑父，惟贤便不客气了。"

冀惟贤端起酒盏自行饮过一杯，于是起令："风中蜡烛，流半边，留半边。"以中叫好。杨玉臣心想，没想到行商坐贾之家也玩这等雅令，又想，料他们吟得粗陋，故而冀惟贤刚燃起寸长香，他便道："帐下美人，羞无语，休无语。"众人赞叹。侯荫昌接着说："鬓边珠花，似海棠，俟海棠。"此时，四兄弟皆有，但碍于宾客身份，将目光瞥向张廷与闫山清。闫山清道："盘里珍珠，拾壹颗，拾壹颗。"众人愣半刻，突然悟到其中妙处，啧啧称赞，唯杨玉臣面无表情。张廷不甘人后，也道："灯下残局，敲落子，悄落子。"四兄弟望向以公，以公与以中相视一笑道："目底无人，狂学士，诳学士。"以中立刻接道："自命清高，贾先生，假先生。"众人说该罚该罚，以中笑呵呵一饮而尽，以和看出其中端倪，笑吟："桌上美酒，引清愁，饮清愁。"以正结道："兄弟八人，嗟风流，皆风流。"说罢提议共饮。

宴席散后，以和与以正晃晃悠悠往回走，以正不解侯荫昌怎么突然来拜寿，问："五哥，大姐夫怎么突然回心转意了？"以和摇头。两人分开后，以和绕过角门去找如珂，两人回忆起很多往事。以和说："杨玉臣曾托我打点吏部，我拒绝了，如玮一直不肯原谅我。杨玉臣的心性不适合为官。四哥此次回来……"如珂冰雪聪明，笑说："老五，这么多年多亏你照顾我和山清。如今我和大姐都封了夫人，想必娘能听得进我的意见，贤能者任才是冀家之幸。"

第二日是正日子，"有容堂"满是亲朋故旧，以公答谢各大掌柜，以中答谢各大乡绅，以和早与官员们频频举杯，以正心细，生怕冷落任何一位前来拜寿之人，冀惟贤则穿梭在乡邻间答谢，众媳妇们各自忙碌。

寿宴结束后，瑛姑与各位女儿聊了家常，最后独留侯荫昌与如玫家话，不过半盏茶时间，三人便从屋里出来，侯荫昌与如玫脸上挂着笑容，瑛姑也面带笑容，以中与以和却瞧出瑛姑的笑容藏着一丝伪装。

送走众亲友、众姐妹，瑛姑的脸便冷下来，郭氏搀着她，她浑身在战栗。瑛姑冷眼扫扫众人，最后将目光落在冀煜照身上。冀煜照虽然不知什么原因，但并不惊慌，而是朝瑛姑施了一礼，瑛姑照旧盯着冀煜照一言不发，众儿郎不知所以然，瞧着他二人奇怪的举动。僵持了片刻，瑛姑突然闭着眼笑了，而后朝冀煜照点点头，转身进了议事堂，冀煜照望了眼以和，没迟疑，尾随瑛姑进去。没过多久，里面传出激烈的争吵，这在冀家是前所未有的。以中要进去相劝，却被以和拉住："四哥，想来与我有关，还请四哥少安勿躁，我去解释。"刚要进去，被他身旁叫武日中的拦下："以和，你可想好了，莫功败垂成！""放心！"以和没犹豫，推门而入。

婳儿眼见事情不妙，她隐约觉得瑛姑一定知道了什么，所以才极为震怒，并与冀煜照发生争执，她最为倚重的冀煜照和最为信任的她，都背着她……想到这儿，婳儿悔不当初没将实情告诉瑛姑。她有些慌，只觉腹中胎儿有异动。

"砰！"屋里传来拍桌子的声音："你们把我当傀儡吗？我果然是傀儡！"

"二娘息怒，孩儿一人做事一人当！烨总管他……他是受了，我的，我的胁迫，才不得已而为之，望二娘不要迁怒于他。"

"太夫人，烨照未受任何人胁迫！此事皆出于我心。若说哪里做错，便是没有向太夫人禀明，我知道此行违背了信条，但我出于信义，并无不忠！"冀烨照明显在极力保全以和，瑛姑望着他二人为彼此开脱，冷笑道："你二人当真是铁板一块，否则，如何能神不知鬼不觉做出合家都不知的大事？"屋里一片静默。屋外也一片静默。

以中远远看到马銮宇，悄悄走过去，马銮宇问："知道了？"

"知道了。"

"接下来就要看你母亲如何定夺，若你母亲觉得她的权威被挑战了，十有八九就成了。"以中点头。

"我不宜久留，机会就在眼前，你要把握好。"说罢匆匆离去。

"你我同舟共济二十余载，烨照，给我个理由。"

冀烨照颤颤巍巍向瑛姑又施了一礼，瑛姑看到他花白的头发和胡须，想起他几次请辞而未允，冀烨照——他已经融入冀家的角角落落。

"太夫人……按辈分，我应称您祖母，论情分，我们在商界是无与伦比的搭档。我自踏进这门，便想着滴水之恩当涌泉相报，这点从未改变过，这一切都源于国定爷生前对我的知遇之恩。太夫人福慧双兼，唯票号一事，我百思不得其解太夫人为何固执己见，我担心错过时机，故而瞒过太夫人，同意并敦促以和在京城开办了票号。"

"二娘，如今票号如日中天，我们家本是生意人，如何能放过这么好的生意不做？"

"你们是在要挟我？"

"儿不敢。"

"煋照不敢。"

"敢不敢不是都已经做了？"冀煋照嗫嚅了一下，将话咽回去。

"煋照，你还有甚要讲，不要装在肚子里。"冀煋照见事态无法挽回，又考虑他已然这把年岁，索性放下包袱："事情到了这个份上，我也不想再隐瞒了。"瑛姑不知他憋了什么话，静静聆听。"太夫人，我在大事的抉择上，向来遵循两个原则，第一个，太夫人的意见若与我一致，我定会披肝沥胆、呕心沥血去办。第二个，如果意见不一致，我就想如果国定爷还活着，他会做出怎样的决策。他一定会在侯家姑爷之前就开办票号！"瑛姑的心抽动了一下，以和看到瑛姑惨白的脸，瑛姑又失笑了一会儿，满眼流露出失落说："让他们都进来，议事。"

众儿郎立在当地，瑛姑扫过他们的面庞说："煋照之前多次向我请辞，我一直不允，刚才他又请辞。"冀煋照只觉脑子"嗡"了一下，以和惊讶地望着瑛姑。"如今他和我一样老眼昏花，舞不动笔，翻不动账了，所以就在刚才，我同意了他的请求，放他回乡颐养天年。家有千口，主事一人，以公暂且接下煋照之职。"瑛姑又望着以和："以和刚才向我告病假，京津冀不能一日无主，除了以和，以正最为熟悉京津冀一带，暂且由以正料理，惟贤暂且接管你六叔在山西的一应事务。"冀煋照与以和更加惊呆了。瑛姑又看了一眼以中，"年过了，商业大会开罢了，寿诞也过了，等宗族大会开完你就回汉口吧。"以正欲要争辩，被瑛姑用严厉的目光怼回去。众人摸不清瑛姑这一系列的举动意味着什么，瑛姑嘟囔一句："累了"，穿过众人走出了议事堂。

以中不知瑛姑何意，不敢深问，思前想后觉得不能离开，只让马氏带着儿女先行回汉。冀煋照坐在一抹斜阳里，桌上放着半干墨迹的账簿，冀煋照十指交叉。以和一直觉得冀煋照身板溜直，就在刚才，他从议事堂出来，突然发现冀煋照不知什么时候身形佝偻了。他从来没觉得冀煋照会老，并且认为他根本不会老，即便现在鬓发皆白，他也不认为他老，可是就在刚才，他露出了老态，他的确老了。冀煊照看到以和掀开门帘进来，咧嘴一笑："等你半天了，怎么才来！"

"煊总管。"以和鼻子一酸。

"嗨！无妨无妨。"

以和看到椅子上放了两个包袱，"煊总管，你这是……"

"你听我说，这是预料中的事，太夫人如果不这么做，就不是她太夫人了！只是有一件憾事，没能亲眼看到你掌家，唯你掌家我才放心，只是到头来，我反把你拖累了，也把国定爷的拳拳之心给辜负了。"

"煊总管别这么说！我冀以和还真没把那把戒尺放眼里！倘若我有那才德来掌冀家，我势必会肝脑涂地兴复冀家，倘若我无缘，我也会尽心做好我份内之事，怎么会因为一把戒尺忘了本，只是没想到二娘雷霆手段，竟不顾你……"

"俗话说，在其位谋其政，君使臣以礼，臣事君以忠，站在太夫人的角度，她没做错。你记不记得早年在太夫人身边伺候的小池姑娘了，当初，你不是也说她虽然不是有意冒犯，但终究不能原谅。如今，我犯了和她同样的错误。你是因为与我的情分，故而迷障了眼。只是你若不能掌家，我心有不甘呐！太夫人虽精明，毕竟是个女人，还是个母亲，我看这事，十有八九不成了，是我拖累了你。"

以和哽咽着说："你若不在冀家任总管，就去京城帮我！"话音刚落，以和突然想到，就在刚才，瑛姑罢免了他在京津冀的所有商权。

"我怎么隐隐感觉，太夫人在谋划一着大棋？不到最后，你不能妄自菲薄。你身边的武日中与张伟安日后可委以重用，我还是担心，太夫人会不会因为年纪老了，做出糊涂的决定。"

以和胸腔憋着一团气："奇了怪了，二娘是如何知道这些事的？"

"要想人不知，除非己莫为。这个已经不重要了，也勿纠结。重要的是，切莫慌张，你还有以正，有对京津冀的影响，且看太夫人最后如何决策。"

"假如……我是说假如……"

"没有假如！如果能接任最好，接不到，你的下限也要守住京津冀，倘若太夫人果然老糊涂了……"冀煓照紧咬牙关，泛着霜色的胡须在暮色里一抖再抖。

四十章　去世

以和回到家中，梁氏再三追问发生了什么事惹得瑛姑震怒。以和不搭理梁氏，闷坐了半晌径自去找婳儿。婳儿隐隐腹痛在卧床休息，见以和来，强忍着起来给他斟了茶问："娘是不是什么都知道了？"以和盯着婳儿看，脸色极为沉郁。婳儿被他盯得莫名其妙，只得将茶盏放下，转身缝制小袄。

"婳儿，我问你个话，你老实告诉我。"婳儿手里的针停顿了一下："何来老实不老实之说？什么话？""是不是你告诉的？"婳儿扭过头看着以和，这次是她盯着以和不动："你怀疑我向娘告了密，是吗？"以和缄默了片刻："我想了想，还是要问过你心里才踏实，毕竟煊总管因此事受到了牵连。"腹痛一阵阵袭来，婳儿强忍疼痛："如果我说，我正后悔没告诉娘这事，你信吗？"以和站起来，慢慢走到婳儿跟前："你要知道，你是我冀以和的女人！"婳儿也站起来："我还知道，如果没有娘，我根本无法成为你的女人！""是不是你和二娘说的？"婳儿只觉心碎，"从你怀疑我的那一刻，我便有了这个罪名，还需解释吗？既然你认为我说了，那我便说了。"以和扳着她的双肩，死死望着她："那就是说，你说了对吗？"婳儿心一横，双眼一闭，不再说话。以和一把推开态度傲慢的婳儿，婳儿没站稳，一个趔趄瘫倒在地，紧接着下身一股热乎乎的东西流出来。婳儿面色苍白，咬着嘴唇不吱一声，以和气乎乎推门而去，丫头看到血大叫起来。嫒儿房里忙乱不堪，瑛姑、产婆等人一前一后赶到。嫒儿刚强，紧咬牙关一声不出，只大口大口喘气。以和带着气刚躺下，梁氏慌张地告诉他嫒儿动了胎气，正在生产。以和怨气未消，翻了个身说："我与她从此只有夫妻之名，孩子生下，即刻抱出来由你来养！"

这一天发生了太多的事，梁氏有些懵了。平日以和与嫒儿极为恩爱，他怎么突然说出如此绝情的话，梁氏也顾不得问许多，一顿足道："她正在鬼门关上，你怎么能说这样的话？"说罢去看嫒儿。只见一盆又一盆血水端出来。屋内人影晃动，听不到嫒儿一丝声音，梁氏抓着一个丫头问嫒儿情况，丫头说嫒儿情况不好，难产，她将嘴唇都咬破了，但就是不肯出一声。梁氏担心嫒儿凶多吉少，又跑回去告诉以和，以和这才坐起来，落寞地坐着。

"她难产。你要不要过去？"以和摇头，心存一丝侥幸。梁氏又折返回去看嫒儿，不过片刻，一阵响亮的啼哭声划破了冀家上空。嫒儿诞下一子，瑛姑双手合十，佛祖菩萨各路神仙挨个念了个遍，众人正高兴嫒儿又为以和添了一子时，产婆突然大叫着跑出来："不好，止不住血了！"

以和到的时候，嫒儿已陷昏迷。他已消了怒气，自责失手推了一把嫒儿导致她难产，后悔得五内俱焚，丫头跑出来说嫒儿对以和有话要说。

梁氏说血房不吉利，以和顾不得许多，进得屋内见嫒儿面色惨白，周边放满了带血的绵布，他不停唤嫒儿的名字，不停给她道歉。嫒儿勉强挤出一丝笑容说："以和，我的话……重了，你别……放在心上。"以和拼命摇头，说根本就没放在心上。

"你知道……嫁给你的前一夜，娘她……都和我说了甚？"以和担心嫒儿累着，不让她说话，嫒儿凄笑："我怕我不说，就没机会说了。娘和我说，我跟了她这么多年，觉得我孺子可教，她要将戒尺传……

496

传与你，她说，你有贤妻，有美妾，这偌大的家业，枕边还是要有个……有个懂商而又稳妥的人，她认为……我行，而我们恰好你有情，我有意，你说，娘是不是太，太，抬举我了？"以和已然泣不成声："我真浑啊，以为你和其他女人一样能顺利生产。"娵儿苦笑："娘还和我说，唯你是个做……做大事的，娘之所以犹豫，只是在找，找一个合适的，机会，好让众兄弟，都心服……口服于你，可我终究，辜负了她！那些事，说了，对不住你，不说，对，对不住娘，我夹在中间，好难啊……这下好了，娘没机会，埋怨我了。"娵儿一口气说了很多，只觉疲惫，昏昏然想睡觉。以和泪眼模糊抓着娵儿的手说："你知道我有多在乎你！所以你的那些话我在意了！"娵儿惨淡一笑："你那话……将你我……你我多年的情分都说没了……"

这天夜晚，冀家上空布满群星，更有浅浅的云河为群星遮了一层面纱，四周万籁俱寂，唯有星空映照下的这方宅院慌乱不堪了一夜，以和死也不肯承认娵儿为他诞下一子后，便撒手西去。他悲痛欲绝，整日酗酒。冀煜照离开了，娵儿走了，失了京津冀，没了精气神，他的世界塌了。

阴了好几天，大雪终于纷纷扬扬而落，瑛姑命人备车，装了些礼物，带了一个婆子一个伙计出门。一路上，瑛姑撩着车帘往外看，熟悉的街道、房舍一一闪过。邻人认得冀家的马轿子，频频与婆子伙计打招呼。空气寒凛，马轿子碾过青石板路发出"吱吱嘎嘎"的声响，雪越下越大，渐渐染白村庄。

马轿子在一户宅院前停下，瑛姑拾级而上轻轻叩响大门。一位须发皆白的老人缓缓出来，那人以为眼花认错了人，揉了揉眼睛，千百种情感瞬间涌至胸膛，他鼻翼一张一翕，抖着双唇说："太夫人……怎么是您？"瑛姑一把扶住他："我大老远专程来看你，还不请我进屋？天太冷了。"那人揩了一把鼻子，破涕而笑，高声唤老妻出来相迎。

"煐照，让你受委屈了。"

冀煐照有些不知所措，"不不不！太夫人没错，是我有错在先，是我不该瞒着你帮以和暗中做事，是我坏了规矩。"

"虽说我的辈分高，但年龄上你长我两岁，年轻时，又长年跟在老爷身边，所以你对老爷的了解不比我少。我此次来，一来，在情分上和你道个歉，但于规矩，我不会给你道歉，你很清楚，我就是凭借着规矩，才有冀家这些年的稳如泰山。二来想和你商议我掌家的最后一桩大事。"冀煐照完全懵了。

"不不不！太夫人，您忘了我已经不再是冀家总管。"

"你依旧是！只要我还掌家一天，你就是冀家总管！我还是那话，天下之事，不难于立法，而难于法之必行；不难于听言，而难于言之必效。这么多年，我就是谨遵此律才有冀家今天，这也是我逐你与以和的原因之一。让你离开冀家，我意在对以和进行最后一次考察，我想知道没有你的帮助他如何善后。我早知道你们在京城偷偷创办了票号，只是未揭穿而已，即便是今日，我依旧持不同意见。但又想，也许你说得对，如果老爷还在，他不仅要创办，一定早在很多年前就创办了，人岂能因噎废食。只是票号是福还是祸，便看冀家的造化了。以和是当之无愧的冀家掌门。"

"太夫人……"冀煐照不敢相信他的耳朵。他一直以为老年的瑛姑墨守成规，思维僵化，任凭她再能干，终究逃不过妇人所见，于是为着心中的"忠"与"义"，利用他在冀家的影响，一边暗中支持以和创办票号，一边暗中力推以和继任。

"太夫人，我这是以小人之心度君子之腹啊！"冀煐照惭愧到无地自容。

瑛姑离开时，冀煐照送了她很远，两人一起回忆了很多往事，大雪似乎湮灭了人世间的一切恩怨。山川原野，天地苍茫，他望着瑛姑的马轿子消失在风雪中，至此才明白了瑛姑的旷世胸襟与慈悲之心。

瑛姑看望冀煐照回来后，心里也踏实了许多。不得不说，因为有冀煐照这二十多年的忠心帮扶，她才能够全身心地投入到家族商业的运筹帷幄之中。戒尺移交一事不能再拖，以免时间长了，反害他们兄弟心生嫌隙，造成家族内部不团结。

这一晚，冀家大宅格外安静，犬吠从远处传来，乳娘怀抱啼哭的婴儿哼唱着小曲，月亮被磨洗过一样挂在半空。以和心内烦闷，踏着夜色出来散心，不知不觉转到冀煐照的窗子下。他看到屋子里亮着灯，窗上映着一个身影，可惜那身影不再是冀煐照，并且，以后也不会再有冀煐照的身影映在这扇窗上，以和心里失落，转身回去蒙头大睡。

这些天，他哪都不去，谁也不见，除了吃就是睡。以正急得唉声叹气，坐在一旁苦口婆心相劝，以和闷声闷语说："老六，多谢这些年你对我的信任，恐怕要让你失望了。"以正一把掀开被子："瞧瞧你如今这副样子！你的那些豪言壮语哪去了？你的意气风发哪去了？你给我起来冀以和！"说着连拉带拽将胡子拉碴的以和拉下床。"煐总管走了，婉儿走了，京津冀没了……"以和茫然地望着以正："你要我如何意气风发？""是咱们坏了规矩在先，我们不能要求母亲无视她制定的规矩而对我们网开一面吧？说到底是我们不够谨慎，事情已经发生，应该想想如何解决，而不是颓废不振！""二娘逐了煐总管，免了我的商权。我若想翻身，势必要违反族规宗矩，到时我再落个不忠不孝之名……""五哥，否极才能泰来，也许事情远不像我们想象的糟糕，你猜，母亲今天去见谁了？"以和冷冷一笑，并不关心瑛姑去见了谁，低着头，只管胡乱系扣子。"娘去见了煐总管！"以和一听冀煐照的名字，立刻有了精神："你说甚？去见煐总管？见他作甚？""我也不清楚为甚，听说他们聊了三五盏茶的时间，娘走的时候，两人冒着大雪一直步行到村口，所以五哥你必须振作起来！"

罢免冀煐照总管身份，解除以和京津冀商权，在家族内部卷起疾风暗雨，四兄弟沉默不语，瑛姑这天只字不提戒尺，和他们讲了另外一件事。

咸丰初年战乱，掌柜为保银资安全，将冀家二十万两白银、六万两黄金埋于地下，此事只有他婆娘知道，谁知掌柜遇难，他婆娘守着这些银两分纹未动，直到如今略安稳了，才遣了她的两个儿子昼伏夜行了一个多月，就在刚才银资已如数入库。

四兄弟瞠目结舌。这世间，多少人见财起意，又有多少人因财而伤。都说不能以金银试探人性，但人性至此怎能不令人感动。瑛姑说："以金相交，金耗则忘，以利相交，利尽则散，唯以心相交，方能成久远。"

以中说："有信，则万金可托，有威，则百务皆修，此乃商道之正。"

接着瑛姑又说了一件事："你们还记得玉虎吗？管二之子。他在十五岁时不知去向，管二曾托我打听他的下落，可惜直到管二去世我也没能找到他。今儿凌晨，他竟来了。"

四兄弟讶然："他来做甚？"

"借银。"

"娘借给他了？"

"他来借银一定是遇到天大的麻烦了，问他借多少，借银何用，玉虎这才告诉我，他如今化名杨殿乙，和宋景诗在一起，他说他借银是为鲁西百姓。想听听你们的意见，借还是不借？"

以正说："宋景诗？当年李大哥好像就是镇压他们阵亡的。"瑛姑听到李如约的名字，又是一阵伤感。以中说："只要大清朝还在，他们就终身背着反贼的烙印。当年白莲教一事，我爹险些丧命。若捐，也要想个两全其美的办法。"以公立刻接言："那可是株连家族的大事，要我说多一事不如少一事。"以正有不同意见："如若不借，冀家在聊城以及山东直隶的多处字号会不会像汉口的商号一样，人财受损？"是啊，汉口遭遇，瑛姑至今想起来心有余悸。以和心想，他如今一穷二白，发不发表看法已无所谓，所以沉默不语。以正看在眼里急在心上，不停示意以和说话。

"和儿，你认为呢？"瑛姑突然问。

以和面无表情，又想，再不用小心翼翼遮着藏着，于是大胆说出他的想法："他们若想抢，就不必多此一举。如今外夷列强在家门口耀武扬威，朝廷对他们处处忍气吞声，对自家老百姓却是横眉冷对。晋地商人被多次强行派捐，满清八旗、大小官吏中饱私囊，那些银子非但没救国，天下反而更加动荡。老百姓只要能吃饱穿暖，就不会闹事，闹事一定是被逼得走投无路了。"以公又说："此事要慎重，毕竟是性命攸关之事，还牵连着家族。"瑛姑悠悠说："这乱世的确多一事不如少一事，如今天下不太平，容我再想想。公儿，通知宗族大会往后推推。"以和垂下眼皮，冷笑几声。

这两日瑛姑足不出户，谢绝了所有活动，平遥的标利大会让以中去参加。瑛姑精神略好时，也是偎在床上回忆往事，连着好几天，她梦到冀国定，梦到冀之瑜。

这天夜里，管玉虎又来造访，瑛姑问他有没有参加武昌之战，管玉虎点头，瑛姑又问他当时守文昌门的李如约可认识？管玉虎说他是真英雄，只可惜报错了国。

夜半时分，万籁俱寂，暗蚤此起彼伏。更声起，更夫喊着天干物燥，小心火烛，狗吠遥相呼应，月浊星暗，滔滔不绝的汾河水哗哗流淌，不肯入睡的人想着心事翻来覆去。

几个黑衣人潜到冀家钱庄，悄悄摸向银库守门人，少顷，守门人晕倒，黑衣人手脚麻利盗出银两，神不知鬼不觉消失在夜色中。第二日清晨，守门人发现银库被盗，一路惊恐奔向"有容堂"。没过一个时辰，冀家银库被盗传遍大街小巷。瑛姑听闻身子晃了晃，紧紧抓着小丫头的手。以公一跺脚："不是被勒捐就是被人盗，会不会是管玉虎那小子借银不成，反生盗心？"瑛姑命以公速去衙门报案，缉拿盗匪。直至傍晚也未抓到盗匪，倒是在路上拾到盗匪于慌乱中丢失的零散银两，一时，其它钱庄票号草木皆兵。瑛姑病倒了。

十几天后，瑛姑精神略好，命人叫以和。以和找借口不想见，以正面露难色，以和不想以正为难，更不想与他产生隔阂，于是改了主意温和一笑："我去去就来。"以正这才露出笑容。以和向瑛姑问了安，兀自坐下。瑛姑闭了眼说："和儿，我恐怕，要追随你父亲去了。"以和虽觉心上一颤，但依旧不冷不热回道："二娘福泽深厚，定会长命百岁。""我想廉儿了，还想媛儿……还有你们的爹，福妈、梓芸、福忠、小池、玉章。"以和鼻子一酸。

"这些天风声不紧了，找个妥当的镖局，送他们快快出城，万不可露出丝毫破绽。"

"二娘说甚？"以和一头雾水。

"管玉虎和咱们家二十万两白银，六万两黄金在一起。"以和这才恍然大悟。

城外。管玉虎朝冀以和抱拳："五少东，冀家恩情无以为报，倘若有朝一日，乾坤清明，我等能衣食无忧于人间，定会加倍偿还。""都是热血汉子！二娘泾渭分明，我敬佩你们。世道艰难，穷也好，富也罢，活着都是件不容易的事，望各位守口如瓶，莫因我冀家的一片善心而给冀家带来灾难。"管玉虎几人立即起誓，又朝冀家的方向三拜九叩这才离去。

夜里，瑛姑对着油灯喃喃说："我说甚来着，你曾经历的，老天爷又变着花样让我来经历，若不是当年白莲教一事的教训，我如何会上演这一出双簧。"刚说罢，以和身披星辉，满面愧疚，叩响了瑛姑的门。

宗族会议前夕，以中突然收到急信，马氏与三个孩子还没出晋地便被人劫持了！以中乱了方寸，一边催人报官，一边带了银子去见劫匪。他刚跨上马背，以和一把抓住缰绳："四哥！你这样冒冒失失去，不但救不了嫂嫂，说不定还会误事！""再不救人就来不及了，土匪命三天内筹齐银子，不然就撕票！""你这么慌里慌张只身跑去……"以和话没说完，以中夺过缰绳，二话不说，狠狠抽马，双腿夹紧马腹裹着尘烟疾驰而去。以和一跺脚，急忙去找瑛姑。事情来得突然，瑛姑只得放下移交戒尺之事，商议救人。因近日发生了很多事，瑛姑着急上火，花白的头发映衬着她暗黄的脸，明显精气神不足。

"二娘，我以为此事不能只靠衙门，还应往镖局走一趟，再往独眼龙处走一遭，我们兄弟不如分头行动。"门突然被打开，以中满头大汗站在门口，拿着马鞭颓然立在门外。

"中儿！"瑛姑颤抖着双唇。

"四哥别急，土匪无非是想索要几个银子，你先筹银子，大哥和震远镖局的镖师甚是相熟，老六去衙门，我去会会独眼龙。"

都以为是一桩平常的绑架勒索，谁知以和从独眼龙处打探到，绑匪以以中曾暗中资助云南农民起义为由头，绑架了马氏与三个孩子。他们认定冀家定会忌惮，所以狮子大张口，开了个天价的数目，瑛姑脊背生凉。冀家这是怎么了？总也绕不过这个坎儿吗？以中若被抓到实锤的证据，便要重蹈覆辙当年冀国定的路，瑛姑不寒而栗。以中急得来回踱步。以和却说："土匪用这个威胁冀家，衙门也得认他这个说法！我爹是因为得罪了王爷而入大牢。我还真就不信这伙土匪有多大能耐，能攀扯上皇权！只要不是皇亲贵胄就好说。明儿一早我让武日中去省城，我有几个朋友和巡抚大人是至交，余下的，我们只需将此事化解成简单的绑架勒索就好。只要人没事，银子都是小事。至于他的血盆大口，我看不如这样，既是因银子生事，就用银子来解决，重赏之下，必有勇夫，此事不如让独眼龙去谈，二娘觉得可行？"一连数日，冀家为此事奔忙，合家不得安枕，都以为又会是一场惊心动魄，没想到马氏与三个孩子很快被安全解救。

所有的惊悸都过去，冀家大院又恢复了宁静祥和，残冬的暖阳融化了最后一堆雪，土地柔软而潮湿，树枝泛青，雏雀初飞，拂过脸颊的风已没了凛冽，万物俟机而生。

今天是冀家重要的日子，冀家子孙衣冠齐楚在议事堂等待瑛姑的到来。少顷，外面有环佩钗裙悉窣，又听到瑛姑与一男子讲话，几兄弟惊讶，还没来得及唤出名字，冀煃照已踏入议事堂。往日情景如白驹过隙，冀煃照触景生情，冀家大院的一草一木、一砖一瓦都凝结着他的心血。冀煃照环视一圈众人，最后将目光落在以和身上。以和见到冀煃照回来，喜出望外，赶忙上前搀住他，冀惟贤搀住瑛姑，二人这才缓缓落座，众人依次坐好，议事堂内安静无比。

"今儿是咸丰十年二月二十二。道光十八年的二月十三，我勉为其难接下这把戒尺，到今天整整二十二年！这期间我不敢有一丝懈怠。煃照于冀家危难之时义不容辞接下重任，似一族之长，与我同舟共济二十余载。戒尺之事，我与煃照属意同一人，今日冀家戒尺交接，由冀家的老总管、煃照来主持。"

冀煃照缓缓站起来，朝瑛姑施了一礼："承蒙太夫人不弃，承蒙各位叔叔兄弟信任，我能在此善始善终，死而无憾！"冀煃照说到这儿突然哽咽，他的身体在抖动，缓了缓情绪后又说："因我糊涂，瞒着太夫人做了错事，故而遭到惩罚，起初我不服气，后来才明白太夫人用心良苦。冀家因太夫人而幸，众儿郎因有太夫人为母而幸！太夫人恩威并济，赏罚分明，实在是我以小人之心度君子之腹！我何其有幸，年少狂妄时有国定爷指点迷津，国定爷去后，又深得太夫人信任。我虽不才，却也不敢偷安，今日乃是我与太夫人为冀家决议的最后一桩大事，望冀氏先贤保佑冀家人丁兴旺，福禄两通！"说罢，冀煃照目光炯炯大声道："冀氏众儿郎，跪！"只听堂上窸窣一片。他朗声道："冀家第十八世，冀以和，幼而颖悟，早撄物业，勤业善谋，生有至性，不事嬉戏，心胸旷达，有目共睹，今日今时，传戒尺于汝。"

以公失望地瘫软了身子坐在脚后跟，以中像根钉子被钉在地上，冀惟贤望望以中，又望望以和，心中复杂，以正满目喜悦望着以和。

瑛姑手捧戒尺与冀家总印缓缓走到以和面前："今日起，你便是冀家掌舵之人、五堂之主，望你上敬祖宗，下策儿孙，守道义，有担当。愿冀家古藤发新芽，岁月常新。"回身又从妆奁匣取出金簪递到梁氏手中："这是家传的金簪，女子有德则家宅安，今传与你，冀家内宅望你调度有法，谨慎持躬。"

以和与梁氏小心翼翼接过："以和诚惶诚恐！赵宋年间，先祖贩盐而迁住介邑，自明代第五次北伐北元开始，到康熙征战噶尔丹，冀家先贤吃尽人世之苦，以卓绝的胸怀与谋略打下冀家这份家业，并领风骚近百年。祖先在上，以和战战兢兢，一食一瓢，一金一银，当思不易，唯以克勤克俭，任劳任怨，方不负众望！"

大权交接还算顺利，以和手捧戒尺来到祠堂。他将戒尺供奉在冀国定牌位前，一个人在祠堂静坐，追忆过往，展望未来，更觉任重而道远，这是荣耀也是责任，是信任也是嘱托。当他从祠堂出来时，阳光洒满庭院，以正在外面等他。以和周身披着耀眼的光，像镶了层金边，以正亲昵地捶打了一下他的肩，以和也捶打了一下以正的肩，两人相视一笑，什么都没说，并肩走进阳光中。

以和与以正分开后没回"敦信堂"，而是去找冀煊照。冀煊照照旧坐在他常日坐的椅子上，另一张他惯坐的椅子上又放着两个包袱，冀煊照喜笑颜开。

"煊总管，这又是干甚？我们好不容易可以放开手脚为冀家做一些事了，我还需要你帮衬，不许走！"以和拿开包袱坐下，冀煊照将了将胡子："今日今时我便正式卸任。俗话说青出于蓝而胜于蓝，你身边的武日中，还有张伟安，是个做大事的，他们定会成为你的左膀右臂，至于我，我与太夫人的使命已完成，这回可以问心无愧，回家去颐养天年了！"以和不同意他走，冀煊照说："你是个有抱负的，天大地大作为大。徐大人有望复出，有王大人和徐大人这两位大人相助，何愁票号办不好？我只等听你的好消息！太夫人送给我几处字号，太夫人巾帼不让须眉啊！"

　　以和接过戒尺用了半年时间，重组了冀家商业内阁，他将商业重点放在创办票号、筹划织布局、恢复江南等地商号上，他将平遥冀家老字号"乾盛亨"绸布庄改为票号总庄。既要捡冬瓜，又要拣芝麻，将本下足，将线放长放密，立足平遥，以京城为纲，举纲布目，布点全国。票号生意以和势在必得。

　　秋上，山西汾州汾阳、孝义、平遥、介休又因大旱导致歉岁，大批难民涌入，以和效仿瑛姑在旧地搭设粥棚。以正想到了什么："幼时父亲在此施粥，后来母亲掌家也逢灾，于此处施粥，如今五哥又在这里施粥。"

　　"世事轮回啊！朝廷又有例封，明日巡抚大人来访，你替为兄备些礼物。"

　　以和虽已掌家但依旧谦恭，大事小情都会与瑛姑商议，瑛姑说："你如今是冀家主东，不必事事汇报。"以和谦和一笑："儿初掌大任便已察觉事事驳杂，既要于千头万绪之中厘清主次，还要于万千商业中兼顾人情，这其中辛苦，不当家不知二娘当日艰辛。我哪里就能与二娘一样挥洒自如，总得有二娘教导着儿才敢战战兢兢前行。"

　　票号的事，瑛姑默许了，但也只是默许。在京饷巨款的催生下，自然会有不菲的利润，冀家踏进这片生意圈，就会与朝廷有了千丝万缕的关系，以和知道瑛姑担心什么，故而每次都会与她翔实汇报。

　　以和日日奔忙，再加上众人帮扶，一切都在向好的方向发展，直到一切就绪，以和挑了个良辰吉日，宣布冀家"乾盛亨"票号总号在平遥正式成立。成立当日，商贾乡绅以及衙门官员皆来庆贺。大红绸缎挂在门楣，鞭炮响得震耳，狮子舞得昂扬，以和游刃有余地与众人寒暄。瑛姑坐在对面的茶馆望着这一切，恍然间看到旧年站在京城"宏盛"银号之下的马銮宇和她自己。

转眼到了第二年春，瑛姑拖拖拉拉病了两月余。马銮宇这天佝偻着身子异常兴奋地来看瑛姑，瑛姑看他上气不接下气直喘："你瞧你，这个岁数的人了，还走那么快，还以为你是当年那个行走如风的小后生？"马銮宇抚着胸口说："你竟嫌弃为兄老了？""最近总爱回忆，小时候我们一道淘气，一道读书。好事都是我的，祸事都是你的，当时从没觉得不妥，甚至觉得理所应当，今日却生了愧疚，你说怪不怪？""叔父视我如子，你待我最厚。如果你现在还想惹祸，为兄照样陪你上刀山下火海。"说罢两人不停笑，甚至笑出了眼泪。马銮宇一拍腿："对了对了，有两件事要和你说，你一定开心。""徐大人和王大人的事吗？"马銮宇表情极为夸张地说："你未卜先知的水平还这么厉害呀？"瑛姑佯装瞪他："快说，是甚开心事，害你气喘吁吁跑成这样？""徐大人被新皇委以重用！他不日将赴京就任，徐大人说临去京城前，要来'潜研书院'聚聚再走。另一件，王大人已向朝廷递交辞呈，不日返晋养老。"瑛姑心中思潮起伏，关帝庙结拜的景象浮现在眼前，"徐大人之才若被湮没，大清便注定无望了。周五早就预料到他人生跌宕起伏，故而在他年少之时，以不寻常的手段传业授惑，就是要让他经历人生百种磨难而后成为社稷栋梁。王大人终于卸甲归来……"

　　天气渐渐回暖，瑛姑要出去走走，众人见她体弱，再加上天气寒暖不定都不同意，但拗不过瑛姑，最后商量让她在冀家大宅里走走。瑛姑先去了王菁仪的院子，一进到院子，瑛姑径自走到那口瓮前，蹲下找那条裂缝，一眼便找到，裂缝像切在瓮身上的一条疤。她又在玉兰树下站了片刻，她想，人真是奇怪，年轻时一见到这棵树，满脑子想的都是枝干上白玉般的花朵。如今再见到这棵树，满脑子想的都是深扎于泥土中那些强壮的根。这些根在饱尝风霜后才在树梢孕育出花朵。那些不为人知的黑暗时刻，那些拱破泥土的努力，那些在生命之巅绽放的瞩目时刻，无一不是向内自省。

突然旋过一阵寒凉，紧接着大片的雪花压过来，瑛姑觉得心神俱清，接着打了几个喷嚏。众人担心她病情加重，瑛姑摆手，说再去郭雯的院子看看。

郭雯最早离开，院子最早空下来，她想起她俩女扮男装滚在泥水里，想起梓芸，又想起福忠那双绝望的眼睛和福妈几次于危难中不着痕迹对她的帮助。最后去了谷穗的院子。瑛姑知道以和常悄悄来这里静坐。她曾迫不得已以以和要挟了谷穗，将她囚困在这高墙深院里多年，这院子……她的怨恨更多吧？她争了一辈子，抢了一辈子，如果她知道最后是以和掌了家，会不会有所欣慰？瑛姑叹息，示意回去。

夜半瑛姑醒来，睡意全无，坐在镜前看自己，摩挲着脸上的皱纹和额上的白发，端坐了一会儿，匀了墨写下："苦遭白发不相放，羞见黄花无数新。"然后偎在桌边睡着了。第二日，瑛姑醒来，心下一片澄明。阳光照在她的手背，她看着那些成片的老年斑，想起王菁仪如笋尖的双手，想起她温婉的笑容，还有她身上经久不散的寒香，一瞥眼，仿佛看到冀国定坐在王菁仪对面痴痴望着她。郭雯执拗的脸在皴染的水墨菡萏里浮出来，谷穗在一个午后撞翻梓芸手里的醋调和皱着眉醒来。瑛姑扭头望向窗子，正月的窗花仍然鲜活无比，花馍早已焙干，披着光滑如丝绸的外膜和被赋予的形象，生出高于饥饿的厚重感。

她喜欢徜徉在这片刻的宁静中。过去、现在和未来相互交织，既有勘破宿命的超脱又有回归的愉悦。夜里，又与昨夜情景如出一辙，她睡意全无，索性翻出出嫁时带来的男子常服，穿了许久总穿不好，于是嘟囔："没了梓芸，这衣服也穿不上了。"又将昨夜那张纸取出来，写了半句："晓看天色暮看云。"

凌晨醒来，天气阴郁，与昨天的晴朗恍若隔世。瑛姑没再赖床，如常日洗漱，吃早饭。小丫头捧一卷拓片纸进来欢喜着说："太夫人，昨儿拓出来的，您瞧瞧。"小丫头将拓片轻轻铺开，是徐松龛为她撰写的祝寿文。瑛姑诵道："赠公既逝，太夫人内外诸事悉自经理。南北贸易经商字号凡数十处，伙归呈单薄稍有罅漏，即为指出，无不咋舌骇服，不出户庭，而六辔在手，综理精密，不减赠公在时。又待伙计极厚，故人皆乐为尽力……"瑛姑不以为然一笑："其实难负盛名。我不过做了该做的，实在是言过其实，收起来吧。"小丫头郑重其事道："太夫人这话可不对了，没有一定的胸襟胆识，就是告诉你哪里掉金子，也未必接得住呀！"

这夜，瑛姑坐在灯下给以中写信，但只写了"中儿"两字便停笔不写了。写什么呢？让以中体谅她还是原谅她？可是又何来体谅与原谅？她的这一生，功与过，是与非，站在不同的立场，就是不同的答案，在她接过戒尺的那一天，就注定要失去一些东西。别人看到的是冀家的兴荣，她看到的，是内心斑驳不堪的不得已，她愧对以廉，愧对以中，愧对如珂，愧对齐恒、梓芸、福忠……像一本书翻阅到尾声，瑛姑在想，如果光阴能够倒流，如果能够重活一回，她还要选择这么活吗？她没有不想这么活，但也没有还想这么活。一切都留给时间，留给后人评说吧。

她将喜爱的首饰及物品分成若干份，每份写下名字。之后取出一枚玉佩，徐松龛曾说凭这枚玉佩可到徐府去找他，瑛姑笑了，写下：烦请堂兄物归原主。最后久久摩挲着那柄掌长的翡翠如意。"凤翥……"瑛姑念着这两个字，终于明白了冀之瑜当初为什么那么信任她，就像她现在相信以和是只高飞的大鹏。而后写下：随我飞，伴我归，并将凤翥如意压在上面。整理完已是子夜，她在最初张纸的末端又写下："关帝庙前犹昨日，汾河水阔只浮云。"随后倒头睡去，再没醒来。同治元年二月初九日瑛姑离开了人世。

徐松龛躲在人群老泪纵横，手里捏着马銮宇给他的那张纸看了一遍又一遍，望着那枚他当年从腰间扯下的玉佩，更觉伤情，喃喃喏喏着："她走了，她走了……我也该走了……"

第二日一早，徐松龛去汾阳府探望刚刚卸甲归来的王庆云，一眼瞧见王庆云憔悴的模样，险些落下泪来。王庆云病得厉害，又因舟车劳顿，整个人看上去气色极差。徐松龛见他病势沉重，改了主意，不将瑛姑去世的消息告诉他，只将悲戚藏在心中。王庆云见他两目浑浊，鼻音浓重，问他是不是有什么事，徐松龛称只是偶感风寒。

　　王庆云祝贺他老骥伏枥重返仕途，同时又叮嘱他朝廷乌烟瘴气，已病到了根本，是进是退要斟酌好。徐松龛答非所问，王庆云越发怀疑他有事相瞒："松龛兄，我们无话不谈，是不是有什么事瞒着我？"徐松龛连连摇头："没……没甚事。新皇让我总理各国事务，协助恭亲王办理洋务，我……有些为难，不知当去不当去。"王庆云目不转睛看着他："别人不知松龛兄，我是知道的，你若决定重返仕途，那是朝廷大幸！你绝不会因为这事惶惶不安。是……她出事了，对不对？"王庆云话音刚落，徐松龛再也无法掩饰心中悲痛："她，她于前日夜里走了……"王庆云一听，身子立时瘫软，两眼发呆，半张着嘴，呆愣了半天，继而老泪纵横。王庆云恼恨路上因病耽搁了几日，上次一见竟成永别。徐松龛将那张纸递给王庆云，他泪眼模糊念道："苦遭白发不相放，羞见黄花无数新；晓看天色暮看云；关帝庙前犹昨日，汾河水阔只浮云。"王庆云心中瞬间明了。

　　夜里，王庆云取出诗集，这些或长或短的诗句陪伴他度过了许多春秋，他随意翻阅着，回忆起当时写每首诗的情境。"伊人已去，万事成空。"他喃喃着又将瑛姑的书信取出放在脸上，回忆久远的一切，朦胧中他听到瑛姑说："你瞧，这是我给你准备的婺墨，它落纸如漆，万载存真，希望你今后，墨宝惊风雨，气度泣鬼神。这还有一支李渡毛笔，一方婺源龙尾砚，希望你能喜欢。"

　　"这礼物庆云非常喜欢，谢过二奶奶！"

　　一个月后，王庆云病逝汾州府。

　　（全书完）

510

番　外

　　瑛姑去世的头七，平遥民间商务会倡议平遥城所有商号、字号于当月十五、十六、十七连续休市三天。随后汾阳、介休、祁县、孝义民间商务会积极效仿，一时间，山西一带均效仿，这三天，商市停业，巷陌同悲。瑛姑出殡当日气温骤降。凌晨，满地的积霜足有成寸厚。汾州大地被浓浓的霜雾所迷漫，万物银装素裹，低垂默哀，大地着孝，汾水呜咽。

　　山坡上有一人身披重孝，对着瑛姑下葬的方向深叩三个头，随后将孝服脱下挂在树梢，披一身霜雪离去。北风吹过，挂在树梢的孝服像在旷野里出逃的幽灵。

　　一个四五岁的男孩望着众人身着孝服，又望了一眼院子里的灵堂，拉扯着他身上的孝服跑到以和身边问："爹爹，祖母真的死了？人死了当真再也回不来了吗？"

　　"祖母没死，她出远门了。"

　　"你骗人！人死了才会这样穿衣服，我不要穿，我要祖母回来！"冀惟熙吵嚷着要将孝服脱掉。以和将他拉进怀里，"只要你记得祖母，祖母就活着。"

　　"我不信，你骗人！邻家哥哥就是因为穿了这样的衣服，他爹爹再也没回来！我不要穿，我要祖母回来！"说罢跑了。以和听着冀惟熙的话，只觉悲欣交集，他整理了一下孝服，而后踏进了议事堂。

……

以和掌舵后，创立的"乾盛亨"票号享誉大江南北并做到了汇通天下。他在京城购置大院，成为他在京城办公、会客、休息之地，人称"冀氏公馆"。他人情练达，为人仗义，结交维新派知名人士，捐了官衔。后参与创办晋省商务局，将冀家传统商业转型至工业。他积极投身维新变法，维新变法失败后，他梦想中君主立宪制的国家的美梦也随之破灭，以和感叹大清江河已尽，于光绪二十六年初二离世。

以和在掌权期间，虽然功绩累累，但不肯下放权力，谢世后，晚辈不知所措，使得冀家事业在庚子事变后急转直下，再加上外资侵略，清政府无能，晋商整体思想保守，锐气不再，最终湮严成尘。

同治三年中秋，以中与其子冀惟贤在赊店山陕会馆议事，以中中毒身亡。以和为稳局面，封锁其死讯，秘密将遗体运回介休。暂时葬在城南鳌子岭山腰，九年后迁入祖茔。

以正亦商亦文，他有一子，系过继之子，是以和与嫒儿所生。光绪三年五月身染伤寒，于六月二十日丑时去世，享年四十七岁。

冀惟贤于光绪十四年五月初七夜暴病而亡，享年四十一岁，留下遗孀马惠婧。

灵哥于月圆之夜离家出走，在五台山出家，终因习气难改，还俗后东渡日本，最终回到故土，娶马惠婧，并帮她创办了晋省最早的女子书塾，马惠婧任校长。灵哥行为放荡不羁，最后客死津门，以公老年失子，万念俱灰，次岁去世。

徐松龛晚年官运亨通，任总管同文馆事务大臣，即中国现代第一所高等学校的首任校长，中国高等教育进入初创时期。同治八年，以老病乞休，奉旨以二品顶戴致仕。同治十二年，值徐松龛中举六十周年，奉旨重赴鹿鸣宴，以惠耆年，并赏头品顶戴，同年三月初三日，徐松尧去世。

瑛姑去世后，马銮宇极为忧伤，倾尽感情为她撰写墓志铭，每每哽咽不能提笔。后因年事高辞去"潜研书院"山长之职，回到与瑛姑从小长大的张兰村，悉心整理毕生著作，善终于家中。

冀煃照在瑛姑去世后大病一场，每每思及冀国定与瑛姑对他的恩情，心绪难平。他辞去总管后，于家中精心编修了《介邑冀家行商事略》一书，于第二年去世，享年74岁。临终前，叮嘱儿孙妥善保管《介邑冀家行商事略》及《冀氏族谱》。

参考文献

1. 冀广大：《晋商冀家》山西经济出版社 2019 年

2. 王进：凤凰卫视《世纪大讲堂》之《解密晋商文化》栏目 2007 年 5 月 16 日

3. 史馆文《中国档案报》中篇目《川楚白莲教起义，清朝由盛变衰》 2004 年 2 月 27 日 T00 版

4. 《清实录·嘉庆朝实录》实录卷二百十五、实录卷之一百六十六

5. 《清实录·咸丰朝实录》实录卷之二百八十八

6. 天中人文网善信慧兵：《天地分野，你知道家乡的星宿吗》 2018 年 8 月 28 日

7. 张喜琴：《晋商五百年·万里茶路》山西教育出版社 2014 年

8. 个人图书馆山爷：《中国古代的庭院与相关建筑》2013 年 12 月 26 日

9. 朱啸波：中国会计报《晋商·汇通天下里的"会计智慧"》 204 期第五、八版

10. 王志勇：《京西发现一方官道碑》北京日报通讯员王志勇、李敬 2001 年 8 月 8 日

11. 刘献廷：《广阳杂记》

12．易江波：《民间法》中篇目《清末民初汉口码头纠纷解决的参与力量》山东人民出版社 2009 年 1 月

13．武汉消息：《经典的老汉口故事，那些街道那些事儿，你知道吗》2018 年 9 月 10 日

14．陈曙光、李娟仙：《红旗文稿》中篇目《西方国家如何通过文化殖民掌控他国》2017 年 9 月 7 日

15．欣士敏：《发展研究》中篇目《清代王庆云铸钱、行钞观》2002 年 12 月 9 日

16．北京日报：《庆僖亲王好嬉戏》2010 年 11 月 8 日

17．秋原：《太平天国运动完全改变了中国外贸茶叶的产销流通格局》知乎 2019 年 9 月 26 日

18．清・王秉元：《生意世事初阶》

19．陈全：《文史杂志》中篇目《介休张兰古镇的历史变迁》2018 年 1 期

20．李鹏：《当代经济》中篇目《清代山西粮食流通路径及成本分析》2016 年 13 期

徐松龛先生挽马太夫人联云

慈母不幸严君殁姜诗手涧无愧

毁家纾国难卜式输财未足多

一九六○年龚孔瑞

517

字悦菴號明卿行一配宋氏側室賀氏側室又二人生子二長雅聯次惟仁敕封一品封贈軍功議叙

以公

運使司運同加五級賞戴翎晉封資政大夫修 抱河城光緒三年班祖冀資欽六萬兩生於嘉慶 二十五年十二月初五日時卒於光緒八年 月 日葬田堡村大塋新塋

以廉

字廣丘號純菴行二配郭氏嗣子惟賢軍功議叙知使誥贈武顯將軍光緒三年修房賞銀叁 拾萬兩生於道光六年六月初二日時卒於道光十九年六月初六日時葬田堡大塋原新塋

晉贈資政大夫

以中

字立菴號奐之行四聘羅氏配喬氏側室馮氏嫡氏之次生子二長惟賢繼以廉清軍功議叙知使問 加知府加五級晉封資政大夫誥封四代 光緒三年修 房資銀叁拾萬兩生於道光八年十月十九日

以俭

字連堂 字謐邦號奐菴行五配梁氏羅氏高氏宋氏張氏側室王氏張氏梁氏生子三長惟茗次 惟熙惟洛繼以正孫紹興軍功議叙府參將軍功議叙知府一品封敕榮祿大夫賞戴花翎候選道 翁正大憨耶好善修花吃立奇科一女慧化修理合邻朗宇生於道光十一年三月朔日己時卒於 光緒二十六年六月初二日申時

以正

字員囡字巖端字貞一號鼎丘行六配張氏側室常氏熱氏萬氏又側室二人嗣子惟洛邑庠生 功議叙布政司經理軍功議叙鹽運司運同賞戴花翎資政大夫生於道光十一年十二月十三日卒 於

518

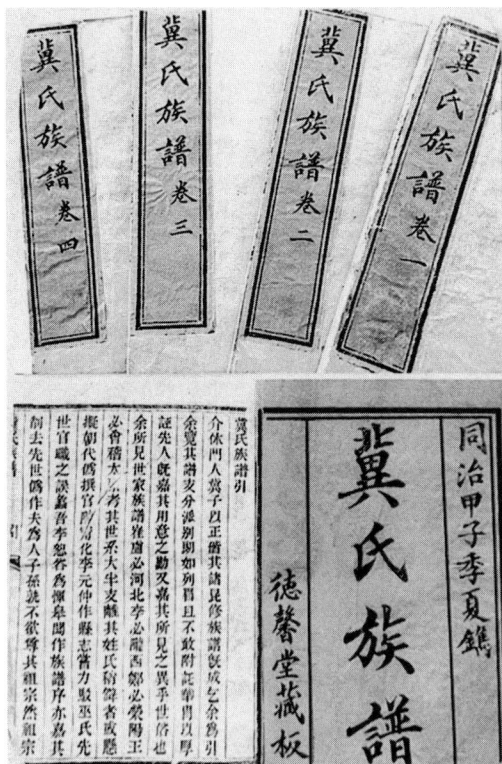

清同治版《冀氏族谱》

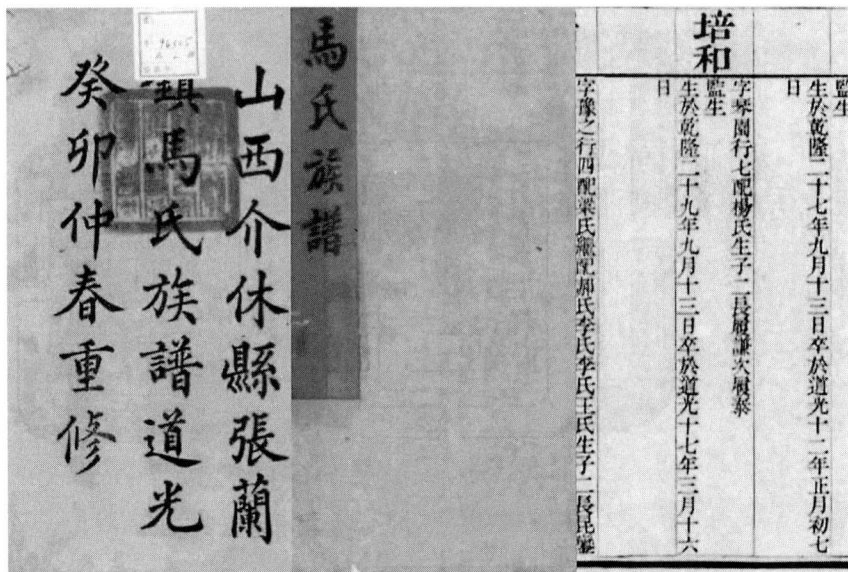

清道光版《马氏族谱》

光緒二十年新正初一日　乾盛亨記　清單

淨得餘利無色實銀改平……

除託腳本

天賜護利……

除託淨家

一宗原本無色實銀肆萬零五百兩……

一宗舊存餘利……

乾盛亨票亨账册

冀家票号总结清账及账册

后　记：我与晋商冀氏后裔

　　一百天，四十余万字，终于完成了我的第一部长篇历史人物小说的草稿。

　　敲下这几个字，我跑去照镜子，说怒发冲冠大概也不为过。这种魔鬼般的输出状态，虽然疲累，却很上瘾，像在河对岸，发现了我感兴趣的东西，引我趟河流、越丘陵、穿草丛，所向披靡、义无反顾地向它走去。

　　《凤翥》的创作应该是有腹稿的，但意向一直模糊，不完整也不系统，趋于碎片式。动了写她的念头，是因我的城市有个晋商公园，公园的角落有一尊马太夫人查阅伙计递呈商号账目的雕塑。从第一次见到这座雕像，马太夫人便走进了我的心里。2019 年 4 月，偶尔看到豆瓣举行长篇拉力赛，类别有"历史人物的新传奇"，让我眼前一亮，更加催动了写她的念头，对一个从没写过小说的人来讲，足够大胆。

　　我无师承，也没有专业老师引导，盲人摸象一般，一路跌跌撞撞。在创作的过程中，我时常沉浸在历史往事中慨叹，有时甚至因悲愤至极而掷笔多日。后来慢慢体悟到，在繁冗的资料中抽丝剥茧的意义，莫过于去分解消化堆积在心里那些消沉的光阴，从而唤醒一个崭新的自己，洞开蛰伏在历史尘迹里的一扇门，在时间、空间，捕捉一束和自己有缘的光阴，了解一回风云人物的人生过往，体察智慧，体悟慈悲，从而汲取前所未有的人生体验和营养。

《凤鬈》的草稿起初是凭借从网上搜集到的各种资料以及民间对于晋商的各种传说粗写而成，没有存稿，就那么一边写一边发，有点初生牛犊不怕虎的味道，愣是在一百天写出了二十几万字。现在回头看，反倒觉得不可思议。

怎么也没想到，因为这部小说的创作，有幸结识了晋商冀氏后裔。

我不太相信陌生人，所以，与他们相识有些小波折，到底是有根缘分的线牵着，最后，与晋商冀家商会秘书长，也是冀家的后裔冀锦富先生相识，后又与晋商冀家商会会长冀广大老师相识，这中间过程令人感动。

接下来我们一起切磋有关冀家行商的故事。在冀广大与冀锦富两位老师邀请下，有幸参观了冀家遗留的大宅与古建，还专门拜访了马太夫人小时候生活过的地方和住过的绣楼，凭借冀广大老师的著作《晋商冀家》一书，使得《马太夫人》的修订比较顺意。

冀广大老师学养深厚，谦恭内敛。初次见面，感觉他不苟言笑，寡言清高，几次接触下来，才发现他是个健谈之人，只要是关于冀氏祖先的点点滴滴他都烂熟于心，冀家的兴衰早与他的血脉融在一处，举手投足间，都彰显出冀氏男儿中庸而儒雅的特质。尤记得冀广大老师与冀锦富先生与我探讨书中人物给予的中肯意见和建议。小到文本中的每个错字，每个标点符号，大到历史背景、风土人情、人物性格及事件内因我们都有过多次商榷。

冀广大老师为人谦卑，冀锦富先生富于行动力，每与他们聊至兴处，常能语出惊人。犹记得我们在探讨过程中的一些细节。比如：在草稿《义举》中，冀广大老师说，向日葵传入中国于明晚期，而人们食葵花籽在清末民初；德馨堂是冀国定这一支的老堂，后改名有容堂，冀家五信堂均由它衍生而来，小说中将德馨堂视为一小地方是错误的。于是查阅资料，果然出错，于是回复他：葵花籽明代进入中国，民国才开始食用。中国人嗑瓜子习俗在明代流行，晚清之前主要是西瓜子，晚清是南瓜子。已将葵花籽改为谷子，后面的章节谷穗倚在门框嗑瓜子的情节，改成南瓜子。原以为"有容堂"是一处独立的厅堂，原来是一处大院。

在小说《闺趣》一章中，我自拟了一副联对：

> 有车是辅，无车是甫，有车无车逸情盈室；
> 添玉为瑛，去玉为英，添玉去玉英气逼人！

冀老师读过后给了建议：

此联不错，此"正甫""瑛仙"夫妻字与名嵌入了联中，建议上下联倒数第四字也将甫字和瑛嵌入。甫字意为美男子，瑛字意为美玉。

于是琢磨了一下，将联对改为：

> 有车是辅，无车是甫，有车无车甫当义重；
> 添玉为瑛，去玉为英，添玉去玉瑛自情深。

草稿《管二》又出现一些错误，冀老师留下建议：

开头第二段"兴奋自己晋爵为五品夫人"，应是"二品夫人"，清朝对死者赐官为"赠"，生者为"封"，冀国定被赠二品，其妻王氏、范氏均赠为二品夫人。

我回复："议叙"是评议加记录，是考察官员的一种手段，不是实质性的加爵。推测以公此时应是五品的、类似各州知州的盐运司副使类的职位，这一年以公应是25岁左右。再加上此时冀国定刚是正二品，马夫人也刚刚被例封为二品夫人。另外，《清会典》中载，诰命针对官员本身叫"诰授"，针对其先祖及妻室称"诰封"，逝者为"诰赠"。二品以上大员过世，其妻被称为"太夫人"，所以马夫人又被称为"太夫人"。

冀老师于是专门给我上传了史料，宋氏的确被封为"二品夫人"。作者心生惭愧，越觉得自己对于史实不够严谨，于是小心翼翼回他：感谢您精读细读，敬佩您的严谨！

我们还探讨了介休地名的出处、明清的官阶品衔、清廷圣旨的措辞作字，甚至农作物、山西方言、风土人情，总之林林总总，数不胜数，在探讨的过程中，既重温了历史，又增长了学识。冀锦富先生更加心细，逐一将草稿中出现的错字、标点以及文中人物形象等问题集成文档，让我备受感动。

写历史人物相当烧脑。没有足够的知识储备及对历史事件的敏感度，简直就是在"玩火"，所以这一路下来，如履薄冰，战战兢兢，生怕写出硬伤。我自愧学识不足，诚恐贻笑大方，但还是鼓足勇气，要把故乡热土上这位令人可歌可泣的商界巾帼女英雄写出来，像是有一种使命敦促着我义不容辞地前行。

晋商冀氏的后裔没有在先祖的荣耀之上停滞不前，他们凭借他们的微薄之力左奔右走，他们向民间疾呼、向相关部门呼吁修整已岌岌可危的冀家大院，恢复那些散落在乡村野陌中的历史遗迹，呼吁发扬并传承晋商冀家的精神与文化。

2021年秋，冀氏后裔一行驱车上万公里重走了万里茶道的源头福建与湘楚，他们此举弥补了万里茶道上介休曾作为万里茶道一个重要节点的空白，在各界引起不小的轰动。当他们跨山涉水与祖先们遗留在他乡的传统、文化、古建重逢时，该是怎样的感慨万千。路漫漫其修远兮，事发于心，便是他们对晋商文化、对祖先最好的回馈。

前辈们于贫瘠中走无人走过的路、做无人做过的事，既是安身立命，也是作为个体生命在恶劣的生存条件下，为一方故土，为子孙后代树立榜样。小说虽告一段落，但晋商勇于开拓的精神永存。

斯人已去，晋商精神不灭，向历史长河里这位不可湮灭的马太夫人致敬！

注：小说深受《红楼梦》和《白鹿原》的影响，致敬经典！

2019 年 7 月 31 日初稿

2022 年 8 月 2 日二稿

2023 年 8 月 31 日三稿

2023 年 12 月 20 日终稿